George Robert Gissing, geboren am 22. November 1857 in Wakefield, ist am 28. Dezember 1903 in Ciboure bei St.-Jean-Pied-de-Port gestorben.

In kleinbürgerlichen Verhältnissen aufgewachsen, schlug der hochbegabte und vielversprechende Student den schweren, entbehrungsreichen Weg des Schriftstellers ein. Aktuelle soziale Themen ließen ihn die Trostlosigkeit der Londoner Elendsviertel beschreiben. Er galt zeitlebens als unbequemer Autor und wurde erst postum entdeckt als einer der bedeutendsten viktorianischen Romanciers. So gab Virginia Woolf 1929 eine Auswahlausgabe seiner Werke heraus.

Sein Roman *The Odd Women* erschien erstmals 1893. Grundthema ist der Frauenüberschuß in der Gesellschaft und das für viele unerreichbare Ideal, an der Seite eines Ehegatten durchs Leben zu gehen. In welcher Weise sie diese Situation bewältigen, darin unterscheiden sich die »überzähligen Frauen« beträchtlich. Während manche alles daran setzen, sich doch noch einen Mann zu angeln, haben andere bereits resigniert und flüchten in Trugbilder einer besseren Zukunft oder in den Alkohol.

Nur wenigen gelingt es, ihr Schicksal als Chance zu sehen und mit ihrem Engagement anderen Mut zu machen. Rhoda Nunn, die Heldin dieses Romans, ist eine von ihnen. Gemeinsam mit ihrer Freundin bildet sie ledige Frauen zu Bürofachkräften aus, ein Berufszweig, der damals noch eine Domäne der Männer war. Erst als sie ernsthaft umworben wird und sich auch selbst verliebt, ist sie gezwungen, ihre private Existenz neu zu überdenken.

insel taschenbuch 2501
George Gissing
Die überzähligen Frauen

George Gissing

Die überzähligen Frauen

Roman

Aus dem Englischen
von Karina Of

Mit einem Nachwort
von Wulfhard Stahl

Insel Verlag

insel taschenbuch 2501
Erste Auflage 1999
Insel Verlag Frankfurt am Main und Leipzig
© ars vivendi verlag. Norbert Treuheit Cadolzburg 1997
Alle Rechte vorbehalten
Lizenzausgabe mit freundlicher Genehmigung des
ars vivendi Verlags Norbert Treuheit Cadolzburg
Hinweise zu dieser Ausgabe am Schluß des Bandes
Vertrieb durch den Suhrkamp Taschenbuch Verlag
Umschlag nach Entwürfen von Willy Fleckhaus
Druck: Nomos Verlagsgesellschaft, Baden-Baden
Printed in Germany

1 2 3 4 5 6 – 04 03 02 01 00 99

Die überzähligen Frauen

1. Der Hüter und seine Herde

»Nun gut, Alice«, sagte Dr. Madden, während er mit seiner ältesten Tochter den Küstenpfad bei Clevedon entlangspazierte, »morgen werde ich also eine Lebensversicherung über eintausend Pfund abschließen.«

Dies war das Ergebnis eines langen und vertraulichen Gesprächs. Alice Madden, neunzehn Jahre alt, ein unscheinbares, schüchternes, wohlerzogenes Mädchen von kleiner Statur und etwas schwerfälligen Bewegungen, sah ihren Vater freudig an und ließ ihren Blick dann über die blaue Bucht hinweg zu den Waliser Bergen schweifen. Es erfüllte sie mit Stolz, von ihm ins Vertrauen gezogen zu werden, denn Dr. Madden war ein schweigsamer Mensch und pflegte im Familienkreis für gewöhnlich nicht über Geldangelegenheiten zu reden. Er gehörte zu den Vätern, die von ihren Kindern innig geliebt werden: Er war ernst, aber gütig, von liebenswerter Schüchternheit und mit einem heiteren Zug um Augen und Mund. Und heute war er in besonders guter Laune; seine beruflichen Aussichten, so hatte er Alice gerade eröffnet, waren besser denn je; seit nunmehr zwanzig Jahren praktizierte er in Clevedon als Arzt, aber mit so geringen Einkünften, daß sie für seine große Familie gerade reichten; jetzt, im Alter von neunundvierzig – man schrieb das Jahr 1872 – blickte er mit wachsender Zuversicht in die Zukunft. Was sprach dagegen, daß er nicht weitere zehn oder fünfzehn Jahre seinen Beruf würde ausüben können? Clevedon war ein aufstrebendes Seebad; neue Häuser wuchsen aus dem Boden, und zweifelsohne würde auch die Zahl seiner Patienten weiter zunehmen.

»Eigentlich sollten Mädchen mit derlei Dingen nicht behelligt werden«, fügte er entschuldigend hinzu. »Mögen die Männer hinaus ins feindliche Leben, denn – wie es in dem alten Lied heißt – ›das ist ihre Natur‹. Der Gedanke, meine Töchter müßten sich jemals um Geldangelegenheiten sorgen, ist mir unerträglich. Aber wie ich jetzt feststelle, Alice, habe ich es mir angewöhnt, so mit dir zu reden, wie ich es mit eurer lieben Mutter getan hätte, wenn sie noch bei uns wäre.«

Mrs. Madden hatte sechs Töchter zur Welt gebracht und damit ihre Bestimmung in dieser wundervollen Welt erfüllt; seit zwei Jahren ruhte sie auf dem alten Friedhof, der hinausführt auf die Severn Sea. Wehmütig dachten Vater und Tochter an sie zurück: eine liebenswürdige, stille, bescheidene Frau, die ihren Haushalt mit Hingabe geführt hatte; von einer natürlichen Vornehmheit im Reden und Denken, die ihr auch unter den kritischsten Betrachtern den Titel einer Dame eingetragen hätte; es war ihr nur selten Muße vergönnt gewesen, und lange vor ihrem endgültigen Zusammenbruch hatten sich heimliche Sorgen auf ihrem Gesicht abgezeichnet.

»Dabei«, sagte der Doktor (den Titel trug er nur ehrenhalber) und blieb stehen, um eine Blume zu pflücken und eingehend zu betrachten, »habe ich über diese Dinge grundsätzlich nicht mit ihr gesprochen. Wie du sicherlich bemerkt hast, geht es mit uns langsam bergauf. Dennoch müssen wir unser Heim für alle Zeiten gegen Schicksalsschläge absichern; nichts ist so erschütternd wie der Anblick jener armen Familien, wo Frau und Kinder sich von morgens bis abends den Kopf darüber zerbrechen, wie sie die kärglichen Einkünfte einteilen sollen. Nein, nein: Frauen, gleich welchen Alters, sollten sich über Geld niemals Gedanken machen müssen.«

Die herrliche Sommersonne und die den Geruch des Ozeans hereintragende Westbrise hoben Dr. Maddens Stimmung noch. Wie so oft ließ er sich zu Prognosen über die Zukunft hinreißen.

»Der Tag wird kommen, Alice, da weder Mann noch Frau sich mit derlei Widrigkeiten herumschlagen müssen. Bis dahin wird freilich noch einige Zeit vergehen, o ja, aber eines Tages wird es so weit sein. Die Menschen sind nicht dazu bestimmt, bis in alle Ewigkeit wie die Raubtiere zu kämpfen. Laß ihnen Zeit; laß die Menschheit sich weiterentwickeln. Du weißt ja, was unser Dichter sagt: ›Bis die Mehrzahl, die verständ'ge, Wahn und Tyrannei besiegte ...‹*«

Er rezitierte diese Verse in einem schwärmerischen Tonfall, der typisch für ihn und seine Lebenseinstellung war. Elkanah Madden hätte niemals Arzt werden dürfen; der Wunsch, den Menschen zu helfen, hatte den verträumten Jugendlichen einst zu dieser Wahl bewogen, doch er war nur ein Quacksalber geworden, nicht mehr. »Unser Dichter«, sagte der Doktor – die Stadt Clevedon interessierte ihn hauptsächlich wegen der literarischen Assoziationen, die sie in ihm wachrief. Er war ein Verehrer Tennysons, und an Coleridges Landhaus ging er nie vorbei, ohne sich im Geiste davor zu verneigen. Vor der rauhen Wirklichkeit jedoch scheute er zurück.

---

* »There the common sense of most shall hold a fretful realm in awe ...« Aus Alfred Tennysons »Locksley Hall« (1842) in der deutschen Übersetzung von Ferdinand Freiligrath, Stuttgart und Tübingen 1846

Als er und Alice von ihrem Spaziergang zurückkehrten, war es Zeit für den nachmittäglichen Tee. Heute hatte die Familie einen Gast, und mehr als die acht Personen, die sich um den Tisch herumsetzten, hätten in dem kleinen Wohnzimmer kaum Platz gefunden. Die zweitälteste der Schwestern war Virginia, ein hübsches, aber zartes Mädchen von siebzehn Jahren. Gertrude, Martha und Isabel waren zwischen zehn und vierzehn und bis auf ihre Jugendfrische ohne äußere Reize; Isabel war noch unscheinbarer als ihre älteste Schwester. Monica, das Nesthäkchen, war ein goldiges kleines Ding von fünf Jahren, mit einem dunklen Schopf und strahlenden Augen.

Die Eltern hatten sich alle Mühe gegeben, ihre Schäfchen zu behüten. Wie es sich für ihre Herkunft schickte, waren die jungen Damen teils daheim, teils an öffentlichen Schulen unterrichtet worden, und die älteren der Schwestern bemühten sich, ihre Kenntnisse durch Selbststudien zu erweitern. Es herrschte eine feingeistige Atmosphäre in dem Haus; in sämtlichen Zimmern lagen Bücher, vornehmlich Lyrikbände, herum. Dr. Madden kam es jedoch nie in den Sinn, daß seine Töchter gut daran täten, auf ein berufliches Ziel hin zu lernen. Wenn er in melancholischer Stimmung war, machte er sich wohl hin und wieder Sorgen um ihre Zukunft. Er nahm sich dann vor, seine Familie gegen Schicksalsschläge abzusichern, um das Ganze stets wieder auf einen späteren Zeitpunkt zu verschieben. Neben einer möglichst guten Schulbildung für seine Töchter hielt er es für das Wichtigste, Geld zu sparen, denn damit wären sie notfalls in der Lage, sich als Hauslehrerinnen durchs Leben zu schlagen. Der Gedanke, daß seine Töchter arbeiten müßten, um Geld zu verdienen, war ihm allerdings so zuwider, daß er ihn stets schnell wieder verscheuchte. Seine Zuversicht beruhte auf einem vagen Gottvertrauen. Die Vorsehung würde schon nicht allzu streng mit ihm und den Seinen verfahren. Er erfreute sich bester Gesundheit; mit seiner Praxis ging es deutlich bergauf. Für seine vorrangige Pflicht hielt er es jetzt, seinen Töchtern ein moralisches Vorbild zu sein und ihren Geist in jeder angemessenen Richtung auszuformen. Sie auf etwas anderes hinzuführen als auf den Pfad, den die englische Dame für gewöhnlich einzuschlagen pflegte, wäre ihm niemals in den Sinn gekommen. Wie die meisten Männer hielt auch Dr. Madden es für unerläßlich, daß die Frauen sich an die althergebrachten Moralbegriffe und Konventionen hielten, damit die Menschheit weiterbestehen konnte.

Bei dem Gast an der Teetafel handelte es sich um ein junges Mädchen namens Rhoda Nunn. An ihrer großen, hageren, aber kräftigen Gestalt und dem lebhaften, wachen Blick erkannte man sogleich, daß sie kein Mitglied der Familie war. Ihre Jugend (sie war erst fünfzehn, sah jedoch um zwei Jahre älter aus) zeigte sich in ihrer Zappeligkeit und in ihrer Art zu reden: Wie ein kleines Kind sprang sie zuweilen von einem Gedanken zum anderen, jedoch stets bemüht, sich wie eine Erwachsene auszudrücken. Sie hatte einen bemerkenswerten Kopf, in des Wortes doppelter Bedeutung; möglich, daß sie zu einer gewissen Schönheit heranreifen würde, mit Sicherheit aber würde sie ihren Geist zur höchsten Blüte bringen. Ihre kranke Mutter verbrachte die Sommermonate unter Dr. Maddens ärztlicher Aufsicht in Clevedon, und so kam es, daß sich das Mädchen mit der Familie anfreundete. Den jüngeren Töchtern gegenüber verhielt sie sich recht herablassend; an Kinderkram hatte sie schon lange kein Interesse mehr, sondern ausschließlich an geistreichen Gesprächen. In ihrer offenen Art und mit einem stolzen Unterton verkündete Miss Nunn, daß sie sich ihren Lebensunterhalt später selbst würde verdienen müssen, höchstwahrscheinlich als Lehrerin an einer Schule. Fast den ganzen Tag widmete sie der Vorbereitung auf Schulprüfungen, und ihre Freizeit verbrachte sie meist bei den Maddens oder einer Familie namens Smithson – Leute, für die sie aus nicht ganz ersichtlichen Gründen eine tiefe Bewunderung hegte. Mr. Smithson, ein Witwer mit einer an Schwindsucht leidenden Tochter, war ein etwa fünfunddreißigjähriger Mann mit harten Gesichtszügen und einer rauhen Stimme, den Dr. Madden seiner radikalen Ansichten wegen insgeheim nicht ausstehen konnte; wenn man sich auf die Beobachtungsgabe der Frauen verlassen durfte, hatte Rhoda Nunn sich schlicht und einfach in ihn verliebt, hatte ihn, vielleicht ohne daß ihr das selbst bewußt war, zum Objekt ihrer ersten Leidenschaft gemacht. Alice und Virginia machten sich heimlich und schamhaft errötend darüber lustig; ihrer Ansicht nach warf das kein gutes Licht auf die junge Dame. Gleichwohl hielten sie Rhoda für einen bewundernswerten Menschen und lauschten ihren Worten mit großem Respekt.

»Und mit welchem unlösbaren Problem beschäftigen Sie sich derzeit, Miss Nunn?« erkundigte sich der Doktor mit gespieltem Ernst, nachdem er die jungen Gesichter an seiner Tafel nacheinander gemustert hatte.

»Meine Güte, das ist mir im Augenblick entfallen. Ach, was ich Sie fragen wollte, Doktor, sind Sie der Meinung, daß Frauen im Parlament sitzen sollten?«

»Aber nicht doch«, lautete die Antwort nach einer kurzen Pause, als hätte er erst überlegen müssen. »Wenn sie aber unbedingt hineinwollen, dann sollten sie stehen.«

»Ach, mit Ihnen kann man sich einfach nicht ernsthaft unterhalten!« rief Rhoda verärgert aus, während die anderen amüsiert lachten. »Mr. Smithson ist der Meinung, daß Frauen ins Parlament gewählt werden sollten.«

»Tatsächlich? Haben die Mädchen Ihnen schon erzählt, daß in Mr. Williams Obstgarten eine Nachtigall wohnt?«

So ging das immer. Nicht einmal spaßeshalber mochte Dr. Madden über die radikalen Ideen diskutieren, die Rhoda bei ihrem widerwärtigen Freund aufschnappte. Seine Töchter hätten es niemals gewagt, sich in seiner Gegenwart zu derartigen Themen zu äußern; wenn sie mit Miss Nunn allein waren, bekundeten sie wohl ein zaghaftes Interesse an all den Ideen, die sie vorbrachte, doch keine steuerte selbst je einen Gedanken dazu bei.

Nach dem Tee löste sich die kleine Gesellschaft auf – ein Teil ließ sich draußen unter den Apfelbäumen nieder, ein anderer in der Nähe des Klaviers, auf dem Virginia ein Stück von Mendelssohn spielte. Die fünfjährige Monica hüpfte plappernd zwischen ihnen hin und her. Ihr Vater, der es sich mit einer Pfeife im Mund vor der besonnten, mit Efeu bewachsenen Hauswand in einem Liegestuhl bequem gemacht hatte, ließ sie dabei nicht aus den Augen. Dr. Madden dachte gerade daran, wie glücklich diese ruhigen, artigen Mädchen ihn doch machten; wie seine Liebe für sie von Sommer zu Sommer tiefer zu werden schien; welch herrliche Zeit ihn im Alter erwartete, wenn einige von ihnen verheiratet wären und ihre eigenen Kinder hätten, während die übrigen für ihn sorgten – so wie er für sie seinerseits gesorgt hatte. Virginia würde sicherlich einen Ehemann finden; sie war hübsch, anmutig und gescheit. Desgleichen vermutlich Gertrude. Und die kleine Monica – ach, die kleine Monica! Sie würde die Schönheit der Familie sein. Wenn Monica erwachsen wäre, würde es für ihn an der Zeit sein, sich zur Ruhe zu setzen; bis dahin dürften seine Ersparnisse zweifelsohne reichen.

Er mußte unbedingt dafür sorgen, daß die Mädchen mehr unter die Leute kamen; sie waren immer zuviel allein gewesen, worauf ihre Schüchternheit gegenüber Fremden zurückzuführen war. Wenn ihre Mutter doch noch leben würde!

»Rhoda möchte gerne, daß du uns etwas vorliest, Vater«, sagte seine älteste Tochter, die zu ihm herangetreten war, während er sich in Gedanken verloren hatte.

Er pflegte ihnen häufig Gedichte vorzulesen; vor allem Coleridge und Tennyson. Sie brauchten ihn nicht lange zu bitten. Alice ging einen Band holen, und er wählte das Gedicht »Die Lotos-Esser« aus. Erwartungsvoll setzten die Mädchen sich im Kreis um ihn herum. Manch sommerliche Abendstunde hatten sie so verbracht, doch keine davon war so friedvoll gewesen wie diese. Dr. Maddens melodische Stimme vermischte sich mit dem Gesang einer Drossel.

»Laßt uns in Ruhe. Schnell schreitet die Zeit voran,
Und binnen kurzem sind unsere Lippen stumm.
Laßt uns in Ruhe. Was ist es, das dauerhaft bleibt?
Alles wird uns genommen – «

Er wurde unterbrochen, plötzlich und unwiderruflich. Ein Bauer in Kingston Seymour sei schwer erkrankt; der Doktor müsse sofort kommen.

»Tut mir sehr leid, Mädchen. Sagt James, er soll rasch das Pferd anspannen.«

Zehn Minuten später fuhr Dr. Madden in seinem Einspänner in höchster Eile davon.

Gegen sieben Uhr verabschiedete sich Rhoda Nunn, wobei sie in ihrer offenen Art bemerkte, daß sie auf dem Rückweg am Ufer entlanggehen werde, in der Hoffnung, dort Mr. Smithson und seiner Tochter zu begegnen. Der Zustand ihrer Mutter sei heute zu schlecht, um das Haus zu verlassen, doch die Kranke ziehe es dann stets vor, in Ruhe gelassen zu werden, erklärte Rhoda.

»Glaubst du wirklich, daß dem so ist?« wagte Alice schüchtern einzuwenden. Rhoda blickte sie erstaunt an. »Warum sollte Mutter etwas behaupten, das nicht wahr ist?«

Die aufrichtige Verwunderung, mit der sie diese Frage stellte, war charakteristisch für Rhoda.

Um neun Uhr lagen die drei Jüngsten im Bett; Alice, Virginia und Gertrude saßen lesend im Wohnzimmer, von Zeit zu Zeit ein paar belanglose Worte wechselnd. Sie achteten kaum darauf, als jemand an die Tür klopfte, in der Annahme, es sei das Dienstmädchen, das den Abendbrottisch decken wollte. Doch als die Tür aufging, trat eine seltsame Stille ein; Alice schaute hoch und sah wie erwartet das Mädchen dastehen, doch mit einem so seltsamen Gesichtsausdruck, daß sie erschrocken aufsprang.

»Dürfte ich Sie allein sprechen, Miss?«

Die Unterredung draußen im Flur dauerte nicht lange. Ein Bote hatte gerade die Nachricht überbracht, daß Dr. Madden auf dem Rückweg von Kingston Seymour aus seinem Fahrzeug geschleudert worden sei und bewußtlos in einem an der Landstraße gelegenen Bauernhaus liege.

Der Doktor hatte sich schon seit einiger Zeit mit der Absicht getragen, ein neues Pferd zu kaufen; sein treuer alter Gaul war mittlerweile sehr schwach auf den Beinen. Wie so oft, wurde auch hier der Aufschub zum Verhängnis; das Pferd stolperte und stürzte, und der Lenker des Gefährts wurde kopfüber auf die Straße geschleudert. Einige Stunden später brachte man ihn nach Hause, und ein paar Tage lang bestand noch Hoffnung, daß er durchkommen würde. Doch die Zeit reichte gerade noch, daß der Schwerverletzte ein kurzes Testament diktieren und unterzeichnen konnte; nachdem er diese Pflicht erfüllt hatte, verstummte Dr. Madden für immer.

2. Umhertreibend

Kurz vor Weihnachten des Jahres 1887 klopfte eine Dame, Anfang zwanzig und mit einem müden, mutlosen Ausdruck auf ihrem schmalen Gesicht, an eine Haustür in einem Sträßchen in Lavender Hill. Auf einem Schild im Fenster stand zu lesen, daß hier ein Zimmer zu vermieten sei. Als die Tür aufging und eine adrette, gesetzte, ältere Frau erschien, erklärte die Fremde mit scheuem Blick, daß sie auf der Suche nach einer Unterkunft sei.

»Vielleicht nur für ein paar Wochen, vielleicht auch für länger«, sagte sie mit leiser, müder Stimme, aber mit einer Aussprache, die auf eine gute Kinderstube schließen ließ. »Es ist nicht einfach, genau das zu finden, was ich mir vorstelle. Ein einziges Zimmer würde mir genügen, und ich benötige nur sehr wenig Bedienung.«

Sie habe nicht mehr als ein Zimmer zu vermieten, entgegnete die andere. Sie könne es sich gerne einmal anschauen.

Die beiden gingen nach oben. Das Zimmer befand sich im hinteren Teil des Hauses, war aber behaglich eingerichtet. Es schien der Wohnungssuchenden zu gefallen, denn sie lächelte zaghaft.

»Wieviel Miete verlangen Sie dafür?«

»Das kommt darauf an, was Sie an Service wünschen, Ma'am.«

»Ja ... selbstverständlich. Ich denke ... erlauben Sie, daß ich mich setze? Ich bin schrecklich müde. Vielen Dank. Ich brauche wirklich nur sehr wenig Bedienung. Ich bin sehr anspruchslos. Ich würde das Bett selbst machen und ... und auch die anderen Kleinigkeiten tun, die täglich anfallen. Ich würde Sie höchstens bitten, das Zimmer auszufegen ... einmal die Woche vielleicht.«

Die Hauswirtin sann nach. Möglicherweise hatte sie bereits Erfahrungen mit Mietern gemacht, die bestrebt gewesen waren, ihr möglichst wenig Umstände zu bereiten. Sie musterte die Fremde verstohlen.

»Und wieviel«, fragte sie schließlich, »wären Sie bereit zu zahlen?«

»Vielleicht sollte ich zunächst einmal meine Lage darlegen. Ich bin mehrere Jahre lang Gesellschafterin einer Dame in Hampshire gewesen. Seit ihrem Tod bin ich gezwungen, von meinen Rücklagen zu leben – hoffentlich nur für kurze Zeit. Ich bin nach London gekommen, weil eine jüngere Schwester von mir hier in einem Geschäft angestellt ist; sie riet mir, in diesem Teil der Stadt nach einer Unterkunft zu suchen; warum sollte ich nicht in ihrer Nähe wohnen, während ich versuche, eine neue Anstellung zu finden; vielleicht habe ich sogar das Glück, eine solche in London zu bekommen. Ich brauche nichts weiter als Ruhe und ein bescheidenes Zimmer. Ein Haus wie das Ihre würde mir gefallen ... ja, sehr sogar. Könnten wir uns nicht auf einen Mietpreis einigen, den ... den ich mir leisten kann?«

Abermals dachte die Hauswirtin nach. »Wären Sie mit fünf Shilling Sixpence einverstanden?«

»Ja, damit wäre ich einverstanden ... vorausgesetzt, es stört Sie nicht, wenn ich so lebe, wie ich es gewohnt bin. Ich ... ich bin nämlich Vegetarierin, und da ich nur ganz einfache Gerichte zu mir nehme, würde ich meine Mahlzeiten gern selbst zubereiten. Hätten Sie etwas dagegen, wenn ich das in diesem Zimmer tun würde? Ich benötige wirklich nicht mehr als einen Wasserkessel und einen Kochtopf. Da ich viel zu Hause sein werde, sollte ich natürlich auch Feuer machen können.«

Eine halbe Stunde später war ein Mietvertrag geschlossen, mit dem beide Parteien recht zufrieden sein konnten.

»Ich glaube von mir sagen zu können, daß ich kein habgieriger Mensch bin«, sagte die Hauswirtin. »Wenn ich für mein Gästezimmer fünf oder sechs Shilling die Woche bekomme, bin ich damit zufrieden. Aber der Mieter muß *seinen* Pflichten ebenfalls nachkommen. Sie haben mir Ihren Namen noch gar nicht genannt, Ma'am.«

»Miss Madden. Mein Gepäck ist noch am Bahnhof; ich werde es heute abend hierher bringen lassen. Und da ich Ihnen völlig unbekannt bin, möchte ich meine Miete gern im voraus bezahlen.«

»Nun, das ist zwar nicht nötig, aber ganz wie Sie wünschen.«

»Dann zahle ich Ihnen sofort fünf Shilling Sixpence. Würden Sie mir bitte eine Quittung ausstellen?«

Und so quartierte sich Miss Madden in Lavender Hill ein, wo sie ein Vierteljahr lang allein leben sollte.

Sie erhielt häufig Post, doch nur ein einziger Mensch kam sie besuchen – ihre Schwester Monica, die mittlerweile in einem Tuchgeschäft in der Walworth Road arbeitete. Die junge Dame kam jeden Sonntag, und wenn das Wetter schlecht war, verbrachte sie den ganzen Tag droben in dem kleinen Zimmer. Mieterin und Wirtin verstanden sich bestens; die eine bezahlte pünktlich die Miete, und die andere erwies ihr eine Reihe kleiner Gefälligkeiten, zu denen sie laut Mietvertrag nicht verpflichtet war.

So verging die Zeit bis zum Frühjahr 1888, als Miss Madden eines Nachmittags die Treppe zur Küche hinunterstieg und zaghaft wie immer an die Tür klopfte.

»Hätten Sie einen Moment Zeit, Mrs. Conisbee? Könnte ich kurz etwas mit Ihnen besprechen?«

Die Wirtin war allein und lediglich damit beschäftigt, ihre frisch gewaschene Wäsche zu bügeln.

»Ich habe Ihnen doch schon ab und zu von meiner älteren Schwester erzählt. Sie muß leider ihre Stelle bei der Familie in Hereford aufgeben. Die Kinder kommen in die Schule, und ihre Dienste werden nicht mehr benötigt.«

»Ach wirklich, Ma'am?«

»Ja. Sie wird für unbestimmte Zeit eine Bleibe brauchen. Und da kam mir der Gedanke, Mrs. Conisbee, Sie ... Sie zu fragen, ob Sie wohl etwas dagegen hätten, wenn sie mein Zimmer mit mir teilte. Selbstverständlich würden wir Ihnen eine höhere Miete zahlen. Das Zimmer ist zwar klein für zwei Personen, aber es wäre ja nur vorübergehend. Meine Schwester ist eine gute und erfahrene Lehrerin und wird gewiß keine Schwierigkeiten haben, eine neue Stelle zu finden.«

Mrs. Conisbee dachte nach, ohne daß sich ihre Miene mißfällig verzog. Mittlerweile kannte sie ihre Mieterin gut genug und wußte, daß sie ihr voll vertrauen konnte.

»Nun ja, Ma'am, *Sie* müssen entscheiden, ob Sie das aushalten«, erwiderte sie. »Aus meiner Sicht spricht nichts dagegen, wenn Sie glauben, zu zweit in diesem kleinen Zimmer wohnen zu können. Und was die Miete betrifft, so wäre *ich* mit sieben Shilling statt der fünf Shilling Sixpence vollauf zufrieden.«

»Danke, Mrs. Conisbee, herzlichen Dank. Ich werde meiner Schwester sofort schreiben; sie wird über diese Nachricht sehr erleichtert sein. Da stehen uns beiden gewiß ein paar höchst vergnügliche Ferientage bevor.«

Eine Woche später traf die älteste der drei Madden-Schwestern ein. Da für die Koffer in dem kleinen Zimmer beim besten Willen kein Platz war, gestattete Mrs. Conisbee ihnen, sie im Zimmer ihrer Tochter unterzustellen, das auf dem gleichen Stockwerk lag. Ein paar Tage später hatten die beiden Schwestern sich miteinander eingerichtet. Wenn das Wetter es erlaubte, waren sie vormittags oder nachmittags draußen. Alice Madden war zum ersten Mal in London; sie wollte gerne alle Sehenswürdigkeiten besichtigen, doch Geldnot und eine angeschlagene Gesundheit ließen das nur in eingeschränktem Maße zu. Nach Einbruch der Dunkelheit pflegten weder Alice noch Virginia das Haus zu verlassen.

Die beiden Schwestern sahen sich nicht besonders ähnlich.

Die ältere (mittlerweile fünfunddreißig) neigte aufgrund von Bewegungsarmut zur Füllligkeit; sie hatte hängende Schultern und sehr kurze Beine. Hätte sie keinen so schlechten Teint gehabt, wäre an ihrem Gesicht nichts auszusetzen gewesen; runde, rosige Bäckchen hätten ihr liebenswürdiges und ehrliches Wesen trotz der reizlosen Züge recht vorteilhaft zum Ausdruck gebracht. Doch ihre Wangen waren schlaff, aufgedunsen und ständig von einer Farbe, wie sie durch Kälte hervorgerufen wird; auf ihrer Stirn bildeten sich stets ein paar Pickel; ihr formloses Kinn verlor sich in zwei oder drei fleischigen Falten. Sie war beinahe noch genauso schüchtern wie in ihrer Jugendzeit und hatte einen linkischen, hölzernen Gang, wobei sie den Kopf vorbeugte, als versuche sie, vor jemandem zu fliehen.

Virginia (beinahe dreiunddreißig) hatte ebenfalls ein ungesundes Aussehen, allerdings hinterließen Blutarmut oder -verunreinigung bei ihr keine so deutlichen Spuren. Man merkte ihr noch an, daß sie einmal hübsch gewesen war, und aus bestimmten Perspektiven waren ihre Gesichtszüge noch immer überaus reizvoll, was wegen des augenscheinlichen Verfalls um so deutlicher ins Auge sprang. Sie alterte jetzt nämlich sehr rasch; ihre schlaffen Lippen hingen mehr und mehr herab, was eine Charaktereigenschaft betonte, die man lieber nicht wahrgenommen hätte; die Augenhöhlen wurden immer tiefer; die Falten dehnten sich aus; die Haut an ihrem Hals wurde welk. Ihr langer, schmächtiger Körper schien zu schwach, um sich aufrecht zu halten.

Alice hatte braunes, aber sehr dünnes Haar. Virginias Haar war leicht rötlich; die hochgesteckten, den kleinen Kopf umrahmenden Zöpfe und Locken sahen recht hübsch aus. Die Stimme der älteren Schwester war mit der Zeit unangenehm rauh geworden, doch sie hatte eine gepflegte Aussprache; die etwas steife und pedantische Ausdrucksweise rührte zweifelsohne von ihrem Lehrerinnendasein her. Virginia hingegen gab sich viel natürlicher, hatte eine gewandtere Redeweise, und auch ihre Bewegungen waren viel anmutiger.

Seit Dr. Maddens Tod in Clevedon waren nun sechzehn Jahre vergangen. Die Lebensgeschichte seiner Töchter seit dieser Zeit ist schnell erzählt, denn es gibt nichts Aufregendes zu berichten.

Nachdem die Angelegenheiten des Doktors geregelt waren, ergab es sich, daß die Erbschaft seiner sechs Töchter annähernd achthundert Pfund betrug.

Achthundert Pfund sind freilich eine Menge Geld; aber wie sollte es in dieser Situation am besten verwendet werden?

Aus Cheltenham reiste ein lediger, etwa sechzigjähriger Onkel an. Dieser Herr lebte von einer Jahresrente von siebzig Pfund, die mit seinem Tod erlöschen würde. Es war ihm hoch anzurechnen, daß er das Geld für die Bahnfahrkarte von Cheltenham nach Clevedon aufbrachte, um dem Begräbnis seines Bruders beizuwohnen und seinen Nichten ein paar tröstende Worte zu sagen. Beziehungen indes hatte er keine, Entschlußkraft kaum. Hilfe, in welcher Form auch immer, war von seiner Seite nicht zu erwarten.

Aus Richmond in Yorkshire traf auf Alices Verständigung hin ein Antwortschreiben einer uralten Tante ihrer verstorbenen Mutter, die den Mädchen hin und wieder Geschenke geschickt hatte, ein. Der Brief war kaum zu entziffern; er schien tröstliche

Worte aus der Bibel zu enthalten, aber keinerlei praktische Ratschläge. Diese alte Dame hatte nichts zu vermachen. Und soweit die Mädchen wußten, war sie die einzige noch lebende Verwandte mütterlicherseits.

Bei dem Erbschaftsverwalter handelte es sich um einen Geschäftsmann aus Clevedon, ein liebenswürdiger und bewährter Freund der Familie, ein Mann, dessen Kenntnisse und Fähigkeiten weit über die seines Standes hinausgingen. Nach Rücksprache mit einigen anderen wohlmeinenden, um das Schicksal der Maddens besorgten Menschen entschied Mr. Hungerford (der laut testamentarischer Verfügung große Handlungsfreiheit besaß), daß sich die drei Ältesten künftig selbst um ihren Lebensunterhalt zu kümmern hatten, während die drei Jüngeren unter der Obhut einer in bescheidenen Verhältnissen lebenden Dame wohnen sollten, die bereit war, sie gegen Erstattung der Unkosten bei sich aufzunehmen und zu versorgen. Durch die geschickte Anlage der achthundert Pfund könnten mit dem Ertrag die Auslagen für Verpflegung, Kleidung und die Ausbildung von Martha, Isabel und Monica bestritten werden. Diese Vorkehrungen sollten fürs erste genügen; sollten sich die Umstände ändern, würde man weitersehen.

Alice fand eine Anstellung als Gouvernante mit einem Jahresverdienst von sechzehn Pfund. Virginia hatte das Glück, von einer adligen Dame in Weston-super-Mare als Gesellschafterin angestellt zu werden; ihr Verdienst betrug zwölf Pfund. Die vierzehnjährige Gertrude zog ebenfalls nach Weston, wo ihr in einem Modewarenladen eine Stelle angeboten wurde – ohne Bezahlung, aber bei freier Kost und Logis sowie Einkleidung.

Zehn Jahre gingen ins Land, in denen sich einiges änderte.

Gertrude starb an Schwindsucht, Martha ertrank, als ein Ausflugsdampfer kenterte. Auch Mr. Hungerford starb, und ein neuer Vormund verwaltete das gemeinsame Vermögen der übrigen vier Töchter. Alice war nach wie vor als Hauslehrerin tätig, Virginia noch immer als Gesellschafterin. Isabel, mittlerweile zwanzig, unterrichtete an einer Grundschule in Bridgewater, und die gerade erst fünfzehnjährige Monica war im Begriff, eine Lehre bei einem Tuchhändler in Weston anzutreten, in der gleichen Stadt, in der auch Virginia wohnte. Hinter einem Ladentisch zu bedienen war nicht eben das, was Monica sich ausgesucht hätte, wenn irgendeine abwechslungsreichere Tätigkeit in Reichweite gewesen wäre. Zum Unterrichten hatte sie keine Begabung; ja im

Grunde war sie für nichts weiter geeignet als dazu, ein hübsches, fröhliches, liebenswertes Mädchen zu sein, das der Zuneigung und Güte seiner Mitmenschen bedurfte. In Auftreten und Sprechweise war Monica ihrer Mutter sehr ähnlich, sie besaß wie diese eine natürliche Anmut. Man mag es wohl bedauern, daß ein solches Mädchen nicht Zutritt zu höheren Gesellschaftsschichten fand, doch es war an der Zeit, daß sie »irgend etwas tat«, und die Menschen, von denen sie sich beraten ließ, waren nicht sehr lebenserfahren. Alice und Virginia dachten wehmütig an ihre unerfüllt gebliebenen Träume, glaubten aber aufgrund ihrer beruflichen Erfahrungen, daß Monica in der »Geschäftswelt« besser aufgehoben wäre als in einer vornehmen Stellung. Außerdem würde sie an einem Ort wie Weston, wo ihre Schwester sie gelegentlich als Anstandsdame begleiten könnte, aller Wahrscheinlichkeit nach über kurz oder lang davon erlöst werden, ihren Lebensunterhalt verdienen zu müssen.

Bei den anderen war bislang kein Heiratskandidat vorstellig geworden. Falls Alice je davon geträumt hatte zu heiraten, dürfte sie sich mittlerweile mit ihrem Jungfrauendasein abgefunden haben. Virginia konnte kaum erhoffen, daß ein Mann auf der Suche nach einer Ehefrau sich von ihrer verblühten Schönheit und ihrer angegriffenen Gesundheit angezogen fühlte, die sie sich bei der Betreuung einer gebieterischen Kranken und bei nächtelanger nutzloser Lektüre eingehandelt hatte, wenn sie eigentlich hätte schlafen sollen. Und die arme Isabel war ausgesprochen häßlich. Monica hingegen schien sich zum mit Abstand hübschesten und lebenslustigsten Sprößling der Familie zu entwickeln. Sie würde mit Sicherheit heiraten, kein Zweifel! Dieser Gedanke erfüllte ihre Schwestern mit Freude.

Die Arbeit hatte Isabel bald entkräftet, sie wurde krank. Seelische Probleme kamen dazu und führten zu Depressionen. Sie fand schließlich Aufnahme in einem Heim, doch dort ertränkte sich das arme, reizlose Mädchen im Alter von zweiundzwanzig Jahren in einer Badewanne.

Somit waren von den sechs Schwestern nur noch die Hälfte am Leben. Bislang hatte der Ertrag aus den achthundert Pfund mal der einen, mal der anderen weitergeholfen und ihnen manch bittere Stunde erspart, die ihr Schicksal andernfalls noch erschwert hätte. Es wurde nun eine neue Regelung getroffen, nach der das Kapital Alice und Virginia gemeinsam überschrieben wurde, mit der Auflage, ihrer jüngsten Schwester jährlich neun Pfund auszuzahlen. Ein lächerlicher Betrag, gewiß, aber er würde für ihre Kleidung ausreichen – und außerdem würde Monica ja mit Sicherheit heiraten. Dem Himmel sei gedankt dafür!

So verging die Zeit, ohne daß ein erwähnenswertes Ereignis eintrat – weder eine Heirat noch sonst etwas –, bis zum gegenwärtigen Jahr 1888.

Ende Juni würde Monica einundzwanzig werden; die Älteren, die ihre um vieles schönere Schwester innig liebten, sprachen häufig von ihr, während dieser Zeitpunkt näherrückte, und beratschlagten, womit sie ihr an ihrem Geburtstag eine kleine Freude bereiten könnten. Virginia hielt eine Ausgabe von John Kebles Christlichem Jahreskalender für ein geeignetes Geschenk.

»Sie hat ja keine Zeit, um ein umfangreiches Buch zu lesen. Ein Gedicht von Keble vor dem Einschlafen und eins nach dem Aufstehen gibt der Armen vielleicht Kraft.«

Alice nickte. »Wir müssen es ihr gemeinsam schenken«, fügte sie mit besorgter Miene hinzu. »Wir können es uns nicht leisten, mehr als zwei oder drei Shilling auszugeben.«

»Da hast du wohl leider recht.«

Sie bereiteten gerade ihre alltägliche Hauptmahlzeit zu. Auf einem Spirituskocher stand ein kleiner Kochtopf mit Reis, in dem es blubberte, während Alice umrührte. Virginia holte von unten (Mrs. Conisbee hatte ihnen ein Regal in ihrer Speisekammer überlassen) Brot, Butter, Käse und ein Glas Eingemachtes herauf und deckte den Tisch (neunzig mal fünfundvierzig Zentimeter), an dem sie zu essen pflegten. Als der Reis fertig war, wurde er in zwei Portionen aufgeteilt, und nachdem sie ihn mit einem Flöckchen Butter, etwas Pfeffer und Salz gewürzt hatten, ließen die beiden sich nieder.

Da sie bereits am Morgen ausgegangen waren, würden sie den Nachmittag mit häuslichen Tätigkeiten verbringen. Virginia hatte ihrer Schwester, die häufig an Kopfweh, Rückenschmerzen und anderen Beschwerden litt, den bequemen Rohrsessel überlassen; sie selbst nahm mit einem einfachen Holzschemel vorlieb, an den sie sich mittlerweile gewöhnt hatte. Ihre Näharbeiten beschränkten sich auf das Notwendigste; wenn nichts ausgebessert werden mußte, nahmen sie statt der Nähnadel lieber ein Buch zur Hand. Alice, die noch nie eine Studentin in der eigentlichen Bedeutung des Wortes gewesen war, las einige ihrer Bücher zum zwanzigsten Mal – Gedichte, historische Romane und ein halb dutzend Werke, die jede durchschnittliche Mutter in der Hand der Gouvernante ihrer Kinder gutgeheißen hätte. Bei Virginia verhielt sich die Sache ein wenig anders. Bis zum Alter von vierundzwanzig hatte sie sich, wann immer Gelegenheit bestand, mit Feuereifer auf ein Fachgebiet gestürzt – ein Studium ohne genauen Zweck, da sie nie in Erwägung gezogen hatte, dadurch ihren Wert als Gesellschafterin erhöhen oder eine bessere Anstellung bekommen zu können. Ihr einziges geistiges Interesse bestand darin, so viel wie möglich über die Kirchengeschichte zu erfahren. Dabei war sie keineswegs fanatisch; sie war wohl fromm, aber in Maßen, und sie ereiferte sich auch nicht, wenn sie über religiöse Dinge sprach. Die Entwicklung der christlichen Kirche, alte Religionsgemeinschaften und Schismen, die Konzile, die päpstliche Politik – derlei Dinge interessierten sie brennend; unter günstigen Umständen hätte sie es möglicherweise zu einer Gelehrten gebracht; aber die Voraussetzungen waren alles andere als günstig, und das einzige, was sie sich dabei einhandelte, war eine angegriffene Gesundheit. Auf einen plötzlichen Zusammenbruch folgte eine geistige Erschöpfung, von der sie sich nie mehr erholte. Da es fortan ihre Aufgabe war, der Dame, deren Gesellschafterin sie war, Romane vorzulesen, und zwar einen Roman täglich, verlor sie alle Energie, sich mit etwas anderem als der leichteren Literatur zu beschäftigen. Inzwischen beschaffte sie sich entsprechende Werke gegen eine Gebühr von einem Shilling pro Monat in einer Leihbücherei. Da es ihr anfangs peinlich war, wenn Alice sah, welche Art Bücher sie las, versuchte sie es mit anspruchsvollerer Literatur; aber das hatte zur Folge, daß sie darüber einschlief oder Kopfweh bekam. Also besorgte sie sich wieder leichte Lektüre, und als Alice daran keinen Anstoß nahm, tat sie das bald wieder mit der alten Regelmäßigkeit.

Diesen Nachmittag war den Schwestern nach Reden zumute. Beide bedrückte das gleiche Problem, und sie kamen alsbald darauf zu sprechen.

»Sicher«, sagte Alice leise und halb zu sich selbst, »werde ich bald eine Nachricht bekommen.«

»Was mich betrifft, so bin ich nicht besonders zuversichtlich«, entgegnete ihre Schwester.

»Du glaubst, die Person aus Southend wird nichts mehr von sich hören lassen?«

»Ja, das befürchte ich. Andererseits machte sie gar keinen guten Eindruck auf mich. Absolut ungebildet – oh, das könnte ich nicht ertragen.« Virginia schüttelte sich, als sie das sagte.

»Ich bereue beinahe«, sagte Alice, »daß ich die Stelle in Plymouth nicht angenommen habe.«

»Oh, du meine Güte! Fünf Kinder und kein Pfennig Gehalt! Das war ein unverschämtes Angebot.«

»Ja, das ist wohl wahr«, seufzte die arme Gouvernante. »Aber Leute wie ich haben keine große Wahl. Überall werden Zeugnisse und sogar Universitätsabschlüsse verlangt. Was kann man erwarten, wenn man nichts als Beurteilungen früherer Dienstherren vorzuweisen hat? Ich bin sicher, daß ich am Ende eine unbezahlte Stelle annehmen muß.«

»Und für *mich* als Gesellschafterin sind die Aussichten noch schlechter«, klagte Virginia. »Ich wünschte, ich wäre als Zofe nach Norwich gegangen.«

»Das wäre deiner Gesundheit mit Sicherheit nicht zuträglich gewesen, Schwesterherz.«

»Wer weiß. Vielleicht wäre ein umtriebigeres Leben gut für mich. Könnte durchaus sein, meinst du nicht, Alice?«

Die andere gab ihr seufzend recht. »Komm, laß uns unsere Finanzen überschlagen«, schlug sie daraufhin vor. Dieser Satz kam ihr recht häufig über die Lippen, und er hatte stets zur Folge, daß ihre Laune stieg. Virginia schien er ebenfalls Auftrieb zu geben.

»Meine Lage«, sagte die Gesellschafterin, »könnte ernster nicht sein. Ich besitze nur noch ein Pfund, die Dividende nicht mitgerechnet.«

»Ich dagegen habe noch mehr als vier Pfund. Laß uns überlegen«, sagte Alice und hielt inne. »Angenommen, keine von uns beiden findet bis zum Jahresende eine Anstellung. Das hieße, wir müßten mehr als ein halbes Jahr lang ... du mit sieben Pfund und ich mit zehn Pfund auskommen.«

»Das ist unmöglich«, sagte Virginia.

»Warte. Machen wir's mal anders. Zusammen stehen uns siebzehn Pfund zur Verfügung. Das sind ...«, sie rechnete auf einem Stück Papier weiter, »das sind zwei Pfund, sechzehn Shilling und acht Pence pro Monat. Wenn wir den Rest dieses Monats nicht mehr mitzählen, ergibt das vierzehn Shilling und zwei Pence die Woche. Ja, das *können* wir schaffen!«

Mit einem triumphierenden Blick legte sie den Bleistift aus der Hand. Ihre sonst so glanzlosen Augen leuchteten auf, als hätte sie eine neue Einkommensquelle entdeckt.

»Das können wir nicht«, widersprach Virginia mit gedämpfter Stimme. »Sieben Shilling für die Miete; damit bleiben nur sieben

Shilling und zwei Pence pro Woche für alles andere – für alles andere.«

»Doch, wir *könnten*«, beharrte die andere. »Im schlimmsten Fall dürften wir für Lebensmittel nicht mehr als sechs Pence am Tag ausgeben – macht drei Shilling Sixpence die Woche. Ich bin überzeugt, daß wir mit weniger als ... sagen wir vier Pence auskommen könnten, Virgie. Ja, das könnten wir, Schwesterherz!«

Sie blickten einander fest an, so als müßten sie sich Mut machen. »Ist ein solches Leben seinen Namen wert?« fragte Virginia verzagt.

»Es wird schon nicht so weit kommen. Nein, mit Sicherheit nicht. Aber es ist tröstlich zu wissen, daß wir theoretisch noch sechs Monate *unabhängig* sind.«

Dieses Wort war offensichtlich Musik für Virginias Ohren. »Unabhängig! Oh, Alice, wie herrlich ist es doch, unabhängig zu sein! Ehrlich gesagt, Schwesterchen, ich fürchte, mich nicht ernsthaft genug um eine neue Stelle bemüht zu haben. Dieses gemütliche Zimmer und die Gelegenheit, Monica einmal pro Woche zu sehen, haben mich zum Müßiggang verleitet. Nicht daß ich wirklich müßig sein möchte; ich weiß, daß mir das nicht guttut; aber ach! könnte man doch in einem Haus arbeiten, das einem selbst gehört!«

Alice blickte bestürzt drein, als hätte ihre Schwester ein unschickliches oder zumindest heikles Thema angesprochen. »Es ist sinnlos, an dergleichen zu denken«, antwortete sie bedrückt.

»Sinnlos; ja, völlig sinnlos. Ich darf mich solchen Gedanken nicht hingeben.«

»Was immer auch geschieht, meine Liebe«, sagte Alice darauf mit allem Nachdruck, dessen sie fähig war, »wir dürfen unser Kapital niemals angreifen – niemals – niemals!«

»Nein, niemals! Wenn wir alt werden und nutzlos ...«

»Wenn keiner mehr bereit ist, uns für unsere Dienste auch nur freie Unterkunft und Verpflegung zu gewähren ...«

»Wenn wir keinen Menschen mehr haben, an den wir uns wenden können«, fiel Alice wieder ein, als beteten sie wechselweise eine traurige Litanei herunter, »dann werden wir froh sein, daß wir uns durch nichts haben verleiten lassen, unser Kapital anzugreifen! Es würde gerade ausreichen«, ihre Stimme wurde leiser, »um uns vor dem Armenhaus zu bewahren.«

Daraufhin nahmen beide ein Buch zur Hand und lasen schweigend bis zur Teestunde.

Von sechs bis neun Uhr abends widmeten sie sich wechselweise der Lektüre und der Konversation. Ihr Gespräch drehte sich jetzt um Vergangenes – beide ließen Erinnerungen aufleben an das, was sie in den verschiedenen Häusern ihrer Knechtschaft durchgemacht hatten. Es war ihnen nie vergönnt gewesen, für »wirklich nette« Menschen – diese von ihnen gebrauchte Redewendung war alles andere als bedeutungslos – arbeiten zu dürfen. Sie hatten bei mehr oder weniger wohlhabenden Familien der unteren Mittelschicht gelebt – Leute, denen ein kultiviertes Benehmen nicht angeboren und auch nicht beigebracht worden war, weder Proletarier noch Adlige, sondern Leute mit einer krankhaften Prahlsucht, die noch verschlimmert wurde durch ihr demokratisches Getue. Es wäre nur natürlich gewesen, wenn die Schwestern sich in einem ähnlichen Tonfall über ihre Brotherren ausgelassen hätten, wie diese ihn an den Tag gelegt hatten; aber sie redeten ganz sachlich, ohne Erbitterung. Sie wußten, daß sie den Frauen, die ihnen widerwillig ihren Lohn gezahlt hatten, in geistiger Hinsicht überlegen waren, und schmunzelten nur über Dinge, die eine unterwürfige Seele zu bösen Beschimpfungen verleitet hätte.

Um neun Uhr nahmen sie je eine Tasse Kakao und einen Keks zu sich, und eine halbe Stunde später gingen sie zu Bett. Lampenöl war teuer; aber eigentlich waren sie froh darüber, wenn sie so früh wie möglich sagen konnten, daß wieder ein Tag vorüber war.

Um acht Uhr pflegten sie aufzustehen. Mrs. Conisbee stellte heißes Wasser für ihr Frühstück bereit. Als Virginia hinunterging, um es zu holen, entdeckte sie, daß der Postbote einen Brief für sie gebracht hatte. Die Schrift auf dem Umschlag schien von fremder Hand zu stammen. Aufgeregt eilte sie die Treppe hinauf.

»Von wem mag das sein, Alice?«

Die ältere Schwester litt an diesem Morgen wieder an Kopfschmerzen; sie war aschfahl im Gesicht und bewegte sich mit unsicheren Schritten im Zimmer umher. Grund für dieses Leiden konnte allein schon die beengte Wohnsituation sein. Doch der unerwartete Brief ließ sie ihre Beschwerden für eine Weile vergessen.

»In London abgestempelt«, sagte sie, während sie den Briefumschlag musterte.

»Jemand, mit dem du im Schriftwechsel stehst?«

»Es ist Monate her, seit ich an eine Person mit Londoner Adresse geschrieben habe.«

Aus Furcht, der Brief enthalte schlechte Nachrichten, rätselten sie ganze fünf Minuten lang herum, ohne ihn zu öffnen. Schließlich nahm Virginia allen Mut zusammen. Ein paar Schritte von der anderen entfernt stehend, zog sie mit zitternder Hand den Briefbogen heraus und versuchte ängstlich, die Unterschrift zu entziffern.

»Du wirst es nicht glauben! Er ist von Miss Nunn!«

»Miss Nunn! Nicht möglich! Wie ist sie an deine Anschrift gekommen?«

Abermals rätselten sie herum, anstatt die Lösung in dem Brief selbst zu suchen.

»Lies ihn vor!« sagte Alice schließlich, deren rasende Kopfschmerzen sich durch die Aufregung noch verstärkt hatten, so daß sie sich auf den Stuhl fallen lassen mußte.

Der Brief lautete folgendermaßen:

»Liebe Miss Madden! Heute morgen begegnete ich zufällig Mrs. Darby, die auf der Rückreise von einem Urlaub an der See in London Halt machte. Wir konnten nur fünf Minuten lang miteinander reden (es war auf dem Bahnhof), doch sie erwähnte, daß Sie derzeit in London wohnen, und gab mir Ihre Anschrift. Ich würde mich sehr freuen, Sie nach all den Jahren wiederzusehen! Der Lebenskampf hat mich egoistisch werden lassen; ich habe meine alten Freunde vernachlässigt. Aber ich muß hinzufügen, daß einige von ihnen mich *ihrerseits* vernachlässigt haben. Wäre es Ihnen lieber, wenn ich zu Ihnen käme, oder möchten Sie zu mir kommen? Ganz wie Sie wollen. Wie ich weiter erfahren habe, ist Ihre ältere Schwester bei Ihnen, und auch Monica soll irgendwo in London wohnen. Wir müssen uns unbedingt alle einmal wiedersehen. Schreiben Sie mir so bald wie möglich. Herzliche Grüße an Sie alle, Ihre

Rhoda Nunn.«

»Das sieht ihr ähnlich«, rief Virginia aus, nachdem sie den Brief laut vorgelesen hatte, »in Betracht zu ziehen, daß es uns unangenehm sein könnte, Gäste zu empfangen! Sie war schon immer so rücksichtsvoll. Und es stimmt, daß ich ihr längst hätte schreiben sollen.«

»Wir gehen natürlich zu ihr, oder?«

»O ja, wenn sie uns schon die Wahl läßt. Welch ein Lichtblick! Was sie wohl tun mag? Ihr Brief klingt optimistisch; bestimmt hat sie eine gute Stellung. Wie war die Anschrift? Queen's Road,

Chelsea. Ach, das ist zum Glück nicht sehr weit weg. Das schaffen wir problemlos zu Fuß.«

Vor einigen Jahren hatten sie Rhoda Nunn aus den Augen verloren. Sie hatte Clevedon verlassen, kurz nachdem die Familie Madden auseinandergebrochen war, und später hörte man, sie sei Lehrerin geworden. Während der Zeit, als Monica in Weston ihre Lehre machte, hatten Virginia und ihre jüngere Schwester Miss Nunn einmal zufällig getroffen; sie unterrichtete noch immer, schien mit ihrer Arbeit aber sehr unzufrieden zu sein und deutete an, daß sie etwas Neues in Angriff nehmen wolle. Ob es ihr gelungen war, sich zu verändern, hatten die Maddens nie erfahren.

Es war ein schöner, leicht bewölkter Morgen. Ehe sie sich am Vorabend zu Bett begeben hatten, war vereinbart worden, vormittags in die Stadt zu gehen, um das Geschenk für Monicas Geburtstag am darauffolgenden Sonntag zu besorgen. Doch Alice fühlte sich zu unwohl, um das Haus zu verlassen. Sie schlug vor, Virginia solle zunächst einen Antwortbrief an Miss Nunn verfassen und dann allein eine Buchhandlung aufsuchen.

Um halb zehn machte sich Virginia auf den Weg. Dank sorgfältiger Pflege konnte sie ihre Ausgehkleider nunmehr den dritten Sommer tragen, ohne daß sie schäbig wirkten. Ihr Umhang war erst zwei Jahre alt; aus dem Rehbraun war mittlerweile ein verwaschenes Grau geworden. Ihr brauner Strohhut, eine Anschaffung fürs Leben, wurde für ein paar Pence immer wieder ausgebessert, wenn es unvermeidbar wurde. Trotzdem wirkte Virginia wie eine Dame. Sie trug ihre Kleidung, wie es nur eine Dame vermag (die Haltung und Bewegung der Arme ist dabei ausschlaggebend), und ihr Gang war von einer Art, wie ihn sich eine gewöhnliche Frau niemals anzueignen vermocht hätte.

Es lag ein weiter Weg vor ihr. Sie wollte die Buchhandlungen am Strand aufsuchen, nicht nur der Auswahl wegen, sondern auch, weil diese Gegend ihr gefiel und sie sich dort wie im Urlaub fühlte. Ihr Weg führte durch den Battersea Park und über die Chelsea Bridge, dann das beschwerliche Stück bis zum Bahnhof Victoria und weiter mühsam hinauf bis Charing Cross. Das waren etwa fünf Meilen Fußweg. Aber Virginia kam schnell voran; um halb elf hatte sie ihr Ziel erreicht.

Zu ihrer Freude kostete eine hübsche Ausgabe von Kebles Werk weniger, als sie erwartet hatte. Nach Verlassen des Ladens lag ein merkwürdiger Ausdruck auf ihrem Gesicht, der mit Erschöpfung zu schwach, mit Angst zu stark und auch mit Nachdenklichkeit nicht richtig bezeichnet wäre. Vor der Charing Cross Station blieb sie stehen und blickte sich unschlüssig um. Vielleicht dachte sie daran, mit dem Omnibus heimzufahren, scheute jedoch die Kosten. Dann wandte sie sich abrupt um und ging entschlossen auf den Bahnhof zu.

Vor dem Portal hielt sie abermals inne. Ihre Gesichtszüge waren jetzt seltsam verzerrt, so, als bekäme sie nicht richtig Luft. In ihren Augen war ein gieriger, aber zugleich ängstlicher Schimmer; ihr Mund stand offen.

Mit raschen Schritten betrat sie den Bahnhof. Sie ging geradewegs auf die Tür des Bahnhofsbüfetts zu und schaute durch die Glasscheibe hinein. Zwei oder drei Leute standen am Tresen. Sie trat ein paar Schritte zurück, wobei sie ein Zittern durchlief.

Eine Dame kam heraus. Abermals ging Virginia auf die Tür zu. Nun waren nur noch zwei Männer drinnen, die sich miteinander unterhielten. Mit einer hastigen, nervösen Bewegung stieß sie die Tür auf und stellte sich in größtmöglicher Entfernung von den zwei anderen Gästen an die Theke. Indem sie sich vorbeugte, sagte sie mit kaum hörbarer Stimme zu dem Barmädchen: »Einen kleinen Brandy, bitte.«

Schweißperlen standen auf ihrem Gesicht, das kreidebleich geworden war. Das Barmädchen, in der Annahme, ihr sei übel, reichte mit einem teilnahmsvollen Blick rasch das Gewünschte.

Halb von der Bar abgewandt, verdünnte Virginia den Brandy mit der zweifachen Menge Wasser. Sie nippte ein paarmal an dem Glas und nahm dann einen kräftigen Schluck. Ihre Wangen bekamen wieder Farbe, und ihre Augen verloren den gehetzten Ausdruck. Nach einem weiteren Schluck war das Glas mit dem Anregungsmittel leer. Sie wischte sich rasch über die Lippen und ging festen Schrittes hinaus.

In der Zwischenzeit war eine bedrohliche Wolke, die die Sonne verdüstert hatte, weggezogen; warme Strahlen fielen auf die Straße und ihr geschäftiges Treiben. Virginia fühlte sich körperlich müde, aber von einer wohltuenden Wärme durchströmt, die ihr neue Kraft gab. Sie betrat den Trafalgar Square und betrachtete den Platz lächelnd und interessiert, wie jemand, der ihn zum ersten Mal sieht. Eine Viertelstunde lang blieb sie dort und genoß einfach die Luft, den Sonnenschein und das sich ihren Blicken darbietende Bild. Solch eine Viertelstunde – so friedlich, so glückselig, irgendwie hoffnungsfroh stimmend – hatte sie seit Alices Ankunft in London nicht mehr erlebt.

Um halb zwei kam sie nach Hause, eine Tüte mit Zutaten für das Mittagessen unter dem Arm. Alice sah erbärmlich aus; ihr Kopf schmerzte heftiger denn je.

»Virgie«, stöhnte sie verzweifelt, »wir haben nie in Betracht gezogen, daß wir ja auch krank werden könnten.«

»Oh, daran denken wir lieber nicht«, entgegnete ihre Schwester und ließ sich mit erschöpfter Miene auf den Stuhl fallen. Sie lächelte, aber nicht mehr so selig wie im Sonnenlicht auf dem Trafalgar Square.

»Ja, ich muß dagegen ankämpfen. Laß uns so bald wie möglich zu Mittag essen. Mir ist ganz flau im Magen.«

Hätten die beiden jedesmal, wenn sie Hunger verspürten, darüber gejammert, wäre die Klage eine endlose gewesen. Meistens bemühten sie sich indes, diesen Zustand voreinander zu verbergen; sie versuchten sich einzureden, daß die Nahrung, mit der sie sich aus Geldnot bescheiden mußten, ihnen besser bekäme als jede andere.

»Oh, das ist ein gutes Zeichen, wenn du hungrig bist«, rief Virginia aus. »Heute nachmittag wirst du dich wieder besser fühlen, Schwesterherz.«

Alice blätterte in ihrem Christlichen Jahreskalender und versuchte, darin Trost zu finden, während ihre Schwester das Mittagsmahl zubereitete.

3. Eine unabhängige Frau

Einen Tag nachdem Virginia Miss Nunn einen Antwortbrief geschickt hatte, erhielten die Schwestern eine Einladung für den Nachmittag desselben Tages – ein Samstag. Alice war leider außerstande, das Haus zu verlassen. Ihr Zustand hatte sich verschlechtert, sie hatte eine fiebrige Erkältung zugezogen – vermutlich beim Lüften des Zimmers, als vor dem Frühstück Tür und Fenster offen standen. Sie hütete also das Bett, während Virginia ihr die vom Apotheker empfohlene Medizin verabreichte.

Alice bestand jedoch darauf, daß Virginia sie am Nachmittag allein ließ. Vielleicht hätte Miss Nunn etwas Wichtiges mitzuteilen. Mrs. Conisbee würde sich in ihrer rauhen, aber herzlichen Art darum kümmern, daß es der Kranken an nichts fehlte.

Nach einem Mittagessen aus Kartoffelbrei und Milch (»Die irischen Bauern ernähren sich fast ausschließlich davon«, krächzte Alice, »und sind ein kräftiger Menschenschlag«) machte sich also die jüngere Schwester auf den Weg nach Chelsea. Ihr Ziel war ein schlichtes, niedriges, geräumiges altes Haus in der Queen's Road, gegenüber den Hospital Gardens. Nachdem sie sich angemeldet hatte, wurde sie in ein Zimmer im hinteren Teil des Erdgeschosses geführt, wo sie eine Weile wartete. Mehrere hohe Bücherregale, ein übervoller Schreibtisch und anderes mehr waren Anzeichen dafür, daß der Bewohner dieses Hauses ein Geistesmensch war. Die zahlreichen, das Zimmer mit einem angenehmen Duft erfüllenden Blumensträuße ließen vermuten, daß es sich dabei um eine Frau handelte.

Miss Nunn betrat das Zimmer. Obwohl sie nur ein oder zwei Jahre jünger war als Virginia, wirkte sie keineswegs wie eine angehende traurige alte Jungfer. Sie hatte einen blassen, aber makellosen Teint, eine kräftige Statur und bewegte sich behende – lauter Anzeichen für eine passable Gesundheit. Die Frage, ob sie eine attraktive Frau sei, dürfte von männlicher Seite unterschiedlich beantwortet worden sein; ihre Geschlechtsgenossinnen hätten sie in der Mehrzahl verneint. Auf den ersten Blick wirkte ihr Gesicht maskulin; die scharf beobachtenden Augen und ein energischer Mund gaben ihr einen etwas angriffslustigen Ausdruck. Doch der Kenner hielt sich mit seinem Urteil zurück. Es war ein Gesicht, das zu genauerer Betrachtung einlud, ja geradezu zwang. Selbstbewußtsein, Intelligenz, Humor, Offenheit waren deutlich erkennbare Züge, und wenn der Mund sich öffnete und warm und voll wurde, wenn die Augenlider sich beim Nachdenken senkten, bemerkte man etwas an ihrem Wesen, das nicht allein in Richtung Verstand wies, sondern auf eine gewisse Sinnlichkeit, die zwar weit entfernt von Ausschweifung war, jedoch versteckte weibliche Kräfte erahnen ließ, die unter bestimmten Umständen hervorbrechen könnten. Sie trug ein schwarzes Seidenkleid mit weißem Kragen und weißen Bündchen; ihr volles Haar kräuselte sich zu beiden Seiten der Schläfen und war am Hinterkopf zu lockeren Rollen gedreht; im Schatten schien es schwarz zu sein, doch wenn das Licht darauf fiel, war es von einem warmen Dunkelbraun.

Mit einem Lächeln, in dem eine Spur Mitleid mitschwang, reichte sie ihrer Besucherin die schlanke, kräftige Hand und begrüßte sie herzlich.

»Und seit wann sind Sie in London?«

Der Ton war der einer geschäftigen, praktisch veranlagten Person. Sie sprach betont leise, vermutlich deshalb, weil ihre Stimme nicht gerade weich klang.

»So lange schon? Hätte ich doch nur gewußt, daß Sie ganz in der Nähe sind! Ich selbst lebe seit fast zwei Jahren in London. Und Ihre Schwestern?«

Virginia erklärte, warum Alice nicht mitgekommen sei, und fuhr dann fort: »Und die arme Monica hat abgesehen von einem Abend pro Monat nur sonntags frei. Sie muß bis abends um halb zehn arbeiten, und am Samstag bis nachts um halb zwölf oder zwölf.«

»O weh, o weh, o weh!« entfuhr es Miss Nunn, indem sie eine Handbewegung machte, als wollte sie etwas Unangenehmes verscheuchen. »Das ist unverantwortlich. Sie dürfen das nicht länger zulassen.«

»Ja, da haben Sie sicher recht.«

Virginias schwache, schüchterne Stimme und ihr unsicheres Auftreten bildeten einen scharfen Kontrast zu Miss Nunns Verhalten.

»Ja, ja; wir werden gleich darauf zurückkommen. Arme kleine Monica! Aber erzählen Sie mir zunächst einmal, wie es Ihnen und Ihrer Schwester Alice geht. Es ist so lange her, seit ich das letzte Mal von Ihnen gehört habe.«

»Ja, ich weiß, ich hätte Ihnen längst schreiben sollen. Ihren letzten Brief habe ich bis heute nicht beantwortet. Aber ich habe sorgenvolle und schlimme Zeiten durchgemacht. Ich hätte Ihnen nur etwas vorgejammert.«

»Sie sind doch hoffentlich nicht lange bei dieser herrischen Mrs. Carr geblieben?«

»Drei Jahre!« seufzte Virginia.

»Oh, was für eine Engelsgeduld!«

»Ich versuchte immer wieder zu kündigen. Aber jedesmal bat sie mich, sie nicht im Stich zu lassen – genauso drückte sie sich aus. Und so brachte ich es nie übers Herz zu gehen.«

»Sehr gütig von Ihnen, aber ... nun ja, solche Dinge sind so schwer zu entscheiden. Sich selbst aufzuopfern ist vollkommen falsch, denke ich.«

»Glauben Sie wirklich?« fragte Virginia verstört.

»Ja, ich bin sicher, daß es meistens falsch ist ... um so mehr, da es allgemein zur Tugend erklärt wird, ohne daß die jeweiligen

Umstände berücksichtigt werden. Wie haben Sie es dann schließlich geschafft, von dort wegzukommen?«

»Die arme Frau starb. Meine darauffolgende Stelle war nicht viel besser. Jetzt habe ich gar keine, aber ich muß so schnell wie möglich eine finden.«

Sie lachte bei dieser Anspielung auf ihre Geldnot und machte dabei eine fahrige Bewegung.

»Lassen Sie mich erzählen, wie mein Leben verlaufen ist«, sagte Miss Nunn nach einer kurzen Pause. »Als meine Mutter starb, beschloß ich, nicht länger zu unterrichten ... das wissen Sie ja. Es war mir zu verhaßt, und teilweise war ich natürlich auch unfähig. Mein Unterricht war zum großen Teil eine Farce – ich gab vor, Dinge zu wissen, die ich weder wußte noch wissen wollte. Ich war wie die meisten Mädchen in diesen Beruf hineingerutscht – weil es nun mal so üblich war.«

»Wie die arme Alice.«

»Ach, das ist ein leidiges Thema. Nachdem ich von meiner Mutter eine kleine Geldsumme geerbt hatte, unternahm ich einen gewagten Schritt. Ich ging nach Bristol, um so viel wie möglich zu lernen, damit ich nicht mehr aufs Unterrichten angewiesen war. Kurzschrift, Buchhaltung, Handelskorrespondenz – in all diesen Fächern nahm ich Unterricht und arbeitete ein Jahr lang wie verrückt. Das tat mir gut; nach Ablauf dieses Jahres ging es mir gesundheitlich wieder viel besser, und ich hatte das Gefühl, in dieser Welt wieder etwas wert zu sein. Ich fand eine Stelle als Kassiererin in einem großen Geschäft. Nach kurzer Zeit langweilte mich das, und über eine Anzeige fand ich eine Bürostelle in Bath. Damit war ich ein kleines Stück näher in Richtung London gerückt, aber ich fand keine Ruhe, bis ich endlich dorthin ziehen konnte. Hier arbeitete ich zunächst als Stenographin eines Geschäftsführers. Aber nach kurzer Zeit wollte er jemanden, der mit der Schreibmaschine umzugehen wußte. Das brachte mich auf die Idee, selbst Maschineschreiben zu lernen, und die Dame, die es mir beibrachte, bot mir schließlich an, als Assistentin bei ihr zu bleiben. Dies ist ihr Haus, und hier wohne ich gemeinsam mit ihr.«

»Wie tatkräftig Sie doch sind!«

»Vielleicht habe ich einfach nur Glück gehabt. Ich muß Ihnen von dieser Dame erzählen ... Miss Barfoot. Sie verfügt über ein Privatvermögen ... kein sehr großes, aber groß genug, um es sich leisten zu können, Wohltätigkeit und Geschäft miteinander zu verbinden. Sie hat es sich zum Ziel gesetzt, junge Mädchen zu Bürokräften auszubilden, ihnen die Dinge beizubringen, die ich in Bristol gelernt habe, dazu Maschineschreiben. Manche von ihnen zahlen für die Unterrichtsstunden, und manche erhalten sie umsonst. Unsere Arbeitsräume liegen in der Great Portland Street, über der Werkstatt eines Gemälderestaurators. Einige Mädchen erhalten Abendunterricht, aber die meisten unserer Schülerinnen sind in der Lage, tagsüber zu kommen. Miss Barfoot ist an der Unterschicht nicht sehr interessiert; sie möchte den Töchtern aus der Mittelschicht von Nutzen sein. Und sie ist ihnen von Nutzen. Sie leistet eine bewundernswerte Arbeit.«

»Oh, zweifellos! Welch großartiger Mensch!«

»Da kommt mir gerade der Gedanke, daß sie möglicherweise auch Monica helfen könnte.«

»Oh, meinen Sie, das würde sie tun?« rief Virginia begeistert aus. »Wir wären Ihnen sehr dankbar dafür!«

»Wo arbeitet Monica?«

»In einer Tuchhandlung in der Walworth Road. Sie ist völlig überarbeitet. Das arme Kind sieht von Woche zu Woche schlechter aus. Wir wollten versuchen, sie zu überreden, in das Geschäft in Weston zurückzukehren; aber wenn Ihre Idee durchführbar wäre ... wäre das natürlich viel, viel besser! Wir können uns nicht damit abfinden, daß sie diese Stelle auf Dauer innehat – niemals.«

»An der Stelle an sich finde ich nichts Schlimmes«, widersprach Miss Nunn mit gewohnter Offenheit, »schlimm finde ich nur die unverschämt lange Arbeitszeit. Ohne eine qualifizierte Ausbildung wird sie in London schwerlich etwas Besseres finden; und vermutlich möchte sie nur ungern zurück aufs Land.«

»Ja, so ist es.«

»Das kann ich verstehen«, sagte Miss Nunn nickend. »Würden Sie sie bitten, mich besuchen zu kommen?«

Ein Dienstmädchen brachte Tee herein. Miss Nunn gewahrte den Ausdruck in den Augen ihres Gastes und sagte heiter: »Ich hatte heute noch kein Mittagessen, und das spüre ich jetzt. Mary, bitte stellen Sie den Tee ins Eßzimmer und tragen Sie ein wenig Fleisch auf ... Miss Barfoot«, fügte sie, an Virginia gewandt, erklärend hinzu, »ist verreist, und ich bin schrecklich unstet, was die Mahlzeiten anbelangt. Sie haben doch sicher nichts dagegen, eine Kleinigkeit mit mir zu essen?«

Virginia sagte natürlich nicht nein. Nachdem sie monatelang in ihrem stickigen Zimmer gedarbt hatte, war sie über eine solche

Einladung hocherfreut. Als sie dann im Eßzimmer saßen, lehnte Virginia das Angebot, Fleisch zu nehmen, zunächst dankend ab, mit der Begründung, sie sei Vegetarierin; aber Miss Nunn, die überzeugt war, daß die arme Frau Hunger litt, gelang es, sie umzustimmen. Eine Scheibe köstlichen Rindfleischs hatte auf Virginia eine ähnliche Wirkung wie das bedenklichere Genußmittel vom Bahnhof Charing Cross. Sie lebte merklich auf.

»Gehen wir zurück in die Bibliothek«, sagte Miss Nunn, als sie ihre Mahlzeit beendet hatten. »Ich hoffe zwar, daß wir einander bald wiedersehen, aber es ist besser, wichtige Dinge nicht erst aufzuschieben. Darf ich ganz offen mit Ihnen reden?«

Virginia blickte sie bestürzt an. »Ich kann mir nicht vorstellen, daß Sie etwas sagen würden, was mich beleidigen könnte.«

»Sie hatten mich damals über Ihre finanzielle Lage ins Bild gesetzt. Hat sich diesbezüglich etwas verändert?«

»Nein, nichts. Glücklicherweise mußten wir unser Kapital bislang nicht angreifen. Was immer auch geschieht, wir dürfen das auf keinen Fall tun, auf gar keinen Fall!«

»Ich verstehe Sie durchaus. Aber wäre es nicht möglich, einen vorteilhafteren Gebrauch von dem Geld zu machen? Es sind achthundert Pfund, wenn ich mich recht entsinne. Haben Sie nie daran gedacht, mit dem Geld etwas Praktisches anzufangen?«

Virginia fuhr zunächst erschrocken zusammen, doch dann zitterte sie vor Erregung über den kühnen Vorschlag ihrer Freundin. »Meinen Sie, das wäre möglich? Wirklich? Sie glauben ...«

»Ich kann Ihnen natürlich nur Vorschläge machen. Man soll andere nicht zu etwas überreden, das man selbst für durchführbar hält. Ich möchte Ihnen um Himmels willen« – dies klang in den Ohren der Zuhörerin ziemlich profan – »nicht zu etwas raten, das Ihnen leichtsinnig erscheint. Aber es wäre doch nicht schlecht, wenn Sie sich auf irgendeine Weise selbständig machen könnten.«

»Ach, das wäre zu schön! Genau darüber haben wir uns kürzlich unterhalten! Aber wie? Ich habe keine Ahnung, auf welche Weise das möglich wäre.«

Miss Nunn schien zu zögern. »Ich will Sie zu nichts überreden. Es soll nur ein Vorschlag sein, und Sie müssen selbst entscheiden, ob dergleichen für Sie in Frage käme. Was halten Sie beispielsweise davon, eine Vorbereitungsschule zu gründen? Vielleicht in Weston, wo Sie bereits eine ganze Menge Leute kennen. Oder gar in Clevedon.«

Virginia holte tief Luft, und Miss Nunn sah deutlich, daß sie ihre Freundin mit diesem Vorschlag völlig aus der Fassung gebracht hatte. Es war vielleicht zu viel erwartet, auf diese abgehärmten, mutlosen Frauen einen Funken ihres eigenen Unternehmungsgeistes überspringen zu lassen. Möglicherweise waren sie völlig ungeeignet, eine Schule zu leiten, und sei es auch nur eine für ganz kleine Kinder. Sie verfolgte das Thema nicht weiter; vielleicht kämen sie bei einer anderen Gelegenheit noch einmal darauf zu sprechen. Virginia sagte ausweichend, daß sie darüber nachdenken wolle; dann erklärte sie, mit Rücksicht auf ihre kranke Schwester nicht länger bleiben zu können.

»Bringen Sie ihr ein paar von diesen Blumen mit«, sagte Miss Nunn, indem sie einzelne aus den verschiedenen Vasen herauszog und zu einem dicken Strauß zusammenstellte. »Als Gruß von mir an Ihre Schwester. Und ich würde mich sehr freuen, wenn Monica mich besuchen käme. Der Sonntag wäre sehr günstig; da bin ich nachmittags immer zu Hause.«

Mit klopfendem Herzen eilte Virginia heimwärts. Das Gespräch hatte sie mit ungewöhnlichen neuen Gedanken erfüllt, und sie konnte es kaum erwarten, Alice Rhodas Vorschläge zu unterbreiten und ihren erstaunten Kommentar zu hören. Zum ersten Mal in ihrem Leben hatte sie mit einer Frau gesprochen, die den Mut besaß, selbständig zu denken und zu handeln.

4. Monica wird volljährig

In dem Tuchgeschäft, in welchem Monica Madden arbeitete und wohnte, war es den im Hause untergebrachten Angestellten nicht ausdrücklich verboten worden (wie das manchmal der Fall ist), sonntags daheim zu bleiben, aber man hatte ihnen nachdrücklich ans Herz gelegt, diesen freien Wochentag bestmöglich zu nutzen. Dies zeigte deutlich, wie sehr man um die Gesundheit des Personals besorgt war. Es ist doch wohl einsichtig, daß junge Leute, insbesondere junge Frauen, die werktags jeweils dreizehneinhalb Stunden und samstags durchschnittlich sechzehn Stunden hart arbeiten, einen Erholungstag an der frischen Luft benötigen. Es war selbstverständlich nur gut gemeint, wenn die Herren Scotcher und Co. ihre Angestellten aufforderten, unmittelbar nach dem Frühstück das Haus zu verlassen und ihnen einschärften, nicht vor Schlafenszeit zurückzukehren. Die Anweisung, daß alle, die den freien Tag nicht nutzten, nur ein äußerst bescheidenes Mahl (genauer gesagt: trockenes Brot und Käse) erhalten sollten, war natürlich ebenfalls nur aus Besorgnis um deren Wohl gegeben worden.

Die Herren Scotcher und Co. waren großmütige Menschen. Sie bestanden nicht nur darauf, daß der Sonntag der körperlichen Erholung dienen sollte, sie hatten auch überhaupt nichts dagegen einzuwenden, wenn ihre jungen Freunde abends nach Geschäftsschluß einen Spaziergang unternahmen. Ja, sie waren so großzügig und so vertrauensvoll, daß sie jeder einzelnen der jungen Personen einen eigenen Hausschlüssel überließen. Die Luft in der Walworth Road ist um Mitternacht herum erfrischend und rein; warum sollte man aus Rücksicht auf müde Hausangestellte einen solch erholsamen Spaziergang zeitlich einschränken müssen?

Monica war stets viel zu erschöpft, um nach zehn Uhr abends noch spazierenzugehen; außerdem ödete sie die allabendliche Unterhaltung im Schlafsaal, den sie mit fünf anderen jungen Frauen teilte, so an, daß sie bereits eingeschlafen sein wollte, wenn die anderen schwatzend heraufkamen, um zu Bett zu gehen. Sonntags hingegen befolgte sie gern den Rat ihrer Arbeitgeber. Wenn das Wetter schlecht war, fand sie Zuflucht in dem kleinen Zimmer in Lavender Hill; wenn die Sonne schien, streifte sie gern stundenlang ziellos in London umher, in dem es ihr trotz allem noch immer recht gut gefiel.

Und heute war herrliches Wetter. Dies war ihr Geburtstag; einundzwanzig Jahre alt war sie geworden. Alice und Virginia erwarteten sie natürlich am frühen Vormittag, und natürlich würden sie gemeinsam zu Mittag essen – an dem neunzig mal fünfundvierzig Zentimeter messenden Tisch; den Nachmittag und den Abend wollte Monica jedoch allein verbringen – den Nachmittag, weil das stundenlange Gejammer ihrer Schwestern sie stets deprimierte, den Abend, weil sie eine Verabredung hatte. Mit freudig klopfendem Herzen und einem Lächeln um die Lippen verließ sie das große, häßliche Firmengebäude. Sie fühlte sich zwar nicht besonders gut, aber das war nichts Ungewöhnliches; vielleicht würde die Busfahrt ihren Kopf klarer machen.

Monicas Gesicht entsprach der landläufigen Vorstellung von Schönheit; ein reines Oval mit weichen, harmonischen Zügen von der glatten Stirn bis zu dem kleinen Kinn mit dem Grübchen. Durch ihre Blässe, die ihre schwarzen Augenbrauen und die dunklen, strahlenden Augen noch betonte, wirkte sie derzeit ernster und nachdenklicher, als es eigentlich in ihrem Wesen lag; doch ihre Lippen waren stets zusammengepreßt, und nicht die Spur eines aufgesetzten oder affektierten Lächelns beeinträchtigte die reizvollen Gesichtszüge. Ihre schlanke Figur wurde überaus vorteilhaft betont durch ein blaßblaues Kostüm, schlicht, aber kleidsam; ein dezenter kleiner Hut saß auf ihrem schwarzen Schopf; ihre Handschuhe und ihr Sonnenschirm vervollständigten das reizende Bild.

In der Kennington Park Road befand sich eine Bushaltestelle. Auf ihrem Weg dorthin, in einer ruhigen Nebenstraße, wurde Monica von einem jungen Mann überholt, der das Firmengebäude kurz nach ihr verlassen hatte und ihr verstohlen in kurzem Abstand gefolgt war. Ein junger Mann von ungesunder Gesichtsfarbe, mit einem roten Pickel auf einem Nasenflügel, doch ansonsten von manierlichem Äußeren. Er war ordentlich gekleidet – Zylinder, gestreifter Gehrock, graue Hosen –, und er bewegte sich mit federndem Gang. »Miss Madden ...«

Mit angespannter Miene hatte er es gewagt, Monica zu überholen. Sie blieb stehen. »Was gibt's, Mr. Bullivant?«

Der Ton, in dem sie dies sagte, war alles andere als ermutigend, doch der junge Mann lächelte sie verklärt an. »Was für ein schöner Morgen! Haben Sie einen weiten Weg vor sich?«

Er sprach mit dem Dialekt der Londoner Arbeiterschicht, aber nicht so breit, daß es abstoßend war, und seine Manieren waren besser als sonst im Laden üblich.

»Ja, einen ziemlich weiten.« Monica ging langsam weiter.

»Gestatten Sie mir, daß ich Sie ein Stück begleite?« fragte er mit einer kleinen Verbeugung.

»Ich gehe nur bis zum Ende der Straße, dann fahre ich mit dem Bus weiter.«

Sie gingen nebeneinander her. Monica lächelte nicht mehr, sah aber auch nicht verärgert aus, sondern eher betroffen.

»Wo gedenken *Sie* den Tag zu verbringen, Mr. Bullivant?« fragte sie nach einer Weile mit bemühter Gelassenheit.

»Ich habe nicht die geringste Ahnung.«

»Auf der Themse ist es heute sicherlich recht schön.« Zögernd fügte sie hinzu: »Miss Eade möchte einen Ausflug nach Richmond machen.«

»Ach ja?« entgegnete er geistesabwesend.

»Zumindest, wenn sie ... wenn sie jemanden findet, der sie begleitet.«

»Ich hoffe, sie hat einen schönen Tag«, entgegnete Mr. Bullivant höflich.

»Aber wenn sie allein gehen muß, dürfte das wohl nicht sehr schön für sie sein. Da Sie selbst nichts Bestimmtes vorhaben, Mr. Bullivant, wäre es nicht nett, wenn – ?« Sie beendete den Satz nicht, doch es war klar, was sie hatte sagen wollen.

»Ich *kann* Miss Eade unmöglich fragen, ob ich sie begleiten darf«, erklärte der junge Mann ernst.

»Oh, ich denke schon. Sie würde sich darüber freuen.« Über ihre Dreistigkeit erschrocken, fügte sie hastig hinzu: »Ich muß mich jetzt verabschieden. Da drüben kommt der Bus.«

Bullivant blickte verzweifelt in die angegebene Richtung. Er sah, daß sich im Bus noch kein Fahrgast befand.

»Gestatten Sie, daß ich ein kurzes Stück mitfahre?« stieß er hervor. »Ich weiß wirklich nicht, wie ich den Vormittag herumbringen soll.«

Monica hatte dem Omnisbuskutscher ein Zeichen gegeben und eilte auf das Fahrzeug zu. Bullivant lief blindlings hinterher. Kurz darauf saßen sie beide im Bus.

»Bitte verzeihen Sie mir«, sagte der junge Mann flehentlich, als er den verärgerten Blick auf dem Gesicht seiner Begleiterin bemerkte. »Ich *muß* einfach noch ein paar Minuten in Ihrer Nähe sein.«

»Hatte ich Sie nicht gebeten ...«

»Ich weiß, wie unverschämt mein Verhalten Ihnen vorkommen muß. Aber bitte, Miss Madden, können wir nicht Freunde sein?«

»Natürlich können wir das ..., aber damit geben Sie sich ja nicht zufrieden.«

»Doch ... das tue ich ... ich gebe mich damit zufrieden ...«

»Das ist doch dummes Gerede. Haben Sie diese Abmachung nicht schon drei- oder viermal gebrochen?«

Der Bus hielt, um einen Fahrgast zusteigen zu lassen, einen Mann, der ins Oberdeck hinaufstieg.

»Entschuldigen Sie vielmals«, murmelte Bullivant, als die Pferde sich in Gang setzten und die beiden dabei aneinanderstießen. »Ich möchte Sie nicht verärgern. Versuchen Sie doch, sich in meine Lage zu versetzen. Sie haben mir gesagt, daß es keinen anderen gibt, der ... dessen Rechte ich respektieren müßte. Wenn man so empfindet wie ich, ist es ganz natürlich, daß man die Hoffnung nicht aufgibt.«

»Darf ich Ihnen dann eine dreiste Frage stellen?«

»Fragen Sie mich *alles*, was Sie wollen, Miss Madden.«

»Sind Sie in der Lage, eine Ehefrau zu versorgen?«

Sie errötete und lächelte. Bullivant, zutiefst bestürzt, wandte den Blick nicht von ihr ab. »Vorläufig noch nicht«, antwortete er heiser. »Ich habe nur mein kärgliches Gehalt. Aber jeder hofft doch, daß es irgendwann bergauf geht.«

»Haben Sie berechtigten Grund zur Hoffnung?« fragte Monica weiter, die sich nur deshalb zu solchen Grausamkeiten hinreißen ließ, weil ihr das als die einzige Möglichkeit erschien, dieser Situation ein Ende zu machen.

»Oh, es gibt doch so viele Aufstiegsmöglichkeiten in unserer Firma. Ich könnte Ihnen ein halbes Dutzend erfolgreicher Männer nennen, die vor ein paar Jahren noch hinter dem Ladentisch standen. Vielleicht wird mir einmal eine Stelle als Tuchwalker angeboten, dann bekäme ich mindestens drei Pfund die Woche. Wenn ich gar zum Einkäufer befördert würde, dürfte ich ... naja, manche verdienen mehrere hundert Pfund im Jahr ... mehrere hundert.«

»Und Sie würden mich bitten, geduldig zu warten, bis eine dieser wundervollen Möglichkeiten wahr würde?«

»Wenn ich über Ihre Gefühle gebieten könnte, Miss Madden«, begann er traurig und würdevoll, aber dann versagte ihm die Stimme. Er sah nur zu deutlich, daß das Mädchen weder an ihn glaubte, noch Zuneigung für ihn empfand.

»Mr. Bullivant, ich finde, Sie sollten sich gedulden, bis Sie tatsächlich aufgestiegen sind. Es sei denn, da wäre eine, die Sie ermutigt. Und dabei brauchten Sie nicht einmal weit Ausschau zu halten. Aber sich einer Person gegenüber, die Ihnen nicht die geringsten Hoffnungen gemacht hat, so zu verhalten, ist nicht richtig. Eine lange Verlobungszeit mit jahrelanger Ungewißheit ist etwas so Erbärmliches, daß – ach, wenn ich ein Mann wäre, würde ich *niemals* wagen, ein Mädchen dazu zu überreden! In meinen Augen ist das grausam und falsch.«

Der Schlag hatte gesessen. Bullivant wandte sein schmerzverzerrtes Gesicht ab und saß einige Minuten lang stumm da. Der Bus hielt abermals an; vier oder fünf Leute standen an der Tür, um einzusteigen.

»Dann werde ich mich jetzt verabschieden, Miss Madden«, stieß er mit tonloser Stimme hervor.

Sie reichte ihm die Hand, warf ihm einen verlegenen Blick zu und ließ ihn gehen.

Zehn Minuten später war ihre gute Laune, mit der sie losgezogen war, wiederhergestellt, und sie lächelte vor sich hin. Dank der frischen Luft und der Bewegung war auch ihr Kopf wieder klarer. Hoffentlich würden ihre Schwestern sie kurz nach dem Mittagessen gehen lassen!

Virginia öffnete ihr die Tür und umarmte und küßte sie mit gewohnter Herzlichkeit.

»Du bist schön früh dran! Die arme Alice liegt seit vorgestern im Bett; eine schlimme Erkältung und schreckliche Kopfschmerzen. Aber ich glaube, es geht ihr heute morgen ein bißchen besser.«

Alice – ein trauriger Anblick – lag auf Kissen gestützt da.

»Gib mir lieber keinen Kuß, Kleines«, sagte sie mit kaum hörbarer Stimme. »Damit du nicht Halsweh bekommst. Wie gut du aussiehst!«

»Ich finde nicht, daß sie *gut* aussieht«, widersprach Virginia, »sie ist allenfalls nicht ganz so blaß wie sonst. Monica, mein Schatz – da Alice kaum ein Wort herausbringt, laß mich für uns beide sprechen und dir alles, alles Gute zum Geburtstag wünschen. Hier ist ein kleines Büchlein von uns beiden. Möge es dir hin und wieder Trost spenden.«

»Wie lieb von euch!« entgegnete Monica und küßte Virginia auf den Mund, Alice auf das zu dünnen Zöpfen geflochtene Haar. »Es ist zwecklos, wenn ich sage, ihr sollt kein Geld für mich ausgeben; ihr hört ja doch nicht auf mich. Was für eine schöne Ausgabe von Kebles Jahreskalender! Ich will mir alle Mühe geben, hin und wieder darin zu lesen.«

Mit leicht schuldbewußter Miene holte Virginia dann einen winzigen, aber köstlichen Rosinenkuchen aus einer Ecke des Zimmers hervor. Sie forderte Monica auf, ein Stück davon zu essen; sie bekomme doch ein so kärgliches Frühstück, und der Weg von Walworth Road bis hierher müsse sie hungrig gemacht haben.

»Ihr seid unmöglich! Das könnt ihr euch doch gar nicht leisten!«

Die beiden anderen blickten einander an und lächelten dabei so merkwürdig, daß es Monica nicht entgehen konnte.

»Ich verstehe!« rief sie aus. »Ihr habt gute Nachrichten. Du hast eine Stelle gefunden, Virgie, und zwar eine bessere als je zuvor.«

»Mag sein. Wer weiß? Sei ein braves Kind und iß dein Stück Kuchen auf, danach werde ich dir etwas erzählen.«

Die beiden waren sichtlich erregt. Virginia wirbelte im Zimmer umher wie ein junges Mädchen, hielt sich aufrecht und vermochte die Hände nicht unter Kontrolle zu bringen.

»Du würdest nie erraten, wen ich gesehen habe«, begann sie, als Monica bereit war zuzuhören. »Wir erhielten neulich einen Brief, der uns vor ein Rätsel stellte ... das heißt, die Schrift, ehe wir ihn öffneten. Und stell dir vor, er war von ... Miss Nunn!«

Der Name ließ Monica ziemlich ungerührt. »Hattet ihr sie nicht völlig aus den Augen verloren?« bemerkte sie.

»Ja, genau. Ich hätte nie gedacht, daß wir jemals wieder von ihr hören würden. Aber es hätte uns nichts Besseres passieren können. Ach, Schwesterherz, sie ist wundervoll!«

Virginia erzählte in aller Ausführlichkeit, was sie über Miss Nunns Werdegang erfahren hatte und beschrieb auch, wie ihre gegenwärtige Tätigkeit aussah.

»Sie wird uns eine äußerst wertvolle Freundin sein. O wie stark und energisch sie ist! Wie sie immer genau weiß, was zu tun ist! Du sollst sie so bald wie möglich besuchen kommen. Am besten, du gehst gleich heute nachmittag zu ihr. Sie wird dich von all deinen Sorgen erlösen, Schwesterchen. Ihre Freundin, Miss Barfoot, wird dir Maschineschreiben beibringen, und danach kannst du auf leichte und angenehme Weise deinen Lebensunterhalt verdienen. Ja, wirklich!«

»Und wie lange würde das dauern?« fragte das Mädchen überrascht.

»Oh, nicht besonders lange, glaube ich. Die genauen Einzelheiten haben wir noch nicht besprochen. Du wirst das alles persönlich von ihr hören. Und sie hat mir alle möglichen Vorschläge gemacht,« sagte Virginia, ohne Absicht übertreibend, »wie wir unser angelegtes Geld besser einsetzen könnten. Sie sprudelt über von praktischen Ratschlägen. Ein wundervoller Mensch! In bezug auf Tatkraft und Unternehmungsgeist ist sie wie ein *Mann*. Ich hätte nie gedacht, daß eine Frau so entscheiden und planen und handeln kann, wie sie es tut!«

Monica erkundigte sich vorsichtig, was denn das für Vorschläge gewesen seien, um ihr Einkommen aufzubessern.

»Es ist noch nichts entschieden«, lautete die Antwort, die ihr mit einem zuversichtlichen Lächeln gegeben wurde. »Zunächst einmal sollst *du* in die Lage versetzt werden, ein behagliches und sorgenfreies Leben zu führen; das ist vorrangig.«

Monica hörte zwar aufmerksam zu, zeigte sich über die in Aussicht gestellte Veränderung aber nicht besonders begeistert. Kurz darauf stand sie gedankenverloren am Fenster. Alice gab durch ein Zeichen zu verstehen, daß sie gern ein wenig schlafen wolle; trotz Schlafmittel hatte sie die ganze Nacht kein Auge zugetan. Obwohl die Sonne nicht direkt in das Zimmer schien, war es darin sehr heiß, und die Anwesenheit einer dritten Person machte die Luft stickig.

»Was hältst du davon, wenn wir für ein halbes Stündchen hinausgehen?« flüsterte Monica, nachdem Virginia auf die geschlossenen Augen der Kranken gedeutet hatte. »Es ist sicher sehr ungesund, wenn wir uns alle in diesem kleinen Zimmer aufhalten.«

»Ich möchte sie ungern allein lassen«, gab Virginia flüsternd zurück. »Aber es wäre gewiß besser für dich, wenn du frische Luft bekämst. Möchtest du nicht in die Kirche gehen, Monica? Die Glocken haben noch nicht aufgehört zu läuten.«

Die beiden älteren Schwestern besuchten die Kirche nicht regelmäßig. Wenn das Wetter schlecht war oder sie sich zu erschöpft fühlten, verzichteten sie auf den sonntäglichen Kirchgang und lasen sich die Liturgie gegenseitig vor. Monica fand das lange Zuhörenmüssen recht anstrengend. In den Monaten, als ihre Schwestern noch nicht in London waren, hatte sie nur selten den Gottesdienst besucht; nicht etwa aus einer bewußten Entscheidung heraus, sondern weil es ihren Kolleginnen nicht im Traum eingefallen wäre, eine Kirche zu betreten, und deren Beispiel sie allmählich immer gleichgültiger werden ließ. Jetzt war sie froh, einen Vorwand zu haben, bis zum Mittagessen fortgehen zu können.

Sie machte sich mit dem Vorsatz auf den Weg, nur so zu tun, als ob sie zur Kirche gehe, indem sie die Richtung nach Clapham Common einschlug, um ihnen bei ihrer Rückkehr von der Predigt in einer Kirche zu berichten, in der die beiden noch nie gewesen waren. Doch schon nach wenigen Metern meldete sich ihr Gewissen. Wurde sie nicht immer nachlässiger? War es nicht schändlich, die beiden anzuschwindeln, nachdem sie so gut zu ihr gewesen waren? Ihr kleines Gebetbuch steckte wie gewohnt in ihrer Tasche. Im Laufschritt eilte sie zu der Kirche, die sie immer aufzusuchen pflegten, und erreichte sie gerade in dem Moment, da das Portal geschlossen wurde.

Von sämtlichen Gläubigen, die sich in der Kirche versammelt hatten, war sie vermutlich diejenige, die sich am allerwenigsten auf den Gottesdienst konzentrierte. Sie nahm kein einziges Wort auf. Ob sie saß, stand oder kniete, stets trug sie den gleichen geistesabwesenden Ausdruck, wobei hin und wieder ein kleines Lächeln über ihr Gesicht huschte oder ihre Lippen sich bewegten, als ob sie an ein besonders interessantes Gespräch zurückdenke.

Am Sonntag vor einer Woche hatte sie ein aufregendes Erlebnis gehabt, das erste wirklich bemerkenswerte Ereignis, seit sie in London lebte. Sie hatte sich mit Miss Eade zu einer Dampferfahrt auf der Themse verabredet. Sie hatten vereinbart, sich um halb zwei an der Landungsbrücke beim Battersea Park zu treffen. Doch Miss Eade hielt die Verabredung nicht ein, und Monica, die nicht auf die Fahrt verzichten wollte, fuhr ohne sie.

In Richmond ging sie von Bord und schlenderte dort ein, zwei Stunden lang herum; dann nahm sie eine Tasse Tee und ein Rosinenbrötchen zu sich. Da es für die Rückfahrt noch immer viel zu früh war, ging sie hinunter zum Flußufer und setzte sich dort auf eine der Bänke. Viele Boote glitten an ihr vorüber, die meisten nur mit zwei Personen besetzt – fast immer ein junger Mann, der ruderte, und ein Mädchen, das die Leine des Steuerruders hielt. Obwohl Monica versuchte, die Boote zu ignorieren, mußte sie doch immer wieder zu ihnen hinschauen. Wie herrlich, in ein Kissen gelehnt in einem Boot sitzen zu können und sich mit einem Begleiter zu unterhalten, der nicht nach einem Verkäufer aus ihrem Laden aussah!

Es grämte sie, so allein zu sein. Der arme Mr. Bullivant hätte mit Freuden eine Bootsfahrt mir ihr unternommen; aber Mr. Bullivant ...

Sie mußte an ihre Schwestern denken. Die Armen würden bis an ihr Lebensende allein bleiben. Schon jetzt waren sie alt; und sie würden noch älter und noch trauriger werden, ständig darum kämpfend, die Dividende, die ihr kostbares Kapital abwarf, aufzubessern – und das nur, um am Leben bleiben zu können. Oh, – es versetzte ihr einen Stich ins Herz, wenn sie an diese elenden Aussichten dachte. Wären die armen Mädchen doch lieber gar nicht geboren worden!

Ihre eigenen Zukunftsaussichten waren besser, als es die ihrer Schwestern je gewesen waren. Sie wußte, daß sie gut aussah. Auf der Straße waren ihr schon oft Männer hinterhergelaufen und hatten versucht, ihre Bekanntschaft zu machen. Einige der Mädchen, mit denen sie zusammenwohnte, betrachteten sie neidisch, ja feindselig. Aber hatte sie wirklich wenigstens eine klitzekleine Chance, einen Mann zu heiraten, den sie achten – oder sogar lieben konnte?

In einer Woche würde sie einundzwanzig sein. In Weston war ihr Gesundheitszustand immer recht gut gewesen, aber sie hatte eine schwache Konstitution, und durch die Sklavenarbeit in der Walworth Road drohte sie frühzeitig zu altern. Ihre Schwestern hatten recht gehabt. Es war ein Fehler gewesen, nach London zu ziehen. In Weston hätte sie bessere Möglichkeiten gehabt, auch wenn sie sich dort nicht so frei und ungezwungen bewegen konnte.

Während sie so ihren Gedanken nachhing und ein tieftrauriger Ausdruck ihr hübsches Gesicht überzog, setzte sich jemand neben sie auf die Bank. Sie warf einen Blick zur Seite und stellte fest, daß es sich um einen ältlichen Mann handelte, mit angegrautem Backenbart und ziemlich ernster Miene. Monica seufzte.

Hatte er sie womöglich sprechen gehört? Er sah neugierig zu ihr hin. Beschämt blickte sie eine Zeitlang in die entgegengesetzte Richtung. Dann, als sie gerade einem vorüberziehenden Boot nachschaute, fiel ihr Blick unwillkürlich auf den schweigsamen Banknachbarn; abermals schaute er sie an, und dann begann er zu sprechen. Aufgrund seiner ernsten Erscheinung, seines würdevollen Benehmens und der freundlichen Bemerkungen, die über seine Lippen kamen, dachte sie sich nichts dabei; sie begannen sich zu unterhalten und redeten fast eine halbe Stunde lang miteinander.

Wie alt mochte er sein? Fünfzig war er wohl noch nicht – möglicherweise gar erst Anfang vierzig. Er hatte keine übermäßig vornehme Aussprache, schien aber ein gebildeter Mensch zu sein. Und gekleidet war er eindeutig wie ein Gentleman. Er hatte schmale, behaarte Hände, die nicht nach körperlicher Arbeit aussahen; die Nägel hätten gepflegter nicht sein können. War es als ein schlechtes Zeichen zu deuten, daß er weder Handschuhe noch einen Spazierstock trug?

Was er von sich gab, war nicht anzüglich, sondern ganz einfach freundlich, ja geradezu respektvoll. Hin und wieder – nicht zu häufig – musterte er sie kurz. Nach ein paar einleitenden Sätzen erwähnte er, daß er eine lange Fahrt hinter sich habe, und zwar allein; sein Pferd werde gerade gefüttert und getränkt, und danach gehe es wieder zurück nach London. Er unternehme im Sommer häufig solche Ausflüge, normalerweise allerdings nur werktags; der prächtige Himmel habe ihn aber heute morgen zu einer Ausfahrt verleitet. Er wohne in Herne Hill.

Schließlich wagte er es, eine Frage an sie zu richten. Monica fand nichts dabei, ihm zu erzählen, daß sie in einem Geschäft arbeite, daß sie in London Verwandte habe und daß sie heute nur zufällig allein hierher gekommen sei.

»Ich fände es sehr bedauerlich, wenn ich Sie niemals wiedersehen dürfte.« Verlegen, den Blick zu Boden gerichtet, sprach er diese Worte aus. Monica wußte nicht, was sie erwidern sollte. Noch vor einer halben Stunde hätte sie es nicht für möglich gehalten, daß dieser Mann etwas äußern könnte, das sie ernstlich berührte, und jetzt wartete sie verwirrt, aber ohne jeglichen Unmut darauf, was er als nächstes sagen würde.

»Wir begegnen uns rein zufällig, unterhalten uns miteinander und sagen einander dann Lebewohl. Warum sollte ich Ihnen nicht offen sagen dürfen, daß Sie mich sehr interessieren, und daß ich nicht auf den Zufall vertrauen mag, daß wir einander wieder begegnen? Wenn Sie ein Mann wären« – er lächelte –, »würde ich Ihnen meine Visitenkarte überreichen und Sie zu einem Besuch in meinem Hause einladen. Lassen Sie mich Ihnen wenigstens die Visitenkarte geben.«

Während er dies sagte, zog er ein kleines Etui hervor und legte eine Visitenkarte in Monicas Reichweite auf die Bank. Sie murmelte ein »Dankeschön« und nahm die Karte an sich, ohne sie anzusehen.

»Sie wohnen auf der gleichen Flußseite wie ich«, fuhr er in einem immer noch äußerst zurückhaltenden Tonfall fort. »Darf ich hoffen, Sie einmal wiederzusehen, wenn Sie einen Spaziergang unternehmen? Es ist mir gleich, an welchem Tag und um welche Zeit; aber Sie scheinen leider nur am Sonntag frei zu haben?«

»Ja, das stimmt.«

Es dauerte ziemlich lange und ging sehr umständlich vonstatten, aber schließlich war eine Verabredung getroffen. Monica würde sich am nächsten Sonntag mit ihrem Bekannten am Themseufer im Battersea Park treffen; falls es regnete, einen

Sonntag später. Sie war beschämt und verwirrt. Bei anderen Mädchen war dergleichen gang und gäbe – bei anderen berufstätigen Mädchen; sie aber hatte das Gefühl, mit diesem Verhalten auf die Stufe eines Dienstmädchens zu sinken. Warum hatte sie zugesagt? Der Mann käme für sie sowieso niemals in Frage; er war zu alt, hatte zu harte Züge, war zu ernst. Nun ja, gerade darum war es nicht schlimm, wenn sie sich mit ihm traf. Der wahre Grund ihrer Zusage war jedoch, daß sie nicht den Mut gehabt hatte abzulehnen; er hatte sie irgendwie eingeschüchtert.

Vielleicht würde sie die Verabredung nicht einhalten. Sie war zu nichts verpflichtet. Sie hatte ihm weder ihren Namen genannt, noch den des Geschäfts, in dem sie arbeitete. Sie hatte eine Woche Zeit, es sich zu überlegen.

Es war ihm gleich, an welchem Tag und um welche Zeit – hatte er gesagt. Und er fuhr nur zum Vergnügen in der Gegend herum. Ein wohlhabender Mann also. Der Visitenkarte zufolge hieß er Edmund Widdowson.

Sein Gang war aufrecht, und er war von kräftiger Statur. Das stellte sie fest, als er sich entfernte. Aus Furcht, er könnte sich noch einmal umdrehen, blickte sie seiner Gestalt nur ein paarmal verstohlen hinterher. Aber er sah kein einziges Mal zurück.

»Und nun laßt uns das Vaterunser beten.« Das durch die ganze Kirche gehende Geraschel weckte Monica aus ihren Träumen, die so tief gewesen waren, daß sie keine einzige Silbe der Predigt mitbekommen hatte. Also würde sie ihre Schwestern doch anschwindeln müssen, indem sie einen Predigttext erfand und vielleicht noch einen Kommentar dazu.

Sie hatten mit Mrs. Conisbee ausgemacht, das Mittagessen an diesem Tag unten im Wohnzimmer einzunehmen. Ein geradezu luxuriöses Mahl; in ihrer Begeisterung hatte Virginia nämlich beschlossen, Monicas Geburtstag ordentlich zu feiern. Es gab ein winziges Stück Lachs, ein köstliches Schnitzel und Johannisbeerkuchen. Virginia, die daheim nur vegetarische Kost zu sich nahm, aß nichts von dem Fisch und dem Fleisch – die Portion war ohnehin gerade groß genug für eine Person. Alice, die oben geblieben war, aß eine Haferschleimsuppe.

Monica sollte um drei Uhr in der Queen's Road in Chelsea sein. Die Schwestern hofften, sie würde danach mit ihren Neuigkeiten nach Lavender Hill zurückkehren, doch Monica legte sich absichtlich nicht fest. Sie hatte beschlossen, die Verabredung mit

Edmund Widdowson spaßeshalber einzuhalten. Sie war gespannt darauf, ihn wiederzusehen und darauf, was für einen Eindruck sie diesmal von ihm haben würde. Wenn er sich so dezent verhielt wie in Richmond, sprach nichts dagegen, sich weiterhin mit ihm zu treffen, allein der Abwechslung wegen, die damit in ihr Leben kam. Sollte irgend etwas Unangenehmes vorfallen, brauchte sie einfach nur fortzugehen. Die kleine, klitzekleine Vorfreude wußte ein Ladenmädchen der Firma Scotcher verständlicherweise zu schätzen.

Während Monica in Richtung Queen's Road ging – den eingewickelten Keble in der Hand –, begann sie sich zu fragen, ob Miss Nunn ihr wirklich einen Vorschlag zu machen hätte. Sie wußte, daß Virginias Bericht und die überschwenglichen Prognosen mit Vorsicht zu genießen waren; obwohl sie mehr als zehn Jahre jünger war als ihre Schwester, sah Monica die Welt mit Augen, die weniger dazu neigten, banale Fakten aufzubauschen und schönzufärben.

Miss Barfoot war noch immer verreist. Rhoda Nunn empfing die Besucherin in einem hübschen, altmodischen Salon, in dem nichts Kostbares, nichts Überflüssiges herumstand; dennoch erschien er Monica prächtig ausgestattet. Ihr anfänglich verlegenes Schweigen war eher auf die ungewohnte Umgebung zurückzuführen, als darauf, daß sie in der vor ihr stehenden Dame nur mit Mühe jene Rhoda Nunn erkannte, die sie vor Jahren kennengelernt hatte.

»Ich hätte Sie niemals wiedererkannt«, sagte Rhoda, gleichermaßen überrascht. »Das liegt zum einen daran, daß Sie aussehen wie eine Fieberkranke auf dem Weg zur Genesung. Aber was soll man anderes erwarten? Ihre Schwester hat mir von Ihren schockierenden Lebensumständen erzählt.«

»Die Arbeit ist sehr anstrengend.«

»Sie ist unzumutbar! Warum bleiben Sie in einem solchen Betrieb, Monica?«

»Ich sammle Erfahrungen.«

»Um sie in der nächsten Welt anzuwenden?«

Beide lachten.

»Miss Madden geht es hoffentlich wieder besser?«

»Alice? Nein, leider nicht.«

»Erzählen Sie mir doch bitte etwas mehr von den ›Erfahrungen‹, die Sie so machen. Beispielsweise, wieviel Zeit Ihnen für die Mahlzeiten gewährt wird.«

Rhoda Nunn gehörte nicht zu denen, die sich mit belanglosem Gerede aufhalten, wenn es Dinge von äußerster Wichtigkeit zu besprechen gibt. Mit einer Miene, die Anteilnahme bekundete, ermunterte sie das Mädchen zum Reden und dazu, sich ihr anzuvertrauen.

»Wir haben für jede Mahlzeit zwanzig Minuten Zeit«, erklärte Monica, »aber während des Mittagessens und des Abendessens muß man immer damit rechnen, daß man in den Laden gerufen wird, ehe man fertig ist. Falls es länger dauert, ist der Tisch abgeräumt, bis man zurückkommt.«

»Nette Praktiken. Es gibt vermutlich keine Sitzgelegenheit hinter dem Ladentisch, oder?«

»O wo denken Sie hin! Das macht uns ziemlich zu schaffen. Einige von uns haben schon ernsthafte Beschwerden. Erst kürzlich mußte ein Mädchen wegen einer Venenentzündung ins Krankenhaus, und zwei, drei andere leiden ebenfalls daran, nur ist es bei ihnen nicht ganz so schlimm. Manchmal, Samstag abends, sind meine Füße vollkommen taub; dann muß ich auf den Boden stampfen, um mich zu vergewissern, daß er noch unter mir ist.«

»Ah – der Samstagabend!«

»Ja, es ist wirklich schlimm; aber in der Weihnachtszeit ist es noch weitaus schlimmer! Da ging es über eine Woche lang jede Nacht bis ein Uhr morgens. Eine Kollegin wurde zweimal ohnmächtig hinausgetragen, an zwei aufeinanderfolgenden Abenden. Sie flößten ihr Brandy ein, und dann arbeitete sie wieder weiter.«

»Sie zwangen sie dazu?«

»Nun ja, es war ihr eigener Wunsch. Die Tageseinnahmen der Ärmsten waren nicht hoch genug, und wenn sie bis Ende der Woche nicht eine bestimmte Summe erreicht hätte, wäre ihr gekündigt worden. Das ist trotzdem geschehen. Sie sei zu schwach, hieß es. Glücklicherweise fand sie nach Weihnachten eine neue Anstellung als Zofe, mit einem Verdienst von fünfundzwanzig Pfund im Jahr – bei Scotcher & Co. hatte sie fünfzehn bekommen. Wir haben aber gehört, daß ihr eine Ader geplatzt ist, und jetzt liegt sie in Brompton im Krankenhaus.«

»Reizende Geschichte! Gibt es keinen Tag, an dem früher geschlossen wird?«

»Es gab einmal einen, ehe ich dort anfing; aber nur etwa drei Monate lang. Dann brach alles wieder zusammen.«

»Wie die Verkäuferinnen. Schade nur, daß die Firma diesem Beispiel nicht folgt.«

»Das würden Sie gewiß nicht sagen, Miss Nunn, wenn Sie wüßten, wie schrecklich schwer es für viele Mädchen ist, eine Stelle zu finden, gerade jetzt.«

»Das ist mir sehr wohl bekannt. Und ich wünschte, es wäre noch schwerer. Ich wünschte, die Mädchen würden mitten auf der Straße zusammenbrechen und Hungers sterben, statt auf allen Vieren in ihre Dachkammern und in die Krankenhäuser zu kriechen. Ich fände es gut, wenn man ihre Leichname an einen öffentlichen Platz zusammentragen würde, damit jeder sie anstarren kann.«

Monica sah sie entsetzt an. »Sie glauben vermutlich, die Leute würden dann für Reformen eintreten?«

»Wer weiß. Vielleicht würden sie sich auch nur gegenseitig gratulieren, daß es ein paar überflüssige Frauen weniger gibt. Bekommen Sie Sommerurlaub?«

»Ja, eine Woche bezahlten Urlaub.«

»Tatsächlich? Bezahlter Urlaub? Da bleibt einem ja die Luft weg. Sind viele der Mädchen aus der gehobenen Schicht?«

»Bei Scotcher & Co. keine einzige. Die meisten kommen vom Land. Einige von ihnen stammen von kleinen Höfen und sind furchtbar ungebildet. Eines der Mädchen fragte mich neulich, in welchem Land Afrika liege.«

»Sie fühlen sich nicht sehr wohl unter ihnen?«

»Es sind ein, zwei nette, ruhige Mädchen darunter.«

Rhoda holte tief Luft und machte eine ungeduldige Gebärde.

»Tja, finden Sie nicht, daß Sie allmählich lange genug dort sind – daß Sie genug Erfahrungen gesammelt haben und so weiter?«

»Vielleicht sollte ich wieder in ein Geschäft in der Provinz zurückgehen – dort wäre die Arbeit leichter.«

»Aber der Gedanke ist Ihnen nicht sehr angenehm?«

»Mittlerweile wünschte ich, ich hätte etwas anderes lernen dürfen. Alice und Virginia hatten Bedenken gegen eine Lehrerinnenausbildung für mich. Sie erinnern sich vielleicht, daß eine unserer Schwestern, die als Lehrerin tätig gewesen ist, an Überarbeitung starb. Und ich bin nicht sehr klug, Miss Nunn. Ich habe mich in der Schule nie sehr angestrengt.«

Rhoda blickte sie freundlich lächelnd an.

»Und Sie hätten jetzt keine Lust, weiterzulernen?«

»Ich glaube nicht«, antwortete Monica, ihr Gesicht abwendend. »Natürlich wünschte ich, ich hätte eine bessere Ausbildung, aber ich glaube nicht, daß ich mich noch einmal ernsthaft auf einen neuen Beruf vorbereiten könnte. Die Zeit dafür ist abgelaufen.«

»Möglicherweise. Aber es gibt Dinge, die Sie durchaus schaffen könnten. Ihre Schwester hat Ihnen sicherlich erzählt, womit ich meinen Lebensunterhalt verdiene. Frauen, die mit der Schreibmaschine umgehen können, haben recht gute Berufsaussichten. Hatten Sie jemals Klavierunterricht?«

»Nein.«

»Ich auch nicht; was ich damals sehr bedauerte, als ich mit dem Maschineschreiben anfing. Die Finger müssen schlank, geschmeidig und flink sein. Kommen Sie, ich zeige Ihnen eine der Maschinen.«

Sie begaben sich in einen Raum im Unterschoß – ein kleiner, kahler Raum neben der Bibliothek. Darin standen zwei Remington-Schreibmaschinen, und Rhoda erklärte geduldig, wie sie funktionierten.

»Man muß so lange üben, bis man mindestens fünfzig Wörter pro Minute schreiben kann. Ich kenne ein paar Leute, die beinahe doppelt so schnell sind. Es dauert ein gutes halbes Jahr, bis man die Maschine hinreichend beherrscht. Miss Barfoot erteilt Unterricht.«

Monica, die anfangs sehr aufmerksam zugehört hatte, wurde immer unkonzentrierter. Ihr Blick schweifte durch das Zimmer. Miss Nunn beobachtete sie genau, und, so schien es, skeptisch.

»Hätten Sie Lust, es zu versuchen?«

»Ich könnte ein halbes Jahr kein Geld verdienen.«

»Das wäre aber doch nicht unbedingt ein Hindernis für Sie, oder?«

»Nein, nicht unbedingt«, entgegnete Monica zögernd.

Ein Ausdruck von Unzufriedenheit huschte über Miss Nunns Gesicht, aber sie ließ sich Monica gegenüber nichts anmerken. Die Art, wie sie den Mund verzog, drückte vermutlich Verachtung gegenüber solcher Unentschlossenheit aus. Toleranz gehörte nicht eben zu den Tugenden, die ihr ins Gesicht geschrieben waren. »Gehen wir zurück in den Salon und trinken wir eine Tasse Tee.«

Monica vermochte ihre Befangenheit nicht zu überwinden. Diese energische Frau wirkte nicht sehr anziehend auf sie. Sie erkannte wohl die Eigenschaften, die Virginia an ihr so begeistert hatten, doch für sie waren sie eher abschreckend als bewundernswert. Sich in Miss Nunns Hände zu begeben, bedeutete möglicherweise eine schlimmere Form von Knechtschaft als in ihrem Laden; sie könnte es einem solchen Menschen niemals recht machen, und wenn sie versagte, so würde das ihrer Meinung nach zu einer mehr oder weniger schmählichen Entlassung führen.

Als hätte sie diese Gedanken erraten, setzte Rhoda auf einmal eine heitere, freundliche Miene auf.

»Haben Sie nicht heute Geburtstag? Meine Geburtstage zähle ich schon gar nicht mehr, und ich müßte erst nachrechnen, um Ihnen sagen zu können, wie alt ich bin. Das ist auch vollkommen gleichgültig. Für eine Frau, die sich entschlossen hat, allein zu leben und stetig auf ein bestimmtes Ziel hin zu arbeiten, ist es egal, ob sie einunddreißig oder einundfünfzig ist. Aber Sie sind noch ein junges Mädchen, Monica. Meine herzlichsten Glückwünsche!«

Monica nahm allen Mut zusammen und erkundigte sich, was für ein Ziel das denn sei, auf das sie hinarbeite.

»Wie soll ich es ausdrücken?« entgegnete Miss Nunn lächelnd. »Daß die Frauen hart werden.«

»Hart? Ich glaube, ich verstehe, was Sie damit meinen.«

»Wirklich?«

»Sie meinen, sie sollten unverheiratet bleiben.«

Rhoda lachte amüsiert auf. »Das klingt ja beinahe verärgert.«

»Nein, so ... war das ... wirklich nicht gemeint.« Monica errötete leicht.

»Es wäre nur natürlich, wenn Sie es so gemeint hätten. Als ich so jung war wie Sie, hätte *ich* mich auch darüber geärgert.«

»Aber ...«, – das Mädchen zögerte – »lehnen Sie es grundsätzlich ab, daß man heiratet?«

»O nein, so engstirnig bin ich nicht! Aber wußten Sie, daß es in diesem unserem glücklichen Land eine halbe Million mehr Frauen als Männer gibt?«

»Eine halbe Million!«

Rhoda mußte abermals lachen, als sie den entsetzten Blick sah. »So ungefähr schätzt man jedenfalls. So viele *überzählige* Frauen, die niemals einen Partner finden werden. Pessimisten halten ihr Dasein für nutzlos, vertan und vergeudet. Ich natürlich – die ich selbst eine von diesen Frauen bin – sehe das anders.

Ich halte sie für eine große ›Reserveeinheit‹. Wenn eine Frau in den Ehestand tritt, rückt eine von ihnen in die Arbeitswelt nach. Zugegeben, sie sind noch nicht alle ausgebildet – davon sind wir noch weit entfernt. Ich möchte mithelfen ... die Reserve auszubilden.«

»Aber verheiratete Frauen sind doch nicht untätig«, protestierte Monica ernsthaft.

»Nicht alle. Etliche von ihnen schwingen den Kochlöffel und schaukeln Wiegen.«

Abermals veränderte sich Miss Nunns Stimmung. Lachend brach sie das Thema ab und begann über die alten Zeiten in Somerset zu reden, über ihre Wanderungen auf den Cheddar Cliffs, in der Umgebung von Glastonbury oder in den Quantock Hills. Monica, die nicht in der Lage war zuzuhören, zwang sich, ein freundliches Lächeln aufzusetzen.

»Werden Sie Miss Barfoot besuchen?« fragte Rhoda, als ihr klar geworden war, daß das Mädchen lieber gehen würde. »Ich bin nur ihre Vertretung, doch ich bin sicher, daß sie Ihnen gerne helfen würde, so gut sie kann.«

Monica bedankte sich und versprach, einer Einladung seitens Miss Barfoot umgehend Folge zu leisten. Sie verabschiedete sich genau in dem Augenblick, in dem das Dienstmädchen eine weitere Besucherin ankündigte.

5. Die Zufallsbekanntschaft

An der Ecke, wo der Battersea Park an die Albert Bridge grenzt, liegt seit mehr als zwanzig Jahren eine kuriose Ansammlung architektonischer Überreste auf dem Boden herum, vornehmlich zerbrochene Säulen, die aussehen wie Teile eines niedergerissenen Tempels. Es handelt sich um die Kolonnade vom alten Burlington House, die aus irgendeinem Grund von Piccadilly hierher verbracht wurde und wahrscheinlich, als Tummelplatz für waghalsige Kinder, dort bleiben wird, bis niemand mehr weiß, woher sie stammt.

Genau diese Stelle war es, an der Monica und ihre Zufallsbekanntschaft, Edmund Widdowson, einander treffen wollten, und dort sah sie aus einiger Entfernung seine hagere, aufrechte, gut gekleidete Gestalt auf dem Rasen auf und ab schreiten. Bis zuletzt war Monica unschlüssig, ob sie zu ihm hingehen sollte. Sie empfand nicht das Geringste für diesen Mann, und nach allem, was sie in London mitbekommen hatte, war ihr bewußt, daß es äußerst bedenklich war, bei einem völlig fremden Mann auf derartige Weise Hoffnungen zu erwecken. Nur, irgendwie mußte sie den Abend schließlich herumbringen, und wenn sie jetzt kehrtmachte, würde sie doch nur erlebnishungrig umherwandern; ihr Gespräch mit Miss Nunn hatte nämlich das genaue Gegenteil dessen bewirkt, was Rhoda beabsichtigt haben dürfte; Monica, die das leichtsinnige Verhalten der anderen Ladenmädchen bislang nicht hatte verstehen können, verspürte auf einmal selbst das Bedürfnis, etwas Verwegenes zu tun. Jetzt sehnte sie sich nach einem männlichen Begleiter, und da sie diesem Mann nun schon ihr Versprechen gegeben hatte ...

Er hatte sie erblickt und kam auf sie zu. Diesmal trug er Handschuhe und hatte auch einen Spazierstock dabei; ansonsten sah er nicht anders aus als in Richmond. Als er nur noch wenige Meter von ihr entfernt war, lüftete er, etwas steif, den Hut. Monica reichte ihm nicht die Hand, was Widdowson auch nicht erwartet zu haben schien. Es war ihm aber anzusehen, wie sehr er sich über das Wiedersehen freute; seine fahlen Wangen röteten sich, und ein eigentümliches Lächeln – gutmütig, aber unsicher, fast ängstlich – vertiefte die zahlreichen Fältchen um seine Augen.

»Es freut mich sehr, daß Sie kommen konnten«, sagte er mit leiser Stimme und verbeugte sich dabei.

»Das Wetter ist heute noch schöner als letzten Sonntag«, antwortete Monica ausweichend, wobei sie den Blick auf einige Passanten richtete.

»Ja, ein wunderschöner Tag. Aber ich bin erst vor einer Stunde aus dem Haus gegangen. Sollen wir diese Richtung einschlagen?«

Sie spazierten den Uferweg entlang. Widdowson legte nicht das galante Gehabe jener Männer an den Tag, die sich regelmäßig an Ladenmädchen heranmachen. Das Lächeln auf seinem Gesicht war verschwunden; seine Worte und sein Verhalten waren sehr nüchtern; die meiste Zeit hielt er den Blick gesenkt, und wenn er schwieg, sah er aus, als denke er über ein ernstes Problem nach.

»Haben Sie heute einen Ausflug ins Grüne unternommen?« war eine seiner ersten Fragen.

»Nein. Ich habe den Vormittag bei meinen Schwestern verbracht, und am Nachmittag mußte ich zu einer Dame in Chelsea.«

»Sind Ihre Schwestern älter als Sie?«

»Ja, ein paar Jahre älter.«
»Leben Sie schon lange nicht mehr mit ihnen zusammen?«
»Wir haben schon seit meiner frühen Kindheit kein gemeinsames Zuhause mehr.«

Nach kurzem Zögern sprach sie weiter und schilderte ihm in wenigen Worten ihre Lebensgeschichte. Widdowson hörte sehr aufmerksam zu, nur seine Lippen zuckten ab und zu, die Augen waren halb geschlossen. Bis auf die zu stark hervortretenden Backenknochen und die ziemlich großen Nasenlöcher hatte er angenehme Gesichtszüge. Sein Gesichtsausdruck wirkte nicht besonders energisch, und seine Sprechweise ließ auf einen eher schwerfälligen Geist schließen. Bezüglich seiner Lebensjahre kam Monica zu dem Schluß, daß er zwei- oder dreiundvierzig sein müsse, obgleich sein angegrauter Bart ihn älter wirken ließ. Sein braunes Haar zeigte noch keine Spuren fortgeschrittenen Alters, seine Zähne waren weiß und makellos, und aus irgendeinem Grund – sie wußte selbst nicht genau, aus welchem – schien er ein Recht zu haben, sich für vergleichsweise jung zu halten.

»Ich dachte mir bereits, daß Sie nicht aus London stammen«, sagte er, als sie geendet hatte.

»Weshalb?«

»Ihrer Ausdrucksweise wegen. Nicht daß Sie einen ländlichen Akzent hätten«, fügte er hastig hinzu, »aber selbst wenn Sie aus London gewesen wären, hätten Sie es sich nicht durch Ihre Ausdrucksweise anmerken lassen.«

Es sah aus, als ärgere er sich, etwas Dummes gesagt zu haben, und nach kurzem Schweigen fragte er in freundlichem Ton: »Ziehen Sie es vor, in der Stadt zu wohnen?«

»In mancherlei Hinsicht ... nicht in jeder.«

»Ich bin froh, daß Sie hier Familienangehörige haben – und Freunde. So viele junge Damen kommen aus der Provinz hierher, ohne eine Menschenseele zu kennen.«

»Ja.«

Es gelang ihnen nur ganz langsam, ihre Befangenheit abzulegen. Immer wieder verfielen sie in einen kühlen, förmlichen Ton, drohte ihr Gespräch ganz abzubrechen. Monica suchte so angestrengt nach Worten, daß sie die Menschen um sich herum gar nicht mehr bemerkte, und auch von ihrem Begleiter nahm sie zuweilen nur die Stimme wahr.

Sie waren inzwischen am anderen Ende des Parks bei der Chelsea Bridge angekommen. Widdowson blickte zu den am Ufer liegenden Leihbooten hin und fragte schüchtern: »Hätten Sie Lust, eine Bootsfahrt zu machen?«

Der Vorschlag kam so unerwartet, daß Monica verwirrt aufschaute. Sie hätte es diesem Mann nicht zugetraut, daß er etwas Derartiges vorschlug.

»Das wäre sicherlich angenehm«, fügte er hinzu. »Die Flut kommt noch immer herein. Wir könnten ganz gemächlich ein paar Meilen weit fahren und zurück sein, wann immer Sie es wünschen.«

»Ja, gern.«

Seine Miene hellte sich auf, und sein Gang wurde schwungvoller. Kurz darauf hatten sie ein Boot ausgewählt, sich vom Ufer abgestoßen und glitten auf die Mitte des breiten Flusses zu. Widdowson handhabte die Ruder zwar nicht professionell, doch immerhin recht geschickt. Im Setzen hatte er seinen Hut abgenommen, ihn beiseite gelegt und sich eine kleine Kappe aufgesetzt, die er aus seiner Tasche gezogen hatte. Monica fand, daß sie ihm gut stand. Zumindest war er kein Begleiter, dessen sie sich schämen mußte. Sie musterte zufrieden seine weißen, behaarten Hände, die das Ruder fest umschlossen hielten; dann seine Stiefel – in der Tat sehr gute Stiefel. In seinen weißen Hemdaufschlägen steckten goldene Manschettenknöpfe, und seine goldene Uhrkette bewies den feinen Geschmack eines Gentleman.

»Ich stehe Ihnen zu Diensten«, versuchte er zu scherzen. »Geben Sie mir Anweisungen. Sollen wir schnell fahren ... und weiter weg, oder nur ein wenig schneller als die Strömung uns treiben würde?«

»Wie es Ihnen recht ist. Wenn Sie viel rudern müßten, würden Sie ins Schwitzen geraten.«

»Aha, Sie würden also gerne weiter weg fahren.«

»Nein, nein. Tun Sie das, was Ihnen lieber ist. In ein, zwei Stunden sollten wir natürlich zurück sein.«

Er zog seine Uhr heraus.

»Es ist jetzt zehn Minuten nach sechs, und es ist bis mindestens neun Uhr hell. Wann möchten Sie daheim sein?«

»Gegen neun Uhr«, hielt es Monica für angeraten zu antworten.

»Dann ist es besser, wenn wir einfach gemächlich dahinfahren. Schade, daß wir nicht schon am frühen Nachmittag aufbrechen konnten. Aber ich hoffe, das können wir ein andermal nachholen.«

Auf Monicas Schoß lag ihr kleines, in Packpapier eingeschlagenes Geburtstagsgeschenk. Sie bemerkte, wie Widdowson es hin und wieder musterte, brachte es jedoch nicht fertig, ihm zu erklären, worum es sich handelte.

»Ich hatte schon befürchtet, daß Sie nicht kommen würden«, sagte er, während sie langsam am Chelsea Embankment vorüberglitten.

»Aber ich hatte doch versprochen zu kommen, wenn das Wetter schön wäre.«

»Ja. Ich hatte Angst, etwas könnte Sie abhalten. Es ist sehr freundlich von Ihnen, mir Ihre Gesellschaft zu gewähren.« Er hielt seinen Blick auf die Spitzen ihrer kleinen Schuhe gerichtet. »Ich kann gar nicht sagen, wie dankbar ich Ihnen dafür bin.«

Monica starrte verlegen auf eines der Ruder, von dem das Wasser in glitzernden Perlen herabtropfte, während es sich auf- und abbewegte.

»Letztes Jahr«, fuhr er fort, »bin ich zwei- oder dreimal gerudert, allerdings allein. Dieses Jahr ist es das erste Mal, daß ich in einem Boot sitze.«

»Sind Sie lieber mit der Kutsche unterwegs?«

»Ach, das kann man so nicht sagen. Aber ich fahre sehr häufig aus. Ich wünschte, ich könnte Sie einmal auf eine Fahrt in die herrliche Landschaft mitnehmen, wo ich vor einigen Tagen war, unten in Surrey. Vielleicht gestatten Sie es mir irgendwann einmal. Ich führe ein ziemlich einsames Leben, wissen Sie. Ich habe eine Haushälterin; Familienangehörige wohnen nicht bei mir. Die einzige Verwandte, die ich in London habe, ist eine Schwägerin, aber wir sehen uns nur sehr selten.«

»Gehen Sie denn keiner Beschäftigung nach?«

»Ich führe ein sehr müßiges Leben. Das liegt teilweise daran, daß ich mein Leben lang sehr schwer gearbeitet habe und dabei sehr unglücklich war ... bis vor eineinhalb Jahren. Im Alter von vierzehn Jahren begann ich, meinen Lebensunterhalt zu verdienen, und jetzt bin ich vierundvierzig – auf den Tag genau.«

»Sie haben heute Geburtstag?« fragte Monica, mit einem merkwürdigen Blick, den ihr Gegenüber nicht zu deuten vermochte.

»Ja, das fiel mir erst vor ein paar Stunden ein. Es ist ganz ungewohnt, daß mir an diesem Tag eine solche Freude zuteil wird. Ja, ich führe ein sehr müßiges Leben. Vor eineinhalb Jahren starb mein einziger Bruder. Er war sehr erfolgreich im

Leben, und er hinterließ mir eine Summe, die in meinen Augen ein Vermögen ist, obwohl es nur ein Bruchteil dessen ist, was er besaß.«

Das Herz seiner Zuhörerin pochte heftig. Unwillkürlich zog sie an der Ruderpinne, so daß das Boot sich auf das Ufer zubewegte.

»Etwas nach links«, sagte Widdowson, milde lächelnd. »Ja, so ist es richtig. Oft gehe ich den ganzen Tag lang nicht aus dem Haus. Ich lese sehr gern, und jetzt hole ich nach, was ich in den vergangenen Jahren versäumt habe. Lesen Sie gerne?«

»Ich lese nicht viel, und ich kenne mich auch überhaupt nicht aus.«

»Aber das liegt gewiß nur an mangelnder Gelegenheit.«

Er blickte auf das braune Päckchen. Einer spontanen Regung folgend begann Monica das locker verknotete Band zu lösen und das Papier aufzuwickeln.

»Dachte ich mir doch, daß es ein Buch ist!« rief Widdowson beglückt aus, sobald ihr Geschenk zum Vorschein kam.

»Als Sie mir Ihren Namen nannten«, sagte Monica, »hätte ich Ihnen vielleicht auch meinen nennen sollen. Er steht hier geschrieben. Meine Schwestern haben mir dies heute geschenkt.«

Sie reichte ihm den kleinen Band. Er faßte ihn so vorsichtig an, als sei er zerbrechlich, und schlug – die Ruder mit den Ellbogen festhaltend – das Deckblatt auf.

»Was? Sie haben heute *auch* Geburtstag?«

»Ja, meinen einundzwanzigsten.«

»Erlauben Sie, daß ich Ihnen die Hand schüttle?« Er drückte ihre Finger nur ganz leicht. »Das ist ja ein seltsamer Zufall, finden Sie nicht auch? Oh, ich kenne dieses Buch sehr gut, obgleich ich es seit zwanzig Jahren weder gesehen noch etwas davon gehört habe. Meine Mutter pflegte sonntags darin zu lesen. Und Sie haben tatsächlich heute Geburtstag? Ich bin mehr als doppelt so alt wie Sie, Miss Madden.«

Die letzte Bemerkung klang betroffen und düster. Dann trieb er das Boot mit einem halben Dutzend kraftvoller Ruderschläge an, als müsse er sich aufmuntern, indem er körperliche Stärke demonstrierte. Monica blätterte in den Seiten, ohne das Geschriebene wahrzunehmen.

»Ich kann mir nicht vorstellen«, fuhr ihr Begleiter nach einer Weile fort, »daß Sie mit Ihrem Dasein in diesem Betrieb besonders glücklich sind.«

»Nein, das bin ich nicht.«

»Ich habe schon einiges über die Schwere eines solchen Lebens gehört. Würden Sie mir ein wenig von Ihrem erzählen?«

Bereitwillig schilderte sie ihm, wie ihr Leben von Woche zu Woche verlief, allerdings ohne sich zu beklagen und in einem Ton, als interessiere sie das Thema nicht sonderlich.

»Sie scheinen sehr stark zu sein«, lautete Widdowsons Kommentar.

»Die Dame, bei der ich heute nachmittag war, meinte, ich sähe krank aus.«

»Nun ja, auch ich sehe Ihnen an, daß Sie überarbeitet sind. Was mich erstaunt, ist, wie Sie das alles durchstehen. Handelt es sich bei der Dame um eine alte Bekannte?«

Monica erzählte ihm die nötigen Einzelheiten und erwähnte außerdem, was für ein Vorschlag ihr unterbreitet worden war. Ihr Gegenüber dachte nach und stellte weitere Fragen. Da sie das kleine Kapital, das sie besaß, nicht erwähnen wollte, erzählte Monica nur, daß ihre Schwestern sie vielleicht finanziell unterstützen würden, während sie die neue Ausbildung machte. Aber Widdowson war auf einmal ganz nachdenklich geworden; er hielt mit Rudern inne, verschränkte die Arme über den Holmen und blickte auf die anderen Boote in ihrer Nähe. Auf seiner Stirn hatten sich zwei tiefe, sich kräuselnde Furchen gebildet, und mit weit aufgerissenen Augen und vollkommen geistesabwesend starrte er auf das gegenüberliegende Ufer.

»Ja«, sprach er schließlich, als nehme er einen Gesprächsfaden auf, »ich begann mit vierzehn Jahren mein Brot zu verdienen. Mein Vater war Auktionator in Brighton. Einige Jahre nach seiner Heirat ereilte ihn eine schwere Krankheit, die zur völligen Gehörlosigkeit führte. Die Zusammenarbeit mit seinem Teilhaber wurde beendet, und während es mit ihm immer weiter bergab ging, eröffnete meine Mutter eine Pension, mit der sie es uns lange Zeit ermöglichte, über die Runden zu kommen. Sie war eine vernünftige, gute und tapfere Frau. Leider hatte mein Vater viele Fehler, die ihr das Leben schwer machten. Er war jähzornig, eine Eigenschaft, die durch seine Taubheit freilich nicht gemildert wurde. Ja, und eines Tages wurde er dann in der King's Road von einer Droschke angefahren und starb, wenn auch erst ein Jahr später, an der Verletzung, die er sich dabei zugezogen hatte. Wir waren nur zwei Kinder; ich war das ältere. Meine Mutter konnte es sich nicht leisten, mich lange zur Schule gehen zu lassen, folglich wurde ich mit vierzehn in das Büro des ehemaligen Teilhabers meines Vaters gesteckt, um ihm zur Hand zu gehen und das Handwerk zu erlernen. Ich arbeitete jahrelang für ihn, und das fast ohne Lohn, aber er brachte mir nur das Nötigste bei. Er war einer dieser herzlosen, vollkommen selbstsüchtigen Männer, wie sie in der Geschäftswelt häufig anzutreffen sind. Man hätte mich niemals dorthin schicken sollen, denn mein Vater hatte schon immer eine schlechte Meinung von diesem Mann gehabt; aber er gab vor, es gut mit mir zu meinen, nur – davon bin ich heute überzeugt – um mich ausnutzen zu können.« Er brach ab und begann wieder zu rudern.

»Was geschah danach?« fragte Monica.

»Ich will es nicht so hinstellen, als wäre ich ein mustergültiger Junge gewesen«, fuhr er fort, mit einem Lächeln, das die Fältchen um seine Augen vertiefte, »im Gegenteil. Ich war meinem Vater vom Wesen her sehr ähnlich; ich benahm mich oft abscheulich gegenüber meiner Mutter; was ich gebraucht hätte, wäre ein strenger, aber gewissenhafter Mann gewesen, der sich meiner angenommen und mich zur Arbeit angeleitet hätte. In meiner Freizeit lag ich am Themseufer herum oder stellte gemeinsam mit anderen Jungen dumme Streiche an. Erst nachdem meine Mutter gestorben war, wurde ich allmählich vernünftig, aber da war es bereits zu spät. Das heißt, ich war schon zu alt, um einen erfolgreichen Geschäftsmann aus mir zu machen. Bis zum Alter von neunzehn Jahren war ich nicht viel mehr als ein Laufbursche und Bürogehilfe gewesen, und auch in all den Jahren danach habe ich kaum einmal etwas Anspruchsvolleres gemacht.«

»Das verstehe ich nicht«, bemerkte Monica nachdenklich.

»Warum nicht?«

»Sie sehen aus wie ein Mann, der ... der seinen Weg geht.«

»Wirklich?« Diese Einschätzung schmeichelte ihm; er lachte erfreut. »Aber ich habe nie herausgefunden, welchen Weg ich zu gehen hätte. Ich habe die Büroarbeit und die gesamte Geschäftswelt immer gehaßt; dennoch fand ich nie den Weg in eine andere Richtung. Mein Leben lang bin ich Büroangestellter gewesen – wie Tausende anderer Männer. Wenn ich jetzt gelegentlich in der Londoner City bin und all die Büroangestellten von der Arbeit kommen sehe, empfinde ich unbeschreibliches Mitleid mit ihnen. Ich würde dann am liebsten zwei oder drei der ärmsten Tröpfe herauspicken und alles, was ich von meinem

Einkommen nicht benötige, an sie verteilen. Das Leben eines Büroangestellten – das Leben in einem Büro, ohne Hoffnung auf einen Aufstieg ... das ist ein schreckliches Schicksal!«

»Aber Ihr Bruder war doch erfolgreich. Warum hat er Ihnen nicht geholfen?«

»Wir kamen nicht besonders gut miteinander aus. Wir stritten uns ständig.«

»Sind Sie wirklich ein so streitsüchtiger Mensch?« fragte Monica treuherzig und mit einem so ernsthaften, forschenden Blick, daß Widdowson zunächst ganz verwirrt dreinschaute, dann aber lachen mußte.

»Seit ich ein kleiner Junge war«, entgegnete er, »habe ich mich mit keinem anderen als mit meinem Bruder gestritten. Ich glaube, nur sehr unvernünftige Leute können mich in Wut bringen. Man hat mir wiederholt gesagt, daß ich viel zu nachsichtig sei, zu gutmütig. Ich *möchte* ja gutmütig sein. Aber ich schließe nicht leicht Freundschaften; ich kann mit Fremden einfach nicht reden. Ich gehe so selten unter Leute, daß alle, die mich nur flüchtig kennen, mich für griesgrämig und ungesellig halten.«

»Ihr Bruder hat sich also immer geweigert, Ihnen zu helfen?«

»Es war nicht leicht für ihn, mir zu helfen. Er wurde Börsenmakler und arbeitete sich Stück für Stück nach oben, bis er ein wenig Geld beisammen hatte; dann spekulierte er in allen möglichen Bereichen. Er konnte mich nicht bei sich einstellen – und selbst wenn das möglich gewesen wäre, hätten wir uns niemals vertragen. Es lag außerhalb seiner Möglichkeiten, mich für etwas anderes als für eine Bürostelle weiterzuvermitteln. Er war der geborene Geschäftsmann. Lassen Sie mich Ihnen ein Beispiel geben, auf welche Weise er reich wurde. Durch eine Hypothekengeschichte gelangte er in den Besitz eines Grundstücks in Clapham. Noch 1875 brachte ihm dieses Stück Land gerade vierzig Pfund Pacht ein; es handelte sich um erbrechtlich gebundenes Grundeigentum, und er lehnte viele Kaufangebote ab. Tja, und 1885, ein Jahr vor seinem Tod, betrug die Grundrente für dieses Grundstück – das mittlerweile mit Häusern bebaut war – siebenhundertneunzig Pfund im Jahr. So kommen Leute voran, die Kapital besitzen, und die es verstehen, es richtig anzulegen. Wenn *ich* Kapital gehabt hätte, hätte es mir niemals mehr als drei oder vier Prozent Ertrag eingebracht. Ich war dazu verurteilt, für andere zu arbeiten, die immer reicher wurden. Das ist jetzt einerlei, es ist nur schade um die vielen verlorenen Lebensjahre.«

»Hatte Ihr Bruder Kinder?«

»Nein. Trotzdem war ich überrascht, als ich von dem Testament erfuhr; ich hatte gar nichts erwartet. Von einem Tag auf den anderen ... innerhalb einer Stunde ... war ich kein Sklave mehr, sondern ein freier Mensch, war ich nicht mehr arm, sondern vermögend. Wir haben uns nie *gehaßt*; nicht, daß Sie das denken.«

»Aber ... gewannen Sie damit nicht auch neue Freunde?«

»Oh«, lachte er, »so reich bin ich nicht, daß die Leute sich darum reißen, meine Bekanntschaft zu machen. Ich verfüge lediglich über knapp sechshundert Pfund im Jahr.«

Monica holte lautlos Luft, und ihre Augen blickten ins Unendliche.

»Nein, ich habe keine neuen Freunde gefunden. Den wenigen Menschen, die mir etwas bedeuten, geht es nicht viel besser, als es mir damals ging, und es ist mir einfach peinlich, sie zu mir einzuladen. Vielleicht glauben sie, ich meide sie, weil sie so arm sind, und ich weiß nicht, wie ich mich ihnen gegenüber rechtfertigen soll. Für mich war das Leben schon immer voller quälender Probleme. Ich vermag vieles nicht so leicht zu nehmen wie andere.«

»Meinen Sie nicht, wir sollten langsam umkehren, Mr. Widdowson?«

»Ja, das müssen wir wohl. Schade, daß die Zeit so schnell vergeht.«

Nachdem ein paar Minuten lang Schweigen geherrscht hatte, fragte er: »Haben Sie mittlerweile das Gefühl, daß ich Ihnen nicht mehr vollkommen fremd bin, Miss Madden?«

»Ja ... Sie haben mir so viel von sich erzählt.«

»Es ist sehr nett von Ihnen, mir so geduldig zuzuhören. Ich wünschte, ich könnte Ihnen Interessanteres erzählen, aber Sie sehen ja, welch ein langweiliges Leben ich führe.« Er hielt inne und ließ das Boot einen Moment lang auf dem Fluß schaukeln. »Als ich mich letzten Sonntag erkühnte, Sie anzusprechen, wagte ich kaum zu hoffen, daß Sie mir gestatten würden, Ihre Bekanntschaft zu machen. Sie bereuen es doch nicht, mir diese Güte erwiesen zu haben –?«

»Man kann nie wissen. Ich hatte Zweifel, ob es recht sei, sich mit einem Fremden zu unterhalten –«

»Richtig ... vollkommen richtig. Aber ich habe nicht lockergelassen ... Sie haben hoffentlich gemerkt, daß es mir niemals einfallen würde, Ihnen zu nahe zu treten. Es ist gut, daß es Benimmregeln gibt, aber es gibt auch Ausnahmefälle.« Er ruderte so langsam, daß das Boot, da die Rückströmung noch nicht eingesetzt hatte, gerade eben vorankam. »Irgend etwas an Ihrem Gesicht *zwang* mich, Sie anzusprechen. Und darf ich hoffen, daß wir nun richtige Freunde sein können?«

»Ja ... ich kann Sie mir als einen Freund vorstellen, Mr. Widdowson.«

Sie wurden von einem größeren Boot überholt, in dem vier oder fünf junge Männer und Frauen saßen, die ein fröhliches Lied sangen; es war nur ein Song aus der Music-Hall, ein primitiver Gassenhauer, aber es harmonierte mit dem Geplätscher der Ruder. Die Sonne begann in glühenden Farben über dem Fluß unterzugehen, und ihre Wärme überzog Monicas zarte Wangen mit einer leichten Röte.

»Und Sie gestatten mir, Sie bald einmal wiederzusehen? Dürfte ich Sie nächsten Sonntag nach Hampton Court fahren ... oder wohin auch immer Sie gerne möchten.«

»Meine Bekannten in Chelsea werden mich höchstwahrscheinlich zu sich einladen.«

»Tragen Sie sich ernsthaft mit dem Gedanken, die Firma zu verlassen?«

»Ich bin mir noch nicht sicher ... ich muß erst einmal in Ruhe darüber nachdenken ...«

»Ja ... natürlich. Aber wenn ich Ihnen eine Nachricht zukommen ließe, sagen wir am Freitag, würden Sie mir dann mitteilen, ob Sie kommen können?«

»Für nächsten Sonntag möchte ich lieber nichts ausmachen. Vielleicht am darauffolgenden Sonntag ...«

Er ließ den Kopf hängen und ruderte mit tiefernster Miene weiter. Monica war betroffen, blieb aber bei ihrem Entschluß, und Widdowson akzeptierte ihn schweigend. In der verbleibenden Zeit wechselten sie nur kurze Sätze, über den wunderschönen Abendhimmel, die Szenerie auf dem Fluß oder am Ufer und andere unpersönliche Dinge. Nachdem sie aus dem Boot gestiegen waren, gingen sie schweigend in Richtung Chelsea Bridge.

»Jetzt muß ich schleunigst nach Hause«, sagte Monica.

»Aber wie kommen Sie denn dorthin?«

»Mit der Bahn ... von der York Road bis zur Walworth Road.«

Widdowson warf ihr einen erstaunten Blick zu. Man hätte meinen können, er finde es anstößig, daß Monica sich im Londoner Verkehrsnetz so gut auskannte.

»Dann begleite ich Sie zum Bahnhof.«

Schweigend gingen sie das kurze Stück bis zur York Road. Monica löste ihre Fahrkarte und reichte Widdowson zum Abschied die Hand.

»Ich darf Ihnen also schreiben«, fragte Widdowson mit flehender Miene, »und mit Ihnen, wenn möglich, für übernächsten Sonntag einen Treffpunkt vereinbaren?«

»Ich werde gern kommen ... wenn ich kann.«

»Die Zeit bis dahin wird mir sehr lang werden.«

Mit einem zaghaften Lächeln ließ Monica ihn stehen und eilte zum Bahnsteig. Als sie im Zug saß, sah sie aus, als quälten sie schwere Sorgen. Dann überfiel sie plötzlich die Müdigkeit; sie lehnte sich zurück und schloß die Augen.

An einer Straßenkreuzung nahe der Firma Scotcher stellte sich ihr ein hochgewachsenes, aufgeputztes Mädchen mit recht derben Gesichtszügen in den Weg, das dort herumgelungert zu haben schien. Es war Miss Eade. »Ich muß Sie etwas fragen, Miss Madden. Wo sind Sie heute morgen mit Mr. Bullivant hingegangen?«

Sie sprach im breiten Tonfall eines Londoner Ladenmädchens; ihre Stimme klang verärgert.

»Mit Mr. Bullivant? Ich bin mit ihm nirgendwohin gegangen.«

»Aber ich habe *gesehen*, wie Sie beide in der Kennington Park Road in den Bus gestiegen sind.«

»Tatsächlich?« entgegnete Monica kühl. »Ich kann nichts dafür, wenn Mr. Bullivant zufällig in die gleiche Richtung fährt.«

»O hört, hört! Ich dachte, man kann Ihnen vertrauen. Kann mir ja egal sein – «

»Sie führen sich sehr albern auf, Miss Eade«, rief Monica, deren Nerven in diesem Moment zu angespannt waren, um Geduld mit dem eifersüchtigen Mädchen zu haben. »Ich kann Ihnen nichts weiter sagen, als daß ich nicht mehr an Mr. Bullivant gedacht habe, seit er in der Clapham Road aus dem Bus gestiegen ist. Ich bin es leid, über solche Dinge zu reden.«

»Kommen Sie, seien Sie nicht böse. Laufen Sie ein Stück mit mir und erzählen Sie mir – «

»Ich bin zu müde. Außerdem gibt es nicht das geringste zu erzählen.«

»Ach, jetzt wollen Sie wohl gemein werden?«

Monica ging weiter, aber das Mädchen holte sie wieder ein.

»Seien Sie nicht so böse zu mir, Miss Madden. Ich behaupte ja nicht, daß Sie wollten, daß er mit dem gleichen Bus fährt. Aber Sie könnten mir wenigstens verraten, was er gesagt hat.«

»Gar nichts; er wollte nur wissen, wohin ich fahre, und das ging ihn nichts an. Ich habe für Sie getan, was ich tun konnte. Ich sagte ihm, daß Sie sicherlich nicht nein sagen würden, wenn er Sie bäte, mit ihm eine Bootsfahrt zu unternehmen.«

»Das haben Sie gesagt?« Miss Eade warf den Kopf in den Nacken. »Das war aber nicht sehr taktvoll, so was zu sagen.«

»Sie sind sehr unvernünftig. Ich glaube auch nicht, daß es sehr taktvoll war, aber haben Sie mir nicht dauernd in den Ohren gelegen, etwas in dieser Richtung zu sagen?«

»Nein, ganz sicher habe ich das nicht! Ihnen in den Ohren gelegen, also ich muß schon sagen!«

»Dann möchte ich Sie bitten, mich nie wieder auf dieses Thema anzusprechen. Ich kann es nicht mehr hören.«

»Und was hat *er* erwidert, als Sie das gesagt hatten?«

»Das habe ich vergessen.«

»Oh, Sie sind heute *wirklich* gemein zu mir! Ja wirklich! Wenn es andersrum gewesen wäre, ich hätte *Sie* niemals so behandelt, ganz sicher nicht.«

»Gute Nacht!«

Sie standen unmittelbar vor der Tür, durch die alle Angestellten, die im Hause der Firma wohnten, nachts hineingingen. Monica hatte ihren Hausschlüssel herausgezogen. Aber Miss Eade konnte es nicht ertragen, im quälenden Ungewissen gelassen zu werden.

»Bitte sagen Sie es mir!« flüsterte sie. »Ich werde alles für Sie tun, was ich kann. Seien Sie nicht so herzlos, Miss Madden!«

Monica drehte sich noch einmal um.

»An Ihrer Stelle würde ich mich nicht so töricht aufführen. Ich kann Ihnen nicht mehr als versichern und versprechen, daß ich Mr. Bullivant *niemals* Beachtung schenken werde.«

»Aber was bitte hat er über *mich* gesagt?«

»Nichts.«

Miss Eade schwieg gekränkt.

»Es wäre besser, wenn Sie nicht mehr an ihn denken würden. Sie sollten mehr Stolz haben. Ich wünschte, ich könnte Sie dazu bringen, ihn mit den gleichen Augen zu sehen wie *ich*.«

»Und Sie haben wirklich über mich geredet? O ich wünschte, daß Sie jemanden fänden, der mit Ihnen geht. Vielleicht würde dann ...«

»Nun, ich *habe* jemanden gefunden«, sagte Monica nach kurzem Zögern.

»Ja wirklich?« Das Mädchen tanzte beinahe vor Freude. »Ist das wirklich wahr?«

»Ja ... also lassen Sie mich jetzt bitte in Ruhe.«

Diesmal gestattete Miss Eade, daß sie sich umdrehte und ins Haus ging.

Von den anderen war noch niemand da. Monica aß ein paar Bissen von dem Brot und dem Käse, die auf der langen Tafel im Erdgeschoß ausgelegt waren, und ging danach sofort zu Bett. Aber der herbeigesehnte Schlaf wollte sich einfach nicht einstellen. Um halb zwölf, als zwei der fünf anderen Zimmergenossinnen hereinkamen, wälzte sie sich noch immer ruhelos von einer Seite auf die andere.

Die anderen zündeten die Gaslampe an (das Gas wurde erst um Mitternacht abgedreht, und wer später kam, mußte eine Kerze aus eigenem Vorrat verwenden) und begannen sich angeregt über ihre sonntäglichen Erlebnisse zu unterhalten. Um nicht angesprochen zu werden, stellte Monica sich schlafend.

Um Mitternacht, als die Gaslampe gerade ausgegangen war, kamen die zwei nächsten, um sich zur Ruhe zu begeben. Sie hatten sich gestritten und waren noch düsterer Stimmung. Nachdem sie in der Dunkelheit noch eine Weile darüber diskutiert hatten, welche von beiden eine Kerze suchen solle – worauf eines der im Bett liegenden Mädchen entnervt ihre eigene Kerze zur Verfügung stellte – begannen sie sich mürrisch zu entkleiden.

»Ist Miss Madden noch wach?« fragte eine der beiden, in Monicas Richtung blickend.

Es kam keine Antwort.

»Die hat heute 'nen Kerl aufgegabelt«, fuhr die Sprecherin mit gedämpfter Stimme fort und grinste dabei ihre Zimmergenossinnen an. »Vielleicht hat sie das auch schon länger ... das tät mich nicht wundern.«

Die anderen streckten neugierig ihre Köpfe vor und fragten sie nach näheren Einzelheiten aus.

»Er ist ziemlich alt. Ich hab' sie im Battersea Park geseh'n, wie sie gerade mit 'nem Boot losgefahr'n sind, aber ich konnt' sein Gesicht nicht genau erkennen. Er hatte aber Ähnlichkeit mit Mr. Thomas.«

Mr. Thomas war ein Mitarbeiter der Firma, ein Mann von fünfzig Jahren, häßlich und verknöchert. Die Zuhörerinnen amüsierten sich köstlich.

»War's ein feiner Pinkel?« fragte eine von ihnen.

»Würde mich nicht wundern. Miss M. hält die Augen offen, das kannst du wohl annehmen. Die is' eine von die Heimlichen.«

»Meinst du?« murmelte eine andere neiderfüllt. »*Ich* finde, die is' eine von denen, die sich zum Narren machen.«

Das ging noch eine Weile so hin und her. Schließlich kamen sie auf Miss Eade zu sprechen und machten sich darüber lustig, daß sie einem kleinen Verkäufer so schamlos nachlief. Diese Jungfern hatten noch große Hoffnungen, denn sie waren alle jünger als Miss Eade.

Kurz vor ein Uhr, als bereits seit einer Viertelstunde Ruhe geherrscht hatte, kam mit viel Getöse die letzte Zimmerbewohnerin hereingeplatzt. Es handelte sich um eine junge Frau von nicht beneidenswertem Ruf, die von einigen ihrer Kolleginnen aber dennoch beneidet wurde. Das Geld flog ihr nur so zu, wann immer sie welches brauchte. Sie begann wie üblich sehr laut zu reden, anfangs waren es nur trockene Bemerkungen; kaum hatte sie ein kleines Lachen geerntet, ging sie zu höchst anstößigen Anekdoten über. Sie brauchte sehr lange, bis sie sich entkleidet hatte, und als die Kerze gelöscht war, hatte sie noch ihre tollste Geschichte auf Lager – so obszön, daß ein paar der Mädchen ihr empört Einhalt geboten. Die talentierte Anekdotenerzählerin antwortete mit einem herzhaften Auflachen, rief »Gute Nacht, junge Damen!« und schlummerte daraufhin friedlich ein.

Monica hingegen sah die graue Dämmerung ins Fenster lugen und schloß ihre tränenbenetzten Augen erst, als eine neue Woche mit ihrem geschäftigen Treiben in der Walworth Road angebrochen war.

6. Eine Rekrutenschule

Nachdem unter der Woche einige Briefe hin und her gegangen waren, begaben sich die drei Schwestern am darauffolgenden Sonntag zu Miss Barfoot in die Queen's Road, um bei ihr zu Mittag zu essen. Alice hatte sich von ihrer Erkältung erholt, war aber noch nicht ganz genesen und sah ihre Lage, die sie neulich noch so optimistisch dargestellt hatte, ziemlich düster. Virginias Begeisterung für Miss Nunn war ungebrochen, und sie war überzeugt, mit Miss Barfoot eine nicht minder bewundernswerte Frau kennenzulernen. Die beiden konnten es nicht verstehen, daß ihre jüngere Schwester in ihren Briefen Widerwillen gegen die vorgeschlagene berufliche Veränderung hatte anklingen lassen. Die drei wurden überaus freundlich empfangen und genossen den Nachmittag außerordentlich; trotz ihrer Vorurteile gegen ein Haus, das sie insgeheim eine »Alte-Jungfern-Fabrik« nannte, vermochte nicht einmal Monica dem Charme der Gastgeberin zu widerstehen.

Obwohl Miss Barfoot eine Frau von unterdurchnittlich kleiner Statur war, strahlte sie eine große Würde aus. Sie sah gut aus, und ihr Gebaren verriet hin und wieder, daß sie sich dieser Tatsache bewußt war. Je nachdem, wie es gerade angebracht war, gab sie sich als vornehme Dame, als legere Frau von Welt oder als leidenschaftliche Prophetin der Frauenemanzipation, und jede dieser Rollen spielte sie mit einer Natürlichkeit und mit einer Überzeugung, die Sympathie und Respekt hervorriefen. Ein makelloser Teint und fröhlich-glitzernde Augen bewirkten, daß man sie eher jünger schätzte, als sie tatsächlich sein mochte; ihre elegante Kleidung hätte einen Fremden bewogen, sie für eine verheiratete Dame von Stand zu halten. Dabei hatte Mary Barfoot viel Schweres erlebt, unter anderem auch Zeiten der Armut. Die Erfahrungen, die sie gemacht, die Schwierigkeiten, die sie bewältigt hatte, waren denen Rhoda Nunns sehr ähnlich, aber es hatte länger gedauert, bis sie die schlechten Zeiten überstanden hatte. Ihre Zähigkeit und seelische Stärke allein hätten sie vor den negativen Auswirkungen der Ehelosigkeit, wie sie bei den beiden älteren Maddens zu beobachten war, bewahrt; letztendlich verdankte sie den in ihrer Lebensmitte neu erwachten jugendlichen Elan und die frische Tatkraft allerdings einer Veränderung ihrer Vermögenslage.

»Wir zwei müssen Freundinnen sein«, sagte sie zu Monica, das zarte Händchen des Mädchens festhaltend. »Wir sind beide schwarz, aber schön.«

Sie schien es ganz natürlich zu finden, sich selbst ein Kompliment zu machen. Monica errötete vor Freude und mußte lachen.

Es war so gut wie beschlossen, daß Monica die Schule in der Great Portland Street besuchen würde. Während einer kurzen Unterredung unter vier Augen erbot sich Miss Barfoot, ihr das Geld, das sie benötigen würde, auszuleihen.

»Eine rein geschäftliche Abmachung, Miss Madden. Sie können mir ja Sicherheiten leisten; das Geld zahlen Sie zurück, wann es Ihnen beliebt. Sollten Sie am Ende feststellen, daß Ihnen diese

Tätigkeit nicht zusagt, werden Sie sich zumindest wieder von den Strapazen Ihrer jetzigen Arbeit erholt haben. Es ist mir klar, daß Sie nicht länger an diesem unzumutbaren Ort bleiben dürfen, den Sie Miss Nunn geschildert haben.«

Gegen fünf Uhr verabschiedeten sich die Gäste.

»Arme Dinger! Arme Dinger!« seufzte Miss Barfoot, als sie wieder mit ihrer Freundin allein war. »Was können wir bloß für die beiden Älteren tun?«

»Sie sind Prachtmenschen«, sagte Rhoda, »gütige, untadelige Frauen; aber zu nichts anderem zu gebrauchen als zu dem, was sie ihr Leben lang gemacht haben. Die Älteste ist zum ernsthaften Unterrichten nicht geeignet, aber sie kann mit kleinen Kindern umgehen und ihnen eine passable Ausdrucksweise beibringen. Ihre Gesundheit ist sehr angegriffen, das sieht man deutlich.«

»Die Arme. Eine von der traurigsten Sorte.«

»Da hast du recht. Virginia ist nicht ganz so deprimierend – aber wie kindlich sie noch ist!«

»Sie kommen mir alle drei kindlich vor. Monica ist ein liebes kleines Mädchen; ich glaube, es war völliger Unsinn, sie zu einer neuen Ausbildung zu überreden. Sie muß unbedingt einen Mann finden.«

»Das glaube ich auch.«

Miss Barfoot amüsierte sich über den abfälligen Ton, in dem Rhoda das sagte.

»Wir wünschen uns doch wohl nicht, daß die Menschheit ausstirbt, oder?«

»Nein, das wohl nicht«, räumte Rhoda lachend ein.

»Wenn ich dir einen Rat geben darf: Du siehst die Sache zu verbissen. Wenn du so weitermachst, wirst du unsere Arbeit nur behindern. Es geht uns nicht darum, die Mädchen davon abzuhalten, standesgemäß zu heiraten, sondern nur, dafür zu sorgen, daß diejenigen, die unverheiratet bleiben, ein einigermaßen zufriedenes Leben führen können.«

»Wie groß ist die Wahrscheinlichkeit, daß dieses Mädchen standesgemäß heiraten wird?«

»Tja, wer weiß? Auf jeden Fall wird die Wahrscheinlichkeit größer sein, wenn sie unter unsere Fittiche kommt.«

»Meinst du wirklich? Kennst du irgendeinen Mann, von dem du dir vorstellen könntest, daß er sie heiraten würde?«

»Im Moment nicht.«

Es war für Miss Barfoot nicht leicht, gegen ihre temperamentvolle Freundin anzukommen. Mit ihrer kleinen Gestalt, soviel natürliche Würde sie auch ausstrahlte, war sie Rhoda gegenüber im Nachteil, die sie mit ihrer stattlichen, ziemlich gebieterisch wirkenden Haltung überragte. Mit ihrer verbindlichen Art vermochte sie nicht gegen Rhodas impulsives Wesen anzukommen. Aber die beiden waren einander sehr sympathisch und glaubten, mittlerweile getrost auf die Förmlichkeiten verzichten zu können, die ihnen ihr Arbeitsverhältnis zunächst auferlegt hatte.

»Wenn sie heiratet,« erklärte Miss Nunn, »dann wird es mit Sicherheit nichts Rechtes sein. Die Familie ist gebrandmarkt. Sie gehört zu der Klasse, die uns nur zu gut bekannt ist – ohne gesellschaftliches Ansehen und außerstande, es jemals zu persönlichem Ansehen zu bringen. Ich muß für diese zerrissene Truppe noch einen Namen finden.«

Miss Barfoot sah ihre Freundin nachdenklich an.

»Rhoda, welchen Trost hast du den Kleinmütigen zu bieten?«

»Überhaupt keinen, fürchte ich. Ich fühle mich für sie nicht zuständig.«

Nach einer Pause fügte sie hinzu: »Sie haben ja ihren Glauben; andererseits ist der an vielem schuld.«

»Es wäre unverantwortlich, sie ihres Glaubens zu berauben«, sagte die Ältere der beiden ernst.

Rhoda machte eine ungeduldige Gebärde. »Man übernimmt mit allem, was man tut, eine große Verantwortung. Ich bin heilfroh«, sagte sie spöttisch lachend, »daß es nicht meine Aufgabe ist, sie zu erlösen.«

Mary Barfoot sann nach, einen mitfühlenden Ausdruck auf ihrem schönen Gesicht.

»Ich glaube nicht, daß wir auf den Geist dieser Religion verzichten können«, sagte sie nach einer Weile – »das eigentlich Menschliche. Man muß nachsichtig sein mit diesen armen Frauen. Der Ausdruck ›zerrissene Truppe‹ behagt mir nicht. Wenn ich einmal alt und melancholisch bin, werde ich mich vielleicht den hoffnungslosen und antriebslosen armen Frauen widmen ... werde versuchen, ein wenig Wärme in ihre Herzen zu bringen, ehe sie hinscheiden.«

»Sehr lobenswert!« murmelte Rhoda lächelnd. »Aber vorerst stehen sie uns noch im Wege; wir müssen kämpfen.«

Sie schwang die Arme nach vorne, als sei sie mit Schild und Speer angetan. Miss Barfoot schmunzelte noch über diese Pose, als das Dienstmädchen zwei Damen meldete – Mrs. Smallbrook und Miss Haven. Es handelte sich um Tante und Nichte; erstere eine hochgewachsene, plumpe Witwe mit harten Gesichtszügen, letzere ein hübsches, freundliches, verständig aussehendes Mädchen von fünfundzwanzig Jahren.

»Ich bin ja so froh, daß Sie wieder zurück sind«, rief die Witwe mit unangenehmer, harter Stimme aus, während sie Miss Barfoot die Hand schüttelte. »Ich benötige so dringend Ihren Rat bezüglich eines interessanten Mädchens, das mich kürzlich um Hilfe ersucht hat. Sie mag zwar keine gute Vergangenheit haben, aber sie hat sich zweifellos gewandelt. Winifred ist ganz begeistert von ihr – «

Miss Haven, Winifred mit Vornamen, begann sich ihrerseits mit Rhoda Nunn zu unterhalten.

»Wenn meine Tante doch bloß nicht so übertreiben würde«, sagte sie mit gedämpfter Stimme, während Mrs. Smallbrook laut und eindringlich weiter auf Miss Barfoot einredete. »Ich habe nie gesagt, daß ich von ihr begeistert sei. Das Mädchen jammert viel zuviel herum, und leider gelingt es ihr, meine Tante um den Finger zu wickeln.«

»Um wen handelt es sich eigentlich?«

»Ach, um ein vom Wege abgekommenes Mädchen, das sich meiner Meinung nach von gutmütigen Leuten aushalten läßt. Nur weil ich gesagt habe, sie muß einmal sehr hübsch gewesen sein, stellt meine Tante jetzt diese Behauptung auf – das ist doch zu ärgerlich.«

»Handelt es sich um eine gebildete Person?« war Miss Barfoot zu vernehmen.

»Nicht unbedingt.«

»Also kommt sie aus der Unterschicht?«

»Ich mag diesen Ausdruck nicht. Aus einer der *ärmeren* Schichten.«

»Sie ist nie eine Dame gewesen«, warf Miss Haven ruhig, aber bestimmt ein.

»Dann kann ich ihr leider nicht helfen«, sagte die Gastgeberin mit einer Miene, die Befriedigung darüber ausdrückte, Mrs. Smallbrooks Bitte somit abschlagen zu können. Winifred, eine ihrer Schülerinnen, war ihren beiden Lehrerinnen sehr sympathisch; die Tante hingegen ging ihnen mit ihrem menschenfreundlichen Getue auf die Nerven, denn die Arbeit pflegte sie stets auf andere abzuwälzen.

»Aber Sie lassen sich bei Ihrer humanitären Arbeit doch nicht etwa durch künstlich geschaffene Klassen einschränken, Miss Barfoot?«

»Ich halte diese Einteilung keineswegs für künstlich«, entgegnete die Gastgeberin heiter. »An den ungebildeten Schichten habe ich keinerlei Interesse. Das habe ich Ihnen bereits zu verstehen gegeben.«

»Ja, aber ich glaube nicht ... ist das nicht ein wenig engstirnig?«

»Mag sein. Ich habe mich bewußt auf eine bestimmte Schicht beschränkt. Mögen sich diejenigen für die unteren Schichten einsetzen (ich muß sie ›untere Schichten‹ nennen, da sie das in jeder Hinsicht auch sind), mögen diejenigen sich für sie einsetzen, die sich dazu berufen fühlen. Ich gehöre nicht dazu. Ich muß mich um die Schicht kümmern, der ich selbst angehöre.«

»Aber«, rief die Witwe aus, indem sie sich Rhoda zuwandte, »kämpfen wir nicht für die Abschaffung aller ungerechten Privilegien? Ist für uns nicht eine Frau eine Frau?«

»Ich stimme mit Miss Barfoot überein. Ich glaube, daß all unsere Pläne und Ansichten ins Wanken gerieten, wenn wir unsere Arbeit auf Ungebildete ausdehnten. Wir müssen erst einmal eine neue Sprache lernen. Aber Ihr missionarischer Eifer ist bewundernswert.«

»Ich für mein Teil«, erklärte Mrs. Smallbrook, »bin dafür, daß die Frauen untereinander solidarisch sind. Du bist doch sicherlich gleicher Meinung, Winifred?«

»Ehrlich gesagt, glaube ich nicht, daß es zwischen Damen und Dienstmädchen Solidarität geben kann, Tante«, erwiderte Miss Haven, durch einen Blick Rhodas ermutigt.

»Das ist aber eine sehr unchristliche Einstellung, muß ich bekümmert feststellen.«

Miss Barfoot lenkte die Unterhaltung auf ein weniger heikles Thema.

Es kamen nicht viele Leute zu Besuch in dieses Haus. Jeden Mittwoch abend war Miss Barfoot zwischen halb neun und elf Uhr für jeden ihrer Bekannten, einschließlich ihrer Schülerinnen, die sie aufzusuchen wünschten, zu Hause erreichbar; aber nur, wenn es um konkrete Dinge ging. Von Geselligkeit im herkömmlichen Sinn hielt Miss Barfoot sehr wenig; sie hatte keine Zeit für müßiges Geplauder. Zwei ihrer Verwandten waren kurz hintereinander gestorben – ihre verwitwete Schwester und ihr Onkel –, und sie war dadurch zu einem bescheidenen Vermögen gekommen; es wäre ihr jedoch niemals in den Sinn gekommen, ein Leben zu führen, wie es die meisten anderen Frauen an ihrer Stelle getan hätten. Sie hatte sich immer mit konkreten Wissensgebieten beschäftigt; sie verfügte für eine Frau über ungewöhnliche oder zumindest selten entwickelte Talente. Sie hätte das Zeug dazu gehabt, einen großen Betrieb zu leiten, den Platz eines Vorstandsmitglieds einzunehmen oder eine aktive Rolle in der Stadtverwaltung zu übernehmen – wenn nicht gar in der Regierung. Und trotz dieser Eigenschaften hatte sie so viele weibliche Charaktereigenschaften, daß ihre engsten Bekannten sowohl Zuneigung als auch Bewunderung für sie empfanden. Sie trachtete nicht danach, als Führerin einer »Bewegung« Berühmtheit zu erlangen, aber mit ihrer unspektakulären Arbeit erreichte sie vielleicht mehr als durch öffentliches Eintreten für die Emanzipation der Frau. Ihr Ziel war es, so viele begabte junge Frauen wie möglich davon abzubringen, den überlaufenen Lehrerberuf zu ergreifen, und sie auf Tätigkeiten vorzubereiten, die mittlerweile auch Frauen zugänglich waren. Sie war der Überzeugung, daß alles, was ein Mann konnte, von einer Frau ebenso gut verrichtet werden konnte, ausgenommen Arbeiten, die große körperliche Kraft erforderten. Auf ihre Anregung hin und mit ihrer finanziellen Unterstützung bereiteten sich zwei Mädchen auf den Beruf einer Drogistin vor; zwei andere hatte sie dabei unterstützt, eine Buchhandlung zu eröffnen, und etliche Mädchen, die eine Tätigkeit im Büro anstrebten, erhielten in ihrem Institut in der Great Portland Street eine umfassende Ausbildung.

Dorthin begaben sich Miss Barfoot und Rhoda unter der Woche jeden Morgen; sie kamen um neun Uhr dort an und arbeiteten mit einer Stunde Pause bis fünf Uhr.

Das Haus durch den Privateingang eines Gemälderestaurators betretend, stiegen sie ins zweite Stockwerk hinauf, in dem zwei freundliche Büros eingerichtet worden waren; zwei weitere kleinere Räume im Stockwerk darüber dienten als Umkleidezimmer. In einem der Büros wurden von drei oder vier festangestellten jungen Frauen Schreibarbeiten und gelegentlich andere anspruchsvolle Arbeiten verrichtet. Es war Miss Nunns Hauptaufgabe, diese Abteilung zu leiten; außerdem wies ihr die Institutsleiterin die geschäftliche Korrespondenz zu. Im zweiten Raum unterrichtete Miss Barfoot ihre Schülerinnen, nie mehr als drei Mädchen gleichzeitig. Ein Bücherschrank voller Werke über die Frauenfrage und ähnliche Themen diente als Leihbücherei; die Bände wurden kostenlos an die Mitglieder dieser kleinen Gemeinschaft ausgeliehen. Einmal im Monat hielten abwechselnd Miss Barfoot oder Miss Nunn eine kurze Rede zu einem festgesetzten Thema; das geschah jeweils um vier Uhr, und etwa ein Dutzend Zuhörerinnen fanden sich meist dazu ein. Beide Frauen arbeiteten sehr hart. Miss Barfoot betrachtete ihr Institut zwar nicht als eine Quelle finanziellen Profits, aber sie hatte erreicht, daß das Institut sich hinreichend selbst trug. Die Anzahl ihrer Schülerinnen nahm stetig zu, und das Schreibbüro lief so gut, daß die Zahl der gegenwärtig Beschäftigten noch würde vergrößert werden können.

Die meisten der jungen Frauen erfüllten die Erwartungen ihrer Gönnerin, aber es gab natürlich auch Enttäuschungen. Ein Fall hatte Miss Barfoot besonders großen Kummer bereitet. Ein junges Mädchen, das sie von einem äußerst elenden Leben erlöst hatte und das nach einigen Monaten Probezeit gute Fortschritte zu machen schien, war eines Tages plötzlich verschwunden. Sie hatte in London keine Verwandten, und Miss Barfoot suchte mehrere Wochen lang vergeblich nach ihr. Dann kam eine Nachricht; sie war die Mätresse eines verheirateten Mannes geworden. Es wurde alles versucht, sie zur Rückkehr zu bewegen, aber das Mädchen weigerte sich; bald darauf brach der Kontakt abermals ab, und seit Miss Barfoots letztem Gespräch mit ihr war mittlerweile über ein Jahr vergangen.

Diesen Montag morgen lag ein Brief des abgeirrten Mädchens in der Post. Miss Barfoot las ihn, ohne mit jemandem darüber zu reden, und war den ganzen Tag lang ungewöhnlich ernst. Um fünf Uhr, als all ihre Angestellten und Schülerinnen fort waren, saß sie eine Weile nachdenklich da, dann wandte sie sich an Rhoda, die am Fenster stehend in einem Buch blätterte.

»Würdest du bitte diesen Brief hier lesen?«

»Der geht dir schon seit heute morgen im Kopf herum, stimmt's?«

»Ja.«

Rhoda nahm das Schreiben und überflog es rasch. Ihre Miene verhärtete sich, und sie ließ das Blatt mit einem verächtlichen Lächeln sinken.

»Was würdest du empfehlen?« fragte Miss Barfoot, indem sie Rhoda fest ansah.

»Eine aus zwei Zeilen bestehende Antwort ... mit einem beigefügten Scheck, wenn dir das als angebracht erscheint.«

»Hältst du das wirklich für ausreichend?«

»Für mehr als ausreichend, würde ich sagen.«

Miss Barfoot überlegte.

»Ich weiß nicht so recht. Das ist ein Brief der Verzweiflung, und ich kann dem meine Ohren nicht verschließen.«

»Du mochtest das Mädchen. Hilf ihr, wenn du glaubst, das tun zu müssen. Aber du denkst doch nicht etwa daran, sie wieder aufzunehmen?«

»Das ist die Frage. Warum sollte ich das nicht tun?«

»Zum einen«, entgegnete Rhoda, kühl auf ihre Freundin herabblickend, »ist es sowieso aussichtslos mit ihr. Zum anderen ist sie kein geeigneter Umgang für die anderen Mädchen.«

»Keiner dieser beiden Einwände überzeugt mich. Sie handelte zwar leider sehr unbesonnen, handelte aus blinder Leidenschaft, aber ich habe nie einen Zug von Bösartigkeit an ihr bemerkt. Du etwa?«

»Bösartigkeit? Nun ja, was genau ist darunter zu verstehen? Ich bin keine Puritanerin, und ich verurteile sie nicht, wie es die meisten Frauen tun würden. Aber ich finde, sie hat sich unsere Sympathien ein für allemal verscherzt. Sie war zweiundzwanzig Jahre alt – nicht etwa ein Kind –, und sie handelte mit offenen Augen. Keiner versuchte sie hereinzulegen. Sie wußte, daß der Mann verheiratet war, und trotzdem ließ sie sich mit ihm ein. Bist du eine Befürworterin der Polygamie? Zugegeben, das ist eine verständliche Einstellung. Auf diese Weise könnte man dem Frauenüberschuß begegnen. Aber ich persönlich halte nichts davon.«

»Meine liebe Rhoda, reg dich doch nicht so auf.«

»Ich will es versuchen.«

»Aber ich merke nichts davon. Komm, setz dich hin und laß uns in Ruhe darüber reden. Nein, auch ich halte nichts von Polygamie, und es fällt mir schwer, ihr Verhalten nachzuvollziehen. Doch wenn eine Frau einen Fehltritt begangen hat, wie schlimm er auch sein mag, darf sie nicht für den Rest ihres Lebens verurteilt werden. So würde die Allgemeinheit handeln, aber wir dürfen das auf keinen Fall tun.«

»In diesem Punkt bin ich mit der Allgemeinheit einer Meinung.«

»Das sehe ich, und das erstaunt mich. Du machst erstaunliche Sinneswandlungen durch. Vor einem Jahr hast du von ihr noch ganz anders gesprochen.«

»Das lag teilweise daran, daß ich dich noch nicht gut genug kannte, um offen meine Meinung zu sagen. In mancher Hinsicht habe ich mich aber tatsächlich sehr verändert. Doch ich hätte niemals vorgeschlagen, sie wieder unter unsere Fittiche zu nehmen und das Vergangene zu vergessen. Das ist zwar ein gütiger Impuls, aber es ist unsozial.«

»Das ist momentan eines deiner Lieblingswörter, Rhoda. Warum ist das unsozial?«

»Weil es eines der dringlichsten gesellschaftlichen Erfordernisse unserer Tage ist, die Frauen zu Selbstachtung und Selbstbeherrschung zu erziehen. Viele Leute – hauptsächlich Männer, aber auch ein paar Frauen gewissen Charakters – proklamieren den rücksichtslosen Individualismus in diesen Dingen. Sie würden dir sagen, sie habe sich lobenswert verhalten, sie habe sich *ausgelebt* – und dergleichen. Ich hätte es allerdings nicht für möglich gehalten, daß du solche Ansichten teilst.«

»Das tue ich ganz und gar nicht. ›Die Frauen zur Selbstachtung erziehen‹ – schön und gut. Hier ist nun eine arme Frau, die einer folgenschweren Versuchung unterlegen ist und ihre Selbstachtung verloren hat. Sie sieht ein, daß sie einen großen Fehler begangen hat. Der Mann läßt sie fallen und überläßt sie ihrem Schicksal; sie ist zum Bettlerdasein verurteilt. Ein Mädchen, das sich in einer solchen Lage befindet, ist in Gefahr, noch tiefer zu sinken. Ein kurzes Briefchen mit beigefügtem Scheck würde sie höchstwahrscheinlich in Tiefen stürzen lassen, aus denen sie niemals mehr errettet werden könnte. Es würde sie glauben machen, daß es keine Hoffnung mehr für sie gibt. Dabei steht es in unserer Macht, eben die Erziehung in Angriff zu nehmen, von der du sprichst. Sie hat Verstand und ist nicht ungebildet. Mir scheint, du läßt dich von unlogischen Impulsen leiten – jedenfalls nicht von gütigen.«

Rhoda wurde nur noch verstockter.

»Du sagst, sie sei einer schwerwiegenden Versuchung erlegen. Läßt es sich in Worten ausdrücken, was für eine Versuchung das war?«

»O ja, ich denke schon«, antwortete Miss Barfoot mit ihrem freundlichsten Lächeln. »Sie verliebte sich in den Mann.«

»Verliebte sich!« rief Rhoda höhnisch aus. »O wofür dieser Satz nicht alles verantwortlich ist!«

»Rhoda, ich möchte dir eine Frage stellen, die ich bislang nicht zu stellen gewagt habe. Weißt du, was es heißt, verliebt zu sein?«

Rhodas energische Züge verzerrten sich, als müßte sie ein Lachen unterdrücken; eine ganz leichte Röte stieg in ihre Wangen.

»Ich bin ein normaler Mensch«, antwortete sie mit einer ungeduldigen Geste. »Ich verstehe sehr wohl, was das bedeutet.«

»Das ist keine Antwort, meine Liebe. Bist du jemals in einen Mann verliebt gewesen?«

»Ja. Als ich fünfzehn war.«

»Und seitdem nicht mehr«, fragte die andere kopfschüttelnd und mit einem Lächeln, »seitdem wirklich nie mehr?«

»Gott sei Dank, nein!«

»Dann kannst du diesen Fall nicht richtig beurteilen. Ich hingegen kann das mit dem allergrößten Verständnis tun. Hör auf, so hämisch zu grinsen, Rhoda. Dieses eine Mal werde ich nicht auf deinen Rat hören.«

»Du willst dieses Mädchen zurückholen und sie wieder unterrichten?«

»Niemand hier kennt sie, und diejenigen unserer Freunde, die sie kannten, dürften so umsichtig sein, nicht über sie zu reden.«

»O schwach – schwach – schwach!«

»Dieses eine Mal muß ich allein entscheiden.«

»Ja, und mit einem Streich dein ganzes Konzept über den Haufen werfen. Du hattest nie im Sinn gehabt, eine Besserungsanstalt zu leiten. Dein Ziel ist es, ausgewählten Mädchen zu helfen, Mädchen, bei denen Aussicht besteht, daß sie der Allgemeinheit einmal von Nutzen sind. Diese Miss Royston gehört zum nutzlosen Durchschnitt – nein, sie ist unter dem Durchschnitt. Glaubst du allen Ernstes, aus einer solchen Person könnte jemals etwas Vernünftiges werden? Wenn du sie vor der Gosse bewahren willst, dann tu das. Wenn du sie aber zu unseren ausgewählten Schülerinnen steckst, setzt du dein ganzes Institut aufs Spiel. Es braucht nur bekannt werden – und es *würde* bekannt werden –, daß ein Mädchen dieses Charakters hier unterrichtet wird, und du hättest ausgedient. Binnen eines Jahres müßtest du dich entscheiden, ob du das Institut ganz schließt oder es zu einer Zufluchtstätte für Ausgestoßene machst.«

Miss Barfoot schwieg. Sie trommelte mit den Fingern auf den Tisch.

»Du läßt dich von persönlichen Gefühlen bestimmen«, fuhr Rhoda fort. »Miss Royston war durchaus intelligent, das gebe ich zu; aber mir war schon immer klar, daß sie niemals das werden würde, was du hofftest. Ihre gesamte Freizeit widmete sie der Lektüre von Romanen. Wenn man sämtliche Romanschriftsteller erdrosseln und ins Meer werfen könnte, bestünde vielleicht eine gewisse Aussicht, die Frauen reformieren zu können. Das Mädchen triefte vor Sentimentalität, wie beinahe jede Frau, die intelligent genug ist, sogenannte ›gute‹ Literatur zu lesen, aber nicht intelligent genug, zu durchschauen, was daran schädlich ist. Liebe – Liebe – Liebe; immer das gleiche eintönige, gewöhnliche Zeug. Gibt es etwas Gewöhnlicheres als das Ideal der Romanciers? Sie stellen das Leben nicht so dar, wie es wirklich ist; das wäre für ihre Leser zu langweilig. Wieviele Männer und Frauen *verlieben* sich im wirklichen Leben? Nicht mal einer von zehntausend, davon bin ich überzeugt. Nicht ein einziges von zehntausend Ehepaaren hat jemals füreinander empfunden, was zwei oder drei Paare in jedem Roman füreinander empfinden. Es gibt sehr wohl die geschlechtliche Anziehung, aber das ist etwas völlig anderes; darüber wagen die Romanschriftsteller nicht zu reden. Diese jämmerlichen Tröpfe wagen es nicht, jene eine Wahrheit auszusprechen, die von Nutzen wäre. Die Folge ist, daß eine Frau sich dann edel und großartig dünkt, wenn sie sich dem Tier am ähnlichsten verhält. Ich möchte wetten, daß diese Miss Royston irgendeine idiotische Romanheldin im Kopf hatte, als sie in ihr Verderben rannte. Glaub mir, du läufst Gefahr, deine wichtigste Pflicht aus den Augen zu verlieren. Es gibt genügend Leute, die den guten Samariter spielen können; *du* hast eine ganz andere Lebensaufgabe. Deine Arbeit besteht darin, Mädchen auf einem Pfad hinzuführen, der so weit wie möglich von dem jener Frauen entfernt ist, die nichts anderes im Sinn haben, als sich einen Ehemann zu angeln. Sollen sie später heiraten, wenn sie unbedingt wollen; du wirst zumindest erreicht haben, daß sie klarere Vorstellungen von der Ehe haben und daß sie imstande sind, den Mann richtig einzuschätzen, der um sie wirbt. Du wirst ihnen beigebracht haben, daß eine Ehe ein Bund zweier denkender Menschen ist – und nicht etwa ein Mittel, um versorgt zu sein oder etwas noch Unwürdigeres. Voraussetzung für ein Gelingen ist allerdings, daß du keine Nachsicht mit weiblicher Blödheit übst. Wenn ein Mädchen erfährt, daß du eine Person wie Miss Royston wieder aufgenommen hast, wird sie dich nicht mehr für glaubwürdig halten, wird sie zumindest unsere Ziele in Frage stellen. Das Vorhaben, Frauen eine neue Seele zu geben, ist ein so schwieriges, daß wir uns nicht durch

Nebensächlichkeiten aufhalten lassen können, wie beispielsweise törichte Leute aus dem Sumpf zu ziehen, in den sie hineinspaziert sind. Nachsicht mit menschlichen Schwächen zu üben ist schön und gut, wo es angebracht ist, aber es ist genau eine der Tugenden, die du *nicht* lehren darfst. Du mußt ein Beispiel für Strenge geben – mußt alles verurteilen, was nach Sentimentalität aussieht. Und stets abwägen, ob du mit deinem eigenen Verhalten Verständnis für genau den Charakterfehler demonstrierst, den wir eigentlich bekämpfen wollen!«

»Ich finde es grausam, was du da gesagt hast«, sagte Miss Barfoot, nachdem die leidenschaftliche Stimme einige Sekunden lang geschwiegen hatte. »Ich kann deinen Standpunkt zwar durchaus nachvollziehen, aber ich finde, du bist unrealistisch. Wie dem auch sei, ich werde versuchen, dem Mädchen auf eine andere Weise zu helfen.«

»Ich habe dich gekränkt.«

»Wie sollte ich gekränkt sein, wenn jemand aufrichtig seine Meinung sagt?«

»Aber du siehst doch ein, daß meine Argumente stichhaltig sind?«

»In bestimmten Punkten sind unsere Ansichten ziemlich verschieden, Rhoda, aber das soll unsere harmonische Zusammenarbeit grundsätzlich nicht beeinträchtigen. Dir ist mittlerweile der bloße Gedanke an die Ehe und alles, was damit zu tun hat, zuwider. Ich halte das für sehr bedenklich. Gewiß, wir möchten die Mädchen davon abhalten, nur aus Versorgungsgründen zu heiraten, oder etwas so Schändliches zu tun wie die arme Bella Royston; aber wir können einander doch wohl eingestehen, daß die große Mehrheit der Frauen ein nutzloses Leben führte, wenn sie nicht heiratete.«

»Ich bleibe bei meiner Ansicht, daß die große Mehrheit der Frauen ein unnützes und elendes Leben führt, gerade *weil* sie heiratet.«

»Machst du die Institution Ehe nicht für etwas verantwortlich, das eigentlich zum menschlichen Schicksal gehört? Ein unnützes und elendes Leben zu führen ist das Los fast aller Sterblichen. Die meisten Frauen, ob sie nun heiraten oder nicht, begehen eine Torheit nach der anderen oder leiden unter den Torheiten anderer.«

»Die meisten Frauen – weil sie derzeit über ihr Leben noch nicht selbst bestimmen können. Die Dinge ändern sich, und wir sind bemüht, an der Durchsetzung einer neuen Ordnung mitzuwirken.«

»Wir gebrauchen die gleichen Worte, meinen aber unterschiedliche Dinge. Ich spreche von der menschlichen Natur, nicht von Institutionen.«

»Jetzt bist du diejenige, die unrealistisch ist. Solche Ansichten führen zu nichts als zu Pessimismus und Ohnmacht.« Miss Barfoot erhob sich. »Ich will deinem Einwand nachgeben und das Mädchen nicht hierher zurückholen. Ich werde ihr auf andere Weise helfen. Du hast recht, es ist wirklich kein Verlaß auf sie.«

»Man kann ihr in keinerlei Hinsicht trauen. Bedauerlich ist nur, daß man ihre Schandtat nicht als abschreckendes Beispiel für unsere anderen Mädchen verwenden kann.«

»Auch hier sind wir unterschiedlicher Meinung. Du hast eine ganz falsche Vorstellung darüber, wie sich Einstellungen beeinflussen lassen. Das Beispiel von Bella Royson würde die anderen Mädchen in ihren Ansichten über das Schicksal der Frauen nicht im geringsten ändern. Wir müssen uns vor Übertreibungen hüten. Wenn unsere Freunde den Eindruck gewännen, wir seien Fanatikerinnen, wäre es mit unserer Nützlichkeit vorbei. Es muß ein menschliches Ideal sein, das wir proklamieren. Meinst du denn, auch nur ein einziges der Mädchen, die wir kennen, glaubt im Grunde ihres Herzens, es sei besser, niemals zu lieben und niemals zu heiraten?«

»Wahrscheinlich nicht«, räumte Rhoda ein, jetzt, da sie ihren Willen durchgesetzt hatte, wieder besser gelaunt. »Aber wir kennen einige, die niemals heiraten würden, es sei denn, der Verstand riete ihnen genauso dazu wie das Gefühl.«

Miss Barfoot lachte. »Denkst du wirklich, in einer solche Lage kann man noch zwischen Verstand und Gefühl unterscheiden?«

»Du stellst heute aber auch alles in Frage«, sagte Rhoda mit einem gereizten Lachen.

»Nein, meine Liebe. Wir gehen den Dingen einfach nur auf den Grund. Vielleicht ist es ganz gut, das hin und wieder zu tun. Oh, ich bewundere dich außerordentlich, Rhoda. Du bist das genaue Gegenteil jener Frauen, denen alles gleichgültig ist und die an nichts glauben und die so verhindern, daß sich etwas ändert. Aber gib acht, daß du keine Enttäuschung erleidest.«

»Nimm zum Beispiel Winifred Haven«, sagte Miss Nunn. »Sie ist ein hübsches und sympathisches Mädchen, und irgend jemand wird sie eines Tages heiraten wollen, keine Frage.«

»Verzeih, wenn ich dich unterbreche. Ich halte das für sehr zweifelhaft. Außer dem, was sie sich verdient, besitzt sie nichts, und solche Mädchen sind nicht sehr begehrt, es sei denn, sie wären von außergewöhnlicher Schönheit.«

»Zugegeben. Aber nehmen wir einmal an, jemand macht ihr einen Heiratsantrag. Würdest du ihr zutrauen, daß sie eine Dummheit begeht?«

»Winifred ist sehr vernünftig«, räumte Miss Barfoot ein. »Ich denke, dergleichen wäre bei ihr ebensowenig zu befürchten wie bei den anderen Mädchen, die wir kennen. Dennoch würde es mich nicht überraschen, wenn sie eine falsche Wahl träfe. Natürlich rechne ich nicht damit. Die Mädchen unserer Schicht sind nicht wie die Ungebildeten, die es vorziehen – aus welchen Gründen auch immer –, den Erstbesten zu heiraten, statt alleine zu bleiben. Sie sind zumindest wählerisch. Aber ich glaube nach wie vor, daß Winifred lieber heiraten würde, als allein zu bleiben. Und das müssen wir unbedingt im Hinterkopf behalten. Ein unrealistisches Ideal ist, praktisch betrachtet, nicht mehr wert als gar keines. Nur die außergewöhnlichsten unter den Mädchen werden es für ihre Pflicht ansehen, unverheiratet zu bleiben, um anderen ein Vorbild zu sein und die *überzähligen* Frauen, wie wir sie nennen, zu stärken; aber *das* ist der menschlichste Weg, um das voranzutreiben, was du anstrebst. Indem du die stolze Haltung einnimmst, daß eine Frau über Liebesdinge absolut erhaben zu sein hat, schadest du deiner Sache. Seien wir froh, wenn es uns gelingt, einige von ihnen in die Lage zu versetzen, ein selbständiges Leben zu führen, ohne daß sie damit schlechter fahren als ein unverheirateter Mann.«

»Das ist allerdings ein unglücklicher Vergleich«, sagte Rhoda kühl. »Welcher Mann führt schon ein keusches Leben? Behalte dieses Tabu im Hinterkopf, und dann sage mir, ob es unrecht ist, wenn ich mich weigere, Miss Royston zu verzeihen. Der Kampf der Frauen ist nicht nur gegen sie selbst gerichtet. Die bestehenden Sachzwänge erfordern das, was du ein unrealistisches Ideal genannt hast. Ich bin fest davon überzeugt, daß eine großangelegte Revolte gegen den Geschlechtstrieb geführt werden muß, ehe das weibliche Geschlecht aus seinem niedrigen Stand befreit werden kann. Ohne das asketische Ideal konnte der christliche Glaube nicht über die Welt verbreitet werden, und diese große Bewegung für die Emanzipation der Frau bedarf ebenfalls ihrer Asketen.«

»Es ist durchaus möglich, daß du damit nicht ganz unrecht hast. Wer weiß? Aber es wäre nicht ratsam, dergleichen unseren jungen Schülerinnen zu predigen.«

»Ich werde deinen Wunsch respektieren, aber – « Rhoda hielt inne und schüttelte den Kopf.

»Meine Liebe«, sagte die Ältere ernst, »glaub mir – je weniger wir über solche Dinge reden oder nachdenken, desto besser für ein friedliches Zusammenleben. Der Fehler, den die Mädchen aus der Arbeiterschicht begehen, ob sie nun in der Stadt wohnen oder auf dem Land, ist der, daß sie ständig ihrer tierischen Natur nachgeben. Wir hingegen sind dank unserer Erziehung und unserem Gesellschaftsniveau imstande, das zu beherrschen. Rühre nicht an diesen zufriedenstellenden Zustand. Begnüge dich damit, unseren Mädchen klarzumachen, daß es ihre Pflicht ist, sich im Leben anzustrengen – ihr Brot zu verdienen und ihren Verstand auszubilden. Ignoriere das Thema Heirat einfach – das ist das vernünftigste. Verhalte dich so, als ob es gar nicht existierte. Du wirst mit Sicherheit nur Schaden anrichten, wenn du den anderen Weg wählst – den aggressiven Weg.«

»Ich werde dir gehorchen.«

»Braves, demütiges Geschöpf!« sagte Miss Barfoot lachend. »Komm, laß uns nach Hause gehen. Hat Miss Grey die Abschrift für Mr. Houghton fertiggestellt?«

»Ja, sie ist bereits zur Post gegeben worden.«

»Sieh mal, hier ist ein dickes Manuskript von unserem Freund, dem Altertumsforscher. Zwei der Mädchen müssen sich morgen früh gleich daran machen.«

Sämtliche Vorlagen, die man ihnen anvertraute, wurden in einem feuerfesten Tresor aufbewahrt. Nachdem besagtes Manuskript eingeschlossen worden war, begaben sich die Damen in ihr Umkleidezimmer und machten sich zum Aufbruch fertig. Die im Haus wohnenden Mädchen waren unter anderem für die Reinhaltung der Räume verantwortlich; Rhoda händigte ihnen die Schlüssel aus.

Miss Barfoot war auf dem Heimweg ernst und schweigsam. Rhoda, die genug hatte von dem Thema, das ihre Freundin zweifelsohne noch immer beschäftigte, wandte sich anderen Überlegungen zu.

7. Ein sozialer Aufstieg

Wenn Monica ihre Stelle in der Walworth Road aufgeben wollte, mußte sie eine Woche vorher kündigen, und zwar an einem Montag. Könnte sie sich sofort entschließen, Miss Barfoots Angebot anzunehmen, brauchte sie folglich nur noch eine einzige Woche hinter dem Ladentisch zu stehen. Als sie von der Queen's Road nach Hause gingen, bedrängten Alice und Virginia ihre Schwester, sich sogleich zu entscheiden; sie verstanden nicht, wie Monica auch nur eine Sekunde zögern konnte. Wo sie dann einziehen würde, war bereits besprochen worden. Eine von Miss Barfoots jungen Angestellten, die nicht sehr weit von ihrer Arbeitsstätte entfernt wohnte, würde aus Kostengründen ihre Unterkunft gerne mit einer anderen teilen. Doch Monica vermochte sich nicht zu einer endgültigen Entscheidung durchzuringen.

»Ich bin mir nicht sicher, ob es sich lohnt«, sagte sie nach längerem Schweigen, kurz bevor sie die York Road Station erreicht hatten, von wo aus sie den Zug bis Clapham Junction zu nehmen gedachten.

»Nicht lohnt?« rief Virginia aus. »Hältst du es etwa nicht für eine Verbesserung?«

»Doch, das wäre es vermutlich schon. Mal sehen, wie ich morgen früh darüber denke.«

Sie verbrachte den Abend bei ihren Schwestern in Lavender Hill, ohne daß sich ihre Gemütsverfassung geändert hätte. Sie war von einer merkwürdigen Unruhe ergriffen, geradezu als versuche man sie zu etwas höchst Unangenehmen zu überreden.

Als sie auf ihrem Rückweg in die Walworth Road in Sichtweite des Ladens kam, gewahrte sie in etwa zwanzig Meter Entfernung eine männliche Gestalt, die sofort ihre Aufmerksamkeit erregte. Das Licht der Gaslampen war zu trübe, um die Person eindeutig identifizieren zu können, doch sie war sich fast sicher, daß es sich um Widdowson handelte. Er ging auf der anderen Straßenseite in die gleiche Richtung wie sie. Als der Mann genau gegenüber der Firma Scotcher angelangt war, blickte er ohne anzuhalten hinüber. Monica beschleunigte ihren Schritt, aus Furcht, gesehen und angesprochen zu werden. Sie hatte gerade die Haustür erreicht, als Widdowson – ja, er war es – sich abrupt umdrehte und in ihre Richtung ging. Sein Blick fiel sogleich auf Monica; ob er sie erkannte oder nicht, konnte sie allerdings nicht ausmachen. Sie öffnete im selben Augenblick die Tür und schlüpfte ins Haus.

Sie zitterte am ganzen Körper, als ob sie mit knapper Not einer Gefahr entronnen wäre. Regungslos stand sie im Hausflur und horchte furchtsam nach draußen. Sie hörte Schritte auf dem Gehsteig und rechnete damit, daß es gleich läuten würde. Wenn er so dreist war, zur Haustür zu kommen, würde sie ihm auf keinen Fall öffnen.

Doch es blieb still, und nachdem sie ein paar Minuten gewartet hatte, faßte sie sich wieder. Sie hatte sich nicht geirrt; sein Gesicht war deutlich zu erkennen gewesen, als er sich umwandte. War es das erste Mal, daß er den Ort, an dem sie wohnte, aufgesucht hatte – womöglich, um ihr nachzuspionieren? Sie fand dieses Verhalten empörend, doch zugleich verspürte sie eine gewisse Genugtuung.

Von einem der Schlafsäle aus konnte man auf die Walworth Road herabschauen. Sie rannte nach oben, öffnete leise die Zimmertür und lugte hinein. Im Licht der schwach brennenden Gaslampe erkannte sie, daß nur ein Bett belegt war; das darin liegende Mädchen schien zu schlafen. Sie schlich ans Fenster, zog den Vorhang zur Seite und blickte auf die Straße hinab. Widdowson war verschwunden, es sei denn, er stand dicht vor dem Haus.

»Ist da jemand?« rief das im Bett liegende Mädchen plötzlich aus.

Es war die Stimme von Miss Eade. Monica sah zu ihr hin und nickte.

»Sie? Was machen Sie denn hier?«

»Ich wollte nachsehen, ob jemand dort draußen steht.«

»Sie meinen *ihn*?«

Monica nickte.

»Ich habe höllische Kopfschmerzen. Ich konnte mich kaum noch auf den Beinen halten und mußte schon um acht Uhr nach Hause kommen. Auch mein ganzer Rücken tut grausig weh. Lange bleibe ich nicht mehr in diesem verdammten Laden. Ich will nicht krank werden, so wie Miss Radford. Jemand hat sie heute nachmittag im Krankenhaus besucht, und es geht ihr furchtbar schlecht. Nun, haben Sie ihn entdeckt?«

»Er ist fort. Gute Nacht.«

Mit diesen Worten verließ Monica das Zimmer.

Am nächsten Morgen teilte sie ihren Arbeitgebern mit, daß sie ihre Stelle aufzugeben beabsichtige. Es wurden keine Fragen gestellt; sie war leicht zu ersetzen; man würde zwischen fünfzig, wenn nicht gar hundert gleichermaßen geeigneten jungen Frauen wählen können.

Am Dienstag morgen kam ein Brief von Virginia – nur ein paar Zeilen, in denen ihre Schwestern sie aufforderten, am Abend nach Geschäftsschluß vor dem Laden auf sie zu warten. »Wir haben dir etwas *sehr Erfreuliches* mitzuteilen. Wir *hoffen sehr*, daß du heute gekündigt hast, denn die Dinge entwickeln sich rundum großartig.«

Um Viertel vor zehn konnte sie den Laden verlassen, und da standen die beiden auch schon, ungeduldig auf sie wartend.

»Mrs. Darby hat eine Stelle für Alice gefunden«, begann Virginia. »Die Nachricht kam gestern mit der Nachmittagspost. Eine Dame in Yatton benötigt für ihre zwei kleinen Kinder eine Gouvernante. Ist das nicht ein Glücksfall?«

»Und es paßt so gut mit unseren anderen Plänen zusammen«, fügte ihre älteste Schwester mit ihrer heiseren Stimme hinzu. »Es hätte nicht besser kommen können.«

»Du meinst die Sache mit der Schule?« fragte Monica zerstreut.

»Ja, die Schule«, sagte Virginia mit feierlichem Ernst. »Yatton ist weder von Clevedon noch von Weston weit entfernt. Alice wird von dort aus in beiden Städten Erkundigungen einholen können, um herauszufinden, welcher Ort am besten geeignet wäre.«

Miss Nunns Vorschlag, dem sie bislang zurückhaltend gegenübergestanden hatten, nahm sie jetzt, da Alice eine Stelle in der Gegend ihrer Heimat angeboten worden war, vollkommen gefangen. Beide zeigten sich hellauf begeistert von dieser Idee. Sie lieferte ihnen neuen Gesprächsstoff und erfüllte sie mit neuer Lebenskraft. Damit hätten sie endlich eine Mission, eine Aufgabe in dieser Welt. Sie sahen sich schon als die Leiterinnen einer angesehenen Schule, mit ihnen untergeordneten Lehrern und netten gesellschaftlichen Kontakten; sie fühlten sich wieder jung und voller Tatendrang. Warum hatten sie nicht schon viel früher daran gedacht? Und sogleich nahmen sie ihren wechselseitigen Lobgesang auf Rhoda Nunn wieder auf.

»Ist es eine gute Stelle?« erkundigte sich ihre jüngere Schwester.

»Ja, ich denke schon. Nur zwölf Pfund im Jahr, aber nette Leute, sagt Mrs. Darby. Sie wollen, daß ich sofort anfange, und es sieht so aus, als dürfte ich in ein paar Wochen mit ihnen an die See fahren.«

»Besser hätte es *wirklich* nicht kommen können!« rief Virginia aus. »Das wird ihrer Gesundheit zuträglich sein, und in einem halben Jahr oder auch schon früher werden wir eine Entscheidung bezüglich der Schule gefällt haben. Oh, ehe ich's vergesse, hast du gekündigt, Schwesterchen?«

»Ja.«

Beide klatschten wie Kinder in die Hände. Eine seltsam anmutende Szene war das auf dem Gehsteig in London nachts um zehn Uhr: eine so trauliche Runde in einer Umgebung, die alles andere als traulich war. Nur wenige Meter entfernt stand ein Mädchen, deren Arbeitsplatz der Gehsteig war, und plauderte lachend mit zwei Männern. Als Monica das hörte, hielt sie es für angeraten weiterzugehen, während sie sich unterhielten, und so schlugen die drei die Richtung zur Walworth Road Station ein.

»Zuerst dachten wir daran«, sagte Virginia, »daß du zu mir ziehen könntest, sobald Alice fort ist; aber die große Entfernung zur Great Portland Street spricht wohl dagegen. Oder aber, ich ziehe um; doch das würde sich vermutlich kaum noch lohnen. Ich fühle mich bei Mrs. Conisbee so wohl, und es ist ja nur noch für eine kurze Zeit – Weihnachten, denke ich, wäre ein guter Zeitpunkt, die Schule zu eröffnen. Am liebsten wäre es uns natürlich, wenn wir uns für unser liebes altes Clevedon entscheiden könnten; aber Weston liegt vielleicht zentraler. Alice wird alles vor Ort gegeneinander abwägen. Beneidest du sie nicht, Monica? Stell dir vor, bei diesem Sommerwetter *dort* zu sein!«

»Warum gehst du nicht mit?« fragte Monica.

»Ich? Und nehme mir dort eine Wohnung, meinst du? Daran haben wir noch gar nicht gedacht. Aber wir können uns keine unnötigen Ausgaben leisten. Ich muß unbedingt für die restlichen Monate des Jahres eine Arbeit finden. Wer weiß, vielleicht kann Miss Nunn mir etwas anbieten. Es wäre von großem praktischen Nutzen, wenn ich sie einige Wochen lang häufig sehen würde. Ich habe jetzt schon unheimlich viel von ihr und von Miss Barfoot gelernt. Alles, was sie sagen, ist so überaus ermutigend. Der Umgang mit ihnen bringt einen so richtig in Schwung.«

»Ja, das finde ich auch«, sagte Alice mit vor Feierlichkeit bebender Stimme. »Virginia kann viel von ihnen lernen. Sie haben ganz moderne Unterrichtsmethoden, und es wäre von großem Vorteil, wenn wir diese gleich übernehmen könnten.«

Monica schwieg. Nachdem ihre Schwestern eine weitere Viertelstunde lang in diesem Tonfall weitergeredet hatten, sagte sie zerstreut: »Ich habe gestern abend an Miss Barfoot geschrieben, und ich werde dann vermutlich kommenden Sonntag umziehen können.«

Es war elf Uhr, als sie sich trennten. Nachdem Monica sich in Bahnhofsnähe von ihren Schwestern verabschiedet hatte, machte sie kehrt und eilte nach Hause. Als sie ungefähr die halbe Strecke hinter sich hatte, rief jemand unmittelbar hinter ihr ihren Namen; es war Widdowsons Stimme. Sie blieb stehen, und da stand er tatsächlich und reichte ihr die Hand.

»Warum sind Sie um diese Zeit hier?« fragte sie mit unsicherer Stimme.

»Keineswegs aus Zufall. Ich hatte gehofft, Sie zu sehen.«

Er sah düster aus und blickte sie eindringlich an.

»Ich kann hier nicht stehenbleiben und mich unterhalten, Mr. Widdowson. Es ist sehr spät.«

»Ja, das ist es in der Tat. Ich war überrascht, Sie zu sehen.«

»Sie waren überrascht? Warum denn?«

»Nun ja, ich hätte nicht damit gerechnet – zu dieser Stunde.«

»Wie konnten Sie dann hoffen, mich zu sehen?«

Monica ging mit mißmutiger Miene weiter, und Widdowson blieb an ihrer Seite, ihr ständig ins Gesicht blickend.

»Nein, ich hatte nicht wirklich geglaubt, Sie zu sehen, Miss Madden. Ich hatte einfach nur das Bedürfnis, in der Nähe Ihrer Wohnung zu sein.«

»Ich nehme an, Sie haben mich aus dem Haus kommen sehen.«

»Nein.«

»Wenn Sie das getan hätten, wüßten Sie, daß ich herauskam, um mich mit zwei Damen zu treffen, mit meinen Schwestern. Ich habe sie zum Bahnhof begleitet, und nun bin ich auf dem Heimweg. Sie scheinen eine Erklärung für angebracht zu halten – «

»Bitte verzeihen Sie mir! Es geht mich wirklich nichts an. Aber ich habe seit letztem Sonntag keine Ruhe gefunden. Ich sehnte mich so sehr danach, Sie zu sehen, und sei es nur für ein paar Minuten. Erst vor ungefähr einer Stunde habe ich einen Brief an Sie abgeschickt.«

Monica erwiderte nichts.

»Um Sie zu bitten, uns wie vereinbart nächsten Sonntag zu treffen. Werden Sie kommen können?«

»Leider nein. Ich höre Ende der Woche auf, hier zu arbeiten, und am Sonntag werde ich in einen anderen Stadtteil ziehen.«

»Sie gehen fort? Haben Sie sich zu der Veränderung entschlossen, von der Sie gesprochen hatten?«

»Ja.«

»Und darf ich wissen, wohin Sie ziehen?«

»In die Nähe der Great Portland Street. Ich muß mich jetzt wirklich verabschieden, Mr. Widdowson.«

»Bitte – nur noch einen Augenblick!«

»Ich kann nicht länger bleiben – wirklich nicht – gute Nacht!«

Es gelang ihm nicht, sie zurückzuhalten. Ungelenk lüftete er den Hut, sagte einen Abschiedsgruß und entfernte sich mit hastigen, unregelmäßigen Schritten. Keine halbe Stunde später war er wieder an der gleichen Stelle. Er ging etliche Male vor dem Geschäft auf und ab, ohne stehenzubleiben; seine Augen waren sehnsuchtsvoll auf die Hausfront gerichtet und musterten die Fenster, hinter denen Licht schimmerte. Er sah, wie andere Mädchen das Haus durch den Privateingang betraten, aber Monica ließ sich nicht mehr blicken. Irgendwann nach Mitternacht, als im Haus längst alles dunkel und vollkommen ruhig war, warf der ruhelose Mann einen letzten Blick darauf und machte sich dann auf die Suche nach einer Droschke, um sich heimfahren zu lassen.

Der Brief, von dem er gesprochen hatte, erreichte Monica am darauffolgenden Morgen. Es war eine sehr höfliche Einladung zu einer Spazierfahrt nach Surrey. Widdowson schlug vor, sich am Bahnhof in Herne Hill zu treffen, wo er mit seinem Wagen auf sie warten würde. »Im Vorbeifahren werde ich Ihnen das Haus zeigen können, in dem ich seit ungefähr einem Jahr wohne.«

So wie die Dinge standen, wäre es kaum möglich, diese Einladung anzunehmen, ohne die Neugier ihrer Schwestern zu erregen. Den Vormittag würde sie vermutlich benötigen, um ihre neue Unterkunft zu beziehen und sich mit ihrer zukünftigen Zimmergenossin bekannt zu machen; am Nachmittag wollten ihre Schwestern sie besuchen kommen, da Alice sich entschlossen hatte, am Montag nach Somerset abzureisen. Sie mußte ihm also eine Absage schicken, wollte Widdowson aber keineswegs gänzlich entmutigen. Die Antwort, mit der sie schließlich ganz zufrieden war, lautete folgendermaßen:

»Lieber Mr. Widdowson, es ist mir leider nicht möglich, mich nächsten Sonntag mit Ihnen zu treffen. Ich werde den ganzen Tag

anderweitig beschäftigt sein. Meine älteste Schwester beabsichtigt, von London fortzuziehen, und am Sonntag werde ich sie – vielleicht für lange Zeit – zum letzten Mal sehen. Bitte glauben Sie nicht, daß ich Ihre Güte nicht zu schätzen weiß. Sobald ich mich in meiner neuen Umgebung eingewöhnt habe, werde ich Sie wissen lassen, wie es mir gefällt. – Mit freundlichen Grüßen,
Ihre Monica Madden.«

In winzigen Buchstaben – vielleicht ein unbewußtes Zeichen dafür, welche Überwindung sie das kostete – schrieb sie noch ihre neue Anschrift darunter.

Zwei Tage später erhielt sie einen weiteren Brief von Widdowson.

»Liebe Miss Madden! Der Hauptgrund, warum ich Ihnen so bald wieder schreibe, ist es, mich aufrichtig für mein Verhalten am Dienstag abend zu entschuldigen. Es war gänzlich unverzeihlich. Ich muß gestehen, daß es mir unangenehm war, daß Sie zu so später Stunde ohne Begleitung unterwegs waren. Ich bin überzeugt, daß jeder andere Mann, der erst vor kurzem Ihre Bekanntschaft gemacht hätte und der ebenso viel an Sie gedacht hätte wie ich, das gleiche empfunden hätte. Ein Leben, in dem es Ihnen nicht möglich ist, sich zu einer anderen Tageszeit mit Ihren Freunden zu treffen, ist so eindeutig unangemessen für eine so kultivierte Person wie Sie, daß der Gedanke daran mich ganz wütend machte. Glücklicherweise ist ein Ende abzusehen, und ich werde sehr erleichtert sein, wenn Sie dieses Haus verlassen haben.

Wie Sie wissen, haben wir einander versprochen, Freunde zu sein. Ich wäre nicht Ihr Freund, wenn ich Ihnen nicht eine Stellung wünschte, die völlig anders ist als jene, die die Umstände Ihnen aufzwangen. Haben Sie vielen Dank für das Versprechen, mich wissen zu lassen, wie Ihnen die neue Beschäftigung und Ihre neue Umgebung gefallen. Werden Sie zukünftig nicht auch an anderen Tagen außer sonntags Zeit haben? Dürfte ich Sie, da Sie nunmehr in der Nähe des Regent's Park wohnen werden, in nächster Zeit einmal dort treffen? Mir wäre keine Entfernung zu weit, um Sie wiederzusehen und mit Ihnen zu sprechen, selbst wenn es nur für ein paar Minuten wäre.

Bitte verzeihen Sie mir meine Aufdringlichkeit und seien Sie, liebe Miss Madden, meiner versichert,
Ihr Edmund Widdowson.«

Dieser Brief war zweifelsohne eine Art Liebesbrief, und es war der erste, den Monica jemals erhalten hatte. Kein Mann hatte ihr je geschrieben, daß ihm »keine Entfernung zu weit wäre«, nur um ihr Gesicht zu sehen. Sie las das Schreiben etliche Male, und es gingen ihr dabei unzählige Gedanken durch den Kopf. Sie war keineswegs entzückt darüber; nach einer Weile fand sie es langweilig und langatmig – alles andere als der ideale Liebesbrief, selbst wenn man berücksichtigte, daß sie einander noch kaum kannten.

Durch die Bemerkungen, die das Mädchen im Schlafsaal über Widdowson gemacht hatte, als sie annahm, Monica schlafe bereits, wurde sie verunsichert. Es stimmte: Er war alt, und auf jemanden, der ihn nur beiläufig musterte, wirkte er noch älter. Er besaß eine steife, trockene Art, und bereits jetzt hatte er bewiesen, wie pedantisch er sein konnte. Vor ein paar Jahren hätte ein Mann wie er sie abgestoßen. Sie glaubte nicht, daß sie jemals Zuneigung für ihn empfinden könnte; sollte er ihr jedoch einen Heiratsantrag machen – und es sah ganz danach aus, als würde das bald geschehen –, würde sie diesen mit einiger Sicherheit annehmen, selbstverständlich nur unter der Voraussetzung, daß alles, was er ihr über seine Person erzählt hatte, sich als zutreffend erwies.

Ihre Bekanntschaft mit ihm war schon ein sonderbares Ereignis. Mit welcher Überraschung und mit welcher Begeisterung würden ihre Kolleginnen den Liebeserklärungen eines Mannes lauschen, der über ein Jahreseinkommen von sechshundert Pfund verfügte! Monica bezweifelte im Grunde nicht, daß dies der Wahrheit entsprach und daß er ernsthafte Absichten hatte. Seine Lebensgeschichte klang durchaus glaubwürdig, und seine sehr nüchterne Art war vertrauenserweckend. So wie die Dinge auf dem Heiratsmarkt aussahen, durfte sie sich als eine äußerst glückliche junge Frau schätzen. Er schien wirklich in sie verliebt zu sein; möglich, daß er sich als ein hingebungsvoller Ehemann erwies. Sie empfand keinerlei Gegenliebe; aber vor die Wahl gestellt, eine respektable Ehe einzugehen oder unverheiratet zu bleiben, gab es wenig zu überlegen. Möglicherweise würde ihr nie wieder ein Mann einen Antrag machen, dessen gesellschaftliche Stellung sie bewundern konnte.

Mittlerweile war von Monicas zukünftiger Wohnungsgenossin ein höflicher kleiner Brief eingetroffen. »Miss Barfoot hat sich so wohlwollend über Sie geäußert, daß ich es nicht für nötig befunden habe, Sie kennenzulernen, ehe ich ihrem Vorschlag zustimmte. Sie hat Ihnen vielleicht schon gesagt, daß ich eigene Möbel besitze; sehr einfache zwar, aber, wie ich finde, komfortable. Für die zwei Zimmer zahle ich inklusive Bedienung acht Shilling Sixpence die Woche; meine Hauswirtin gedenkt für uns beide zusammen elf Shilling zu verlangen, so daß Ihr Anteil fünf Shilling Sixpence betragen würde. Ich hoffe, das ist Ihnen nicht zuviel. Ich bin eine ruhige und, so glaube ich, recht umgängliche Person.« Die Unterschrift lautete »Mildred H. Vesper«.

Es kam der Tag der Erlösung. Da es den ganzen Vormittag über in Strömen regnete, bedauerte Monica um so weniger, daß sie das Treffen mit Widdowson hatte verschieben müssen. Nach dem Frühstück verabschiedete sie sich von den drei oder vier Mädchen, zu denen sie näheren Kontakt gehabt hatte. Miss Eade freute sich, daß sie ging. Endlich war diese Rivalin aus dem Weg, und vielleicht würde Mr. Bullivant seine Aufmerksamkeit nun endlich seiner treuen Verehrerin zuwenden.

Monica fuhr mit dem Zug zur Great Portland Street und von dort mitsamt ihren zwei Koffern per Droschke weiter zur Rutland Street – ein am Hang gelegenes Sträßchen mit kleinen Häusern. Als die Droschke vor dem gesuchten Haus anhielt, ging sogleich die Tür auf, und auf der Schwelle erschien ein zierliches, adrettes, nicht sehr hübsches Mädchen, das sie mit einem Lächeln begrüßte.

»Miss Vesper?« fragte Monica, auf sie zugehend.

»Ja; sehr erfreut, Sie kennenzulernen, Miss Madden. Ich werde Ihnen helfen, die Koffer hereinzutragen, denn die Londoner Droschkenkutscher wissen ja bekanntlich nicht, was sich gehört.«

Monica fand das Mädchen auf Anhieb sympathisch. Nachdem der Kutscher sich bequemt hatte, das Gepäck herunterzureichen, trugen sie es bis zur Treppe und stiegen, nachdem der Fahrpreis bezahlt war, ins zweite und zugleich oberste Stockwerk des Hauses hinauf. Miss Vespers zwei Zimmer waren sehr einfach, aber gemütlich. Sie blickte Monica an, um an ihrem Gesichtsausdruck abzulesen, was sie davon hielt.

»Sind Sie damit zufrieden?«

»O ja, mehr als zufrieden. Kein Vergleich zu meinem Quartier in der Walworth Road! Aber es ist mir peinlich, mich bei Ihnen einzunisten.«

»Ich habe schon länger nach jemandem gesucht, mit dem ich die Miete teilen kann«, erklärte die andere in sympathischer

Offenheit. »Miss Barfoot hat Sie in höchsten Tönen gelobt – und ich habe ebenfalls den Eindruck, daß wir gut miteinander auskommen werden.«

»Ich werde versuchen, Sie so wenig wie möglich zu stören.«

»Das gleiche gilt für mich. Die Straße hier ist sehr ruhig. Ein Stück weiter oben ist der Cumberland Market, ein Heu- und Strohmarkt. An Markttagen wehen sehr angenehme Gerüche – Gerüche vom Land – zu uns herüber. Ich bin auf dem Land aufgewachsen; deshalb erwähne ich solch banale Dinge.«

»Ich komme auch vom Land«, entgegnete Monica, »aus Somerset.«

»Und ich aus Hampshire. Wissen Sie was? Ich habe den starken Verdacht, daß sämtliche Mädchen in London, die wirklich nett sind, vom Lande kommen.«

Monica mußte ihr ins Gesicht schauen, um herauszufinden, ob diese Aussage ernst gemeint war. Miss Vesper liebte es, in tiefernstem Tonfall kleine Witze zu machen; nur ein Zwinkern ihrer Augen und ein Zucken ihres kleinen, schmalen Mundes verrieten sie.

»Soll ich die Hauswirtin bitten, mir beim Herauftragen des Gepäcks zu helfen?«

»Sie sind ganz blaß, Miss Madden. Überlassen Sie das besser mir. Ich muß sowieso hinuntergehen und Mrs. Hocking daran erinnern, Salz in den Topf mit den Kartoffeln zu tun. Sie kocht nur an Sonntagen für mich, und wenn ich sie nicht jedesmal daran erinnerte, würde sie die Kartoffeln ohne Salz kochen. Komisch, wie man so vergeßlich sein kann, aber irgendwann sieht man ein, daß es nicht zu ändern ist.«

Sie mußten beide herzhaft lachen. Wenn sich Miss Vesper einmal ganz ihrer Fröhlichkeit überließ, genoß sie das so durch und durch, daß es die reine Freude war.

Während des Essens erzählten sie sich viel voneinander und waren danach schon ziemlich vertraut miteinander. Mildred Vesper schien eine recht zufriedene junge Frau zu sein. Ihre Geschwister, an denen sie sehr hing, hatten sich auf der Suche nach einer Arbeitsstelle über ganz England verstreut; sie sahen einander nur selten, was Mildred aber ganz natürlich zu finden schien. Vor Miss Barfoot hatte sie große Hochachtung.

»Ich habe ihr mehr zu verdanken als jedem anderen. Als ich sie vor drei Jahren kennenlernte, war ich ein Einfaltspinsel; ich hielt mich für bemitleidenswert, weil ich für einen Hungerlohn hart arbeiten und in völliger Einsamkeit leben mußte. Heute würde ich mich schämen, wenn ich mich über ein Schicksal beklagte, das Tausende anderer Mädchen erdulden müssen.«

»Mögen Sie Miss Nunn?« fragte Monika.

»Nicht so sehr wie Miss Barfoot, aber ich halte große Stücke auf sie. Vor lauter Eifer übertreibt sie hin und wieder ein wenig, aber ihr Eifer an sich ist bewundernswert. Mir fehlt er – jedenfalls in dieser Form.«

»Sie meinen – «

»Ich meine, daß ich ein hämisches Entzücken verspüre, wenn ich höre, daß ein Mädchen heiratet. Das ist eine Schwäche, ich weiß; vielleicht bessere ich mich mit zunehmendem Alter. Aber ich habe beinahe den Verdacht, daß Miss Barfoot von dieser Schwäche ebenfalls ein wenig befallen ist.«

Monica lachte und lenkte das Gespräch auf andere Themen. Sie war in guter Stimmung; die optimistische Lebenseinstellung ihrer Zimmergenossin war ansteckend; Monica sah die Dinge und Menschen in einem heitereren Licht und empfand weniger Bitterkeit als sonst.

Das Schlafzimmer, das sie gemeinsam benutzen würden, hätte ruhig ein wenig größer sein dürfen, aber die beiden waren sich bewußt, daß sich zahllose nicht weniger feinfühlige Mädchen in London mit viel bescheideneren Wohnverhältnissen zufriedengeben mußten – wo die Armen für jeden Quadratmeter ihres überdachten Ruheplätzchens teuer bezahlen. Erst vor kurzem hatte Miss Vesper es sich leisten können, Möbel zu kaufen (vier Pfund hatte alles zusammen gekostet), und sich sodann zwei Räume gemietet, die ihr nicht teurer kamen als ein möbliertes Zimmer. Miss Barfoot zahlte ihren Angestellten keine überdurchschnittlichen Löhne, sondern nur, was allgemein üblich war; der gesunde Menschenverstand riet ihr dazu. Während sie die Einzelheiten ihres Zusammenlebens besprachen, beschloß Monica, ein paar Shilling in einen ausziehbaren Schlafsessel zu investieren.

»Ich habe häufig Alpträume«, erklärte sie, »und schlage dann wild um mich. Es wäre schlimm, wenn Sie meinetwegen blaue Flecken bekämen.«

Eine Woche verging. Von Alice traf ein fröhlicher Brief aus Yatton ein. Virginia, wie immer voller Überschwang, hatte ihre Schwester sowohl in der Rutland Street als auch in der Queen's Road besucht; sie klang wie jemand, der plötzlich eine große

Erleuchtung gehabt hat, und der Feuereifer, mit dem sie von der Emanzipation der Frau sprach, übertraf beinahe den von Miss Nunn. Ohne große Begeisterung, aber scheinbar ganz zufrieden, erlernte Monica den Umgang mit der Schreibmaschine und andere Dinge, die ihre Lehrerinnen für nützlich hielten. Sie spürte, wie ihre Selbstachtung wuchs. Es war ein großer Fortschritt, über den Status eines Ladenmädchens hinausgekommen zu sein, und die veränderte Atmosphäre tat ihr gut.

Mildred Vesper war eine lernbegierige kleine Person, die dafür ihre spezielle Methode hatte. Sie besaß vier Bände von Maunder's »Treasuries« und versenkte sich jeden Abend mindestens eine Stunde lang in einen der Bände.

»Mein Hirn ist sehr träge«, sagte sie, als Monica sie nach einer Erklärung für diese Lernmethode fragte. »Was ich brauche, ist eine geballte Ladung Informationen. Es gibt wahrscheinlich niemanden, der ein schlechteres Gedächtnis hat als ich, aber durch ständiges Wiederholen gelingt es mir, jeden Tag ein paar Fakten zu lernen.«

Monica warf hin und wieder einen Blick in die Bände, verspürte aber keine Lust, sich Maunder intensiver zu widmen. Statt zu lesen, dachte sie über ihre eigenen Probleme nach.

Wie nicht anders zu erwarten, schrieb Edmund Widdowson ihr an die neue Adresse. In ihrem Antwortbrief verschob sie ihr Treffen abermals. Wenn sie abends das Haus verließ, war sie stets darauf gefaßt, ihn irgendwo in der Nähe zu entdecken; sie war sich sicher, daß er das Haus längst in Augenschein genommen hatte, und höchstwahrscheinlich hatte er auch sie selbst schon des öfteren gesehen. Das machte ihr nichts aus; sie führte ein sittsames Leben, und Widdowson mochte beobachten, wie sie kam und ging, so oft er wollte.

Eines Abends, etwa gegen neun Uhr, stand er ihr schließlich gegenüber. Es geschah in der Hampstead Road; sie hatte in einem Stoffgeschäft eingekauft und trug das kleine Päckchen in der Hand. Sobald er ihrer ansichtig wurde, hellte sich Widdowsons Miene auf, und es stieg eine Röte in sein Gesicht, daß Monica nicht umhin konnte, ihrerseits eine gewisse Freude zu empfinden.

»Warum sind Sie so grausam zu mir?« fragte er mit verhaltener Stimme, als sie ihm die Hand gab. »Es ist eine Ewigkeit her, seit ich Sie das letzte Mal gesehen habe!«

»Ist das wirklich wahr?« entgegnete sie, zum ersten Mal ein wenig keck werdend.

»Na gut, seit ich Sie das letzte Mal gesprochen habe.«

»Und wann haben Sie mich zuletzt gesehen?«

»Vor drei Tagen, am Abend. Sie gingen mit einer jungen Dame die Tottenham Court Road entlang.«

»Das war Miss Vesper, die Freundin, bei der ich wohne.«

»Schenken Sie mir jetzt ein paar Minuten Zeit?« fragte er demütig. »Ist es schon zu spät?«

Statt einer Antwort ging Monica langsam weiter. Sie bogen in eine parallel zur Rutland Street verlaufende Straße ein und gelangten so in das ruhige Viertel am Rande des Regent's Park. Widdowson redete unentwegt und in einem beinahe zärtlichen Tonfall auf sie ein, das Gesicht ihr zugewandt, und so leise, daß ihr hin und wieder einige Worte entgingen.

»Ich kann nicht leben, ohne Sie zu sehen«, sagte er schließlich. »Wenn Sie sich nicht mit mir treffen wollen, bleibt mir nichts anderes übrig, als in Ihrer Nähe umherzuwandern. Denken Sie bitte nicht, daß ich Ihnen nachspioniere. Ich tue das wirklich nur, um Ihr Gesicht oder Ihre Gestalt zu sehen, während Sie die Straße entlanggehen. Wenn ich den Weg umsonst gemacht habe, gehe ich voller Verzweiflung wieder heim. Ich denke ständig an Sie – ständig.«

»Das tut mir leid, Mr. Widdowson.«

»Es tut Ihnen leid? Wirklich? Sind Sie mir nicht mehr so gewogen wie an dem Abend, als wir die Bootsfahrt unternahmen?«

»Doch. Aber wenn ich Sie nur unglücklich mache –«

»Unglücklich irgendwie schon, aber so, wie es noch nie zuvor jemand vermocht hatte. Wenn ich mich zu bestimmten Zeiten mit Ihnen treffen dürfte, hätte meine Ruhelosigkeit ein Ende. Der Sommer geht so schnell herum. Möchten Sie nicht nächsten Sonntag die Fahrt mit mir unternehmen, die ich Ihnen vorgeschlagen habe? Ich werde an jedem beliebigen Ort auf Sie warten. Sie können sich nicht vorstellen, welche Freude Sie mir damit bereiten würden!«

Monica willigte ein. Wenn das Wetter schön wäre, würde sie um vierzehn Uhr am Südost-Eingang des Regent's Park stehen. Er dankte ihr mit überschwenglichen Worten, und dann trennten sie sich.

Der Himmel war zwar bewölkt, aber Monica hielt die Verabredung ein. Widdowson war bereits mit Pferd und Wagen zur Stelle. Was, so ließ er Monica sogleich wissen, nicht etwa sein Eigentum, sondern nur gemietet sei.

»Es wird nicht regnen«, rief er mit einem Blick zum Himmel aus. »Es *darf* nicht regnen! Diese paar Stunden sind zu kostbar für mich.«

»Wenn es *doch* anfinge, wäre das ziemlich unangenehm«, erwiderte Monica heiter, während sie längst fuhren.

Es sah bis zum Sonnenuntergang bedrohlich nach Regen aus, aber Widdowson beharrte darauf, daß es nicht regnen werde. Er fuhr in südwestliche Richtung, überquerte die Waterloo Bridge, und von dort ging es weiter nach Herne Hill. Monica bemerkte, daß er einen kleinen Umweg machte, um die Walworth Road zu umfahren. Sie fragte ihn nach dem Grund.

»Ich hasse diese Straße!« rief Widdowson erbittert aus.

»Warum denn?«

»Weil Sie sich dort elendiglich geschunden haben. Wenn es nach mir ginge, würde ich sie zerstören – jedes einzelne Haus. Viele Male«, fügte er mit gedämpfter Stimme hinzu, »bin ich in furchtbarer Verzweiflung dort auf und ab gegangen, während Sie schliefen.«

»Nur, weil ich hinter einem Ladentisch stehen mußte?«

»Nicht nur deswegen. Das war keine passende Arbeit für Sie – und erst die Leute, mit denen Sie dort Umgang hatten! Mir war das Gesicht jedes Mannes und jeder Frau zuwider, das in der Straße zu sehen war.«

»Ich fühlte mich nicht wohl in dieser Gesellschaft.«

»Das will ich hoffen. Ja, ich weiß natürlich, daß dem so war. Warum sind Sie überhaupt jemals in einen solchen Betrieb gegangen?«

In seinem Blick lag eher Strenge als Mitgefühl.

»Ich hatte das langweilige Landleben satt«, entgegnete Monica freimütig. »Außerdem wußte ich nicht, wie es in den Läden zuging und was das für Leute waren.«

»Brauchen Sie Aufregendes im Leben?« fragte er, sie von der Seite anblickend.

»Aufregendes? Nein, aber man braucht Abwechslung.«

Als sie Herne Hill erreichten, verfiel Widdowson in Schweigen und ließ das Pferd im Schritt gehen.

»Dort drüben ist mein Haus, Miss Madden – die rechte Hälfte.«

Monica schaute hinüber und erblickte ein kleines Doppelhaus aus Backstein, mit Veranden vor den Türen und Ziergiebeln.

»Ich wollte es Ihnen nur zeigen«, fügte er rasch hinzu. »Es ist weder schön noch bemerkenswert, und es ist auch nicht großartig eingerichtet. Meine alte Haushälterin und ein Dienstmädchen halten es in Ordnung.«

Sie fuhren vorbei, wobei Monica es sich verkniff, sich noch einmal umzublicken. »Ich finde das Haus schön«, sagte sie dann.

»Mein ganzes Leben lang habe ich mir gewünscht, einmal ein eigenes Haus zu haben, aber ich wagte nicht zu hoffen, daß es jemals Wirklichkeit würde. Den meisten Männern scheint das gleichgültig zu sein, sofern sie in einer Pension wohnen, in der es ihnen gefällt – ich meine unverheiratete Männer. Aber ich wollte schon immer allein leben – ohne Fremde um mich herum. Ich habe Ihnen ja bereits gesagt, daß ich nicht sehr gesellig bin. Als ich mein Haus erworben hatte, verhielt ich mich wie ein Kind mit seinem Spielzeug; ich konnte vor Begeisterung nicht schlafen. Ich ging Tag für Tag durch alle Räume, ehe es möbliert war. Es faszinierte mich, meine Schritte auf den Treppenabsätzen und den kahlen Böden zu hören. Hier werde ich bis an mein Lebensende wohnen bleiben, sagte ich mir immer wieder. Nicht allein, hoffte ich. Vielleicht würde ich jemanden kennenlernen –«

Monica unterbrach ihn, indem sie auf etwas in der Landschaft hinwies und ihn dazu befragte. Er gab ihr eine knappe Antwort, und dann schwiegen sie beide längere Zeit. Schließlich blickte ihn das Mädchen mit einem entschuldigenden Lächeln an und sagte freundlich: »Sie waren dabei, mir zu erzählen, wie sehr Sie sich über das Haus freuten. Macht es Ihnen noch immer die gleiche Freude, darin zu wohnen?«

»Ja. Aber seit einiger Zeit hoffe ich – ich wage nicht, mehr zu sagen. Sie werden mich wieder unterbrechen.«

»In welche Richtung fahren wir jetzt, Mr. Widdowson?«

»Nach Streatham und von dort aus weiter nach Carshalton. Um fünf Uhr werden wir an einem Gasthof anhalten und den Gastwirt bitten, uns einen Tee zu machen. Schauen Sie, die Sonne versucht sich durch die Wolken zu kämpfen; der Abend wird doch noch schön werden. Darf ich mir, ohne Ihnen zu nahe treten zu wollen, die Feststellung erlauben, daß Sie viel besser aussehen, seit Sie diesen abscheulichen Ort verlassen haben?«

»Oh, ich fühle mich auch besser.«

Nachdem Widdowson eine ganze Weile starr auf die Ohren des Pferdes geblickt hatte, wandte er sich mit ernster Miene seiner Begleiterin zu. »Ich habe Ihnen bereits von meiner Schwägerin erzählt. Hätten Sie etwas dagegen, wenn ich Sie miteinander bekannt machte?«

»Das möchte ich lieber nicht, Mr. Widdowson«, antwortete Monica bestimmt.

Diese Erwiderung hatte er erwartet, und er begann lange und eindringlich auf sie einzureden, um sie umzustimmen. Es war zwecklos; Monica hörte seinen Worten schweigend zu, ohne sich überzeugen zu lassen. Er gab es auf, und sie sprachen über belanglose Dinge.

Auf dem Rückweg, als der trübe Himmel sich allmählich verdunkelte und die Straßenlampen der Vorstadt in langen Reihen zu leuchten begannen, nahm Widdowson mit hochrotem Gesicht seinen ganzen Mut zusammen und kehrte zu dem Gesprächsgegenstand zurück, bei dem er vor einigen Stunden unterbrochen worden war. »Ich kann mich heute abend nicht von Ihnen verabschieden, ohne ein Wort der Hoffnung mit nach Hause zu nehmen. Sie wissen, daß ich Sie gerne zur Frau haben möchte. Gibt es irgend etwas, das ich tun oder sagen kann, um Ihre Einwilligung wahrscheinlicher zu machen? Hegen Sie irgendwelche Zweifel gegen mich?«

»Zweifel an Ihrer Aufrichtigkeit habe ich nicht im geringsten.«

»In gewisser Hinsicht bin ich für Sie noch immer ein Fremder. Werden Sie mir die Möglichkeit geben, unserer Beziehung einen offizielleren Charakter zu verleihen? Dürfte ich eine Ihrer Bekannten kennenlernen, der Sie vertrauen?«

»Das möchte ich vorerst lieber noch nicht.«

»Sie möchten erst noch mehr über mich erfahren?«

»Ja – ich glaube, ehe ich dergleichen tun kann, muß ich Sie viel besser kennen.«

»Aber«, beharrte er, »wäre es für Sie nicht viel angenehmer, wenn wir unsere Bekanntschaft nicht länger geheimhielten und einander unseren Freunden vorstellten?«

»Vielleicht. Aber Sie vergessen, daß dann viele Erklärungen notwendig würden. Ich habe mich sehr unschicklich verhalten. Wenn ich meinen Freunden alles erzählte, bliebe mir keine freie Wahl mehr.«

»Aber warum denn nicht? Es würde Sie zu nichts verpflichten. Ich könnte nichts weiter tun, als zu versuchen, Sie für mich zu gewinnen. Sollte ich das Pech haben, daß mir das nicht gelingt, wären Sie doch vollkommen frei.«

»Aber versuchen Sie mich doch zu verstehen. In dieser Lage darf ich entweder gar nichts von Ihnen erzählen oder ich muß verkünden, daß ich mit Ihnen verlobt bin. Ich möchte aber nicht, daß die anderen glauben, ich sei mit Ihnen verlobt, obwohl ich das gar nicht sein will.«

Widdowson preßte die Lippen zusammen und ließ den Kopf hängen.

»Ich habe mich ungebührlich verhalten«, fuhr das Mädchen fort. »Aber ich weiß nicht, wie ich mich sonst hätte verhalten sollen. Es war in unserem Fall nicht möglich, daß wir einander durch einen gemeinsamen Bekannten vorgestellt wurden; ich war also nach unserer ersten Unterhaltung vor die Wahl gestellt, entweder den Kontakt zu Ihnen abzubrechen oder mich so zu verhalten, wie ich es getan habe. Ich finde, das ist eine sehr schwierige Lage. Meine Schwestern würden mich ein unanständiges Mädchen schimpfen, aber ich finde nicht, daß sie damit recht hätten. Es wäre ja möglich, daß ich irgendwann einmal das für Sie empfinde, was ein Mädchen empfinden sollte, wenn es heiratet. Wie aber soll ich das herausfinden, wenn ich mich nicht mit Ihnen treffe und mit Ihnen unterhalte? Und Ihre Lage ist auch nicht besser. Ich mache Ihnen keinerlei Vorwürfe; es wäre lächerlich, das zu tun. Aber wir haben gegen die üblichen Regeln verstoßen, und das würde man uns spüren lassen ... oder zumindest mich.«

Ihre Stimme zitterte am Schluß. Widdowson blickte sie mit einem Ausdruck leidenschaftlicher Bewunderung an. »Ich danke Ihnen für diese Worte ... dafür, daß Sie alles so gut ausgedrückt haben ... und so rücksichtsvoll. Kümmern wir uns also nicht um die anderen Leute. Treffen wir uns weiterhin wie bisher. Ich liebe Sie über alle Maßen« – er klang ein wenig heiser, als er diese erhabenen Worte zum ersten Mal aussprach –, »und ich werde mich nach Ihnen richten. Geben Sie mir die Möglichkeit, Sie zu gewinnen. Sagen Sie mir, wenn ich Ihnen zu nahe trete ... wenn Ihnen irgend etwas an mir mißfällt.«

»Würden Sie bitte in Zukunft nicht mehr ohne mein Wissen nach mir Ausschau halten?«

»Ich verspreche es. Ich werde das nie mehr tun. Und Sie werden sich ein wenig öfter mit mir treffen?«

»Ich werde mich einmal wöchentlich mit Ihnen treffen. Aber ich muß mich weiterhin vollkommen frei fühlen können.«

»Das sollen Sie! Ich werde nur versuchen, Ihr Herz zu gewinnen, wie jeder andere Mann es tun würde, der eine Frau liebt.«

Das müde Pferd trottete auf der harten Pflasterstraße voran, während am Himmel Wolken aufzogen und einen nächtlichen Sturm ankündigten.

8. Vetter Everard

Als Miss Barfoots Blick auf die Briefe fiel, die ihr beim Frühstück überbracht wurden, gab sie einen Ausruf von sich, dessen Bedeutung nicht ganz klar war. Rhoda Nunn, die nur selten Post erhielt, schaute fragend auf.

»Wenn mich nicht alles täuscht, ist das die Schrift meines Vetters Everard. Es stimmt. Er ist in London.«

Rhoda sagte nichts.

»Würdest du das bitte einmal lesen«, sagte Miss Barfoot und reichte ihrer Freundin den Brief, nachdem sie selbst ihn gelesen hatte.

Die Handschrift war sehr schwungvoll, aber nicht schlampig. Die Satzzeichen waren sorgfältig gesetzt, doch statt des ausgeschriebenen Wortes stand da manchmal nur ein Schnörkel, der aber dennoch lesbar war.

»Liebe Kusine Mary, wie ich höre, bist Du noch immer sehr aktiv und die Menschheit ist Dir in zunehmendem Maße zu Dank verpflichtet. Seit meiner Ankunft in London vor ein paar Wochen war ich mehrere Male versucht, Dir einen Besuch abzustatten, doch jedesmal kamen mir Bedenken. Du wirst Dich erinnern, daß Du mir bei unserem letzten Gespräch nicht sehr wohlgesonnen warst, und vielleicht hast Du mir darum nicht geschrieben, weil Du noch immer verärgert über mich bist; sollte dies zutreffen, würde ich womöglich an Deiner Tür abgewiesen werden, was mir sehr mißfiele, da ich dummerweise so etwas wie Ehrgefühl besitze. Ich habe mir eine Wohnung gemietet und gedenke mindestens ein halbes Jahr in London zu bleiben. Bitte gib mir Bescheid, ob es Dir recht ist, wenn ich Dich besuchen komme. Ich würde es jedenfalls gerne tun. Wir waren eigentlich dazu bestimmt, gute Freunde zu sein, doch Vorurteile haben uns entzweit. Nur eine Zeile, entweder daß ich willkommen bin oder ein ›Scher-dich-zum-Teufel!‹. Deiner Mißbilligung ungeachtet verbleibe ich mit den herzlichsten Grüßen Dein

Everard Barfoot.«

Rhoda las das Schreiben sehr aufmerksam durch.

»Ein unverschämter Brief«, sagte Miss Barfoot. »Das sieht ihm ähnlich.«

»Von woher ist er zurückgekommen?«

»Aus Japan, glaube ich. ›Doch Vorurteile haben uns entzweit.‹ Das ist ein starkes Stück! Wenn man ein moralisches Bewußtsein hat, heißt es bei diesen fortschrittlichen jungen Männern, man hätte Vorurteile. Aber er soll ruhig kommen. Ich bin gespannt, ob er sich verändert hat.«

»War der Grund, warum du ihm nicht geschrieben hast, wirklich moralische Mißbilligung?« erkundigte sich Rhoda lächelnd.

»Ja, allerdings. Wie ich dir schon des öfteren erzählt habe, war ich von ihm schwer enttäuscht.«

»Deinen Äußerungen entnehme ich allerdings, daß er sich nicht sehr verändert hat.«

»Nicht, was seine Theorien anbetrifft«, entgegnete Miss Barfoot. »Das ist kaum zu erwarten. Er ist viel zu starrköpfig. Aber sein Lebenswandel könnte sich gebessert haben.«

»Nach zwei oder drei Jahren in Japan?« fragte Rhoda, indem sie die Augenbrauen ein wenig hochzog.

»Er ist jetzt fast dreiunddreißig, und vor seiner Abreise aus England vermeinte ich Spuren beginnender Einsicht bei ihm wahrzunehmen. Freilich mißbillige ich sein Verhalten noch immer, und das werde ich ihm, wenn nötig, mit der gleichen Deutlichkeit zu verstehen geben wie damals. Aber es kann nichts schaden, herauszufinden, ob er gelernt hat, sich zu benehmen.«

Everard Barfoot erhielt eine Einladung zum Dinner. Er sandte postwendend eine Zusage, und um halb acht des vereinbarten Abends traf er ein. Seine Kusine saß allein im Salon. Als er eintrat, musterte sie ihn eingehend, aber nicht unfreundlich.

Er war von großer, kräftiger Statur, hatte einen markanten Kopf mit einer großen Nase, vollen Lippen, tiefliegenden Augen und buschigen Augenbrauen. Sein Haar war von einem intensiven Kastanienbraun; Schnurrbart und Bart – letzterer nach unten spitz zulaufend – hatten einen rötlichen Schimmer. Sein makelloser Teint, seine fröhliche Miene und seine unverkrampfte Körperhaltung deuteten auf eine exzellente Gesundheit hin. Die untere Stirnhälfte war von Falten durchzogen, und wenn er den Blick nicht auf etwas Bestimmtes gerichtet hielt, senkten sich seine Lider, was ihm etwas Melancholisch-Sehnsuchtsvolles verlieh. Als er sich setzte, nahm er sogleich eine gänzlich entspannte Haltung ein, die dank perfekter Proportionen überaus elegant wirkte. Seinem Äußeren zufolge hätte man erwartet, daß er eine laute, resolute Stimme habe; doch sie war sanft und leise, eingesetzt mit der Diskretion der Wohlerzogenheit, so daß sie dem Ohr zuweilen regelrecht schmeichelte. Diesem Tonfall entsprach sein Lächeln; er lächelte häufig, aber mit dezenter Ironie.

»Es hat mir niemand gesagt, daß du wieder im Lande bist«, waren Miss Barfoots erste Worte, als sie ihm die Hand reichte.

»Weil es keiner wußte, nehme ich an. Du bist die erste aus meiner Verwandtschaft, der ich geschrieben habe.«

»Welch eine Ehre, Everard. Du siehst sehr gut aus.«

»Ich freue mich, dasselbe von dir sagen zu können. Und dabei sollst du härter arbeiten denn je.«

»Von wem stammen diese Informationen?«

»Tom hat mir in einem Brief, der mich in Konstantinopel erreichte, von deinen Aktivitäten berichtet.«

»Tom? Ich dachte, er hätte längst vergessen, daß es mich gibt. Es ist mir ein Rätsel, wer ihm von mir erzählt haben könnte. Du bist also nicht direkt aus Japan gekommen?«

Barfoot hatte die Hände über dem Knie verschränkt und den Kopf in den Nacken gelegt. »Nein; ich habe einen Abstecher nach Ägpyten und in die Türkei gemacht. Lebst du ganz allein?«

Er sprach das letzte Wort leicht gedehnt aus und betonte dabei die zweite Silbe auf wunderbar melodische Art. Die mit nüchterner Entschlossenheit geäußerte Antwort seiner Kusine stand dazu in scharfem Kontrast. »Eine Dame wohnt bei mir – Miss Nunn. Sie dürfte jeden Moment hereinkommen.«

»Miss Nunn?« Er lächelte. »Eine Mitarbeiterin?«

»Sie ist mir eine wertvolle Hilfe.«

»Du mußt mir gelegentlich einmal alles über deine Arbeit erzählen. Es interessiert mich brennend. Du warst schon immer das interessanteste Mitglied unserer Familie. Bei meinem Bruder Tom sah es zwar einmal so aus, als würde er es zu etwas bringen, aber seine Heirat hat diese Hoffnung zunichte gemacht, fürchte ich.«

»Ich verstehe nicht, wie er diese Ehe eingehen konnte.«

»Wirklich? Mir geht es genauso; aber Tom scheint ganz zufrieden zu sein. Vermutlich werden sie in Madeira bleiben.«

»Bis seine Frau ihrer eingebildeten Schwindsucht überdrüssig ist und sich zur Abwechslung eine andere Krankheit einredet, deretwegen sie dann nach Sibirien ziehen müssen.«

»Aha, für solch eine Person hältst du sie also.« Er schmunzelte und spielte dabei an seinem rechten Ohrläppchen. Seine Ohren waren klein und schön geformt, und auch seine Hände waren schön – feingliedrig und kräftig zugleich.

Rhoda trat ein, aber so leise, daß sie Gelegenheit hatte, den Gast zu mustern, ehe er sie bemerkte. Erst als Miss Barfoot in ihre Richtung blickte, merkte er, daß sich eine weitere Person im Zimmer befand. Sie stellten einander ganz zwanglos vor und nahmen dann alle drei Platz.

Wie die Gastgeberin ganz in Schwarz gekleidet, eine silberne Gürtelschnalle als einzigem Schmuck und das Haar streng zurückgekämmt, schien Rhoda versucht zu haben, ihr Aussehen der Bedeutung, die ihr Nachname assoziierte, anzupassen. Diese Frisur stand ihr längst nicht so gut wie jene, die sie normalerweise trug, und ließ sie älter wirken. Sie wählte, unbewußt oder mit Absicht, einen Stuhl mit gerader Lehne, und saß darauf in steifer Haltung. Miss Barfoot, die es sich nur schwer vorstellen konnte, daß Rhoda gehemmt war, musterte sie ein paarmal verwundert. Es blieb keine Zeit, eine Unterhaltung zu beginnen; ein Dienstmädchen meldete kurz darauf, daß das Essen angerichtet sei.

»Bitte folge uns ganz zwanglos, Everard«, sagte die Gastgeberin.

Everard tat, wie ihm geheißen, und begutachtete dabei Miss Nunns Figur, die auf ihre Art ebenso kräftig und wohlgeformt war wie seine. Er verzog seine Lippen zu einem anerkennenden Lächeln, riß sich aber gleich wieder zusammen und betrat das Eßzimmer mit würdevoller Miene. Er saß Rhoda gegenüber und blickte häufig zu ihr hin, und wenn sie etwas sagte, was allerdings nicht oft vorkam, musterte er sie aufmerksam.

Während des ersten Ganges befragte Miss Barfoot ihren Verwandten nach seinen Erlebnissen in Asien. Everards Bericht war heiter und kurzweilig, klang keineswegs belehrend – kurzum, er bewies einen guten Geschmack. Rhoda hörte mit einem Ausdruck höflichen Interesses zu, stellte aber keinerlei Fragen und lächelte nur, wenn es unvermeidlich war. Nach einer Weile wandten sie sich persönlichen Themen zu.

»Hast du etwas von deinem Freund Mr. Poppleton gehört?« fragte die Gastgeberin.

»Poppleton? Nein, nicht das geringste. Ich würde ihn gerne wiedersehen.«

»Ich muß dir die traurige Mitteilung machen, daß er in einer Nervenheilanstalt ist.«

Barfoot verschlug es vor Überraschung die Sprache, und seine Kusine erzählte ihm, daß der unglückliche Mann wegen großer beruflicher Probleme den Verstand verloren zu haben schien.

»Ich hätte eine andere Erklärung parat«, warf der junge Mann gelassen ein. »Du hast Mrs. Poppleton nie kennengelernt?«

Als er bemerkte, daß Miss Nunn interessiert aufsah, sprach er an sie gewandt weiter.

»Mein Freund Poppleton war ein prächtiger Mensch – vielleicht der beste und gütigste, den ich je kennengelernt habe; und er hatte so viel Witz und Humor, daß es auf jeden ansteckend wirkte. Zur großen Verwunderung aller, die ihn kannten, heiratete er die wohl einfältigste Frau, die er hätte finden können. Mrs. Poppleton war immer todernst und obendrein zu dumm, eine spaßhafte Bemerkung zu verstehen. Sie kapierte nur ganz nüchterne Feststellungen, hatte keinen Sinn für Hintergründiges.«

Rhodas Augen blitzten, und Miss Barfoot lachte. Everard war in einen respektlosen Tonfall verfallen, den er bislang bewußt unterdrückt hatte.

»Ja«, fuhr er fort, »sie war von Geburt eine Dame – was die Sache nur noch schlimmer machte. Der arme alte Poppleton! Wie oft habe ich mit angehört, wie er mit Händen und Füßen versuchte, ihr einen Witz zu *erklären*. Das war ein hartes Stück Arbeit, wie man sich vorstellen kann. Da saßen wir drei also in dem häßlichen kleinen Wohnzimmer – sie waren nämlich alles andere als reich. Poppleton sagte etwas, über das ich mich vor Lachen bog – trotz aller Versuche, mich zusammenzureißen und nur milde zu lächeln, um die unweigerlichen Folgen zu vermeiden. Auf mein Gelächter hin starrte Mrs. Poppleton mich an – o dieser Blick! Sodann begann ihr Mann mit seinen Erklärungsversuchen. Die Geduld, die Engelsgeduld dieses lieben, guten Burschen! Ich habe erlebt, wie er sich eine Viertelstunde lang abmühte, ihr etwas begreiflich zu machen, doch es war alles umsonst. Es mochte ein simples Wortspiel sein; Mrs. Poppleton verstand ein Wortspiel genausowenig wie den binomischen Lehrsatz. Am schlimmsten war es, wenn es sich um einen mehrdeutigen Scherz handelte. Poppleton erklärte und erklärte, bis ihm die Schweißtropfen auf die Stirn traten, während ich ihm flehende Blicke zuwarf. Warum *mußte* er das Unmögliche versuchen? Aber der gutmütige Knabe war unfähig, eine Frage seiner Frau zu ignorieren. Niemals werde ich ihr ›Oh … ja … jetzt sehe ich es ein‹ vergessen – wenn auch das einzige, was sie sah, die Wand war, auf die ihr Blick fiel.«

»Solche Leute habe ich auch schon erlebt«, sagte Miss Barfoot amüsiert.

»Ich bin überzeugt, daß es nicht berufliche Probleme waren, deretwegen er durchgedreht ist. Er ist durchgedreht, weil er seiner Frau andauernd Witze erklären mußte. Glaube mir, das ist der wahre Grund.«

»Das ist sehr einleuchtend«, pflichtete Rhoda ihm trocken bei.

»Die Ehe eines anderen deiner Freunde ist doch ebenfalls unglücklich verlaufen«, sagte die Gastgeberin. »Wie ich gehört habe, hat Mr. Orchard seine Frau ohne Angabe von Gründen verlassen.«

»Auch dafür kann ich dir eine Erklärung geben«, entgegnete Barfoot gemessen, »obwohl sie in deinen Augen keine Rechtfertigung sein mag. Ich traf Orchard vor einigen Monaten rein zufällig in Alexandria, aber ich erkannte ihn erst, als er mich ansprach. Er war bis auf die Knochen abgemagert. Ich erfuhr, daß er Mrs. Orchard sein gesamtes Vermögen überschrieben hatte und sich nun als freier Mitarbeiter von Zeitschriften so eben über Wasser hielt und wie ein unruhiger Geist an den Ufern des Mittelmeers entlangwanderte. Er zeigte mir, was er gerade geschrieben hatte, einen Artikel, den ich jetzt in der neuesten Ausgabe des ›Macmillan‹ entdeckt habe. Ich empfehle dir, ihn zu lesen. Eine ausgezeichnete Reportage über eine Nacht in Alexandria. Eines Tages wird er verhungert sein. Ein Jammer, denn er hat wirklich Talent.«

»Wir warten noch auf deine Erklärung. Was hat ihn veranlaßt, Frau und Kinder zu verlassen?«

»Laß mich einen Tag schildern, den wir kurz vor meiner Abreise aus England gemeinsam in Tintern verbrachten. Er und seine Frau machten dort Urlaub, und ich besuchte sie dort. Wir unternahmen einen Ausflug zur Tintern Abbey. Und während dieser zweistündigen Wanderung durch eine wunderschöne Landschaft redete Mrs. Orchard wahrhaftig von nichts anderem als von den Problemen, die sie mit ihren Hausangestellten gehabt hatte. Zehn oder zwölf dieser Dienstmädchen ließ sie im Geist vor uns aufmarschieren; ihre Namen, ihr jeweiliges Alter, ihre Herkunft, wieviel Lohn sie bekommen hatten – alles wurde exakt aufgeführt. Sie betete einen ganzen Katalog mit Tellern, Tassen und anderen Gegenständen herunter, die ihre Mädchen zerbrochen hatten. Wir erfuhren, wegen welcher Ungeheuerlichkeiten ihnen jeweils gekündigt worden war. Orchard versuchte wiederholt, das Thema zu wechseln, doch seine Frau machte das nur noch wütender. Was blieb uns anderes übrig, als ihr geduldig zuzuhören? Der Ausflug war unweigerlich verdorben. Nun stelle man sich vor, jemand muß dergleichen jahrelang ertragen. Man stelle sich Orchard vor, wie er sich daheim hinsetzt, um zu schreiben, und ständig darauf gefaßt sein muß, daß Mrs. Orchard hereinplatzt und ihm lang und breit erzählt, daß der Metzger ihr einen Braten berechnet hat, den sie gar nicht verzehrt haben – oder ähnliches. Er versicherte mir, daß er nur zwischen zwei Alternativen wählen könne – Flucht oder Selbstmord – und das glaubte ich ihm aufs Wort.«

Als Barfoot geendet hatte, begegnete er dem Blick Miss Nunns, die sogleich das Wort ergriff. »Aus welchem Grund heiratet ein Mann eine dumme Frau?«

Barfoot war um eine Antwort verlegen und schaute nur lächelnd auf seinen Teller.

»Eine durchaus berechtigte Frage«, sagte die Gastgeberin mit einem Lachen. »Ja, warum wohl?«

»Aber eine, die schwer zu beantworten ist«, entgegnete Everard mit dem dezentesten Lächeln, dessen er fähig war. »Es mag zum Teil daran liegen, daß sein Bekanntenkreis sehr klein ist, Miss Nunn. Sie müssen irgend jemand heiraten, aber bei den meisten Männern ist die Auswahl sehr beschränkt.«

»Ich dachte«, entgegnete Rhoda, die Augenbrauen hochziehend, »allein zu leben sei das kleinere Übel.«

»Zweifelsohne. Aber Männer wie diese beiden, von denen wir gerade gesprochen haben, sind nicht sehr scharfsinnig.«

Miss Barfoot wechselte das Thema.

Als die beiden Damen sich kurz darauf zurückzogen, während Everard noch bei seinem Glas Wein saß, nahm dieser das Eßzimmer neugierig in Augenschein. Dann senkte er die Lider, lächelte gedankenverloren, und ein stummer Seufzer schien sich seiner Brust zu entringen. Der Rotwein war nicht besonders gut, aber auch wenn er besser gewesen wäre, hätte er ihm nur mäßig zugesprochen, denn er trank generell nicht viel Alkohol.

»Es ist so, wie ich erwartet hatte«, sagte Miss Barfoot im Salon zu ihrer Freundin. »Er hat sich merklich verändert.«

»Mr. Barfoot ist völlig anders, als ich ihn mir deinen Andeutungen zufolge vorgestellt hatte«, entgegnete Rhoda.

»Ich glaube, er ist nicht mehr der gleiche Mann, den ich einst gekannt habe. Seine Manieren haben sich sehr zum Positiven entwickelt. Früher war er ziemlich arrogant und besserwisserisch. Sein Brief allerdings klang noch wie früher, jedenfalls so ähnlich.«

»Ich werde mich für ein Stündchen in die Bibliothek zurückziehen«, sagte Rhoda, die sich gar nicht erst gesetzt hatte. »Mr. Barfoot wird wahrscheinlich nicht vor zehn Uhr gehen, oder?«

»Ich glaube nicht, daß wir auf persönliche Dinge zu sprechen kommen werden.«

»Trotzdem; wenn du mich bitte entschuldigen würdest -«

Als Everard kurz darauf den Salon betrat, fand er seine Kusine folglich allein vor.

»Was gedenkst du in nächster Zeit zu tun?« erkundigte sie sich freundlich.

»Was ich zu tun gedenke? Du meinst, welche Arbeit ich mir vorgenommen habe? Ich habe nichts Bestimmtes im Auge, außer, das Leben zu genießen.«

»In deinem Alter?«

»So jung? Oder so alt?«

»So jung, natürlich. Willst du dein Leben bewußt vergeuden?«

»Genießen, sagte ich. Ich bin nicht darauf angewiesen, irgendeiner Tätigkeit nachzugehen oder einen Beruf auszuüben; das habe ich alles hinter mir; ich habe in der Welt des Tuns alles gelernt, was ich lernen wollte.«

»Aber was verstehst du unter Genießen?« fragte Miss Barfoot stirnrunzelnd.

»Ist denn die Existenz an sich nicht vollauf genug, um einen ein Leben lang zu beschäftigen? Könnte ein Mann, der nichts anderes täte als zu reisen, jemals von sich behaupten, alle Schönheiten und Herrlichkeiten eines jeden Landes gesehen zu haben? Ich habe mehr als zehn Jahre lang genauso hart gearbeitet wie jeder andere; ich möchte diese Jahre nicht missen, denn dadurch habe ich erst erfahren, was Freiheit und Wahlmöglichkeit bedeuten, was nicht der Fall gewesen wäre, wenn ich nie gearbeitet hätte. Es hat mich auch vieles gelehrt; hat meine sogenannte Bildung mehr erweitert als alles andere. Sein Leben lang zu arbeiten hieße jedoch, das halbe Leben zu verlieren. Ich kann Leute nicht verstehen, die sich damit begnügen, aus der Welt zu scheiden, ohne auch nur ein Millionstel davon gesehen zu haben.«

»Ich kann mich ganz gut damit begnügen. Eine endlos lange Bildergalerie ist nicht gerade das, was ich mir unter Genießen vorstelle.«

»Meiner Vorstellung entspricht das auch nicht. Aber es gibt unendlich viele Arten, sein Leben zu gestalten. Ständiges Ausprobieren all dessen, was Freude bereitet. Findest du das schändlich? Ich wüßte nicht, warum. Warum ist der Mensch, der sich schindet, besser als derjenige, der genießt? Was ist der Maßstab für diese Beurteilung?«

»In welchem Maße man der Gesellschaft nützlich ist, Everard.«

»Ich stimme dir zu, daß es notwendig ist, der Gesellschaft nützlich zu sein – bis zu einem gewissen Grad. Aber ich habe meinen Beitrag geleistet. Die meisten Menschen schinden sich nicht etwa, weil sie ein solches Ideal vor Augen haben, sondern nur, um sich am Leben zu erhalten oder um zu Reichtum zu kommen. Meiner Meinung nach wird viel mehr gearbeitet, als eigentlich notwendig wäre.«

»Es gibt da ein altes Sprichwort über den Teufel und den Müßiggang. Entschuldige bitte, aber du selbst hast in deinem Brief auf diese Gestalt angespielt.«

»Dieses Sprichwort ist wohl wahr, aber wie andere Sprichwörter auch trifft es nur in seiner allgemeinsten Bedeutung zu. Wenn ich Dummheiten begehen sollte, dann nicht etwa, weil ich meine Tage nicht im Schweiße meines Angesichts zubringe, sondern einfach deshalb, weil Irren menschlich ist. Es liegt mir fern, mit Absicht irgendwelche Dummheiten anzustellen.« Everard strich sich über den Bart und lächelte unergründlich.

»Deine Zielvorstellungen sind vollkommen egoistisch, und wenn man zu egoistisch ist, wirkt sich das auf den Charakter aus«, sagte Miss Barfoot freundlich, aber bestimmt.

»Meine liebe Kusine, egoistisch ist man nur dann, wenn man bewußt etwas verweigert, das man für eine Pflicht hält. Ich kann von mir nicht behaupten, daß ich irgendeine Pflicht anderen gegenüber nicht erfülle, und die Pflichten, die ich mir selbst gegenüber habe, kenne ich sehr genau.«

»O *daran* habe ich keinen Zweifel«, rief Miss Barfoot lachend aus. »Wie ich sehe, hast du deine Argumente schön aufpoliert.«

»Nicht nur meine Argumente, hoffe ich«, sagte Everard bescheiden. »Wenn ich nicht mich selbst ein wenig aufpoliert hätte, hieße das, meine Zeit sehr schlecht genutzt zu haben.«

»Das klingt sehr gut, Everard. Aber wenn man nur noch an sich selbst denkt – «

Sie hielt inne und machte eine ärgerliche Geste.

»Das tut im Grunde jeder Mensch. Aber in diesem Punkt werden wir bestimmt immer verschiedener Meinung sein. Für dich steht die Gesellschaft im Vordergrund, und ich bin ein

Individualist. Du hast den Vorteil, dich an eine einigermaßen schlüssige Theorie halten zu können, während ich überhaupt keine Theorie habe und voller Widersprüche bin. Klar ist für mich nur, daß ich das Recht habe, das Bestmögliche aus meinem Leben zu machen.«

»Egal, auf wessen Kosten?«

»Du verstehst mich vollkommen falsch. Ich habe ein sensibles Gewissen. Ich möchte niemandem wehtun. Das war schon immer so, auch wenn du mich so ungläubig anschaust; und je älter ich werde, um so stärker wird diese Neigung. Reden wir nicht weiter über solch belanglose Dinge. Hat Miss Nunn heute abend keine Zeit mehr für uns?«

»Sie wird bald kommen, denke ich.«

»Wie hast du diese Dame kennengelernt?«

Miss Barfoot erzählte es ihm.

»Sie ist eine sehr beeindruckende Frau«, fuhr Everard fort. »Zweifelsohne eine starke Persönlichkeit. Sie verkörpert den Typ der neuen Frau mehr als du selbst – findest du nicht?«

»Oh, *ich* bin eine sehr altmodische Frau. Frauen, die so denken wie ich, hat es zu allen Zeiten gegeben. Miss Nunn hat viel radikalere Ansichten bezüglich der Emanzipation der Frau.«

»Ich würde mich liebend gerne mit ihr unterhalten. Du mußt wissen, daß ich ganz auf eurer Seite bin.«

Miss Barfoot lachte. »O du elender Heuchler! Du verachtest doch die Frauen.«

»Naja, die große Mehrzahl – die typische Frau. Um so mehr ein Grund, die Ausnahmen zu bewundern und zu wünschen, daß ihre Zahl zunimmt. Du selbst verachtest die Durchschnittsfrau doch auch.«

»Ich verachte kein menschliches Wesen, Everard.«

»In gewisser Hinsicht schon. Aber Miss Nunn würde sicherlich mit mir übereinstimmen.«

»Miss Nunn würde das mit Sicherheit nicht tun. Sie bewundert schwache Frauen zwar nicht gerade, aber das heißt noch lange nicht, daß sie mit dir übereinstimmt, mein Lieber.«

Everard lächelte vor sich hin. »Ich muß versuchen, ihre Gedankenwelt zu ergründen. Darf ich von Zeit zu Zeit bei dir vorbeikommen?«

»Natürlich, abends jederzeit. Außer«, fügte Miss Barfoot hinzu, »Mittwoch abends. Da sind wir anderweitig beschäftigt.«

»Ferien scheinen für euch wohl ein Fremdwort zu sein?«

»Nicht ganz. Ich hatte vor ein paar Wochen Urlaub. Miss Nunn wird vermutlich in vierzehn Tagen Ferien machen.«

Kurz vor zehn, als Barfoot gerade von einer Bekanntschaft erzählte, die er in Japan gemacht hatte, kam Rhoda herein. Sie schien nicht zum Reden aufgelegt zu sein, und Everard hatte an diesem Abend keine Lust, sie aus der Reserve zu locken. Er erzählte noch ein wenig weiter, wobei er Rhoda im Auge behielt, und dann erhob er sich, um sich zu verabschieden.

»Mittwoch war der verbotene Abend, nicht wahr?« sagte er zu seiner Kusine.

»Ja, der ist geschäftlichen Belangen gewidmet.«

Als er fort war, warfen sich die Freundinnen einen wissenden Blick bezüglich des Mittwochabends zu, aber keine sagte etwas. Sie schwiegen eine Zeitlang. Dann fragte Rhoda in einem Ton unterdrückter Neugierde: »Bist du sicher, daß du Mr. Barfoots Fehler nicht übertrieben dargestellt hast?«

Miss Barfoot überlegte eine Weile, ehe sie antwortete.

»Es war ein wenig taktlos, überhaupt etwas von ihm zu erzählen. Aber übertrieben habe ich nichts.«

»Komisch«, sagte die andere ruhig, einen Fuß auf das Kamingitter gestützt. »Er macht gar nicht einen solchen Eindruck.«

»Nun ja, er hat sich tatsächlich sehr verändert.«

Miss Barfoot berichtete ihr dann von seinem Entschluß, keiner Beschäftigung mehr nachzugehen.

»Er hat ein sehr bescheidenes Einkommen. Ich habe diesbezüglich ein ziemlich schlechtes Gewissen ihm gegenüber; sein Vater vermachte mir einen Großteil des Geldes, das eigentlich ihm zugestanden hätte. Aber er war deswegen nie von Groll gegen mich erfüllt.«

»Sein Vater hat ihn sozusagen enterbt?«

»Ja, so kann man es ausdrücken. Schon als Kind hat sich Everard mit seinem Vater nicht verstanden. Was sehr sonderbar ist, denn die beiden glichen sich in vielerlei Hinsicht. Schon vom Aussehen her könnte man meinen, Everard sei die Wiedergeburt seines Vaters. Auch charaktermäßig fand ich sie sehr ähnlich. Wegen belanglosesten Kleinigkeiten gerieten sie sich in die Haare. Mein Onkel hatte sich von ganz unten hochgearbeitet, aber er mochte nicht daran erinnert werden. Er haßte den Beruf, dem er seinen Wohlstand verdankte. Er träumte davon, zu Rang und Würden zu kommen; wäre die Baronetswürde damals käuflich gewesen, er hätte dafür eine riesige Summe ausgegeben.

Aber es gelang ihm nicht, sich auszuzeichnen, und einer der Gründe dafür war zweifellos, daß er zu früh heiratete. Immer wieder schimpfte er lauthals über Leute, die früh heirateten; seine Frau war damals schon tot, aber jeder wußte, wer gemeint war. Rhoda, wenn man bedenkt, wie oft Frauen ihren Männern ein Klotz am Bein sind, brauchen wir uns nicht zu wundern, wie sie über uns denken.«

»Nun ja, die Frauen sind immer in dieser oder jener Beziehung ein Hemmschuh. Aber die Männer sind furchtbar dumm, weil sie dem nicht schon längst abgeholfen haben.«

»Er wollte, daß seine Söhne Gentlemen werden. Tom, der ältere, folgte seinen Wünschen; er war äußerst begabt, aber leider faul, und nun ist er diese unmögliche Ehe eingegangen – das bedeutet das Ende für den armen Tom. Everard ging auf die Privatschule in Eton, aber die Wirkung war fatal; sie machte ihn zu einem wütenden Radikalen. Statt sich die jungen Adeligen zum Vorbild zu nehmen, haßte und verachtete er sie. In dem Jungen muß ein starker eigener Wille gesteckt haben. Zwar weiß ich nicht, ob es damals in Eton noch weitere Anhänger des Radikalismus gab, aber es scheint mir eher unwahrscheinlich. Ich glaube, es war einfach der eigenwillige Charakter und der seltsame Drang, sich seinem Vater in allem zu widersetzen. Natürlich sollte er anschließend in Oxford studieren, aber hier setzte er seine Rebellion in die Tat um. Nein, sagte der Junge, er gehe nicht auf die Universität, um seinen Kopf mit unnützem Wissen vollzustopfen. Zu unser aller Erstaunen hatte er beschlossen, Ingenieur zu werden, obwohl er dafür überhaupt nicht geeignet schien; Mathematik war nicht gerade seine Stärke, während die musischen Fächer ihm immer gelegen hatten. Aber nichts konnte ihn von seinem Vorhaben abbringen. Er hatte es sich in den Kopf gesetzt, daß nur ein Beruf wie der des Ingenieurs – etwas Praktisches, etwas, das Kraft und handwerkliches Geschick erforderte – für einen Mann wie ihn angemessen war. Damit würde er zu jenen gehören, die die Welt mit ihrer tatkräftigen Arbeit in Gang halten; so drückte er sich aus. Und, nach schwerem Kampf, setzte er seinen Willen durch. Nach dem Schulabschluß in Eton studierte er Bauingenieurwesen.«

Rhoda hörte mit einem amüsierten Lächeln zu.

»Dann«, fuhr ihre Freundin fort, »folgte eine weitere Demonstration seiner Entschlossenheit oder seines Starrsinns, wie auch immer man es nennen mag. Er merkte bald, daß er einen großen

Fehler begangen hatte. Wie die anderen vorausgesehen hatten, lag ihm das Fach überhaupt nicht. Aber er hätte sich eher zu Tode gearbeitet, als seinen Irrtum einzugestehen; erst viel später erfuhren wir, wie es ihm ergangen war. Er hatte Bauingenieurwesen gewählt, und Bauingenieur würde er werden, koste es auch noch so große Anstrengungen. Sein Vater sollte nicht über ihn triumphieren. Und so war er von seinem achtzehnten bis zum dreißigsten Lebensjahr fast in einem Beruf tätig, den er, so bin ich sicher, haßte. Durch reine Willenskraft kam er sogar voran und brachte es in der Firma, in der er angestellt war, zu einer recht guten Position. Nachdem er volljährig geworden war, verweigerte ihm sein Vater jegliche finanzielle Unterstützung; er mußte sich wie jeder andere junge Mann ohne Beziehungen allein durchschlagen.«

»All das wirft ein ganz neues Licht auf ihn«, sagte Rhoda.

»Ja, es wäre alles schön und gut, gäbe es da nicht auch einige Untugenden hinzuzufügen. Ich habe noch nie zuvor einen solchen Abscheu empfunden wie an dem Tag, als ich von den schändlichen Dingen erfuhr, die Everard begangen hatte. Für mich war er immer der kleine Junge gewesen, fast so etwas wie mein kleiner Bruder; dann kam der Schock – ein Schock, der den weiteren Verlauf meines Lebens entscheidend beeinflußte. Seitdem halte ich ihn für das, was ich dir schon geschildert habe – für eine Verkörperung der Übel, die wir zu bekämpfen haben. Ein Mann von Welt würde dir sagen, ich übertreibe maßlos; es mag sogar sein, daß Everard in moralischer Hinsicht anständiger war als die meisten Männer. Aber ich werde ihm niemals verzeihen, daß er meinen Glauben an sein Ehrgefühl und seine edle Gesinnung zerstört hat.«

Rhoda schaute sie verständnislos an. »Vielleicht übertreibst du auch jetzt unabsichtlich«, sagte sie. »Ich hatte ihn mir als furchtbar lasterhaften Menschen vorgestellt.«

»Sein Verhalten war niederträchtig und feige – mehr kann ich nicht sagen.«

»War das der eigentliche Grund dafür, daß sein Vater ihm kaum etwas vererbte?«

»Zweifelsohne hing es damit zusammen.«

»Aha. Ich hatte angenommen, daß er aus der anständigen Gesellschaft ausgeschlossen worden sei.«

»Wenn die Gesellschaft wirklich anständig wäre, hätte sie das auch getan. Es ist erstaunlich, daß von seinem Radikalismus nichts mehr da ist. Ich glaube, er hat niemals echte Solidarität mit der Arbeiterschicht empfunden. Ich vermute sogar, daß er wie sein Vater einen starken Drang nach Macht und gesellschaftlichem Ansehen hatte. Wenn es ihm möglich gewesen wäre, ein berühmter Ingenieur zu werden oder Direktor eines großen Unternehmens, hätte er seinen Beruf nicht an den Nagel gehängt. Grenzenloser Eigensinn hat vielleicht sein ganzes Leben ruiniert. In einem Beruf, der ihm gelegen hätte, würde er sich mittlerweile vermutlich in einer angesehenen Position befinden. Jetzt dürfte es dafür leider zu spät sein.«

Rhoda saß nachdenklich da.

»Hat er denn überhaupt kein Ziel vor Augen?«

»Er behauptet, kein Ziel zu haben. Er hat keine gesellschaftlichen Kontakte. Seine Freunde sind fast ausnahmslos unbedeutende Leute, wie die zwei, von denen er heute abend erzählt hat.«

»Nun ja, was für ein Ziel sollte er auch haben?« fragte Rhoda lachend. »In einem Punkt ist es von Vorteil, eine Frau zu sein. Eine Frau mit Verstand und Willenskraft darf hoffen, sich in der größten Bewegung unserer Zeit auszuzeichnen – der Frauenbewegung. Was aber vermag ein Mann zu tun, es sei denn, er ist ein Genie?«

»Er könnte sich für die Befreiung der Arbeiterklasse einsetzen. Auf diesem Gebiet können die Männer Großes leisten; aber Everard liegt die Arbeiterklasse genausowenig am Herzen wie mir.«

»Ist es nicht genug, selbst frei zu sein?«

»Du meinst, er hat genug damit zu tun, danach zu streben, ein ehrenwerter Mann zu werden?«

»Vielleicht. Ich weiß selbst nicht so genau, was ich meinte.«

Miss Barfoot sann eine Weile nach, dann hellte sich ihre Miene auf.

»Du hast recht. Heutzutage ist es besser, eine Frau zu sein. Wir haben die großartige Möglichkeit, Fortschritte zu machen und Siege zu erringen. Die Männer können nur in materieller Hinsicht voranschreiten. Aber wir – wir gewinnen die Seelen, wir verkünden eine neue Religion, wir läutern die Welt!«

Rhoda nickte dreimal.

»Mein Vetter ist trotz allem in körperlicher und geistiger Hinsicht ein prachtvolles Exemplar von Mann. Aber welch armes, nutzloses Geschöpf im Vergleich zu *dir*, Rhoda! Ich will dir nicht schmeicheln, meine Liebe. Ich sage dir offen, wo deine Fehler und Schwächen liegen. Aber ich bin stolz auf deine wunderbare

Unabhängigkeit, auf deinen Stolz und deine Charakterstärke. Dem Himmel sei dank, daß wir Frauen sind!«

Es war selten, daß Miss Barfoot überschwenglich wurde. Rhoda nickte abermals, und dann mußten sie beide lachen – aus Freude über den Glauben an sich selbst und an ihre Sache.

9. Das pure Vertrauen

Everard Barfoot saß im Lesesaal eines Clubs, in dem er seit kurzem Mitglied war, und überflog in einer Literaturzeitschrift die Rubriken mit den Neuerscheinungen. Sein Blick fiel auf eine Anzeige, die für ihn von persönlichem Interesse war, und er begab sich sogleich an den Schreibtisch, um einen Brief zu verfassen.

»Lieber Micklethwaite, ich bin wieder im Lande und hätte Dir längst schreiben sollen. Wie ich sehe, hast du gerade ein Buch mit dem furchterregenden Titel ›Eine Abhandlung über die Dreieckskoordinaten‹ herausgebracht. Meinen herzlichsten Glückwunsch zur Vollendung eines solchen Werkes; gehörtest Du nicht zu den Uneigennützigsten aller Sterblichen, würde ich der Hoffnung Ausdruck verleihen, es möge dir finanziell etwas einbringen. Ich vermute, es gibt tatsächlich Leute, die solche Werke kaufen. Dir ging es freilich in erster Linie darum, Dir alles von der Seele zu schreiben, was Du über Dreieckskoordinaten weißt. Soll ich Dich in Sheffield besuchen, oder besteht die Möglichkeit, daß Du in den Ferien hierher kommst? Ich habe eine billige, spärlich eingerichtete Wohnung in Bayswater gefunden; der Mann, der sie mir überlassen hat, ist zufällig Ingenieur; er bleibt ungefähr ein Jahr lang zwecks Ausbau des Eisenbahnnetzes in Italien. Ich werde mich voraussichtlich nicht länger als ein halbes Jahr in London aufhalten, aber wir müssen uns unbedingt sehen und über die alten Zeiten reden« etc.

Er adressierte den Brief an eine Schule in Sheffield. Drei Tage später erhielt er eine an die Clubadresse gesandte Antwort.

»Mein lieber Barfoot, – auch ich bin in London; Dein Brief wurde mir von der Schule nachgeschickt, an der ich bis Ostern unterrichtet habe. Ob ich nun uneigennützig bin, sei dahingestellt. Auf jeden Fall kann ich Dir die freudige Mitteilung machen, daß ich eine wesentlich bessere Anstellung gefunden habe. Gib mir Bescheid, wann und wo wir uns treffen können; wenn Du willst, komm hierher zu mir. Ich nehme meinen Dienst erst Ende Oktober auf und genieße derzeit die Freiheit, mich ganz der Mathematik widmen zu können. Ich habe Dir viel zu erzählen. – Mit besten Grüßen,

Dein Thomas Micklethwaite.«

Da Barfoot am Vormittag nichts Bestimmtes vorhatte, machte er sich sofort zu der düsteren Gasse in der Nähe von Primrose Hill auf, in der sein Freund wohnte. Er kam gegen Mittag dort an und traf den Mathematiker erwartungsgemäß in seine Studien vertieft an. Micklethwaite war um die Vierzig, hatte gebeugte Schultern und sah bleich, aber nicht ungesund aus; er hatte einen heiteren Gesichtsausdruck, dickes, struppiges Haar und einen Bart, der ihm bis zur Brust reichte. Everard hatte Micklethwaite vor zehn Jahren kennengelernt, als dieser ihm Privatunterricht in Mathematik gegeben hatte.

Das Zimmer war ein muffiges kleines Hinterzimmer im Erdgeschoß.

»Es ist ruhig, absolut ruhig«, erklärte sein Bewohner, »und mehr brauche ich nicht. Zwei weitere Mieter wohnen im Haus, aber sie gehen jeden Morgen um halb neun zur Arbeit und sind abends um zehn im Bett. Außerdem ist es nur für eine Weile. Ich habe Großes vor – gewaltige Veränderungen! Ich werde Dir nachher alles erzählen.«

Er bestand darauf, zunächst von Barfoot zu hören, wie es ihm ergangen sei, seit sie sich das letzte Mal gesehen hatten. Die beiden waren zwar zweimal jährlich in brieflichen Kontakt getreten, aber Everard schrieb nicht gerne und hatte sich stets kurz gefaßt. Während Micklethwaite zuhörte, nahm er die abenteuerlichsten Sitzpositionen ein, vermutlich weil er nach stundenlanger geistiger Arbeit das Bedürfnis nach körperlicher Bewegung verspürte. Einmal streckte er, auf der Stuhlkante sitzend, mit hochgereckten Armen seinen ganzen Körper; dann zog er die Beine an, stellte die Füße auf die Sitzfläche, umklammerte die Knie und schaukelte vor und zurück, immer heftiger, so daß es danach aussah, als stürze er jeden Augenblick kopfüber zu Boden. Barfoot kannte diese Mätzchen von früher und schenkte ihnen keine Beachtung.

»Und was ist das für eine Stelle, die du da bekommen hast?« fragte er ungeduldig, nachdem er seinen Bericht beendet hatte.

Es handelte sich um die Stelle eines Mathematikdozenten an einem Londoner College.

»Ich werde hundertfünfzig Pfund im Jahr verdienen und außerdem Privatunterricht geben können. Damit dürfte ich auf mindestens zweihundert kommen, und dann habe ich noch etwas anderes in Aussicht, über das ich lieber nicht sprechen will, denn es ist nicht gut, sich zu früh zu freuen. Zweihundert Pfund im Jahr sind für mich eine enorme Verbesserung.«

»Das dürfte für dich mehr als genug sein, würde ich meinen«, erwiderte Everard freundlich.

»Nein ... keineswegs. Ich muß unbedingt noch etwas dazuverdienen.«

»Hört, hört! Woher diese plötzliche Geldgier?«

Der Mathematiker kicherte, auf seinem Stuhl herumschaukelnd, laut und schrill.

»Ich brauche mehr als zweihundert. *Drei*hundert wären nicht schlecht, aber ich nehme alles, was ich kriegen kann.«

»Mein verehrter Herr Tutor, das ist wirklich schamlos. Ich bin hierher gekommen, um einem Philosophen meine Aufwartung zu machen, und finde ein geldgieriges Weltkind vor. Schau mich an! Ich bin ein äußerst anspruchsvoller Mann, in geistiger und körperlicher Hinsicht, und gebe mich trotzdem ohne Murren mit kärglichen vierhundertfünfzig Pfund zufrieden. Du willst doch nicht etwa auf ein höheres Einkommen kommen als ich?«

»Selbstverständlich will ich das! Was sind schon vierhundertfünfzig Pfund? Wenn du ein Mann der Tat wärst, würdest du es verdoppeln oder verdreifachen. Geld ist mir sehr wichtig. Ich möchte *reich* sein!«

»Du bist entweder verrückt geworden, oder du gedenkst zu heiraten.«

Micklethwaite kicherte noch lauter als vorhin.

»Ich habe vor, ein neues Algebra-Buch für den Schulunterricht zu verfassen. Ich denke, ich müßte etwas zustande bringen, das besser ist als die Bücher, die derzeit in Gebrauch sind. Überlege mal! Wenn Micklethwaites Algebra an sämtlichen Schulen eingeführt würde, was würde das für Mick bedeuten? Hunderte von Pfund im Jahr, mein Junge!«

»Ich hätte es nie für möglich gehalten, daß du so vermessen bist.«

»Ich bin dabei, wieder jung zu werden. Besser gesagt, ich bin es zum ersten Mal im Leben. Früher hatte ich nie Zeit dazu. Mit sechzehn begann ich an einer Schule zu unterrichten, und seitdem habe ich nichts anderes getan als geschuftet, sowohl in der Schule als auch privat. Jetzt ist das Glück zu mir gekommen, und ich fühle mich wie fünfundzwanzig. Als ich tatsächlich fünfundzwanzig war, fühlte ich mich wie vierzig.«

»Na gut, aber was hat das mit Geldverdienen zu tun?«

»Nach Micks Algebra käme natürlich Micks Arithmetik, danach Micks Geometrie und Micks Trigonometrie. In zwanzig Jahren dürfte ich auf ein Einkommen von Tausenden von Pfund kommen! Dann höre ich natürlich auf zu unterrichten (besser gesagt, ich gebe meine Professorenstelle auf, denn selbstverständlich dürfte ich bis dahin Professor sein) und widme mich einem großen Werk über die Wahrscheinlichkeitsrechnung. Für so manchen Mann hat das Leben mit sechzig erst richtig angefangen, der schönste Teil des Lebens, meine ich.«

Barfoot war sprachlos. Er wußte, daß sein Freund im Spaß gern übertrieb, doch noch nie zuvor hatte er ihn Überlegungen anstellen hören, wie er mehr Geld verdienen könnte, und offensichtlich handelte es sich hier um mehr als einen bloßen Scherz.

»Habe ich nun recht oder nicht? Du gedenkst zu heiraten?«

Micklethwaite warf einen Blick zur Tür und wisperte: »Ich möchte hier lieber nicht darüber reden. Laß uns etwas essen gehen. Ich lade dich zum Mittagessen ein ... oder zum Lunch, wie du mit deiner vornehmen Ausdrucksweise es wohl nennen würdest.«

»Nein, besser, ich lade dich zum Lunch ein. Gehen wir in meinen Club.«

»So eine Unverschämtheit! Bin ich in mathematischer Hinsicht nicht dein Vater?«

»Sei schön brav, zieh dir eine ordentliche Hose an und kämm dir die Haare. Aha, hier liegt ja dein Erguß über die Dreieckskoordinaten. Ich werde einen Blick hineinwerfen, während du dich zurechtmachst.«

»Im Vorwort ist ein folgenschwerer Druckfehler. Warte, ich zeige dir – «

»Das fällt mir sowieso nicht auf, mein lieber Knabe.«

Micklethwaite gab jedoch keine Ruhe, bis er ihm den Fehler gezeigt und ihm fünf Minuten lang erklärt hatte, welche Fehldeutungen daraus resultierten.

»Wie, glaubst du, habe ich es fertiggebracht, daß dieses Ding veröffentlicht wurde?« fragte er dann. »Der alte Bennet, der Schulleiter von Sheffield, haftet dafür, wenn das Buch nicht binnen zwei Jahren die Herstellungskosten hereingeholt hat. Nett von ihm, nicht wahr? Er drängte mir dieses Angebot regelrecht auf, und ich glaube, er ist stolzer auf das Buch als ich selbst. Es ist wirklich bemerkenswert, wie freundlich die Leute zu einem sind, wenn man Erfolg hat. Ich glaube, es wird viel Unsinn geredet, was den Neid der Menschen anbetrifft. Sobald nämlich bekannt wurde, daß ich diesen Posten in London bekommen hatte, waren alle auf einmal ganz freundlich zu mir. Der alte Bennet war voll der Lobhudelei. ›Natürlich‹, sagte er, ›war mir schon lange klar, daß Sie eine bessere Stelle als diese hier verdient hätten; Ihnen steht ein viel höheres Gehalt zu, als Sie es hier bekommen; wenn es nach *mir* gegangen wäre, hätten Sie schon längst eine Gehaltserhöhung erhalten. Ich freue mich aufrichtig, daß Sie eine Ihren außerordentlichen Fähigkeiten gemäße Stellung gefunden haben.‹ Ja, ich bleibe dabei, die Menschheit ist immer bereit, dir aufrichtig zu gratulieren, wenn man ihr nur Gelegenheit dazu gibt.«

»Sehr liebenswürdig von dir, daß du ihr die Gelegenheit gegeben hast. Aber wie bist du eigentlich an den Posten gekommen?«

»Ach ja, das muß ich dir noch erzählen. Also, vor knapp einem Jahr schickte ich an eine der wissenschaftlichen Zeitschriften einen Kommentar zu einem Beitrag eines hohen Tiers. Es ging um die Wahrscheinlichkeitsrechnung – du würdest die Einzelheiten nicht verstehen. Mein Kommentar wurde gedruckt, und das hohe Tier schrieb mir einen sehr schmeichelhaften Brief. Dieser Schriftwechsel führte schließlich zu meiner Ernennung; das hohe Tier setzte sich für mich ein. Ich muß wirklich sagen, die Welt ist voll von Freundlichkeit.«

»Selbstverständlich. Und wie lange hast du gebraucht, um dieses Büchlein zu schreiben?«

»Oh, nur knappe sieben Jahre – für die eigentliche Niederschrift. Du mußt bedenken, daß ich nie viel Freizeit hatte.«

»Du bist eine gute Seele, Thomas. Nun geh und mach dich für die zivilisierte Gesellschaft zurecht.«

Sie gingen zu Fuß zum Club. Micklethwaite redete über alles mögliche, nur darüber nicht, was seinen Begleiter am meisten interessiert hätte.

»Es gibt im Leben feierliche Dinge«, antwortete er auf eine ungeduldige Frage, »über die man nicht auf der Straße sprechen kann. Laß uns nach dem Essen in deine Wohnung gehen, dort werde ich dir alles erzählen.«

Sie speisten in ausgelassener Stimmung. Der Mathematiker leerte eine Flasche vorzüglichen Weißweins, und den Speisen sprach er ebenfalls tüchtig zu. Seine Augen funkelten vor Glückseligkeit; abermals ließ er sich über die Güte der Menschheit und die bewundernswerte Fügung der Welt aus. Vom Club aus fuhren sie nach Bayswater und machten es sich in Barfoots Wohnung gemütlich. Micklethwaite, eine Zigarre im Mund, legte die Beine auf die Lehne des Sessels, in dem er saß.

»So«, begann er feierlich, »nun kann ich dir endlich sagen, daß deine Vermutung richtig war. Ich werde *tatsächlich* heiraten.«

»Tja«, entgegnete Barfoot, »du bist volljährig, und es ist anzunehmen, daß du weißt, auf was du dich da einläßt.«

»Ja, ich denke schon. Die Geschichte ist nicht sehr aufregend. Ich bin kein romantischer Mensch, und meine zukünftige Frau ist es auch nicht. Aber stell dir vor, ich habe mich verliebt, als ich dreiundzwanzig war. Das hättest du mir nie zugetraut, oder?«

»Warum nicht?«

»Nun ja, ich verliebte mich also. Bei der Dame handelte es sich um eine Pfarrerstochter aus Hereford – dem gleichen Ort, in dem ich als Schulmeister tätig war; sie unterrichtete dort an einer Grundschule und war genauso alt wie ich. Tja, und das Erstaunliche war, daß sie mich ebenfalls sympathisch fand, und als ich die Unverschämtheit besaß, ihr meine Gefühle zu gestehen, wies sie mich nicht ab.«

»Unverschämtheit? Warum Unverschämtheit?«

»Warum? Weil ich nicht einen Pfifferling besaß. Ich wohnte im Schulhaus und erhielt ein Gehalt von dreißig Pfund, wovon die Hälfte für die Unterstützung meiner Mutter abging. Kann man sich etwas Schändlicheres vorstellen? Bestand für mich auch nur die geringste Aussicht, jemals heiraten zu können?«

»Ja, ich muß gestehen, das war sehr schändlich von dir.«

»Diese Dame – fast schon ein Engel – erklärte, daß es ihr nichts ausmache zu warten. Sie glaubte an mich und vertraute darauf, daß ich es zu etwas bringen würde. Ihr Vater – die Mutter lebte nicht mehr – gab sein Einverständnis zu unserer Verlobung. Sie hatte drei Schwestern; eine von ihnen war Gouvernante, eine andere führte den Haushalt, und die dritte war blind. Lauter prächtige Menschen. Ich verbrachte jede freie Minute bei ihnen, und sie machten viel Aufhebens um mich. Ich bereue das jetzt, denn in diesen wenigen freien Stunden hätte ich besser wie ein Sklave schuften sollen.«

»Das hättest du, eindeutig.«

»Glücklicherweise wechselte ich dann an eine Schule in Gloucester, wo ich fünfunddreißig Pfund verdiente. Wie königlich wir uns über diese zusätzlichen fünf Pfund freuten! Aber ich will mich kurzfassen, denn wenn ich dir sämtliche Einzelheiten erzählte, würde ich bis morgen früh brauchen. Sieben Jahre vergingen; wir waren dreißig, und noch immer bestand keine Aussicht, daß wir heiraten könnten. Ich hatte ziemlich hart gearbeitet; hatte in London promoviert; aber ich hatte keinen Pfennig sparen können, sondern alles, was übrigblieb, meiner Mutter geschickt. Auf einmal wurde mir klar, daß ich kein Recht hatte, an der Verlobung festzuhalten. An meinem dreißigsten Geburtstag schrieb ich Fanny – so heißt sie – einen Brief und bat sie, die Verlobung zu lösen. Sag, hättest du das an meiner Stelle nicht auch getan?«

»Also, ehrlich gesagt, habe ich zu wenig Phantasie, um mich in eine solche Lage hineinzuversetzen. Ich müßte mich jedenfalls außerordentlich anstrengen.«

»War mein Verhalten beleidigend?«

»Hat die Dame es dir übel genommen?«

»Nicht in dem Sinne, daß sie beleidigt gewesen wäre. Aber sie sagte, es habe ihr sehr weh getan. Sie forderte mich auf, *mich* als frei zu betrachten. Sie würde mir treu bleiben, und falls ich es mir irgendwann anders überlegen sollte ... obwohl seitdem so viele Jahre vergangen sind, kann ich noch immer nicht darüber reden, ohne daß mir die Stimme zu versagen droht. Ich kam mir unverschämter vor denn je. Ich dachte, das beste wäre es, wenn ich mich umbrächte, und machte mir sogar Gedanken darüber, auf welche Weise ich das tun würde – ja wirklich. Aber dann beschlossen wir, unsere Verlobung doch nicht zu lösen.«

»Selbstverständlich.«

»Du findest das normal? Wie dem auch sei, die Verlobung dauert bis heute an. Vor einem Monat bin ich vierzig geworden, also warten wir nunmehr seit siebzehn Jahren.«

Micklethwaite schwieg einen Moment lang ergriffen.

»Zwei von Fannys Schwestern sind gestorben; sie haben nie geheiratet. Fanny kümmert sich schon seit langem um ihre blinde Schwester, und sie wird nach unserer Heirat bei uns wohnen. Vor langer, langer Zeit hatten wir beide den Gedanken an eine Heirat aufgegeben. Ich habe nie einem anderen von meiner Verlobung erzählt; es war einfach zu absurd, aber auch zu heilig.«

Das Lächeln verschwand von Everards Gesicht, und er saß nachdenklich da.

»Na, und wann gedenkst *du* zu heiraten?« rief Micklethwaite, nun wieder fröhlich, aus.

»Vermutlich nie.«

»Dann vernachlässigst du meines Erachtens eine ernste Pflicht. Ja. Es ist die Pflicht eines jeden Mannes, der über ein ausreichendes Einkommen verfügt, eine Ehefrau zu versorgen. Ledige Frauen führen ein elendes Leben; jeder Mann, der dazu in der Lage ist, sollte eine von ihnen vor diesem Schicksal bewahren.«

»Ich wünschte, meine Kusine Mary und ihre Freundinnen könnten dich hören. Sie würden dich mit Hohn und Spott überschütten.«

»Nicht mit echtem Hohn, davon bin ich überzeugt. Freilich habe ich von dieser Art Frauen gehört. Erzähl mir etwas von ihnen.«

Barfoot legte ihm daraufhin in aller Ausführlichkeit seine Ansichten dar. »Ich bewundere deine altmodische Geisteshaltung, Micklethwaite. Sie paßt gut zu dir, und du bist ein guter Kerl. Aber ich persönlich halte mehr von der neuen Idee, daß nämlich die Frauen nicht anders über die Ehe denken sollten als die Männer – ich meine, daß sie nicht mit dem Gedanken aufwachsen sollten, heiraten zu müssen, um nicht als Versagerinnen zu gelten. Meine persönlichen Ansichten sind vielleicht ziemlich extrem; genaugenommen halte ich vom Heiraten überhaupt nichts. Und ich habe nicht diesen Respekt vor der Frau wie du; du bist ein Vertreter der alten Schule; und ich – nun ja, vielleicht habe ich einfach nur ungewöhnliche Erfahrungen gemacht, aber das glaube ich eigentlich nicht. Weißt du übrigens, daß meine Verwandten mich für einen Schurken halten?«

»Du meinst die Sache, von der du mir vor einigen Jahren erzählt hast?«

»Ja, genau. Ich hätte jetzt große Lust, dir die wahre Geschichte zu erzählen; damals war mir das egal. Ich ließ mich widerspruchslos als Schurke beschimpfen. Meine Kusine wird mir nie verzeihen, auch wenn sie jetzt wieder ganz freundlich tut. Ich habe den Verdacht, daß sie ihrer Freundin, Miss Nunn, alles über mich erzählt hat. Vielleicht, um Miss Nunn vor mir zu warnen – weiß der Himmel!« Er lachte vergnügt.

»Miss Nunn dürfte es wohl kaum nötig haben, vor dir geschützt zu werden.«

»Als ich dort war, ging mir ein seltsamer Gedanke durch den Kopf.« Everard legte den Kopf in den Nacken und saß mit halbgeschlossenen Augen da. »Ich möchte wetten, daß Miss Nunn glaubt, gegen jede Art von Umwerbung gefeit zu sein. Sie ist eine dieser ganz von ihrer Sache überzeugten Frauen; sie dürfte für jedes junge Mädchen in ihrem Institut, das sich auch nur mit dem leisesten Gedanken an eine Heirat trägt, ein Alptraum sein. Aber für einen Mann meines Schlags stellt sie eine ziemliche Herausforderung dar. Es würde mich reizen, Miss Nunn leidenschaftlich den Hof zu machen, nur um ihre Aufrichtigkeit auf die Probe zu stellen.«

Micklethwaite schüttelte den Kopf. »Das ist unter deiner Würde, Barfoot. So etwas würdest du doch niemals tun.«

»Aber solche Frauen fordern einen doch geradezu heraus. Wenn sie reich wäre, hätte ich vermutlich nicht die geringsten Skrupel.«

»Du scheinst davon auszugehen«, sagte der Mathematiker belustigt, »daß die Dame deinen ... deinen Werbungen nachgeben würde.«

»Ich gestehe, daß die Frauen mich in dieser Hinsicht ziemlich verwöhnt haben. Aber ich nehme es ziemlich übel, wenn man mir mangelnden Respekt vor den Frauen vorwirft. Ich bin das Opfer dieser grundlosen Ehrfurcht vor den Frauen geworden. Du sollst jetzt die Geschichte hören; und sei dir dabei bewußt, daß du der einzige bist, dem ich sie je erzählt habe. Ich habe nie versucht, mich zu verteidigen, als ich von allen Seiten beschimpft wurde. Das wäre vermutlich ohnehin sinnlos gewesen; und mit Sicherheit hätte es alles nur noch schlimmer gemacht. Vielleicht sollte ich meiner Kusine eines Tages die Wahrheit erzählen; das würde ihr guttun.«

Micklethwaite sah ihn zweifelnd, aber gespannt an.

»Nun denn – ich war damals im Sommer bei Freunden unserer Familie zu Besuch, in einem kleinen Dorf namens Upchurch, das an einer Nebenlinie von Oxford liegt. Es handelte sich um wohlhabende Leute – Goodall hießen sie –, und sie hatten es sich zum Ziel gesetzt, der Menschheit Gutes zu tun. Mrs. Goodall hatte ständig eine große Zahl von Mädchen aus Upchurch in ihrem Haus, sowohl aus der Mittelschicht als auch aus der Unterschicht. Sie glaubte, daß sie einander erziehen und voneinander lernen könnten und daß beide Schichten dadurch von einem neuen Geist beseelt würden. Meine Kusine Mary war damals ebenfalls dort zu Besuch. Sie hatte keine so weltfremden Ansichten wie Mrs. Goodall, zeigte sich an dem Ganzen aber sehr interessiert.

Naja, und eines dieser Mädchen, die dabeiwaren, sich zu vergeistigen, hieß Amy Drake. Es war reiner Zufall, daß ich sie kennenlernte; sie bediente in einem Laden, in dem ich mir zwei- oder dreimal eine Zeitung kaufte; wir kamen ein wenig ins Gespräch – ich versichere dir, daß ich mich absolut korrekt verhielt –, und sie wußte, daß ich mit den Goodalls befreundet war. Das Mädchen hatte beide Eltern verloren und war im Begriff, zu einer verheirateten Schwester nach London zu ziehen.

Zufällig fuhr dieses Mädchen mit dem gleichen Zug nach London, den auch ich nahm, als mein Besuch zu Ende war, und zwar ohne Begleitung. Ich sah sie in Upchurch am Bahnhof, aber wir sprachen nicht miteinander, und ich suchte mir einen Platz im Raucherabteil. In Oxford mußten wir umsteigen, und während ich dort auf dem Bahnsteig auf und ab ging, stellte Amy sich mir in den Weg, so daß ich gezwungen war, mit ihr zu reden. Dieses Verhalten fand ich recht ungehörig, und ich fragte mich, was Mrs. Goodall wohl dazu sagen würde. Aber vielleicht war das nur ein Zeichen des ungezwungenen Umgangs zwischen Mann und Frau. Wie dem auch sei, Amy überredete mich, mich ins gleiche Abteil zu setzen wie sie, und wir saßen bis London ganz allein darin. Du kannst dir denken, wie die Sache ausging. Wir stiegen gemeinsam im Bahnhof Paddington aus, und erst am Abend traf sie bei ihrer Schwester ein.

Ich hoffe doch sehr, daß ich davon ausgehen kann, daß du mir Glauben schenkst. Bei Miss Drake handelte es sich keineswegs um die vergeistigte junge Person, für die Mrs. Goodall sie hielt oder zu der sie sie gemacht zu haben hoffte; sie war schlicht und einfach ein erfahrenes, verkommenes Subjekt. Das, wirst du sagen, rechtfertigt nicht, daß ich mich ebenfalls wie ein Schurke verhielt. Nein; aus moralischer Sicht war es verwerflich, was ich tat. Aber ich hatte gar nicht das Bedürfnis, mich als Moralapostel aufzuspielen, und es war zuviel von mir verlangt, die junge Frau zurechtzuweisen und ihr eine Strafpredigt zu halten. Das siehst du doch wohl ein, oder?«

Der Mathematiker runzelte die Stirn, nickte aber zustimmend.

»Amy war nicht nur verkommen, sondern auch gemein. Sie denunzierte mich bei den Leuten in Upchurch, was sie, da bin ich mir vollkommen sicher, von Anfang an im Sinn gehabt hatte. Stell dir die Empörung vor. Ich hatte ein ungeheuerliches Verbrechen begangen – hatte eine unschuldiges Mädchen verführt, hatte die Gastfreundschaft mißbraucht – und so weiter. Für Amy hatte die Sache unangenehme Folgen. Natürlich müsse ich das Mädchen sofort heiraten, hieß es. Aber selbstverständlich war ich fest entschlossen, nichts dergleichen zu tun. Aus den bereits genannten Gründen ließ ich den Sturm widerspruchslos über mich ergehen. Klar, ich war ein Idiot gewesen, da war nichts mehr daran zu ändern. Niemand hätte mir geglaubt, wenn ich mich verteidigt hätte – niemand hätte die Wahrheit als Entschuldigung gelten lassen. Von allen Seiten fielen sie über mich her. Und als kurz darauf mein Vater sein Testament machte und starb, war eindeutig diese Sache der Grund, warum er mich mit dieser kleinen Leibrente abspeiste. Meine Kusine Mary erhielt einen Großteil des Geldes, das eigentlich mir zugestanden hätte. Kurz vor besagtem Vorfall war die Beziehung zwischen dem alten Herrn und mir besser gewesen denn je; in dem Testament, das er zerriß, hatte er mich sicherlich großzügiger bedacht gehabt.«

»Tja«, sagte Micklethwaite, »daß es ehrlose Frauen gibt, ist nichts Neues. Das sollte deine Meinung über die Frauen im allgemeinen allerdings nicht beeinflussen. Was wurde dann aus dem Mädchen?«

»Ich zahlte ihr anderthalb Jahre lang eine kleine Unterstützung. Dann starb ihr Kind, und ich stellte die Zahlungen ein. Seitdem habe ich nichts mehr von ihr gehört. Vermutlich hat sie einen anderen dazu verleitet, sie zu heiraten.«

»Tja, Barfoot«, sagte Micklethwaite, auf seinem Sessel hin und her schaukelnd, »meine Meinung bleibt unverändert. Du bist verpflichtet, dein Einkommen mit einer achtbaren Frau zu teilen. Beeile dich mit der Suche. Das wird besser für dich sein.«

»Glaubst du etwa«, fragte Everard mit einem milden Lächeln, »daß ich es mir bei einem Jahreseinkommen von vierhundertundfünfzig Pfund leisten kann zu heiraten?«

»Meine Güte! Warum denn nicht?«

»Völlig unmöglich. Eine Ehefrau wäre unter Umständen annehmbar, aber eine Ehe in Armut ... also, dafür kenne ich mich und die Welt zu gut.«

»Armut!« rief der Mathematiker. »Vierhundertfünfzig Pfund!«

»Bittere Armut – für verheiratete Leute.«

Micklethwaite hob zu einer Protestrede an, während Everard dasaß und ihm zuhörte, ein ironisches Lächeln auf den Lippen.

10. Erste Grundsätze

Nachdem Everard Barfoot genau eine Woche hatte verstreichen lassen, machte er von der Erlaubnis seiner Kusine Gebrauch und ging sie um neun Uhr abends besuchen. Miss Barfoot pflegte um sieben Uhr zu Abend zu essen; wenn Rhoda und sie allein waren, saßen die beiden selten länger als eine halbe Stunde am Tisch, und im Sommer machten sie bei Sonnenuntergang häufig einen gemeinsamen Spaziergang am Fluß entlang. Als Everard an diesem Abend an der Tür läutete, waren sie gerade seit ein paar Minuten zurück. Miss Barfoot (die beiden wollten eben die Bibliothek betreten) sah ihre Freundin schmunzelnd an.

»Es sollte mich nicht wundern, wenn das der junge Mann ist. Sehr schmeichelhaft, wenn er so bald wiederkommt.«

Der Besucher war in heiterer Stimmung und wurde ebenso heiter empfangen. Es fiel ihm sofort auf, daß Miss Nunn bedeutend freundlicher wirkte als vor einer Woche; sie lächelte offen und liebenswürdig; ihre Sitzhaltung war nicht so steif und abweisend, und sie reagierte nicht gleich gereizt auf eine spaßhafte Bemerkung.

»Einer der Gründe für mein heutiges Kommen«, erklärte Everard, an seine Kusine gewandt, »ist der, daß ich dir eine ungewöhnliche Geschichte erzählen wollte. Sie hängt mit unserem Gespräch über die unglücklichen Ehen jener zwei Freunde von mir zusammen. Erinnerst du dich an den Namen Micklethwaite – ein Mann, der früher einmal Mathematik mit mir paukte? Er gedenkt in Kürze zu heiraten, und das, nachdem er seit gerade mal siebzehn Jahren verlobt ist.«

»Der weiseste deiner Freunde, würde ich sagen.«

»Ein Prachtskerl. Er ist vierzig, und die Dame ebenfalls. Ein Beispiel erstaunlicher Beständigkeit.«

»Und wie wird die Sache aller Wahrscheinlichkeit nach ausgehen?«

»Das kann ich nicht beurteilen, denn ich kenne die Dame nicht. Aber«, fügte er mit gespieltem Ernst hinzu, »ich halte es für wahrscheinlich, daß die beiden sich recht gut kennen. Nur die nackte Armut hat sie bisher daran gehindert zu heiraten. Schlimm, nicht wahr? Meiner Ansicht nach müßte in Fällen, wo eine Verlobung seit zehn Jahren andauert, und eine Heirat aus finanziellen Gründen nicht möglich ist, der Mann auf irgendeine Weise und seinem gesellschaftlichen Rang entsprechend vom Staat unterstützt werden. Wenn man genauer darüber nachdenkt, beinhaltet diese Idee ein ganzes sozialistisches System.«

»Wenn«, ergänzte Rhoda, »zunächst einmal die Bestimmung erlassen würde, daß eine Ehe generell erst *nach* einer zehnjährigen Verlobungszeit geschlossen werden darf.«

»Ja«, pflichtete Barfoot ihr in sanftem und würdevollem Tonfall bei. »Damit wäre das System perfekt. Es sei denn, Sie möchten noch den Passus dazusetzen, daß eine Verlobung nur nach Ablegung einer bestimmten Prüfung eingegangen werden darf, so etwas Ähnliches wie eine Universitätsprüfung beispielsweise.«

»Ausgezeichnet; und keine Heirat, wenn nicht beide das ganze Jahrzehnt hindurch in einem staatlich anerkannten Beruf ihren Lebensunterhalt verdient haben.«

»Wie sähe es diesbezüglich bei Mr. Micklethwaites Verlobter aus?« fragte Miss Barfoot.

»Soweit ich weiß, verdient sie sich ihren Unterhalt als Lehrerin.«

»Typisch!« rief seine Kusine aufgebracht aus. »Und ich möchte wetten, daß sie ihren Beruf haßt. Das übliche Elend, oder?«

»Es muß schließlich jemanden geben, der den Kindern Lesen und Schreiben beibringt.«

»Ja; aber das müssen Leute sein, die für diese Aufgabe gründlich ausgebildet worden sind und denen der Beruf Freude bereitet. Diese Dame mag eine Ausnahme sein; aber ich stelle sie mir vor, wie sie seit Jahrzehnten einer ungeliebten Tätigkeit nachgeht, sehnsüchtig auf den Tag wartend, da der arme Mr. Micklethwaite imstande ist, ihr ein Heim zu bieten. Das ist die normale Lehrerin, und solche wie diese darf es zukünftig nicht mehr geben.«

»Wie willst du das erreichen?« erkundigte Everard sich liebenswürdig. »Ein Mann arbeitet normalerweise, damit er es sich einmal leisten kann zu heiraten, und eine Frau dürfte normalerweise das gleiche Ziel vor Augen haben. Soll man Lehrerinnen zur Ehelosigkeit verpflichten?«

»Keineswegs. Aber für die Mädchen sollte es genauso selbstverständlich werden, daß sie einen Beruf erlernen, wie das bei den Jungen der Fall ist. Weil sie keinen Beruf erlernt haben, verdingen sie sich, wenn sie in Not geraten, alle als Lehrerinnen. Sie übernehmen eine der schwierigsten und anstrengendsten Tätigkeiten, als wäre sie so einfach wie Geschirrspülen. Wir können auf keine andere Weise Geld verdienen, aber wir können Kinder unterrichten! Ein Mann wird nur dann Schul- oder Hauslehrer, wenn er sich ernsthaft auf diese Aufgabe vorbereitet hat – freilich ist auch das alles andere als hinreichend, aber zumindest eine bewußte Vorbereitung; und es sind vergleichsweise wenig Männer, die diesen Beruf wählen. Frauen müssen die gleichen Wahlmöglichkeiten haben wie sie.«

»Das ist einleuchtend, Mary. Aber bedenke, daß ein Mann, der einen Beruf wählt, ihn für das ganze Leben wählt. Ein Mädchen muß immer daran denken, daß ihre Aufgabe sich in dem Augenblick ändert, da sie heiratet. Die alte Tätigkeit wird an den Nagel gehängt – folglich war alles vergebens.«

»Nein. Keineswegs vergebens! Das ist genau der Punkt, auf den es mir ankommt. Es ist alles andere als vergebens, denn es hat eine gänzlich andere Frau aus ihr gemacht, als sie es ohne Ausbildung gewesen wäre. Statt einer antriebslosen, oberflächlichen Kreatur in einer – wie es meistens der Fall ist – äußerst schlechten geistigen Verfassung ist sie ein vollwertiger Mensch. Sie ist dem Mann ebenbürtig. Er kann sie nicht verachten, so wie er es jetzt tut.«

»Sehr gut«, pflichtete Everard ihr bei und bemerkte dabei, daß Miss Nunn zufrieden lächelte. »Ich finde diese Auffassung sehr gut. Aber was ist mit den unzähligen Mädchen, die von häuslichen Pflichten in Anspruch genommen werden? Überläßt du sie mit einem ohnmächtigen Seufzer ihrer Antriebslosigkeit, Oberflächlichkeit und schlechten Geistesverfassung?«

»Es ist überhaupt nicht notwendig, daß so viele ledige Frauen von solchen Pflichten in Anspruch genommen werden. Die meisten von ihnen tun das keineswegs, weil sie dazu verpflichtet wären, sie werkeln nur deshalb im Haus herum, weil sie nichts Besseres zu tun haben. Wenn aber die Mädchen ganz anders erzogen werden, wenn es als selbstverständlich angesehen wird, daß sie einmal eine Berufsausbildung machen, dann werden jene, die wirklich gezwungen sind, zu Hause zu bleiben, ihre Aufgaben in einem ganz anderen Geist erfüllen. Die Hausarbeit wird für sie eine ernsthafte Tätigkeit sein und keine lästige Plackerei oder etwas, womit sie die Zeit totschlagen, bis jemand um ihre Hand anhält. Wenn es nach mir ginge, müßte jedes Mädchen, egal wie reich die Eltern sind, eine Berufsausbildung machen. Dann gäbe es nicht diese Schicht von Frauen, die gezwungen ist, sich jeden Tag aufs neue Unterhaltung zu suchen.«

»Auch keine solchen Männer natürlich«, warf Everard ein und strich sich dabei über den Bart.

»Auch keine solchen Männer, Everard.«

»Sehen Sie die Sache genauso, Miss Nunn?«

»O ja. Und ich gehe noch weiter. Wenn es nach mir ginge, würde den Mädchen erklärt, daß eine Ehe etwas ist, das man besser meidet als erhofft. Ich würde ihnen klarmachen, daß eine Heirat bei den meisten Frauen einer Erniedrigung gleichkommt.«

»Aha! Also das müssen Sie mir näher erklären. Warum bedeutet es eine Erniedrigung?«

»Weil die meisten Männer kein Gefühl für Anstand und Würde haben. Ehelich an sie gebunden zu sein, bedeutet Elend und Schmach.«

Everard senkte die Augenlider und schwieg einen Augenblick.

»Und Sie glauben allen Ernstes, den Charakter der Männer verbessern zu können, indem Sie so viele Frauen wie möglich davon abbringen zu heiraten?«

»Ich erwarte keine raschen Ergebnisse, Mr. Barfoot. Von den heute lebenden Frauen würde ich gerne so viele wie möglich vor einem ehrlosen Leben bewahren; aber in erster Linie haben wir mit unserer Arbeit die Zukunft im Auge. Wenn *alle* Frauen, gleichgültig aus welcher Schicht, lernen, was Selbstachtung ist, werden die Männer sie in einem anderen Licht sehen, und dann kann die Ehe für beide achtbar sein.«

Everard schwieg abermals, diesmal offenbar beeindruckt.

»Laßt uns diese Diskussion ein andermal fortführen«, unterbrach Miss Barfoot sie fröhlich. »Everard, warst du schon einmal in Somerset?«

»Bin noch nie in diesem Teil Englands gewesen.«

»Miss Nunn beabsichtigt ihren Urlaub in Cheddar zu verbringen, und wir haben uns vorhin einige Fotos angeschaut, die ihr Bruder von dieser Gegend gemacht hat.«

Sie reichte ihm ein auf dem Tisch liegendes Fotoalbum, und Everard blätterte es interessiert durch. Die Aufnahmen waren eindeutig von einem Amateur gemacht, aber im großen und ganzen nicht schlecht. Die Cheddar Cliffs waren aus verschiedenen Perspektiven aufgenommen worden.

»Ich wußte gar nicht, daß die Landschaft dort so schön ist. In meiner Vorstellung hat der Cheddarkäse die Hügel vollkommen überragt. Das hier sieht fast aus, als wäre es in Cumberland oder im schottischen Hochland.«

»Dort habe ich als Kind gespielt«, sagte Rhoda.

»Sie sind in Cheddar geboren?«

»Nein, in Axbridge, einer kleinen Ortschaft ganz in der Nähe. Aber in Cheddar wohnte ein Onkel von mir, bei dem ich häufig zu Besuch gewesen bin. Er war Bauer. Mein Bruder hat seinen Hof übernommen.«

»Axbridge? Hier ist ein Foto vom Marktplatz. Welch hübsches altes Städtchen!«

»Eines der verschlafensten Nester Englands, würde ich sagen. Es hat inzwischen Bahnanschluß, aber dadurch hat sich nicht das geringste verändert. Keiner, der ein Haus abreißt oder eines baut; keiner, der einen neuen Laden eröffnet; keiner, der sein Geschäft zu vergrößern gedenkt. Ein herrlicher Ort!«

»So etwas gefällt Ihnen doch nicht etwa, Miss Nunn?«

»O doch – im Urlaub schon. Ich werde dort zwei Wochen lang ausspannen und keine Minute an das sogenannte ›neunzehnte Jahrhundert‹ denken.«

»Ist das die Möglichkeit! In dieser schönen alten Kirche wird eine erniedrigende Trauung stattfinden, und Sie werden bei dem Anblick außer sich sein vor Wut.«

Rhoda lachte amüsiert.

»Oh, das wird eine Bilderbuchhochzeit sein! Vielleicht kannte ich die Braut schon, als sie noch ein kleines Mädchen war; ich werde ihr einen Kuß geben und ihre rosigen Wangen tätscheln und ihr Glück wünschen. Und der Bräutigam wird einer von diesen gutmütigen Dorftrotteln sein, die weder ein *f* noch ein *s* aussprechen können. Gegen eine solche Heirat habe ich nicht das geringste einzuwenden!«

Die beiden anderen blickten sie an – Miss Barfoot mit einem gütigen Lächeln, Everard mit einem zunächst verwunderten und forschenden, dann amüsierten Blick.

»Ich muß mir diese Gegend irgendwann einmal ansehen«, sagte er.

Kurze Zeit später brach er auf, aber nur, weil er befürchtete, den Damen lästig zu werden, wenn er zu lange bliebe.

Eine Woche später machte Barfoot sich am Abend aufs neue zu dem Haus in der Queen's Road auf. Zu seinem großen Leidwesen erfuhr er, daß Miss Barfoot nicht zu Hause war; sie hatte zwar daheim zu Abend gegessen, war aber anschließend ausgegangen. Er wagte nicht, nach Miss Nunn zu fragen und wollte gerade enttäuscht kehrtmachen, als Rhoda, von einem Spaziergang zurückkehrend, auf die Haustür zukam. Sie reichte ihm mit ernster, aber freundlicher Miene die Hand.

»Es tut mir leid, aber Miss Barfoot macht einen Krankenbesuch bei einer unserer Schülerinnen. Sie dürfte allerdings bald zurück sein. Möchten Sie hereinkommen?«

»Gern. Ich hatte mich fest auf eine kleine Unterhaltung eingestellt.«

Rhoda führte ihn in den Salon, entschuldigte sich für einen Moment und kehrte in ihrer normalen Abendkleidung zurück. Barfoot bemerkte, daß ihr Haar viel vorteilhafter frisiert war als an dem Abend, als er sie zum ersten Mal gesehen hatte; das war es zwar schon bei seinem letzten Besuch gewesen, aber aus irgendeinem Grund fiel ihm das heute abend besonders ins Auge. Er musterte sie von Zeit zu Zeit unauffällig von Kopf bis Fuß. Everard war nichts Weibliches fremd; Frauen in ihrer charakterlichen Eigentümlichkeit interessierten ihn außerordentlich. Und dieses Exemplar ihres Geschlechts hatte seine Neugier in anderer Hinsicht als gewöhnlich erregt. Sein Interesse an ihr war rein geistiger Art; er fand sie nicht körperlich anziehend, sondern es reizte ihn, tiefer in sie hineinzublicken, die Aufrichtigkeit ihrer erklärten Motive zu prüfen, ihre Denkweise zu ergründen und ihren Entwicklungsprozeß zu verstehen. Bislang hatte er noch nie Gelegenheit gehabt, diesen Typ Frau zu studieren. Seine Kusine war nämlich ganz anders als sie; er hielt sie aus reiner Gewohnheit für alt, während man von Miss Nunn trotz ihrer dreißig Jahre wahrlich nicht sagen konnte, sie hätte die Jugend hinter sich.

Ihm gefiel, daß sie mit ihm wie mit ihresgleichen verkehrte; sie setzte sich so selbstverständlich mit ihm in den Salon, wie es ein männlicher Bekannter getan hätte, und er war überzeugt, daß ihr Verhalten in jeder Lebenslage unverändert bliebe. Ihn entzückte ihre Offenheit; er bezweifelte, daß es irgendein Thema gab, das sie für zu unschicklich hielt, um zwischen reifen und ernsthaften Menschen darüber zu diskutieren. Das mochte teilweise daran liegen, daß sie sich gleichmütig darüber im klaren war, keine Schönheit zu sein. Nein, schön war sie nicht; aber das hatte er nicht einmal bei ihrer ersten Begegnung als Mangel empfunden. Als er sie genauer betrachtete, erkannte er, wie ausdrucksvoll ihre Gesichtszüge waren. Die hohe Stirn mit der kleinen, Intelligenz signalisierenden Wölbung; die geraden, kräftigen Augenbrauen, zwischen denen sich meist tiefe senkrechte

Falten abzeichneten; die haselnußbraunen Augen mit den langen Wimpern; die schmale, schöngeformte Nase mit dem hohen Nasenrücken; der intelligente Mund, dessen Unterlippe, im Profil gesehen, leicht vorstand; das kräftige, energische Kinn; der schön geschwungene Hals – all das war doch im Grunde als schön zu bezeichnen. Der Kopf hätte ein gutes Modell für eine Skulptur abgegeben. Und sie hatte eine gute Figur. Er musterte ihre kräftigen Handgelenke und die feinen Adern, die durch die weißen Hände hindurchschimmerten. Sie schien von robuster Konstitution zu sein; sie hatte schöne Zähne und eine gesunde, bräunliche Gesichtsfarbe.

Im Zusammenhang mit dem kranken Mädchen, das Miss Barfoot gerade besuchte, kam Everard wieder auf das Thema ihrer letzten Unterhaltung zu sprechen. »Gibt es an Ihrem Institut bestimmte Vorschriften, Regeln und so weiter?«

»O nein; nichts dergleichen.«

»Aber Sie wählen die Mädchen aus, die Sie unterrichten oder einstellen?«

»Sehr sorgfältig.«

»Ich würde sie alle zu gerne einmal sehen! – Ich meine«, fügte er lachend hinzu, »das wäre doch äußerst interessant. Um die Wahrheit zu sagen, ich stimme in vielem mit dem überein, was Sie neulich über Frauen und die Ehe gesagt haben. Wir sehen die Sache zwar aus verschiedenen Blickwinkeln, aber unsere Ziele sind die gleichen.«

Rhoda zog die Augenbrauen hoch und fragte gelassen: »Meinen Sie das ernst?«

»Absolut. Sie sind ganz von Ihrer augenblicklichen Arbeit in Anspruch genommen, nämlich der, Geist und Charakter der Frauen zu stärken; um das Endergebnis können Sie sich nicht groß kümmern. Für mich hingegen ist gerade das von eigentlichem Interesse. Meiner Ansicht nach setzen Sie sich für das Glück der Männer ein.«

»Was Sie nicht sagen«, entfuhr es Rhoda mit spöttisch verzogenem Mund.

»Bitte mißverstehen Sie mich nicht. Ich meine das nicht etwa zynisch oder herablassend. Was den Frauen nützt, nützt auch den Männern. Sie beklagen, daß die meisten Männer keinen Anstand haben; das steht jedoch in direktem Zusammenhang mit der Unehrenhaftigkeit der Frauen. Denken Sie einmal darüber nach, und Sie werden mir recht geben.«

»Ich verstehe, was Sie meinen. Daran sind die Männer selbst schuld.«

»Gewiß. Wie ich sagte, bin ich auf Ihrer Seite. Unsere Zivilisation ist in diesem Punkt leider schon immer sehr rückständig gewesen. Die Männer selbst haben dafür gesorgt, daß die Frauen auf einer unzivilisierten Entwicklungsstufe bleiben, und beschweren sich dann darüber, daß sie unzivilisiert sind. Genauso wie die Gesellschaft die Herausbildung einer Klasse von Verbrechern fördert und sich dann aufregt, daß es Verbrecher gibt. Aber wie Sie sehen, bin ich einer dieser Männer, noch dazu einer mit wenig Geduld. Die meisten Frauen, die ich so sehe, sind so verachtenswert, daß ich in meiner Ungeduld ausfällig werde. Versetzen Sie sich einmal in die Lage eines Mannes. Nehmen wir einmal an, daß etwa eine Million von uns sehr intelligent und hochgebildet ist. Tja, aber Frauen mit entsprechendem Bildungsniveau gibt es vielleicht ein paar tausende. Die überwiegende Mehrheit der Männer muß eine Ehe eingehen, die von vorneherein zum Scheitern verurteilt ist. Wir verlieben uns, zugegeben; aber machen wir uns hinsichtlich der Zukunft wirklich etwas vor? Wenn der Mann sehr jung ist, vielleicht; wir kennen doch diese Fälle, wo ein Grünschnabel ganz versessen darauf ist, ein Mädchen aus der Arbeiterschicht zu heiraten – nichts weiter als ein Klumpen menschlichen Fleisches. Aber die meisten von uns sind sich darüber im klaren, daß die Heirat eine Notlösung darstellt. Anfangs sind wir darüber betrübt; dann werden wir zynisch und scheren uns nicht mehr um die Moral.«

»Und machen alles nur noch schlimmer, statt sich zu bemühen, es zu verbessern.«

»Ja, aber das ist nun einmal die menschliche Natur. Ich schildere hier nur, wie es dem Mann von durchschnittlicher Intelligenz ergeht. Wahrscheinlich – so widersinnig sind unsere gesellschaftlichen Konventionen – hat das noch nie ein Mann offen zugegeben. Es ist die reine Wahrheit, wenn ich Ihnen sage, daß mehr als die Hälfte dieser Männer ihre Frauen zutiefst verachten. Sie tun alles Erdenkliche, um ihnen so viele Stunden wie möglich aus dem Weg gehen zu können. Wenn sie es sich leisten könnten, würden sehr viele Männer ihre Frauen verlassen.«

Rhoda lachte. »Bedauern Sie, daß sie es nicht tun?«

»Ich würde eher sagen, daß ich es billige, wenn dadurch niemand leiden muß. Nehmen wir meinen Freund Orchard. Für ihn gab es nur zwei Alternativen: seine unausstehliche Frau zu verlassen oder sich umzubringen. Glücklicherweise war er in der Lage, für ihren und der Kinder Unterhalt zu sorgen, und er hatte die Kraft, sich loszureißen. Wenn er sie hätte verhungern lassen, hätte ich das zwar *verstanden*, hätte es aber nicht billigen können. Anderen Männern stünde es ebenfalls frei, so zu handeln wie er, aber sie ziehen es vor, sich mit einem unglücklichen Leben abzufinden. Sie ziehen es *tatsächlich* vor. Man könnte meinen, sie seien töricht und schwach, aber ich glaube eher, daß sie zwischen zwei Arten von Leiden wählen. Sie haben ein empfindsames Gewissen; der Gedanke, ihre Frau zu verlassen, ist ihnen unerträglich. Und häufig sind es finanzielle Erwägungen und dergleichen, die einen Mann davon abhalten. Aber in den meisten Fällen sind es sein Gewissen, die Gewohnheit – so erbärmlich das sein mag – und die Furcht vor der öffentlichen Meinung.«

»Das ist ja alles sehr interessant«, sagte Rhoda höchst ironisch. »Würden Sie die Liebe zu den eigenen Kindern auch zu den traurigen Gewohnheiten zählen?«

Barfoot zögerte. »Dieses Motiv habe ich jetzt leider unberücksichtigt gelassen. Aber ich glaube, daß es bei den meisten Männern eine Gewissensfrage ist. Die Liebe eines Vaters zu seinen Kindern dürfte im allgemeinen nicht ausreichen, um eine unglückliche Ehe erträglich zu machen. So mancher intelligente und warmherzige Mann hat sich von seiner Frau getrennt, obwohl er seine Kinder liebt. Er unterstützt sie finanziell so gut er kann – aber er muß sich retten, auch um ihretwillen.«

Rhodas Miene veränderte sich plötzlich. Die außergewöhnliche Beweglichkeit ihrer Gesichtsmuskeln war etwas, das Everard immer wieder faszinierte.

»Mir gefällt die Art, wie Sie die Dinge ausdrücken, nicht ganz«, sagte sie offen, »aber im wesentlichen stimme ich mit Ihnen überein. Ich bin überzeugt, daß die meisten Ehen in jeder Hinsicht unerträglich sind. Aber daran wird sich nichts ändern, wenn die Frauen nicht gegen die Ehe revoltieren, aus der nüchternen Überzeugung heraus, daß sie unerträglich ist.«

»Ich wünsche Ihnen viel Erfolg – ganz aufrichtig.«

Er hielt inne, blickte sich im Zimmer um und zupfte sich am Ohr. Dann sagte er in ernstem Tonfall: »Mein persönliches Ideal von der Ehe sieht auf beiden Seiten vollkommene Freiheit vor. Es könnte natürlich nur da realisiert werden, wo die Voraussetzungen günstig sind; Armut und andere Nöte zwingen uns häufig dazu, gegen unsere Überzeugungen zu handeln. Aber es gibt genügend Menschen, bei denen diese idealen Voraussetzungen vorhanden wären. Vollkommene Freiheit, durch eine verständige Gesellschaft sanktioniert, würde die meisten Mißstände, die wir hier angesprochen haben, beheben. Die Frauen müßten allerdings erst einmal einen höheren Entwicklungsstand erreichen; da haben Sie ganz recht.«

Die Tür ging auf, und Miss Barfoot kam herein. Sie blickte zunächst zu Rhoda, dann zu Everard, und reichte diesem wortlos die Hand.

»Wie geht es deiner Patientin?« fragte er.

»Etwas besser, glaube ich. Es ist nichts Ernstes. Hier ist ein Brief von deinem Bruder Tom. Ich lese ihn wohl besser gleich durch; vielleicht gibt es Neuigkeiten, die auch für dich von Interesse sind.«

Sie setzte sich und öffnete den Umschlag. Während sie den Brief durchlas, verließ Rhoda leise das Zimmer.

»Ja, es gibt Neuigkeiten«, sagte Miss Barfoot, als sie geendet hatte, »allerdings unangenehme. Einige Wochen bevor er diesen Brief schrieb, ist er von einem Pferd gestürzt und hat sich eine Rippe gebrochen.«

»Oh! Und wie geht es ihm jetzt?«

»Es geht bergauf, schreibt er. Und sie beabsichtigen, nach England zurückzukehren; wie nicht anders zu erwarten, sind die Schwindsuchtsymptome seiner Frau verschwunden, und sie kann es kaum erwarten, Madeira zu verlassen. Wir können nur hoffen, daß sie sich geduldet, bis die Rippe des armen Tom verheilt ist. Aber das ist ihr vermutlich ziemlich gleichgültig. Hier steht, daß er mit gleicher Post auch einen Brief an dich abschickt.«

»Armer alter Knabe!« sagte Everard teilnahmsvoll. »Beklagt er sich über seine Frau?«

»Das hat er bis jetzt noch nie getan, aber dieser Satz hier klingt etwas merkwürdig: ›Muriel‹, schreibt er, ›hat sich fürchterlich über meinen Unfall aufgeregt. Sie will mir einfach nicht glauben, daß ich nicht absichtlich gestürzt bin; ich versichere dir jedoch, daß dem so ist.‹«

Everard lachte. »Wenn der alte Tom ironisch wird, ist das ein Zeichen, daß es ihm schlecht geht. Ich habe keine große Sehnsucht, Mrs. Thomas wiederzusehen.«

»Sie ist eine dumme und gewöhnliche Frau. Aber das habe ich ihm deutlich gesagt, ehe er sie heiratete. Es spricht für ihn, daß er mir noch immer wohlgesonnen ist. Lies bitte den Brief, Everard.«

Er folgte ihrer Aufforderung.

»Hm – sehr freundlich, was er da über mich schreibt. Der gute alte Tom! Warum ich nicht heirate? Tja, eigentlich sollte er aufgrund seiner eigenen Erfahrungen ...«

Miss Barfoot wechselte das Thema. Nach einer Weile tauchte Rhoda wieder auf, und in dem darauffolgenden Gespräch erwähnte sie, daß sie übermorgen in Urlaub fahren werde.

»Ich habe mich ein wenig über Cheddar kundig gemacht«, sagte Everard lebhaft. »Auf den Felsen dort wächst eine Blume mit dem Namen ›Cheddar-Nelke‹. Kennen Sie sie?«

»O ja«, antwortete Rhoda. »Ich werde Ihnen ein paar Exemplare mitbringen.«

»Wirklich? Das wäre sehr nett.«

»Und *mir* bring bitte ein oder zwei Pfund echten Cheddar-Käse mit, Rhoda«, sagte Miss Barfoot heiter.

»Wird gemacht. Was in den Läden hier verkauft wird, ist nur nachgemacht, Mr. Barfoot – wie so vieles andere auf dieser Welt.«

»Der Käse interessiert mich nicht. Das ist etwas für eine nüchterne Person wie meine Kusine Mary. *Ich* hingegen habe eine starke poetische Ader, wie Sie sicher schon bemerkt haben.«

Als sie sich die Hand gaben, sagte Everard mit besonders weicher Stimme: »Sie bringen mir auch wirklich die Blumen mit?«

»Ich werde es mir notieren«, lautete die beruhigende Antwort.

11. Der Ruf der Natur

Bei der Kranken, die Miss Barfoot besucht hatte, handelte es sich um Monica Madden. Nachdem sie sich mehrere Wochen lang eifrig und in fröhlicher, bisweilen sogar übermütiger Stimmung ihrer Arbeit gewidmet hatte, zeigte sich Monica von einem Augenblick auf den anderen lustlos, unkonzentriert und bedrückt; dann befielen sie heftige Kopfschmerzen, und eines Morgens erklärte sie, daß sie unfähig sei aufzustehen. Mildred Vesper begab sich zur gewohnten Stunde in die Great Portland Street und teilte Miss Barfoot mit, daß ihre Zimmergenossin krank sei. Ein Doktor wurde herbeigerufen; dieser hielt es für wahrscheinlich, daß das Mädchen an den Folgen der Überarbeitung bei ihrem früheren Arbeitgeber litt; er diagnostizierte einen Nervenzusammenbruch, Hysterie und allgemeine Störungen des Organismus. Ob die Patientin seelische Probleme habe, wollte er wissen. Ob sie irgendwelchen Kummer (der Doktor schmunzelte) habe? Miss Barfoot, die diese Fragen nicht zu beantworten vermochte, erkundigte sich bei Mildred; trotz angestrengten Nachdenkens fand jedoch auch sie keine Erklärung für Monicas Zustand.

Ein paar Tage später brachten sie Monica zu ihrer Schwester nach Lavender Hill. Mrs. Conisbee stellte ihr ein Zimmer zur Verfügung, und Virginia pflegte sie. Dort war Miss Barfoot an dem Abend gewesen, als Everard sie nicht antraf; in dem Gespräch, das sie mit Virginia führte, nachdem sie eine Viertelstunde bei der Kranken gesessen hatten, stellten sie übereinstimmend fest, daß sich Monicas körperlicher Zustand zwar erheblich gebessert habe, ihr Gemütszustand allerdings besorgniserregend sei.

»Glauben Sie«, fragte die Besucherin, »daß Monica den Schritt bereut, zu dem ich sie überredet habe?«

»Oh, das *kann* ich mir nicht vorstellen! Jedesmal, wenn wir uns trafen, war sie so glücklich über die Fortschritte, die sie gemacht hatte. Nein, ich bin sicher, daß es nur die Nachwirkungen dessen sind, was sie in der Walworth Road durchgemacht hat. Ein paar Tage noch, dann wird sie ihre Arbeit wieder aufnehmen, und zwar beschwingter als zuvor.«

Miss Barfoot war davon nicht überzeugt. Nachdem Everard an jenem Abend gegangen war, sprach sie mit Rhoda darüber.

»Ich fürchte«, sagte Miss Nunn, »daß Monica ein ziemlich dummes Mädchen ist. Sie weiß nicht, was sie will. Sollte dergleichen noch einmal vorkommen, ist es besser, wir schicken sie zurück aufs Land.«

»Um wieder in einem Laden zu arbeiten?«

»Das wäre wahrscheinlich besser.«

»Oh, das fände ich gar nicht gut.«

Rhoda hob zu einer ihrer hitzigen Reden an.

»Gibt es für das Verbrechen, das Eltern aus der Mittelschicht begehen, wenn sie ihre Töchter nicht zu einer Berufsausbildung anhalten, ein besseres Beispiel als diese Familie Madden? Ich weiß wohl, daß Monica noch ein kleines Kind war, als sie zu Waisen wurden; aber ihre Schwestern waren bereits erwachsen, ohne daß sie etwas Nützliches gelernt hatten, und sind ihr damit von klein auf ein schlechtes Vorbild gewesen. Und es ist unmöglich, wie ihre Vormunde mit ihr verfuhren; sie machten eine halbe Lady und ein halbes Ladenmädchen aus ihr. Ich bezweifle, ob sie jemals sonderlich gut für etwas taugen wird. Und ihre älteren Schwestern werden sich weiterhin gerade so über Wasser halten, das ist offensichtlich. Nie im Leben werden sie diese Schule gründen, von der sie so viel reden. Die arme, hilflose, törichte Virginia, alleine dort in ihrer elenden Kammer! Undenkbar, daß irgend jemand sie als Gesellschafterin einstellt. Und dabei verfügen sie über ein beträchtliches Kapital; achthundert Pfund zusammen. Stell dir vor, was tatkräftige Frauen mit achthundert Pfund anzufangen wüßten.«

»Ich wage wirklich nicht, ihnen zuzureden, das Geld in etwas zu investieren.«

»Mir geht es genauso. Man wagt es nicht, irgend etwas zu tun oder vorzuschlagen. Virginia sieht aus, als nage sie am Hungertuch. Armes Ding! Ich werde nie vergessen, wie ihre Augen aufleuchteten, als ich eine Scheibe Fleisch vor sie hinstellte.«

»Ich wünschte«, seufzte Miss Barfoot mit einem gequälten Lächeln, »ich wüßte einen ehrlichen Mann, der sich in die kleine Monica verlieben könnte! Auch gegen deinen Willen würde ich versuchen, sie zu verkuppeln, meine Liebe. Aber ich kenne niemanden.«

»Oh, ich würde dir sogar helfen«, lachte Rhoda, keineswegs verärgert. »Sie ist wohl für nichts anderes geeignet. Es ist aussichtslos, bei Monica irgendwelche kühne Taten zu erwarten.«

Eine knappe halbe Stunde nachdem Miss Barfoot das Haus in Lavender Hill verlassen hatte, kam Mildred zu Besuch. Es war kurz vor halb zehn; die Kranke, seit Mittag auf den Beinen, war zu Bett gegangen, konnte aber nicht schlafen. Virginia, die an die Haustür gerufen worden war, informierte Miss Vesper über Monicas Zustand. »Ich denke, Sie können ruhig ein paar Minuten zu ihr.«

»Das würde mich sehr freuen, Miss Madden«, erwiderte Mildred, die ziemlich besorgt aussah.

Sie stieg die Treppe hinauf und betrat das Schlafzimmer, in dem noch Licht brannte. Als Monica ihre Freundin erblickte, hellten sich ihre Züge auf; sie begrüßten einander herzlich.

»Gutes altes Mädchen! Ich hatte mir vorgenommen, morgen oder spätestens übermorgen zurückzukommen. Es ist so schrecklich langweilig hier. Oh, und ich wollte dich fragen, ob irgend etwas ... ein Brief ... für mich eingetroffen ist.«

»Genau darum bin ich heute abend hierher gekommen.«

Mildred zog einen Brief aus der Tasche und reichte ihn Monica mit halb abgewandtem Gesicht.

»Es ist nichts Wichtiges«, sagte Monica und steckte ihn unter das Kopfkissen. »Vielen Dank.« Ihre Wangen waren jedoch rot geworden, und außerdem zitterte sie.

»Monica –«

»Ja?«

»Gibt es vielleicht etwas ... das du mir erzählen möchtest? Vielleicht würde es dich erleichtern?«

Monica lehnte sich in die Kissen zurück und starrte die Wand an; kurz darauf wandte sie Mildred mit einem verlegenen Lachen wieder das Gesicht zu.

»Es ist sehr dumm von mir, daß ich es dir nicht schon längst gesagt habe. Aber du bist so vernünftig; ich habe mich nicht getraut. Ich werde dir alles erzählen. Nicht jetzt, aber sobald ich wieder in der Rutland Street bin. Morgen werde ich kommen.«

»Glaubst du, das kannst du dir zutrauen? Du siehst noch immer furchtbar schlecht aus.«

»Hier werde ich niemals genesen«, flüsterte die Kranke ihr zu. »Die arme Virgie deprimiert mich so. Sie begreift nicht, daß ich es nicht ertrage, wenn sie ständig nachplappert, was sie bei Miss Barfoot und Miss Nunn gehört hat. Sie bemüht sich so sehr, zuversichtlich zu erscheinen – aber ich *weiß*, daß sie unglücklich ist, und das macht mich noch trauriger. Ich hätte bei dir bleiben sollen; mit deiner Hilfe wäre ich nach ein, zwei Tagen wieder auf den Beinen gewesen. Du machst einem nichts vor, Milly; deine gute Laune ist nicht aufgesetzt. Allein, dein liebes vertrautes Gesicht zu sehen, tut mir schon gut.«

»O du elende Schmeichlerin. Und es geht dir wirklich wieder besser?«

»Bedeutend besser. Ich werde sicher bald einschlafen können.«

Die Besucherin verabschiedete sich. Nachdem Monica kurz darauf ihrer Schwester gute Nacht gesagt hatte (und sie gebeten hatte, die Lampe bei ihr stehen zu lassen), las sie den Brief, den Mildred mitgebracht hatte.

»Meine liebste Monica«, – begann er – »Warum hast Du mir nicht geschrieben? Dein letzter Brief hat mich furchtbar beunruhigt. Ich hoffe sehr, daß Deine Kopfschmerzen rasch vergangen sind. Warum hast Du kein Datum für ein neues Treffen vorgeschlagen? Das ist das einzige, was mich davon abhalten kann, mein Versprechen zu brechen und mich nach dir erkundigen zu kommen. Ich bitte dich inständig, mir gleich zu antworten, Liebste. Es ist zwecklos, mir diese Worte der Zuneigung zu verbieten; sie kommen mir über die Lippen und aus meiner Feder, ohne daß ich etwas dagegen tun kann. Du weißt sehr gut, daß ich Dich von ganzem Herzen liebe; ich kann Dich nicht mehr so nüchtern anreden wie in meinem ersten Brief. Mein Schatz! Mein liebes, süßes, hübsches kleines Mädchen –«

Vier eng beschriebene Seiten in diesem Tonfall, fast kein Platz mehr für das »E.W.« am Schluß. Nachdem Monica alles gelesen hatte, drückte sie ihr Gesicht in das Kissen und blieb lange so liegen. Eine Uhr im Haus schlug elfmal; das schreckte sie auf, und sie stieg aus dem Bett, um den Brief in der Tasche ihres Kleides zu verstecken. Kurze Zeit später war sie eingeschlafen.

Als Mildred Vesper am nächsten Tag von der Arbeit nach Hause kam und die Wohnzimmertür öffnete, wurde sie mit einem fröhlichen Lachen begrüßt. Monica war seit drei Uhr zurück und hatte schon Teewasser aufgesetzt, während sie auf ihre Freundin wartete. Sie war sehr blaß, aber ihre Augen strahlten freudig, und sie lief so munter im Zimmer umher wie eh und je.

»Virgie hat mich hergeleitet, wollte aber gleich wieder zurück. Sie sagte, sie müsse Alice einen äußerst wichtigen Brief schreiben – betreffs der Schule natürlich. O diese Schule! Ich wünschte, sie könnten sich endlich entscheiden. Ich habe ihnen gesagt, sie können mein ganzes Geld haben, wenn sie wollen.«

»Wirklich? Das muß ein tolles Gefühl sein, jemandem Hunderte von Pfund anbieten zu können. Man muß sich dabei doch furchtbar bedeutend und erhaben vorkommen.«

»Ach, es sind doch bloß *zweihundert* Pfund! Ein lächerlicher Betrag.«

»Du bist ein großzügiger Mensch, das habe ich dir schon immer gesagt. Wo hast du das Geld eigentlich her?«

»Mach nicht dieses komische Gesicht! Das kann ich von all deinen Gesichern am wenigsten leiden. Es ist so argwöhnisch.«

Mildred ging sich umziehen und nahm gleich darauf am Teetisch Platz. Sie sah ernster aus als gewöhnlich und zog es vor, zuzuhören statt zu reden.

Nachdem sie ihren Tee getrunken hatten und ein langes und ungewöhnliches Schweigen eingetreten war, gab Mildred vor, sich in ihr Lexikon zu vertiefen. Während ihre Zimmergenossin am Fenster stand und von dort verstohlene Blicke ins Zimmer warf, ertönte das laute Klopfen eines Postboten an der Haustür. Sie fuhren zusammen und blickten einander beklommen an.

»Das könnte für mich sein«, sagte Monica und ging zur Tür. »Ich werde mal nachsehen.«

Ihre Vermutung traf zu. Ein weiterer Brief Widdowsons, noch besorgter und flehentlicher als der vorherige. Sie las ihn auf der Treppe rasch durch und betrat das Zimmer, Briefbogen und Umschlag in der Hand zusammengeknüllt.

»Ich will dir jetzt alles erzählen, Milly.«

Die andere nickte und nahm eine erwartungsvolle Haltung ein.

Während Monica ihre Geschichte erzählte, ging sie unruhig im Zimmer auf und ab; mal spielte sie mit den Nippessachen auf dem Kaminsims, mal stand sie mitten im Zimmer, die Hände hinter dem Rücken knetend. Sie sah aus, als glaubte sie, sich verteidigen zu müssen; sie schien selbst voller Zweifel zu sein und bemühte sich krampfhaft, alles so vorteilhaft wie möglich darzustellen; nicht eine Sekunde lang klang ihre Stimme leidenschaftlich, geschweige denn zärtlich und verliebt. Ihr Bericht war wirr und vermittelte nur ein sehr undeutliches Bild darüber, wie sie sich in den verschiedenen Stadien ihrer ungebührlichen Umwerbung verhalten hatte. In Wahrheit war sie noch viel zurückhaltender und zögerlicher gewesen, als sie es jetzt darzustellen vermochte. Sie war sich dieser Tatsache schmerzlich bewußt und rief schließlich aus: »Ich weiß, daß du jetzt eine schlechte Meinung von mir hast. Du findest diese Geschichte empörend. Du fragst dich, wie ich mich auf so etwas einlassen konnte.«

»Nun ja, zugegeben, es erstaunt mich tatsächlich, daß du so etwas beginnen konntest«, antwortete Mildred mit gewohnter Offenheit, aber freundlich. »Später sah die Sache freilich anders aus. Nachdem du erst einmal davon überzeugt sein konntest, daß er ein Gentleman ist ...«

»Davon war ich ziemlich schnell überzeugt«, rief Monica aus, deren Wangen noch immer feuerrot waren. »Du wirst alles viel besser verstehen, wenn du ihn kennengelernt hast.«

»Möchtest du, daß ich ihn kennenlerne?«

»Ich werde ihm jetzt sofort schreiben und ihm mitteilen, daß ich ihn heiraten werde.«

Sie sahen einander lange an.

»Das willst du ... wirklich tun?«

»Ja. Gestern abend habe ich mich dazu entschlossen.«

»Aber, Monica ... nimm es mir nicht übel, wenn ich so offen bin ... aber ich glaube nicht, daß du ihn liebst.«

»Doch, ich liebe ihn hinlänglich genug, um zu fühlen, daß es richtig ist, ihn zu heiraten.« Sie setzte sich an den Tisch und stützte den Kopf in ihre Hand. »Er liebt mich; daran besteht kein Zweifel. Wenn du seine Briefe lesen könntest, wüßtest du, wie groß seine Zuneigung ist.« Sie zitterte vor Aufregung; immer wieder drohte ihre Stimme zu versagen.

»Aber was weißt du wirklich von Mr. Widdowson«, fuhr Mildred tiefernst fort, »abgesehen davon, daß er dich liebt? Nichts außer dem, was er dir selbst von sich erzählt hat. Du wirst doch hoffentlich gestatten, daß deine Freunde für dich Erkundigungen einziehen?«

»Ja. Ich werde es meinen Schwestern erzählen, und die werden bestimmt sofort zu Miss Nunn gehen. Ich möchte nichts Voreiliges tun. Aber es ist gewiß alles in Ordnung – ich meine, es ist bestimmt alles wahr, was er mir erzählt hat. Wenn du ihn kennen würdest, wärst du davon ebenfalls überzeugt.«

Mildred, die Hände vor sich auf dem Tisch liegend, stippte die Fingerspitzen gegeneinander. Ihre Lippen waren nach innen gezogen; ihre Augen schienen auf dem Tischtuch angestrengt nach etwas Winzigem zu suchen.

»Weißt du«, sagte sie schließlich, »ich hatte bereits geahnt, was da vor sich geht. Ich konnte nichts dagegen tun.«

»Selbstverständlich nicht.«

»Ich glaubte natürlich, es handelte sich um jemanden, den du im Laden kennengelernt hattest.«

»Es würde mir nicht im Traum einfallen, so einen zu heiraten.«

»Das hätte mich auch sehr bekümmert.«

»Glaube mir, Milly – du wirst Mr. Widdowson respektieren und mögen, wenn du ihn erst einmal kennengelernt hast. Er hätte sich mir gegenüber nicht taktvoller verhalten können. Mit keinem einzigen Wort, weder mündlich noch schriftlich, hat er mir jemals weh getan – außer, wenn er mir sagte, daß er furchtbar leidet; aber daß solche Worte schmerzlich sind, ist doch wohl klar.«

»Einen Mann zu respektieren oder auch zu mögen, bedeutet noch lange nicht, ihn zu lieben.«

»Ich sagte, *du* wirst ihn respektieren und mögen«, rief Monica mit gespielter Empörung. »Ich will doch nicht, daß *du* ihn liebst!«

Mildred lachte gequält. »Ich war noch nie in jemanden verliebt, meine Gute, und es ist sehr unwahrscheinlich, daß ich mich jemals verlieben werde. Aber ich glaube, ich weiß, was für ein Gefühl das ist.«

Monica trat hinter sie und stützte sich auf ihre Schultern. »Er liebt mich so sehr, daß ich glaube, ihn heiraten zu *müssen*. Und ich bin froh darüber. Ich bin nicht wie du, Milly; ich kann mich mit diesem Leben nicht zufriedengeben. Miss Barfoot und Miss Nunn sind sehr vernünftige, tüchtige Frauen, und ich bewundere sie sehr, aber ich *kann nicht* so leben wie sie. Die Vorstellung, allein zu bleiben, finde ich schrecklich. Dreh dich nicht um und schimpf mich nicht aus; ich möchte dir die Wahrheit sagen, ohne daß du mich ansiehst. Immer, wenn ich an Alice und Virginia denke, wird mir ganz bang; ich würde mich lieber, ja, tausendmal lieber umbringen, als in ihrem Alter ein solches Leben zu führen. Du kannst dir nicht vorstellen, wie unglücklich sie sind, glaub mir. Und ich habe die gleiche Veranlagung wie sie. Im Vergleich zu dir und Miss Haven bin ich sehr schwach und kindisch.«

Mildred, die Augenbrauen zusammengezogen, trommelte eine Weile auf dem Tisch herum und sagte dann ernst: »Du mußt *mir* ebenfalls gestatten, die Wahrheit zu sagen. Ich glaube, du stürzt dich mit vollkommen falschen Vorstellungen in eine Ehe. Ich glaube, du wirst Mr. Widdowson damit ein Unrecht antun. Du wirst ihn heiraten, um ein behagliches Heim zu haben – darauf läuft es hinaus. Und eines Tages wirst du es bitter bereuen ... du wirst es bereuen.«

Monica richtete sich auf und trat ein paar Schritte zurück.

»Zum einen«, fuhr Mildred mit großer Ernsthaftigkeit fort, »ist er zu alt. Er hat ganz andere Gewohnheiten als du.«

»Er hat mir versichert, daß ich genauso werde leben können, wie ich es möchte. Und das wird so sein, wie *er* es möchte. Er ist sehr gütig zu mir, und ich werde versuchen, mich dafür erkenntlich zu zeigen, so gut ich es kann.«

»Das ist sehr löblich; aber ich glaube, daß das Eheleben nicht einfach ist, selbst wenn das Paar gut zusammenpaßt. Ich habe die schlimmsten Geschichten über Streitereien und alle möglichen Probleme von Leuten gehört, bei denen ich so etwas nie für möglich gehalten hätte. Vielleicht hast du Glück; ich behaupte nur, daß die Wahrscheinlichkeit sehr gering ist, wenn man aus solchen Motiven heiratet, wie du sie mir genannt hast.«

Monica richtete sich zu ihrer vollen Größe auf. »Ich habe kein Motiv genannt, dessen ich mich schämen müßte, Milly.«

»Du sagtest, du hättest dich entschlossen, dieses Heiratsangebot anzunehmen, weil du Angst hast, kein weiteres mehr zu bekommen.«

»Nein; du interpretierst meine Worte nicht gerade sehr freundlich. Ich sagte das erst, *nachdem* ich dir mitgeteilt hatte, daß ich ihn liebe. Und ich liebe ihn wirklich. Er hat mich dazu gebracht, daß ich ihn liebe.«

»Dann habe ich kein Recht, noch mehr zu sagen. Ich kann dir nur wünschen, daß du glücklich wirst.« Mildred stieß einen Seufzer aus und gab vor, sich wieder in ihr Lexikon zu vertiefen.

Monica stand noch eine Weile unschlüssig da, dann holte sie Schreibpapier und Tintenfaß hervor und ging damit ins Schlafzimmer. Eine halbe Stunde lang blieb sie fort. Als sie zurückkehrte, hielt sie einen frankierten Brief in der Hand. »Ich werde ihn jetzt abschicken, Milly.«

»Gut, Monica. Ich habe nichts weiter zu sagen.«

»Du glaubst mich verloren. Wir werden schon sehen.«

Die Worte klangen heiter. Abermals verließ sie das Zimmer, zog sich etwas über und brachte den Brief fort. Jetzt begannen sich die Anstrengung und die Aufregung bemerkbar zu machen; Kopfschmerzen und Mattigkeit zwangen sie, sich kurz nach ihrer Rückkehr ins Bett zu legen. Mildred umsorgte sie mit unveränderter Herzlichkeit.

»Es ist gut so«, murmelte Monica, als ihr Kopf auf das Kopfkissen sank. »Ich fühle mich so erleichtert und so froh – so glücklich – jetzt, nachdem ich es getan habe.«

»Gute Nacht, Liebes«, entgegnete Mildred, gab ihr einen Kuß und begab sich wieder zu ihrer Scheinlektüre.

Zwei Tage später stand Monica überraschend vor Mrs. Conisbees Haustür. Nachdem die gute Frau ihr die Auskunft erteilt hatte, daß Miss Madden zu Hause sei, eilte Monica die Treppe hinauf und klopfte an die Tür. Virginia fragte mit aufgeregter Stimme, wer da sei, und nachdem Monica ihren Namen genannt hatte, hörte sie einen erschrocknen Aufschrei.

»Nur eine Minute, mein Schatz! Eine Minute.«

Als die Tür aufging, war Monica überrascht von dem merkwürdigen Aussehen ihrer Schwester. Virginia hatte gerötete Wangen, einen seltsam verschwommenen Blick und zerzaustes Haar, als hätte sie sich gerade von einem Mittagsschläfchen erhoben. Mit wirren und unzusammenhängenden Worten versuchte sie zu erklären, daß sie sich nicht ganz wohl gefühlt habe und noch nicht richtig angezogen sei.

»Hier riecht es aber komisch!« rief Monica aus und schaute sich im Zimmer um. »Fast wie Brandy.«

»Riecht man das wirklich? Ich habe ... ich mußte ... Mrs. Conisbee bitten ... ich möchte dich nicht beunruhigen, Liebes, aber ich fühlte mich so matt. Ja, ich hatte das Gefühl, ich falle gleich in Ohnmacht. Ich mußte Mrs. Conisbee rufen ... Aber mach dir keine Gedanken. Es ist schon wieder vorbei. Das Wetter ist sehr anstrengend ...«

Sie lachte nervös und begann Monicas Hand zu tätscheln. Das Mädchen war keineswegs beruhigt und bedrängte Virginia mit Fragen; doch schließlich gab sie sich mit der Versicherung zufrieden, daß es nichts Ernstes gewesen sei. Außerdem brannte sie darauf, ihre eigenen Neuigkeiten zu erzählen; sie setzte sich hin und sagte lächelnd: »Ich habe dir eine überraschende Mitteilung zu machen. Wenn du vorhin nicht in Ohnmacht gefallen bist, wirst du es womöglich jetzt gleich tun.«

Ihre Schwester geriet abermals in Aufregung und bat, sie nicht länger auf die Folter zu spannen.

»Meine Nerven sind heute in einem miserablen Zustand. Es *muß* am Wetter liegen. Was kann das bloß sein, was du mir zu erzählen hast, Monica?«

»Ich glaube, ich werde nicht länger Unterricht im Maschineschreiben nehmen müssen.«

»Warum denn? Was hast du vor, Kind?« fragte Virginia spitz.

»Virgie ... ich werde bald heiraten.«

Virginia verschlug es die Sprache. Sie ließ die Hände sinken, die Augen traten ihr fast aus dem Kopf, der Mund stand offen; ihr Gesicht wurde kreidebleich, und sogar aus ihren Lippen wich einen Augenblick lang alle Farbe.

»Heiraten?« stieß sie schließlich hervor. »Wen ... wen denn?«

»Jemanden, von dem du noch nie gehört hast. Sein Name ist Mr. Edmund Widdowson. Er ist sehr wohlhabend und hat ein Haus in Herne Hill.«

»Ein Privatier?«

»Ja. Er war früher berufstätig, hat sich aber zur Ruhe gesetzt. Viel mehr will ich dir jetzt gar nicht erzählen; ich möchte, daß du ihn zunächst einmal kennenlernst. Bedränge mich nicht mit Fragen. Ich möchte, daß du heute nachmittag mit mir zu ihm gehst. Er lebt allein, aber eine Verwandte – seine Schwägerin – wird bei ihm sein, wenn wir kommen.«

»Oh, aber das kommt so plötzlich! Einen solchen Besuch kann ich nicht so unvorbereitet machen; unmöglich, mein Liebling! Was hat das alles zu bedeuten? Du willst heiraten, Monica? Ich begreife das nicht. Ich kann es nicht fassen. Wer ist dieser Gentleman? Wie lange ...«

»Nein; ehe du ihn nicht gesehen hast, wirst du nicht mehr aus mir herausbringen, als ich dir bereits gesagt habe.«

»Aber was *hast* du mir gesagt? Ich habe nichts verstanden. Ich bin vollkommen durcheinander. Mr. – wie war sein Name?«

Es dauerte eine halbe Stunde, bis Virginia den einfachen Sachverhalt begriffen hatte. Als sie endlich überzeugt war, daß es sich um die Wahrheit handelte, packte sie die Begeisterung. Sie lachte, stieß Freudenschreie aus und klatschte sogar in die Hände. »Monica heiratet! Einen Privatier ... ein großes Vermögen! Mein Liebling, wie soll ich das jemals glauben? Dabei wußte ich doch, daß dieser Tag irgendwann kommen würde. Was wird Alice bloß dazu sagen? Und Rhoda Nunn? Hast du ... hast du gewagt, es ihr zu sagen?«

»Nein, das habe ich nicht. Ich möchte, daß du das tust. Du sollst sie morgen besuchen gehen, denn dann ist Sonntag.«

»O wie sie sich freuen werden! Alice wird ganz aus dem Häuschen sein. Wir haben immer gesagt, daß dieser Tag kommen würde.«

»Ihr werdet euch keine Sorgen mehr machen müssen, Virgie. Ihr könnt die Schule eröffnen oder auch nicht, ganz wie ihr wollt. Mr. Widdowson ...«

»O meine Liebe«, fiel ihr Virginia auf einmal ganz hoheitsvoll ins Wort, »selbstverständlich werden wir die Schule eröffnen. Wir haben uns entschieden; das soll unser Lebenswerk werden. Es geht dabei um viel, viel mehr als nur darum, unseren Unterhalt zu verdienen. Aber wir können uns vielleicht mehr Zeit lassen und alles in Ruhe reifen lassen. Wenn du mir nur noch sagen würdest, bei welcher Gelegenheit du ihm vorgestellt wurdest, Liebling.«

Monica lachte nur übermütig und verweigerte die Antwort. Es war Zeit, daß Virginia sich fertig machte, und damit kam abermals Unruhe auf; hatte sie überhaupt etwas Passendes für solch einen Anlaß? Monica hatte sich ein wenig herausgeputzt und half ihrer Schwester, das Beste aus ihrer bescheidenen Garderobe zu machen. Um vier Uhr machten sie sich auf den Weg.

12. Hochzeiten

Als die Schwestern das Haus in Herne Hill erreichten, befanden sich beide in einem Zustand heftiger Erregung. Monica hatte nur eine ganz vage Vorstellung davon, was für ein Mensch Mrs. Luke Widdowson war, und Virginia schien es, als bewege sie sich in einem Traum.

»Warst du schon oft hier?« flüsterte sie, als das Haus vor ihnen auftauchte. Es gefiel ihr durchaus, doch sie war so aufgewühlt, daß sie stehenbleiben und sich am Arm ihrer Schwester festhalten mußte.

»Ich habe es noch nie von innen gesehen«, gab Monica kaum hörbar zurück. »Komm, sonst sind wir unpünktlich.«

»Wenn du mir doch endlich sagen würdest ...«

»Ich kann nicht, Virgie. Versuche bitte, den Mund zu halten und so zu tun, als wäre alles vollkommen natürlich.«

Das war entschieden zuviel verlangt von Virginia. Zu ihrem Glück, wenn auch zu Widdowsons großem Verdruß, kam die Schwägerin, Mrs. Luke Widdowson, eine halbe Stunde später als angekündigt. Das Dienstmädchen führte die Besucherinnen in einen gemütlichen Salon, wo sie vom Hausherrn allein empfangen wurden; vor lauter Verlegenheit verkrampft lächelnd, mit übertriebener Höflichkeit und sich überschwenglich entschuldigend, bemühte sich Widdowson, die peinliche Situation zu überspielen – freilich mit geringem Erfolg. Die Schwestern saßen am einen Ende des Zimmers weit von ihrem Gastgeber entfernt nebeneinander auf einem Sofa, und während sie sich unterhielten, verstand man auf der einen Seite kaum, was auf der anderen gesagt wurde – als Gesprächsthemen dienten das Wetter und die Größe der Stadt London. Plötzlich wurde die Tür aufgerissen, und es erschien eine Person von solch eindrucksvollem Äußeren, daß Virginia zusammenzuckte und Monica mit einer Mischung aus Entsetzen und Faszination zu ihr hinstarrte. Mrs. Luke war eine große, stattliche Frau in der Blüte ihrer Jahre. Sie hatte eine ziemlich kräftige Gesichtsfarbe und schöne, wenn auch nicht sehr feine Gesichtszüge, deren Ausdruck gutmütige Herablassung verriet. Ihre Trauerkleidung – wenn man es überhaupt Trauerkleidung nennen konnte – war nach der allerneuesten Mode geschnitten; ihr Glanz und Geraschel mußten eine weibliche Beobachterin mit ehrfuhrchtsvoller Scheu erfüllen. Sekunden vorher hatte der Salon noch leer gewirkt; Mrs. Luke erfüllte ihn, allein durch ihre Anwesenheit, mit Leben und ließ ihn erstrahlen.

Monica konnte es kaum fassen, daß Widdowson diese pompöse Person mit dem Vornamen ansprach. Er stellte ihr die beiden Schwestern vor, und Mrs. Luke, sich aus der Entfernung hoheitsvoll verneigend, hob den an ihrem Busen baumelnden goldenen Kneifer vor die Augen und musterte Monica eingehend. Das Lächeln, das daraufhin auf ihrem Gesicht erschien, konnte man unterschiedlich deuten; Widdowson, der es als einziger wahrzunehmen vermochte, antwortete mit einem höchst würdevollen Blick.

Mrs. Luke hielt es keineswegs für nötig, sich wegen ihres Zuspätkommens zu entschuldigen, und gedachte offenbar auch nicht lange zu bleiben. Anscheinend war es ihre Absicht, diese Begegnung so ungezwungen wie möglich verlaufen zu lassen.

»Kennst du zufällig die Hodgson Bulls?« unterbrach sie ihren Schwager, der sich noch immer krampfhaft bemühte, mit Gemeinplätzen eine Unterhaltung in Gang zu bringen. Sie hatte eine gepflegte Aussprache, redete jedoch in einem recht herrischen Tonfall.

»Ich habe noch nie von ihnen gehört«, gab ihr Schwager kühl zurück.

»Nein? Sie wohnen irgendwo hier in der Nähe. Ich soll ihnen einen Besuch abstatten. Nun ja, mein Kutscher wird das Haus schon finden.«

Es trat eine peinliche Stille ein. Widdowson setzte gerade an, um etwas zu Monica zu sagen, als Mrs. Luke, die das Mädchen abermals eingehend durch ihren Kneifer gemustert hatte, ihm in liebenswürdigem Tonfall zuvorkam: »Gefällt Ihnen dieses Wohnviertel, Miss Madden?«

Monica bejahte erwartungsgemäß, mit einer Stimme, die im Vergleich zu der Mrs. Lukes dünn und ängstlich klang. Und so wurde etwa zehn Minuten lang eine Art Zwiesprache geführt. Mrs. Luke war bemüht, trotz ihrer nach wie vor hochmütigen Miene nett zu sein; sie lächelte und nickte, wenn das Mädchen etwas gesagt hatte, und richtete hin und wieder auch an Virginia eine höfliche Frage. Es war ihr dabei – vielleicht ohne es zu wollen – anzumerken, daß sie die schüchterne und schäbig gekleidete Person bemitleidete. Tee wurde serviert, und nachdem Mrs. Widdowson sich eine Tasse hatte einschenken lassen und kurz daran genippt hatte, erhob sie sich, um zu gehen.

»Kommen Sie mich doch gelegentlich einmal besuchen, Miss Madden«, sagte sie mit unerwarteter Liebenswürdigkeit, als sie zu dem Mädchen hinüberwandelte und ihr die Hand reichte. »Edmund soll Sie begleiten – in einer ruhigen Stunde, damit wir uns ungestört unterhalten können. Es hat mich außerordentlich gefreut, Sie kennenzulernen, wirklich außerordentlich.«

Und fort war sie; man hörte unter dem Fenster ihren Wagen davonfahren. Alle drei atmeten erleichtert auf, und Widdowson, der auf einmal wie ausgewechselt war, setzte sich in Virginias Nähe und unterhielt sich bald darauf mit ihr auf das freundlichste. Virginia entspannte sich ebenfalls; sie fand den Mut, ihn all das zu fragen, was ihr wissenswert erschien, und sie erhielt stets eine zufriedenstellende Antwort. Von Mrs. Luke war nicht mehr die Rede; erst nachdem Monica und ihre Schwester gegangen waren – der Besuch dauerte alles in allem etwa zwei Stunden –, ließen sie sich offen über die vornehme Dame aus. Sie waren sich einig und fanden sie ganz abscheulich.

»Aber sehr reich, Schwesterchen«, murmelte Virginia. »Das ist unverkennbar. Ich bin solchen Leuten schon des öfteren begegnet; die haben ein Auftreten – oha! Bestimmt wird Mr. Widdowson dich zu einem Besuch bei ihr mitnehmen.«

»Möglichst zu einer Stunde, zu der sonst niemand anwesend ist; das war es, was sie meinte«, bemerkte Monica frostig.

»Mach dir nichts draus, Liebes. Du legst doch ohnehin keinen Wert auf vornehme Gesellschaft. Ich kann dir zu meiner Freude sagen, daß Edmund einen sehr guten Eindruck auf mich gemacht hat. Er wirkt etwas reserviert, aber das ist ja kein Fehler. Oh, wir müssen Alice gleich schreiben! Stell dir ihre Überraschung vor! Und ihre Begeisterung!«

Als Monica sich tags darauf mit ihrem Verlobten im Regent's Park traf – sie wohnte noch immer bei Mildred Vesper, nahm jedoch nicht mehr am Unterricht in der Great Portland Street teil –, kam Widdowson sogleich auf Mrs. Luke zu sprechen.

»Wie ich bereits gesagt habe«, betonte er nachdrücklich, »sehe ich sie sehr selten. Ich kann nicht behaupten, daß ich sie mag, aber sie ist ein schwer zu verstehender Mensch, und ich glaube, sie wirkt häufig beleidigend, obwohl sie es gar nicht so meint. Ich hoffe, du warst nicht etwa ... verärgert?«

Monica gab keine direkte Antwort.

»Hast du die Absicht, mit mir einen Besuch bei ihr zu machen?« waren ihre Worte.

»Nur wenn du das möchtest, mein Schatz. Aber ich bin sicher, daß sie bei unserer Hochzeit zugegen sein wird. Leider ist sie meine einzige Verwandte; zumindest die einzige, von deren Existenz ich weiß. Nach unserer Hochzeit werden wir sie gewiß nur noch selten sehen ...«

»Ja, das glaube ich auch«, pflichtete Monica ihm bei. Und darauf wandten sie sich erfreulicheren Themen zu.

Am Morgen hatte Widdowson von seiner Schwägerin eine Postkarte erhalten, auf der sie ihn in kaum leserlicher Schrift aufforderte, am nächsten Vormittag bei ihr vorzusprechen. Das bedeutete nichts anderes, als daß die Dame mit ihm über Miss Madden zu reden wünschte. Widerwillig, aber pflichtgemäß, kam er der Aufforderung nach. Es war elf Uhr, und nachdem er in die Wohnung seiner Verwandten in der Victoria Street eingelassen worden war, mußte er eine Viertelstunde auf das Erscheinen der Dame warten.

Mrs. Lukes Salon war erwartungsgemäß luxuriös ausgestattet. Überall standen kostbare und prachtvolle Dinge herum; Parfümduft schwängerte die Luft. Erst nach dem Tod ihres Gatten hatte Mrs. Widdowson es sich erlauben können, ihr Heim so prunkvoll und nach dem neuesten Geschmack auszustatten. Luke war ein nüchterner Geschäftsmann gewesen, der sich an den Einrichtungsstil hielt, den er seit seiner Jugend gewöhnt war; seine zweite Frau hatte ein komplett eingerichtetes Haus am Stadtrand vorgefunden, und so sehr sie ihn auch unter ihrer Fuchtel hatte, vermochte sie ihn nicht dazu zu bewegen, sich von den Scheußlichkeiten zu trennen, inmitten derer er zu wohnen beliebte: Polstersessel aus kastanienbraunem Rips, Brüsseler Teppiche mit roten Rosen auf grünem Grund, Roßhaarsofas in der unbequemsten Form, die jemals entworfen worden ist, Kopfteilschoner überall, Kristallnippes auf dem Kaminsims, der im Takt mit den Kristalleuchtern klirrte. Mrs. Luke stammte aus einer unbedeutenden Familie, in der es einmal einen unbedeutenden Baronet gegeben hatte; mittellos und ehrgeizig wie sie war, hatte sie es ihrer imposanten Erscheinung zu verdanken, daß sie in einem kritischen Alter gerade noch den rettenden Hafen der Ehe erreichte, und obgleich sie Mr. Luke Widdowson seines spießbürgerlichen Geschmacks wegen verachtete, wußte sie sich geschickt das Wohlwollen des Ehemanns zu bewahren, der für ein langjähriges Zusammenleben ungeeignet schien. Der Geldgeber starb sehr viel früher, als sie zu hoffen gewagt hätte, und hinterließ ihr ein Einkommen von viertausend Pfund. Sogleich begann für Mrs. Luke ein Leben voll fieberhaften Strebens nach oben. Die Baronetswürde in ihrer Familie hatte sie schon in ihrer Kindheit beeindruckt; die schöne Witwe von erst achtunddreißig Jahren beschloß, daß ihr Vermögen ihr den Weg zu einer Verbindung mit einem Adligen ebnen sollte. Ihre Bekannten waren ausnahmslos Geschäftsleute, aber jetzt, da sie die Möglichkeit hatte, sich frei zu entfalten, wurde der Bekanntenkreis bald auf die sogenannte feine Gesellschaft ausgeweitet; ihre Wohnung in der Victoria Street zog ein buntes Völkchen von Vergnügungssüchtigen und Mitgiftjägern an, darunter auch ein paar Angehörige des jüngeren Adels. Sie lebte ihr Leben in einem Maß aus, wie es gerade noch mit dem Begriff Sittsamkeit zu vereinbaren war. Als sich unlängst herausstellte, daß ihr Einkommen nicht ausreichte, um ihr Vorhaben zu verwirklichen, suchte sie Rat bei einem alten, in Finanzsachen beschlagenen Freund, und seitdem verlieh der Nervenkitzel des Spielens ihrer tristen Existenz neue Würze. Wie die meisten ihrer weiblichen Gefährtinnen nahm sie Zuflucht zum Alkohol; ohne ein solches Anregungsmittel wäre das Leben einer feinen Dame physisch nicht durchzuhalten gewesen. Und Mrs. Luke genoß das Leben, genoß es in vollen Zügen. Wenn in der City alles gut lief, war ihr ehrgeiziges Ziel durchaus erreichbar. Sie freute sich auf den Tag, da ihrem Namen nicht länger eine gewöhnliche Anrede vorangestellt würde und die Gesellschaftsjournale ihren gesellschaftlichen Aufstieg verkünden könnten.

Widdowson wurde allmählich ungeduldig, doch da erschien seine Schwägerin endlich. Sie ließ sich in einen Sessel fallen, schlug die Beine übereinander und blickte ihn spöttisch an.

»Nun ja, es ist nicht ganz so schlimm, wie ich befürchtet hatte, Edmund.«

»Was meinst du damit?«

»Oh, sie ist ein recht anständiges kleines Mädchen, wie ich sehe. Aber du bist und bleibst ein Dummkopf. Du hättest mir nichts vormachen können. Wenn da irgend etwas gewesen wäre – du verstehst? –, hätte ich das sofort bemerkt.«

»Ich kann ein solches Gerede nicht ausstehen«, sagte Widdowson bissig. »Du hast also geglaubt, ich würde eine Frau heiraten, über deren Herkunft ich nicht Bescheid geben könnte?«

»Natürlich habe ich das geglaubt. Aber nun erzähl mir endlich, wie du sie kennengelernt hast.«

Er wand sich vor Verlegenheit, erzählte aber schließlich die ganze Geschichte. Mrs. Luke nickte hin und wieder amüsiert.

»Ja, ja; das hat sie großartig hingekriegt. Schlaue kleine Hexe. Betörende Augen hat sie, das muß man ihr lassen.«

»Wenn du mich hierher bestellt hast, um mir Beleidigungen an den Kopf zu werfen ...«

»Blödsinn! Ich werde mit Freuden an der Hochzeit teilnehmen. Aber du bist ein Dummkopf. Sag, warum bist du nicht zu mir gekommen, damit ich dir eine Frau suche? Ich kenne da nämlich zwei oder drei Mädchen aus wirklich guter Familie, die sich auf einen Mann mit so viel Geld regelrecht gestürzt hätten. Hübsche Mädchen obendrein. Aber du warst schon immer furchtbar unpraktisch. Mein lieber Junge, weißt du nicht, daß es haufenweise Damen – richtige Damen – gibt, die auf den erstbesten anständigen Mann warten, der ihnen fünf- oder sechshundert Pfund im Jahr bietet? Warum hast du von den Möglichkeiten keinen Gebrauch gemacht, mit denen ich dir, wie du wußtest, hätte dienlich sein können?«

Widdowson erhob sich und blieb steif stehen. »Du verstehst mich nicht im geringsten. Ich gedenke zu heiraten, weil ich zum ersten Mal in meinem Leben eine Frau kennengelernt habe, die ich achten und lieben kann.«

»Das ist sehr nett und anständig von dir. Aber warum solltest du nicht auch ein Mädchen aus der guten Gesellschaft achten und lieben können?«

»Miss Madden *ist* eine Dame«, rief er ungehalten aus.

»Oh ... ja ... selbstverständlich«, säuselte Mrs. Luke, den Kopf zurückrollend. »Nun, dann bring sie einmal zum Lunch mit hierher, wenn wir ungestört sind. Ich sehe schon, es hat keinen Sinn. Du bist kein besonders schlauer Mann, Edmund.«

»Willst du mir allen Ernstes weismachen«, fragte Widdowson mit aufrichtiger Verwunderung, »daß es in der guten Gesellschaft Damen gibt, die mich geheiratet hätten, nur weil ich über ein paar hundert Pfund im Jahr verfüge?«

»Mein lieber Junge, ich würde binnen zwei oder drei Tagen ein volles Dutzend davon ausfindig machen. Mädchen, die gute, treue Ehefrauen abgeben würden, aus reiner Dankbarkeit dem Manne gegenüber, der sie vor ... dem Elend errettet hat.«

»Verzeih mir, aber das glaube ich dir nicht.«

Mrs. Luke lachte belustigt auf, und die Unterhaltung ging noch zehn Minuten lang so weiter. Am Schluß zeigte Mrs. Luke sich etwas nachgiebiger, lobte Monicas hübsches Gesicht und ihre guten Manieren und entließ den ernst dreinblickenden Mann mit dem abermaligen Versprechen, sie bei der Hochzeit mit ihrer Anwesenheit zu beglücken.

Als Rhoda Nunn aus dem Urlaub zurückkehrte, war es nur noch eine Woche bis zu Monicas Vermählung, so schnell war alles beschlossen und vorbereitet worden. Miss Barfoot, die von Virginia über das, was diese über Mr. Widdowson wußte, lückenlos unterrichtet worden war, zeigte sich zuversichtlich; ein gesetzter Mann reiferen Alters und von mehr als hinreichendem Vermögen schien ihr keine schlechte Partie für ein Mädchen wie Monica zu sein. Rhoda lächelte verächtlich, als sie diese Ansicht hörte.

»Und dabei«, sagte sie, »hast du solche Ehen doch immer wieder streng verurteilt.«

»Es ist nicht die ideale Ehe«, entgegnete Miss Barfoot. »Aber so vieles im Leben ist ein Kompromiß. Und vielleicht empfindet sie ja mehr Zuneigung für ihn, als wir glauben.«

»Zweifelsohne hat sie die Vor- und Nachteile gegeneinander abgewogen. Hätten die Aussichten, die du zu bieten hattest, ihr mehr zugesagt, hätte sie diesen ältlichen Verehrer abgewiesen. Sein Schicksal hat sich in den letzten paar Wochen entschieden. Vielleicht hatte sie gehofft, an den Mittwochabenden, zu denen du sie eingeladen hattest, junge Männer kennenzulernen.«

»Ich fände es nicht schlimm, wenn dem so gewesen wäre«, entgegnete Miss Barfoot schmunzelnd. »Aber Miss Vesper dürfte sie diesbezüglich sehr bald aufgeklärt haben.«

»Ich hätte nicht gedacht, daß sie zu den Mädchen gehört, die sich mit Männern anfreunden, denen sie zufällig auf der Straße begegnen.«

»Ich auch nicht; aber um so zufriedener bin ich mit dem Ergebnis. Es war sehr riskant, was das arme Kind da gemacht hat. Siehst du, die Natur ist eben doch zu stark für uns, Rhoda.«

Rhoda warf den Kopf zurück.

»Und wie ihre Schwester sich freut! Es ist wirklich zum Heulen. Die bloße Tatsache, daß Monica heiraten wird, blendet die Ärmste so, daß sie nicht sieht, daß es eine Fehlentscheidung sein könnte.«

Im weiteren Verlauf dieses Gesprächs bemerkte Rhoda nachdenklich: »Mr. Widdowson scheint ein sehr vertrauensseliger Mensch zu sein. Es dürfte nur wenige Männer geben, die einem

Mädchen einen Heiratsantrag machen, das ihnen zufällig irgendwo begegnet ist – schon gar nicht, wenn sie vermögend sind.«

»Vermutlich hat er erkannt, daß es sich um einen Ausnahmefall handelte.«

»Woran hätte er das erkennen sollen?«

»Sei nicht so streng. Ihre Stellung als Ladenmädchen ist für vieles verantwortlich. Den beiden älteren Schwestern hätte dergleichen nie passieren können. Es muß sie zunächst ziemlich schockiert haben zu hören, auf welche Weise Monica den Mann kennengelernt hat.«

Rhoda ließ das Thema gelangweilt fallen und zeigte fortan nur noch wenig Interesse an Monica.

Monica unterdessen genoß es, von der Arbeit und der strengen Lebensauffassung in der Great Portland Street erlöst zu sein. Sie traf sich jeden Tag mit Widdowson und hörte ihm zu, wie er seine Vorstellungen über ihr künftiges Zusammenleben darlegte, während sie selbst meist nur schwieg. Gemeinsam speisten sie bei Mrs. Luke zu Mittag. Monica war mit dem Empfang recht zufrieden und begann insgeheim zu hoffen, daß ihr eines Tages mehr als nur ein flüchtiger Blick in diese prächtige Welt gestattet sein werde.

Wenn Monica nicht mit ihrem zukünftigen Ehemann zusammen war, befand sie sich in ausgelassener Stimmung, gelegentlich sogar regelrecht in einer euphorischen. Sie hatte Mildred gegenüber erklärt, daß sie Miss Nunn zu ihrer Hochzeit einladen wolle, und schien fest entschlossen, diesen Spaß, wie sie es nannte, in die Tat umzusetzen. Als dieser Wunsch schriftlich geäußert wurde, schickte Rhoda eine höfliche Absage; sie wäre bei einer solchen Feier gänzlich fehl am Platz, wünsche Monica aber von Herzen alles Gute. Virginia wurde daraufhin in die Queen's Road geschickt und bemühte sich so rührend, Rhoda umzustimmen, daß die Prophetin schließlich einlenkte. Als Monica das erfuhr, vollführte sie einen wahren Freudentanz, und ihre Zimmergenossin in der Rutland Street konnte nicht umhin, sich mit ihr zu freuen.

Die Trauung fand in einer Kirche in Herne Hill statt. Durch ein Mißgeschick – wie alles in der Geschichte dieses Paares eine Folge der Verständigungsschwierigkeiten zwischen den beiden – wurden Monicas Habseligkeiten, darunter auch ihr Hochzeitskleid, vorzeitig zum Haus des Bräutigams gebracht, so daß sich die Braut in Begleitung Virginias früh am Morgen dorthin begeben mußte. Es war eine sehr stille, ansonsten jedoch – mangels eigener Gestaltungsideen von seiten Widdowsons – konventionelle Hochzeitsfeier. Zu den Gästen zählten Virginia (als Brautführerin), Miss Vesper (die in dem hübschen Kleid, das Monica ihr geliehen hatte, etwas komisch wirkte), Rhoda Nunn, (die wider Erwarten dem Anlaß gemäß festlich gekleidet war), Mrs. Widdowson (eine imposante Figur, der man deutlich ansah, daß sie sich in dieser seltsamen Gesellschaft unwohl fühlte) sowie Mr. Newdick, ein Freund des Bräutigams – ein langweiliger und verklemmter Büroschreiber. Alle, einschließlich Widdowson, hatten betrübte Mienen; der Bräutigam blickte so ernst und düster drein, und seine Haltung war so verkrampft, daß man hätte meinen können, er stehe gegen seinen Willen hier. In der Stunde vor der kirchlichen Trauung weinte Monica und schien unsäglich traurig zu sein; sie hatte zwei Nächte lang kein Auge zugetan; ihr Gesicht war totenblaß. Kurz bevor die Gesellschaft sich versammelte, schwand selbst Virginias Fröhlichkeit, und auch sie vergoß etliche Tränen.

Es gab ein Hochzeitsessen, bei dem noch viel kläglicher herumgealbert wurde, als das bei anderen Hochzeiten gewöhnlich der Fall ist. Mr. Newdick sprach zitternd und bleich einen Toast auf Monica aus; Widdowson, ernst und finster wie eh und je, erwiderte den Toast mit steifer Miene, und damit war das Ganze glücklich überstanden. Gegen ein Uhr begann die Gesellschaft sich aufzulösen. Monica zog Rhoda Nunn zur Seite.

»Es war sehr freundlich von Ihnen, daß Sie gekommen sind«, flüsterte sie, leicht schluchzend. »Es war alles irgendwie so schrecklich peinlich, und Sie haben sich sicher hundertmal gewünscht, nicht hergekommen zu sein. Ich bin Ihnen wirklich aufrichtig dankbar.«

Ohne etwas zu erwidern, nahm Rhoda das Gesicht des Mädchens zwischen beide Hände und gab ihr einen Kuß; dann verließ sie das Haus. Nachdem Mildred Vesper sich wie bei ihrer Ankunft in demselben Zimmer umgekleidet hatte, das auch von Monica benutzt worden war, fuhr sie mit dem Zug in die Great Portland Street zu ihrer Arbeit. Nur Virginia war noch zugegen, als das Brautpaar die Hochzeitsreise antrat. Sie fuhren nach Cornwall und beabsichtigten, auf der Rückreise bei Miss Madden in Somerset vorbeizuschauen. Virginia blieb vorerst bei Mrs. Conisbee wohnen, jedoch mit ein paar kleinen Veränderungen: Von nun an würde sie sich richtig verwöhnen lassen und sich nicht mehr auf vegetarische Kost beschränken – auf Geheiß des Doktors, erklärte sie ihrer Zimmerwirtin.

Obwohl Everard Barfoot seinen beiden Freundinnen in Chelsea an eben diesem Abend einen Besuch abstattete – der erste seit Rhodas Rückkehr aus Cheddar –, erfuhr er nicht, was sich an diesem Tag Besonderes ereignet hatte. Miss Nunn erschien ihm jedoch anders als sonst; sie war zerstreut, redete wenig und sah bedrückt aus, ein Zustand, den er bei ihr noch nie wahrgenommen hatte. Miss Barfoot verließ aus irgendeinem Grund das Zimmer.

»Sie trauern wohl Ihrer alten Heimat nach«, sagte Everard, während er auf einem Sessel in Miss Nunns Nähe Platz nahm.

»Nein. Wie kommen Sie darauf?«

»Sie sehen so traurig aus.«

»So etwas soll vorkommen.«

»Mir gefällt dieser Blick an Ihnen. Darf ich Sie an Ihr Versprechen erinnern, mir aus Cheddar ein paar Blumen mitzubringen?«

»Ach ja, richtig«, rief Rhoda aus, als hätte sie das tatsächlich vergessen. »Ich habe sie mitgebracht, fachgerecht in Löschpapier gepreßt. Ich werde sie gleich holen.«

Als sie zurückkehrte, kam auch Miss Barfoot wieder herein, und die Unterhaltung gestaltete sich lebhafter.

Ein paar Tage später verreiste Everard für drei Wochen, unter anderem nach Irland.

»Ich habe London für eine Weile verlassen«, schrieb er seiner Kusine aus Killarney, »teilweise, weil ich befürchtete, Dich und Miss Nunn allmählich zu langweilen. Bereust Du es nicht, mir die Erlaubnis gegeben zu haben, Dich zu besuchen? Ich muß gestehen, daß ich ohne die Gesellschaft intelligenter Frauen nicht leben kann; es zählt zu einer meiner größten Vergnügungen, mich mit Frauen unterhalten zu können, wie Ihr es seid. Ich hoffe, meine Besuche werden Euch nicht lästig; denn seit ich fort bin, wird mir erst richtig bewußt, daß sie mir geradezu ein Bedürfnis sind. Aber es ist nur recht und billig, daß Ihr eine Weile Ruhe vor mir habt.«

»Keine Angst«, antwortete Miss Barfoot auf diesen Absatz seines Briefes, »die Gespräche mit Dir sind uns keineswegs lästig. Ehrlich gesagt, behagen sie mir weit mehr als die Gespräche, die wir früher zu führen pflegten. Ich habe den Eindruck, daß du vernünftiger geworden bist, und ich bin überzeugt, daß die Gesellschaft intelligenter Frauen (Miss Nunn und ich halten nichts von falscher Bescheidenheit) Dir guttut. Komm ruhig wieder her, sobald du es möchtest; ich werde dich willkommen heißen.«

Der Zufall wollte es, daß seine Ankunft in England fast auf den Tag genau mit Mr. und Mrs. Thomas Barfoots Rückkehr aus Madeira zusammenfiel. Everard suchte seinen Bruder, der sich vorerst aus gesundheitlichen Gründen in Torquay einquartiert hatte, unverzüglich auf; Thomas litt noch immer an den Folgen seines Unfalls; seine Frau hatte ihn in einem Hotel zurückgelassen und sich zu Verwandtenbesuchen in verschiedenen Teilen Englands aufgemacht. Es war ein herzliches Wiedersehen nach dieser langen Zeit; Everard blieb eine volle Woche bei seinem Bruder, und sie vereinbarten, sich nach Mrs. Thomas' Rückkehr abermals zu treffen.

Everard mußte zurück nach London, weil er zur Hochzeit seines Freundes Micklethwaite eingeladen war, die nun endlich stattfinden sollte. Der Mathematiker hatte in South Tottenham ein passendes Haus gefunden; es war sehr klein und die Miete sehr niedrig; dorthin wurden nun die Möbel seiner Braut gebracht, die seit dem Tod ihrer Eltern in ihrem Besitz waren; Micklethwaite kaufte nur ein paar neue Einrichtungsgegenstände hinzu. Barfoot hatte seinen Freund vorsichtig ausgehorcht und herausgefunden, daß »Fanny« gern musizierte, in ihrem neuen Heim jedoch kein Klavier mehr haben würde. Ihr altes Instrument war so defekt, daß sich die Kosten für einen Transport nicht lohnten; und so kam es, daß Micklethwaite ein paar Tage vor der Hochzeit zu seinem großen Erstaunen ein Kastenklavier ins Haus geliefert wurde, zu Händen einer noch gar nicht existierenden Person: Mrs. Micklethwaite.

»Du alter Gauner!« rief er aus, als Barfoot tags darauf vor der Haustür stand. »Das ist *dein* Werk. Was zum Teufel fällt dir ein? Ein Mann, der über Armut klagt! Also, das ist schlicht und einfach die größte Freude, die mir je gemacht wurde. Fanny wird dir ewig dankbar sein. Mit Musik im Haus wird unsere blinde Schwester ein ganz anderes Leben führen. Verdammt noch mal! Ich fange gleich an zu heulen. Wirklich, Mann, ich bin es nicht gewohnt, beschenkt zu werden, nicht einmal stellvertretend; ich habe seit meiner Schulzeit kein Geschenk mehr erhalten.«

»Das ist eine faustdicke Lüge. Hattest du mir nicht erzählt, daß Miss Wheatley keinen deiner Geburtstage verstreichen ließ, ohne dir etwas zu schicken?«

»O Fanny! Fanny habe ich niemals als eine andere Person betrachtet. Meine Güte, jetzt wird mir das erst bewußt: Fanny und ich sind seit Jahrzehnten eins.«

Am gleichen Abend trafen die beiden Schwestern ein. Micklethwaite überließ ihnen das Haus und nahm sich ein Zimmer.

Ziemlich gespannt machte Barfoot sich an dem vereinbarten Morgen auf den Weg nach South Tottenham. Er hatte zwar ein Foto von Miss Wheatley gesehen, aber eines, auf dem sie siebzehn Jahre jünger war. Als er ihr dann gegenüberstand, überkam ihn eine tiefe Rührung – weiters eine Empfindung, die das Antlitz einer Frau noch seltener in ihm zu wecken vermochte: Ehrfurcht. Unmöglich, in diesem Gesicht die ihm von der Fotografie her bekannten Züge wiederzuerkennen. Mit dreiundzwanzig war sie eine liebliche, reine Schönheit gewesen, deren Anblick jedes Mannes Auge entzückt hätte; mit vierzig war ihre Haut faltig, waren ihre Wangen eingefallen und bleich, hatte eine Müdigkeit für immer dem Gesicht ihren Stempel aufgedrückt. Obwohl sie genauso alt war wie Mary Barfoot, hätte man sie viel älter geschätzt. Und alles nur wegen des bißchen Geldmangels: das von hoffnungslosem Sehnen und dem harten Kampf ums tägliche Brot zermürbte Leben einer tugendhaften, sanften, gutherzigen Frau. Als sie seine Hand ergriff und ihm mit großer Schlichtheit für sein Geschenk dankte, verspürte Everard einen Kloß im Hals. Er war bestürzt darüber, daß der Lauf der Jahre dieser Frau so unbarmherzig seine Spuren aufgedrückt hatte; als er seinen Blick auf ihre Augen richtete, freute er sich über den sanften Glanz, den sie noch immer auszustrahlen vermochten.

Micklethwaite merkte vermutlich gar nicht, wie sehr sich ihr Äußeres verändert hatte. Er hatte sie hin und wieder gesehen, und immer mit den verklärenden Augen der Liebe. Seiner pathetisch klingenden Aussage zufolge war sie einfach ein Teil seiner selbst; es kam ihm sowenig in den Sinn, ihr Aussehen kritisch zu beurteilen, wie er sich selbst vor den Spiegel gestellt hätte, um sich über sein eigenes Äußeres den Kopf zu zerbrechen. Man brauchte ihn nur anzusehen, wie er neben ihr Platz nahm – der stolzeste und glücklichste Mann der Welt. Ein Wunder war ihm zuteil geworden; ein gütiges Schicksal hatte sie in seine Arme geführt und die langen, kummervollen Jahre aus dem Gedächtnis gelöscht. Fanny war ihm nach wie vor die Verlobte seiner Jugendzeit und in seinen Augen so schön wie damals, als er sie zum ersten Mal gesehen hatte.

Ihre Schwester, die fünf Jahre jünger war, hatte ebenmäßigere Züge, doch auch sie war vom Leid gezeichnet, und ihre blinden Augen machten es noch schmerzhafter, sie zu betrachten. Nichtsdestoweniger klang sie fröhlich und freute sich unbändig über Fannys Glück. Barfoot ergriff ihre Hände und drückte sie herzlich.

Sie fuhren gemeinsam in einem Wagen zur Kirche, und eine halbe Stunde später gab es die Dame, für die das Klavier bestimmt gewesen war, wirklich. Alles ging ohne großen Aufwand vonstatten; kein Brautkleid, kein Schleier, kein Kranz; nur der goldene Ring als Symbol ihres Bundes. Und das hätte schon fast zwanzig Jahre früher geschehen können; fast zwanzig verlorene Lebensjahre – und das nur des lächerlichen Geldes wegen.

»Dann werde ich mich jetzt verabschieden«, sagte Everard am Kirchenportal leise zu seinem Freund.

Der frisch Verheiratete packte ihn am Arm. »Du wirst nichts dergleichen tun. – Fanny, er will sich schon verabschieden! – Du wirst nicht gehen, ehe du meine Frau auf diesem gesegneten Instrument hast spielen hören.«

Also bestiegen sie wieder gemeinsam eine Droschke und fuhren zum Haus zurück. Ein fünfzehnjähriges Dienstmädchen, das Fanny aus ihrem Heimatort hierherbegleitet hatte, öffnete ihnen lächelnd und knicksend die Tür. Und dann saßen sie fröhlich plaudernd beieinander, die blinde Frau am fröhlichsten von allen; sie bat darum, ihr den Pfarrer zu beschreiben und wie die Kirche ausgesehen habe. Dann setzte sich Mrs. Micklethwaite ans Klavier und spielte ein paar einfache, altmodische Stücke, weder gut noch schlecht, doch zum grenzenlosen Entzücken zweier ihrer Zuhörer.

»Mr. Barfoot«, sagte die Schwester danach, »Ihr Name ist mir schon seit langem bekannt, aber ich hätte nicht gedacht, daß ich Sie an einem Tag wie diesem kennenlernen und Ihnen einmal zu so großem Dank verpflichtet sein würde. Wenn ich Musik hören kann, vergesse ich, daß ich nicht sehen kann.«

»Barfoot ist der feinste Kerl auf der ganzen Welt«, rief Micklethwaite aus. »Besser gesagt, er wäre es, wenn er etwas von Dreieckskoordinaten verstünde.«

»Sind *Sie* mathematisch begabt, Mrs. Micklethwaite?« fragte Everard.

»Ich? Um Himmels willen, nein! Ich bin nie viel weiter gekommen als bis zum Dreisatz. Aber Tom hat mir das längst verziehen.«

»Ich werde dich schon noch in die Planimetrie einführen, Fanny. Wenn wir einmal alt und grau sind, werden wir über Sinus und Kosinus plaudern.«

Das war halb ernst gemeint, doch Everard mußte laut lachen.

Er nahm bei ihnen noch ein bescheidenes Mittagsmahl ein, und am frühen Nachmittag verabschiedete er sich. Er hatte keine Lust heimzugehen – wenn man die kahle Wohnung überhaupt ein Heim nennen konnte. Nachdem er in seinem Club die Zeitungen gelesen hatte, streifte er ziellos durch die Straßen, bis es an der Zeit war, zum Abendessen in den Club zurückzukehren. Dann saß er, eine Zigarre rauchend, noch eine Weile gedankenverloren da, bis er sich um halb neun zur Royal Oak Station aufmachte, um nach Chelsea zu fahren.

13. Zwietracht zwischen den Leiterinnen

Zu seiner Enttäuschung wurde ihm mitgeteilt, daß Miss Barfoot sich nicht wohl fühle und keine Besucher empfangen könne. Ob es ihr schon länger nicht gut gehe, erkundigte er sich. Nein, erst seit heute abend; sie habe sich ohne Nachtmahl auf ihr Zimmer zurückgezogen. Miss Nunn habe keine Zeit, ihn zu empfangen.

Er ging heim und schrieb seiner Kusine einen Brief.

Am nächsten Morgen stieß er in der Zeitung auf eine Meldung, die möglicherweise die Erklärung für Miss Barfoots Unwohlsein bot. Es handelte sich um den Bericht über eine gerichtliche Untersuchung. Ein Mädchen namens Bella Royston hatte sich vergiftet. Sie war alleinstehend und ohne Anstellung gewesen und hatte nur von einer einzigen Dame Besuche empfangen. Diese Dame, eine Miss Barfoot, hatte sie finanziell unterstützt und ihr soeben eine Anstellung in einem Betrieb vermittelt. Das Mädchen schien jedoch so sehr aus dem Gleis geraten zu sein, daß sie mit der neuen Aufgabe überfordert war. Sie hinterließ einen kurzen, an ihre Wohltäterin adressierten Brief, in dem es lediglich hieß, daß sie lieber sterben wolle, als darum zu kämpfen, ihren Ruf wiederherzustellen.

Es war Sonnabend. Barfoot beschloß, am Nachmittag bei Mary vorbeizuschauen, um sich nach ihrem Befinden zu erkundigen.

Eine neuerliche Enttäuschung: Miss Barfoot gehe es wieder besser, und sie habe nach dem Frühstück das Haus verlassen. Miss Nunn sei ebenfalls nicht daheim.

Everard schlenderte durch die benachbarten Straßen und gelangte nach einer Weile in den Park des Chelsea Hospitals. Es war ein warmer Nachmittag und so still, daß er die gelben Blätter herabfallen hörte, während er kreuz und quer durch den Park spazierte. Es ärgerte ihn, daß er Miss Nunn nicht angetroffen hatte, denn allein ihretwegen suchte er das Haus seiner Kusine immer wieder auf. Er hatte zwar noch immer keine ernsten Absichten auf Rhoda, doch es drängte ihn, in die Tat umzusetzen, was er Micklethwaite gegenüber im Spaß angedeutet hatte; es reizte ihn, mit ihr zu flirten, allein als interessanter Zeitvertreib und um herauszufinden, wie eine so eigenwillige Frau darauf reagieren mochte. Hatte sie einen empfindsamen Zug in ihrem Wesen oder nicht? War es unmöglich, sie zu umgarnen wie andere Frauen? Während er noch diese Überlegungen anstellte, erblickte er das Objekt seiner Gedanken ein paar Schritte entfernt auf einer Bank sitzend. Sie hatte ihn offenbar noch nicht bemerkt; ihr Blick war gesenkt, und ein gequälter Ausdruck lag auf ihrem Gesicht.

»Ich komme soeben vom Haus meiner Kusine, Miss Nunn. Wie geht es ihr heute?«

Erst unmittelbar bevor er sie ansprach, blickte sie auf und schien verärgert über die Störung. »Ich denke, Miss Barfoot geht es sehr gut«, antwortete sie frostig, während sie sich die Hände reichten.

»Gestern abend war das aber nicht der Fall.«

»Kopfschmerzen oder so etwas ähnliches.«

Er war verblüfft. Rhodas Worte klangen kühl und gleichgültig. Sie hatte sich erhoben und gab ihm zu verstehen, daß sie weitergehen wollte.

»Sie mußte gestern einer gerichtlichen Untersuchung beiwohnen. Wäre es möglich, daß sie das ziemlich mitgenommen hat?«

»Ja, das hat es wohl.«

Unfähig, sich sogleich auf Rhodas ungewohnte Stimmung einzustellen, aber fest entschlossen, sie nicht gehenzulassen, ehe er den Grund dafür erfahren hatte, spazierte er neben ihr her. In diesem Teil des Parks befanden sich außer ihnen nur ein paar Kinder mit ihren Kindermädchen; es wäre der ideale Ort und der ideale Augenblick gewesen, die Beziehung zu dieser außergewöhnlichen Frau zu vertiefen. Doch sie war womöglich bestrebt, ihn abzuschütteln. Einen Wettstreit zwischen seinem und ihrem Willen auzutragen würde ihn reizen.

»Auch Sie hat die Sache erschüttert, Miss Nunn.«

»Die Gerichtsverhandlung?« fragte sie mit kaum verhülltem Zorn. »Das hat sie keineswegs.«

»Kannten Sie das Mädchen?«

»Früher einmal.«

»Dann ist es nur natürlich, daß Sie über ihr furchtbares Schicksal betrübt sind«, sagte er mitfühlend, ohne sich von ihren Worten beirren zu lassen.

»Es berührt mich nicht im geringsten«, antwortete Rhoda, ihn mit einer Mischung aus Überraschung und Verärgerung anblikkend.

»Verzeihen Sie, aber es fällt mir schwer, das zu glauben. Vielleicht – «

Rhoda fiel ihm ins Wort. »Ich verzeihe es nicht so leicht, wenn man mir unterstellt, die Unwahrheit zu sagen, Mr. Barfoot.«

»Oh, Sie nehmen das zu wörtlich. Ich bitte Sie tausendmal um Vergebung. Ich wollte nur andeuten, daß Sie sich vielleicht nicht eingestehen möchten, daß Sie in einem solchen Fall Mitleid empfinden.«

»Ich gestehe nichts ein, was ich nicht empfinde. Ich wünsche Ihnen einen guten Tag.«

Er blickte sie mit dem verbindlichsten Lächeln an, dessen er fähig war. Sie hatte ihm mit kühler, herablassender Miene die Hand entgegengestreckt, die er, statt sie nur kurz zum Zeichen des Abschieds zu drücken, festhielt. »Sie müssen mir verzeihen! Ich könnte es nicht ertragen, wenn Sie mich so fortschickten. Ich sehe ein, daß es völlig falsch war, was ich da gesagt habe. Sie kennen die genauen Einzelheiten über diesen Fall, während ich darüber nur einen kurzen Zeitungsbericht gelesen habe. Ich bin sicher, das Mädchen hat Ihr Mitleid nicht verdient.«

Sie versuchte, ihre Hand zurückzuziehen. Everard spürte die Kraft ihrer Muskeln, und dieses Gefühl war irgendwie so angenehm, daß er sie nicht sofort loszulassen vermochte.

»Verzeihen Sie mir, Miss Nunn?«

»Bitte machen Sie sich nicht lächerlich. Ich wäre Ihnen dankbar, wenn Sie meine Hand losließen.«

War es die Möglichkeit? Ihre Wangen hatten sich gerötet, wenn auch nur ganz leicht; allerdings eindeutig vor Entrüstung, denn ihre Augen blitzten ihn wütend an. Everard mußte wohl oder übel gehorchen.

»Hätten Sie die Güte, mir mitzuteilen«, fragte er ernst, »ob es allein an diesem Vorfall lag, daß es meiner Kusine nicht gut ging?«

»Das weiß ich nicht«, sagte sie nach einem kurzen Schweigen. »Ich habe mit Miss Barfoot seit zwei oder drei Tagen nicht gesprochen.«

Er sah sie mit aufrichtiger Verwunderung an. »Haben Sie sie nicht gesehen?«

»Miss Barfoot ist wütend auf mich. Wir werden uns wohl trennen müssen.«

»Trennen? Was um alles in der Welt ist geschehen? Miss Barfoot ist wütend auf *Sie*?«

»Wenn ich Ihre Neugier unbedingt befriedigen muß, Mr. Barfoot, verrate ich Ihnen besser gleich, daß es bei unserem Streit um besagtes Mädchen ging. Vor einiger Zeit versuchte dieses Mädchen, Ihre Kusine zu überreden, sie wieder bei uns aufzunehmen – sie wieder zu unterrichten, so wie vorher, ehe sie diesen Fehltritt begangen hat. Miss Barfoot war in ihrer Gutmütigkeit bereit, das zu tun, ich hingegen äußerte Bedenken. Meiner Meinung nach wäre das ein Zeichen von Schwäche und außerdem ein Fehler gewesen. Es gelang mir damals, sie umzustimmen. Jetzt, nachdem das Mädchen sich umgebracht hat, wirft sie mir vor, daran schuld zu sein, weil ich mich damals eingemischt habe. Es ist zwischen uns zu einer heftigen Auseinandersetzung gekommen, und ich glaube nicht, daß wir weiterhin unter einem Dach leben können.«

Barfoot hörte mit Genugtuung zu. Es bedeutete einiges, Rhoda dazu gebracht zu haben, sich zu rechtfertigen, noch dazu in einer so heiklen Angelegenheit.

»Nicht einmal weiterhin zusammenarbeiten?« fragte er.

»Ich bezweifle es.« Rhoda schritt noch immer dahin, aber sehr langsam und ohne Unduldsamkeit.

»Ich bin sicher, daß sich alles wieder einrenken wird. Freundinnen wie Sie und Mary streiten sich nicht wie gewöhnliche, uneinsichtige Frauen. Könnte ich Ihnen nicht behilflich sein?«

»Wie denn?« fragte Rhoda überrascht.

»Indem ich meiner Kusine klarmache, daß sie im Unrecht ist.«

»Woher wollen Sie wissen, daß sie das ist?«

»Weil ich überzeugt bin, daß *Sie* recht haben. Ich schätze Marys Urteilsvermögen, aber Ihres schätze ich noch mehr.«

Rhoda hob den Kopf und lächelte. »Dieses Kompliment«, sagte sie, »freut mich nicht so sehr wie das andere, das Sie indirekt gemacht haben.«

»Das müssen Sie mir erklären.«

»Sie deuteten an, Miss Barfoots Meinung über mich ändern zu können, indem sie ihr klarmachen, daß sie im Unrecht sei. Die Allgemeinheit würde Ihnen da kaum recht geben, nicht einmal, wenn es sich um einen Mann handelte.«

Everard lachte. »Na also, das klingt doch schon viel besser. Jetzt reden wir wieder im gewohnten Ton miteinander. Wie Sie sich sicherlich denken können, ist mir die Meinung der Allgemeinheit vollkommen gleichgültig.«

Sie schwieg.

»Aber ist Mary nun tatsächlich im Unrecht? Ich scheue mich nicht, diese Frage zu stellen, nun da Ihre Miene sich ein wenig aufgehellt hat. Sie waren ganz schön unwirsch zu mir! Das hatte ich doch bestimmt nicht verdient! Sie wären sicherlich viel nachsichtiger gewesen, wenn Sie gewußt hätten, wie sehr ich mich freute, Sie dort drüben sitzen zu sehen. Seit unserer letzten Begegnung ist fast ein Monat vergangen, und ich konnte nicht mehr länger warten.«

Rhoda blickte ungerührt nach vorn.

»Hatte Mary das Mädchen gern?« fragte er, indem er sie anblickte.

»Ja.«

»Dann ist ihre Verzweiflung, ja sogar ihre Wut, ganz natürlich. Wir brauchen nicht über die Einzelheiten zu reden; ich denke, ich weiß, was ich wissen muß. Was für eine Missetat das Mädchen auch immer begangen haben mag, es war gewiß nicht Ihre Absicht, es in den Selbstmord zu treiben.«

Rhoda gedachte nicht zu antworten.

»Aber«, fuhr er vorsichtig fort, »es sieht praktisch so aus, als hätten Sie das getan. Hätte Mary sie wieder aufgenommen, wäre es wahrscheinlich niemals zu dieser Verzweiflungstat gekommen. Ist es nicht natürlich, daß Mary es bereut, auf Sie gehört zu haben, und nun vielleicht recht harte Dinge sagt?«

»Ja, das schon. Doch ebenso natürlich ist es, wenn ich mich darüber ärgere, daß man mir die Schuld gibt, obwohl ich nicht schuldig bin.«

»Sind Sie da vollkommen sicher?«

»Ich dachte, Sie wären überzeugt, daß ich im Recht bin?«

Sie lächelte nicht, doch Everard vermeinte einen Anflug davon auf den geschlossenen Lippen wahrzunehmen.

»Ich habe es mir angewöhnt, das immer anzunehmen – bei Fragen dieser Art. Aber vielleicht sind Sie einfach nur ein wenig zu streng. Vielleicht haben Sie zu wenig Verständnis für menschliche Schwächen.«

»Menschliche Schwächen werden viel zu häufig als Ausrede mißbraucht, und meistens aus eigennützigen Gründen.«

Das klang beinahe wie ein persönlicher Vorwurf. Ob sie es so gemeint hatte, vermochte Barfoot nicht auszumachen. Er hoffte aber, daß dem so sei, denn je persönlicher ihre Unterhaltung wurde, desto gelegener käme ihm das.

»Ich für meinen Teil«, sagte er, »gebrauche diese Ausrede äußerst selten, weder zu meiner eigenen Verteidigung noch zu der anderer. Doch handelt es sich dabei um eine menschliche Eigenart, die nun einmal nicht zu leugnen ist. Bedauern Sie es nicht ein wenig, Ihre unnachgiebige Haltung beibehalten zu haben?«

»Nicht im geringsten.«

Everard fand diese Antwort großartig. Er hatte mit einer ausweichenden Reaktion gerechnet. Er konnte ein Lächeln nicht unterdrücken, so unpassend das auch sein mochte.

»Ich bewundere Ihre Standhaftigkeit! Was sind wir anderen doch arme, wankelmütige Geschöpfe dagegen.«

»Mr. Barfoot«, sagte Rhoda unvermittelt, »mir reicht es jetzt. Selbst wenn Sie mir aufrichtig recht geben sollten – ich lege keinen Wert darauf. Und wenn Sie Ihr Talent zu ironischen Bemerkungen unter Beweis stellen wollen, wäre es mir lieber, Sie suchten sich dafür jemand anderen. Ich würde jetzt gern allein weitergehen, wenn Sie gestatten.«

Sie nickte ihm kurz zu und ließ ihn stehen.

Das war fürs erste genug. Nachdem er den Hut gezogen und auf dem Absatz kehrtgemacht hatte, schlenderte Barfoot befriedigt davon. Er lachte in sich hinein. Sie war wirklich ein großartiges Geschöpf – ja, auch in körperlicher Hinsicht. Ihre Erscheinung außer Haus gefiel ihm gar nicht schlecht; obgleich sie sich sehr schlicht kleidete, kam ihre Figur vorteilhaft zur Geltung. Er stellte sie sich vor, wie sie in den Bergen herumstreifte, und wünschte sich, sie auf einer solchen Wanderung begleiten zu können; es bedürfte keinerlei Rücksichtnahme auf eine schwache Konstitution, wie das normalerweise der Fall war, wenn man mit einer Frau einen Ausflug unternahm. Welch gewagte Themen könnte man im Verlauf einer Zwanzig-Meilen-Tour querfeldein anschneiden! Keine engstirnige Sittenstrenge bei Rhoda Nunn; kein affektiertes Getue, kein Drumherumgerede. Wenn man es recht bedachte, war es durchaus kein Fehler, wenn ein Mann versuchte, sie zur lebenslangen Gefährtin zu gewinnen.

Angenommen, er trieb seinen Scherz so weit, daß er um ihre Hand anhielt? Sie würde ihm mit Sicherheit einen Korb geben; allein es wäre höchst amüsant zu beobachten, wie sich ihr stolzer Unabhängigkeitswille behauptete! Aber würde ein Heiratsantrag nicht etwas zu Alltägliches sein? Wäre es nicht besser, ihr vorzuschlagen, ohne Trauschein zusammenzuleben, ohne amtlichen Segen, der für sie beide ohnehin keinerlei Bedeutung haben würde? War das zu dreist?

Nicht, wenn er es ernst meinte. In unlauterer Absicht geäußert, kämen solche Worte einer Beleidigung gleich; sie würde seine gespielte Ernsthaftigkeit durchschauen, und dann könnte er ihr für immer Lebewohl sagen. Was aber, wenn sich die geistige Sympathie mit Leidenschaft vermischte – und verspürte er nicht bereits einen Anflug davon? Es wäre kurios, falls er sich in Rhoda Nunn verlieben sollte. Sein Ideal war bisher ein ganz anderer Frauentyp gewesen; sie mußte von außergewöhnlicher Schönheit sein und von einer feinen Sinnlichkeit. Nun ja, das war nur eine Idealvorstellung; in seinem Bekanntenkreis war ihm noch nie eine reale Entsprechung derselben begegnet. Dieses Wunschbild war mittlerweile nicht mehr so maßgebend für ihn wie noch vor ein paar Jahren; vielleicht, weil seine Jugend hinter ihm lag. Rhoda entsprach durchaus den Vorstellungen eines reifen, modernen Mannes, der sich nicht vom Gefühl, sondern vom Verstand leiten ließ. Er wollte um Himmels willen niemals an eine brave Hausfrau geraten; und ebensowenig käme für ihn eine Dame der besseren Gesellschaft als Partnerin in Betracht – lauter oberflächliche Kreaturen, mit hohlen Birnen und verunreinigtem Blut. Eine Ehe im herkömmlichen Sinne war nichts für ihn. Er brauchte weder Nachkommen noch ein »Heim«. Falls Rhoda Nunn überhaupt an solche Dinge dachte, stellte sie sich vermutlich eine Verbindung vor, die es ihr ermöglichte, ein selbständig denkendes Wesen zu bleiben; Küche, Wiege und Nähkorb hatten keinerlei Bedeutung in ihrer Vorstellungswelt. Aller Wahrscheinlichkeit nach war sie jedoch mit ihrem Ledigendasein vollkommen zufrieden – hielt sie es hinsichtlich ihrer Ziele sogar für unabdingbar. In ihrem Gesicht las er Keuschheit; ihr Auge hielt jedem prüfenden Blick stand; ihre Hand war kalt.

Einer solchen Frau kann man das Herz nicht brechen. Ein gebrochenes Herz ist etwas sehr Antiquiertes, das mit Geistesarmut einhergeht. Wenn er Rhoda richtig einschätzte, mußte es ihr gefallen, daß sie diese Gelegenheit hatte, ein fortschrittliches Mannsbild zu studieren. Und da sie ihn jederzeit fortschicken konnte, machte es ihr sicher nichts aus, wie er seinerseits mit seinen Studien vorankam. Der Spaß hatte gerade erst begonnen. Und falls für ihn Ernst daraus würde, warum nicht? – Schließlich suchte er doch nichts anderes als intensive Erfahrungen.

Rhoda war unterdessen nach Hause gegangen. Sie zog sich in ihr Zimmer zurück und blieb dort, bis die Glocke zum Abendessen rief.

Miss Barfoot betrat das Eßzimmer unmittelbar vor ihr; sie setzten sich schweigend zu Tisch und wechselten während der Mahlzeit nur ein paar Sätze über ein aktuelles Thema, das weder die eine noch die andere besonders interessierte.

Die Ältere der beiden trug eine sehr unglückliche Miene zur Schau; sie sah abgespannt aus und blickte kein einziges Mal auf.

Nach dem Abendessen ging Miss Barfoot allein in den Salon. Sie hatte fast eine halbe Stunde lang grübelnd und untätig dort gesessen, als Rhoda hereinkam und sich vor sie hinstellte.

»Ich habe über alles nachgedacht. Es ist besser, wenn ich ausziehe. Ein solches Arrangement war nur möglich, solange zwischen uns völliges Einvernehmen herrschte.«

»Du mußt tun, was du für richtig hältst, Rhoda«, antwortete Miss Barfoot ernst, aber ohne Anzeichen von Verärgerung.

»Ja, es ist besser, wenn ich mir irgendwo ein Zimmer nehme. Was ich gerne wissen möchte, ist, ob es dir unangenehm wäre, wenn ich weiterhin für dich arbeite.«

»Du arbeitest nicht für mich. Das ist nicht der richtige Begriff für unsere Art der Zusammenarbeit. Formell ausgedrückt, könnte man schlichtweg sagen, daß du meine Partnerin bist.«

»Diese Stellung verdanke ich allein deiner Großherzigkeit. Wenn du mich nicht mehr als eine Freundin betrachtest, bin ich nichts weiter als deine Angestellte.«

»Ich betrachte dich noch immer als eine Freundin. Die Entfremdung zwischen uns geht ganz allein von dir aus.« Da sie merkte, daß Rhoda sich nicht zu setzen gedachte, stand Miss Barfoot auf und stellte sich an den Kamin.

»Ich kann es nicht ertragen, wenn man mir Vorwürfe macht«, sagte Rhoda, »schon gar nicht, wenn sie unsinnig und ungerechtfertigt sind.«

»Falls ich dir etwas vorgeworfen habe, dann war das auf keinen Fall böse gemeint. Man könnte meinen, ich hätte dich gescholten wie ein ungehorsames Dienstmädchen.«

»Wenn *das* möglich gewesen wäre«, antwortete Rhoda mit dem Anflug eines Lächelns, »würde ich niemals hierher gekommen sein. Du sagtest, du hättest es bitter bereut, in einer gewissen Sache auf mich gehört zu haben. Das war unlogisch, denn durch dein Einlenken erklärtest du dich überzeugt. Und den Vorwurf habe ich nicht verdient, da ich keineswegs leichtfertig gehandelt habe.«

»Darf ich denn nicht etwas mißbilligen, von dem du überzeugt bist?«

»Nicht, wenn du dich meiner Meinung angeschlossen und danach gehandelt hast. Ich behaupte nicht, daß ich viele Tugenden habe, und sanftmütig bin ich schon gar nicht. Ich konnte es noch nie ertragen, wenn man mich ärgert.«

»Es war falsch von mir, so ärgerlich zu werden, doch um ehrlich zu sein, wußte ich kaum, was ich sagte. Ich hatte einen fürchterlichen Schock erlitten. Ich hatte das arme Mädchen sehr gern; hatte es gern um so mehr, als ich ihr Schicksal mitansehen mußte, seit sie mich einst um Hilfe angefleht hatte. Deine totale Kälte ... kam mir unmenschlich vor ... war mir regelrecht unheimlich. Wenn in deinem Gesicht auch nur eine winzige Spur Mitleid wahrzunehmen gewesen wäre – «

»Ich *empfand* kein Mitleid.«

»Nein. Vor lauter Theorien bist du ganz hart geworden. Sei auf der Hut, Rhoda! Wenn man sich für die Frauen einsetzt, muß man seine Weiblichkeit bewahren. Du wirst allmählich ... du bist genauso weit vom richtigen Weg entfernt ... nein, viel weiter entfernt als Bella!«

»Ich kann darauf nichts erwidern. Solange wir in einem freundschaftlichen Geist über unsere verschiedenen Ansichten diskutierten, ließ sich alles sagen; wenn ich aber jetzt sagen würde, was ich denke, würde es mir als Härte ausgelegt und übelgenommen. Ich fürchte, zwischen uns ist es aus. Ich würde dich ständig an diesen Schmerz erinnern.«

Es herrschte eine Zeitlang Schweigen. Rhoda wandte sich ab und stand nachdenklich da.

»Laß uns nichts überstürzen«, sagte Miss Barfoot. »Es geht hier um mehr als um unsere persönlichen Gefühle.«

»Wie schon gesagt, ich bin durchaus gewillt, meine Arbeit fortzusetzen, allerdings auf einer anderen Basis. Wir können nicht länger als Gleichgestellte zusammenarbeiten. Ich bin bereit, mich nach deinen Anweisungen zu richten. Da du aber eine Abneigung gegen mich entwickelt hast, dürfte das unmöglich sein.«

»Abneigung? Du mißverstehst mich gründlich. Ich glaube vielmehr, daß du es bist, die eine Abneigung gegen mich entwickelt hat – eine schwache Frau, die ihre Gefühle nicht unter Kontrolle bringt.«

Abermals verfielen sie in Schweigen. Nach einer Weile meldete sich Miss Barfoot zu Wort. »Rhoda, ich werde morgen den ganzen Tag über fort sein; vielleicht kehre ich erst Montag früh nach London zurück. Bitte denke noch einmal in Ruhe über alles nach. Glaube mir, ich bin nicht verärgert über dich, und was die Abneigung gegen dich betrifft – was für einen Unsinn reden wir da! Doch ich bedaure keineswegs, daß ich mir habe anmerken lassen, wie sehr mich dein Verhalten erschüttert hat. Diese Härte, die du da an den Tag legst, ist nicht echt. Du zwingst dich dazu, hart zu sein, und damit läufst du Gefahr, einen sehr edlen Charakter zu verformen.«

»Ich möchte einfach nur aufrichtig sein. Wo du Mitleid empfandest, dort empfand ich Empörung.«

»Ja, das haben wir bereits diskutiert. Deine Empörung war künstlich und übertrieben. Du siehst es vielleicht anders. Aber versuche dir einen Moment lang vorzustellen, Bella wäre deine Schwester gewesen –«

»Das sind zwei ganz verschiedene Dinge«, rief Rhoda gereizt aus. »Habe ich jemals behauptet, man könnte solche Gefühle unterdrücken? In meinem Kummer wäre ich selbstverständlich außerstande gewesen, den Fall unvoreingenommen zu beurteilen. Aber zum Glück war sie *nicht* meine Schwester, und somit war ich imstande, ein objektives Urteil über sie abzugeben. Es sind nicht persönliche Gefühle, mit denen sich eine große Bewegung der Menschheitsgeschichte lenken läßt. Du magst recht gehabt haben, aber ich hatte ebenfalls recht. Du hättest in diesem Augenblick bemerken müssen, daß unsere Standpunkte zwangsläufig unvereinbar waren.«

»Ich fand das keineswegs zwangsläufig.«

»Ich hätte mich vor mir selbst geschämt, wenn ich es fertiggebracht hätte, Mitleid zu heucheln.«

»Zu heucheln – ja.«

»Oder wenn ich es tatsächlich empfunden hätte. Das hätte bedeutet, daß ich mich selbst nicht kenne. Ich hätte nie mehr gewagt, mich zu einem ernsten Thema zu äußern.«

Miss Barfoot lächelte traurig. »Wie jung du bist! Der Altersunterschied zwischen uns beträgt weit mehr als zehn Jahre, Rhoda! In geistiger Hinsicht bist du ein junges Mädchen, und ich bin eine alte Frau. Nein, nein; wir *werden* uns nicht zerstreiten. Deine Gesellschaft ist mir viel zu kostbar, und ich wage zu hoffen, daß die meine für dich ebenfalls nicht wertlos ist. Warte, bis ich meinen Kummer überwunden habe; dann werde ich vernünftiger sein und dich gerechter beurteilen.«

Rhoda wandte sich zur Tür, zögerte einen Augenblick, verließ dann aber, ohne sich umzudrehen, das Zimmer.

Wie sie angekündigt hatte, war Miss Barfoot am Sonntag abwesend und kehrte erst am Montag morgen zurück, gerade rechtzeitig zum Arbeitsbeginn in der Great Portland Street. Sie und Rhoda gaben einander die Hand, wechselten jedoch kein persönliches Wort miteinander. Sie gingen wie gewohnt ihrer Tagesarbeit nach.

Einmal im Monat hielt Miss Barfoot nachmittags um vier Uhr eine kleine Ansprache, und heute war es wieder soweit. Das Thema war eine Woche zuvor bekanntgegeben worden: »Die Frau als Eindringling«. Eine Stunde früher als gewöhnlich ruhte die Arbeit, und es wurden rasch Stühle für das kleine Publikum aufgestellt; dreizehn Zuhörerinnen hatten sich eingefunden – die bereits anwesenden Mädchen und ein paar Gäste. Sie alle wußten von der Tragödie, in die Miss Barfoot kürzlich hineingezogen worden war, und führten die ungewohnt traurige Miene, mit der sie heute ihren Vortrag einleitete, auf dieses Ereignis zurück.

Wie immer begann sie in einem ganz zwanglosen Ton. Vor einiger Zeit habe sie einen anonymen Brief erhalten, in dem ein arbeitsloser Büroschreiber sie gröblich beschimpfte, weil sie weibliche Konkurrenz für die Bürowelt heranziehe. Der Stil dieses Briefes sei ebenso schlecht wie seine Grammatik, aber sie sollten ihn dennoch hören. Nun, fuhr sie fort, nachdem sie ihn laut vorgelesen hatte, wer immer der Absender auch sein möge, es scheine klar zu sein, daß er nicht zu jener Sorte Menschen zähle, mit denen sich eine vernünftige Diskussion führen ließe; es sei sinnlos, *ihm* zu antworten, selbst wenn die Möglichkeit dazu bestanden hätte. Dennoch könne man seinen unsachlichen Angriff nicht ignorieren, und es gebe eine Menge Leute, die ihm zustimmen würden, wenn auch mit sachlicheren Argumenten. »Sie würden Ihnen nicht nur sagen, daß Sie Ihre Weiblichkeit ablegen, wenn Sie die Geschäftswelt betreten, sondern auch, daß Sie den zahllosen Männern, die hart ums nackte Überleben kämpfen, großes Unrecht tun. Sie drücken die Löhne, Sie dringen in einen bereits überlaufenen Bereich vor, Sie schaden sogar Ihren Geschlechtsgenossinnen, indem Sie die Männer daran hindern zu heiraten, denn verdienten sie genug, würden sie ja eine Ehefrau versorgen.« Heute, fuhr Miss Barfoot fort, gedenke sie nicht den ökonomischen Aspekt dieser Frage zu erörtern. Sie wolle über einen anderen Aspekt sprechen, selbst auf die Gefahr hin, sich in vielem zu wiederholen, was sie bereits früher gesagt habe, doch das Thema beschäftige sie gerade im Augenblick sehr stark.

Dieser Schreiberling, der seiner Aussage zufolge durch eine junge Frau ersetzt worden sei, die seine Arbeit zu einem geringeren Lohn verrichte, habe zweifelsohne Grund zur Klage. Doch müsse angesichts der traurigen gesellschaftlichen Zustände erwogen werden, welche Klage schwerer wiege, und nach Miss Barfoots Ansicht war es wichtiger, sich für die Frauen einzusetzen, die in eine bislang den Männern vorbehaltene Domäne eindrangen, als für die Männer, die anfingen, sich über dieses Eindringen zu beklagen.

»Sie zählen ein halbes Dutzend Berufe auf, die für die Frauen vorzüglich geeignet seien. Warum beschränken wir uns nicht auf diese Berufe? Warum ermutige ich die Mädchen nicht, Gouvernanten, Krankenschwestern und dergleichen zu werden? Vielleicht sollte ich Ihrer Meinung nach erwidern, daß es dafür bereits zu viele Bewerberinnen gibt. Das entspräche der Wahrheit, doch ich möchte dieses Argument nicht heranziehen, denn das würde uns sofort in eine Debatte über den verdrängten Büroschreiber verwickeln. Kurzum: es geht mir in Wahrheit in erster Linie nicht darum, daß Sie *Geld verdienen*, sondern darum, daß die Frauen *vernünftige und verantwortungsbewußte Menschen* werden.

Verstehen Sie mich recht. Eine Gouvernante und eine Krankenschwester mögen die bewundernswertesten Frauen von allen sein. Ich werde es niemandem auszureden versuchen, einen Beruf zu ergreifen, der seinen Neigungen entspricht. Doch das trifft nur auf einen Bruchteil der riesigen Anzahl von Mädchen zu, die unbedingt eine seriöse Arbeit finden müssen, um nicht verachtet zu werden. Weil ich selbst eine kaufmännische Ausbildung absolviert habe und somit über die entsprechenden Kenntnisse verfüge, kümmere ich mich um Mädchen mit ähnlichen Interessen und bemühe mich, sie so gut ich kann auf eine Bürotätigkeit vorzubereiten. Und – auch dies muß ich besonders betonen – ich bin *froh* darüber, diesen Weg eingeschlagen zu haben. Ich bin *froh* darüber, daß ich Frauen auf einen Beruf vorbereiten kann, den meine Gegner als ›unweiblich‹ bezeichnen.

Lassen Sie mich erklären, warum. Die Begriffe ›weiblich‹ und ›weibisch‹ sind von ganz unterschiedlicher Bedeutung; letzterer wird mittlerweile jedoch im gleichen Sinne gebraucht wie ersterer. Mit einem weiblichen Beruf ist praktisch ein Beruf gemeint, den ein Mann geringschätzt. Und hier ist der Kern der Sache. Wie schon gesagt, geht es mir nicht in erster Linie darum, daß Sie imstande sind, Ihr Brot zu verdienen. Ich bin ein ungemütlicher, aggressiver, revolutionärer Mensch. Ich möchte erreichen, daß die Begriffe ›weiblich‹ und ›weibisch‹ nicht mehr verwechselt werden, und ich bin mir zutiefst im klaren darüber, daß dies nur durch eine kämpferische Bewegung zu bewerkstelligen ist, durch das Vordringen der Frauen in Domänen, zu denen die Männer uns stets den Eintritt verwehrt haben. Ich lehne das Bild, das John Ruskin in so bezaubernden Worten von uns malt, entschieden ab – denn es entspricht der Ansicht jener Männer, deren Denken und Reden über uns alles andere als bezaubernd sind. Lebten wir in einer idealen Welt, würden die Frauen vermutlich nicht danach streben, den ganzen Tag lang im Büro zu sitzen. Wir leben jedoch in einer Welt, die alles andere als ideal ist. Wir leben in einer Zeit des Kampfes, der Revolte. Wenn eine Frau erreichen will, daß sie nicht mehr als weibisch gilt, sondern als menschliches Wesen mit geistigen Fähigkeiten und Verantwortungsgefühl, muß sie kämpfen, muß sie Widerstand leisten. Sie muß ihre Forderungen auf die Spitze treiben.

Eine hervorragende Gouvernante, eine perfekte Krankenschwester verrichten Arbeiten von unschätzbarem Wert; für unsere Sache, für die Emanzipation der Frau, sind sie indes nicht dienlich – ja sogar schädlich. Die Männer deuten auf sie und sagen: ›Macht es ihnen nach, bleibt in der Welt, in die ihr gehört.‹

Die Welt, in die wir gehören, ist die Welt des Geistes, der aufrichtigen Anstrengung, der moralischen Stärke. Die alten Muster weiblicher Vollkommenheit sind für uns nicht mehr anwendbar. Wie der Gottesdienst, der für alle mit Ausnahme von einem unter tausend zu inhaltslosem Geleier geworden ist, sind diese Muster wirkungslos geworden. Sie sind nicht mehr lehrbar. Wir müssen uns selbst fragen: Welche Art von Ausbildung ist geeignet, die Frauen aufzurütteln, ihnen ihr innerstes Wesen bewußt zu machen, sie zu gesunder Aktivität anzuspornen?

Es muß etwas Neues sein, etwas, das nicht als ›weiblich‹ abgetan wird. Es ist mir gleichgültig, ob wir die Männer verdrängen. Es ist mir gleichgültig, welche Folgen gezeitigt werden, wenn nur die Frauen stark dabei werden, selbstbewußt und unabhängig! Die Allgemeinheit muß sich um ihre Anliegen selbst kümmern. Sehr wahrscheinlich wird es zu einem Umsturz der gesellschaftlichen Ordnung kommen, fundamentaler als alles, was bisher vorstellbar schien. Lassen wir es auf uns zukommen und laßt *uns* unseren Teil dazu beitragen. Wenn ich an das Elend der Frauen denke, die durch Traditionen, durch ihre Schwachheit, ihre Wünsche versklavt sind, bin ich bereit auszurufen: Möge lieber die Welt im Chaos versinken, als daß alles so weitergeht wie bisher!«

Einen kurzen Augenblick versagte ihr die Stimme. Tränen standen ihr in den Augen. Die meisten Zuhörerinnen verstanden, warum sie so leidenschaftlich wurde; sie warfen einander ernste Blicke zu.

»Ich wünsche dem Verfasser dieses Schmähbriefes alles Gute. Er muß für die Torheit der Männer aller Zeiten büßen. Wir können nichts dagegen tun. Es ist nicht unsere Absicht, irgend jemanden ins Elend zu stürzen, doch wir Frauen sind eben selbst dabei, einem unerträglich gewordenen Elend zu entrinnen. Wir sind dabei, uns zu bilden, uns zu erziehen. Es bedarf eines neuen Typs Frau, aktiv in allen Lebensbereichen: eine neue Arbeiterin in der Welt, eine neue Herrscherin im Heim. Wir können etliche der alten Tugenden übernehmen, doch es müssen manche hinzukommen, die bisher ausschließlich den Männern zugesprochen wurden. Eine Frau mag sanft sein, doch zugleich muß sie Stärke beweisen; sie soll reinen Herzens sein, aber nichtsdestoweniger auch klug und gebildet. Weil es unsere Aufgabe ist, den verschlafenen Exemplaren unseres Geschlechts ein Vorbild zu sein, müssen wir einen offensiven Kampf führen, müssen wir

Eindringlinge sein. Ob die Frau sich in jeder Hinsicht mit dem Mann messen kann, weiß ich nicht, und es ist mir auch egal. Hinsichtlich Größe, Gewicht und Muskeln können wir uns nicht mit ihm messen, und möglicherweise haben wir eine geringere Geisteskraft. Das tut nichts zur Sache. Es genügt, wenn wir uns darüber im klaren sind, daß wir in unserem natürlichen Wachstum behindert wurden. Die meisten Frauen sind immer armselige Kreaturen gewesen, und ihre Armseligkeit ist den Männern zum Fluch geworden. Also könnte man auch sagen, daß unsere Arbeit nicht nur uns selbst, sondern im gleichen Maße den Männern zugute kommt. Möge die Verantwortung für die Unruhen bei denen liegen, die bewirkt haben, daß wir unser altes Selbst verachten. Wir werden uns um jeden Preis – um jeden Preis sage ich – vom Erbe der Schwäche und Verachtung befreien!«

Es dauerte länger als gewöhnlich, bis die Versammlung sich aufgelöst hatte. Als alle gegangen waren, horchte Miss Barfoot, ob im Zimmer nebenan Schritte zu vernehmen seien. Da kein Laut an ihr Ohr drang, ging sie hinüber, um nach Rhoda zu sehen.

Ja, Rhoda saß in nachdenklicher Haltung da. Sie blickte auf, lächelte und kam ihr dann entgegen. »Das war sehr gut.«

»Ich dachte mir, das würde dir gefallen.« Miss Barfoot trat näher und fügte hinzu: »Es war an dich gerichtet. Ich hatte den Eindruck, du hättest vergessen, wie ich wirklich über diese Dinge denke.«

»Ich habe mich unmöglich benommen,« entgegnete Rhoda. »Starrsinn ist eine meiner negativen Eigenschaften.«

»Das stimmt.«

Ihre Blicke trafen sich.

»Ich glaube«, fuhr Rhoda fort, »ich sollte dich um Verzeihung bitten. Ob ich nun recht oder unrecht hatte, sei dahingestellt, auf jeden Fall habe ich ein inakzeptables Verhalten an den Tag gelegt.«

»Ja, das finde ich auch.«

Rhoda lächelte und senkte den Kopf.

»Lassen wir's gut sein«, fügte Miss Barfoot hinzu. »Komm, gib mir einen Kuß und laß uns wieder Freundinnen sein.«

14. Gleiche Motive

Als Barfoot seinen nächsten Abendbesuch abstattete, ließ Rhoda sich nicht blicken. Er unterhielt sich eine Weile angeregt mit seiner Kusine, ohne daß Miss Nunns Name gefallen wäre. Als er allmählich befürchtete, sie nicht zu Gesicht zu bekommen, erkundigte er sich nach ihrem Befinden. Miss Nunn sei wohlauf, antwortete die Gastgeberin lächelnd.

»Ist sie heute abend nicht daheim?«

»Ich nehme an, sie ist in irgendwelche Studien vertieft.«

Der Streit zwischen den beiden Frauen war, wie Barfoot vorhergesehen hatte, offenbar glücklich beigelegt worden. Er hielt es für besser, wenn er die Begegnung mit Rhoda im Park nicht erwähnte.

»Eine äußerst unangenehme Sache, in die du da hineingezogen wurdest, wie ich letzte Woche las«, sagte er dann.

»Es hat mich sehr mitgenommen; ich war ein paar Tage lang regelrecht krank.«

»War das der Grund, warum du mich nicht empfangen konntest?«

»Ja.«

»In deiner Antwort auf meinen Brief hast du nicht erwähnt, worum es im einzelnen ging.«

Miss Barfoot schwieg; mit leicht gerunzelter Stirn blickte sie in das Kaminfeuer, vor dem sie saßen, denn es war sehr kalt geworden.

»Ich nehme an«, fuhr Everard fort, indem er sie anblickte, »du hast es aus Taktgründen unterlassen – mir gegenüber, meine ich.«

»Müssen wir darüber sprechen?«

»Nur ganz kurz, bitte. Du bist zwar inzwischen wieder überaus freundlich zu mir, aber ich vermute, daß du mich kaum anders einschätzt als vor Jahren, oder?«

»Wozu sollen diese Fragen dienen?«

»Ich frage aus einem bestimmten Grund. Du hast keine Achtung vor mir, stimmt's?«

»Um die Wahrheit zu sagen, Everard, ich weiß nichts über dich. Ich habe keine Lust, unangenehme Erinnerungen aufzufrischen, und ich halte es durchaus für möglich, daß du Achtung verdienst.«

»Na gut. Dann beantworte mir fairerweise eine weitere Frage. Was hast du Miss Nunn von mir erzählt?«

»Ist das von Bedeutung?«

»Das ist von außerordentlicher Bedeutung. Hast du von einem gewissen Skandal erzählt, in den ich verwickelt war?«

»Ja, das habe ich.«

Everard sah sie überrascht an.

»Ich erzählte Miss Nunn von dir«, fuhr sie fort, »ohne zu ahnen, daß du jemals hierher kommen würdest. Offen gesagt, ich gebrauchte dich als Anschauungsbeispiel für jene Verhaltensweisen, die ich verabscheue.«

»Du bist eine couragierte und freimütige Frau, Kusine Mary«, sagte Everard leicht belustigt. »Hättest du nicht ein anderes Beispiel wählen können?«

Es kam keine Antwort.

»Folglich«, fuhr er fort, »hält Miss Nunn mich für einen ausgemachten Halunken?«

»Ich habe ihr keine Einzelheiten erzählt. Ich sagte nur ganz allgemein, was mich an deinem Verhalten ärgerte, das war alles.«

»Dann bin ich ja beruhigt. Ich bin froh, daß du sie nicht mit diesem unerquicklichen Märchen amüsiert hast.«

»Märchen?«

»Ja, Märchen«, sagte Everard barsch. »Ich habe nicht vor, ins Detail zu gehen; die Sache ist vorbei und vergessen, und ich habe mich damals bewußt nicht verteidigt. Aber du sollst ruhig wissen, daß mein Verhalten vollkommen falsch dargestellt wurde. Daß du mich heranzogst, um eine bestimmte Moral zu veranschaulichen, war eine bedauerliche Verkennung. Mehr will ich nicht sagen. Wenn du mir glauben kannst, tue es; wenn nicht, streiche die ganze Angelegenheit aus deinem Gedächtnis.«

Es folgte ein kurzes Schweigen. Dann schnitt Miss Barfoot völlig gelassen ein anderes Thema an. Everard folgte ihrem Beispiel. Eine Weile später brach er auf und bat beim Abschied darum, Miss Nunn von ihm zu grüßen.

Eine Woche später traf er seine Kusine abermals allein an. Er war sich nun sicher, daß Miss Nunn ihm bewußt aus dem Weg ging. Neulich im Park hatte sie ihn recht abrupt stehengelassen, was womöglich bedeutete, daß sie tiefer gekränkt war, als er damals vermutet hatte. Es war so schwierig, Miss Nunn richtig einzuschätzen. Bei jeder anderen Frau hätte er ein solches Verhalten für Koketterie gehalten. Aber vielleicht war Rhoda zu so etwas gar nicht fähig. Vielleicht nahm sie sich selber so ernst, daß allein der Verdacht, er halte sie zum besten, sie tief verärgerte.

Oder aber es war ihr peinlich, ihm unter die Augen zu treten, nachdem sie ihn von ihrem Streit mit Miss Barfoot unterrichtet hatte; jetzt, da ihre schlechte Laune verflogen war – es war eindeutig schlechte Laune gewesen –, hatte sie eingesehen, wie töricht ihr Verhalten gewesen war. Solche Vermutungen gingen ihm durch den Kopf, während er sich mit Mary unterhielt. Doch er erwähnte Miss Nunn kein einziges Mal.

Etwa zehn Tage später machte er einen Besuch zu einer gesellschaftsüblichen Stunde – um fünf Uhr nachmittags; es war ein Samstag. Einer der Gründe, warum er um diese Zeit kam, war die Hoffnung, weiteren Besuchern zu begegnen, denn er war neugierig, welche Sorte Leute das Haus aufzusuchen pflegten. Und diese Hoffnung wurde nicht enttäuscht. Als er den Salon betrat, wohin er vom Dienstmädchen sogleich geführt worden war, fand er dort nicht nur seine Kusine und ihre Freundin vor, sondern auch zwei ihm unbekannte Damen. Ein kurzer Blick genügte, um festzustellen, daß die beiden jung und gutaussehend waren; eine der beiden entsprach dem Typ Frau, der ihm besonders gut gefiel – dunkelhaarig, blaß, mit strahlenden Augen.

Miss Barfoot begrüßte ihn so, wie jede andere Gastgeberin es auch getan hätte. Sie war wieder ganz die alte, und sie stellte ihn unverzüglich der Dame vor, mit der sie sich gerade unterhalten hatte – der dunkelhaarigen, mit Namen Mrs. Widdowson. Rhoda Nunn, die mit der anderen Dame etwas abseits saß, reichte ihm die Hand, wandte sich aber sogleich wieder ihrer Gesprächspartnerin zu.

Bald darauf plauderte er auf seine lockere und charmante Art mit Mrs. Widdowson, wobei Miss Barfoot hin und wieder ein Wort beisteuerte. Er sah jener an, daß sie noch nicht lange verheiratet war; die entzückende Schüchternheit und der mädchenhafte Glanz ihrer leuchtenden Augen ließen ihn darauf schließen. Sie war sehr hübsch gekleidet und schien sich dieser Tatsache bewußt zu sein.

»Wir haben uns gestern abend im Savoy die neue Oper angehört«, erzählte sie Miss Barfoot mit einem verklärten Lächeln.

»Ach ja? Miss Nunn und ich waren auch dort.«

Everard starrte seine Kusine mit gespielter Ungläubigkeit an.

»Ist es die Möglichkeit?« rief er aus. »Ihr wart im Savoy?«

»Warum sollte das unmöglich sein? Dürfen Miss Nunn und ich etwa nicht ins Theater gehen?«

»Ich verweise auf Mrs. Widdowson. Auch sie war überrascht.«

»Ja, das stimmt, Miss Barfoot!« rief die junge Dame mit einem fröhlichen kleinen Lachen aus. »Ich wagte zunächst gar nicht, Ihnen von diesem seichten Zeitvertreib zu erzählen.«

Indem sie die Stimme senkte und lächelnd in Rhodas Richtung blickte, entgegnete Miss Barfoot: »Ich muß Miss Nunn zuliebe gelegentlich eine Ausnahme machen. Es wäre herzlos, ihr niemals eine kleine Abwechslung zu gönnen.«

Die beiden abseits Sitzenden waren mit ernsten Mienen in ihr Gespräch vertieft. Ein paar Minuten später erhoben sie sich, und die Besucherin kam zu Miss Barfoot herüber, um sich zu verabschieden. Everard setzte sich daraufhin zu Miss Nunn.

»Ist die neue Oper von Gilbert und Sullivan sehenswert?« erkundigte er sich.

»Sehr sogar. Sie haben sie wirklich noch nicht gehört?«

»Nein – muß ich zu meiner Schande gestehen.«

»Dann tun Sie es doch heute abend – falls Sie noch eine Karte bekommen. Auf welchen Plätzen sitzen Sie am liebsten?«

Er schaute ihr prüfend ins Gesicht, vermochte aber keine Spur von Spott zu entdecken.

»Tja, ich bin ein armer Mann und muß mich mit den billigen Plätzen begnügen. Was ziehen Sie vor, die Opern im Savoy oder die Burlesken im Gaiety?«

Nach ein paar weiteren solchen Fragen und Antworten von bemühter Banalität oder gekünstelter Leichtfertigkeit musterte Everard das Gesicht seiner Gesprächspartnerin und brach lachend ab.

»Da sehen Sie,« sagte er, »jetzt haben wir uns im bewährten Fünf-Uhr-Stil unterhalten. Haargenau der gleiche Dialog, den ich gestern in einem Salon gehört habe. So geht das Tag für Tag, Jahr für Jahr, das ganze Leben der Leute hindurch.«

»Sind Sie mit solchen Leuten befreundet?«

»Ich bin mit Leuten jederlei Art befreundet.« Mit gedämpfter Stimme fügte er hinzu: »Ich hoffe, ich darf Sie dazuzählen, Miss Nunn?«

Rhoda ignorierte die Frage. Sie blickte zu Monica und Miss Barfoot hinüber, die sich soeben erhoben hatten. Die beiden näherten sich, und kurz darauf fand Barfoot sich in gewohnter Runde wieder.

»Noch eine Tasse Tee, Everard?« fragte seine Kusine.

»Danke. Wer war die junge Dame, der du mich nicht vorgestellt hast?«

»Miss Haven – eine unserer Schülerinnen.«

»Trägt sie sich mit der Absicht, in einem Büro zu arbeiten?«

»Sie hat gerade eine Stelle in der Verlagsabteilung einer Wochenzeitschrift gefunden.«

»Den Gesprächsfetzen nach zu urteilen, die an mein Ohr drangen, hätte ich sie eigentlich für ein hochgebildetes Mädchen gehalten.«

»Das ist sie auch«, entgegnete Miss Barfoot. »Wo siehst du da den Widerspruch?«

»Warum strebt sie keine bessere Position an?«

Miss Barfoot und Rhoda lächelten einander an.

»Es gibt nichts, das besser für sie wäre. Sie möchte später einmal eine eigene Zeitschrift herausgeben. Deshalb will sie das Handwerk von Grund auf erlernen. Du denkst noch immer in sehr konventionellen Bahnen, Everard. Du meintest wohl, sie sollte sich irgend etwas Apartes suchen ... etwas Damenhaftes.«

»Nein. Keineswegs. Ich finde das sehr gut. Und wenn Miss Haven ihre Zeitung herausgibt, wird Miss Nunn dafür schreiben.«

»Das will ich hoffen«, pflichtete seine Kusine ihm bei.

»Ihr vermittelt mir das Gefühl, mit einer großen Bewegung unserer Zeit in Berührung zu sein. Es ist wundervoll, euch zu kennen. Aber sagt, kann ich euch nicht auf irgendeine Art behilflich sein?«

Mary lachte.

»Bedaure, nicht im geringsten.«

»Nun ja, – ›es dienen auch die, die nur dastehen und warten‹.«

Wenn es nach Everard gegangen wäre, hätte er das Haus in der Queen's Road jeden zweiten Tag aufgesucht. Weil das nicht möglich war, er zudem weder gern las noch wußte, wie er seine Zeit anderweitig ausfüllen sollte, verbrachte er etliche Stunden in Gesellschaft anderer. Anfangs hatte er in London nur wenige Kontakte – Leute mit Vermögen und Ansehen –, doch mit der Zeit erweiterte sich sein Bekanntenkreis. Hätte er sich mit Heiratsabsichten getragen, hätte er trotz seines geringen Einkommens gute Erfolgsaussichten bei einer wohlhabenden Familie gehabt, deren einzige Kinder – zwei nicht sonderlich hübsche, aber gebildete Töchter – auf Männer von Geist warteten, die ihre Vorzüge zu schätzen wüßten. Aber sie waren in der guten Gesellschaft ja so rar, diese Männer von Geist, und ach! ihr Verstand ließ sie so oft im Stich, wenn es hieß, sich eine Ehefrau zu suchen. Barfoot, der prinzipiell jede Möglichkeit in Betracht zu ziehen pflegte, fragte sich natürlich, ob es nicht vernünftig wäre, einer der beiden Schwestern den Hof zu machen. Er brauchte ein größeres Einkommen; er wollte in Zukunft komfortabler reisen können als beim vorigen Mal. Agnes Brissenden schien ihm ein überaus ruhiges und vernünftiges Mädchen zu sein; sie würde vermutlich nur einen Mann heiraten, der wirklich zu ihr paßte, und setzte die Ehe mit immerwährender Freundschaft gleich, die nicht durch weibliche Torheiten gefährdet werden dürfte. Sie war keine Schönheit, aber von überdurchschnittlicher Intelligenz – jedenfalls von größerer als ihre Schwester.

Der Gedanke war nicht abwegig, doch fürs erste wollte er Rhoda Nunn häufiger sehen. Er hatte begonnen, sie in jene Klasse von Frauen einzustufen, die sowohl gut aussahen als auch intelligent waren. Seltsam, wie sehr sich ihr Gesicht seit ihrer ersten Begegnung in seiner Wahrnehmung verändert hatte. Jetzt hellte sein Blick sich auf, wenn er es erblickte – wie bei einem Mann, dessen Sinne angenehm berührt werden. Er lernte es immer besser kennen, war auf die ständigen Veränderungen gefaßt, wartete auf bestimmte Bewegungen der Augenbrauen oder des Mundes, wenn er etwas Bestimmtes gesagt hatte. Als er damals ihre Hand gewaltsam festhielt, hatte das den Beginn eines Stadiums zunehmender Wertschätzung markiert; seitdem drängte es ihn, das Experiment zu wiederholen.

»... ist deine Geliebte außer sich vor Wut, / umschließe ihre weiche Hand und laß sie rasen ...« Diese Verse gingen ihm im Kopf umher, und er verstand sie besser als je zuvor. Es würde ihm großes Vergnügen bereiten, Rhoda in Rage zu bringen und sie dann mit aller Kraft festzuhalten, ihre Sinne zu bezwingen und zu beobachten, wie sich ihre langen Wimpern über die ausdrucksvollen Augen senkten. Aber das klang zu sehr nach Liebe, und er wollte auf keinen Fall ernsthaft in Miss Nunn verliebt sein.

Es vergingen abermals drei Wochen, bis er Gelegenheit hatte, sie allein zu sprechen. Er kam diesmal an einem Sonntagnachmittag, gegen vier Uhr, und traf Rhoda allein im Salon an; Miss Barfoot war nicht in der Stadt. Rhoda begrüßte ihn so offen und freundlich wie schon seit langem nicht mehr, ja eigentlich seit ihrer Rückkehr aus Cheddar. Sie sah äußerst gut aus, lachte ungezwungen und schien alles in allem in gelöster Stimmung zu sein. Barfoot bemerkte, daß der Klavierdeckel aufgeklappt war.

»Spielen Sie?« fragte er. »Komisch, daß ich diese Frage noch stellen muß.«

»Ach, nur sonntags hin und wieder einen Choral«, antwortete sie leichthin.

»Einen Choral?«

»Warum nicht? Ich mag einige der alten Weisen sehr. Sie erinnern mich an das goldene Zeitalter.«

»In Ihrem Leben, meinen Sie?«

Sie nickte.

»Sie haben schon ein paarmal von diesen Zeiten gesprochen, als wären Sie in der Gegenwart nicht vollkommen glücklich.«

»Natürlich bin ich nicht vollkommen glücklich. Welche Frau ist das schon? Zumindest, wenn es sich um eine Frau handelt, die mehr ist als eine gehätschelte Miezekatze.«

Everard, der an einem Ende des Sofas saß, beugte sich zu ihr vor und blickte ihr fest ins Gesicht.

»Ich wünschte, es stünde in meiner Macht, einige der Ursachen Ihrer Unzufriedenheit zu beheben. Ich kann gar nicht sagen, wie gerne ich das tun würde.«

»Ihre Gutmütigkeit ist überwältigend, Mr. Barfoot«, entgegnete Rhoda lachend. »Aber leider sind Sie nicht imstande, die Welt zu verändern.«

»Nicht die ganze Welt. Aber könnte ich nicht vielleicht Ihre Ansichten über die Welt verändern ... in mancherlei Hinsicht?«

»Das bezweifle ich sehr. Ich ziehe es vor, meine eigenen Ansichten zu haben, statt sie mir durch eine der Ihren ersetzen zu lassen.«

Wenn sie in dieser Stimmung war, reizte sie seine männliche Natur besonders. Sie war gegen alles gewappnet. Sie ließ sich durch keine seiner Äußerungen einschüchtern. Kein verlegenes Erröten, kein nervöses Zittern, keine alberne Schüchternheit. Trotzdem sah er in ihr eine Frau, und zwar eine begehrenswerte.

»Meine Ansichten sind nicht verwerflich«, murmelte er.

»Das will ich hoffen. Aber es sind die Ansichten eines Mannes.«

»Männer und Frauen sollten das Leben aus möglichst gleichen Blickwinkeln sehen.«

»Finden Sie? Mag sein; sicher bin ich mir da nicht. In unserem Zeitalter wird das jedenfalls nicht der Fall sein.«

»Bei einigen von ihnen schon. Bei einem Mann und einer Frau, die Vorurteile und Aberglauben überwunden haben. Sie und ich zum Beispiel.«

»Oh, diese Begriffe sind vieldeutig. Ihrer Meinung nach müßte ich eigentlich eine Unmenge alberner Vorurteile haben.«

Das Gespräch machte ihr Spaß; er sah das ihrer Miene an, sah in ihren Augen ein trotzig-vergnügtes Funkeln. Sein Puls klopfte daraufhin noch schneller.

»Sie haben beispielsweise ein Vorurteil gegen *mich*.«

»Sagen Sie, waren Sie mittlerweile im Savoy?« fragte Rhoda ausweichend.

»Ich habe nicht die Absicht, mich über das Savoy zu unterhalten, Miss Nunn. Wir haben zwar die Stunde der Teetassen, doch einstweilen haben wir das Zimmer noch für uns.«

Rhoda erhob sich und läutete.

»Die Teetassen mögen sofort gebracht werden.«

Er lachte leise und blickte sie mit halb geschlossenen Lidern an. Rhoda redete weiter über belanglose Dinge, bis der Tee kam und sie ihm eine Tasse reichte. Nachdem diese in zwei Zügen geleert war, beugte er sich wieder zu ihr vor.

»Also, Sie gaben mir vorhin zu verstehen, daß Sie ein Vorurteil gegen mich hegten. Dafür dürfte meine Kusine Mary verantwortlich sein. Mary hat mir unrecht getan. Sie hielten mich für etwas Verabscheuungswürdiges, ehe Sie mich überhaupt kennengelernt hatten. Das war nicht nett von meiner Kusine.«

Rhoda nippte mit kalter, gleichgültiger Miene an ihrem Tee.

»Als wir uns damals im Park trafen und ich Sie so in Rage brachte«, fuhr er fort, »wußte ich noch nichts davon.«

»Ich war nicht geneigt, mich über das Vorgefallene lustig zu machen.«

»Ich doch auch nicht. Sie haben mich vollkommen falsch verstanden. Würden Sie mir erzählen, wie die Unstimmigkeit ausgeräumt wurde?«

»O ja. Ich gestand ein, daß ich mich unmöglich verhalten hatte und starrköpfig gewesen war.«

»Wie köstlich! Starrköpfig? Ich habe auch viel davon in meinem Wesen. Mein gesamtes Berufsleben war ein langwieriger Anfall von Starrköpfigkeit. Als Jugendlicher legte ich mich auf einen bestimmten Beruf fest und ließ mich nicht umstimmen, obwohl ich merkte, daß es eine Fehlentscheidung gewesen war und mir diese Sturheit viel Kummer bescherte. Es würde mich interessieren, ob Mary Ihnen das erzählt hat.«

»Sie hat irgendwann einmal so etwas erwähnt.«

»Sie konnten es vermutlich kaum glauben, oder? Inzwischen bin ich viel vernünftiger geworden. Ich habe mich in so vielen Punkten verändert, daß ich mein früheres Ich kaum noch wiedererkenne. Vor allem, was meine Ansichten über die Frauen anbetrifft. Wenn ich geheiratet hätte, als ich noch keine dreißig war, hätte ich mir wie der Durchschnittsmann ein kleines Dummerchen ausgesucht – mit den unerfreulichen Folgen. Wenn ich jetzt heirate, wird es eine Frau mit Charakter und Geist sein. Eine standesamtliche Heirat kommt für mich allerdings nicht in Frage. Meine Gefährtin müßte über Formalitäten genauso erhaben sein wie ich.«

Rhoda blickte einige Sekunden lang in ihre Teetasse, dann sagte sie lächelnd: »Sie sind demnach ebenfalls ein Reformer?«

»Sozusagen.«

Er hatte Mühe, sich seine Nervosität nicht anmerken zu lassen. Die gewagte Erklärung war ihm spontan über die Lippen gerutscht, und es freute ihn, daß Rhoda sie so gelassen aufnahm.

»Fragen zum Thema Ehe«, fuhr sie fort, »interessieren mich nicht sonderlich; diese spezielle Reform erscheint mir freilich nur wenig zweckmäßig. Damit würde man versuchen, einen Idealzustand herzustellen, während wir noch dabei sind, grundlegende Hindernisse zu überwinden.«

»Ich bin keineswegs dafür, daß sich die ganze Menschheit diese Freiheit erlaubt. Nur diejenigen, die ihrer wert sind.«

»Und was«, fragte sie kaum merklich lachend, »sind die eindeutigen Zeichen dafür, daß jemand ihrer wert ist? Ich denke, es wäre sehr wichtig, die zu kennen.«

Everard blieb ernst. »Das stimmt. Aber eine freie Bindung ist nur dann sinnvoll, wenn beide Partner einander ebenbürtig sind. Kein aufrichtiger Mann würde dergleichen beispielsweise einer Frau vorschlagen, die unfähig wäre, alle Folgen abzusehen, die sich daraus ergeben, oder die unfähig wäre, wieder allein zu leben, sollte das wünschenswert werden. Ich gebe zu, daß die Sache nicht ganz einfach ist, sowohl in emotionaler als auch in materieller Hinsicht. Sollte meine Frau erklären, daß sie wieder frei sein möchte, dürfte das unter Umständen sehr schmerzhaft für mich sein; als ein halbwegs intelligenter Mann müßte ich mich jedoch damit abfinden; ich halte nichts davon, gewaltsam an einer Ehe festzuhalten. Eine Frau von der Art, die ich meine, würde das genauso sehen.«

Würde sie den Mut haben, auf eine Schwierigkeit hinzuweisen, die er unberücksichtigt gelassen hatte? Nein. Er hatte den Eindruck, sie wollte gerade etwas erwidern, doch sie bot ihm nur eine weitere Tasse Tee an.

»Das scheint demnach *nicht* Ihr Ideal zu sein?« fragte er.

»Das Thema interessiert mich nicht im geringsten«, antwortete Rhoda, möglicherweise mit einer Spur von Ungeduld in der Stimme.

»Meine Arbeit und mein Denken gelten den Frauen, die nicht heiraten – den ›überzähligen Frauen‹, wie ich sie zu nennen pflege. Nur an ihnen bin ich interessiert. Man darf nicht zu vieles gleichzeitig anfangen.«

»Und Sie zählen sich eindeutig zu ihnen?«

»Selbstverständlich.«

»Daher rühren einige Ihrer Ansichten über das Leben, die ich gerne ändern würde. Ihre Arbeit ist sehr wertvoll, doch mir wäre es lieber, jede andere Frau der Welt verschriebe sich dieser Sache. Ich bin so egoistisch, mir zu wünschen – «

Die Tür ging auf, und das Dienstmädchen meldete die Ankunft von Mr. und Mrs. Widdowson.

Miss Nunn erhob sich mit völlig beherrschter Miene und trat auf die beiden zu. Barfoot erhob sich ebenfalls, wenn auch langsamer, und musterte neugierig den Ehemann der hübschen, dunkelhaarigen Frau, die er bereits kennengelernt hatte. Er war teils überrascht, teils amüsiert über Widdowson. Wie war dieser steife, ernste Bursche mit dem angegrauten Bart zu einer solchen Ehefrau gekommen? Er hielt Mrs. Widdowson zwar nicht für eine außergewöhnliche Persönlichkeit, doch die beiden waren wirklich ein merkwürdiges Gespann.

Sie kam zu ihm herüber und gab ihm die Hand. Während Everard ein paar belanglose Worte zu ihr sagte, bemerkte er, daß ihr Ehegatte ihn ansah – und mit welch einem Blick! Wenn je die Miene eines Mannes die schlimmste Form von Eifersucht verraten hat, dann die von Mr. Widdowson. Sein starres Lächeln bekam einen fratzenhaften Ausdruck.

Gleich darauf wurden die beiden einander vorgestellt. Obgleich sie sich nichts zu sagen hatten, hielt Everard ein kurzes Gespräch in Gang, um Widdowson beobachten zu können. Nach einer Weile wandte er sich von ihm ab und sprach Mrs. Widdowson an, wobei er, sich des eifersüchtigen Auges bewußt, einen besonders lebhaften und vertraulichen Ton anschlug, der von der Dame zögernd erwidert wurde.

Everard ärgerte sich maßlos über die Ankunft dieser Leute. Noch eine Viertelstunde, und der Punkt, auf den er zusteuerte, wäre erreicht gewesen; er hätte erlebt, wie Rhoda auf eine Liebeserklärung reagierte. Obwohl Rhoda sich so selbstbeherrscht gab, glaubte er, daß er ihr keineswegs vollkommen gleichgültig war. Sie unterhielt sich gern mit ihm, und es gefiel ihr, daß er zwanglos über jedes Thema sprach, wie es ihm beliebte. Vielleicht war er der erste Mann, der ihr zu verstehen gab, daß er ihre weiblichen Qualitäten schätzte. Doch sie würde nicht schwach werden; seine Annäherungsversuche stellten keine ernsthafte Gefahr für sie dar. Nein, in Gefahr war vielmehr sein eigener Seelenfriede. Er spürte, daß, wenn er auf Widerstand stieß, seine Umwerbung noch intensiver werden würde, und daß er Gefahr lief, ein Opfer echter Leidenschaft zu werden. Nun gut, sollte sie diesen Triumph genießen, wenn sie imstande war, ihn zu erringen.

Er beschloß, länger zu bleiben als die Widdowsons, deren Besuch bestimmt nicht lange dauern würde. Doch das Schicksal war ihm nicht wohlgesonnen. Es traf eine weitere Besucherin ein, eine Dame namens Cosgrove, die es sich so bequem machte, als gedenke sie mindestens eine Stunde zu bleiben. Damit nicht genug, hörte er sie zu Rhoda sagen: »Oh, kommen Sie doch zum Dinner zu uns. Bitte, tun Sie mir den Gefallen!«

»Vielen Dank, sehr gerne«, war Miss Nunns Antwort. »Können Sie auf mich warten und mich dann mitnehmen?«

Es hatte keinen Sinn, länger zu bleiben. Kurz nachdem die Widdowsons fort waren, ging er zu Rhoda hin und reichte ihr schweigend die Hand. Sie blickte ihn nur flüchtig an und erwiderte den Druck seiner Hand nicht im geringsten.

Rhoda speiste bei Mrs. Cosgrove und war um elf Uhr wieder daheim. Als das Haus abgeschlossen und das Dienstpersonal zu Bett gegangen war, saß sie in der Bibliothek und blätterte in einem Buch, das sie von ihrer Bekannten mitgebracht hatte. Es handelte sich um eine Sammlung von Essays. In einem davon wurden sehr fortschrittliche Ansichten über die Beziehung der Geschlechter geäußert, indem das Thema vollkommen unvoreingenommen angegangen wurde und der Autor zu unkonventionellen Schlußfolgerungen gelangte. Mrs. Cosgrove hatte mit lebhaftem Interesse über diesen Aufsatz gesprochen. Rhoda las ihn aufmerksam durch, hin und wieder innehaltend, um nachzudenken.

Barfoot lag mit seinen Vermutungen ziemlich richtig.

Rhoda war noch nie von einem Mann umworben worden, und kein Mann war ihres Wissens jemals versucht gewesen, es zu tun. In gewissen Stimmungslagen empfand sie darüber Genugtuung, und es bestärkte sie in ihrem Lebenszweck; nachdem sie die Dreißig überschritten hatte, hielt sie es für eine ausgemachte Sache, daß ihr niemals ein Heiratsantrag gemacht werden würde und daß sie folglich alle Gefühlsregungen ausklammern konnte, die geeignet waren, ihre verstandesmäßigen Entscheidungen zu erschüttern. Diese Gefühle ließen sich jedoch nicht immer unterdrücken. Laut Miss Barfoots Worten war sie trotz ihres Alters noch immer jugendlich – im Aussehen als auch im Wesen. Als junges Mädchen hatte sie sich in leidenschaftlichen Träumen verloren, und das Feuer ihrer Natur war keineswegs erloschen, sondern glühte noch unter einem Berg moralischer und geistiger Errungenschaften. Eine einzige Stunde der Untätigkeit erfüllte sie mit Verzweiflung, die deshalb nicht weniger schmerzlich war, weil sie sich dessen schämte. Wenn sie nur ein einziges Mal geliebt worden wäre wie andere Frauen – wenn sie einmal einen Antrag erhalten und ihn abgelehnt hätte –, dann wäre sie innerlich gelassener gewesen. So glaubte sie zumindest. Insgeheim empfand sie es als ein hartes Schicksal, den alltäglichen Triumph ihres Geschlechts niemals erlebt zu haben. Und zudem schmälerte es den Wert ihrer Position als einer Führerin und Förderin weiblicher Unabhängigkeit. Womöglich gab es sogar Leute, die behaupteten oder insgeheim dachten, sie hätte aus der Not eine Tugend gemacht.

Everard Barfoots Tändeleien überraschten sie nicht im geringsten. Da sie ihn für einen Mann ohne Prinzipien hielt, glaubte sie zunächst, daß er sich allen Frauen gegenüber so gebärdete, und sie ärgerte sich über diese vermeintliche Dreistigkeit. Trotzdem fühlte sie sich irgendwie geschmeichelt; worüber ihr Verstand sich empörte, das nahm ihr Herz nach der langen Hungerzeit allzu bereitwillig auf. Barfoot interessierte sie, und das gerade seines schlechten Rufes wegen. Hier war ein Mann, dem sich Frauen – zweifelsohne war es mehr als eine gewesen – geopfert hatten; sie konnte nicht anders, als ihn mit weiblicher Neugierde zu betrachten. Und ihr Interesse nahm zu, ihre Neugierde wurde quälender, je mehr ihre Beziehung zu einer Art Freundschaft wurde; sie merkte, daß ihr Mißfallen abnahm oder sogar ganz verschwand. Vielleicht hatte sie Miss Barfoot beim Tod von Bella Royston nur darum so tief verletzt, weil sie diese Gefühle bekämpfen wollte.

Sie dachte sehr oft an Barfoot und freute sich auf seine Besuche. Am stärksten war ihr Wunsch nach einem Wiedersehen im Anschluß an ihre Begegnung im Chelsea Park gewesen, und darum hatte sie sich den Zwang auferlegt, sich nicht blicken zu lassen, wenn er kam. Es war nicht Liebe, auch nicht beginnende Liebe; sie konnte es sich selbst kaum erklären, was es war. In Gegenwart dieses Mannes war sie verwirrt – was sie zwar mühelos vor ihm zu verbergen vermochte, dessen sie sich aber schämte, sobald er fort war. Sie redete sich ein, daß es nur sein Geist sei, der sie beeindrucke, daß es angenehm sei, sich mit ihm zu unterhalten. Miss Barfoot empfand es genauso; sie hatte zugegeben, daß sie die Gespräche mit ihrem Vetter immer reizvoll gefunden habe.

War es denkbar, daß dieser Mann ihre diffusen Gefühle erwiderte, sogar mehr als erwiderte? Nur durch einen Zufall war er heute davon abgehalten worden, ihr eine Liebeserklärung zu machen – falls sie ihn nicht ganz und gar mißverstanden hatte. Den ganzen Abend hatte dieser Gedanke sie beschäftigt; er erschien ihr immer erstaunlicher. War Barfoot schlimmer, als sie ihn sich vorgestellt hatte? Versteckte er unter dem Deckmantel des freien Denkens, der ernsthaften moralischen Theorien nicht nur Lasterhaftigkeit und Herzlosigkeit? Es war eine sonderbare Sache, daß sie sich solche Fragen als persönlich Betroffene stellen mußte. Sie hatte das Gefühl, sie müsse sich selbst neu kennenlernen, sie müsse sich ein neues Bild von ihrer Persönlichkeit machen. Sie – das Objekt der Leidenschaft eines Mannes?

Allein der Gedanke war erhebend. Selbst in diesem Alter war ihre Eitelkeit noch befriedigt worden – nein, es handelte sich dabei nicht nur um Eitelkeit.

Barfoot mußte es ernst meinen. Warum sollte er ihr etwas vormachen? Konnte es nicht der Wahrheit entsprechen, daß er sich in mancherlei Hinsicht verändert hatte, und daß es ihn jetzt ernstlich erwischt hatte? Wenn dem so wäre, brauchte sie nur das nächste Gespräch unter vier Augen abzuwarten; die Worte eines Liebenden konnte sie nicht mißverstehen.

Diese Erfahrung wollte sie nur spaßeshalber machen. Sie liebte Everard Barfoot nicht und hielt es für ausgeschlossen, daß sie sich jemals in ihn verlieben würde; und darüber konnte sie eigentlich froh sein. Genausowenig konnte er ernsthaft erwarten, daß sie seinen Vorschlag, eine freie Bindung einzugehen, annehmen würde; indem er erklärte, daß eine standesamtliche Heirat für ihn nicht in Frage komme, hatte er seine Avancen in den Bereich rein hypothetischer Gefühle verlegt. Wenn er sie aber liebte, würde er diese Theorien früher oder später verwerfen; er würde sie bitten, seine rechtmäßige Ehefrau zu werden.

Bis zu diesem Punkt wollte sie ihn bringen. Er könnte anbieten, was er wollte, sie würde alles abweisen; doch ihr geheimer Kummer wäre überwunden. Die Liebe wäre dann nicht länger das Vorrecht anderer Frauen. Einen Verehrer abzuweisen, der in so vielerlei Hinsicht begehrenswert war, um den so viele Frauen sie beneiden könnten, würde sie in ihrem Selbstwertgefühl stärken und es ihr ermöglichen, ihren Weg mit festerem Schritt fortzusetzen.

Es war ein Uhr; das Kaminfeuer war erloschen, und sie begann vor Kälte zu zittern. Doch zugleich überlief sie ein wohliger Schauer; abermals spürte sie das erhebende Gefühl des Triumphes. Sie würde ihn nicht kategorisch abweisen. Er sollte beweisen, wie weit seine Liebe ging – wenn es denn Liebe war. Da diese Erfahrung so spät zu ihr kam, mußte sie ihr alles geben, was sie an Freude und Zufriedenheit zu geben hatte.

15. Häusliches Glück

Monica und ihr Mann spazierten, nachdem sie das Haus in der Queen's Road verlassen hatten, langsam in östliche Richtung. Obwohl es schon dunkel zu werden begann, war die Luft nicht unangenehm; die beiden hatten kein bestimmtes Ziel und hingen eine Zeitlang ihren Gedanken nach. Dann blieb Widdowson stehen. »Sollen wir nach Hause gehen?« fragte er, indem er Monica nur kurz ansah und seinen Blick hinterher in die Finsternis schweifen ließ.

»Ich würde noch gerne bei Milly vorbeischauen, aber ich kann dich wohl kaum mitbringen.«

»Warum nicht?«

»Das Wohnzimmer ist so klein und spärlich möbliert, und außerdem ist vielleicht schon eine andere Freundin bei ihr. Könntest du nicht irgendwohin gehen und mich dann wieder abholen?«

Mißmutig blickte Widdowson auf seine Uhr. »Es ist bald sechs Uhr. Wir haben nicht mehr viel Zeit.«

»Edmund, wie wäre es, wenn du heimgingest und mich allein nach Hause kommen ließest? Nur dieses eine Mal. Ich würde so gerne ein wenig mit Milly plaudern. Wenn ich gegen neun oder halb zehn zurück wäre, könnte ich noch eine Kleinigkeit zu Abend essen, mehr wäre nicht nötig.«

»Aber ich kann dich doch nachts nicht allein durch die Straßen gehen lassen«, antwortete er schroff.

»Warum denn nicht?« fragte Monica mit einer winzigen Spur Verärgerung in der Stimme. »Hast du Angst, ich könnte überfallen oder ermordet werden?«

»Unsinn. Aber es ist nicht recht, wenn du allein unterwegs bist.«

»War ich bisher nicht immer allein?«

Er machte eine ärgerliche Geste. »Ich habe dich gebeten, nicht davon zu reden. Warum sagst du Dinge, von denen du weißt, daß sie mir unangenehm sind? Du warst früher gezwungen, alles mögliche zu tun, das du niemals hättest tun dürfen, und es ist sehr schmerzhaft, daran erinnert zu werden.«

Als Monica merkte, daß sich Leute näherten, schlenderte sie weiter, und keiner von beiden sagte ein Wort, bis sie fast am Ende der Straße angelangt waren.

»Ich finde, wir sollten besser nach Hause gehen«, bemerkte Widdowson schließlich.

»Wie du möchtest; doch ich sehe wirklich nicht ein, warum ich Milly nicht besuchen sollte, wo wir schon einmal hier sind.«

»Warum hast du mir das nicht gesagt, ehe wir fortgingen? Du solltest nicht so sprunghaft sein, Monica. Ich plane jeden Morgen, wie ich den Tag zu verbringen gedenke, und es wäre gut, wenn du das auch tätest. Dann würdest du nicht so rastlos und unschlüssig sein.«

»Wenn ich in die Rutland Street gehe«, sagte Monica, ohne diese Ermahnung weiter zu beachten, »könntest du mich dann nicht eine Stunde dort bleiben lassen?«

»Was um alles in der Welt soll ich in der Zwischenzeit tun?«

»Du könntest doch solange spazierengehen. Schade, daß du nicht mehr Bekannte hast, Edmund. Das würde dir nur guttun.«

Zu guter Letzt erklärte er sich bereit, sie bis zur Rutland Street zu begleiten, sich eine Stunde die Zeit zu vertreiben und sie dann wieder abzuholen. Sie nahmen eine Droschke und stiegen in der Hampstead Road aus. Widdowson wandte sich nicht eher ab, bis er sich mit eigenen Augen davon überzeugt hatte, daß seine Frau in das Haus, in dem Miss Vesper wohnte, eingelassen worden war, und selbst danach ging er nur in den angrenzenden Straßen auf und ab und kehrte etwa alle zehn Minuten zurück, um das Haus aus der Nähe zu beobachten, gerade so, als fürchte er, Monica könnte zu fliehen beabsichtigen. Sein Blick war sehr düster; er stapfte unwillkürlich immer dorthin, wo ihm nur wenige Leute begegneten, den Blick gesenkt und seinen Spazierstock in einem monotonen Rhythmus aufsetzend. In den drei oder vier Monaten, die er mittlerweile verheiratet war, schien er älter geworden zu sein; seine Haltung war nicht mehr so aufrecht wie früher.

Auf die Minute genau stand er zum vereinbarten Zeitpunkt wartend neben dem Haus. Es vergingen fünf Minuten; zweimal hatte er auf seine Uhr geschaut; er wurde immer ungeduldiger und stapfte mit den Füßen auf, als müßte er sich warmhalten. Weitere fünf Minuten vergingen, und er gab einen unmutigen Laut von sich. Er war kurz davor, zur Tür zu gehen und anzuklopfen, als Monica herauskam.

»Ich hoffe, du hast nicht lange warten müssen«, sagte sie heiter.
»Zehn Minuten. Aber das macht nichts.«
»Das tut mir sehr leid. Wir waren so ins Gespräch vertieft ...«
»Ja, aber man muß immer pünktlich sein. Ich wünschte, ich könnte dir das einschärfen. Ein Leben ohne Pünktlichkeit ist schlichtweg unmöglich.«
»Es tut mir sehr leid, Edmund. Ich werde in Zukunft achtsamer sein. Bitte halte mir keine Strafpredigt. Wie kommen wir jetzt nach Hause?«
»Wir nehmen besser eine Droschke bis zum Victoria-Bahnhof, denn wer weiß, wie lange wir dort auf den nächsten Zug warten müssen.«
»Sei doch nicht so mürrisch. Was hast du in der Zwischenzeit gemacht?«
»Ich bin einfach nur herumgelaufen. Was hätte ich denn sonst tun sollen?«

Während der Fahrt wechselten sie kein Wort. Am Bahnhof mußten sie beinahe eine halbe Stunde auf einen Zug nach Herne Hill warten. Monica saß im Wartesaal, und ihr Gatte stapfte auf dem Bahnsteig auf und ab, den Spazierstock wiederum rhythmisch aufsetzend.

An Sonntagen pflegten sie um ein Uhr zu Mittag zu speisen und um sechs Uhr das Abendessen einzunehmen. Widdowson haßte es, wenn auch nur die kleinste Unregelmäßigkeit in den Tagesablauf kam, und er hatte Monicas Wunsch, diesen Nachmittag nach Chelsea zu fahren, nur ungern nachgegeben. Weil er mittlerweile ziemlichen Hunger hatte, wurde seine Laune noch schlechter.

»Laß sofort das Essen auftragen«, sagte er beim Betreten des Hauses. »So geht das beim besten Willen nicht weiter. In Zukunft müssen wir das besser einteilen.«

Ohne etwas darauf zu erwidern, rief Monica das Dienstmädchen herbei und gab ihr Anweisungen.

Seit der Heirat des Hausbesitzers waren in den Zimmern nur wenige Veränderungen vorgenommen worden. Das Ankleidezimmer neben dem ehelichen Schlafzimmer war für Monica eingerichtet worden, und im Salon waren ein paar Ziergegenstände dazugekommen. Im Gegensatz zu seinem verstorbenen Bruder hatte Widdowson ein wenig Sinn für Ästhetik; bei der Ausstattung seines Heimes hatte er sich von professionellen Dekorateuren beraten lassen und sich mit relativ bescheidenen Mitteln ein Heim geschaffen, das zwar nicht originell eingerichtet war, ein kultiviertes Auge aber keineswegs beleidigte. Als Monica die Zimmer zum ersten Mal besichtigt hatte, gefielen sie ihr außerordentlich gut. Sie erklärte, daß alles perfekt sei, daß nichts verändert werden müsse. Hätte sie ihn damals gebeten, hundert Pfund für Veränderungen auszugeben, hätte er in seiner Verliebtheit und beglückt darüber, sie einen Wunsch äußern zu hören, sogleich eingewilligt.

Obwohl Widdowson erst nach langen und genügsamen Jahren zu Wohlstand gekommen war, ließ er sich nicht zur Knausrigkeit verleiten. Sein Einkommen war ihm mehr als genug, und er geizte nicht mit Ausgaben für Dinge, die ihm oder seiner Frau Freude bereiteten. Auf ihrer Hochzeitsreise durch Cornwall, Devon und Somerset – sie dauerte fast sechs Wochen – merkte Monica – neben anderen, weniger angenehmen Dingen –, daß ihr Gatte ein freigebiger Mensch war.

Er war sehr darauf bedacht, daß sie sich gut kleidete, wenn auch nur, wie Monica bald merkte, um ihm persönlich zu gefallen. Bald nachdem sie sich häuslich niedergelassen hatten, legte sie sich Kleidung für die kalte Jahreszeit zu, und Widdowson kümmerte es wenig, was sie kostete, sofern sie ihm gefiel.

»Du machst noch einen Papagei aus mir«, sagte Monica aufgekratzt, als er sich über ein neues Hauskleid in leuchtenden Farben begeistert zeigte, das gerade angeliefert worden war.

»Eine schöne Frau«, entgegnete er mit der Verlegenheit, die ihn noch immer befiel, wenn er ihr ein Kompliment machte oder Zärtlichkeiten äußerte, »eine schöne Frau muß auch schön gekleidet sein.«

Zugleich bemühte er sich, ihr einzuschärfen, was die Pflichten einer verheirateten Frau seien. Seine Ausbrüche des Entzückens, so echt sie auch waren, fanden zuweilen auf kurioseste Weise ein jähes Ende, wenn Monica eine unbedachte Äußerung von sich gab, die er auf keinen Fall billigen konnte, und die er dann zum Anlaß nahm, ihr einen langen und feierlichen Vortrag über die Stellung der Ehefrau zu halten. Ohne große Schwierigkeiten hatte er ihr eine tagtägliche Routine angewöhnt, wie sie seinen Vorstellungen entsprach. Den ganzen Vormittag sollte sie den Tätigkeiten ihres Haushalts widmen. Am Nachmittag pflegte er mit ihr einen Spaziergang oder eine Spazierfahrt zu unternehmen, und am Abend wünschte er sie sich lesend im Salon oder in der Bibliothek. Monica merkte bald, daß eheliches Glück für ihn darin bestand, ständig beieinander zu sein. Nur höchst widerwillig ließ er sie auch nur die geringste Entfernung allein gehen, egal wohin. Er selbst machte sich nicht viel aus öffentlichen Veranstaltungen, doch als er merkte, wie sehr Monica einen Konzert- oder Theaterbesuch genoß, war er bereit, ihr etwa alle zwei Wochen dergleichen zu gönnen; da er Musik mochte, fiel ihm dieses Zugeständnis nicht ganz so schwer. Er war eifersüchtig, wenn sie neue Bekanntschaften schloß; da er selbst keinen Wert auf Gesellschaft legte, fand er, seine Frau müsse sich mit ihren bisherigen Freunden begnügen, und verstand auch nicht, warum sie diese so häufig sehen wollte.

Das Mädchen war fügsam, und eine Zeitlang glaubte er, daß es niemals zu einem Konflikt zwischen ihrem und seinem Willen kommen würde. Im Urlaub gingen sie zwangsläufig überall gemeinsam hin, und es gab kaum eine Stunde, die sie nicht zusammen verbrachten, weder tagsüber noch nachts. Wenn sie am Strand ein stilles Plätzchen gefunden hatten, wo sie ganz allein waren, löste sich Widdowsens Zunge, und dann legte er seine Lebensphilosophie dar – in der glücklichen Gewißheit, daß Monica ihm artig zuhörte. Seine Zuneigung zu ihr bewies er in tausendfacher Weise; Woche für Woche wurde er, wenn man das überhaupt so nennen konnte, liebevoller und zärtlicher; dabei war er, was seine Ansichten über ihre Beziehung betraf, unbewußt der größte Despot, verkörperte er den Inbegriff des männlichen Autokraten. Widdowson war es nie in den Sinn gekommen, daß die Ehefrau ein Individuum bleibt, das unabhängig von der Stellung als Ehefrau Rechte und Verpflichtungen hat. Bei allem, was er sagte, ging er von seiner eigenen Überlegenheit aus; er hielt es für selbstverständlich, daß er es war, der die Führung übernahm, und sie diejenige, die sich führen ließ. Absichten, Wünsche, Ambitionen auf Monicas Seite, die nicht mit häuslichen Dingen in Verbindung standen, hätten seinen Argwohn hervorgerufen; unverzüglich hätte er sich darangemacht, diese seiner Vorstellung vom Ehestand zuwiderlaufenden Regungen so behutsam wie möglich zu unterdrücken. Es freute ihn, daß sie sich von Miss Barfoots und Miss Nunns Theorien nicht sonderlich angetan zeigte; er glaubte zwar, daß die beiden es gut meinten, war jedoch überzeugt, daß sie sich auf einem Irrweg befanden. Miss Nunn hielt er für »unweiblich«, und er hoffte insgeheim, daß Monica den Kontakt zu ihr bald abbrechen würde. Die früheren Tätigkeiten seiner Frau waren ihm natürlich ein Graus; er konnte es nicht ertragen, wenn davon gesprochen wurde.

»Der Wirkungskreis einer Frau ist das Heim, Monica. Unglücklicherweise sind viele Mädchen gezwungen, aus dem Haus zu gehen, um sich ihren Lebensunterhalt zu verdienen, doch das ist widernatürlich, eine leidige Notwendigkeit, die in einer fortschrittlichen Gesellschaft abgeschafft sein wird. Ich werde dir John Ruskin zu lesen geben; jedes seiner Worte über die Frauen ist gut und wertvoll. Eine Frau, die weder ein eigenes Heim hat, noch in einem anderen eine Anstellung finden kann, ist zutiefst zu bedauern; ihr Leben muß zwangsläufig unglücklich sein. Ich bin aufrichtig davon überzeugt, daß eine gebildete Frau besser Hausangestellte wird, als zu versuchen, das Leben eines Mannes nachzuahmen.«

Monica schien aufmerksam zuzuhören; sie hatte es sich allerdings innerhalb kurzer Zeit angewöhnt, stets diesen Blick aufzusetzen, während sie in Wirklichkeit an ganz andere Dinge dachte. Und das waren meistens Dinge, an die ihr dozierendes Gegenüber nicht im Traum gedacht hätte.

Er hielt sich für den glücklichsten Mann der Welt. Er hatte einen gewagten Schritt unternommen, doch Fortuna war ihm hold; Monica entsprach genau dem Bild, das er sich in seiner Liebeseuphorie ausgemalt hatte; soweit er sie jetzt kannte, war noch keine einzige Unwahrheit zutage getreten, hatte er keinen Charakterzug an ihr entdeckt, den er mißbilligen mußte. Daß sie seine Liebe erwiderte, daran zweifelte er nicht und daran konnte er auch nicht zweifeln. Und eine Bemerkung aus ihrem Munde am Anfang ihrer Flitterwochen hatte seine Glückseligkeit vollkommen gemacht: »Wie sehr sich mein Leben durch dich verändert hat, Edmund! Wie dankbar ich dir dafür sein muß!«

Das waren die Worte, die er zu hören gehofft hatte. Er hatte genau das gedacht; hatte sich gefragt, ob Monica es ebenso sehe. Und als die Worte dann tatsächlich über ihre Lippen kamen, strahlte er vor Freude. Dies, so fand er, war die ideale Beziehung einer Ehefrau zu ihrem Gatten. Sie mußte zu ihm aufsehen als ihrem Wohltäter, als ihrer Vorsehung. Noch lieber wäre es ihm gewesen, wenn sie selbst nicht einen Pfennig besessen hätte, doch zum Glück schien Monica an ihr eigenes Vermögen nie einen Gedanken zu verschwenden.

Es stand außer Frage, daß es sich mit keinem Mann so einfach zusammenleben ließ wie mit ihm. Als ihm zum ersten Mal auffiel, daß Monica gelegentlich unzufrieden war, zeigte er sich unangenehm überrascht. Als er dann begriffen hatte, daß sie mehr Bewegungsfreiheit haben wollte, wurde er besorgt, mißtrauisch und gereizt. Bislang war es zwischen ihnen noch nie zu einem Streit gekommen, doch es wurde Widdowson allmählich klar, daß er mehr Autorität ausüben müßte, als er eigentlich für nötig befunden hatte. Seine Ängste waren durchaus nicht ganz grundlos. Monicas Leben ohne ein richtiges Heim, vielleicht auch der Kontakt zu den Frauen in Chelsea, hatten ihre Spuren hinterlassen. Mit sanftem Druck versuchte er sie zunächst dazu anzuhalten, sich noch intensiver ihren häuslichen Aufgaben zu widmen. Wäre es nicht lohnend, wenn sie täglich eine Stunde mit Näh- oder Handarbeiten zubrächte? Monica folgte seiner Aufforderung insofern, als sie eine einfache Näharbeit zur Hand nahm; doch Widdowson, scharf beobachtend, merkte sehr rasch, daß sie die Nadel nur zum Schein bewegte. Des Nachts lag er ruhelos und grübelnd im Bett.

An dem gegenwärtigen Abend war er deutlich schlechter gelaunt als sonst. Hastig und wortlos stillte er seinen Hunger. Als er dann hochschaute und bemerkte, daß Monica nur ein paar Bissen gegessen hatte, nahm er daran Anstoß. »Ich fürchte, du bist krank, Liebling. Du hast schon seit mehreren Tagen keinen Appetit.«

»Doch, genauso wie immer«, widersprach sie geistesabwesend.

Wie fast jeden Abend begaben sie sich nach dem Essen in die Bibliothek. Widdowson besaß einige hundert Bände englischer

Literatur, überwiegend Werke, die für einen gut informierten Mann als unentbehrlich gelten, obwohl die meisten Besitzer sich nicht einmal den Anschein geben, sie gelesen zu haben. Als Autodidakt hielt Widdowson es für seine Pflicht, die großen, soliden Schriftsteller kennenzulernen. Dabei studierte er sie keineswegs aus Affektiertheit. Für Lyrik hatte er wenig übrig; Romane erschienen ihm nur hin und wieder nützlich als Ausgleich zu ernster Lektüre; was ihn wirklich interessierte, waren Werke zur Geschichte, Volkswirtschaft, ja sogar Metaphysik. Er hatte stets drei solide Bücher in Arbeit, jedes mit einem Lesezeichen versehen; er las darin zu festgesetzten Zeiten und immer an einem Tisch sitzend, ein aufgeklapptes Notizbuch daneben. Ein kleines, einst wohlbekanntes Werk, Todds »Fibel für Studenten«, hatte ihn auf diese Methode gebracht, und sie erfüllte ihn noch immer mit Feuereifer.

Da heute Sonntag war, holte er einen Band mit Barrows Predigten aus dem Regal. Er war zwar kein strenggläubiger Christ, aber Mitglied der Anglikanischen Kirche, und seit seiner Eheschließung war er in diesem Punkt gewissenhafter als früher. Er verabscheute es, wenn eine Frau ungläubig war, und hätte es Monica um keinen Preis eingestanden, daß er an irgendeinem Artikel des christlichen Glaubens Zweifel hegte. Wie für die meisten Männer seines Schlags stellte die Religion für ihn ein kostbares und machtvolles Instrument dar, um das Bewußtsein der Frau zu lenken. Er las seiner Frau häufig etwas vor, doch an diesem Abend schien er nichts dergleichen vorzuhaben. Monica saß indessen untätig da. Nachdem er ein paarmal zu ihr hingesehen hatte, sagte er tadelnd: »Hast du dein Sonntagsbuch schon ausgelesen?«

»Noch nicht ganz. Aber ich habe gerade keine Lust zu lesen.« Das Schweigen, das daraufhin folgte, wurde von Monica selbst gebrochen. »Hast du Mrs. Lukes Einladung zum Dinner angenommen?« fragte sie.

»Ich habe abgesagt«, lautete die gleichgültige Antwort.

Monica biß sich auf die Unterlippe. »Aber warum denn?«

»Ich denke, darüber brauchen wir nicht zu diskutieren, Monica.« Sein Blick war noch immer auf das Buch gerichtet, und er machte eine ungeduldige Bewegung.

»Heißt das«, fragte seine Frau weiter, »du willst den Kontakt zu ihr ganz abbrechen? Das wäre sehr unklug, Edmund. Was für eine Meinung hast du denn von mir, wenn du glaubst, ich wäre unfähig, die Fehler anderer Leute zu erkennen! Ich weiß, es stimmt durchaus, was du von ihr sagst. Aber sie möchte sicher nur nett zu uns sein – und mir gefällt es, etwas von einem Leben mitzubekommen, das so ganz anders ist als unseres.«

Widdowson stampfte mit dem Fuß auf den Boden. Ohne auf Monicas Bemerkung einzugehen, fragte er kurz darauf mit gespielter Gleichgültigkeit und indem er sich über den Bart strich: »Woher kennst du eigentlich diesen Mr. Barfoot?«

»Ich bin ihm schon einmal begegnet – als ich am Samstag bei Miss Barfoot war.«

Widdowson blickte wieder nach unten; seine Stirn hatte er in Falten gelegt. »Er ist demnach häufig dort?«

»Das weiß ich nicht. Mag sein. Er ist Miss Barfoots Vetter.«

»Du hast ihn nicht mehr als einmal zuvor gesehen?«

»Nein. Warum fragst du?«

»Ach, ich hatte nur den Eindruck, als redete er mit dir wie mit einer alten Bekannten.«

»Das ist vermutlich seine Art.«

Monica hatte längst gemerkt, daß die Eifersucht, die Widdowson vor ihrer Heirat so häufig an den Tag gelegt hatte, noch immer in ihm bohrte. Da ihr klar war, warum er diese Fragen stellte, gelang es ihr nicht, völlig gelassen dreinzuschauen, und es machte sie nervös zu spüren, wie sein Blick auf ihr ruhte.

»Du hast dich auch mit ihm unterhalten, nicht wahr?« fragte sie, eine andere Sitzhaltung einnehmend.

»Naja, wie man sich eben mit einem völlig Fremden so unterhält. Ich nehme an, er ist berufstätig?«

»Ich habe wirklich keine Ahnung. Warum fragst du, Edmund? Interessiert er dich?«

»Man möchte eben gern etwas über die Leute wissen, die der eigenen Gattin vorgestellt werden«, antwortete Widdowson ziemlich bissig.

Um halb elf pflegten sie zu Bett zu gehen. Auf die Minute genau klappte Widdowson sein Buch zu – erleichtert darüber, nicht länger so tun zu müssen, als lese er – und schritt das Erdgeschoß ab, um sich zu vergewissern, daß alles in Ordnung war. Er liebte die Routine. Jeden Abend führte er, ehe er nach oben ging, eine Reihe bestimmter Handlungen in immer der gleichen Reihenfolge aus – stellte den Kalender auf den nächsten Tag ein, räumte seinen Schreibtisch sorgfältig auf, zog seine Uhr auf, und so weiter. Es quälte ihn oft, daß Monica ihre Aufgaben nicht mit der gleichen Genauigkeit erledigte; vergaß sie einmal eine Kleinigkeit, die zu ihren täglichen Aufgaben gehörte, bat er sie mit tiefernstem Blick, in Zukunft besser achtzugeben.

Als Monica am Morgen darauf nach dem Frühstück am Fenster des Eßzimmers stand und ziemlich freudlos in den bleigrauen Himmel blickte, trat ihr Mann an sie heran, als wolle er ihr etwas mitteilen. Sie drehte sich um und gewahrte, daß seine düstere Miene, die sie am Vorabend und sogar noch beim Morgenmahl so bekümmert hatte, verschwunden war.

»Sind wir wieder Freunde?« fragte er mit bemühter Munterkeit, was bei ihm stets besonders verkrampft wirkte.

»Ja, natürlich«, antwortete Monica lächelnd, jedoch ohne ihn anzusehen.

»War er gestern abend sehr barsch zu seinem kleinen Mädchen?«

»Nur ein bißchen.«

»Und was kann der alte Bär tun, um zu zeigen, daß es ihm leid tut?«

»Nie wieder barsch sein.«

»Der alte Bär ist manchmal auch noch ein alter Esel und quält sich völlig sinnlos herum. Du mußt es ihm sagen, wenn er jemals wieder anfängt, sich schlecht zu benehmen. Ist heute nicht unser Buchhaltungsmorgen?«

»Ja. Ich komme um elf zu dir.«

»Und wenn diese Woche schön ruhig und gemütlich wird, gehe ich mit dir am Samstag in das Konzert im Kristallpalast.«

Monica nickte freudig und verließ das Zimmer, um sich um ihren Haushalt zu kümmern.

Die Woche verlief in jeder Hinsicht so, wie Widdowson es sich wünschte. Keine Menschenseele kam zu Besuch, und Monica ging niemanden besuchen. Mit Ausnahme zweier Tage gab es Graupelschauer, Nieselregen oder es war nebelig; an diesen zwei Tagen gingen sie nachmittags eine Stunde spazieren. Der Samstag brachte keine Wetterbesserung, doch Widdowson war in bester Stimmung; freudig hielt er sein Versprechen ein, Monica ins Konzert auszuführen. Als sie dann am Abend beieinander saßen, verwandelte sich seine Zufriedenheit in Zärtlichkeit, ganz wie in den ersten Tagen ihrer Ehe.

»Sag, warum können wir nicht immer so leben? Was gehen uns die anderen Leute an? Laß uns nur füreinander dasein und vergessen, daß außer uns noch jemand existiert.«

»Ich fände das nicht richtig«, wagte Monica einzuwenden. »Zum einen hätten wir viel mehr Gesprächsstoff, wenn wir mehr unter die Leute kämen.«

»Es ist besser, über uns selbst zu reden. Es würde mir nichts ausmachen, wenn ich in Zukunft außer dir kein anderes Lebewesen mehr sähe. Siehst du, der alte Bär liebt sein kleines Mädchen mehr als sie ihn.«

Monica schwieg.

»Das stimmt doch, nicht wahr? Du glaubst nicht, daß meine Gesellschaft dir genug wäre?«

»Fändest du es richtig, wenn ich mich um niemand anderen mehr kümmern würde? Denk an meine Schwestern. Eigentlich hätte ich Virginia für morgen einladen sollen; sicherlich fühlt sie sich vernachlässigt, und es muß doch schrecklich sein, so ganz allein zu leben wie sie.«

»Haben sie sich bezüglich der Schule noch immer nicht zu einer Entscheidung durchgerungen? Ich bin überzeugt, das wäre genau das Richtige für die beiden. Falls das Unternehmen scheiterte und sie Geld verlören, würden wir dafür sorgen, daß sie niemals in Not gerieten.«

»Sie wagen sich einfach nicht heran. Und es wäre nicht schön, wenn sie das Gefühl haben müßten, bis an ihr Lebensende von uns abhängig zu sein. Am besten, ich gehe morgen vormittag zu Virgie und bringe sie zum Mittagessen mit hierher.«

»Wenn du möchtest«, sagte Widdowson zögernd. »Aber warum lädst du sie nicht schriftlich ein?«

»Ich würde lieber zu ihr gehen. Das wäre zugleich eine Abwechslung für mich.«

Widdowson haßte dieses Wort. »Abwechslung« auf Monicas Lippen schien zu bedeuten, daß sie seiner Gesellschaft entfliehen wolle. Doch er schluckte seinen Unmut hinunter und willigte schließlich ein.

Virginia kam zum Essen und blieb bis zum Einbruch der Dunkelheit. Dank der Unterstützung ihrer Schwester war sie jetzt besser gekleidet als früher; bloß ihr Gesicht hatte noch immer dieses kränkliche Aussehen. Die Begeisterung, die Rhoda Nunn in ihr geweckt hatte, äußerte sich jetzt nur noch anfallartig in Form geheuchelten Interesses, wenn Monica ihr zuredete, das Projekt in Somerset zu verwirklichen. Sie war meistens verträumt und zurückhaltend, und wenn man sie prüfend anschaute, wurde sie nervös. Sie redete über höchst belanglose Dinge; an diesem Nachmittag erzählte sie beinahe eine halbe Stunde lang von dem Kätzchen, das Mrs. Conisbee ihr geschenkt hatte; das kleine Tier schien seit Tagen ihre ganze Aufmerksamkeit in Anspruch zu nehmen.

Sie hatten an diesem Tag einen weiteren Besucher – Mr. Newdick, der Büroschreiber, der bei Monicas Hochzeit zugegen gewesen war. Er und Mrs. Luke Widdowson waren die einzigen Bekannten ihres Mannes, die Monica kennengelernt hatte. Mr. Newdick kam gerne nach Herne Hill. Bei seiner Ankunft war er stets in gedrückter Stimmung, wurde mit der Zeit immer munterer, und zum Schluß war er regelrecht aufgekratzt. Er hatte allerdings die seltsamsten Vorstellungen über die Gesprächsthemen, die sich für einen Salon eigneten. Wäre er nicht unterbrochen worden, hätte er Monica jede einzelne Stunde seiner Laufbahn in der Firma geschildert, in der er seit einem Vierteljahrhundert arbeitete. Allein dieses Thema vermochte ihn aus der Reserve zu locken. Seine Anekdoten waren für Leute, die nicht in der City arbeiteten, meist gar nicht nachvollziehbar. Trotzdem fand Monica den Mann nicht unsympathisch; er war ein guter, etwas einfältiger, aber selbstloser Kerl, und er verhielt sich ihr gegenüber fast schon übertrieben respektvoll.

Ein paar Tage später wurde Monica plötzlich krank. Seit ihrer Eheschließung, insbesondere seit dem langen Urlaub an der frischen Luft, sah sie gesünder aus als früher, als sie noch im Laden tätig gewesen war; die gegenwärtige Erkrankung ähnelte jedoch sehr dem Anfall, den sie damals in der Rutland Street erlitten hatte. Widdowson hoffte, daß dies auf einen Zustand zurückzuführen sei, auf dessen Eintreten er sehnsüchtig wartete. Das schien jedoch nicht der Fall zu sein. Der herbeigerufene Arzt befragte ihn nach der Lebensweise der Patientin. Hatte sie genügend Bewegung? War ihr Leben abwechslungsreich genug? Widdoson ärgerte sich insgeheim über diese Fragen. Es quälte ihn der Verdacht, daß der Doktor diese Fragen nur darum stellte, weil Monica sich bei ihm beklagt hatte.

Drei oder vier Tage lang hütete sie das Bett, und als sie wieder aufstand, war sie zu nichts anderem imstande, als still und melancholisch vor dem Kamin zu sitzen.

Widdowson gab seine Hoffnung nicht auf, obgleich Monica sie lachend abtat, und ihm sogar untersagte, das Thema noch einmal anzuschneiden. Sie hatte seltsame Stimmungsschwankungen; so kam es vor, daß sie sich maßlos über ein beiläufig geäußertes Wort aufregte, um nach ihrem Unmutsanfall in trotziges Schweigen zu verfallen; und es gab Zeiten, da sie sich so sanftmütig und lieb benahm, daß Widdowson außer sich vor Entzücken war.

Nachdem sie sich eine Woche lang geschont hatte, sagte sie eines Morgens: »Könnten wir nicht irgendwohin reisen? Ich glaube, hier werde ich niemals richtig gesund.«

»Das Wetter ist doch so scheußlich«, entgegnete ihr Gatte.

»Ach, es gibt doch Orte, an denen das Wetter besser ist. Geht es dir um die Ausgaben, Edmund?«

»Ausgaben? Nein, wo denkst du hin! Aber ... dachtest du dabei ans Ausland?«

Ihre Augen leuchteten plötzlich auf. »Oh! meinst du, das wäre möglich? Es verbringen doch viele Engländer den Winter anderswo.«

Widdowson zupfte an seinem angegrauten Bart und fingerte an seiner Uhrkette herum. Das war durchaus verlockend. Warum sollte er mit ihr nicht einmal an einen Ort reisen, wo sie nur von Ausländern und Unbekannten umgeben wären? Ganz wohl war ihm bei dem Gedanken trotzdem nicht.

»Ich war noch nie im Ausland«, wandte er ein.

»Das ist erst recht ein Grund, dorthin zu fahren. Miss Barfoot könnte uns bestimmt beraten. Ich weiß, daß sie schon im Ausland war, und außerdem hat sie so viele Freunde.«

»Ich glaube nicht, daß es nötig ist, Miss Barfoot um Rat zu bitten«, erwiderte er barsch. »Ich bin nicht so unbeholfen wie du denkst, Monica.«

Doch je mehr er darüber nachdachte, desto ratloser wurde er, wie ein solches Unternehmen anzupacken sei. Ihm fielen dabei natürlich all die vagen Dinge ein, die er über jene südfranzösischen Orte gehört hatte, die reiche Engländer aufzusuchen pflegten, um dem heimatlichen Klima zu entfliehen: Nizza und Cannes. Es war ihm unvorstellbar, daß er selbst in diese Gegend fuhr. Es war freilich durchaus möglich, ohne die geringsten Sprachkenntnisse dorthin zu reisen oder dort zu leben; doch er malte sich all die peinlichen Situationen aus, die sich aus seiner Unkenntnis ergeben könnten. Vor allem fürchtete er, sich vor Monica zu blamieren; es wäre ihm unerträglich, wenn sie ihn mit Männern vergleichen würde, die Fremdsprachen beherrschten und die sich auf dem europäischen Festland wie zu Hause fühlten.

Trotzdem schrieb er seinem Freund Newdick und lud ihn zum Essen ein, damit er sich unter vier Augen mit ihm beraten könnte. Er schnitt das Thema an, kaum daß sie ihr Mahl beendet hatten. Zu seiner Überraschung vermochte Newdick ihm über Nizza, Cannes und dergleichen Städte einige Auskünfte zu geben. Der Juniorchef seiner Firma, ein junger Herr, der mit seinen Erlebnissen im Ausland herumzuprahlen pflegte, war die Quelle seines Wissens.

»Ein unmoralisches Volk ist das dort«, sagte er lächelnd und kopfschüttelnd. »Seltsame Dinge scheinen da vor sich zu gehen.«

»Aber doch nur unter den Ausländern, oder?«

Mr. Newdick offenbarte daraufhin, wie gut er sich in der englischen Literatur auskannte.

»Hast du schon mal einen Roman von Ouida gelesen?«

»Nein, noch nie.«

»Ich empfehle dir, das zu tun, ehe du dich entscheidest, mit deiner Frau dorthin zu fahren. Bei diesen Leuten scheint es drunter und drüber zu gehen. Ihr hättet keine ruhige Minute. Man muß gemeinsam an großen Tafeln speisen, und alle möglichen Leute würden versuchen, Mrs. Widdowsons Bekanntschaft zu machen. Ich glaube, das ist ein ganz verrückter Haufen.«

Widdowson ließ seinen Plan unverzüglich und unwiderruflich fallen. Als Monica das hörte, – er nannte ihr nur vage und unbefriedigende Gründe –, verfiel sie wieder in eine gedrückte Stimmung. Einen ganzen Tag lang redete sie kaum ein Wort.

Tags darauf, an einem trüben Nachmittag, kam überraschend Mrs. Luke zu Besuch. Die Witwe – äußerlich weniger denn je wie eine Witwe aussehend – kam in sprudelnder Laune hereingestürmt und begann das trübselige Ehepaar auszuschelten wie eine besorgte Mutter.

»Wann gedenkt ihr dummen jungen Leute endlich eure Flitterwochen zu beenden? Wißt ihr nichts anderes zu tun, als Tag für Tag hier zu sitzen und euch Kosenamen zuzuflüstern? Zugegeben, das ist ja irgendwie ganz reizend. Ich habe noch nie einen so hartnäckigen Fall erlebt. – Monica, meine schwarzäugige Schönheit, zieh dich um und begleite mich zu den Hodgson Bulls. Sie sind einfach zu schrecklich; ich verkrafte sie nicht allein; aber ich muß mich mit ihnen gut stellen. Husch, husch; ich werde mir derweilen deinen jungen Ehemann vorknöpfen, der sich erdreistet hat, meine Einladung zum Dinner auszuschlagen. Wißt Ihr denn nicht, Sir, daß meine Einladungen wie

Einladungen des Königshauses zu verstehen sind – als höfliche Befehle?«

Widdowson erwiderte nichts und wartete ab, was seine Frau tun würde. Er konnte ihr schlecht untersagen, Mrs. Luke zu begleiten, doch der Gedanke, sie würde mitgehen, war ihm zuwider. In steifer Haltung, ein grimmiges Lächeln auf dem Gesicht, starrte er die Wand an. Zu seiner unsäglichen Freude sagte Monica nach kurzem Zögern ab; es gehe ihr nicht gut; sie fühle sich nicht imstande ...

»Oh!« lachte der Gast. »Ich verstehe! Nun ja, tu, was du für richtig hältst. Doch wenn Edmund ein wenig Grips hat« – diesen Ausdruck hatte sie bei einem jungen Gentleman aufgeschnappt, der früher in Oxford wohnhaft war, jetzt in Tattershall oder wo auch immer –, »läßt er dich hier besser nicht versauern. Aber ihr *seid* wohl schon versauert, wie ich sehe.«

Die lebhafte Lady blieb nicht lange. Nachdem sie wieder in Richtung ihrer Kutsche abgerauscht war, brach Widdowson vor Dankbarkeit in einen regelrechten Lobgesang aus. Was könne er tun, um ihr zu zeigen, wie sehr er es zu schätzen wisse, daß Monica seinetwegen verzichtet habe? In den darauffolgenden Tagen verließ er ein paarmal das Haus, ohne zu verraten, wohin er ging. Nach Rücksprache mit Newdick beschloß er in diesen Tagen, mit seiner Frau eine Reise nach Guernsey zu machen.

Als Monica von diesem Vorhaben erfuhr, reagierte sie zunächst recht zurückhaltend, doch ein paar Tage später war sie wieder voller Energie und Lebensfreude – ein Zeichen, daß sie ungeduldig auf den Tag ihrer Abreise wartete. Ihr Gatte suchte per Inserat eine möblierte Wohnung in St. Peter Port; den unangenehmen Begleiterscheinungen eines Hotelaufenthalts wollte er auf keinen Fall ausgesetzt sein. Innerhalb von vierzehn Tagen waren alle Vorbereitungen getroffen. Während ihrer Abwesenheit, die bis zu vier Wochen dauern würde, sollte Virginia in Herne Hill wohnen und die zwei Dienstmädchen beaufsichtigen.

Am letzten Sonntag vor ihrer Abreise ging Monica ihre Freundinnen in der Queen's Road besuchen. Widdowson wagte nicht zu widersprechen; es mißfiel ihm sehr, daß sie sich allein auf den Weg machte; nicht weniger mißfiel ihm jedoch der Gedanke, sie zu begleiten, denn bei Miss Barfoot war er außerstande, auch nur so zu tun, als fühle er sich dort wohl.

Mrs. Cosgrove war zufällig ebenfalls wieder zugegen. Als die beiden einander zum ersten Mal begegnet waren, hatte sie Monica kaum Beachtung geschenkt; heute sprach die Dame sie freundlich an, und im Verlauf des Gesprächs stellte sich heraus, daß beide den folgenden Monat am gleichen Ort verbringen würden. Mrs. Cosgrove verlieh ihrer Hoffnung Ausdruck, daß man einander gelegentlich sehen werde.

Monica hielt es für ratsam, daheim nichts von diesem Zufall zu erzählen. Ihr Mann brachte es womöglich fertig, die Reise im letzten Augenblick abzusagen, um nicht Gefahr zu laufen, auf Guernsey einer Bekannten zu begegnen. In diesem Punkt war bei ihm nicht mit gesundem Menschenverstand zu rechnen. Zum ersten Mal hatte Monica ein Geheimnis vor ihm, und daß dergleichen unumgänglich war, war nicht gerade dazu angetan, ihren Respekt vor Widdowson zu vermehren. Montag abend gedachten sie abzureisen. Den ganzen Tag über war sie hin- und hergerissen zwischen der Freude darüber, einen neuen Teil der Welt kennenzulernen, und dem Widerwillen, den sie gegen ihr Zuhause empfand. Erst jetzt wurde ihr klar, wie schrecklich es wäre, auf Dauer hier leben zu müssen, mit keiner anderen Gesellschaft als der ihres Gatten. Bei ihrer Rückkehr würde sie mit dieser Tatsache konfrontiert sein. Ach wo; sie müßten ihre Lebensweise irgendwie ändern; dazu war sie fest entschlossen.

16. Gesunde Seeluft

Der Ortswechsel von Herne Hill nach St. Peter Port machte einen völlig neuen Menschen aus Monica. Das Wetter hätte nicht angenehmer sein können; Tag für Tag blieb der Himmel wolkenlos; es war windstill und die Temperaturen so, daß man jederzeit einen ausgedehnten Spaziergang wagen oder auch nur entspannt in der Mittagssonne sitzen konnte. Ihr Quartier befand sich im schönsten Teil der Stadt, hoch oben, mit Blick auf die blaue See bis hinüber zu den Klippen der Insel Sark. Widdowson beglückwünschte sich zu diesem Schritt; es war, als wären sie abermals in Flitterwochen; Monica hatte sich seit der Rückkehr von ihrer Hochzeitsreise nicht mehr so dankbar und liebevoll gezeigt wie jetzt. Ach ja, seine Frau war doch genau so, wie er sie von Anfang an eingeschätzt hatte, in jeder Hinsicht eine perfekte Ehefrau. Wie hübsch sie aussah, wenn sie sich, nachdem sie an den offenen Fenstern die Seeluft eingeatmet hatte, an den Frühstückstisch setzte, in ihrem bezaubernden Kleid, das schwarze Haar einmal anders als gewöhnlich frisiert, allein, um ihm zu gefallen! Oder wenn sie mit ihm am Hafen spazierenging und die Männer, die ihnen begegneten, ihr bewundernde Blicke zuwarfen. Oder wenn sie im offenen Wagen Platz nahm und sich ihre Wangen während der Fahrt färbten und ihr Mund röter und süßer wurde.

»Edmund«, sagte sie eines Abends zu ihm, als sie vor dem Kamin saßen und sich unterhielten, »findest du nicht, daß du das Leben zu schwer nimmst?«

Er lachte. »Schwer? Sieht man mir nicht an, daß ich es genieße?«

»O doch, im Augenblick schon. Aber ... dennoch auf eine ziemlich ernste Weise. Man könnte meinen, du machst dir ständig über irgend etwas Sorgen und kämpfst darum, sie loszuwerden.«

»Ich habe keine einzige Sorge. Ich bin der glücklichste Mensch der Welt.«

»Das ist gut, wenn du so denkst. Aber was wird sein, wenn wir wieder daheim sind? Wirst du dann nie mehr wütend auf mich sein? Ich kann es mir beim besten Willen nicht vorstellen, daß ich weiter so lebe, wie wir es bisher getan haben.«

»Nicht weiter so leben, wie – «

Seine Miene verdüsterte sich; er blickte sie erstaunt an.

»Wir sollten mehr unternehmen«, fuhr sie mutig fort. »Denk an die vielen Leute, die dazu verdammt sind, ein dumpfes, eintöniges Leben zu führen. Wie sie uns beneiden würden, wenn sie so viel Geld hätten wie wir und jederzeit tun könnten, wozu sie Lust haben! Ist es nicht schade, Tag für Tag allein dazusitzen – «

»Hör auf, mein Schatz!« beschwor er sie. »Hör auf! Das klingt ja, als würdest du mich nicht richtig lieben.«

»Unsinn! Bitte versuche mich zu verstehen. Ich gehöre nicht zu diesen dummen Leuten, die nur ans Vergnügen denken, aber ich finde, wir könnten das Leben mehr genießen, wenn wir wieder in London sind. Wir werden nicht ewig leben. Es ist nicht richtig, jeden Tag daheim zu sitzen – «

»Aber ich bitte dich, wir haben doch unsere häuslichen Aufgaben. Es sollte dir eigentlich Vergnügen bereiten, dafür sorgen zu können, daß das Haus in Ordnung gehalten wird. Es gibt Pflichten – «

»Ja, ich weiß. Aber diese Pflichten könnte ich binnen ein, zwei Stunden erledigen.«

»Nicht gründlich.«

»Immerhin gründlich genug.«

»Meiner Meinung nach sollte eine Frau über nichts glücklicher sein, als wenn sie sich um ihr Heim kümmern kann, Monica.«

Da war wieder sein belehrender Tonfall. Seine Körperhaltung, die zuvor entspannt gewesen war, wurde verkrampft. Doch Monica war entschlossen, sich nicht einschüchtern zu lassen. In der vorangegangenen Woche hatte sie sich so zusammengenommen, um den Weg für genau diese Diskussion zu ebnen. Wenn ihr Gatte das geahnt hätte!

»Ich möchte durchaus meinen Pflichten nachkommen«, sagte sie mit fester Stimme, »aber ich finde es nicht richtig, krampfhaft nach langweiligen Beschäftigungen zu suchen, wenn man leben könnte. Ich glaube nämlich nicht, daß man es leben nennen kann, wenn man Woche für Woche so weitermacht wie bisher. Wenn wir arm wären und ich mich neben meiner Hausarbeit um zahllose Kinder kümmern müßte, würde ich vermutlich nicht murren ... das hoffe ich zumindest. Mir wäre klar, daß ich alles allein bewältigen müßte, da niemand da wäre, der mir helfen könnte, und ich würde das Beste daraus machen. Aber – «

»Das Beste daraus machen!« unterbrach Widdowson sie entrüstet. »Was für eine Ausdrucksweise! Das wäre nicht nur deine Pflicht, sondern auch eine Ehre für dich, meine Liebe!«

»Augenblick mal, Edmund. Wenn du Verkäufer wärst und fünfzehn Shilling die Woche verdientest und von frühmorgens bis spätabends arbeiten müßtest, würdest du das dann ebenfalls nicht nur für deine Pflicht, sondern auch für eine Ehre halten?«

Er machte eine zornige Gebärde. »Das läßt sich doch nicht miteinander vergleichen! Ich würde mir mühsam den Lebensunterhalt verdienen, indem ich für andere Leute schufte. Aber eine verheiratete Frau, die in ihrem eigenen Heim arbeitet, für ihres Mannes Kinder – «

»Arbeit ist Arbeit, und wenn eine Frau damit überlastet ist, dürfte es ihr schwerfallen, ihres Heimes, ihres Mannes und ihrer Kinder nicht überdrüssig zu werden. Aber ich wollte damit keineswegs sagen, daß ich zuviel arbeiten muß. Ich möchte nur deutlich machen, daß ich nicht einsehe, warum man sich *unnötig* Arbeit machen soll und warum man sich das Leben nicht so schön wie möglich machen kann.«

»Monica, diese Flausen haben dir diese Leute aus Chelsea in den Kopf gesetzt. Das ist genau der Grund, warum ich es nicht gerne sehe, wenn du dich so häufig mit ihnen triffst. Ich mißbillige zutiefst – «

»Aber da irrst du dich. Miss Barfoot und Miss Nunn halten die Arbeit für etwas sehr Wichtiges. Sie nehmen das Leben genauso ernst wie du.«

»Arbeit? Welche Art von Arbeit? Sie wollen die Frauen unweiblich machen, wollen erreichen, daß sie untauglich werden für die einzigen Pflichten, die eine Frau erfüllen sollte. Du kennst meine Meinung zu diesen Dingen sehr gut.«

Er zitterte vor Anstrengung, sich zusammenzureißen und nicht grob zu werden.

»Ich glaube nicht, daß zwischen Männern und Frauen wirklich große Unterschiede bestehen, Edmund. Zumindest gäbe es sie nicht, wenn die Frauen gerecht behandelt würden.«

»Keine großen Unterschiede? Ich bitte dich, jetzt redest du Unsinn. Sowohl in geistiger als auch in körperlicher Hinsicht unterscheiden sie sich deutlich voneinander. Sie sind für völlig unterschiedliche Pflichten geschaffen.«

Monica seufzte. »O dieses Wort ›Pflicht‹!«

Tief gequält beugte Widdowson sich vor und ergriff ihre Hand. Er sprach in einem sehr ernsten, aber nur leicht vorwurfsvollen Tonfall. Sie befasse sich mit Gedanken, die sie wer weiß wohin führen und sie nur unzufrieden machen würden, bis sie am Ende beide unglücklich wären. Er bat sie inständig, sich nicht länger mit solch ungeheuerlichen Theorien zu befassen.

»Mein liebes, gutes Frauchen! Hör auf deinen Ehemann. Er ist älter als du, mein Schatz, und hat von der Welt viel mehr gesehen.«

»Ich habe nichts Schlimmes gesagt, Edmund. Die Gedanken, die ich geäußert habe, sind nicht von anderen; sie entspringen ganz natürlich meinem eigenen Kopf.«

»Jetzt sage mir bitte, was genau du eigentlich möchtest. Du sagst, du kannst nicht so weiterleben wie bisher. Was möchtest du ändern?«

»Ich möchte mehr Leute kennenlernen und sie häufiger sehen. Ich möchte andere Leute reden hören und wissen, was um mich herum geschieht; und andere Bücher lesen, Bücher, die mir wirklich gefallen und die ich anregend finde. Ich werde das Leben bald als eine Last empfinden, wenn ich nicht mehr Freiheit habe.«

»Freiheit?«

»Ja, ich finde nichts Verwerfliches daran, das zu sagen.«

»Freiheit?« Er starrte sie zornig an. »Ich bekomme langsam den Eindruck, es wäre dir lieber, du hättest mich nie geheiratet.«

»Das wäre es nur dann, wenn ich das Gefühl haben müßte, du sperrtest mich im Haus ein und glaubtest, mich nicht allein ausgehen lassen zu können. Stell dir vor, du kämst eines Nachmittags auf den Gedanken, ohne mich einen Spaziergang in die City zu machen, einfach nur zur Entspannung. Fändest du es richtig, wenn ich es dir verbieten oder dich bekritteln würde? Du aber bist immer äußerst mißgestimmt, wenn ich allein fortgehen möchte.«

»Aber das ist wieder das alte Mißverständnis. Ich bin ein Mann, und du bist eine Frau.«

»Ich sehe nicht ein, daß das einen Unterschied macht. Eine Frau sollte sich genauso frei bewegen können wie ein Mann. Alles andere ist ungerecht. Wenn ich meine Arbeit im Haus erledigt habe, müßte ich genauso frei sein dürfen wie du – ja, genauso frei. Und ich bin überzeugt davon, daß zur Liebe Freiheit gehört, wenn es wahre Liebe bleiben soll.«

Er blickte sie scharf an. »Ich finde es abscheulich, was du da sagst. Das heißt also, daß du aufhören wirst mich zu lieben, wenn ich es mißbillige, daß du dich zu einer Frau entwickelst, die kein Gesetz anerkennt?«

»Was für ein Gesetz soll das sein?«

»Na, das Naturgesetz, das der Frau ihren Platz zuweist, und«, fuhr er mit bebender Stimme fort, »ihr befiehlt, sich von ihrem Mann leiten zu lassen.«

»Nun bist du wütend. Laß uns jetzt nicht mehr weiter darüber reden.«

Sie erhob sich und schenkte sich ein Glas Wasser ein. Ihre Hand zitterte, als sie trank. Widdowson versank in dumpfes Brüten. Als sie später nebeneinander im Bett lagen, wollte er das Thema wieder aufgreifen, doch Monica weigerte sich zu reden; mit der Erklärung, zu müde zu sein, drehte sie ihm den Rücken zu und war bald darauf eingeschlafen.

In der Nacht kam ein Sturm auf; heulend fegte der Wind über den Ärmelkanal, und bei Tagesanbruch war außer Wolken und Regen nichts zu sehen. Widdowson, der kaum geschlafen hatte, war bedrückt und schweigsam; Monica hingegen redete munter drauflos und schien es nicht zu bemerken, wenn ihr Gegenüber nicht antwortete. Sie erfreute sich an dem ungestümen Himmel;

jetzt würden sie ein anderes Charakteristikum des Insellebens kennenlernen – die gewaltigen und bedrohlichen Wogen, die gegen die Granitfelsen peitschten.

Sie hatten ein paar Bücher mitgenommen, und Widdowson setzte sich nach dem Frühstück vor den Kamin, um zu lesen. Monica schrieb zunächst einen Brief an ihre Schwester; als es danach noch immer nicht möglich war hinauszugehen, nahm sie sich einen der Bände zur Hand, die auf einem Tischchen im Wohnzimmer lagen – Romane, die frühere Mieter zurückgelassen hatten. Sie wählte einen Band mit einem gelben Buchrücken. Widdowson, der jede einzelne ihrer Bewegungen verstohlen beobachtete, sah die Illustration auf dem Einband.

»Ich glaube nicht, daß es sich lohnt, dieses Buch zu lesen«, sagte er, nachdem er ein paarmal zur Rede angesetzt hatte.

»Aber es kann zumindest keinen Schaden anrichten«, erwiderte sie heiter.

»Da bin ich nicht so sicher. Warum willst du deine Zeit vergeuden? Nimm ›Guy Mannering‹, wenn du einen Roman lesen möchtest.«

»Ich möchte erst einmal sehen, ob mir dieser hier gefällt.«

Er fühlte seine Ohnmacht, und der Gedanke, daß Monica versuchte, sich gegen ihn aufzulehnen, schmerzte ihn maßlos. Es war ihm unbegreiflich, warum sie plötzlich so verändert war. Aus Angst, die Liebe seiner Frau zu verlieren, herrschte er sie nicht an, doch er war nahe daran, einen strikten Befehl auszusprechen.

Am Nachmittag hörte es auf zu regnen, und der Wind war nicht mehr so stark. Sie gingen hinaus, um sich das Meer anzusehen. Scharen von Menschen hatten sich im Hafen eingefunden, von dem aus man einen guten Blick auf die riesigen Wellen hatte, die schäumend und sprühend gegen die Klippen von Sark schlugen. Während sie in dieses Schauspiel versunken waren, hörte Monica hinter sich eine freundliche Stimme ihren Namen sagen – es war die Stimme von Mrs. Cosgrove.

»Ich habe schon ständig nach Ihnen Ausschau gehalten«, sagte die Dame. »Wir sind vor drei Tagen eingetroffen.«

Widdowson zuckte vor Überraschung zusammen und fuhr herum, um zu sehen, wer da gesprochen habe. Er erblickte eine Frau noch nicht ganz mittleren Alters, dezent gekleidet, gutaussehend und mit fröhlicher Miene; erst als sie ihm die Hand reichte, erinnerte er sich, ihr bei Miss Barfoot schon einmal begegnet zu sein. Bei starkem Wind eine würdevolle Erscheinung abzugeben, ist für niemanden einfach; die Unbeholfenheit, mit der Widdowson Mrs. Cosgroves Gruß erwiderte, war dennoch nicht zu übertreffen. Er hätte vermutlich auch dann keine bessere Figur gemacht, wenn er seinen Filzhut nicht derart krampfhaft hätte festhalten müssen.

Die drei unterhielten sich ein paar Minuten lang. Mrs. Cosgrove wurde von zwei Personen begleitet, einer jüngeren Frau und einem Mann um die Dreißig – ein hübscher und lebhafter Bursche mit ziemlich langem, goldbraunem Haar. Die beiden blickten Monica an, doch Mrs. Cosgrove stellte sie einander nicht vor.

»Wollen Sie mich nicht einmal besuchen kommen?« sagte sie und nannte ihnen ihre Adresse. »Abends ist hier nicht viel geboten; ich werde nach dem Dinner fast immer daheim sein, und wir haben sogar Musik – oder so etwas ähnliches.«

Monica nahm die Einladung beherzt an, indem sie erklärte, daß sie gerne kommen werde. Dann verabschiedete Mrs. Cosgrove sich von ihnen und ging mit ihren Begleitern landeinwärts.

Widdowson starrte aufs Meer hinaus. Seine Miene sprach Bände. Als Monica diesen Ausdruck gewahrte, preßte sie die Lippen aufeinander und wartete ab, was er sagen oder tun würde. Er sagte kein Wort, drehte jedoch kurz darauf den Wellen den Rücken zu und setzte sich in Bewegung. Keiner von beiden sprach, bis sie im Schutz der Häuser waren; dann fragte Widdowson unvermittelt: »Wer *ist* diese Person?«

»Ich weiß nur ihren Namen und daß sie zu Miss Barfoots Bekanntenkreis gehört.«

»Das ist doch wirklich ungeheuerlich«, rief er empört aus. »Es ist schlechterdings unmöglich, diesen Leuten aus dem Weg zu gehen.«

Monica war ebenfalls wütend; ihre vom Wind geröteten Wangen wurden noch dunkler.

»Noch viel ungeheuerlicher ist es, daß du sie derart ablehnst.«

»Mag das nun ungeheuerlich sein oder nicht – ich *lehne* sie ab; und es wäre mir lieber, du würdest diese Frau nicht aufsuchen.«

»Du bist albern«, antwortete Monica spitz. »Natürlich werde ich sie besuchen gehen.«

»Ich verbiete es dir! Falls du doch gehst, handelst du meinem Wunsch zuwider.«

»Dann bin ich eben gezwungen, deinem Wunsch zuwiderzuhandeln. Ich werde auf jeden Fall hingehen.«

Sein Gesicht war gräßlich verzerrt. Wären sie jetzt an einem einsamen Ort gewesen, hätte Monica Angst vor ihm bekommen. Sie eilte weiter in Richtung ihrer Wohnung, und er folgte in ein paar Schritten Abstand; plötzlich hielt er inne, machte kehrt und stapfte in entgegengesetzter Richtung davon.

Mit wütenden Schritten ging er am Kai entlang, an den Hotels und den sich daran anschließenden kleineren Häusern vorbei, weiter bis nach St. Sampson. Der Wind, der wieder eine stürmische Nacht ankündigte, zerrte an ihm, drückte gegen ihn, und manchmal kam er kaum von der Stelle. Er biß die Zähne zusammen wie ein Wahnsinniger und kämpfte sich weiter, an den Granitsteinbrüchen von Bordeaux Harbour vorbei, bis zum nördlichsten Zipfel der Insel, den Sandbuchten von L'Ancresse. Als die Dunkelheit hereinbrach, war außer ihm weit und breit kein Mensch zu sehen. Er blieb fast eine Viertelstunde lang auf einem Fleck stehen und starrte in die schwarzen, tieftreibenden Wolkenfetzen.

Um sieben Uhr pflegten sie das Abendessen einzunehmen. Kurz davor betrat Widdowson das Haus und ging ins Wohnzimmer; Monica war nicht dort. Er fand sie im Schlafzimmer vor dem Spiegel sitzend. Als sie sein Gesicht darin erblickte, drehte sie sich augenblicklich um.

»Monica!« Er legte die Hände auf ihre Schultern und flüsterte heiser: »Monica! Liebst du mich denn nicht?«

Sie schaute weg und gab keine Antwort.

»Monica!«

Und dann fiel er plötzlich vor ihr auf die Knie, umklammerte ihre Taille und brach in ein ersticktes Schluchzen aus. »Empfindest du keine Liebe für mich? Mein Liebling! Meine liebe, schöne Frau! Hast du angefangen, mich zu hassen?«

Tränen traten ihr in die Augen. Sie flehte ihn an, aufzustehen und sich zusammenzureißen.

»Ich war so böse, so barsch zu dir. Ich habe das alles gesagt, ohne zu überlegen.«

»Aber *warum* sagst du solche Dinge? Warum bist du so töricht? Wenn du mir Sachen verbietest, die vollkommen harmlos sind, kannst du von mir nicht erwarten, daß ich dir gehorche wie ein kleines Kind. Ich werde nicht nachgeben, so leid es mir tut.«

Er hatte sich aufgerichtet und hielt sie fest an sich gedrückt. Sein heißer Atem strich über ihren Hals, als er zu flüstern begann: »Ich möchte dich ganz für mich allein haben. Ich mag diese

Leute nicht ... sie haben völlig andere Ansichten ... sie setzen dir solch abscheuliche Ideen in den Kopf ... sie sind nicht der richtige Umgang für dich – «

»Du verkennst sie, und mich verkennst du ganz und gar. Au, du tust mir weh, Edmund!«

Er ließ sie los und nahm ihren Kopf zwischen seine Hände. »Es wäre mir lieber, du wärest tot, als daß du aufhörtest, mich zu lieben! Geh sie besuchen; ich werde dagegen keinen Einwand mehr erheben. Aber bleib mir treu, Monica, bleib mir treu!«

»Dir treu bleiben?« wiederholte sie erstaunt. »Was *habe* ich denn gesagt oder getan, das dich in diesen Zustand versetzt hat? Nur weil ich ein paar Leute kennenlernen möchte wie jede andere Frau – «

»Das kommt daher, daß ich so lange allein gelebt habe. Ich habe nie mehr als ein oder zwei Freunde gehabt, und ich bin schrecklich eifersüchtig, wenn du ohne mich weggehen und dich mit Fremden unterhalten möchtest. Ich kann mit solchen Leuten nicht reden. Ich bin kein geselliger Mensch. Wenn ich dich nicht auf diese ungewöhnliche, wundersame Weise kennengelernt hätte, hätte ich niemals heiraten können. Wenn ich dir erlaube, diese Freunde zu haben – «

»Ich mag dieses Wort nicht hören. Warum sagst du *erlaube*? Hältst du mich für deine Dienerin, Edmund?«

»Du weißt, was du für mich bist. Ich bin es, der dein Diener ist, dein Sklave.«

»O es ist nicht zu fassen!« Sie preßte ihr Taschentuch gegen ihre Wangen und lachte gequält. »Das ist doch bloßes Gerede. Du bist derjenige, der verbietet und erlaubt und befiehlt und – «

»Ich werde nie wieder solche Worte gebrauchen. Du mußt mir nur zeigen, daß du mich noch immer so liebst wie am Anfang.«

»Es ist so widerwärtig, sich zu streiten – «

»Nie wieder! Sag, daß du mich liebst! Lege deine Arme um meinen Hals ... drück dich fester an mich – «

Sie küßte ihn auf die Wange, sagte jedoch kein Wort.

»Bist du nicht imstande, mir zu sagen, daß du mich liebst?«

»Ich beweise es dir doch ständig. Komm, zieh dich jetzt um, damit wir essen können, es ist schon nach sieben. O wie albern du dich aufführst!«

Sie redeten die halbe Nacht hindurch weiter. Monica ließ sich nicht von ihrem Standpunkt abbringen; auch eine viel erfahrenere Frau als sie hätte sie darum beneidet, wie hartnäckig sie auf ihrer durchaus vernünftigen Forderung beharrte, daß jede Frau neben ehelichen Pflichten auch ein Recht auf ein selbstbestimmtes Leben habe. Diese Einstellung und die Fähigkeit, sie auch zu äußern, war großenteils auf ihren Umgang mit jenen Frauen zurückzuführen, denen gegenüber Widdowson so tiefes Mißtrauen hegte. Vor ihrem Umzug in die Rutland Street wären ihr diese Gedanken, die sie jetzt so klar formulierte, nicht einmal in den Sinn gekommen. Obwohl Monica glaubte, nichts von Miss Barfoot und Rhoda Nunn gelernt zu haben, und sie ihre Lehren bis vor kurzem instinktiv abgelehnt hatte, verdankte sie in Wirklichkeit das einzige bißchen Bildung, das sie je erhalten hatte, den wenigen Wochen Unterricht in der Great Portland Street. Jetzt zeigte sich, welch eine aufnahmefähige Schülerin sie gewesen war, und das sogar, ohne es zu wollen. Wie alle entwicklungsfähigen Frauen sah auch sie nach ihrer Heirat alles in einem neuen Licht; es gab wahrscheinlich kein einziges Thema, über das sie noch genau so dachte wie am Morgen ihres Hochzeitstages.

»Entweder du vertraust mir vollkommen«, sagte sie, »oder gar nicht. Wie soll ich dich lieben können, wenn du mir weder vertrauen kannst noch vertrauen willst?«

»Darf ich dir denn niemals einen Rat geben?« fragte ihr Mann verblüfft, ja sogar ergriffen von den erstaunlichen Offenbarungen einer Frau, die er durch und durch zu kennen geglaubt hatte.

»O das ist etwas ganz anderes als ein Befehl oder ein Verbot!« lachte sie. »Wie heute morgen mit dem Roman: Selbstverständlich weiß ich so gut wie du, daß ›Guy Mannering‹ ein besseres Buch ist; das heißt aber noch lange nicht, daß ich mir keine Meinung über andere Bücher bilden möchte. Du darfst dich nicht scheuen, mir die gleiche Freiheit zuzugestehen, wie du sie hast.«

Das Ergebnis all dessen war, daß Widdowsons Liebe mit neuer Leidenschaft erfüllt wurde. Einen Augenblick lang bildete er sich ein, diese neue Grundlage in ihrer Beziehung akzeptieren zu können. Die großartige Idee von der Gleichheit von Mann und Frau, jene Lehre, die in ferner Zukunft einmal die Welt neu gestalten wird, nahm ihn einen Augenblick lang gefangen, stimmte ihn regelrecht euphorisch.

Monicas Körper rächte sich tags darauf für die Verausgabung. Sie hatte schreckliche Kopfschmerzen, leichtes Fieber und war außerstande, das Bett zu verlassen. Doch kaum war sie wieder wohlauf, verlangte es sie danach, unter dem blauen Himmel spazierenzugehen, der das Unwetter abgelöst hatte.

»Gehst du heute abend mit zu Mrs. Cosgrove?« fragte sie ihren Mann.

Er bejahte, und so suchten sie nach dem Abendessen das Hotel auf, in dem ihre Bekannte wohnte. Widdowson fühlte sich äußerst unbehaglich, was zum Teil daran lag, daß er keine Abendgarderobe trug; da er weder damit gerechnet noch darauf gehofft hatte, während ihres Aufenthalts auf Guernsey gesellschaftlichen Umgang zu pflegen, hatte er keinen Abendanzug mitgenommen. Hätte er Mrs. Cosgrove gekannt, hätte er gewußt, daß seine Sorge vollkommen unnötig war. Diese Dame rebellierte gegen weitaus schwerer wiegende Konventionen als den Schwalbenschwanz; es scherte sie keinen Deut, in welchem Aufzug ihre Besucher erschienen. Zu Widdowsons Entsetzen fanden sie bei ihrer Ankunft einen Raum voller Frauen vor. Die Gastgeberin wohnte mit der jüngeren Dame zusammen, der sie bereits am Hafen begegnet waren – Mrs. Cosgroves unverheiratete Schwester; Miss Knott hatte dem Londoner Winter aus gesundheitlichen Gründen entfliehen müssen. Außer den Widdowsons waren noch vier weitere Gäste anwesend – eine Mrs. Bevis mit ihren drei Töchtern, allesamt kränkelnd; die Mutter wirkte ein wenig affektiert, die Mädchen sahen aus wie Jungfern wider Willen.

Monica, die sich mit ihrem lieblichen, strahlenden Aussehen und ihrem eleganten Kleid deutlich von den anderen abhob, fühlte sich bald wie zu Hause; ausgelassen plauderte sie mit den Mädchen – selbst erstaunt über die Selbstsicherheit, die sie zum ersten Mal an den Tag legte. Mrs. Cosgrove, die sich, wenn die Umstände es erforderten, so leger wie eine Dame von Welt präsentieren konnte, gab sich die größte Mühe, Widdowson aus der Reserve zu locken, und er taute tatsächlich allmählich auf.

Nach einer Weile setzte sich Miss Knott ans Klavier, sie spielte gar nicht so übel. Die jüngste der drei Schwestern trug ein Schubert-Lied vor, mit passabler Stimme, aber in einem grauenhaften Deutsch – was allerdings nur der Gastgeberin auffiel.

Unterdessen war Monica von Mrs. Bevis in Beschlag genommen worden, die ihr einen Vortrag hielt, den sämtliche Freunde der alten Dame in- und auswendig kannten.

»Kennen Sie meinen Sohn, Mrs. Widdowson? Oh, ich dachte, Sie wären ihm vielleicht schon begegnet. Aber Sie werden ihn hoffentlich heute abend sehen. Er ist zwei Wochen auf Urlaub hier.«

»Wohnen Sie auf Guernsey?« erkundigte sich Monica.

»*Ich* wohne hier, und eine meiner Töchter ist ständig bei mir. Die beiden anderen teilen sich mit ihrem Bruder eine Etagenwohnung in Bayswater. Was halten Sie von Etagenwohnungen, Mrs. Widdowson?«

Monica mußte eingestehen, daß sie mit jener Einrichtung keine Erfahrungen hatte.

»Ich halte es für einen wahren Segen, daß es sie gibt«, fuhr Miss Bevis fort. »Sie sind zwar teuer, bieten aber so viele Vorteile und Annehmlichkeiten. Mein Sohn würde seine Wohnung unter keinen Umständen aufgeben. Wie ich bereits sagte, wohnen ständig zwei seiner Schwestern bei ihm und kümmern sich um den Haushalt. Er ist noch ein junger Mann, keine dreißig, aber – so erstaunlich das auch klingen mag – wir sind alle von ihm abhängig! Seit sechs oder sieben Jahren ernährt mein Sohn die *ganze* Familie, und zwar mit eigener Hände Arbeit. Das klingt unglaublich, nicht wahr? Wenn wir ihn nicht hätten, wären wir verloren. Die lieben Mädchen sind von sehr zarter Gesundheit; es ist schlichtweg ausgeschlossen, daß sie einer anstrengenden Tätigkeit nachgehen. Mein Sohn hat enorme Opfer für uns erbracht. Eigentlich wollte er Berufsmusiker werden, und alle glauben, daß er berühmt geworden wäre; ich persönlich bin überzeugt davon – aber das ist wohl nur natürlich. Doch als unsere Lage immer bedenklicher wurde und wir wirklich nicht wußten, wie es weitergehen sollte, willigte mein Sohn ein, eine kaufmännische Laufbahn einzuschlagen – als Weinhändler, genau wie sein Vater. Und er strengte sich so an und erwies sich als so geschickt, daß all unsere Ängste schon sehr bald ein Ende hatten; und nun, obgleich noch keine dreißig Jahre alt, ist er in einer vollkommen sicheren Position. Wir haben keine Sorgen mehr. Ich lebe hier sehr bescheiden – in einer ganz reizenden Wohnung an der Straße nach St. Martin; ich hoffe doch sehr, Sie kommen mich einmal besuchen. Und die Mädchen reisen immer hin und her. Wie Sie sehen, sind wir augenblicklich *alle* hier. Wenn mein Sohn nach London zurückfährt, wird er die älteste und die jüngste seiner Schwestern mitnehmen. Die mittlere, meine liebe Grace ... man hält sie für eine sehr talentierte Aquarellmalerin, und ich bin mir vollkommen sicher, daß sie notfalls von ihrer Kunst leben könnte ...«

Mr. Bevis betrat das Zimmer, und Monica erkannte in ihm den munteren jungen Mann wieder, den sie am Hafen gesehen hatte. Die Gastgeberin machte ihn mit ihren neuen Freunden bekannt, und er begann sich mit Widdowson zu unterhalten. Als man ihn aufforderte, für die Gesellschaft zu musizieren, sang er eine lustige kleine Weise, die zumindest Monica als das Entzückendste erschien, was sie je gehört hatte.

»Das hat er selbst komponiert«, flüsterte Miss Grace Bevis, die jetzt neben Monica saß.

Das steigerte ihr Entzücken noch. So albern Mrs. Bevis auch sein mochte, hatte sie bei ihrer Lobrede auf ihren Sohn vielleicht nicht einmal übertrieben. Er schien ein überaus patenter Bursche zu sein; so nett und heiter und temperamentvoll; und außerdem so talentiert. Monica dünkte es ein sehr hartes Schicksal, daß er die Verantwortung für diese Familie zu tragen hatte. Was sie ihn kosten mußte! Vermutlich konnte er ihretwegen nicht ans Heiraten denken.

Mr. Bevis kam herüber und setzte sich neben sie.

»Herzlichen Dank«, sagte sie, »für dieses reizende Lied. Haben Sie es veröffentlicht?«

»Wo denken Sie hin!« Lachend schüttelte er sein dichtes Haar. »Das ist eins von zwei oder drei Liedern, die ich vor Jahren, als ich in Deutschland studierte, so nebenbei komponierte. Sie spielen Klavier, hoffe ich?«

Monica mußte zu ihrem Bedauern verneinen.

»Ach, das macht nichts. Es gibt jede Menge Leute, die überglücklich sind, etwas vorspielen zu dürfen, wenn man sie darum bittet. Ich fände es gut, wenn nur diejenigen Kinder ein Instrument erlernen dürften, die auch echtes musisches Talent zeigen.«

»Dann gäbe es allerdings nicht mehr viele Leute, die bereit wären, mir etwas vorzuspielen.«

»Stimmt.« Abermals ertönte sein fröhliches Lachen. »Sie dürfen sich nicht daran stören, wenn ich mir widerspreche; das ist so meine Art. Verbringen Sie den ganzen Winter hier?«

»Leider nur ein paar Wochen.«

»Und graut Ihnen vor der Rückreise?«

»Ehrlich gesagt, ja. Es ging mir nicht sehr gut, bevor ich hierher kam.«

»Mir persönlich ist es noch ein Rätsel, wie ich das schaffen soll. Früher oder später werde ich sterben, daran gibt es nicht den geringsten Zweifel. Die Mädchen müssen mich immer an Land tragen – eine packt mich bei den Haaren, die andere bei den Stiefeln. Zum Glück bin ich so mager, daß ich ihnen nicht zu schwer werde. Ich kann in ein, zwei Tagen Fett ansetzen, und dann strotze ich vor Gesundheit – so wie im Augenblick. Sie sehen mir doch an, wie fabelhaft *fit* ich bin, oder?«

»Ja, Sie sehen sehr gesund aus«, entgegnete Monica, das zarte, hübsche Gesicht anblickend.

»Das täuscht. Sämtliche Mitglieder unserer Familie sind von miserabler Gesundheit. Wenn ich ein paar Monate lang regelmäßig und ohne Urlaub gearbeitet habe, bin ich fix und fertig. Man hat einen speziellen Bürostuhl für mich konstruiert, von dem ich nicht herabfallen kann. – Bitte verzeihen Sie dieses alberne Geschwätz, Mrs. Widdowson«, sagte er in verändertem Tonfall. »Daran ist die Luft hier schuld. Welch eine Luft! Ganz im Ernst, der Entschluß hierherzuziehen, hat meiner Mutter das Leben gerettet. Wir hatten schon befürchtet, sie würde sterben, doch jetzt kann ich wieder hoffen, daß sie noch viele Jahre leben wird.«

Er klang eindeutig liebevoll, als er von seiner Mutter sprach, und er blickte dabei mit seinen blauen Augen zärtlich zu ihr hin.

Monica hatte nur ein- oder zweimal gewagt, einen Blick mit ihrem Mann zu wechseln. Sie war froh, daß er sich unterhielt; wie seine Laune tatsächlich war, würde sie erst nachher feststellen können. Kurz bevor sie aufbrachen, bemerkte sie zu ihrer Überraschung, daß er sich nun höchst angeregt mit Mr. Bevis unterhielt. Es wurde eine Droschke bestellt, die sie nach Hause bringen sollte, und kaum daß sie losgefahren waren, fragte Monica ihren Mann mit fröhlicher Miene, wie es ihm gefallen habe.

»Es hätte schlimmer sein können«, antwortete er trocken.

»Schlimmer? Das ist typisch für dich, Edmund. Und nun gib schon zu, daß du gerne wieder dorthin gehen wirst.«

»Ich werde hingehen, wenn du es wünschst.«

»Unmöglicher Mensch! Du kannst einfach nicht zugeben, daß es nett war, neue Leute kennenzulernen. Ich glaube, du hältst im Grunde alles für verwerflich, was Vergnügen bereitet. Die Musik war hübsch, nicht wahr?«

»Der Gesang des Mädchens hat mich nicht sonderlich beeindruckt, aber dieser Bevis war nicht schlecht.«

Monica musterte ihn, während er sprach, und es sah aus, als unterdrückte sie ein Lachen. »Nein, er war keineswegs schlecht. Ich habe gesehen, daß du dich mit Mrs. Bevis unterhalten hast. Hat sie dir von ihrem wundervollen Sohn erzählt?«

»Nichts Spezielles.«

»Oh, dann muß ich dir die ganze Geschichte erzählen.« Was sie dann auch tat – in halb belustigtem, halb beifälligem Tonfall.

»Meiner Meinung nach hat er nur getan, was seine Pflicht war«, sagte Widdowson, als sie geendet hatte. »Aber er ist kein übler Bursche.«

Aus einem bestimmten Grund verglich Monica diese Meinung über Bevis mit der Abneigung, die ihr Mann gegen Mr. Barfoot hegte, und war insgeheim sehr amüsiert darüber.

Zwei oder drei Tage später verbrachten sie den Vormittag an der Petit Bot Bay und begegneten dort Mr. Bevis mit seinen drei Schwestern. Diese luden sie sogleich ein, gemeinsam mit ihnen zurückzufahren und bei Mrs. Bevis zu Mittag zu speisen; sie nahmen die Einladung an und blieben bis zum Einbruch der Dunkelheit bei ihren Bekannten. Der Urlaub des jungen Mannes war zu Ende; am nächsten Morgen würde die Reise stattfinden, die er auf so groteske Weise geschildert hatte.

»Und das auch noch allein!« beklagte er sich bei Monica. »Stellen Sie sich das vor! Die Mädels sind derzeit nicht ganz auf der Höhe; es ist besser, wenn sie noch eine Weile hierbleiben.«

»Und in London werden Sie auch allein sein?«

»Ja. Das ist äußerst betrüblich. Ich muß es mit Fassung tragen. Das Schlimme ist nur, daß ich zu Depressionen neige. Wenn ich allein bin, sinke ich tiefer und tiefer. Aber das ist ein unangenehmes Thema. Verderben wir uns die letzten Stunden nicht mit solch düsteren Gedanken!«

Widdowson blieb bei seiner wohlwollenden Meinung über den fidelen jungen Weinhändler. Er lachte sogar manchmal laut auf, wenn er eine Bemerkung wiedergab, die Bevis ihm gegenüber geäußert hatte.

Monica hatte noch ein paarmal Gelegenheit, sich ausführlich mit der alten Dame zu unterhalten. Mrs. Bevis, die freimütig über sämtliche familiären Angelegenheiten schwatzte, ließ durchblicken, daß zwei der Mädchen vornehmlich zu dem Zweck bei ihrem Bruder wohnten, um Gelegenheit zu haben, »Leute zu treffen« – das heißt, einen Heiratskandidaten kennenzulernen. Mrs. Cosgrove und einige andere Damen pflegten sie zu ihren gesellschaftlichen Zusammenkünften einzuladen.

»Sie werden *niemals* heiraten!« sagte Monica zu ihrem Gatten, was eher nachdenklich klang als mitfühlend.

»Warum nicht? Sie sind doch ganz nette Mädchen.«

»Ja, aber sie sind nicht vermögend, und außerdem«, fügte sie schmunzelnd hinzu, »merkt ihnen jeder an, daß sie einen Ehemann suchen.«

»Ich finde nicht, daß der erstgenannte Grund zählt; und der zweite ist nur natürlich.«

Monica schluckte eine Erwiderung hinunter, sagte aber gleich darauf: »Siehst du, sie gehören genau zu der Gruppe von Frauen, die sich eine Arbeit suchen sollten.«

»Eine Arbeit? Aber sie sorgen doch für ihre Mutter und für ihren Bruder. Gibt es etwas, das anständiger wäre?«

»Sehr anständig, mag sein. Aber sie sind unglücklich und werden es immer sein.«

»Sie haben kein *Recht*, unglücklich zu sein. Sie tun ihre Pflicht, und darüber sollten sie glücklich sein.«

Monica hätte viel zu erwidern gewußt, doch sie beherrschte sich und tat das Ganze mit einem Lachen ab.

17. Der Triumph

Erst mitten im Winter sah Barfoot seine Freunde, die Micklethwaites, wieder. Auf ihre Einladung hin begab er sich am Silvesterabend nach South Tottenham und speiste um sieben Uhr bei ihnen zu Abend. Er war seit ihrer Hochzeit der erste Gast in ihrem Haus.

Bereits an der Türschwelle nahm Everard die wohltuend harmonische Atmosphäre des Hauses wahr. Das kleine Dienstmädchen, das ihm die Tür öffnete, stellte ein freundliches, unauffälliges Benehmen zur Schau, das ohne Zweifel das Ergebnis einer behutsamen Schulung war. Micklethwaite, der ihm sogleich im Hausflur entgegenkam, legte ein ähnliches Gebaren an den Tag; er begrüßte seinen Freund herzlich, aber mit gedämpfter Stimme und mit einem Gesicht, das eine stille Zufriedenheit ausstrahlte. Im Wohnzimmer (eigentlich Micklethwaites Arbeitszimmer, das als Empfangszimmer benutzt wurde, weil das andere als Eßzimmer diente) standen im Schein sanften Lampenlichts und eines heimeligen Kaminfeuers die Gastgeberin und ihre blinde Schwester in Erwartung ihres Gastes; Everard fand, daß die beiden viel gesünder aussahen als noch vor ein paar Monaten. Mrs. Micklethwaite wirkte nicht mehr so erschreckend alt; als sie auf ihn zutrat, erhellte ein Ausdruck mädchenhafter Freude ihr Gesicht; ja, er vermeinte sogar eine zarte Röte in ihre Wangen aufsteigen zu sehen, und als sie sekundenlang den Blick niederschlug, sah sie so anmutig und scheu aus wie eine jugendliche Braut. Nie zuvor war Barfoot mit solch vollendeter Höflichkeit, die auch noch wahrer Ausdruck seiner Gefühle war, einer Frau gegenübergetreten. Genauso verhielt er sich der blinden Schwester gegenüber; seine Stimme hatte einen ganz weichen Klang, als er ihre Hand einen Augenblick lang festhielt und ihre freundliche Begrüßung erwiderte.

Anzeichen von Armut fielen ihm nicht störend ins Auge. Er stellte fest, daß das Haus in vielerlei Hinsicht verschönert worden war, seit Mrs. Micklethwaite es in ihre Obhut genommen hatte; Bilder waren aufgehängt worden, Ziergegenstände und Möbelstücke hinzugekommen – nichts Kostbares, alles von großer Schlichtheit, aber geeignet, das Gefühl kultivierter Behaglichkeit zu fördern. Während die Durchschnittsfrau eine protzige Hohlheit zur Schau gestellt hätte, hatte Mrs. Micklethwaite ein Heim geschaffen, das auf seine Art hübsch war. Das Gericht, das sie selbst gekocht hatte und das sie gemeinsam mit dem Mädchen auftrug, erhob nicht den Anspruch, mehr zu sein als ein einfaches, solides Mahl, doch es mundete dem Gast vorzüglich; sogar Gemüse und Brot schienen ihm schmackhafter zu sein als an so manch üppiger Tafel. Er kam nicht umhin zu bewundern, wie geschickt Miss Wheatley aß, ohne zu sehen, was vor ihr stand; hätte er nicht gewußt, daß sie blind war, kein ungewöhnliches Verhalten hätte es ihm verraten, obwohl sie ihm direkt gegenüber saß.

Der Mathematiker hatte mittlerweile gelernt, wie ein normaler Sterblicher auf einem Stuhl zu sitzen. Anfangs mußte ihm das große Beherrschung abverlangt haben; jetzt schien er nicht mehr versucht, herumzuschaukeln, sich zu räkeln oder zu verrenken. Als die Damen sich zurückzogen, langte er nach einem auf der Anrichte stehenden Kistchen, was Barfoot mit Unbehagen verfolgte. »Du rauchst doch hier nicht, in diesem Zimmer?«

»Warum nicht?«

Everard musterte die hübschen Gardinen vor den Fenstern. »Nein, mein Junge, du machst mir etwas vor. Im übrigen schmeckt euer Rotwein so gut, daß ich mir das Aroma nicht verderben möchte.«

»Ganz wie du willst; aber ich fürchte, Fanny wird darüber betrübt sein.«

»Sag ihr, ich hätte mir das Tabakrauchen abgewöhnt.«

Micklethwaite kämpfte eine Weile mit sich, doch dann strahlte er ihn dankbar an. »Barfoot« – er beugte sich vor und berührte seinen Freund am Arm – »es gibt in dieser unserer Zeit tatsächlich Engel auf der Erde. Die Wissenschaft hat sie nicht abgeschafft, mein Lieber, und ich glaube auch nicht, daß ihr das jemals gelingen wird.«

»Es ist nur wenigen Männern vergönnt, ihnen zu begegnen, und noch wenigeren, sie dauerhaft in einem Häuschen in South Tottenham zu Gast zu haben.«

»Das stimmt.« Micklethwaite lachte – aber, wie Everard bereits aufgefallen war, anders als früher, beinahe lautlos. »Diese zwei Schwestern ... ach, ich sollte lieber nicht über sie reden. Ich bin auf meine alten Tage zum Anbeter, zum Schwärmer geworden, zu einem Mann mit Träumen und Visionen.«

»Wie steht's mit der Anbetung in religiösem Sinn?«, erkundigte sich Barfoot lächelnd. »Irgendwelche Probleme in dieser Hinsicht?«

»Ich passe mich an, so gut es geht. Mir wird nichts aufgezwungen. Kein Fanatismus, keine Intoleranz. Es wäre gemein von mir, wenn ich mich weigerte, Sonntag morgens zur Kirche zu gehen. Meine streng wissenschaftliche Haltung verhilft mir dazu, mich mit niemandem anzulegen. Fanny kann das nicht nachvollziehen, aber sie ist froh, daß ich nicht dogmatisch bin. Ich habe ihr schon oft zu erklären versucht, daß ein wissenschaftlicher Kopf nichts mit Materialismus am Hut haben muß. Natürlich ist es nicht einfach für sie, die neue Ordnung der Ideen zu begreifen; aber man muß Geduld haben.«

»Versuche sie um Himmels willen nicht von ihrem Glauben abzubringen.«

»Nein, keine Bange. Aber es würde mich trotzdem freuen, wenn sie wüßte, was unter Erkenntnis und Wahrnehmung und unter der Relativität von Zeit und Raum zu verstehen ist – und einige andere einfache Dinge dieser Art!«

Barfoot lachte herzhaft. »Ach, übrigens«, sagte er, auf sicheren Boden zusteuernd, »mein Bruder Tom ist in London, allerdings in einem erbärmlichen Gesundheitszustand. *Sein* Engel stammt aus dem falschen Gefilde, aus der tiefsten Hölle. Ich bin überzeugt, daß sie versucht, ihren Mann umzubringen. Erinnerst du dich an den Reitunfall, von dem ich dir schrieb? Tom ist noch immer nicht wiederhergestellt und wird es womöglich auch niemals sein. Seine Frau glaubte Madeira gerade in dem Augenblick verlassen zu müssen, als er eigentlich Ruhe gebraucht hätte. Er quartierte sich in Torquay ein, während seine Frau in der

Gegend herumfuhr, um alle möglichen Leute zu besuchen. Obwohl vereinbart war, daß sie nach Torquay zurückkehren würde, weigerte sie sich, das zu tun. Diese Stadt sei zu langweilig; sie sei ihrer zarten Gesundheit nicht zuträglich; sie müsse in London wohnen, in der heimatlichen reinen Luft. Wenn Tom einem Rat zugänglich gewesen wäre, hätte er sie wohnen lassen, wo es ihr paßte, und dem Himmel gedankt, daß sie nicht in seiner Nähe ist. Doch der arme Kerl hält es ohne sie nicht aus. Er ist hierher nach London gekommen, und ich habe das Gefühl, daß er bald sterben wird. Die Sache ist ungeheuerlich, aber nicht ungewöhnlich, wenn eine Frau einen Mann unter ihrer Fuchtel hat.«

Micklethwaite schüttelte den Kopf. »Du siehst die Sache zu düster. Du hast schlechte Erfahrungen gemacht. Du weißt ja, wozu du meiner Meinung nach verpflichtet bist.«

»Ich glaube allmählich, daß eine Heirat für mich nicht mehr völlig ausgeschlossen ist«, sagte Barfoot mit einem ernsten Lächeln.

»Ha! Das ist ja famos!«

»Aller Wahrscheinlichkeit nach würde es allerdings eine Ehe ohne Trauschein sein – einfach nur eine freie Bindung.«

Der Mathematiker war enttäuscht. »Schade. Das wird nicht funktionieren. Wir müssen uns an die Normen halten. Im übrigen wäre eine Person, die sich darauf einließe, bestimmt nicht die Richtige für dich. Ein Mann wie du muß eine Dame heiraten.«

»Ich würde niemals an etwas anderes als an eine Dame denken.«

»Sind das die Früchte der Emanzipation? Gibt es tatsächlich Damen, die sich auf eine solche Verbindung einlassen?«

»Ich kenne keine. Gerade deshalb reizt mich die Idee.« Barfoot mochte nicht weiter ins Detail gehen. »Wie steht's mit deinem neuen Algebra-Buch?«

»O weh! Wenn ich nach Hause komme, mein lieber Junge, ist die Verlockung so groß. Vergiß nicht, daß es für mich etwas ganz Neues ist, am Abend in trauter Runde dazusitzen und zu plaudern ... Es bedeutet mir im Augenblick einfach zu viel. Außerdem traue ich mich nicht, sonntags zu arbeiten. Aber warte nur ab; alles zu seiner Zeit. Nach dem Leben, das ich bisher geführt habe, muß ich mir ein halbes Jahr Luxus gönnen.«

»Ganz meine Meinung. Die Algebra soll warten.«

»Natürlich denke ich immer wieder daran ... zu den unmöglichsten Zeiten. Der Gottesdienst am Sonntagmorgen eignet sich gut dazu.«

Barfoot konnte nicht bleiben, um das alte Jahr zu verabschieden, doch die Wünsche, die bei seinem Aufbruch ausgetauscht wurden, waren darum nicht weniger herzlich. Micklethwaite begleitete ihn zum Bahnhof; ein paar Meter von seinem Haus entfernt blieb er stehen und deutete mit dem Finger darauf.

»Dieser Ort, Barfoot, gehört zu den heiligen Stätten der Erde. Kaum zu glauben, daß dieses Häuschen all die Jahre meiner Hoffnungslosigkeit hindurch auf mich gewartet hat. Eigentlich müßte es von einem geheimnisvollen Licht umstrahlt sein. Es dürfte gar nicht aussehen wie ein ganz normales Haus.«

Auf dem Heimweg sann Everard lächelnd über alles nach, was er gesehen und gehört hatte. Tja, das war *ein* Ideal der Ehe. Nicht *sein* Ideal, aber im Vergleich zu den meist zutiefst widerwärtigen Erfahrungen doch ein sehr schönes. Es war das altmodische Ideal in seiner reinsten Form; die geheiligte Form häuslichen Glücks, die über jeden Versuch, sie der Lächerlichkeit preiszugeben, erhaben war, etwas, über das man sich, wenn überhaupt, nur mit ganz leiser Ironie äußern konnte.

Für ihn wäre ein solches Leben nichts. Er würde vor Langeweile vergehen, selbst wenn die Frau noch so perfekt wäre. Für ihn durfte die Ehe nicht gleichbedeutend sein mit Ruhe, was unweigerlich etwas Einschläferndes hatte; er erwartete davon die gegenseitige Anregung zweier temperamentvoller Charaktere. Leidenschaft – ja, Leidenschaft gehörte dazu, zumindest am Anfang; eine Leidenschaft, die auch in den Tagen nach dem ersten Aufflammen wieder entfacht werden könnte. Auf Schönheit im konventionellen Sinn legte er mittlerweile keinen Wert mehr; es genügte, wenn das Gesicht ausdrucksstark war, wenn die Glieder kräftig waren. Sollte die Schönheit doch untergehen, wenn sie sich nicht mit Intelligenz verbinden konnte; Hauptsache, die Frau hatte Verstand und war imstande, ihn zu gebrauchen! Mit dieser Forderung zeigte sich, daß er ein reifer Mann geworden war. Für eine flüchtige Liebschaft mochte die weiße Haremssklavin für ihn noch immer am begehrenswertesten sein; für ein Eheleben, für ein dauerhaftes Zusammenleben von Mann und Frau war jedoch der Verstand vorrangig.

Eine Frau, die genau die gleiche Auffassungsgabe und Fähigkeit zu logischem Denken besaß wie ein Mann, die keinerlei Vorurteile hatte, weder in religiösen noch in gesellschaftlichen Dingen; die keine dieser erbärmlichen Schwächen aufwies, die zu idealisieren die Männer seit jeher niederträchtig genug gewesen waren. Eine Frau, die über Eifersüchteleien erhaben war, die aber dennoch wußte, was es heißt, zu lieben. Das war viel verlangt, von der Natur als auch von der Zivilisation; täuschte er sich maßlos, wenn er glaubte, das entsprechende Exemplar gefunden zu haben?

So weit waren nämlich seine Überlegungen in bezug auf Rhoda Nunn gediehen. Falls der Ausdruck überhaupt eine Bedeutung hatte, dann war er in sie verliebt; dennoch, so merkwürdig das war, wünschte er sich noch immer nicht ernsthaft, sie zur Frau zu nehmen; er wollte ihre Leidenschaft nur entfachen, um sich ein Vergnügen zu verschaffen und seiner Eitelkeit zu schmeicheln. Deshalb mochte er auch nicht an eine traditionelle Heirat denken. Ihr Jawort zur Eheschließung zu erhalten wäre langweilig, würde ihn nicht befriedigen. Wenn es ihm jedoch gelang, daß diese stolze, intelligente, gewissenhafte Frau sich um seinetwillen den gesellschaftlichen Normen widersetzte – ah! das wäre ein lohnenswertes Ziel.

Seit jenem Gespräch, in dessen Verlauf er seine Ansichten offen dargelegt und kurz davor gewesen war, ihr eine Liebeserklärung zu machen, hatte er Rhoda kein einziges Mal mehr allein angetroffen. Es stand außer Zweifel, daß sie ihm bewußt aus dem Weg ging; aber deutete dies nicht auf eine Scheu vor ihm hin, die sich nur aus ihrer Zuneigung erklären ließ? Allmählich wurde er ungeduldig, daß das Unausweichliche so lange aufgeschoben werden mußte, doch zugleich verstärkte das seine Leidenschaft. Wenn sich nichts anderes ergab, wäre er gezwungen, seine Kusine zu seiner Komplizin zu machen, mit der Bitte, ihn bei einem seiner nächsten Besuche mit Rhoda allein zu lassen.

Doch auf einmal war ihm das Glück wieder hold, und das erhoffte Gespräch mit Miss Nunn kam durch Umstände zustande, die er nicht hätte voraussehen können.

Miss Barfoot lud ihn für das erste Januarwochenende zum Abendessen ein. Der Nachmittag war sehr neblig gewesen, und als er sich auf den Weg machte, sah es so aus, als drohte eine so undurchdringliche Düsternis, daß das Fortkommen behindert werden würde. Er fuhr wie gewohnt mit der Bahn bis zum Sloane Square, von wo aus er (denn die Straßen waren trocken, und er mußte stets an kleine Einsparungen denken) das kurze Stück bis zur Queen's Road zu Fuß zurückzulegen gedachte. Beim Verlassen des Bahnhofs fand er sich von einem so dichten Nebel umgeben, daß ihm Zweifel kamen, ob er sein Ziel überhaupt finden würde. Da keine Droschken zu bekommen waren, mußte er entweder versuchen, sich durch den Dunst zu kämpfen und dabei riskieren, sich zu verlaufen, oder aber aufgeben und mit dem nächsten Zug zurückfahren. Doch er sehnte sich so heftig nach einem Wiedersehen mit Rhoda, daß er den Abend nicht verstreichen lassen wollte, ohne wenigstens einen Versuch unternommen zu haben. Nachdem er es mühsam bis zur King's Road geschafft hatte, ging es dank der Ladenbeleuchtungen leichter voran; der Nebel wurde jedoch von Minute zu Minute dichter, und als er von der Hauptstraße abbiegen mußte, schien seine Lage hoffnungslos. Er tastete sich buchstäblich an den Häuserfronten entlang. Da er unter normalen Umständen gerade genug Zeit gehabt hätte, um pünktlich bei seiner Kusine einzutreffen, mußte er mittlerweile sehr spät dran sein; vielleicht hatten sie bereits ohne ihn zu speisen begonnen, in der Annahme, er hätte es angesichts dieses Wetters vorgezogen, daheim zu bleiben. Gleichviel; welche Richtung er jetzt auch einschlug, es kam auf dasselbe heraus. Nachdem er die Hoffnung bereits mehrere Male beinahe aufgegeben hatte und völlig außer Atem war, stellte er nach Befragen eines Mannes, mit dem er zusammenstieß, fest, daß er nur wenige Türen von seinem Ziel entfernt war. Also kämpfte er sich noch ein Stück weiter und läutete kurz darauf freudig die Glocke.

Er hatte sich geirrt. Es war das falsche Haus, und er mußte noch zwei Türen weiter gehen.

Dieses Mal wurde er in den vertrauten kleinen Hausflur eingelassen. Das Dienstmädchen lächelte ihn an, sagte aber nichts. Er wurde in den Salon geführt und fand Rhoda Nunn allein darin vor. Diese Tatsache überraschte ihn weniger als Rhodas Aussehen. Zum ersten Mal sah er sie nicht ganz in Schwarz gekleidet; sie trug eine rote Seidenbluse zu einem schwarzen Rock und sah darin so bezaubernd aus, daß er nur mit Mühe einen Ausruf des Entzückens zu unterdrücken vermochte.

Ihre Miene drückte leichte Besorgnis aus.

»Ich muß Ihnen leider mitteilen«, waren ihre ersten Worte, »daß Miss Barfoot nicht rechtzeitig zum Dinner hier sein wird. Sie ist heute morgen nach Faversham gefahren und hätte eigentlich gegen halb acht zurück sein müssen. Aber vor einer Weile kam ein Telegramm, in dem es heißt, daß sie wegen des dichten Nebels den Zug verpaßt hat; und der nächste trifft erst um zehn nach zehn am Victoria-Bahnhof ein.«

Es war jetzt halb neun; das Essen war für acht Uhr angesetzt gewesen. Barfoot erklärte, warum er so spät gekommen war.

»Ist es wirklich so schlimm? Das habe ich gar nicht bemerkt.«

Die Situation machte beide befangen. Barfoot vermutete, daß Miss Nunn hoffte, er werde sie sogleich von seiner Anwesenheit erlösen; doch einen so glücklichen Zufall konnte er auf gar keinen Fall ungenutzt verstreichen lassen, selbst wenn er nicht diese einleuchtende Ausrede gehabt hätte. Es war das beste, mit offenen Karten zu spielen. »Es ist völlig ausgeschlossen, daß ich das Haus verlasse«, sagte er, indem er sie lächelnd anblickte. »Sie werden einen hungernden Mann doch nicht hinauswerfen?«

Rhoda gab sich daraufhin den Anschein, als hätte sie nicht die geringsten Zweifel gehegt. »Oh, wir werden natürlich gleich essen.« Sie klingelte. »Miss Barfoot geht davon aus, daß ich sie vertrete. Schauen Sie, der Nebel kriecht sogar in unseren Kamin.«

»Das ist ja lustig. Was macht Mary in Faversham?«

»Sie wurde von jemandem, mit dem sie seit einiger Zeit im Schriftwechsel steht, gebeten, dort vor einigen Damen einen Vortrag zu halten über ... ein bestimmtes Thema.«

»Ah! Mary ist auf dem Wege, berühmt zu werden.«

»Gegen ihren Willen, wie Sie wissen.«

Sie gingen ins Eßzimmer hinüber, und Barfoot, der diese außergewöhnliche Situation zutiefst genoß, fuhr fort, über seine Kusine zu reden. »Ich finde, es läßt sich kaum verhindern, daß sie bekannt wird. Eine Arbeit wie die ihre kann nicht im stillen Kämmerlein verrichtet werden. Hier geht es um mehr als um bloße Mildtätigkeit.«

»Das gleiche habe ich ihr auch gesagt«, versetzte Rhoda.

Wie sie da so an der Stirnseite des Tisches saß, schlug es in Everard ein wie der Blitz. Warum sollte er sich an einen Entschluß halten, von dem er selbst nicht ganz überzeugt war? Warum vereinfachte er die Sache nicht, indem er sie schlichtweg fragte, ob sie seine Frau werden wollte? Sicher, er war ein armer Schlucker. Wenn er mit einem solchen Einkommen heiratete, hieße das, seine Freiheit in jeder Hinsicht einschränken zu müssen. Doch höchstwahrscheinlich käme für Rhoda eine Heirat sowieso nicht in Betracht – und mit ihm schon gar nicht. Aber genau das wollte er herausfinden.

Sie unterhielten sich recht ungezwungen, bis sie ihr Mahl beendet hatten. Dann trat wieder eine peinliche Stille ein, doch diesmal war es Rhoda, die die Initiative ergriff.

»Soll ich Sie eine Weile allein lassen?« fragte sie und machte eine Bewegung, als wolle sie sich erheben.

»Ich würde es vorziehen, wenn Sie mir noch ein bißchen Gesellschaft leisteten.«

Ohne etwas zu erwidern, erhob sie sich und ging voran in den Salon. Dort, in angemessener Entfernung voneinander sitzend, sprachen sie – über den Nebel. Würde Miss Barfoot überhaupt zurückkehren können?

»A propos«, sagte Everard, »kennen Sie das Gedicht ›The City of Dreadful Night‹?«

»Ja, ich habe es irgendwann einmal gelesen.«

»Aber es gefällt Ihnen natürlich nicht.«

»Was heißt da ›natürlich‹? Halten Sie mich für eine oberflächliche Optimistin?«

»Nein. Für eine energische und rationale Optimistin – so wie ich es selbst gern wäre.«

»Tatsächlich? Bei einem solchen Optimismus sollte man sich allerdings in irgendeiner Form für die Gesellschaft engagieren.«

»Das ist genau das, was ich tue. Wenn ein Mann daran arbeitet, die besten Seiten seines Charakters weiterzuentwickeln und zu festigen, erweist er der Gesellschaft doch eindeutig einen Dienst.«

Sie lächelte skeptisch. »Ja, gewiß. Und auf welche Weise entwickeln und festigen Sie sich?«

Sie kommt mir auf halbem Weg entgegen, dachte Everard. Sie sieht das Unvermeidliche voraus und will es so schnell wie möglich hinter sich bringen. Oder aber – »Ich führe ein sehr zurückgezogenes Leben«, antwortete er, »und denke die meiste Zeit über schwerwiegende Probleme nach. Ich bin sehr viel allein.«

»Natürlich.«

»Nein, das ist alles andere als natürlich.«

Rhoda schwieg. Er wartete einen Moment und setzte sich dann in einen Sessel in ihrer Nähe. Ihre Miene wurde starr, und er bemerkte, wie sie die Finger zusammenpreßte.

»Einem Mann, der sich verliebt hat, erscheint die Einsamkeit als etwas überaus Unnatürliches.«

»Bitte fangen Sie nicht an, sich bei mir auszuweinen, Mr. Barfoot«, entgegnete Rhoda mit gespielter Heiterkeit. »Ich kann dergleichen nicht ausstehen.«

»Aber ich kann nicht anders. Sie sind nämlich diejenige, in die ich verliebt bin.«

»Es tut mir sehr leid, das zu hören. Ich bin zuversichtlich, daß diese Gefühlsregung Sie nicht lange plagen wird.«

Er las es von ihren Augen und von ihrem Mund ab, daß sie zutiefst verstört war. Sie blickte nervös im Zimmer umher, und ehe er weiterreden konnte, war sie aufgestanden und hatte die Glocke geläutet.

»Sie nehmen stets Kaffee, nicht wahr?« Ohne sich zu einer Antwort zu bequemen, setzte er sich weiter weg und blätterte in einigen auf dem Tisch liegenden Büchern. Ganze fünf Minuten lang herrschte Schweigen. Der Kaffee wurde hereingebracht; er nahm einen Schluck und setzte die Tasse ab. Als er bemerkte, daß Rhoda sich sozusagen hinter dem Kaffee verschanzt hatte und so lange daran nippen würde, wie sie es für nötig befand, ging er zu ihr hinüber und stellte sich vor sie hin.

»Miss Nunn, es ist mir ernster als Sie glauben. Die Gefühlsregung, wie Sie es nennen, plagt mich schon einige Zeit und wird nicht vergehen.«

Ihr Schutzschild versagte ihr den Dienst. Die Tasse in ihrer Hand begann leicht zu wackeln.

»Gestatten Sie, daß ich das für Sie wegstelle.«

Rhoda ließ ihn gewähren und ballte die Finger zur Faust.

»Ich bin so heftig in Sie verliebt, daß ich es nicht aushalte, diesem Haus länger als jeweils ein paar Tage fernzubleiben. Ich bin sicher, daß Sie sich dessen bewußt sind; ich habe nicht zu verbergen versucht, warum ich so oft hierher komme. Es ergibt sich so selten, daß ich Sie allein antreffe; und nun, da das Schicksal mir hold ist, muß ich mich aussprechen, so gut ich es kann. Ich werde mich bemühen, mich in Ihren Augen nicht lächerlich zu machen. Sie verachten die Annäherungsversuche in Ballsälen und auf Gartenparties, und mir geht es genauso, ganz bestimmt. Ich will wie ein Mann sprechen, der nur wenige Illusionen zu verlieren hat. Ich wünsche Sie mir als meine Lebensgefährtin; ich kann mir kaum vorstellen, wie ich ohne Sie leben soll. Sie wissen vermutlich, daß ich nur über ein bescheidenes Vermögen verfüge; es ist groß genug, um nicht darben zu müssen, mehr kann man dazu nicht sagen. Ich werde wahrscheinlich niemals reicher sein, denn ich kann nicht versprechen, daß ich mich anstrengen werde, um Geld zu verdienen; ich möchte für andere Dinge leben. Sie können sich denken, wie ich mir das Leben mit Ihnen vorstelle. Sie kennen mich gut genug, um zu wissen, daß meine Ehefrau – um das gewohnte Wort zu gebrauchen – ihr Leben gemäß ihren Vorstellungen gestalten könnte, so wie ich meines gemäß meinen Vorstellungen einrichtete. Abgesehen davon gehört für mich gegenseitige Liebe dazu. Sie mögen über die Beziehung zwischen Männern und Frauen denken, was Sie wollen, aber Sie wissen, daß es tatsächlich so etwas wie Liebe zwischen ihnen gibt und daß die Liebe zwischen einem Mann und einer Frau, die über ausreichend Intelligenz verfügen, wohl das Beste ist, was das Leben ihnen zu bieten hat.«

Er konnte ihre Augen nicht sehen, aber er gewahrte, daß sie verkrampft lächelte, mit fest aufeinandergepreßten Lippen.

»Da Sie darauf bestanden haben zu reden«, sagte sie schließlich, »hatte ich keine andere Wahl als zuzuhören. Ich glaube, es ist üblich – wenn man den Romanen Glauben schenken darf –, daß eine Frau sich bedankt, wenn ihr ein solcher Antrag gemacht worden ist. Also – vielen Dank, Mr. Barfoot.«

Barfoot packte einen kleinen Stuhl in seiner Nähe, stellte ihn neben den Rhodas, setzte sich und ergriff eine ihrer Hände. Das geschah so schnell und so ungestüm, daß Rhoda zusammenzuckte und der spöttische Ausdruck auf ihrem Gesicht sich in einen erschrockenen verwandelte.

»Ich lege keinen Wert auf solche Dankesworte«, sagte er mit leiser, bewegter Stimme und mit einem Lächeln, das ihn ungewohnt ernst aussehen ließ. »Sie dürften verstehen, was es bedeutet, wenn Ihnen ein Mann eine Liebeserklärung macht. Ich finde Ihr Gesicht inzwischen so schön, daß ich vor Verlangen vergehe, meine Lippen auf Ihre zu pressen. Keine Angst, ich würde das niemals ohne Ihre Einwilligung tun; meine Achtung vor Ihnen ist sogar noch größer als meine Leidenschaft. Als ich Sie zum ersten Mal sah, war ich von Ihrer Intelligenz beeindruckt, fand ich Sie interessant – nichts weiter; ja, ehrlich gesagt, betrachtete ich Sie nicht einmal als Frau. Jetzt sind Sie für mich die einzige Frau der Welt; keine andere vermag meinen Blick von Ihnen abzulenken. Sie brauchen mich bloß zu berühren, und ich fange an zu zittern – so sieht meine Liebe aus.«

Sie war ganz bleich; ihre leicht geöffneten Lippen bebten, während sie heftig atmete. Sie versuchte nicht, ihre Hand zu befreien.

»Können Sie meine Liebe erwidern?« fuhr Everard fort, sein Gesicht noch näher zu ihrem hinbeugend. »Können *Sie* etwas Ähnliches auch von mir sagen? Beweisen Sie den Mut, dessen Sie sich rühmen. Reden Sie mit mir wie ein Mensch zu einem anderen, in klaren, ehrlichen Worten.«

»Ich liebe Sie nicht im geringsten. Und selbst wenn ich es täte, würde ich mein Leben nie mit Ihnen teilen.« Die Stimme klang anders als gewöhnlich. Das Sprechen schien sie zu schmerzen.

»Warum? – Weil Sie kein Vertrauen zu mir haben?«

»Ich weiß nicht, ob ich das habe oder nicht. Ich weiß nicht das geringste über Sie. Aber ich habe meine Arbeit, und niemand wird mich je dazu bringen, sie aufzugeben.«

»Ihre Arbeit? Was bedeutet sie Ihnen? Was ist Ihnen daran wichtig?«

»Oh, und Sie behaupten, mich so gut zu kennen, daß Sie mich zu Ihrer Lebensgefährtin haben wollen!« Sie lachte spöttisch und versuchte, ihre Hand wegzuziehen, denn sie brannte von der Hitze, die die seine ausstrahlte. Barfoot ließ sie nicht los.

»Woraus *besteht* Ihre Arbeit? Abschriften mit der Schreibmaschine zu machen und anderen beizubringen, dasselbe zu tun – läuft es nicht darauf hinaus?«

»Die Arbeit, mit der ich Geld verdiene, ja. Aber wenn es nicht mehr wäre als das – «

»Dann erklären Sie es doch.« Er wurde von Leidenschaft übermannt, als er den feinen Spott in ihren Augen gewahrte. Er zog ihre Hand an seine Lippen.

»Nein!« schrie Rhoda plötzlich wutentbrannt auf. »Wo bleibt Ihr Respekt – oh, ich muß doch sehr bitten!« Sie riß sich los und rückte ein Stück von ihm ab.

Barfoot erhob sich und starrte sie fasziniert an. »Es ist besser, wenn ich etwas auf Distanz zu Ihnen gehe«, sagte er. »Ich möchte herausfinden, was in Ihrem Kopf vorgeht, und nicht etwa um den Verstand gebracht werden.«

»Wäre es nicht noch besser, wenn Sie gingen?« schlug Rhoda, ihre Selbstbeherrschung wiederfindend, vor.

»Wenn Sie darauf bestehen ...« Da fiel ihm das Wetter ein, und er sagte ergeben: »Aber der Nebel bietet mir eine zu gute Entschuldigung, Sie um Nachsicht zu bitten. So, wie es da draußen aussieht, würde ich mich hoffnungslos verirren.«

»Merken Sie nicht, daß Sie meine Lage ausnutzen, wie Sie das schon einmal getan haben? Ich erhebe keinen Anspruch darauf, Ihnen an Muskelkraft gleichzukommen, trotzdem versuchen Sie, mich gewaltsam festzuhalten.«

Er hatte den Eindruck, daß ihr diese Auseinandersetzung genauso viel Spaß machte wie ihm selbst. Andernfalls hätte sie dergleichen nie gesagt.

»Ja, das stimmt. Die Liebe weckt den Barbaren; sie wäre nicht viel wert, wenn dem nicht so wäre. Vermutlich möchte kein Mann, wie kultiviert er auch sein mag, daß die Frau, die er liebt, ihm in dieser einen Hinsicht gleichkommt. Eine Heirat durch Eroberung läßt sich nicht ganz vermeiden. Sie sagen, Sie liebten mich nicht im geringsten; wenn Sie es täten, glauben Sie, ich wollte, daß Sie mir das sogleich gestehen? Ein Mann muß betteln und werben; aber dazu gibt es verschiedene Methoden. Ich kann nicht vor Ihnen niederknien und ausrufen, wie schrecklich unwürdig ich Ihrer sei – denn ich bin Ihrer nicht unwürdig. Ich werde Sie niemals ›Königin‹ und ›Göttin‹ nennen – es sei denn im Delirium, und ich glaube, ich würde einer Frau bald überdrüssig, die ihren Kopf unter meinen Fuß legte. Gerade weil ich stärker bin als Sie und weil ich leidenschaftlicher bin, nutze ich diese Lage aus ... versuche ich, so gut ich kann, den weiblichen Widerstand zu bezwingen, der einen Ihrer Reize darstellt.«

»Dann ist es doch völlig zwecklos, daß wir miteinander reden. Wenn Sie entschlossen sind, mich ständig daran zu erinnern, daß ich Ihnen ausgeliefert bin, weil Sie stärker sind – «

»O so war das nicht gemeint! Ich werde Ihnen nicht zu nahe kommen. Setzen Sie sich und beantworten Sie mir, was ich Sie gefragt habe.«

Rhoda zögerte, nahm aber schließlich auf dem Stuhl Platz, neben dem sie stand.

»Sind Sie fest entschlossen, niemals zu heiraten?«

»Niemals«, erwiderte Rhoda bestimmt.

»Aber angenommen, Ihre Arbeit würde durch eine Ehe in keiner Weise beeinträchtigt?«

»Sie würde den besten Teil meines Lebens in großem Maße beeinträchtigen. Ich dachte, Sie würden das verstehen. Was würde aus der Ermutigung, die ich unseren Mädchen zu bieten vermag?«

»Ermutigung dazu, nicht zu heiraten?«

»Sich nicht mehr einreden zu lassen, daß das Leben einer Frau vertan ist, wenn sie nicht heiratet. Meine Arbeit besteht darin, jenen Frauen zu helfen, die gezwungenermaßen allein leben – Frauen, über die sich die Allgemeinheit lustig macht. Wie kann ich ihnen wirkungsvoller helfen, als dadurch, daß ich unter ihnen lebe, eine von ihnen bin und ihnen demonstriere, daß mein Leben alles andere als Überdruß und Gejammer ist. Ich bin dafür geschaffen. Es vermittelt mir das Gefühl, Einfluß zu haben und nützlich zu sein, und das befriedigt mich. Ihre Kusine macht dieselbe Arbeit in bewundernswerter Weise. Wenn ich aufgäbe, würde ich mich verachten.«

»Ausgezeichnet! Wenn ich den Gedanken ertragen könnte, ohne Sie zu leben, würde ich Sie in Ihrem beharrlichen Bemühen und darin, Größe zu zeigen, bestärken.«

»Ich brauche keine Bestärkung.«

»Und gerade aus diesem Grund, gerade weil Sie zu solchen Dingen fähig sind, liebe ich Sie um so mehr.«

In ihrem Blick lag ein triumphierender Ausdruck, auch wenn sie versuchte, ihn zu verbergen. »Dann hoffe ich um Ihres Seelenfriedens willen«, erwiderte sie, »daß Sie mir in Zukunft aus dem Weg gehen. Das ist sehr leicht zu bewerkstelligen. Wir haben nichts, das uns verbindet, Mr. Barfoot.«

»Dem kann ich nicht zustimmen. Zum einen gibt es auf dieser Welt wohl kein halbes Dutzend Frauen, mit denen ich mich so unterhalten könnte wie mit Ihnen. Und die Wahrscheinlichkeit, daß ich jemals einer davon begegne, ist sehr gering. Muß ich klein beigeben und die einzige Chance, mein Leben zu vervollkommnen, fahren lassen?«

»Sie kennen mich nicht. Wir unterscheiden uns ganz wesentlich in tausenderlei verschiedenen Punkten.«

»Das glauben Sie nur, weil Sie eine ganz falsche Vorstellung von mir haben.«

Rhoda warf einen Blick auf die Uhr auf dem Kaminsims. »Mr. Barfoot,« sagte sie in verändertem Tonfall, »verzeihen Sie, wenn ich Sie darauf aufmerksam mache, daß es schon nach zehn Uhr ist.«

Er erhob sich seufzend.

»Der Nebel hat sich gewiß gelichtet. Soll ich eine Droschke für Sie rufen lassen?«

»Ich werde zu Fuß zum Bahnhof gehen.«

»Nur ein Wort noch«, sagte sie, eine würdevolle Haltung einnehmend, die er unmöglich ignorieren konnte. »Es war heute das letzte Mal, daß wir über diese Dinge gesprochen haben. Sie werden mich hoffentlich nicht zwingen, alle möglichen Unannehmlichkeiten auf mich zu nehmen, um solchen sinnlosen und peinlichen Gesprächen aus dem Weg zu gehen.«

»Ich liebe Sie, und ich bin nicht imstande, die Hoffnung aufzugeben.«

»Dann *muß* ich diese Unannehmlichkeiten auf mich nehmen.« Ihre Miene verdüsterte sich, und sie erwartete nun, daß er ging.

»Es steht mir nicht zu, Ihnen die Hand zu geben«, sagte Everard, einen Schritt nähertretend.

»Ich hoffe, Sie vergessen nicht, daß ich nicht aus freien Stücken Ihre Gastgeberin war.«

Ihre Miene und ihr Tonfall beschämten ihn. Mit gesenktem Kopf ging er zu ihr hin und ergriff ihre ausgestreckte Hand, ohne sie zu drücken, für einen Augenblick.

Dann verließ er das Zimmer.

Der Nebel war nicht mehr ganz so dicht; er konnte auf dem Gehsteig entlanggehen, ohne sich an den Häuserwänden vorantasten zu müssen, und wurde auf seinem Weg zum Bahnhof durch keinen unangenehmen Zwischenfall aufgehalten. Er sah Rhodas Gesicht und Gestalt vor sich. Er war keineswegs niedergeschlagen; trotz all dem, was sie gesagt hatte, würde diese Frau früher oder später nachgeben; er empfand diesbezüglich eine seltsame, blinde Gewißheit. Vielleicht war es sein Starrsinn, der ihn mit dieser Zuversicht erfüllte. Es war ihm jetzt nicht mehr wichtig, in welcher Form er sie gewann – traditionelle Form der Ehe oder freie Bindung –, es war ihm gleichgültig. Doch wenn starke Willenskraft etwas bewirken konnte, sollte ihr Leben mit seinem verknüpft werden.

Miss Barfoot kam, nachdem es auf der Fahrt zu zahlreichen Verzögerungen gekommen war, eine halbe Stunde vor Mitternacht nach Hause. Sie war völlig durchgefroren, von der verpesteten Luft halb erstickt, und der Besuch in Faversham war auch nicht gerade zu ihrer Befriedigung ausgefallen.

»Wie ist der Abend verlaufen?« war ihre erste Frage, als Rhoda ihr ganz besorgt im Hausflur entgegenkam. »Hat der Nebel unseren Gast am Kommen gehindert?«

»Nein, er hat hier zu Abend gegessen.«

»Das war gut so. Dann bist du wenigstens nicht allein gewesen.«

Sie kamen auf dieses Thema erst wieder zu sprechen, als Miss Barfoot sich von den Strapazen erholt hatte und endlich ihren Hunger stillen konnte.

»Hat er sich erboten, wieder zu gehen?«

»Daran war nicht zu denken. Er hat vom Sloane Square bis hierher mehr als eine halbe Stunde gebraucht.«

»So ein verrückter Kerl! Warum ist er nicht gleich mit dem nächsten Zug zurückgefahren?«

Rhoda strahlte eine seltsame Zufriedenheit aus, etwas, das Miss Barfoot bereits bei ihrer Ankunft aufgefallen war.

»Habt ihr viel gestritten?«

»Nicht mehr, als zu erwarten gewesen wäre.«

»Er wollte nicht warten, bis ich zurückkäme?«

»Er ist bis etwa zehn Uhr geblieben.«

»Ach so. Unter den gegebenen Umständen eigentlich auch lange genug. Das ist sehr unglücklich gelaufen, aber ich glaube nicht, daß es Everard viel ausgemacht hat. Vermutlich hat er es überaus genossen, dich necken zu können.«

Ein kurzer Blick verriet ihr, daß Everard nicht der einzige war, der diesen Abend genossen hatte. Rhoda lenkte vom Thema ab, doch Miss Barfoot machte sich noch eine Weile Gedanken über das, was sie wahrgenommen hatte.

Ein paar Abende später, als Miss Barfoot längere Zeit allein in der Bibliothek gesessen hatte, kam Rhoda herein und ließ sich neben ihr nieder. Die ältere der beiden Frauen blickte von ihrem Buch auf und bemerkte, daß ihre Freundin etwas auf dem Herzen hatte. »Was gibt es, meine Liebe?«

»Ich gedenke deine Gutmütigkeit auf die Probe zu stellen und dich über unangenehme Dinge zu befragen.«

Miss Barfoot wußte sofort, worum es ging. Sie blickte zwar beklommen drein, versicherte aber, Rhoda jede gewünschte Auskunft zu geben.

»Würdest du mir unmißverständlich sagen, wodurch dein Vetter in Unehre gefallen ist?«

»Mußt du das wirklich wissen?«

»Ich möchte es wissen.«

Es entstand eine Pause. Miss Barfoot hielt den Blick auf ihr geöffnetes Buch gerichtet. »Dann werde ich mir erlauben, dich als deine alte Freundin zu fragen, aus welchem Grund du das wissen möchtest, Rhoda.«

»Mr. Barfoot«, antwortete diese trocken, »hatte die Güte, mir zu sagen, daß er in mich verliebt sei.«

Ihre Blicke trafen sich.

»Das hatte ich geahnt. Ich wußte, daß das kommen würde. Hat er dir einen Heiratsantrag gemacht?«

»Nein, das nicht«, erwiderte Rhoda bewußt mehrdeutig.

»Du hast es ihm nicht gestattet?«

»Auf alle Fälle kam es nicht dazu. Ich wäre dir dankbar, wenn du meine Frage beantworten würdest.«

Miss Barfoot zögerte eine Weile, doch dann erzählte sie die Geschichte mit Amy Drake. Mit gesenktem Kopf, die Hände um ein Knie geschlungen, hörte Rhoda schweigend und, ihrer Miene nach zu urteilen, vollkommen ungerührt zu.

»Das«, sagte ihre Freundin schließlich, »ist die Geschichte, wie sie damals dargestellt wurde – für ihn in jeder Beziehung schändlich. Er wußte, was man ihm nachsagte, aber er versuchte sich mit keinem Wort zu verteidigen. Neulich wollte er allerdings von mir erfahren, ob ich dir von diesem Skandal erzählt hätte. Ich sagte ihm, du wüßtest, daß er sich etwas habe zuschulden kommen lassen, das ich für sehr schändlich halte. Everard war gekränkt und erklärte daraufhin, daß weder ich noch ein anderer seiner Bekannten die Wahrheit kenne – daß er verleumdet worden sei. Mehr wollte er nicht sagen, und ich weiß nicht, was ich jetzt glauben soll.«

Rhoda hörte auf einmal interessierter zu. »Er erklärte, er sei unschuldig?«

»Ich nehme an, das meinte er. Aber es ist so schwierig zu verstehen – «

»Nun ja, die Wahrheit wird niemals herauskommen«, sagte Rhoda, nun wieder ganz gleichgültig. »Und das ist auch egal. Danke, daß du meine Neugier befriedigt hast.«

Miss Barfoot wartete einen Moment, dann fing sie an zu lachen. »Eines Tages wirst du *meine* Neugier befriedigen, Rhoda.«

»Ja ... wenn wir lange genug leben.«

Rhoda machte sich keine Gedanken darüber, inwieweit Barfoot sich schuldig gemacht hatte; sie dachte nicht länger über diese Geschichte nach. Sie war überzeugt, daß es in seinem Leben weitere Episoden dieser Art gab; in moralischer Hinsicht war er weder besser noch schlechter als andere Männer. Sie verachtete die Frauen, die sich zu dergleichen hergaben; in ihrer Verurteilung der männlichen Missetäter war sie milder, gelassener als früher.

Ihr Wunsch war in Erfüllung gegangen, sie hatte ihren Triumph davongetragen. Sie brauchte nur den Finger zu heben, und Everard Barfoot würde sie heiraten. Diese Gewißheit gab ihrem Dasein eine neue Zufriedenheit; zuweilen, wenn sie mit ganz anderen Dingen beschäftigt war, stieg unvermittelt ein Gefühl der Freude in ihr hoch und brachte ihre Wangen zum Glühen. In Gegenwart anderer bewegte sie sich mit einem gänzlich anderen Bewußtsein ihrer Würde verglichen mit jenem, welches nur ihr Bedürfnis nach Anerkennung befriedigt hatte. Sie sprach sanfter, hatte mehr Geduld und lächelte in Situationen, in denen sie früher eine verächtliche Bemerkung von sich gegeben hätte. Alles in allem war Miss Nunn eine viel liebenswürdigere Person geworden.

Und trotzdem, so redete sie sich ein, war sie im Kern völlig unverändert. Sie verfolgte ihr Lebensziel weniger verbissen und mit mehr Gelassenheit, das war alles. Aber sie verfolgte es, und zwar ohne die Furcht, sich jemals von dem edlen Pfad abbringen zu lassen.

18. Eine Bestätigung

Den ganzen Januar hindurch versuchte Barfoot seinen Bruder zu überreden, London zu verlassen, wo sich der Gesundheitszustand des Kranken merklich verschlechterte. Auch die Ärzte rieten ihm dazu, doch ohne Erfolg. Das lag daran, daß Mrs. Thomas sich weigerte, ihn an einen anderen Ort zu begleiten. Zugleich behauptete sie allerdings, nicht begreifen zu können, daß ihr Mann so töricht sei, an einem Ort zu bleiben, wo er nicht auf Genesung hoffen könne. Das Paar war kinderlos. Die Dame klagte ständig über mysteriöse Beschwerden und neigte in der Tat zur Hysterie, die sich unentwirrbar mit den Folgen schlechter Ernährung und den Regungen eines von Natur aus niederträchtigen Wesens vermengte; nichtsdestotrotz war sie in gewissen Kreisen wohlhabender Emporkömmlinge überaus beliebt und lieferte sogar Gesprächsstoff für klatschsüchtige Zungen. Ihr Gatte, was immer er insgeheim von ihr halten mochte, ließ nichts auf sie kommen; er war ebenso starrköpfig wie Everard und untersagte es seinem Bruder nach vielen heftigen Auseinandersetzungen, weiter auf ihn einzureden.

»Tom wird bald sterben«, schrieb Everard Anfang Februar an seine Kusine in der Queen's Road. »Dr. Swain gibt ihm nur noch wenige Monate, wenn er sich nicht zu einem Ortswechsel überreden läßt. Heute morgen habe ich die Frau gesehen« – so pflegte er seine Schwägerin zu nennen – »und habe ihr so unverblümt die Meinung gesagt, wie sie es vermutlich noch nie erlebt hat. Es war eine unglaubliche Szene, die damit endete, daß sie sich aufs Sofa warf, mit einem Geschrei, das dem gesamten Personal durch Mark und Bein ging. Ich trage mich mit dem Gedanken, den armen Kerl gewaltsam fortzubringen. Sein Starrsinn macht mich rasend vor Wut, doch ich will unbedingt versuchen, sein Leben zu retten. Würdest du mir dabei behilflich sein?«

Eine Woche später gelang es ihnen, den Kranken zurück nach Torquay zu schaffen. Seine Frau überließ ihn seinen Ärzten, Pflegerinnen und aufgebrachten Verwandten; sie erklärte sich für aus dem Haus geworfen und quartierte sich in einem schicken Hotel ein. Everard blieb über einen Monat in Devon und kümmerte sich mit einer Hingabe um seinen Bruder, die seine Geduld auf eine noch größere Probe stellte. Toms Zustand besserte sich ein wenig; es bestand wieder Hoffnung. Aber dann, nachdem er seiner Frau fünfzig Briefe geschrieben hatte, ohne eine einzige Antwort zu erhalten, reiste er ihr eines Tages Hals über Kopf hinterher. Drei Tage nach seiner Ankunft in London war er tot.

In einem in Torquay ausgefertigten Testament vermachte er Everard beinahe ein Viertel seines Vermögens. Der Rest ging an seine Frau, die angeblich zu mitgenommen war, um am Begräbnis teilnehmen zu können; zwei Wochen später war sie allerdings schon wieder imstande, Freunde in der Provinz zu besuchen.

Everard verfügte nun über ein Jahreseinkommen von knapp fünfzehnhundert Pfund. Er hatte zwar immer geahnt, daß er durch den Tod seines Bruders zu Wohlstand kommen würde, aber kein Mensch hätte sich mehr anstrengen können, um den Moment, in dem diese für ihn vorteilhafte Fügung eintreten würde, hinauszuzögern. Die Witwe bezichtigte ihn allerorten des vorsätzlichen Brudermordes; sie diffamierte ihn, in mündlicher oder schriftlicher Form, bei allen, die ihn kannten; sie behauptete zudem, daß sie wegen seiner unbändigen Wut darüber, nicht mehr geerbt zu haben, um ihr Leben fürchten müsse. Dieser ungeheuerliche Satz stand in einer langen und wütenden Epistel an Miss Barfoot, die diese bei der erstbesten Gelegenheit ihrem Vetter zeigte. Everard war an einem Sonntagvormittag vorbeigekommen – es war Ende März –, um sich vor Anbruch einer mehrwöchigen Reise zu verabschieden. Nachdem er den Brief gelesen hatte, brach er in ein eigentümliches wildes Lachen aus.

»Ich halte es für geraten«, sagte Miss Barfoot, »daß du sie verklagst. Alles hat seine Grenzen, auch die Freiheiten, die sich eine Frau nehmen kann.«

»Ich würde es vorziehen«, erwiderte er, »mir ein wunderhübsches Rohrstöckchen zu besorgen und ihr eine ordentliche Tracht Prügel zu verpassen.«

»Aber, aber!«

»Meine Güte, ich wüßte keinen Grund, der dagegen spräche! Genauso würde ich mit einem Mann verfahren, der mir solche Dinge nachsagte, selbst wenn es ein wehrloses Klappergestell wäre. Als sie neulich, ehe wir Tom fortbrachten, diese fürchterliche Szene machte, konnte ich mich kaum beherrschen, sie nicht zu schlagen. Es spricht sehr viel dafür, Frauen zu schlagen. Ich bin überzeugt davon, daß so mancher geplagte Mann, der seine Frau verprügelt, das einzig Richtige tut; alles andere wäre zwecklos. Da siehst du, was wir von der Abschaffung der Prügelstrafe haben. Müßte diese Frau damit rechnen, öffentlich ausgepeitscht zu werden, würde sie sich nicht so viel herausnehmen. Fragen wir Miss Nunn, was sie dazu meint.«

Rhoda war gerade hereingekommen. Sie reichte Everard gelassen die Hand und erkundigte sich, worum es denn gehe.

»Lesen Sie bitte diesen Brief«, sagte Barfoot. »Ach so, Sie kennen ihn bereits. Ich schlage vor, einen federleichten, geschmeidigen, stutzerhaften Spazierstock zu besorgen und Mrs. Thomas Barfoot an einem Nachmittag, wenn Gäste anwesend sind, in ihrem eigenen Salon ein halbes Dutzend ordentliche Hiebe auf den Rücken zu verabreichen. Was meinen Sie dazu?«

Seine Worte klangen so wütend und ernst gemeint, daß Rhoda mit ihrer Antwort zögerte.

»Ich kann Ihnen das nachfühlen«, sagte sie schließlich, »aber so weit würde ich wohl nicht gehen.«

Everard wiederholte das Argument, das er seiner Kusine gegenüber vorgebracht hatte.

»Sie haben vollkommen recht«, pflichtete Rhoda ihm bei. »Meiner Ansicht nach verdienten viele Frauen eine Tracht Prügel. Aber die Allgemeinheit wäre gegen Sie.«

»Was schert mich das? Die Allgemeinheit ist doch auch gegen *Sie*.«

»Na schön. Tun Sie, was Sie wollen. Miss Barfoot und ich werden zum Polizeigericht kommen und als Zeuginnen für Sie aussagen.«

»Was für eine Frau!« rief Everard aus. Das war nicht nur scherzhaft gemeint, denn Rhodas Erscheinen hatte seine Nerven aufgepeitscht und seinen Puls beschleunigt. »Schau sie an, Mary. Wundert es dich, daß ich bereit wäre, über den ganzen Erdball zu laufen, um ihre Liebe zu gewinnen?«

Rhoda lief dunkelrot an, und Miss Barfoot wußte vor Verlegenheit nicht, was sie sagen sollte. Keine von beiden hatte mit einer solchen Bemerkung gerechnet. »Das ist die reine Wahrheit«, fuhr Everard unbekümmert fort, »und das weiß sie genau, aber sie will mich trotzdem nicht erhören. Nun denn, lebt wohl allerseits! Nachdem ich mich so gehörig danebenbenommen habe, hat sie künftig eine gute Entschuldigung, das Zimmer nicht betreten zu müssen, wenn ich hier bin. Bitte lege ein Wort für mich ein, während ich fort bin, Mary.«

Er schüttelte ihnen die Hand, wobei er sie kaum ansah, und verließ fluchtartig das Haus.

Die beiden Frauen blieben einen Moment lang ein paar Schritte voneinander entfernt stehen. Dann blickte Miss Barfoot ihre Freundin an und fing an zu lachen.

»Ich muß schon sagen, mein armer Vetter ist nicht gerade diskret.«

»Das kann man wohl sagen«, antwortete Rhoda, sich auf einen Stuhlrücken stützend, den Blick gesenkt. »Glaubst du, er wird seine Schwägerin wirklich schlagen?«

»Wie kannst du so etwas fragen?«

»Ich fände das amüsant. Ich hätte dann eine bessere Meinung von ihm.«

»Tja, dann mach es zur Bedingung. Wir kennen die Geschichte von der Lady und ihrem Handschuh. Wie ich sehe, teilst du ihre Gefühle.«

Rhoda verließ lachend das Zimmer und ließ Miss Barfoot in dem Glauben zurück, sie hätte es ernst gemeint. Es schien nicht ausgeschlossen, daß Rhoda zu ihrem Verehrer sagte: »Setze dich diesem riesigen Skandal aus und ich bin dein.«

Eine Woche später traf ein Brief mit einer ausländischen Briefmarke ein, adressiert an Miss Nunn. Er wurde ihr ausgehändigt, ehe Miss Barfoot zum Frühstück herabgekommen war. Sie steckte ihn, ohne zu erwähnen, daß er eingetroffen war, in eine Schublade, um ihn sich nach Feierabend zu Gemüte zu führen. Den ganzen Tag über war sie richtig aufgekratzt. Nach dem Abendessen zog sie sich auf ihr Zimmer zurück, um den Brief zu lesen.

»Liebe Miss Nunn, ich sitze gerade an einem Marmortischchen vor einem Café in der Rue Canebière. Sagt Ihnen der Name etwas? Die Canebière ist die Hauptstraße von Marseille, eine Straße mit phantastischen Cafés und Restaurants, die augenblicklich im Glanz elektrischer Lichter erstrahlt. Sie sitzen vermutlich zitternd am Kamin; hier ist es wie an einem Sommerabend. Ich habe fürstlich diniert und trinke, während ich dies schreibe, gerade meinen Kaffee. An einem Nachbartisch sitzen zwei Mädchen, in ein lebhaftes Gespräch vertieft, von dem ich hin und wieder ein paar Wörter aufschnappe, hübsche französische, dem Ohr schmeichelnde. Eine der beiden ist so auffallend schön, daß ich meinen Blick nicht von ihr abzuwenden vermag, wenn er in ihre Richtung fällt. Sie redet mit unbeschreiblicher Anmut und Lebhaftigkeit, hat die süßesten Augen und den süßesten Mund –

Und dabei denke ich ständig an jemand anderen. Ach, wären *Sie* doch hier! Wie schön wäre es, wenn wir diese südlichen Gefilde gemeinsam erkunden könnten! Es ist herrlich allein hier; aber noch schöner wäre es mit Ihnen – mit Ihnen, mit der es sich dank Ihrer herrlich offenen Art über alles reden ließe! Das Gespräch dieser Französinnen ist freilich nur dummes Geplapper; es weckt in mir die Sehnsucht, ein paar Worte aus Ihrem Mund zu hören – starke, tapfere, intelligente Worte.

Ich träume von dem Ideal. Angenommen, ich blickte auf und sähe Sie genau vor mir stehen, dort auf dem Gehsteig. Sie sind in wenigen Stunden direkt aus London hierher gereist. Ihre Augen leuchten vor Freude. Morgen werden wir nach Genua weiterreisen, Sie und ich, mehr als Freunde, und unendlich mehr als ein gewöhnliches Ehepaar. Wir haben der Erde befohlen, sich für *uns* zu drehen, und sind fortan damit beschäftigt, zu beobachten und zu diskutieren und das Leben zu genießen.

Sind meine Hoffnungen vergeblich? Rhoda, wenn Sie mich niemals lieben, wird mein Leben arm sein, verglichen mit dem, was es hätte sein können; und Sie, auch Sie werden etwas verlieren. Im Geist küsse ich Ihre Hände und Ihren Mund.

Everard Barfoot.«

Am oberen Rand des Briefes stand eine Adresse, doch Everard rechnete gewiß nicht mit einer Antwort, und Rhoda kam es auch nicht in den Sinn, ihm eine zu schicken. Jeden Abend faltete sie jedoch den Bogen dünnen, ausländischen Papiers auseinander und las mehr als einmal durch, was da geschrieben stand; las es mit äußerlicher Ruhe, mit nachdenklicher Miene, und saß danach eine Weile gedankenverloren da.

Würde er ihr abermals schreiben? Diese täglich gestellte Frage wurde nach gut zwei Wochen beantwortet. Diesmal kam der Brief aus Italien; er lag auf dem Garderobentisch, als Rhoda von der Arbeit in der Great Portland Street heimkehrte, und Miss Barfoot las die Adresse als erste. Keine von beiden sagte etwas. Als Rhoda den Umschlag öffnete – was sie sofort tat –, fand sie darin ein Sträußchen gepreßter, aber duftender Veilchen.

»Dies ist eine Gegengabe für Ihre Cheddar-Nelken«, begann die Notiz, die den Blumen beigelegt war. »Ich bekam sie vor einer Stunde in den Straßen von Parma von einem hübschen Mädchen. Ich lehnte es ab, sie zu kaufen, und ging weiter, doch das hübsche Mädchen rannte mir nach und steckte die Blumen mit sanfter Gewalt in mein Knopfloch, so daß mir keine andere Wahl blieb, als ihre samtweiche Wange zu tätscheln und ihr eine Lira zu geben. Wenn Sie wüßten, wie sehr ich mich danach sehne, Ihr Gesicht zu sehen! Denken Sie hin und wieder an mich, liebe Freundin.«

Rhoda lachte auf und steckte den Bogen und die Veilchen zu dem anderen Brief.

»Mir scheint, ich muß mich wegen Neuigkeiten von Everard an dich wenden«, sagte Miss Barfoot nach dem Essen.

»Ich weiß nicht mehr«, antwortete Rhoda leichthin, »als daß er von Südfrankreich nach Norditalien weitergereist ist, und daß er viele weibliche Gesichter studiert.«

»Das schreibt er dir?«

»Aber natürlich. Es ist das, was ihn am meisten interessiert. Man weiß es zu schätzen, wenn jemand ehrlich ist.«

Barfoot blieb bis Ende April fort, ließ jedoch nach diesen Zeilen aus Parma nichts mehr von sich hören. An einem sonnigen Samstagnachmittag im Mai suchte er das Haus seiner Kusine auf, und fand im Salon zwei oder drei Gäste vor, wie üblich Damen; eine von ihnen war Miss Winifred Haven, eine weitere Mrs. Widdowson. Mary begrüßte ihn recht zurückhaltend, und nachdem er sich ein paar Minuten lang mit ihr unterhalten hatte, setzte er sich zu Mrs. Widdowson, die, so schien es ihm, längst nicht mehr so fröhlich wirkte wie in der Anfangszeit ihrer Ehe. Als sie zu reden begann, fand er diesen Eindruck bestätigt; das Mädchenhafte, das ihn bei ihrer ersten Begegnung angerührt hatte, war verschwunden, und der Ernst, der an dessen Stelle getreten war, ließ auf Ernüchterung, auf Kummer schließen.

Sie fragte ihn, ob er gewisse Leute namens Bevis kenne, die in der Wohnung genau über der seinen wohnten.

»Bevis? Ich habe den Namen zwar auf der Namenstafel im Erdgeschoß gelesen, aber ich kenne sie nicht persönlich.«

»Auf genau diese Weise erfuhr ich, daß *Sie* dort wohnen«, sagte Monica. »Mein Mann und ich statteten diesen Leuten einen Besuch ab, und da entdeckten wir Ihren Namen. Zumindest nahmen wir an, daß Sie es wären, und wie Miss Barfoot mir versicherte, traf unsere Vermutung zu.«

»O ja; ich lebe dort ganz allein, als ein trauriger Junggeselle. Ich würde mich freuen, wenn Sie eines Tages an meine Tür klopften, wenn Sie und Mr. Widdowson Ihre Freunde wieder einmal besuchen gehen.«

Monica lächelte und ließ ihren Blick dabei unruhig umherschweifen. »Sie waren fort – im Ausland?« fragte sie dann.

»Ja, in Italien.«

»Ich beneide Sie darum.«

»Waren Sie noch nie dort?«

»Nein – bis jetzt noch nicht.«

Er plauderte ein wenig über die angenehmen und weniger angenehmen Seiten des Lebens in diesem Lande. Aber Mrs. Widdowson zeigte nicht die geringste Reaktion; er bekam allmählich den Eindruck, als höre sie ihm überhaupt nicht zu, und als Miss Haven auf sie zusteuerte, nutzte er die Gelegenheit, um ein Wort an seine Kusine zu richten. »Ist Miss Nunn nicht daheim?«

»Nein. Sie kehrt erst zur Essenszeit zurück.«

»Geht es ihr gut?«

»Blendend. Hättest du Lust, gegen halb acht wiederzukommen und mit uns zu essen?«

»Selbstverständlich.«

Mit dieser erfreulichen Aussicht verabschiedete er sich. Weil der Nachmittag so schön war, ging er nicht auf direktem Wege zum Bahnhof, um von dort nach Hause zu fahren, sondern machte einen Umweg zum Embankment und schlenderte in der Nähe der Chelsea Bridge Road herum. Als er auf den Sloane Square trat, erblickte er Mrs. Widdowson, wie sie auf den Bahnhof zuging; ihr Gang war recht schleppend, ihr Blick gesenkt, und sie bemerkte ihn erst, als er sie ansprach.

»Fahren wir beide in die gleiche Richtung?« fragte er. »Richtung Westens?«

»Ja. Ich muß bis zur Portland Road.«

Sie betraten das Bahnhofsgebäude, Barfoot heiter auf sie einredend. Dabei studierte er das gesenkte Gesicht seiner Begleiterin so aufmerksam, daß er eine Bekannte an sich vorbeigehen ließ, ohne sie zu bemerken. Es war Rhoda Nunn, die früher zurückkehrte, als Miss Barfoot angenommen hatte. Sie bemerkte die beiden, musterte sie einen Augenblick lang scharf und ging weiter, hinaus auf die Straße.

In dem Wagen erster Klasse, in den sie einstiegen, saßen bis zu der Station, an der Barfoot aussteigen mußte, keine weiteren Fahrgäste. Er konnte der Versuchung nicht widerstehen, einen recht vertraulichen, aber keineswegs aufdringlichen Ton anzuschlagen, in der Hoffnung herauszufinden, was Mrs. Widdowson bedrückte. Zunächst fragte er sie, wie ihr die diesjährige Ausstellung in der Royal Academy gefalle. Sie sei noch nicht dort gewesen, hoffe jedoch, sie sich kommenden Montag ansehen zu können. Ob sie sich selbst in irgendeiner Form künstlerisch betätige? O nein, ganz und gar nicht; sie sei sehr untalentiert und träge. War sie nicht irgendwann einmal eine Schülerin Miss Barfoots gewesen? Ja, aber nur eine Weile, kurz bevor sie geheiratet habe. Sei sie nicht eine enge Freundin von Miss Nunn? Nein, das wäre übertrieben. Sie kannten sich von früher, doch Miss Nunn habe an ihr mittlerweile kein großes Interesse mehr. »Vermutlich, weil ich geheiratet habe«, fügte sie lächelnd hinzu.

»Ist Miss Nunn wirklich eine so entschiedene Gegnerin der Ehe?«

»Bei sehr schwachen Leuten hält sie es für entschuldbar, wenn sie heiraten. In meinem Fall war sie so gütig, an unserer Hochzeitsfeier teilzunehmen.«

Barfoot war perplex. »Sie war auf Ihrer Hochzeitsfeier? Und trug ein festliches Kleid?«

»O ja. Sie sah sehr hübsch darin aus.«

»Bitte beschreiben Sie es mir. Können Sie sich noch daran erinnern?«

Er war überzeugt, daß keine Frau jemals vergaß, wie das Kleid einer anderen ausgesehen hatte, wie unbedeutend die Gelegenheit auch immer gewesen und wieviel Zeit seitdem verstrichen sein mochte. Monica war tatsächlich in der Lage, seine Frage zu beantworten. Neugierig geworden, wagte sie ihrerseits, ein paar listige Fragen zu stellen. »Können Sie sich nicht vorstellen, daß Miss Nunn ein solches Kleid trägt?«

»Ich wünschte, ich hätte sie darin gesehen.«

»Sie hat ein sehr ausdrucksvolles Gesicht ... finden Sie nicht?«

»Doch, in der Tat. Ein wundervolles Gesicht.«

Ihre Blicke trafen sich. Barfoot, der Monica gegenüber saß, beugte sich vor.

»Für mich das interessanteste Gesicht dieser Erde«, sagte er leise.

Sein Gegenüber errötete vor freudiger Überraschung.

»Erstaunt Sie das, Mrs. Widdowson?«

»Oh ... warum sollte es? Keineswegs.«

Monica war mit einem Mal erstaunlich lebhaft geworden. Sie ließen dieses Thema zwar fallen, unterhielten sich in der verbleibenden Zeit jedoch mit neu erwachtem gegenseitigem Vertrauen und Interesse, wobei Monica wieder ihr goldiges, scheues Lächeln zeigte. Und als Barfoot in Bayswater ausstieg, schüttelten sie sich überaus herzlich die Hand, und beide erweckten den Eindruck, als würden sie einander gerne bald wiedersehen.

Das geschah bereits am darauffolgenden Montag. Barfoot erinnerte sich, daß Mrs. Widdowson die Absicht geäußert hatte, die Ausstellung im Burlington House zu besuchen, und begab sich folglich am Nachmittag dorthin. Sollte er der hübschen kleinen Frau zufällig dort begegnen, wäre ihm das keineswegs unangenehm. Falls auch ihr Mann dort wäre, könnte er beobachten, wie das Verhältnis der beiden zueinander war. Ein griesgrämiger Bursche, dieser Widdowson; sehr gut möglich, daß er sich als Tyrann aufspielt, dachte er. Wenn ihn sein Eindruck nicht täuschte, war sie seiner überdrüssig geworden und bereute es, ihn geheiratet zu haben – die alte Geschichte. Während ihm diese Gedanken durch den Kopf gingen und er, flüchtige Blicke auf die Bilder werfend, durch die Räume schlenderte, entdeckte er seine Bekannte, einen Katalog in Händen und eben allein. Auch diesmal reagierte ihre nachdenkliche Miene auf sein Lächeln. Sie traten von den Gemälden zurück und setzten sich.

»Ich habe am Samstag abend bei Ihren Freundinnen in Chelsea diniert«, begann Barfoot.

»Samstag? Sie hatten mir gar nicht gesagt, daß Sie noch einmal zurückfahren wollten.«

»Ich habe in dem Augenblick gar nicht daran gedacht.«

Monica sah halb überrascht, halb amüsiert aus.

»Tja«, fuhr er fort, »ich ging ohne Erwartungen dorthin, und das war auch mein Glück. Miss Nunn war in äußerst düsterer Stimmung; ich glaube, sie hat den ganzen Abend nicht einmal gelächelt. Ich muß Ihnen gestehen, daß ich ihr aus dem Urlaub einen Brief geschrieben habe, der sie vermutlich beleidigt hat.«

»Ich glaube nicht, daß man ihrem Gesicht immer ansieht, was sie denkt.«

»Mag sein. Aber ich habe ihr Gesicht so oft und so eingehend betrachtet. Trotzdem ist sie mir ein größeres Rätsel als jede andere Frau, die ich je kennengelernt habe. Das ist natürlich zum Teil der Grund für die Anziehungskraft, die sie auf mich ausübt. Ich glaube, wenn sie mir jemals ... wenn sie mir jemals verraten würde, was in ihrem Kopf vorgeht, würden mir die Augen übergehen. Jede Frau trägt eine Maske, ausgenommen in Gegenwart eines einzigen Mannes; aber Rhodas ... Miss Nunns ... Maske ist meines Erachtens undurchdringlicher als jede andere, die ich je zu durchschauen versucht habe.«

Monica kam dieses Gespräch irgendwie gefährlich vor. Das rührte von einem geheimen Kummer in ihrem Herzen her, den sie, ohne daß sie es wollte, versucht sein könnte preiszugeben. Noch nie zuvor hatte sie sich so vertraulich mit einem Mann unterhalten, nicht einmal mit ihrem Ehemann. Sie befürchtete keineswegs, daß ihr Interesse an Barfoot ein ungebührliches Maß annehmen könnte; aus bestimmten Gründen war sie sich dessen sicher; aber Gespräche, die auch nur eine Spur sentimental waren, stellten eine ernstliche Gefahr für ihre Seelenruhe dar – zumindest für das bißchen, was davon noch übriggeblieben war. Es wäre besser gewesen, diesen Mann davon abzuhalten, ihr noch mehr Vertraulichkeiten zuzuflüstern; aber es schmeichelte ihr so sehr und gab ihr so reichlich Stoff für Spekulationen, daß sie die warnende Stimme in ihrem Inneren ignorierte. »Wollen Sie damit sagen«, fragte sie, »daß Miss Nunn ihre Gefühle verbirgt?«

»Es gilt als unschicklich ... nicht wahr? ... wenn ein Mann eine Frau nach ihrer Meinung über eine andere befragt.«

»Selbst wenn ich es wollte, könnte ich nichts ausplaudern«, entgegnete Monica, »denn ich glaube nicht, daß ich Miss Nunn verstehe.«

Barfoot fragte sich, wie groß Mrs. Widdowsons Intelligenz sein mochte. Daß sie Rhoda diesbezüglich weit unterlegen war, stand außer Zweifel. Gleichwohl schien sie über ein großes Einfühlungsvermögen und einen edlen Geist zu verfügen, wie es bei Frauen ihres Standes nicht häufig zu finden war. Da er ihre Hilfe ernsthaft erhoffte, schaute er sie mit einem ernsten Lächeln an und fragte: »Glauben Sie, daß sie fähig ist, sich zu verlieben?«

Monica war peinlich berührt. Sie faßte sich jedoch sogleich wieder und antwortete kurz darauf.

»Sie würde vielleicht versuchen ... es sich nicht einzugestehen.«

»Auch wenn sie es wirklich wäre?«

»Sie hält es für weitaus lobenswerter, solche Gefühle zu ignorieren.«

»Ich weiß. Sie muß den Frauen, die keine Gelegenheit haben zu heiraten, ein ermutigendes Vorbild sein.« Er lachte lautlos. »Und ich halte es für durchaus möglich, daß sie, um sich die Schmach zu ersparen, niemals davon abrücken würde.«

»Ich glaube, sie ist sehr stark. Aber – «

»Aber?«

Er schaute sie gespannt an.

»Ich kann es nicht sagen. Ich kenne sie eigentlich doch gar nicht. Eine Frau kann für eine andere Frau ein ebenso großes Rätsel sein wie für einen Mann.«

»Im großen und ganzen bin ich froh, das von Ihnen zu hören. Ich glaube das. Nur die gemeinen Gemüter sind da anderer Meinung.«

»Sollen wir uns die Bilder ansehen, Mr. Barfoot?«

»O verzeihen Sie vielmals. Ich habe Sie aufgehalten – «

Indem sie das hastig verneinte, erhob sich Monica und trat zu den Gemälden hin. Sie gingen etwa zehn Minuten lang nebeneinander her, als Barfoot, der sich umgedreht hatte, um einem Vorbeigehenden nachzuschauen, mit nüchterner Stimme sagte: »Ich glaube, da drüben steht Mr. Widdowson.«

Monica fuhr herum und sah ihren Gatten, scheinbar die Bilder betrachtend, am anderen Ende des Raumes stehen und in ihre Richtung blicken.

19. Kettengerassel

Seit Samstag abend hatten Monica und ihr Gatte nicht mehr miteinander gesprochen. Das Schwätzchen bei Mildred Vesper im Anschluß an ihren Besuch bei Miss Barfoot hatte sich in die Länge gezogen, so daß sie erst spät nach der abendlichen Essenszeit heimkehrte. Bei ihrer Ankunft mußte sie eine fürchterliche Strafpredigt über sich ergehen lassen, auf die sie mit eisigem Schweigen reagierte; seither waren die beiden sich so weit wie möglich aus dem Weg gegangen.

Widdowson wußte, daß Monica sich die Ausstellung in der Royal Academy ansehen wollte. Er gestattete ihr, allein dorthin zu gehen, und versuchte sich sogar einzureden, daß es ihm gleichgültig wäre, um welche Zeit sie zurückkäme. Doch kaum war sie fort, machte er sich ebenfalls auf den Weg. Er litt unsägliche Qualen. Seine Ehe drohte in die Brüche zu gehen, und er war sich schmerzlich bewußt, daß diese Katastrophe zu einem großen Teil ihm selbst zuzuschreiben wäre. So sehr er es sich auch vornahm, es wollte ihm nicht gelingen, seine Eifersucht zu mäßigen, die, kaum daß sie sich versöhnt hatten, ein neues Mißverständnis hervorrief. Schreckliche Gedanken verfolgten ihn; er kam sich vor wie einer jener Männer, die aus Leidenschaft dazu getrieben werden, ein Verbrechen zu begehen. Er hatte sich bereits des öfteren ausgemalt, wie er seinem elenden Dasein ein tragisches Ende bereiten würde; er würde sich umbringen, und Monica sollte mit ihm sterben. Doch eine harmonische Stunde genügte, um solche Gedanken als schieren Wahnsinn abzutun. Dann sah er wieder ein, wie harmlos, wie natürlich Monicas Forderungen waren, und wie friedlich ihr Zusammenleben sein könnte, wäre da nicht dieses verfluchte Mißtrauen, das ihn immer wieder befiel. Jeder andere Mann hätte sie für eine mustergültige, tugendhafte Ehefrau gehalten. Sie erfüllte ihre häuslichen Pflichten, wie man es sich nicht besser wünschen konnte. An ihrem Benehmen hatte er nicht das geringste auszusetzen, und er hielt sie für so sittsam, wie eine Frau es nur sein konnte. Alles, was sie verlangte, war, daß er ihr Vertrauen schenkte, doch dazu war er trotz allem nicht imstande.

Er hätte keiner Frau der Welt volles Vertrauen entgegenzubringen vermocht. Frauen waren in seinen Augen auf ewig unmündige Wesen. Nicht daß man ihnen dabei unbedingt Böswilligkeit unterstellen mußte; sie waren einfach außerstande, erwachsen zu werden, blieben ihr Leben lang unvollkommene Geschöpfe, befanden sich ständig in Gefahr, hereingelegt zu werden und, naiv wie sie waren, vom rechten Weg abzukommen. Davon war er überzeugt; er hingegen repräsentierte den männlichen Beschützer, den Besitzer einer Ehefrau, der seit Urzeiten gewissenhaft dafür Sorge trägt, daß eine Frau nicht über das Stadium der Unreife hinauswachse. Das Erbitternde an seiner Situation lag in der Tatsache, daß er eine Frau geheiratet hatte, die darauf bestand, von ihm als Mensch betrachtet zu werden. Vernunft und traditionelle Ansichten waren bei ihm ständig in quälendem Widerstreit.

Außerdem befürchtete er, daß Monica ihn nicht liebte. Hatte sie ihn je geliebt? Zu vieles deutete darauf hin, daß sie lediglich seinem hartnäckigen Flehen nachgegeben hatte und daß sie gerade so viel Sympathie für ihn empfunden hatte, um es nach Zuneigung aussehen lassen zu können, froh darüber, eine ungeliebte Tätigkeit gegen ein bequemes Eheleben einzutauschen. Er hätte ihre Zuneigung durch entsprechendes Verhalten fördern können; in jenen ersten glücklichen Wochen hatte er das zweifelsohne auch getan, denn keine Frau vermochte unempfänglich zu sein für die leidenschaftliche Verehrung, die sich in jedem einzelnen seiner Blicke, in jedem einzelnen seiner Worte offenbarte. Später wählte er den falschen Weg, indem er versuchte, ihre natürlichen Instinkte zu unterdrücken, sie umzuerziehen, mit dem Ziel, einmal ihr Herr und Gebieter zu sein. Warum schlug er jetzt nicht einfach wieder die andere Richtung ein? Konnte er sich nicht damit zufrieden geben, sie zu seiner treuen Freundin, seiner angenehmen Gefährtin zu machen, nun, nachdem er gemerkt haben mußte, daß sie nicht imstande war, sich vor ihm zu verneigen und ihm die Füße zu küssen?

In dieser Gemütsverfassung eilte er zum Burlington House. Er ging auf der Suche nach Monica von einem Ausstellungsraum in den anderen und entdeckte sie schließlich – Seite an Seite mit diesem Barfoot sitzend. Sie waren in ein Gespräch vertieft. Barfoot, ein Lächeln auf dem Gesicht, beugte sich zu ihr hin, als spräche er mit gedämpfter Stimme. Monica sah zugleich erfreut und verwirrt aus.

Das Blut kochte in seinen Adern. Seine erste Regung war es, direkt auf Monica zuzugehen und sie aufzufordern, mitzukommen. Rasend vor Eifersucht vermochte er sich jedoch nicht vom Fleck zu rühren. Er fixierte das Paar, bis es seiner gewahr wurde.

Es gab kein Entrinnen. Obwohl ihm der Kopf schwirrte und er einen stechenden Schmerz verspürte, mußte er die Hand ergreifen, die Barfoot ihm entgegenstreckte. Er brachte weder ein Lächeln zuwege noch ein Wort heraus.

»Dann bist du also doch noch gekommen?« hörte er Monica sagen.

Er nickte. Man sah ihr deutlich an, daß sie verlegen war, aber das war in Anbetracht der Ereignisse der letzten Tage nicht weiter verwunderlich. Er sah ihr in die Augen und war sich nicht sicher, ob es Schuldbewußtsein war, das er darin las. Wie sollte er an die Geheimnisse des Herzens dieser Frau herankommen?

Barfoot redete drauflos, deutete auf dieses und jenes Gemälde und bemühte sich nach Kräften, die, wie er merkte, peinliche Situation zu überspielen. Der finster dreinblickende Ehemann, der deutlicher denn je Züge eines Tyrannen trug, murmelte nur unverständliches Zeug. Kurz darauf hatte Everard sich aus dieser Lage befreit und verschwand.

Monica wandte sich von ihrem Mann ab und tat so, als betrachte sie interessiert die Gemälde. Erst als sie das Saalende erreicht hatten, öffnete Widdowson den Mund. »Wie lange gedenkst du hier noch zu bleiben?«

»Sobald du gehen möchtest, gehe ich auch«, antwortete sie, ohne ihn anzuschauen.

»Ich möchte dir nicht das Vergnügen verderben.«

»Von Vergnügen kann wohl kaum die Rede sein. Bist du gekommen, um mich zu überwachen?«

»Ich denke, wir gehen jetzt besser nach Hause, und du kommst ein andermal wieder hierher.«

Monica bekundete ihr Einverständnis, indem sie ihren Katalog zuklappte und ging.

Schweigend kehrten sie nach Herne Hill zurück. Widdowson zog sich in die Bibliothek zurück und ließ sich erst zum Abendessen wieder blicken. Beide brachten kaum einen Bissen hinunter, und sobald sie sich vom Tisch erheben konnten, begab sich jeder wieder in ein anderes Zimmer.

Gegen zehn Uhr kam Widdowson zu Monica in den Salon. »Ich bin so gut wie entschlossen«, sagte er, neben ihr stehend, »einen ernsten Schritt zu unternehmen. Du hast doch immer begeistert von deiner alten Heimat Clevedon gesprochen. Was hältst du davon, wenn wir dieses Haus hier aufgeben und dorthin ziehen?«

»Das mußt du entscheiden.«

»Ich möchte wissen, ob du etwas dagegen hättest.«

»Ich werde tun, was du möchtest.«

»Nein, das reicht nicht. Mein Plan sieht folgendermaßen aus: Ich miete ein schönes großes Haus – die Mietpreise sind in dieser Gegend bestimmt nicht sehr hoch – und schlage deinen Schwestern vor, zu uns zu ziehen. Ich denke, das wäre sowohl für die beiden als auch für dich eine gute Sache.«

»Es ist nicht sicher, ob sie damit einverstanden wären. Wie du weißt, hat Virginia es ja auch vorgezogen, in ihrem möblierten Zimmer zu bleiben, anstatt hierher zu übersiedeln.«

Das stimmte tatsächlich, so unverständlich es auch sein mochte. Bei ihrer Rückkehr aus Guernsey hatten sie Virginia angeboten, bei ihnen zu bleiben, doch sie hatte abgelehnt. Monica konnte das nicht verstehen; die vagen Gründe, die sie anführte –

beispielsweise, daß es besser sei, wenn die Angehörigen der Ehefrau dem Ehemann nicht zur Last fielen –, erschienen ihr nur vorgeschoben. Denkbar war, daß Virginia sich in Widdowsons Gegenwart unwohl fühlte.

»Ihren Äußerungen zufolge dürften sie beide froh darüber sein, in Clevedon wohnen zu können«, beharrte er. »Den Plan, diese Schule zu eröffnen, haben sie offensichtlich fallenlassen, und wie du mir erzählt hast, behagt Alice ihre Arbeit in Yatton immer weniger. Aber ich muß wissen, ob du mein Vorhaben ernsthaft unterstützen würdest.«

Monica schwieg.

»Bitte antworte mir.«

»Wie bist du auf diese Idee gekommen?«

»Ich glaube, es ist nicht nötig, das zu erklären. Wir haben zu viele unerfreuliche Diskussionen geführt, und ich möchte etwas zu unserem Besten tun, ohne Dinge zu sagen, die du mißverstehen würdest.«

»Da gibt es nichts mißzuverstehen. Du hast kein Vertrauen zu mir und möchtest mich in ein ruhiges Städtchen in der Provinz verfrachten, wo ich ständig unter deiner Aufsicht wäre. Warum sagst du nicht, wie es sich verhält?«

»Das heißt, du würdest das Gefühl haben, ins Gefängnis gesperrt zu werden?«

»Was denn sonst? Oder kannst du mir ein anderes Motiv nennen?«

Er war versucht, eine autoritäre Erklärung abzugeben und damit jede weitere Diskussion zu unterbinden, denn Monicas unwiderlegbares Argument erzürnte ihn sehr. Doch er riß sich zusammen. »Glaubst du nicht, es ist das beste, irgend etwas zu unternehmen, ehe unser Glück unwiederbringlich zerstört ist?«

»Meiner Meinung nach wäre das durchaus vermeidbar. Wie ich dir schon des öfteren gesagt habe, machst du dich lächerlich, wenn du solche Sachen sagst, und mich beleidigst du damit.«

»Ich habe Fehler; ich kenne sie nur zu gut. Einer davon ist, daß ich es nicht leiden kann, wenn du dich mit Leuten anfreundest, die mir unsympathisch sind. Ich werde das niemals ertragen können.«

»Damit meinst du wohl Mr. Barfoot.«

»Ja«, bekannte er mürrisch. »Es war ein äußerst unglücklicher Zufall, daß ich gerade in dem Augenblick auftauchte, als er neben dir saß.«

»Du bist so unglaublich albern«, rief Monica gereizt aus. »Was soll schlimm daran sein, wenn Mr. Barfoot mir zufällig in einem öffentlichen Gebäude begegnet und sich mit mir unterhält? Ich wünschte, ich würde zwanzig solcher Männer kennen. Solche Gespräche sind eine Bereicherung für mein Leben. Ich habe allen Grund, eine gute Meinung von Mr. Barfoot zu haben.«

Widdowson wand sich vor Qualen. »Und ich«, entgegnete er mit vor Wut zitternder Stimme, »finde, daß ich allen Grund habe, ihn nicht zu mögen und ihm nicht über den Weg zu trauen. Er ist kein ehrlicher Mensch; das verrät mir sein Gesicht. Wenn man Erkundigungen über ihn einholte, kämen schlimme Dinge ans Licht, davon bin ich überzeugt. Du kannst das unmöglich so gut beurteilen wie ich. Vergleiche ihn mit Bevis. Ja, Bevis ist ein Mann, dem man vertrauen kann; ein einziges Gespräch mit ihm hinterläßt einen bleibenden positiven Eindruck.«

Monica starrte eine Weile schweigend und mit ausdrucksloser Miene vor sich hin. »Aber selbst mit Mr. Bevis«, sagte sie dann, »freundest du dich nicht an. Das ist der Fehler, der für all unsere Schwierigkeiten verantwortlich ist. Du bist ein ungeselliger Mensch. Daß du Mr. Barfoot nicht leiden kannst, bedeutet nichts weiter, als daß du ihn nicht kennst und ihn auch gar nicht kennen willst. Und dein Urteil über ihn ist vollkommen falsch. Ich habe allen Grund, davon überzeugt zu sein, daß du dich irrst.«

»Kein Wunder, daß du so denkst. Bei deiner Unkenntnis der Welt – «

»Was deiner Meinung ja auch rechtens für eine Frau ist«, fiel sie ihm sarkastisch ins Wort.

»Ja, genau! Es tut einer Frau nicht gut, solche Dinge zu wissen.«

»Dann sag mir bitte, nach welchen Maßstäben sie ihre Bekannten beurteilen soll.«

»Eine verheiratete Frau muß die Meinung ihres Ehemannes übernehmen, zumindest bei der Beurteilung von Männern.« Und wieder verfiel er in die alte Leier. »Es gibt Dinge, die ein Mann wissen darf, ohne daß sie für ihn eine Gefahr darstellen, während sie für eine Frau gefährlich wären.«

»Das glaube ich nicht. Ich kann und will das nicht glauben.«

Er machte eine verzweifelte Geste. »Unsere Ansichten sind einfach zu verschieden. Es war gut und schön, über diese Dinge zu diskutieren, solange du mir freundlich gesinnt warst. Jetzt sagst du nur noch Dinge, von denen du weißt, daß sie mich ärgern, und du sagst sie bewußt, um mich zu ärgern.«

»Nein, das tue ich nicht. Aber es stimmt, daß es mir schwerfällt, freundlich zu dir zu sein. Ich möchte dir wirklich eine Freundin sein – eine wahre und treue Freundin. Aber du läßt es nicht zu.«

»Freundin!« schrie er höhnisch. »Die Frau, die meine Ehefrau geworden ist, sollte mir etwas mehr sein als nur eine Freundin, würde ich meinen. Du liebst mich nicht mehr – das ist das wahre Problem.«

Monica vermochte nicht zu antworten. Es war ihr mittlerweile unangenehm, wenn er das Wort »Liebe« gebrauchte. Sie liebte ihn nicht, und sie war außerstande, Liebe zu heucheln. Von Tag zu Tag wurde der Abstand zwischen ihnen größer, und wenn er sie in die Arme nahm, mußte sie gegen ein Gefühl des Widerwillens, des Abscheus ankämpfen. Die Verbindung war wider die Natur; sie fühlte sich regelrecht vergewaltigt, wenn er sie aufforderte, ihm ihre Zuneigung zu beweisen. Aber wie sollte sie ihm das klarmachen? In dem Augenblick, da diese Wahrheit über ihre Lippen käme, müßte sie ihn verlassen. Ihm zu gestehen, daß sie keinen Funken Liebe mehr für ihn empfand, und trotzdem bei ihm zu bleiben – das war unmöglich! Die dunkle Ahnung, daß eine Trennung unvermeidlich war, deckte sich mit den düsteren Visionen, die Widdowson des öfteren verfolgten.

»Du liebst mich nicht«, fuhr er mit rauher, erstickter Stimme fort. »Du möchtest meine *Freundin* sein. Du denkst, damit könntest du den Verlust deiner Liebe wettmachen.«

Er lachte bitter.

»Hast du dich eigentlich jemals gefragt, ob du etwas dazu tust, daß ich dich lieben kann?« fragte Monica. »Szenen wie diese schaden meiner Gesundheit. Ich habe mittlerweile regelrecht Angst vor den Gesprächen mit dir. Ich habe fast vergessen, wie deine Stimme klingt, wenn sie nicht verärgert oder vorwurfsvoll ist.«

Widdowson ging im Zimmer auf und ab, und ein tiefes Stöhnen entrang sich seiner Brust. »Genau darum habe ich dir den Vorschlag gemacht, von hier fortzugehen, Monica. Wir brauchen ein neues Heim, damit wir noch einmal von vorn anfangen können.«

»Ich glaube nicht, daß ein Ortswechsel allein etwas bewirken kann. Du wärst danach noch immer der gleiche. Wenn du deine unsinnige Eifersucht hier nicht in den Griff bekommst, wird dir das auch anderswo nicht gelingen.«

Er öffnete den Mund, um etwas zu sagen, schien sich aber anders zu besinnen; dann wagte er einen weiteren Versuch und sprach mit belegter, unnatürlicher Stimme: »Kannst du mir offen sagen, worüber Barfoot sich heute mit dir unterhalten hat, als ihr nebeneinander auf der Bank gesessen habt?«

Monicas Augen blitzten zornig auf. »Das könnte ich durchaus; jedes einzelne Wort. Aber ich werde es nicht tun.«

»Nicht einmal, wenn ich dich eindringlich darum bitte, Monica? Nur zu meiner Beruhigung – «

»Nein. Ich versichere dir, daß du jede einzelne Silbe hättest mit anhören können. Mehr sage ich nicht.«

Es ärgerte ihn maßlos, daß er sich zu einer solch demütigenden Bitte hatte hinreißen lassen. Er ließ sich in einen Sessel fallen und verbarg sein Gesicht hinter den Händen; so blieb er sitzen, in der Hoffnung, Monica würde weich werden. Doch als sie aufstand, tat sie das nur, um zu Bett zu gehen. Und sie fühlte sich dabei miserabel, da sie das gleiche Zimmer aufsuchen mußte, in dem auch ihr Mann schlafen würde. Sie wünschte sich sehnlichst, sie wäre allein. Sie hätte jedes noch so unbequeme Bett in der Dachkammer eines Dienstmädchens vorgezogen; ungestört wachliegen und nachdenken zu können, Tränen vergießen zu können, wenn ihr danach zumute war – das erschien ihr als ein unschätzbares Privileg. Sie beneidete die Ladenmädchen in der Walworth Road, wünschte sich selbst dorthin zurück. Welch unsägliche Dummheit von ihr! Und wie recht Rhoda Nunn mit jedem einzelnen ihrer Worte über die Ehe gehabt hatte! Tags darauf griff Widdowson auf eine Methode zurück, die er unter ähnlichen Umständen schon einmal angewandt hatte. Er schrieb seiner Frau einen langen Brief, acht dichtbeschriebene Seiten, in dem er die ihren Problemen zugrundeliegenden Ursachen erörterte, seine Fehler eingestand, sie behutsam auf ihre eigenen hinwies und sie schließlich ersuchte, aufrichtig mit ihm daran zu arbeiten, ihr Glück wiederherzustellen. Diesen Brief legte er nach dem Mittagessen auf den Tisch und ließ Monica allein, damit sie ihn lese. Da sie wußte, daß der Brief nichts Neues enthielt, überflog sie ihn gleichgültig. Er erwartete eine Antwort, also verfaßte sie eine, die so kurz wie möglich war.

»Ich finde dein Verhalten sehr schwach, sehr unmännlich. Du machst uns beiden das Leben schwer, und das völlig ohne Grund. Ich kann nur wiederholen, was ich bereits gesagt habe, nämlich daß sich nichts bessern wird, solange du nicht bereit bist, mich als deine freie Gefährtin anzusehen, anstatt als deine Sklavin. Wenn du dazu nicht in der Lage bist, wirst du mich so weit bringen, daß ich mir wünsche, dir niemals begegnet zu sein, und schließlich wird es unmöglich sein, daß wir weiterhin zusammenleben.«

Sie steckte diese Zeilen in einen unbeschrifteten Umschlag und legte diesen auf den Garderobentisch. Dann verließ sie das Haus und ging eine Stunde lang spazieren.

So endete eine weitere kritische Phase ihrer zunehmenden Entfremdung. Indem Monica vierzehn Tage lang nicht ausging, erreichte sie, daß ihr Mann sich wieder besänftigte, und verschaffte damit auch ihren eigenen Nerven ein wenig Erholung. Aber sie war nicht mehr imstande, sich den Anschein zu geben, als wären sie wieder miteinander versöhnt; Liebkosungen ließen sie kalt, und Widdowson merkte, daß sie das Alleinsein seiner Gesellschaft vorzog. Wenn sie gemeinsam in einem Zimmer saßen, vertieften sich beide in ein Buch. Je unglücklicher Monicas Leben wurde, um so größer wurde ihr Interesse an Büchern. Widdowson hatte, wenn auch widerwillig, zugestimmt, daß sie Mitglied einer Leihbibliothek wurde, und sie wählte aus den neuen Katalogen entweder aufs Geratewohl oder auf Empfehlung Bekannter aus, die belesener waren als sie – Leute, wie sie ihr bei Mrs. Cosgrove begegneten. Begierig saugte sie all die neuen Lehren auf, die diesen Bänden zu entnehmen waren. Sie suchte nach Meinungen und Argumenten, die ihre unzufriedene, beinahe aufrührerische Stimmung unterstützten.

Bei der Lektüre eines Liebesromans empfand sie zuweilen eine fast unerträgliche Verbitterung über ihr eigenes Schicksal. Vor ihrer Eheschließung hatte sie nur ganz vage Vorstellungen von der Liebe gehabt; eigentlich war ihr nur klar gewesen, was sie ablehnte, hatte sie Abscheu empfunden vor den gewöhnlichen oder derben Begierden ihrer Kolleginnen. Nun, da sie sich selbst besser kannte, wurde ihr auch klarer, welche Art Mann zu ihr passen würde. Er war in jeder Beziehung das genaue Gegenteil ihres Ehemanns. Sie fand dieses Wunschbild in Büchern, aber auch im wirklichen Leben; hier handelte es sich möglicherweise bereits um etwas mehr als ein bloßes Wunschbild. Widdowsons Eifersucht, sofern sie sich auf ihren Wunsch nach Freiheit bezog, war durchaus gerechtfertigt; diese Tatsache verdroß sie oft, denn es wäre ihr lieber gewesen, sie hätte einen erhabeneren Grund für ihre Empörung gehabt; sein Vorurteil gegen eine bestimmte

Person war jedoch völlig unbegründet. Daß sie ihm in diesem Punkt aufrichtig widersprechen konnte, erleichterte es ihr, einen Vorwurf zu ertragen, den sie sich insgeheim selbst machte. Ihre Weigerung, ihrem Ehemann zu erzählen, worüber Barfoot mit ihr gesprochen hatte, beruhte teilweise darauf, daß sie seine grundlosen Ängste gar nicht ausräumen wollte. Wenn er weiterhin mißtrauisch gegen Barfoot war, hatte sie bei ihren ständig aufflammenden Streitigkeiten eine feste Grundlage.

Wenn der Ehemann mit seiner Eifersucht auf die falsche Fährte gesetzt wird, erzeugt das bei der Ehefrau ein Gefühl von spöttischer Überlegenheit; häufig fördert es eine ungeahnte Neigung, löst es ein geradezu abnormales Vergnügen daran aus, falsche Tatsachen vorzutäuschen. Monica erkannte das; in Stunden, in denen sie unglücklich war, stieß sie hin und wieder ein rauhes Lachen aus, entfesselt von Gedanken, mit denen sie sich nicht ernsthaft trug, die aber die Phantasie zu verwegenen Vorstellungen verleiteten. Wie, fragte sie sich wieder, würde das alles enden? Würde sie in zehn Jahren ihre Seele einem Leben blasser Bedeutungslosigkeit unterworfen haben, wenn nicht gar der Unehrenhaftigkeit? Denn es war unehrenhaft, mit einem Mann zusammenzuleben, den sie nicht lieben konnte, sei es, weil ihr Herz ein anderes Wunschbild hegte, oder einfach, weil es leer war. Eine Unehrenhaftigkeit, mit der sich unzählige Frauen abfanden, eine Unehrenhaftigkeit, die durch gesellschaftliche Konventionen verherrlicht und unter Androhung fürchterlicher Strafen erzwungen wurde.

Aber sie war noch so jung, und das Leben ist voll überraschender Wendungen.

20. Die erste Lüge

Mrs. Cosgrove war eine kinderlose Witwe mit einem hinreichenden Einkommen und einem großen, buntgemischten Bekanntenkreis. Man nahm allgemein an, daß ihre Ehe glücklich gewesen war; wenn sie von ihrem verstorbenen Gatten sprach, dann mit Respekt und nicht selten liebevoll. Dennoch hatte sie sehr kühne Ansichten über die Ehe, äußerte diese aber nur ihren engsten Vertrauten gegenüber. Die Mehrzahl der Leute, die ihr Haus aufzusuchen pflegten, hatten keine aufsehenerregenden Theorien zu verfechten und hielten ihre Gastgeberin für eine gutmütige, ein wenig exzentrische Frau, die Gesellschaft liebte und ihre Gäste zu unterhalten verstand.

Hochgestellte und reiche Persönlichkeiten waren kaum zu Gast in ihrem Salon; genausowenig Bohémiens. Mrs. Cosgrove gehörte von Geburt und Heirat dem biederen Mittelstand an, und sie schien es sich zum Ziel gemacht zu haben, jenen Leuten gesellschaftliche Unterhaltung zu bieten, die normalerweise nur sehr selten in diesen Genuß kamen. Einsame und mittellose Mädchen oder Frauen waren häufig bei ihr versammelt; sie bemühte sich, sie aufzumuntern, versuchte sie an den Mann zu bringen, wenn eine Heirat möglich schien, und, so wurde gemunkelt, verwandte einen Gutteil ihres Einkommens zugunsten derer, die Unterstützung brauchten. Ein Grüppchen weder einsamer noch mittelloser junger Damen diente dazu, junge Männer anzulokken, vorwiegend solche, die sich in verschiedenen Berufszweigen mühsam durchs Leben kämpften und die nach einer Ehefrau Ausschau hielten. Der Umgang miteinander war so zwanglos wie möglich. Auf Anstandsdamen – außer der Gastgeberin persönlich – wurde in der Regel verzichtet.

»Laßt uns mit all diesen verlogenen Anstandsregeln Schluß machen«, beschwor sie ihre engeren Freundinnen. »Die Mädchen müssen lernen, selbst auf sich achtzugeben und Gefahren zu erkennen. Wenn ein Mädchen nur dann nicht vom Wege abkommt, wenn sie ständig beaufsichtigt wird, dann soll sie doch besser hingehen, wohin sie will und durch Erfahrungen lernen. Ja, genaugenommen bin ich sogar dafür, daß Erfahrungen an die Stelle von Geboten treten.«

Die Ansichten dieser Dame unterschieden sich in beträchtlichem Maße von denen Miss Barfoots; dennoch gab es genügend übereinstimmende Punkte, um einander äußerst sympathisch zu finden. Mitunter wechselte eine von Mrs. Cosgroves Schützlingen in Miss Barfoots Obhut über und machte, statt an eine Heirat zu denken, eine Ausbildung in der Great Portland Street. Rhoda Nunn mochte Mrs. Cosgrove ebenfalls, auch wenn sie kein Hehl daraus machte, daß sie deren Einflußnahme im großen und ganzen für ausgesprochen schädlich hielt.

»Dieses Haus«, sagte sie einmal zu Miss Barfoot, »ist nichts weiter als eine Heiratsagentur.«

»Aber das ist doch jedes Haus, in dem viele Gäste empfangen werden.«

»Nicht auf dieselbe Weise. Mrs. Cosgrove erzählte mir neulich von einem Mädchen, das gerade einen Heiratsantrag angenommen hatte. ›Ich glaube nicht, daß sie zusammenpassen‹, sagte sie, ›aber es schadet nichts, wenn sie es versuchen‹.«

Miss Barfoot konnte sich ein Lachen nicht verkneifen. »Wer weiß? Vielleicht hat sie damit gar nicht so unrecht. Schließlich spricht sie doch nur offen aus, was jedermann in vielen solcher Fälle denkt.«

»Bei dem ersten Teil ihrer Bemerkung – ja«, sagte Rhoda sarkastisch. »Aber was das ›es schadet nichts, wenn sie es versuchen‹ anbetrifft ... nun ja ... fragen wir doch in einem Jahr die Ehefrau nach ihrer Meinung.«

Mitten in der Londoner Saison, an einem Sonntagnachmittag, waren in Mrs. Cosgroves Salon um die zwanzig Gäste versammelt; sie hatte zwei durch einen Gang miteinander verbundene Salons. Wie gewöhnlich spielte jemand am Klavier, doch unterschwellig begleitete ein Gewirr von Stimmen die Musik. Ein Stockwerk tiefer, in der Bibliothek, hatte sich ein halbes Dutzend Leute eingefunden, die die Ruhe vorzogen, unter ihnen Mrs. Widdowson. Auf ihrem Schoß lag ein Fotoalbum; während sie darin blätterte, lauschte sie dem Geplauder zwischen dem lebhaften Mr. Bevis und einer Jungverheirateten, die in einem fort über seine Scherze lachte. Monica war erst vor ein paar Minuten aus dem Salon hierher gekommen. Nach einer Weile fing sie einen Blick von Bevis auf, der daraufhin sogleich zu ihr herüberschritt und sich in den Sessel neben sie setzte.

»Sind Ihre Schwestern heute nicht hier?« fragte sie.

»Nein. Sie haben selbst Gäste. Und wann werden Sie die beiden wieder einmal besuchen kommen?«

»Bald, hoffe ich.«

Bevis wandte den Blick ab und schien über etwas nachzudenken. »Kommen Sie doch nächsten Samstag – wäre das möglich?«

»Ich möchte lieber nichts versprechen.«

»Versuchen Sie es, und« – er senkte die Stimme – »kommen Sie allein. Verzeihen Sie mir meine Direktheit. Um die Wahrheit zu sagen, meine Schwestern fürchten sich ein wenig vor Mr. Widdowson. Sie würden so gerne ein zwangloses Schwätzchen mit Ihnen halten. Lassen Sie mich ihnen sagen, daß sie zwischen halb vier und vier mit Ihnen rechnen können. Sie werden vor Freude einen Luftsprung machen und mich preisen.«

Lachend sagte Monica schließlich zu, vorausgesetzt, es komme nichts dazwischen. Sie redeten noch recht lange miteinander, bis die ersten Gäste aufzubrechen begannen. Anschließend wurde Monica von einer anderen Bekannten in Beschlag genommen, doch sie war auf einmal lustlos und einsilbig, als ob sie vom vielen Reden erschöpft wäre. Um sechs Uhr stahl sie sich heimlich davon und ging nach Hause.

Widdowson hatte sich, zumindest dem Anschein nach, damit abgefunden, daß seine Frau hin und wieder allein ausging. Es war schon einige Wochen her, seit er sie bei einem ihrer Besuche begleitet hatte; er wurde immer phlegmatischer, und gleichzeitig verstärkte sich seine Abneigung gegen gesellschaftlichen Umgang. Sein gescheiterter Versuch, entschlossen zu handeln und Monica nach Somerset zu verfrachten, hatte, wie das nach gescheiterten Bemühungen gewöhnlich der Fall ist, zu noch größerer Entscheidungsschwäche geführt; er war weniger denn je fähig, die Autorität auszuüben, die er sich noch immer als letztes Mittel aufzusparen glaubte. Es kam vor, daß er mehrere Tage hintereinander das Haus gar nicht verließ. Statt wie bisher nur eine einzige Tageszeitung, hatte er jetzt drei Blätter abonniert; nach dem Frühstück verbrachte er manchmal mehrere Stunden mit der Lektüre der ›Times‹, und die Abendzeitungen hielten ihn oft vom Nachtmahl bis zur Schlafenszeit beschäftigt. Monica bemerkte mit gemischten Gefühlen, daß sein Haar immer mehr die einheitliche Farbe verlor und Strähnen aufwies, die seinem angegrauten Bart entsprachen. War *sie* dafür verantwortlich?

An dem Samstag, an dem sie die Familie Bevis besuchen sollte, hatte sie Angst, daß er sie womöglich begleiten wollte. Sie mochte ihm nicht einmal sagen müssen, wohin sie ging. Als sie sich vom Mittagstisch erhob, blickte Widdowson sie an.

»Ich habe eine Kutsche bestellt, Monica. Begleitest du mich bei einer Spazierfahrt?«

»Ich habe versprochen, in die Stadt zu kommen. Es tut mir sehr leid.«

»Das macht nichts.« Dies war seine neueste Methode, an ihr Gewissen zu appellieren – in einer halb wehleidigen, halb resignierten Miene. »Ich fühle mich seit ein paar Tagen gar nicht gut«, fuhr er mürrisch fort. »Ich dachte, eine Spazierfahrt könnte mir wohltun.«

»Sicher. Ich hoffe, das wird sie. Wann möchtest du zu Abend essen?«

»Ich mag keine Unregelmäßigkeiten. Selbstverständlich werde ich zur gewohnten Zeit zurück sein. Du auch?«

»O ja – schon viel früher.«

So kam sie ohne eine Erklärung davon. Um Viertel vor vier erreichte sie das Wohnhaus, in dem die Familie Bevis (und Everard Barfoot) wohnte. Mit pochendem Herzen stieg sie die Treppe hinauf, so leise, als wolle sie vermeiden, daß man ihre Schritte höre; zaghaft klopfte sie an die Tür.

Bevis persönlich öffnete ihr. »Welch eine Freude! Ich wagte kaum zu hoffen – «

Sie trat ein und ging in das angrenzende Zimmer, in dem sie schon einmal gewesen war. Doch zu ihrer Überraschung war es leer. Sie warf einen Blick zurück und bemerkte den zufriedenen Ausdruck auf Bevis' Gesicht.

»Meine Schwestern werden gleich zurück sein«, sagte er. »In ein paar Minuten allerhöchstens. Bitte nehmen Sie doch in diesem Sessel hier Platz, Mrs. Widdowson. Ich freue mich ja so sehr, daß Sie kommen konnten!«

Sein Verhalten war so ungezwungen, daß Monica nach anfänglicher Bestürzung den Gedanken zu verdrängen versuchte, daß es nicht ganz schicklich war, unter diesen Umständen hier zu sein. Es ist, was den Anstand betrifft, ein großer Unterschied, ob man sich in einer Etagenwohnung oder in einem Haus befindet. In einem herkömmlichen Salon wäre es nicht weiter schlimm gewesen, wenn Bevis sie bis zur Rückkehr seiner Schwestern eine Weile allein unterhalten hätte; in einer kleinen Wohnung wie dieser allein mit einem jungen Mann zu sitzen, aus welchen Gründen auch immer, galt hingegen als recht unschicklich. Und daß er die Wohnungstür selbst geöffnet hatte, ließ darauf schließen, daß sich nicht einmal ein Dienstmädchen in der Wohnung befand. Während sie redete, befiel sie ein Zittern, das zum Teil auf das Bewußtsein zurückzuführen war, daß sie sich darüber freute, mit Bevis allein zu sein.

»Eine Bleibe wie diese muß Ihnen sehr ungemütlich vorkommen«, sagte er, als er sich in einen dicht neben ihr stehenden Polsterstuhl zurücklehnte. »Meinen Schwestern hat es hier anfangs überhaupt nicht gefallen. Es ist vermutlich ein zivilisatorischer Rückschritt. Das Dienstpersonal ist jedenfalls entschieden dieser Meinung; wir haben große Schwierigkeiten, es zu halten. Ich glaube, das liegt daran, daß sie das Schwätzchen mit ihresgleichen am Gartentor vermissen. Im Augenblick haben wir überhaupt kein Hausmädchen. Bei der letzten fand ich heraus, daß sie sich für die Nachteile selbst schadlos hielt, indem sie sich an meinem Tabak und an meinen Zigarren bediente. Und das tat sie mit so wenig Diskretion – sie stibitzte gleich ein halbes Pfund Tabak auf einmal –, daß ich kein Nachsehen mit ihr haben konnte. Als sie zur Rede stellte, wurde sie auch noch ausfällig, und zwar in einem solchen Maße, daß wir darauf bestehen mußten, sie auf der Stelle zu entlassen.«

»Glauben Sie, daß sie rauchte?« fragte Monica lachend.

»Das haben wir uns auch gefragt. Sie hatte ziemlich fortschrittliche Ansichten, wie Sie sehen; im Grunde genommen war sie eine Kommunistin. Aber ich bezweifle, daß sie den Tabak für sich selbst brauchte. Wahrscheinlicher ist, daß ein Milchmann, ein Bäckergeselle oder sogar ein städtischer Polizist von ihrem Kommunismus profitierte.«

Ohne auf die verfliegende Zeit zu achten, redete Bevis in seiner gewohnt humorigen Art weiter, hin und wieder in höchst ansteckende Lachanfälle ausbrechend und dabei seinen goldbraunen Schopf schüttelnd.

»Ich muß Ihnen etwas mitteilen«, sagte er nach einer Weile in ernsterem Tonfall. »Ich werde England bald verlassen. Sie wollen mich eine Zeitlang nach Bordeaux schicken, möglicherweise für zwei oder drei Jahre. Das ist mir sehr zuwider, doch mir bleibt nichts anderes übrig. Ich bin nicht mein eigener Herr.«

»Werden Ihre Schwestern dann nach Guernsey ziehen?«

»Ja. So wie es aussieht, werde ich gegen Ende Juli abreisen.«

Er verfiel in Schweigen und schaute Monica halb spitzbübisch, halb bekümmert an.

»Glauben Sie, daß Ihre Schwestern bald kommen werden, Mr. Bevis?« fragte Monica, sich im Zimmer umblickend.

»Ich denke schon. Wissen Sie, ich habe etwas sehr Törichtes getan. Ich wollte, daß Ihr Besuch (falls Sie kämen) eine Überraschung für sie wäre und habe ihnen deshalb nichts davon gesagt. Als ich vom Geschäft nach Hause kam, kurz vor drei, machten sie sich gerade ausgehfertig. Ich fragte sie, ob sie in einer knappen Stunde zurück sein würden. Oh, sie waren sich ganz sicher – kein Zweifel. Ich hoffe nur, sie sind nicht auf die Idee gekommen, jemandem einen Besuch abzustatten. Aber jetzt, Mrs. Widdowson, werde ich Ihnen erst einmal eine Tasse Tee machen – mit meinen eigenen zarten Händen, wie die Romanciers zu sagen pflegen.«

Monica bat ihn, sich nicht zu bemühen. Unter diesen Umständen sei es besser, wenn sie ginge. Sie werde schon bald wiederkommen.

»Nein, das geht nicht, Sie dürfen noch nicht gehen!« rief Bevis aus, seinen fröhlichen Tonfall dämpfend, während er vor ihr stand. »Ich flehe Sie an. Wenn Sie wüßten, welch unvergeßliche Freude es für mich wäre, Ihnen eine Tasse Tee zu kochen! Ich würde in Bordeaux jeden Samstag daran denken.«

Sie hatte sich erhoben, zögerte aber noch. »Ich muß wirklich gehen, Mr. Bevis – !«

»Treiben Sie mich nicht in die Verzweiflung! Ich bin imstande, meine armen Schwestern vor Wut über ihre Verspätung aus Haus und Heim zu jagen – aus Wohnung und Heim, meine ich. Bleiben Sie um ihretwillen, aus Erbarmen mit ihrer Jugend, Mrs. Widdowson! Ich habe da auch noch ein neues Lied, das ich Ihnen vorspielen möchte – Text und Musik sind von mir. Nur ein Viertelstündchen! Ich bin sicher, daß die Mädchen gleich hier sein werden.«

Sein Wille und ihre Neigung gaben den Ausschlag. Monica setzte sich wieder. Bevis verschwand, um den Tee zuzubereiten. Das Wasser schien bereits gekocht zu haben, denn keine fünf Minuten später kehrte der junge Mann mit einem Tablett zurück, auf dem sämtliche Utensilien hübsch angeordnet waren. Mit gespielter Untertänigkeit bediente er seinen Gast. Monicas Wangen glühten. Nach dem vergeblichen Versuch, sich aus der nunmehr eindeutig kompromittierenden Situation zu befreien, saß sie entspannter da als zuvor, als sei sie geradezu entschlossen, ihre Freiheit auszukosten, so lange es ging. Sie hatte den leisen Verdacht, daß Bevis sie anschwindelte und dieses Gespräch in Wirklichkeit arrangiert hatte. Und sie hoffte jetzt, daß seine Schwestern erst zurückkehren würden, wenn sie fort wäre; es wäre ihr äußerst peinlich, ihnen zu begegnen.

Während sie abwechselnd redete und zuhörte, versuchte sie ihr Handeln vor sich selbst zu rechtfertigen. Sie tat doch nichts Ungehöriges. Was war schon dabei, daß sie allein waren? Sie unterhielten sich nicht anders, als sie es in Gegenwart anderer getan hätten. Und Bevis, ein so offener, gutherziger Bursche, würde es ihr gegenüber nie am nötigen Respekt fehlen lassen. Die Einwände waren schlicht und einfach scheinheilig, und das in schlimmstem Maße. Sie würde sich nicht von solch lächerlichen Vorurteilen einengen lassen. »Sind Sie Mr. Barfoot noch nie begegnet?« fragte sie.

»Nein. Wir hatten scheinbar noch keine Gelegenheit. Hatten Sie ernsthaft gehofft, daß ich ihn kenne?«

»Oh, das war nur so eine Frage.«

»Mögen Sie Mr. Barfoot?«

»Ich finde ihn sehr sympathisch.«

»Wie reizend, von Ihnen gepriesen zu werden, Mrs. Widdowson! Sollte einmal irgend jemand mit Ihnen über *mich* sprechen, nachdem ich England verlassen habe, werden Sie dann auch ein schönes Wort finden? Halten Sie mich bitte nicht für albern. Es ist mir sehr daran gelegen, daß meine Freunde eine gute Meinung von mir haben. Zu wissen, daß Sie von mir genauso sprechen wie von Mr. Barfoot, würde mich einen ganzen Tag lang glücklich machen.«

»Wie beneidenswert, so leicht glücklich gemacht werden zu können!«

»Lassen Sie mich Ihnen jetzt mein Lied vortragen. Es ist nicht besonders gut; ich habe schon seit Jahren nichts mehr komponiert. Aber – «

Er setzte sich ans Klavier und strich über die Tasten. Monica war auf eine flotte Melodie und heitere Worte gefaßt, wie bei den Liedern, die er auf Guernsey gespielt hatte; dieses Stück handelte jedoch von Trauer und Sehnsucht und Qual eines einsamen Herzens. Sie fand es sehr schön, sehr rührend. Bevis sah zu ihr hin, um festzustellen, wie es ihr gefalle, aber sie wich seinem Blick aus.

»Ein völlig neuer Stil für mich, Mrs. Widdowson. Finden Sie es denn so schlecht?«

»Nein – keineswegs.«

»Aber Sie können mir kein aufrichtiges Lob dafür aussprechen«, seufzte er niedergeschlagen. »Ich hatte vor, Ihnen eine Abschrift davon zu schenken. Ich habe dieses Lied speziell für Sie geschrieben und – bitte verzeihen Sie mir – habe mir erlaubt, es Ihnen zu widmen. Das ist bei Komponisten so üblich. Ich weiß, es verdient es nicht, von Ihnen angenommen zu werden – «

»Doch – doch – ich bin Ihnen wirklich sehr dankbar, Mr. Bevis. Geben Sie es mir – so wie Sie es gedacht hatten.«

»Sie nehmen es an?« rief er entzückt aus. »Auf zum Triumphmarsch!«

Er griff in die Tasten und spielte mit einer Miene, die der jubelnden Weise entsprach. Monica erhob sich währenddessen. Mit zu Boden gerichtetem Blick und zusammengepreßten Lippen stand sie da.

»Ich muß jetzt gehen, Mr. Bevis«, sagte sie, als der letzte Akkord verklungen war. »Schade, daß Ihre Schwestern nicht gekommen sind.«

»Das finde ich auch – oder auch nicht. Das war die schönste halbe Stunde meines Lebens.«

»Würden Sie mir jetzt bitte die Noten geben?«

»Ich rolle das Blatt am besten zusammen. Hier; es dürfte Ihnen nicht besonders hinderlich sein. Ich hoffe doch sehr, daß ich Sie vor meiner Abreise noch einmal sehe. Werden Sie an einem anderen Nachmittag noch einmal vorbeikommen?«

»Wenn Miss Bevis mir mitteilen würde, wann sie sicher – «

»Ja, das wird sie. Von dem heutigen Nachmittag werde ich wohl besser nichts erzählen. Würde es Ihnen etwas ausmachen, wenn ich nicht erwähnte, daß Sie hier waren, Mrs. Widdowson? Meine Schwestern würden sich maßlos ärgern – und es war ja auch wirklich sehr dumm von mir, ihnen nicht zu sagen – «

Statt einer Antwort blickte Monica stumm zur Tür. Bevis ging voraus und öffnete sie ihr.

»Also dann, auf Wiedersehen. Ich habe Ihnen bereits gesagt, daß ich einen Hang zur Melancholie habe. Mir steht ein schrecklicher Anfall bevor – tiefer, tiefer, tiefer!«

Monica lachte und reichte ihm die Hand. Er hielt sie ganz leicht in der seinen und schaute sie aus seinen blauen Augen an, mit einem Ausdruck, der tatsächlich tieftraurig war. »Vielen Dank«, murmelte er. »Vielen Dank für Ihre große Güte.«

Dann hielt er ihr die Wohnungstür auf. Ohne sich noch einmal umzublicken, eilte Monica die Treppen hinab; sie war froh, daß er sie nicht bis zum Hauseingang begleitete.

Ehe Monica das Haus betrat, versteckte sie das Notenblatt, das sie unterwegs in der Hand getragen hatte. Doch Widdowson war zum Glück noch gar nicht zurück. Es verging eine halbe Stunde – eine halbe Stunde des Grübelns und Träumens –, bis sie seine Schritte auf der Treppe vernahm. Sie kam ihm auf dem Gang entgegen und begrüßte ihn mit einem freundlichen Lächeln.

»Wie war deine Spazierfahrt?«

»Recht nett.«

»Und fühlst du dich jetzt besser?«

»Nicht sonderlich besser, Liebling. Aber es ist nicht nötig, darüber zu reden.«

Später erkundigte er sich bei ihr, wo sie gewesen sei.

»Ich war mit Milly Vesper verabredet.«

Die erste Unwahrheit, die sie ihm je gesagt hatte; trotzdem gelang es ihr, dabei eine so ehrliche Miene aufzusetzen, daß auch der schärfste Beobachter darauf hereingefallen wäre. Er nickte, mißmutig wie gewöhnlich, aber ohne Zweifel zu hegen.

Und von diesem Moment an haßte sie ihn. Wenn er sie mit Fragen überschüttet hätte, wenn ihm Mißtrauen anzumerken gewesen wäre, hätte ihr Gewissen sie weniger geplagt. Daß er ihre Worte einfach hinnahm, war schlimmer als jeder Vorwurf, den er ihr hätte machen können. Während sie sich selbst verachtete, haßte sie ihn für die Erniedrigung, die sich aus seiner Herrschaft über sie ergab.

21. Kurz vor der Entscheidung

Mary Barfoot hatte es niemals an Offenheit dem Leben gegenüber gemangelt. So manch denkwürdiger Augenblick war ihr noch lebhaft in Erinnerung; Freuden und Leiden, ob privater oder allgemein menschlicher Natur, bewegten sie um so tiefer, als sie dank ihrer Intelligenz in der Lage war, die zugrundeliegenden Gesetzmäßigkeiten daraus abzuleiten. Während sie für ihr eigenes Leben, für die Art und für die Motive ihrer Tätigkeit große Veränderungen weder erwartete noch erhoffte, fand sie ausreichende Erfüllung darin, die Entwicklung Jüngerer zu verfolgen und, wenn möglich, zu lenken. Von der Natur mit diversen Vorzügen bedacht, war sie bereits über jene Leidenschaften der weiblichen Natur hinweggekommen, die unverheirateten Frauen die Mitte ihres Lebens häufig vergällen; aber das weibliche Einfühlungsvermögen blieb ihr erhalten. Und gegenwärtig spielte sich unter ihrem eigenen Dach, inmitten ihres täglichen Blickfelds, eine Komödie, ein Drama ab, welches es fertigbrachte, all ihre sonst so unbeteiligten Gefühle zu erregen. Es war seit zwölf Monaten im Gange, und nun stand, wenn sie nicht alles täuschte, die Entscheidung unmittelbar bevor.

Trotz ihrer Selbststudien, ihrer unerschrockenen Art, physischen wie psychischen Tatsachen ins Auge zu sehen, vor denen die Durchschnittsfrau die Augen verschließt, machte sich Mary über die Zeit des endgültigen Triumphes etwas vor, wodurch sie in der Lage war, Rhoda Nunn mit vollkommenem Gleichmut zu beobachten. Ihr Wutausbruch bei Bella Roystons Tod war auf einen tieferen Grund zurückzuführen, als sie es sich selbst eingestehen mochte. Zu diesem Zeitpunkt hatte sie gerade bemerkt, daß Rhodas Einstellung gegenüber Everard Barfoot sich veränderte; Kleinigkeiten, die nur eine Frau zu erkennen vermag, verrieten ihr, daß Rhoda Everards Neigung ernsthaft zu erwidern begann; und obwohl diese Entdeckung sie keineswegs überraschte, versetzte es ihr einen Stich, was sie sich mit objektivem Bedauern erklärte, mit ganz natürlichen Bedenken. Einige Tage lang war sie regelrecht belustigt über Rhoda. Dann kam Bellas Selbstmord und das Gespräch, in dem Rhoda sich so herzlos gezeigt hatte, was zweifelsohne auf große seelische Spannungen zurückzuführen war. Zu ihrer eigenen Überraschung wurde Mary von heftiger Wut gepackt und ließ sich zu Worten hinreißen, die sie bereute, kaum daß sie ihr über die Lippen gekommen waren.

In Wirklichkeit ging es bei dem Zwist dieser beiden Frauen, die einander aufrichtig mochten und bewunderten, gar nicht um die arme Bella. Sie war nur der Anlaß für den Gefühlsausbruch, der vermutlich ohnehin nicht zu vermeiden gewesen wäre. Mary Barfoot hatte ihren Vetter Everard geliebt; er war einundzwanzig, als es anfing; sie, die so viel älter war als er, hatte sich Everard oder anderen gegenüber nichts anmerken lassen. Diese Leidenschaft hatte sie zwei oder drei Jahre lang so unglücklich gemacht, wie sie es nie zuvor gewesen war und niemals wieder sein sollte, nachdem ihr starker Verstand wieder die Oberhand gewonnen hatte. Der Skandal mit Amy Drake, der sich erst viel später zutrug, ließ ihre Schmerzen wieder aufleben, die nun die Form echter weiblicher Unduldsamkeit annahmen; sie versuchte sich einzureden, daß Everard ihr nicht mehr das mindeste bedeute, daß sie ihn seiner Laster wegen verabscheue. Amy Drake allerdings, die verabscheute sie noch mehr.

Als ihre Freundschaft mit Rhoda Nunn sich vertieft hatte, konnte sie es sich nicht verkneifen, ihr von ihrem Vetter Everard zu erzählen, der weit fort am anderen Ende der Welt war, und dem sie wahrscheinlich nie wieder begegnen würde. Sie sprach in einem strengen Tonfall von ihm, doch in dieser Strenge schwangen so deutlich andere Empfindungen mit, daß Rhoda ahnte, was in Wahrheit dahintersteckte. Es wäre Miss Barfoot niemals in den Sinn gekommen, ihre Gefühle zu gestehen; sie hatte ihre unglückliche Liebe überwunden und war nicht im geringsten geneigt, sich lächerlich zu machen; von Rhodas Seite hätte sie am allerwenigsten mit Bemerkungen oder Fragen gerechnet, die sie in Gefahr brachten, die Vergangenheit wieder auszugraben. Doch als sie dann später einmal von Rhoda wissen wollte, ob sie je verliebt gewesen sei, verhehlte Mary nicht, daß sie wußte, wovon sie sprach. Sie tat es in dem beruhigenden Bewußtsein, die Sache überstanden zu haben und dank ihres Alters von vierzig Jahren darüber erhaben zu sein. Rhoda ahnte natürlich, daß es sich dabei um Everard handelte.

Demnach war es Eifersucht, die ihrem Streit zugrunde lag. Doch kaum daß sie sich dazu hatte hinreißen lassen, tat es Mary schon wieder leid, und sie schämte sich dafür – was in Wahrheit bedeutete, daß sie die Sache nun endgültig überwunden hatte. Sie glaubte, ihre Scham rühre von ungerechtfertigter Wut her; tatsächlich aber handelte es sich um Gewissensbisse, weil ein Konflikt wieder auflebte, der eigentlich schon seit vielen Jahren bewältigt war. Und gerade weil sie sich über ihren Gemütszustand etwas vormachte, zog sie die schmerzliche Situation in die Länge. Sie redete sich ein, Rhoda habe sich so unrecht verhalten, daß ihre Empörung gerechtfertigt sei und daß es unklug wäre, den Streit sogleich beizulegen, zumal Miss Nunn ein kleine Strafe verdiente. Sich auf Nebensächliches versteifend, vermochte sie das eigentliche Problem zu verdrängen, und als sie Rhoda schließlich den Versöhnungskuß anbot, hatte auch das eine andere Bedeutung als die vorgegebene. Es drückte die Hoffnung aus, Rhoda möge das Glück erleben, das ihr selbst versagt geblieben war.

Daß Everard seine Leidenschaft für Miss Nunn unverhohlen zeigte, war Marys Ansicht nach ein Akt reiner Berechnung. Falls er Rhoda ernsthaft heiraten wollte, könnte er einige der Schwierigkeiten in diesem speziellen Fall aus dem Weg räumen, indem er diesen Wunsch vor einer dritten Person offen aussprach. Ob sie umworben werden wollte oder nicht, Rhoda mußte Everards Liebeserklärungen zwangsläufig mit verächtlichem Schweigen beantworten, um ihren offen verkündeten Grundsätzen nicht untreu zu werden; indem Everard diese stolze Haltung, die zu bewahren Rhoda möglicherweise langsam schwer wurde, zu bezwingen versuchte, ermöglichte er es den beiden Frauen, sich über seine Umwerbung zu unterhalten, wenn es dadurch nicht gar unumgänglich wurde. Eine Frau, die über ihren Verehrer spricht, muß unweigerlich an ihn denken.

Miss Barfoot wußte nicht, ob sie eine Heirat dieses außergewöhnlichen Paares für wünschenswert halten sollte. Sie traute ihrem Vetter nicht, konnte ihn sich nur schwer als treuen Ehemann vorstellen und war sich nicht im klaren darüber, ob Rhodas Eigenschaften ihn letztendlich halten oder abstoßen würden. Sie hatte den Eindruck, daß dieses Liebeswerben eine bloße Laune sei. Doch Rhoda schenkte ihm Gehör, daran bestand kaum ein Zweifel; und nachdem er diese große Erbschaft gemacht hatte, tat sich eine ganz neue Perspektive auf. Daß Everard nicht locker ließ, obwohl die Damenwelt ihm jetzt offenstand – ein Mann mit Barfoots persönlichen Vorzügen, und dazu mit fünfzehnhundert Pfund im Jahr ausgestattet, kann wenigstens unter fünfzig jungen Frauen wählen –, schien dafür zu sprechen, daß er sie wirklich liebte. Aber was würde es Rhoda kosten, sich vor ihren Freundinnen als Braut zu präsentieren! Welch eine Minderung ihres Glanzes!

War sie zu einer Liebe fähig, die sich über alle Demütigungen hinwegzusetzen vermag? Oder würde sie, obwohl sie leidenschaftlich liebte, aus Furcht davor, von den Frauen verlacht zu werden, auf das ersehnte Glück verzichten? Oder würde es ihr Genugtuung bereiten, einen wohlhabenden Bewerber abzuweisen, um in den Augen derer, die in ihr ein Vorbild der unabhängigen Frau sahen, um so großartiger zu erscheinen? Die Neugier war groß in einer Situation, die, wie auch immer sie ausgehen mochte, so reichlich Anlaß zu Spekulationen gab.

Sie sprachen nicht über Everard. Ob Rhoda auf seine Briefe aus dem Ausland antwortete, wußte Miss Barfoot nicht. Nach seiner Rückkehr wurde er jedoch sehr kühl empfangen – was daran liegen mochte, daß er in seinen Briefen zu dreist geworden war. Rhoda ging ihm aufs neue aus dem Weg und, so stellte Miss Barfoot fest, stürzte sich dafür mit erhöhtem Eifer in ihre gewohnte Arbeit.

»Wie sieht es dieses Jahr mit deinem Urlaub aus?« fragte Mary eines Juniabends. »Wer von uns beiden geht zuerst?«

»Ich richte mich ganz nach dir.«

Miss Barfoot wollte aus einem bestimmten Grund nicht vor Ende August Urlaub machen und schlug Rhoda deshalb vor, ihre drei Urlaubswochen irgendwann davor zu nehmen. »Miss Vesper«, fügte sie hinzu, »kann deinen Platz gut ausfüllen. In dieser Hinsicht müssen wir uns nicht so viele Gedanken machen wie letztes Jahr.«

»Ja. Miss Vesper erweist sich als sehr geschickt und zuverlässig.« Rhoda wurde nachdenklich, nachdem sie dies gesagt hatte.

»Weißt du«, fragte sie dann, »ob sie sich häufig mit Mrs. Widdowson trifft?«

»Ich habe keine Ahnung.«

Sie kamen überein, daß Rhoda Ende Juli Urlaub machte. Wo sollte sie ihre Ferien verbringen? Miss Barfoot schlug den Lake District vor.

»Daran habe ich auch schon gedacht«, versetzte Rhoda. »Aber ich würde auch gern ein wenig im Meer baden. Eine Woche am Strand und die restliche Zeit mit Bergwandern zu verbringen würde mir sehr behagen. Mrs. Cosgrove stammt aus Cumberland; ich werde mir bei ihr ein paar Ratschläge holen.«

Das geschah auch, und danach stand ein Reiseplan fest, der Rhoda mit Vorfreude zu erfüllen schien. An der Küste von Cumberland, ein paar Meilen südlich von St. Bees, liegt eine kleine Ortschaft namens Seascale, die normalen Touristen nicht bekannt ist, in der es aber ein gutes Hotel und einige Privathäuser gibt, in denen man sich einmieten kann. Ganz in der Nähe erheben sich die Bergketten des Lakelands, und Wastdale ist von dort aus deutlich zu erkennen. In Seascale also gedachte Rhoda ihre erste Ferienwoche zu verbringen, denn die abgelegene Küste mit dem schönen Sandstrand bot ihr genau die Abgeschiedenheit, die sie sich wünschte.

»Es gibt dort ein paar Badekarren, sagt Mrs. Cosgrove, aber ich hoffe, ich komme ohne diese scheußlichen Dinger aus. Wie herrlich war das doch in der Kindheit, als man nackt ins Meer rennen konnte! Ich will dieses Gefühl noch einmal empfinden, selbst wenn ich dafür um drei Uhr morgens aufstehen muß.«

Ein paar Tage später machte Barfoot einen seiner abendlichen Besuche. Er hatte nicht damit gerechnet, Rhoda zu sehen, und war freudig überrascht, sie im Salon anzutreffen. Wie im Jahr zuvor kam man wieder auf Miss Nunns Urlaub zu sprechen, nachdem Barfoot sie direkt danach befragt hatte. Mary wartete gespannt auf die Antwort und bemühte sich, nicht zu schmunzeln, als Rhoda ihm ihre Urlaubspläne schilderte.

»Haben Sie sich für die Zeit nach Ihrem Aufenthalt in Seascale schon eine feste Route zurechtgelegt?« erkundigte sich Barfoot.

»Nein, das werde ich erst tun, wenn ich dort bin.«

Vielleicht beabsichtigte er, ein Kontrastprogramm zu diesen bescheidenen Plänen anzubieten, jedenfalls begann Barfoot daraufhin, von Reisen größeren Maßstabs zu reden. Wenn er das nächste Mal verreise, werde er mit dem Orient Express schnurstracks nach Konstantinopel fahren. Seine Kusine befragte ihn zum Orient Express, und er lieferte ihr Fakten, die jedermann fasziniert hätten, der die Königreiche der Erde gerne einmal sehen wollte – was auf Rhoda zweifelsohne zutraf. Allein der Name ›Orient Express‹ hat etwas so überaus Erhabenes, wie es ja mehr oder weniger bei all den Namen der berühmten Transitrouten dieser Welt der Fall ist. Er redete sich in wahre Begeisterung hinein und beobachtete währenddessen ständig Rhodas Miene, was auch Miss Barfoot tat. Rhoda bemühte sich, gleichgültig zu wirken, aber gerade ihre Frostigkeit verriet, daß sie nicht aufrichtig war.

Tags darauf, kurz nach Arbeitsende in der Great Portland Street, sprach Rhoda Mildred Vesper an. Miss Barfoot hatte an jenem Abend eine Einladung zum Dinner, und Rhoda schlug Milly vor, sie nach Chelsea zu begleiten. Das war eine große Ehre für Milly; sie zögerte zunächst, weil sie glaubte, nicht passend angezogen zu sein, ließ sich aber gern überreden, als sie merkte, daß Miss Nunn an ihrer Gesellschaft wirklich gelegen war.

Vor dem Essen machten sie einen Spaziergang im Battersea Park. Rhoda war noch nie so offen und freundlich gewesen; sie ermunterte das ruhige, bescheidene Mädchen, von ihrer Kindheit, ihrer Schulzeit, ihrer Familie zu erzählen. Was am meisten auffiel, war Millys stille Zufriedenheit; erst kürzlich hatte sie von Miss Barfoot eine Gehaltserhöhung erhalten, und man hatte den Eindruck, daß sie nun wunschlos glücklich war, bis auf das Bedürfnis, ihre über das ganze Land verstreuten Geschwister häufiger zu sehen, die sich in ihrem Daseinskampf erfreulicherweise alle recht tapfer schlugen.

»Sie müssen sich doch manchmal ziemlich einsam fühlen in Ihrem Zimmer«, sagte Rhoda.

»Nur manchmal. In Zukunft werde ich abends Musik haben. Unser schönstes Zimmer ist an einen jungen Mann vermietet worden, der eine Geige besitzt, und er spielt ›The Blue Bells of Scotland‹ ... nicht schlecht.«

Rhoda entging nicht, daß dies scherzhaft gemeint war, obwohl Milly wie üblich eine todernste Miene aufsetzte. »Kommt Mrs. Widdowson Sie besuchen?«

»Nicht oft. Aber vor ein paar Tagen war sie bei mir.«

»Gehen Sie manchmal zu ihr?«

»Ich bin schon seit Monaten nicht mehr dort gewesen. Anfangs ging ich ziemlich häufig hin, aber ... es ist so weit weg.«

Als sie es sich nach dem Essen im Salon gemütlich gemacht hatten, kam Rhoda auf dieses Thema zurück. »Mrs. Widdowson kommt hin und wieder hierher, und wir freuen uns stets, sie zu sehen. Aber ich kann mich des Eindrucks nicht erwehren, daß sie recht unglücklich ausschaut.«

»Das finde ich leider auch«, pflichtete Milly ihr ernst bei.

»Wir waren beide auf ihrer Hochzeit. Es war nicht eben eine fröhliche Feier, oder? Ich hatte die ganze Zeit ein ungutes Gefühl. Glauben Sie, sie bereut diesen Schritt?«

»Ich fürchte, das tut sie tatsächlich.«

Rhoda beobachtete Millys Gesichtsausdruck, als sie dieses Eingeständnis machte. »So ein törichtes Mädchen! Warum ist sie nicht bei uns geblieben und hat sich ihre Freiheit bewahrt? Sie scheint keinerlei neue Freundschaften geschlossen zu haben. Oder hat sie Ihnen von neuen Bekannten erzählt?«

»Nur von Leuten, denen sie hier begegnet ist.«

Rhoda gab dem Drang nach – so schien es zumindest –, offen mit ihr zu reden. Sich ein wenig vorbeugend und eine besorgte Miene aufsetzend, sagte sie in vertraulichem Ton: »Ich mache mir Sorgen um Monica; vielleicht können Sie mir helfen, sie zu zerstreuen. Als Sie Monica vor einer Woche sahen, hat sie da irgend etwas gesagt oder angedeutet, weshalb man ihretwegen beunruhigt sein müßte?«

Milly kämpfte mit sich, ehe sie antwortete. Rhoda fügte hinzu: »Vielleicht möchten Sie lieber nicht – ?«

»Doch, ich sollte es Ihnen besser erzählen. Sie sagte ein paar sehr merkwürdige Dinge, und ich *bin* ihretwegen beunruhigt. Ich hatte schon die ganze Zeit das Bedürfnis, mit jemandem darüber zu reden – «

»Was für ein seltsamer Zufall, daß ich mich veranlaßt sah, Sie darauf anzusprechen«, sagte Rhoda, ihren Blick, in dem ein eigentümliches, intensives Leuchten lag, unverwandt auf das Mädchen gerichtet. »Das arme Ding ist sehr unglücklich, da bin ich mir sicher. Ihr Mann scheint sie vollkommen sich selbst zu überlassen.«

Milly schaute sie verdutzt an. »Monica hat sich über das genaue Gegenteil beklagt. Sie sagte, sie fühle sich wie eine Gefangene.«

»Das ist aber merkwürdig. Sie ist doch sehr häufig allein unterwegs.«

»Das wußte ich nicht«, sagte Milly. »Sie hat mir gegenüber des öfteren betont, daß einer Frau die gleiche Freiheit zugestanden werden müsse wie dem Mann, und ich hatte immer den Eindruck, daß Mr. Widdowson sie nirgends allein hingehen läßt, ausgenommen zu Ihnen oder zu mir.«

»Glauben Sie, Monica hat irgendwelche Bekannte, die er nicht mag?«

Milly zögerte eine Weile, aber dann kam die Antwort. »Es gibt da jemanden. Aber sie hat mir nicht gesagt, wer es ist.«

»Das bedeutet also, Mr. Widdowson glaubt Grund zur Eifersucht zu haben?«

»Ja, so habe ich Monicas Worte aufgefaßt.«

Rhodas Miene war finster geworden. Sie fuchtelte nervös mit den Händen herum. »Aber – Sie glauben nicht, daß sie ihn betrügen könnte?«

»Oh, das kann ich mir nicht vorstellen«, entgegnete Miss Vesper mit Nachdruck. »Aber als ich sie das letzte Mal sah, weckte sie in mir die Befürchtung, daß sie beinahe versucht sein könnte, ihren Mann zu verlassen. Sie redete so viel von Freiheit – und davon, daß eine Frau das Recht habe, sich von ihrem Mann zu trennen, wenn sie zu der Überzeugung gelangt, daß ihre Heirat ein Fehler gewesen sei.«

»Ich bin Ihnen überaus dankbar, daß Sie mir dies alles erzählen. Wir müssen versuchen, ihr zu helfen. Selbstverständlich werde ich nicht erwähnen, daß ich mit Ihnen gesprochen habe, Miss Vesper. Sie haben also wirklich den Eindruck, daß es da jemanden gibt, den sie ... ihrem Gatten vorzieht?«

»Ich werde das Gefühl nicht los, daß dem so ist«, räumte Milly tiefernst ein. »Sie tat mir leid, und ich kam mir so ohnmächtig vor. Sie weinte ein bißchen. Ich wußte nichts weiter zu tun, als sie zu beschwören, sich zu nichts Unüberlegtem hinreißen zu lassen. Ich dachte schon daran, ihre Schwester zu informieren – «

»Oh, Miss Madden ist keine Hilfe. Von ihr kann Monica weder Rat noch Unterstützung erwarten.«

Nach diesem Gespräch verbrachte Rhoda eine sehr unruhige Nacht, und die darauffolgenden Tage lief sie mit düsterer Miene herum.

Sie hätte am liebsten mit Monica gesprochen, bezweifelte jedoch, daß sie das ihrem Ziel näherbringen würde – herauszufinden, ob ein gewisser Verdacht, den sie hegte, begründet war. Mrs. Widdowson und sie waren noch nie sehr vertraut miteinander gewesen, und so wie die Dinge standen, konnte sie nicht erwarten, daß Monica sich ihr anvertraute. Während sie noch über dieses Problem nachgrübelte, traf ein Brief von Everard Barfoot für sie ein. Er schrieb ganz förmlich; es sei ihm der Gedanke gekommen, daß er ihr bezüglich ihres bevorstehenden Urlaubs ein wenig behilflich sein könnte, indem er seine Reiseführer durchsah und ihr einen Vorschlag für eine Wanderung, wie sie sie im Sinn hatte, skizzierte. Das habe er getan, und das Ergebnis könne sie auf beigefügtem Blatt finden. Rhoda ließ einen Tag verstreichen, dann schickte sie eine Antwort. Sie danke ihm aufrichtig für seine freundlichen Bemühungen. »Wie ich sehe, trauen Sie mir nicht mehr als zehn Meilen täglich zu. In einer solchen Landschaft schlägt man freilich kein schnelles Tempo an, aber ich kann nicht umhin, Ihnen mitzuteilen, daß mich zwanzig Meilen nicht schrecken würden. Es ist durchaus möglich, daß ich Ihren Wandervorschlag ausprobieren werde, nachdem ich eine Woche mit Baden und Nichtstun verbracht habe. Ich reise Montag nächster Woche ab.«

Barfoot kam nicht mehr zu Besuch. Jeden Abend wartete sie auf sein Kommen. Zweimal war Miss Barfoot bis spät in die Nacht fort, und Rhoda saß nach dem Abendessen völlig untätig da, mit einer Miene, auf der sich ihre quälenden Gedanken abzeichneten. Am Sonntag vor ihrer Abreise machte sie sich kurz entschlossen zu einem Besuch bei Monica in Herne Hill auf.

Mrs. Widdowson, teilte ihr das Dienstmädchen mit, habe vor einer Stunde das Haus verlassen.

»Ist Mr. Widdowson daheim?«

Ja, das war er. Und Rhoda wartete eine Weile im Salon, bis er erschien. Widdowson war in letzter Zeit so nachlässig geworden, was sein Äußeres anbetraf, daß er gezwungen war, sich schnell zurechtzumachen, ehe er einem unerwarteten Besucher gegenübertreten konnte. Rhoda, die ihn seit Monaten erstmals wieder sah, bemerkte, daß die Gesundheit des Mannes von Sorgen angegriffen war. Worte hätten seinen Kummer nicht deutlicher zu beschreiben vermocht als seine verhärmten Gesichtszüge und sein steifes, bedrücktes, unsicheres Gebaren. Er blickte seinen Gast aus eingesunkenen Augen starr an, mit einem Lächeln, das, wie man deutlich sah, höflichkeitshalber aufgesetzt war.

Rhoda bemühte sich, so gut es ging, gelassen zu wirken; sie erklärte (im Stehen, denn er hatte vergessen, ihr einen Sitzplatz anzubieten), daß sie morgen verreisen werde und Mrs. Widdowson, der es angeblich in letzter Zeit nicht sonderlich gut gehe, noch einmal habe sehen wollen.

»Nein, es geht ihr gesundheitlich nicht sehr gut«, sagte Widdowson zerstreut. »Sie ist heute nachmittag zu Mrs. Cosgrove gegangen – ich glaube, Sie kennen sie.«

Obwohl Widdowson sie nicht gerade zum Bleiben ermunterte, hegte Rhoda die Hoffnung, etwas Konkretes zu erfahren, wenn sie die Unterhaltung noch ein wenig in die Länge zog. Es war ihr gleichgültig, wie mühsam das war. »Gedenken Sie in nächster Zeit die Stadt zu verlassen, Mr. Widdowson?«

»Das ist noch nicht ganz sicher ... aber, bitte, nehmen Sie doch Platz, Miss Nunn. Haben Sie meine Frau nicht erst vor ein paar Tagen gesehen?« Er setzte sich auf einen Stuhl, legte die Hände auf die Knie und starrte auf Rhodas Rock.

»Mrs. Widdowson war schon seit mehr als einem Monat nicht mehr bei uns, wenn ich mich recht entsinne.«

Er blickte sie teils überrascht, teils zweifelnd an. »Seit einem Monat? Aber ich dachte ... ich war der Ansicht ..., daß sie erst vor ein paar Tagen da war.«

»Tagsüber?«

»In der Great Portland Street, glaube ich – um einen Vortrag oder dergleichen von Miss Barfoot zu hören.«

Rhoda schwieg einen Moment. Dann sagte sie hastig: »Ach ja ... sehr wahrscheinlich ... war ich an jenem Nachmittag nicht da.«

»Ach so. Das würde erklären – «

Er schien erleichtert zu sein, aber nur für einen Augenblick; sein Blick wanderte ruhelos hin und her. Rhoda musterte ihn scharf. Er scharrte nervös mit den Füßen, dann nahm er plötzlich eine steife Haltung ein und sagte mit erhobener Stimme: »Wir beabsichtigen, ganz von London fortzuziehen. Ich habe beschlossen, in Clevedon, der Heimatstadt meiner Frau, ein Haus zu mieten. Ihre Schwestern werden zu uns ziehen.«

»Haben Sie diese Entscheidung erst kürzlich getroffen, Mr. Widdowson?«

»Ich habe schon länger daran gedacht. Das Londoner Klima bekommt Monica nicht; davon bin ich überzeugt. Auf dem Land wird es ihr viel besser gehen.«

»Ja, das halte ich für sehr gut möglich.«

»Wenn auch Sie finden, daß sie sich verändert hat, werde ich keine Zeit verlieren, von hier wegzuziehen.« Er zeigte sich auf einmal ganz energisch und entschlossen. »In ein paar Wochen ... Wir werden unverzüglich nach Clevedon fahren und uns nach einem Haus umsehen. Ja, morgen werden wir hinfahren, oder übermorgen. Miss Madden geht es ebenfalls alles andere als gut. Ich wünschte, ich hätte nicht so lange gezögert.«

»Ich halte Ihr Vorhaben für sehr vernünftig. Ich hatte die Absicht, Mrs. Widdowson etwas Ähnliches vorzuschlagen. Meinen Sie, ich treffe sie noch bei Mrs. Cosgrove an, wenn ich mich jetzt gleich auf den Weg mache?«

»Vielleicht. Sagten Sie vorhin, daß Sie morgen verreisen? Drei Wochen lang? Ah, dann sind wir bei Ihrer Rückkehr vielleicht umzugsbereit.«

Die Veränderung, die sich bei ihm ergeben hatte, war erstaunlich. Er vermochte nicht länger sitzenzubleiben und begann im hinteren Teil des Zimmers auf und ab zu schreiten. Da Rhoda nicht wußte, wie sie das Gespräch fortsetzen und in die gewünschte Richtung lenken könnte, gab sie auf, verabschiedete sich kurz angebunden und machte sich auf den Weg zu Mrs. Cosgrove.

Sie war zutiefst beunruhigt. Monica war bei Miss Barfoots Vortrag nicht zugegen gewesen, sie hatte ihren Mann also bewußt angelogen. Aus welchem Grund? Wo hatte sie diese Stunden verbracht? Mildred Vespers Schilderungen gaben Anlaß zu bösen Vermutungen, und die Begegnung an der Sloane Square Station, als Monica und Barfoot so ins Gespräch vertieft gewesen waren, schien eine Bedeutung zu haben, die Rhoda mit Wut erfüllte.

Sie traf zu spät bei Mrs. Cosgrove ein. Monica sei zwar dagewesen, sagte die Gastgeberin, sei aber vor einer knappen halben Stunde gegangen.

Rhodas erster Impuls war, sich sogleich nach Bayswater zu begeben, um das Gebäude, in dem Barfoot wohnte, aus der Ferne zu beobachten. Vielleicht war Monica dort, und sie könnte sehen, wie sie das Haus verließ.

Aber ihr Verstand, der nein sagte, und, schlimmer noch, die Befürchtung, gesehen zu werden, während sie in dem Viertel herumstreifte, ließen sie von diesem Vorhaben im gleichen Augenblick wieder Abstand nehmen. Sie ging nach Hause und zog sich dort für ein paar Stunden zurück.

»Was ist geschehen?« fragte Miss Barfoot, als sie einander schließlich begegneten.

»Geschehen? Nichts, von dem ich wüßte.«

»Du siehst so seltsam aus.«

»Das bildest du dir nur ein. Ich habe gerade gepackt; vielleicht kommt es daher, daß ich mich ständig über die Reisetruhe gebeugt habe.«

Diese Erklärung befriedigte Mary keineswegs; sie hatte das Gefühl, daß um sie herum rätselhafte Dinge vorgingen. Aber ihr blieb nichts anderes übrig, als abzuwarten und sich immer wieder zu sagen, daß die große Entscheidung zweifellos unmittelbar bevorstand.

Um neun Uhr läutete die Besucherglocke. Falls es sich bei dem Gast, wie sie vermutete, um Everard handelte, würde sie, so beschloß Miss Barfoot, alles andere außer acht und die beiden angesichts der momentanen dramatischen Situation eine halbe Stunde allein lassen. Es war tatsächlich Everard; mit auffallend fröhlicher Miene betrat er den Salon.

»Ich bin den ganzen Tag auf dem Land gewesen«, waren seine ersten Worte; dann redete er über Belanglosigkeiten – wie es beim Picknick einer Londoner Arbeiterfamilie zugegangen sei, das er beobachtet habe.

Kurz darauf entschuldigte Mary sich unter irgendeinem Vorwand. Als sie fort war, blickte Rhoda Barfoot fest ins Gesicht und fragte: »Waren Sie wirklich nicht in der Stadt?«

»Zweifeln Sie daran?«

»Wie Sie sehen.«

Sie wandte ihren Blick ab. Everard musterte sie verwundert und stellte sich dann vor sie hin. »Ich möchte Sie um die Erlaubnis bitten, mich in den nächsten drei Wochen irgendwo mit Ihnen treffen zu dürfen, irgendwo auf Ihrer Route. Wir könnten eine gemeinsame Tageswanderung unternehmen und uns dann ... wieder verabschieden.«

»Der Lake District steht Ihnen offen, Mr. Barfoot.«

»Aber ich möchte Sie nicht verfehlen. Sie werden morgen in einer Woche von Seascale aus weiterreisen?«

»So habe ich es zumindest geplant. Ich möchte mich jedoch nicht festlegen. Im Urlaub muß man ungebunden sein.«

Sie blickten einander an – sie ihn gleichgültig, beinahe trotzig, er sie mit einem vielsagenden Lächeln.

»Morgen in einer Woche also sehen wir uns vielleicht wieder.«

Rhoda entgegnete nichts, sondern zog nur ihre Augenbrauen hoch, wie um Gleichgültigkeit zu signalisieren.

»Ich will heute abend nicht länger bleiben. Eine angenehme Reise wünsche ich Ihnen!«

Er schüttelte ihr die Hand und verließ das Zimmer. Im Flur kam ihm Miss Barfoot entgegen; sie wechselten ein paar belanglose Worte, ohne daß er auf sein Gespräch mit Rhoda zu sprechen kam. Auch Rhoda erzählte nichts davon, als ihre Freundin zu ihr hereinkam. Sie zog sich früh zurück, denn sie beabsichtigte, am darauffolgenden Morgen mit dem Zehn-Uhr-Zug vom Bahnhof Euston abzufahren.

Ihr Gepäck bestand aus einer Truhe und einem Tornister mit einem Tragriemen, der ihr als Rucksack dienen sollte. Abgesehen von dem unentbehrlichen Regenschirm trug sie keine hinderlichen Gepäckstücke mit sich. In der Truhe steckte ein neues, sowohl für den Strand als auch für die Berge geeignetes Kleid; Miss Barfoot hatte es begutachtet und befunden, daß es Rhoda außerordentlich gut stehe.

Doch obwohl Rhoda alles beisammen hatte, was sie mitzunehmen gedachte, hatte sie noch etwas zu erledigen, das mehrere Stunden beanspruchte. Aus einer abschließbaren Schublade holte sie ein Bündel Briefe heraus, die sie seit Jahren darin aufbewahrte; davon wählte sie mit Bedacht etwa ein Zehntel aus, schnürte sie zusammen und legte sie in eine Schachtel; den Rest verbrannte sie in dem leeren Kamin. Anschließend trug sie kleine, in ihrem Zimmer aufgestellte Zier- und Gebrauchsgegenstände zusammen und verstaute diese ebenfalls in der großen Schachtel. Schließlich waren bis auf ihre Bücher alle ihr wichtigen Gegenstände in tragbaren Behältnissen verstaut. Doch sie fand noch immer keine Ruhe und lief im Zimmer umher, als wolle sie sich vergewissern, daß sie nichts vergessen habe; geräuschlos tappte sie in ihren weichen Hausschuhen hierhin und dorthin, bis die kurze Sommernacht fast vorüber war und der Morgen anbrach; und als sie schließlich übermüdet ins Bett sank, konnte sie nicht einschlafen.

Auch Mary Barfoot machte in jener Nacht kaum ein Auge zu. Sie lag grübelnd im Bett und malte sich die seltsamsten Dinge aus.

Als sie Montag abend aus der Great Portland Street zurückkehrte, begab sie sich sogleich in Rhodas Zimmer. Die Asche der verbrannten Briefe war beseitigt worden, doch ein einziger Blick genügte, um zu erkennen, daß Miss Nunn aus unerfindlichen Gründen fast alle persönlichen Dinge weggeräumt und verpackt hatte. Mary verbrachte abermals eine unruhige Nacht.

22. Die Ehre in Schwierigkeiten

Bei Mrs. Cosgrove hatte Monica an diesem Sonntagnachmittag Augen und Gedanken allein für eine Person. Sie war eigentlich nur auf Verabredung mit Bevis gekommen, den sie seit ihrem Besuch in dessen Wohnung zweimal gesehen hatte. Einige Tage nach jener Begebenheit war sie von seinen beiden Schwestern besucht worden, die ihr von der bevorstehenden Abreise ihres Bruders nach Bordeaux erzählten; daraufhin hatte sie die drei zum Dinner eingeladen. Und zwei Wochen später war sie Bevis zufällig in der Oxford Street begegnet; da er geschäftlich unterwegs war, konnte er sie nur ein kurzes Stück begleiten, aber sie hatten beide angedeutet, daß sie am darauffolgenden Sonntag bei Mrs. Cosgrove sein würden, wo sie einander dann auch trafen.

Aus Furcht, jemand könnte sie beobachten und Verdacht schöpfen, war sie verkrampft und unsicher. Es waren heute nur wenige Gäste zugegen, und nachdem sie ein paar unpersönliche Worte mit Bevis gewechselt hatte, ging sie zur Gastgeberin hinüber, um sich mit ihr zu unterhalten. Erst nach einer halben Stunde wagte sie die Blicke zu erwidern, die ihr beinahe erklärter Liebhaber ihr zuwarf, während er mit jemand anderem redete. Er gab sich wie immer überaus gelassen, und ihr kamen Zweifel, ob sie die Zeichen seiner Ehrerbietung mißdeutet hatte. Einen Moment lang hoffte sie das sogar, um gleich im nächsten sehnsüchtig auf ein Zeichen leidenschaftlicher Verehrung zu warten und verzweifelt an den nahe bevorstehenden Tag zu denken, da er für immer fort sein würde. Dies, so meinte sie inbrünstig, war der Mann, den sie hätte heiraten sollen. Ihn könnte sie mit ganzem Herzen und mit ganzer Seele lieben, seinem Willen könnte sie sich bedingungslos unterwerfen, von seinem Lächeln könnte sie zehren, seine Interessen könnte sie teilen. Die Unabhängigkeit, die sie seit Beginn ihrer Ehe zu erlangen bemüht war, bedeutete nichts weiter, als die Freiheit zu lieben. Hätte sie sich damals so gut gekannt wie jetzt, hätte sie sich niemals diese Fesseln anlegen lassen.

»Meine Schwestern«, sagte Bevis gerade, »fahren am Dienstag ab. Den Rest der Woche werde ich allein sein. Am Montag werden die Möbel eingelagert, und am Dienstag – geht's los.«

Ein uneingeweihter Zuhörer hätte meinen können, diese Aussicht freue ihn. Mit einem starren Lächeln sah Monica zu den anderen, in Gespräche vertieften Grüppchen hinüber; niemand achtete auf sie. Im gleichen Augenblick hörte sie, wie ihr Gegenüber mit kaum hörbarer Stimme etwas murmelte. »Kommen Sie Freitag nachmittag gegen vier Uhr.«

Ihr Herz begann wild zu schlagen, und sie spürte, daß eine verräterische Röte in ihre Wangen stieg.

»Bitte kommen Sie – noch einmal – ein letztes Mal. Es wird nicht anders sein als letztes Mal – genauso wie letztes Mal. Wir werden uns ein Stündchen unterhalten und uns dann voneinander verabschieden.«

Sie war außerstande, auch nur ein geflüstertes Wort herauszubringen. Bevis, der bemerkte, daß Mrs. Cosgrove zu ihnen herüberschaute, lachte unvermittelt laut auf, als hätten sie sich über etwas Lustiges unterhalten, und begann wieder munter drauflos zu reden. Auch Monica lachte. Kurz darauf drang abermals das leise Gemurmel an ihr Ohr. »Ich erwarte Sie. Ich weiß, Sie werden mir diesen letzten Gefallen nicht verweigern. Eines Tages«, seine Stimme war kaum noch hörbar, »eines Tages ... wer weiß?«

Eine verzweifelte Hoffnung durchzuckte sie. Eine ihr unbekannte Frau blickte in ihre Richtung, Monica lachte abermals.

»Freitag um vier. Ich erwarte Sie.«

Sie erhob sich, blickte sich kurz im Salon um, reichte ihm dann die Hand und verabschiedete sich mit ein paar förmlichen Worten. Sie schauten einander nicht an. Sie ging zu Mrs. Cosgrove hinüber und verließ schnellstmöglich das Haus.

Widdowson kam ihr schon an der Haustür entgegen. Seiner Miene nach zu urteilen, hatte sich etwas Außergewöhnliches zugetragen, und sie begann vor ihm zu zittern.

»Schon zurück?« rief er grimmig lächelnd aus. »Zieh dich rasch um und komme dann in die Bibliothek.«

Wenn er etwas herausgefunden hätte (zum Beispiel, daß sie ihn vor einem Monat angelogen hatte oder daß sie ihm neulich ohne zwingenden Grund die Unwahrheit gesagt hatte, als sie vorgab, sich Miss Barfoots Vortrag anzuhören), würde er anders dreinschauen und reden. Hastig, atemlos zog sie sich um und kam seiner Aufforderung nach.

»Miss Nunn ist hiergewesen«, begann er.

Sie wurde kreidebleich. Das mußte er sicherlich bemerken; sie machte sich jetzt auf alles gefaßt.

»Sie wollte dich sehen, weil sie am Montag fortfährt. Was ist mit dir?«

»Nichts. Deine Stimme klang so seltsam – «
»Tatsächlich? Und du siehst seltsam aus. Was ist bloß los mit dir? Miss Nunn sagt, daß jedem auffällt, wie schlecht du aussiehst. Es ist höchste Zeit, daß etwas geschieht. Morgen früh werden wir nach Somerset fahren, nach Clevedon, und uns nach einem Haus umsehen.«

»Ich dachte, du hättest dir diese Idee aus dem Kopf geschlagen.«

»Ob dem so war oder nicht, ist gleichgültig.« In dem Bemühen, entschlossen zu wirken und es auch zu sein, redete er in einem barschen, verbissenen Tonfall, zuweilen klang er regelrecht brutal. »Ich bin jetzt fest dazu entschlossen. Um zwanzig nach zehn geht ein Zug nach Bristol. Du brauchst nur ein paar Sachen einzupacken; wir werden nicht länger als ein, zwei Tage fort sein.«

Dienstag, Mittwoch, Donnerstag – am Freitag wären sie wahrscheinlich wieder zurück. Nach quälendem Hin- und Herüberlegen hatte Monica sich entschieden. Sie würde die Verabredung am Freitag einhalten, egal, welche Folgen das haben mochte. Wenn sie nicht rechtzeitig zurück wäre, würde sie ihm eine Nachricht zukommen lassen. »Warum sprichst du in diesem Ton?« fragte sie kühl.

»Was für ein Ton? Ich unterrichte dich darüber, was ich beschlossen habe, das ist alles. Es wird nicht schwer sein, dort unten ein Haus zu finden. Da du dich in der Stadt auskennst, müßtest du mir sagen können, welche Gegend am geeignetsten ist.«

Sie mußte sich hinsetzen, denn sie bekam weiche Knie.

»Es stimmt wirklich«, fuhr Widdowson fort, indem er sie aus geröteten Augen anstarrte. »Du siehst allmählich wie ein Gespenst aus. Oh, damit soll bald Schluß sein!« Er stieß ein wütendes, heiseres Lachen aus. »Kein unnötiger Aufschub mehr! Schreibe heute abend an deine beiden Schwestern und informiere sie darüber. Ich möchte, daß sie beide bei uns wohnen.«

»Wie du wünschst.«

»Nun sag doch selbst, wirst du nicht froh darüber sein? Meinst du nicht auch, daß dies in jeder Hinsicht das beste ist?«

Er trat so dicht an sie heran, daß sie seinen heißen Atem spürte.

»Ich habe dir neulich schon gesagt«, sagte sie, »daß du tun sollst, was du möchtest.«

»Und du wirst nicht mehr behaupten, daß ich dich einsperren will?«

Monica lachte.

»O nein, ich werde gar nichts behaupten.« Sie war sich kaum bewußt, was sie sagte. Sollte er vorschlagen, sollte er tun und lassen, was er wollte; es war ihr gleichgültig. Sie sah etwas vor sich – etwas, an das sie vor einer Stunde noch nicht zu denken gewagt hätte; es zog sie mit der Macht des Schicksals an.

»Dir ist doch klar, daß wir nicht so weiterleben können wie bisher – nicht wahr, Monica?«

»Nein, das können wir nicht.«

»Na also!« Das Lächeln auf ihrem Gesicht falsch deutend, schrie er beinahe vor Genugtuung. »Es bedurfte lediglich der Entschlossenheit meinerseits. Ich verstehe selbst nicht, wie ich so schwach sein konnte. Wenn ein Ehemann schwach ist, muß seine Frau zwangsläufig unglücklich sein. Von heute an wirst du dich von mir leiten lassen. Ich bin kein Tyrann, aber ich werde dich so führen, wie es zu deinem Besten ist.«

Sie lächelte noch immer.

»Damit hat unser Elend ein Ende – nicht wahr, mein Schatz? Welch ein Elend! Großer Gott, was habe ich durchgemacht! Hast du das nicht bemerkt?«

»Nur zu gut.«

»Und wirst du das jetzt wieder gutmachen, Monica?«

Abermals durch die unwiderstehliche Macht getrieben, antwortete sie mechanisch: »Ich werde tun, was für uns beide das beste ist.«

Er warf sich neben ihr auf die Knie und schlang seine Arme um sie. »Ja, das klingt wieder ganz nach meiner lieben Frau! Deine Miene hat sich vollkommen verändert. Da siehst du, daß es richtig ist, wenn der Ehemann die Zügel in die Hand nimmt! Unser zweites Ehejahr wird ganz anders sein als unser erstes. Und dabei *waren* wir doch glücklich, nicht wahr, meine Schöne? An allem nur dieses verfluchte London schuld. In Clevedon werden wir ein neues Leben beginnen – wie auf Guernsey. All unsere Schwierigkeiten rühren mit Sicherheit nur von deinem schlechten Gesundheitszustand her. Die Luft hier ist dir noch nie bekommen; du hast dich elend gefühlt und konntest dich in deinem Heim nicht wohlfühlen. Armes kleines Mädchen! Mein armer Liebling!«

Den ganzen Abend war er in einem Zustand der Euphorie, zum einen, weil er glaubte, Monica begrüße seine Entscheidung, zum anderen, weil er das Gefühl hatte, sich endlich wie ein resoluter Mann verhalten zu haben. Seine Augen waren stark entzündet, und sein Kopf schmerzte fürchterlich, als er zu Bett ging.

Es wurde alles so ausgeführt, wie er es beschlossen hatte. Sie reisten nach Somerset, quartierten sich in Clevedon in einem Hotel ein und machten sich auf die Suche nach einem Heim. Am Mittwoch hatten sie ein geeignetes Anwesen gefunden – ein schlichtes, aber geräumiges Haus in einer guten Wohnlage. Es könnte binnen vierzehn Tagen bezugsfertig gemacht werden. Widdowson, darauf bedacht, weiterhin Entschlossenheit an den Tag zu legen, unterschrieb noch am gleichen Abend den Mietvertrag.

»Morgen werden wir unverzüglich heimkehren und sofort mit den Umzugsvorbereitungen beginnen. Sobald alles erledigt ist, wirst du hierher zurückfahren und im Hotel wohnen, bis das Haus eingerichtet ist. Geh zu deiner Schwester Virginia und fordere sie einfach auf zu tun, was du ihr sagst. Mach es so wie ich!« Er lachte albern. »Laß dich auf keine Einwände ein. Wenn du sie erst einmal von hier fortgebracht hast, wird sie dir dankbar sein.«

Donnerstag nachmittag waren sie wieder zurück in Herne Hill. Widdowson gab sich noch immer übertrieben schwungvoll, war jedoch völlig ausgebrannt. Seine Stimme war von der nervlichen Anspannung so heiser, daß man hätte meinen können, er habe eine schlimme Halsentzündung. Nach einem Nachtmahl, bei dem beide kaum etwas aßen, setzte er sich hin, als wolle er lesen; als Monica ein paar Minuten später zu ihm hinüberblickte, bemerkte sie, daß er eingeschlafen war.

Sie konnte es nicht ertragen, ihn zu betrachten; trotzdem fiel ihr Blick immer wieder auf ihn. Sein Gesicht stieß sie ab; die tiefen Falten, die geröteten Augenlider, die fleckige Haut ekelten sie an. Dennoch empfand sie Mitleid mit ihm. Daß er so außer sich vor Freude war, war grausamste Ironie. Was würde er tun? Was würde aus ihm werden? Sie wandte sich ab und verließ das Zimmer, denn das Geräusch seines unregelmäßigen Atems war ihr unerträglich.

Als er erwachte, suchte er nach ihr und machte sich über sein unfreiwilliges Nickerchen lustig. »Also, dann wirst du morgen früh zu deiner Schwester gehen.«

»Lieber nachmittags.«

»Warum? Laß uns keine Zeit verlieren. Am Vormittag, gleich am Vormittag!«

»Bitte laß mich etwas so Belangloses selbst entscheiden«, rief Monica gereizt aus. »Ich muß hier noch alles mögliche erledigen, ehe ich das Haus verlassen kann.«

Er liebkoste sie. »Du sollst mir nicht vorwerfen können, ich wäre albern. Also gut, am Nachmittag. Und laß dich auf keinerlei Einwände ein.«

»Nein, nein.«

Es war Freitag. Den ganzen Vormittag lang verhandelte Widdowson mit Immobilienmaklern und Spediteuren, denn er mochte keinen Tag verstreichen lassen, ohne einen konkreten Schritt in Richtung Erlösung von dem ihm verhaßten Leben getan zu haben. Monica schien in ihrem Aufgabenbereich genauso geschäftig zu sein; sie räumte Schubladen und Schränke leer und sortierte Sachen aus – nach Gesichtspunkten, die nur ihr selbst einsichtig waren. Ihre Wangen waren noch immer auffällig gerötet – nachdem sie lange Zeit so bleich ausgesehen hatte, als gehe es mit ihrer Gesundheit bergab. Dies und dazu ihre wunderbar leuchtenden Augen gaben ihr einen Glanz, der ahnen ließ, wie sie ausgesehen hätte, wäre ihre Ehe glücklich gewesen.

Um ein Uhr aßen sie eine Kleinigkeit, und um Viertel vor zwei saß Monica im Zug nach Clapham Junction. Sie beabsichtigte, mit Virginia, die von ihrer Fahrt nach Clevedon wußte, ein kurzes Gespräch zu führen, und sich dabei den Anschein zu geben, als wäre sie mit dem Umzug vollkommen einverstanden; anschließend würde sie ihre Fahrt fortsetzen, um gegen vier Uhr in Bayswater einzutreffen. Virginia war jedoch nicht daheim. Von Mrs. Conisbee erfuhr sie, daß ihre Schwester um elf Uhr vormittags das Haus verlassen hatte und zur Teezeit zurück sein wollte. Nach kurzem Zögern bat Monica die Zimmerwirtin, Virginia etwas auszurichten. »Bitte sagen Sie ihr, sie soll nicht nach Herne Hill kommen, ehe sie von mir gehört hat, denn ich werde wahrscheinlich ein paar Tage nicht zu Hause sein.«

Somit blieb mehr Zeit als geplant, und sie wußte nicht, was sie in der Zwischenzeit tun sollte. Sie ging zum Bahnhof zurück und fuhr weiter bis Victoria Station; dort setzte sie sich in eine Ecke des Wartesaals und wartete ungeduldig, bis die Uhr ihr sagte, daß sie den nächsten Zug in Richtung Westen nehmen könnte.

Eine mögliche Gefahr gab es noch – wenn es auch müßig sein mochte, sich darüber Gedanken zu machen. Was wäre, wenn sie zufällig Mr. Barfoot begegnete, während sie die Treppe hochstieg? Aber er wußte vermutlich gar nicht, daß ihre Freundinnen, die im Stockwerk über ihm wohnten, fort waren. War es nicht sowieso gleichgültig, was er dachte? In ein paar Tagen …

Sie bog in die Straße ein und näherte sich, ängstliche Blicke in alle Richtungen werfend, dem Wohnhaus. Und als sie keine zwanzig Meter mehr von der Tür entfernt war, ging sie auf und Barfoot trat heraus. Im ersten Moment packte sie panisches Entsetzen; gleich darauf empfand sie Erleichterung darüber, daß sie nicht ein paar Minuten früher angekommen war – dann wäre genau das eingetreten, was sie befürchtet hatte: daß sie einander im Treppenhaus begegneten. Er ging in ihre Richtung, und als er sie erkannte, trat ein erfreutes Lächeln auf sein Gesicht.

»Mrs. Widdowson! Eben erst habe ich an Sie gedacht. Ich hatte das Bedürfnis, Sie zu sehen.«

»Ich wollte gerade ... hier in der Nähe jemanden besuchen gehen ...«

Sie war unfähig, sich zusammenzunehmen. Sie zitterte noch immer von dem Schrecken und bemühte sich verzweifelt, Gelassenheit vorzutäuschen. Barfoot, so war sie überzeugt, las in ihrem Gesicht wie in einem offenen Buch; er sah ihr das schlechte Gewissen an; daß er seinen Blick so schnell abwandte und so eigentümlich lächelte, deutete sie als Zeichen der Toleranz eines welterfahrenen Mannes.

»Gestatten Sie mir, daß ich Sie bis zur nächsten Kreuzung begleite.«

Seine Worte hallten in ihren Ohren wider. Sie lief mechanisch weiter, wie ein auf Knopfdruck reagierender Automat.

»Wissen Sie, daß Miss Nunn nach Cumberland gereist ist?« fragte Barfoot, indem er sie von der Seite ansah.

»Ja.« Sie versuchte, ihm lächelnd ins Gesicht zu sehen.

»Morgen«, setzte er hinzu, »fahre ich ebenfalls dorthin.«

»Nach Cumberland?«

»Ich hoffe, sie dort zu treffen. Aber vielleicht wird sie nur wütend auf mich sein.«

»Vielleicht. Vielleicht auch nicht.« Es gelang ihr nicht, ihre Verlegenheit zu überwinden. Ihre Augen und ihr Hals brannten. Sie verging beinahe vor Scham. Ihre Worte klangen wie schwachsinniges Gestammel, und das mußte den schlechten Eindruck, den Barfoot von ihr hatte, noch verstärken.

»Wenn ich merke, daß es aussichtslos ist«, fuhr er fort, »werde ich ihr Lebewohl sagen, und damit hat die Sache ein Ende.«

»Ich hoffe nicht ... ich denke ...« Es war zwecklos. Sie preßte die Lippen aufeinander und schwieg. Wenn er doch endlich gehen würde! Was er beinahe im selben Augenblick auch tat, mit ein paar freundlichen Abschiedsworten. Sie spürte den Druck seiner Hand und sah ihn davoneilen; zweifellos war ihm klar, daß sie nur darauf gewartet hatte.

Solange er noch in ihrem Blickfeld war, ging Monica in gleicher Richtung weiter. Dann machte sie kehrt und eilte zurück, besorgt, daß sie wegen dieser Verzögerung zu spät käme und Bevis die Hoffnung aufgegeben habe, sie zu sehen. Es konnte jetzt niemand mehr im Haus sein, dem zu begegnen ihr peinlich sein müßte. Sie öffnete die Pforte und stieg die Treppe hoch.

Bevis schien bereits darauf gewartet zu haben, ihre leichtfüßigen Schritte zu vernehmen; die Wohnungstür wurde aufgerissen, ehe sie anklopfen konnte. Ohne zu sprechen, ein stummes, glückliches Lachen auf den Lippen, trat er etwas zurück, damit sie eintreten konnte, ergriff dann ihre beiden Hände und drückte sie.

Im Wohnzimmer waren erste Anzeichen des bevorstehenden Auszugs wahrzunehmen. Bilder waren abgehängt, leichte Ziergegenstände fortgeräumt worden.

»Ein einziges Mal noch werde ich hier übernachten«, begann Bevis, dem die Erregung kaum weniger anzumerken war als Monica. »Morgen werde ich die Sachen zusammenpacken, die ich mitzunehmen gedenke. Wie ich das alles hasse!«

Monica ließ sich in einen Stuhl nahe der Tür fallen.

»Oh, nicht dort!« rief er aus. »Hier, wo Sie das letzte Mal saßen. Ich werde uns wieder Tee machen.« Seine Worte klangen gequält, und das Lachen, das er nach jeder Äußerung ausstieß, verriet, wie seine Nerven vibrierten. »Erzählen Sie mir, was Sie in der Zwischenzeit getan haben. Ich habe Tag und Nacht an Sie gedacht.«

Er zog einen Stuhl dicht zu ihr heran und ergriff, nachdem er sich hingesetzt hatte, eine ihrer Hände. Monica, die nach all den durchgestandenen Ängsten nur mit Mühe ein Schluchzen unterdrücken konnte, zog die Hand weg. Doch er ergriff sie abermals. »Es ist doch der Handschuh darüber«, sagte er mit zittriger Stimme. »Es ist doch nichts dabei, wenn ich Ihren Handschuh halte. Ignorieren Sie es einfach und erzählen Sie mir etwas. Ich liebe Musik, aber keine Musik ist so schön wie Ihre Stimme.«

»Fahren Sie am Montag ab?« Es waren ihre Lippen, die den Satz aussprachen, nicht sie selbst.

»Nein, am Dienstag ... glaube ich.«

»Mein ... Mr. Widdowson beabsichtigt, mit mir von London wegzuziehen.«

»Wegzuziehen?«

Sie schilderte ihm die genauen Umstände. Bevis schaute ihr unverwandt ins Gesicht, mit einem Blick höchster Verzückung, der allmählich zu einem peinvollen, tief bestürzten wurde. »Seit einem Jahr sind Sie verheiratet«, murmelte er. »Oh, wären Sie mir doch nur früher begegnet! Welch grausames Schicksal, daß wir uns erst kennenlernten, als es keine Hoffnung mehr gab!«

In dieser schmerzerfüllten Rührseligkeit zeigte sich der wahre Charakter dieses Mannes. Sein für gewöhnlich fröhliches, übermütiges Gebaren, sein gesundes Aussehen und sein geschmeidiger, gut gebauter Körper ließen vermuten, daß die Liebe, wenn sie in ihm erwachte, mit männlicher Kraft aus ihm hervorbrechen würde. Doch er zitterte und errötete wie ein junges Mädchen, und sein Tonfall wurde immer weinerlicher.

Er führte ihre behandschuhten Finger an seine Lippen. Totenbleich und mit geschlossenen Augen wandte sie ihr Gesicht ab.

»Müssen wir uns heute voneinander trennen, und werden wir einander niemals wiedersehen?« fuhr er fort. »Sag, daß du mich liebst. Bitte sag, daß du mich liebst!«

»Sie verachten mich, weil ich unter diesen Umständen hierher gekommen bin.«

»Dich verachten?« Stürmisch schlang er die Arme um sie. »Sag, daß du mich liebst!« Er küßte die letzte Silbe ihrer geflüsterten Antwort weg. »Monica! – Was für ein Schicksal steht uns bevor? Wie kann ich dich denn je verlassen?«

Obwohl sie einen Augenblick lang schwach zu werden drohte, war sie, als seine Liebkosungen immer leidenschaftlicher wurden, imstande, seine Arme wegzustoßen und von ihm abzurücken. Er sprang auf, und sie standen sich wortlos gegenüber. Abermals kam er auf sie zu.

»Nimm mich mit!« schrie sie daraufhin und rang verzweifelt die Hände. »Ich kann nicht länger mit *ihm* zusammenleben. Laß mich mit dir nach Frankreich gehen.«

Bevis' blaue Augen weiteten sich vor Bestürzung. »Würdest du ... würdest du es wagen, das zu tun?« stammelte er.

»Ob ich es wagen würde? Braucht es dazu Mut? Wie kann ich es *wagen*, bei einem Mann zu bleiben, den ich hasse?«

»Du mußt ihn verlassen. Gewiß, du mußt ihn verlassen.«

»Oh, noch ehe ein weiterer Tag vergeht!« schluchzte Monica. »Es wäre unrecht, wenn ich auch nur heute zu ihm zurückkehrte. Ich liebe dich, und daran ist nichts, dessen ich mich schämen müßte; aber ich müßte mich bitter schämen, wenn ich weiterhin mit *ihm* zusammenlebte und ihm etwas vorheuchelte. Er bringt mich noch so weit, daß ich mich genauso hasse wie *ihn*.«

»Ist er gemein zu dir gewesen, Liebste?«

»Ich habe ihm nichts vorzuwerfen, außer daß er mich überredete, ihn zu heiraten – daß er mich glauben machte, daß ich ihn lieben könnte, als ich noch gar nicht wußte, was Liebe ist. Und jetzt möchte er mich von allen Leuten fernhalten, die ich kenne, weil er auf jeden einzelnen eifersüchtig ist. Aber kann ich ihm etwas vorwerfen? Hat er nicht allen Grund, eifersüchtig zu sein? Ich betrüge ihn ja – betrüge ihn schon seit langem, indem ich die treue Ehefrau spiele, obwohl ich oft wünschte, er möge sterben, damit ich erlöst wäre. Ich bin diejenige, der etwas vorzuwerfen ist. Ich hätte ihn verlassen müssen. Jede Frau, die über ihren Mann so denkt wie ich, sollte ihn verlassen. Es ist niederträchtig, dortzubleiben ... sich zu verstellen ... zu betrügen.«

Bevis trat zu ihr hin und nahm sie in die Arme.

»Liebst du mich?« stieß sie zwischen seinen heißen Küssen hervor. »Wirst du mich mitnehmen?«

»Ja, du sollst nachkommen. Wir dürfen nicht zusammen reisen, aber du sollst nachkommen – sobald ich mich dort eingerichtet habe – «

»Warum können wir nicht gemeinsam gehen?«

»Bedenke doch, mein Schatz, was geschehen würde, wenn unser Geheimnis aufgedeckt würde – «

»Aufgedeckt? Ist das nicht vollkommen gleichgültig? Ich kann doch nicht dorthin zurückgehen, mit deinen Küssen auf meinen Lippen! Oh, ich muß mich irgendwo versteckt halten, bis du gehst, und dann – ich habe die paar Sachen, die ich mitnehmen möchte, bereits beiseitegelegt. Ich hätte auf keinen Fall weiter mit ihm zusammenleben können, auch wenn du nicht gesagt hättest, daß du mich liebst. Mir blieb nichts anderes übrig, als vorzugeben, ich wäre mit allem einverstanden; doch ich will lieber betteln und hungern, als dieses Elend noch länger zu ertragen. Liebst du mich nicht genug, um alles auf dich nehmen zu können, was auch geschehen mag?«

»Ich liebe dich von ganzem Herzen, Monica! Setz dich wieder hin, Liebste; laß uns alles besprechen und sehen, was wir tun können.«

Halb führte, halb trug er sie zum Sofa hinüber, und dort fing er wieder an, sie mit solch leidenschaftlichen Liebkosungen zu überschütten, daß Monica sich ihm abermals entwand.

»Wenn du mich liebst«, sagte sie tief gequält, »dann mußt du genauso viel Achtung vor mir haben, wie du sie hattest, ehe ich zu dir kam. Hilf mir – ich ertrage das nicht länger! Sag sofort, daß ich mit dir fortgehen kann, selbst wenn wir während der Reise so tun, als wären wir einander fremd. Wenn du nicht möchtest, daß es herauskommt, werde ich alles tun, um das zu verhindern. Ich werde zurückgehen und bis Dienstag dort wohnen bleiben und erst kurz vorher weggehen, damit niemand Verdacht schöpfen kann, wohin – Es ist mir gleichgültig, wie bescheiden ich lebe, wenn wir im Ausland sind. Ich kann mir in der gleichen Stadt oder in der Nähe ein Zimmer nehmen, und du kommst – «

Mit zerzaustem Haar, wildem Blick und vor Aufregung am ganzen Körper zitternd stand er da, als sinne er über diverse Möglichkeiten nach.

»Meinst du, ich werde dir eine Last sein?« fragte sie mit matter Stimme. »Sind die Ausgaben höher als du – «

»Nein, nein, nein! Wie kannst du an so etwas denken? Aber es wäre eindeutig besser, wenn du hier warten würdest, bis ich – ach, verflixt, ich muß dir ja so feige erscheinen! Aber es ist alles nicht so einfach, Liebling. Ich werde in Bordeaux vollkommen fremd sein. Ich beherrsche nicht einmal die Sprache richtig. Bei meiner Ankunft werde ich am Bahnhof von einem unserer Leute abgeholt und ... überleg doch nur, wie sollten wir das anstellen? Wenn man herausfinden würde, daß ich mit dir durchgebrannt bin, würde das meiner Stellung furchtbar schaden. Wer weiß, welche Folgen das haben würde. Wir müssen sehr vorsichtig sein, mein Schatz. Wenn wir ein paar Wochen warten würden, wäre wahrscheinlich alles ganz leicht zu bewerkstelligen. Ich würde dir an eine andere Adresse schreiben, und sobald ich alle Vorkehrungen getroffen hätte – «

Monica fiel in sich zusammen. Sein unmännlicher Ton war so furchtbar enttäuschend. Sie hatte etwas ganz und gar anderes erwartet – stürmische, männliche Leidenschaft, ja sogar den unbändigen Willen, ihr von den Augen abzulesen, daß sie fliehen wolle; eine Stärke und Verwegenheit, der sie sich mit Haut und Haar anvertrauen könnte. Sie brach völlig zusammen, preßte die Hände vors Gesicht und begann zu weinen.

Bevis, gleichermaßen aufgewühlt, warf sich vor ihr auf die Knie und umklammerte ihre Taille. »Hör auf, bitte, hör auf!« jammerte er. »Ich kann das nicht ertragen! Ich werde tun, was du möchtest, Monica. Nenne mir eine Adresse, an die ich meine

Briefe für dich schicken kann. Weine nicht, Liebling ... bitte, hör auf – «

Sie ging zurück zum Sofa, lehnte ihr Gesicht gegen die Rückenlehne und schluchzte. Eine Weile wechselten sie nur unverständliche Worte. Dann wurden beide wieder von ihrer Leidenschaft übermannt und klammerten sich aneinander, stumm, reglos.

»Morgen werde ich ihn verlassen«, flüsterte Monica, als ihre Blicke sich schließlich trafen. »Er wird am Vormittag unterwegs sein, und ich kann alles Nötige zusammenpacken. Sag mir, wohin ich gehen soll, Liebster – wo ich warten soll, bis du bereit bist. Niemand wird jemals Verdacht schöpfen, daß wir zusammen fortgegangen sind. Er weiß, daß ich bei ihm unglücklich bin; er wird annehmen, daß ich in London irgend etwas gefunden habe, womit ich meinen Unterhalt bestreiten kann. Wo soll ich bis Dienstag wohnen?«

Bevis hörte ihr gar nicht richtig zu. Die allzu menschliche Versuchung, nur an sich selbst zu denken, gewann immer mehr Gewalt über ihn. »Liebst du mich? Liebst du mich wirklich?« entgegnete er mit heiserer, erregter Stimme.

»Warum fragst du das? Wie kannst du das anzweifeln?«

»Wenn du mich wirklich liebst – «

Seine Miene und sein Tonfall machten ihr bang.

»Bring mich nicht dazu, an *deiner* Liebe zu zweifeln! Wenn ich dir nicht vollkommen vertrauen kann, was soll dann aus mir werden?«

Abermals machte sie sich energisch von ihm los. Er lief ihr hinterher und hielt ihre Arme gewaltsam fest.

»Oh, ich habe mich in dir getäuscht!« rief Monica voller Angst und Bitterkeit aus. »Du weißt nicht, was Liebe ist, wie *ich* sie empfinde. Du bist nicht bereit, über ein zukünftiges gemeinsames Leben zu reden, willst nicht daran denken – «

»Ich habe versprochen – «

»Laß mich los! Das kommt daher, weil ich hierher gekommen bin. Du hältst mich für eine charakterlose Frau, eine Frau ohne Ehrgefühl, ohne Selbstachtung – «

Er widersprach ihr heftig. Der entsetzte Ausdruck in ihren Augen ließ ihn nicht ungerührt; allmählich fand er seine Beherrschung wieder, und er schämte sich seiner schändlichen Regung. »Soll ich dir ein Zimmer suchen, in dem du bis Dienstag wohnen kannst?« fragte er, nachdem er sich von ihr entfernt hatte und wieder auf sie zukam.

»Würdest du das tun?«

»Bist du sicher, daß du morgen das Haus verlassen kannst ... ohne daß jemand Verdacht schöpft?«

»Ja, ganz sicher. Er will morgen früh in die City gehen. Nenne mir einen Ort, an dem ich dich treffen kann. Ich werde mir eine Droschke nehmen, und dann kannst du mich weiter nach – «

»Aber das wäre viel zu riskant. Wenn du in Herne Hill mitsamt deinem Gepäck in eine Droschke steigst, wird er später den Kutscher ausfindig machen können und erfahren, wohin du gefahren bist.«

»Dann werde ich nur bis zum nächsten Bahnhof fahren und von dort mit dem Zug bis Victoria, wo du auf mich wartest.«

Es erfüllte sie mit großer Scham, diese erbärmlichen Pläne schmieden zu müssen. Sie hatte sich über die genauen Einzelheiten ihrer Flucht kaum Gedanken gemacht. Das war, so dachte sie, Sache des Geliebten, der flugs handeln würde, so daß sie nicht eine Sekunde in Verlegenheit geriete. Sie hatte sich vorgestellt, daß innerhalb weniger Stunden alles bereit wäre; *sie* selbst wäre für nichts weiter verantwortlich, als den verhaßten Bund zu lösen. Jetzt kam ihr zwangsläufig der niederschmetternde Gedanke, daß Bevis sie als eine Last betrachtete. Er hatte ja schon für seine Mutter und seine Schwestern zu sorgen; sie hätte das bedenken müssen.

»Um wieviel Uhr soll ich da sein?« fragte er.

Unfähig zu antworten, ging sie weiter ihren Gedanken nach. Sie hatte zwar Geld, aber wie sollte sie an es herankommen? Später, wenn die Flucht hinter ihnen lag, wäre es wohl immer noch notwendig, alles geheimzuhalten. Daran hatte sie noch gar nicht gedacht; es schien also unumgänglich, ja sogar wünschenswert, daß sie sich offen zu der Liebe bekannte, die ihr die Fesseln gelöst hatte. So verlangte es ihre Selbstachtung; nur so konnte sie sich ihren Schwestern und ihren Bekannten gegenüber rechtfertigen. *Sie* würden es vermutlich nicht als Rechtfertigung ansehen, aber das war nicht weiter schlimm; ihr eigenes Gewissen würde ihr Tun gutheißen. Sich hingegen heimlich davonzumachen und sich fortan verstecken zu müssen, wie eine – selbst in ihren eigenen Augen – ehrlose Frau, davor schreckte sie zurück. Wäre es nicht gar besser, mit ihrem Mann zu brechen und ganz offiziell getrennt von ihm zu leben, allein?

»Sei ehrlich«, entfuhr es ihr plötzlich, »wäre es dir lieber, wenn ich nicht mitkäme?«

»Nein, nein! Ich kann ohne dich nicht leben – «

»Wenn das wahr ist, warum hast du dann nicht den Mut, es alle wissen zu lassen? Du mußt doch insgeheim denken, daß es unrecht ist, was wir tun.«

»Das stimmt nicht! Ich glaube genau wie du, daß nur eine Liebesheirat eine wahre Heirat ist. Also gut!« Er machte eine verzweifelte Gebärde. »Kümmern wir uns nicht um die Folgen. Dir zuliebe – «

Monica ließ sich durch sein übertriebenes Gebaren nicht täuschen. »Wovor«, fragte sie, »fürchtest du dich am meisten?«

Er begann Worte des Protests zu stammeln, doch sie ließ sich nicht beirren.

»Sag mir – ich habe sehr wohl das Recht, das zu fragen –, wovor fürchtest du dich am meisten?«

»Ich fürchte gar nichts, wenn *du* bei mir bist. Mögen meine Angehörigen sagen und denken, was sie wollen. Ich habe ihnen immense Opfer gebracht; *dich* aufzugeben, wäre zu viel verlangt.« Doch seine Pein war offenkundig. Sein Mund war verzerrt, seine Stirn gefurcht.

»Eine solche Schande wäre mehr, als du ertragen könntest. Du würdest deine Mutter und deine Schwestern niemals wiedersehen.«

»Wenn sie so voreingenommen sind, so albern, kann ich nichts dagegen tun. Sie müssen – «

Ein lautes Klopfen an der Wohnungstür ließ ihn verstummen. Kreidebleich geworden, sah Monica, daß aus dem Gesicht ihres Geliebten ebenfalls alle Farbe gewichen war.

»Wer mag das sein?« flüsterte er heiser. »Ich erwarte niemanden.«

»Mußt du denn aufmachen?«

»Kann es sein – ? Ist dir jemand gefolgt? Hegt irgend jemand Verdacht – ?«

Sie starrten einander an und standen da, noch immer halb gelähmt, bis abermals ein ungeduldiges Klopfen ertönte.

»Ich traue mich nicht zu öffnen«, flüsterte Bevis, sich an sie drückend, als suche er Schutz – denn selbst Schutz zu bieten hatte er eindeutig nicht im Sinn. »Vielleicht ist es – «

»Nein! Das ist ausgeschlossen.«

»Ich traue mich nicht, die Tür zu öffnen. Es ist zu riskant. Wer auch immer es sein mag, er wird wieder gehen, wenn niemand aufmacht.«

Beide fingen aufs neue an zu zittern. Bevis legte seinen Arm um Monica und spürte, wie ihr Herz laut gegen seines pochte. Ihre Leidenschaft war im Augenblick so gut wie erloschen.

»Horch! Das war die Klappe des Briefkastens. Eine Karte oder dergleichen ist hineingeworfen worden. Dann ist alles gut. Ich warte noch einen Moment.«

Er ging zur Zimmertür, öffnete sie geräuschlos und hörte, wie jemand die Treppe hinunterstieg. In dem Blick, den er ihr zuwarf – eher ein Grinsen als ein Lächeln –, nahm Monica etwas wahr, dessen sie sich um seinetwillen schämte und das ihr einen Stich versetzte. Er ging weiter bis zum Briefkasten und fand darin eine Visitenkarte, auf die ein paar Worte gekritzelt worden waren.

»Nur einer unserer Partner!« rief er erleichtert aus. »Er will sich heute abend mit mir treffen. Sicher hat er angenommen, daß ich ausgegangen bin.«

Monica blickte auf ihre Uhr. Es war fünf Uhr vorbei. »Ich glaube, ich sollte langsam gehen«, sagte sie unsicher.

»Aber wie sollen wir jetzt verbleiben? Beabsichtigst du noch immer – «

»Beabsichtigen? Bist nicht du derjenige, der eine Entscheidung treffen sollte?«

Die Stimmen beider klangen jetzt kühl, was zum einen auf den großen Schock zurückzuführen war, den sie eben erlitten hatten, zum anderen darauf, daß sie ungeduldig miteinander wurden.

»Liebling, tu das, was ich dir anfänglich vorgeschlagen hatte. Bleib ein paar Tage, bis ich mich in Bordeaux eingerichtet habe.«

»Bleiben bei meinem ... meinem Ehemann?«

Sie gebrauchte das Wort bewußt, um zu sehen, wie er darauf reagiere. Ihre zunehmende Ernüchterung ließ sie wieder denken und reden, als wären keinerlei leidenschaftliche Gefühle mit im Spiel.

»Um unseretwillen, liebster, liebster Schatz! Nur ein paar Tage, bis ich dir geschrieben und dir genaue Anweisungen gegeben habe. Die Fahrt wird nicht besonders schwierig für dich sein; und bedenke, von welch großem Vorteil es ist, liebe Monica, wenn wir es verhindern können, entdeckt zu werden, und füreinander da sein können, ohne daß uns Schamgefühle oder Ängste plagen. Du wirst meine liebe, treue Ehefrau sein. Ich werde dich lieben und beschützen, so lange ich lebe.«

Er umarmte sie mit sanfter Zärtlichkeit, legte seine Wange an die ihre und küßte ihre Hände.

»Wir müssen uns noch einmal sehen«, fuhr er fort. »Komm am Sonntag, ja? Und mach in der Zwischenzeit einen Ort ausfindig, an den ich meine Briefe schicken kann. Ein Schreibwarenladen beispielsweise könnte deine Briefe in Empfang nehmen. Laß dich von mir leiten, liebes kleines Mädchen. Nur ein oder zwei Wochen – zur Sicherung unseres lebenslangen Glücks.«

Monica hörte nur mit halbem Ohr zu, den Blick auf die Tür gerichtet. Durch ihr Schweigen ermutigt, fuhr ihr Liebhaber mit wachsender Begeisterung fort und malte aus, wie glücklich sie in einem Vorort von Bordeaux, zurückgezogen von der Welt, leben würden. Wie er es bewerkstelligen wollte, daß seine Geschäftspartner von dieser Zufluchtsstätte nichts bemerkten, damit der Skandal nicht ans Tageslicht käme – darüber freilich ließ er nichts verlauten. Tatsächlich befand sich Bevis in einer äußerst peinlichen Lage, hatte er doch vieles gar nicht bedacht; und das einzige, woran er Interesse hatte, war, die unmittelbare Gefahr abzuwenden, daß die Sache publik würde. Der leichtlebige, nette Bursche hatte sich niemals klargemacht, was es bedeutete, wenn er – von Anfang an fast nur an sich selbst denkend – mit einer verheirateten Frau flirtete, die seine Annäherungsversuche in ihrer Verzweiflung ernst nahm. Er hatte nicht das Zeug zum verwegenen Streich, und noch weniger verfügte er über die einzige verbleibende Eigenschaft, die einem Mann in einer solchen Situation weiterhilft – den Mut, sich über moralische Grundsätze hinwegzusetzen. Folglich machte er eine äußerst schlechte Figur und war sich dessen schmerzlich bewußt. Er redete und redete, versuchte, seine Erbärmlichkeit in aufgebauschten Phrasen zu kaschieren; und Monica hielt ihren Blick noch immer gesenkt.

Nachdem eine weitere halbe Stunde verstrichen war, stieß sie einen tiefen Seufzer aus und erhob sich. Sie werde ihm schreiben und ihm mitteilen, wohin er seine Antwort schicken könne, sagte sie. Nein, sie dürfe nicht noch einmal hierher kommen; alles, was er ihr zu sagen habe, solle er ihr brieflich mitteilen. Die gedämpfte Stimme, der schlichte, traurige Tonfall schnitten Bevis ins Herz, doch zugleich beglückwünschte er sich insgeheim. Er hatte nichts getan, woraus diese Frau ihm berechtigte Vorwürfe machen könnte; fabelhaft – so fand er – war seine Selbstbeherrschung gewesen; er hatte sich ganz »wie ein Gentleman« verhalten. Wohlgemerkt, er war durchaus schrecklich verliebt, und er hatte auch die Absicht, Monica nach Frankreich nachkommen zu lassen, sollte das irgend möglich sein. Wenn sich dies hingegen als unmöglich erwies, brauchte er keinerlei Gewissensbisse zu haben.

Er streckte die Arme nach ihr aus. Monica schüttelte den Kopf und wandte den Blick ab.

»Sag noch einmal, daß du mich liebst, Liebling«, bat er. »Ich werde keine Stunde ruhen, bis ich in der Lage bin, dir zu schreiben und dir zu sagen ›Komm zu mir‹.«

Sie gestattete ihm, daß er sie noch einmal sanft umarmte.

»Küß mich, Monica!«

Sie berührte mit ihrem Mund flüchtig seine Wange, immer noch, ohne ihn anzusehen.

»Nein, keinen solchen Kuß. So, wie du mich vorhin geküßt hast.«

»Ich kann nicht«, entgegnete sie mit erstickter Stimme und abermals in Tränen ausbrechend.

»Was habe ich denn getan, daß du mich jetzt weniger liebst als vorhin, Liebste?« Tröstende Worte und Beteuerungen murmelnd, küßte er die herabrollenden Tränen weg.

»Ich lasse dich nicht gehen, ehe du mir nicht gesagt hast, daß sich an deiner Liebe nichts geändert hat. Sag es mir ganz leise, mein Schatz!«

»Wenn wir uns wiedersehen – nicht jetzt.«

»Du machst mir angst, Monica. Wir sagen uns doch nicht etwa für immer Lebewohl?«

»Wenn du mich rufst, werde ich kommen.«

»Das versprichst du mir hoch und heilig? Du *wirst* kommen?«

»Wenn du mich rufst, werde ich kommen.«

Das waren ihre letzten Worte. Er öffnete ihr die Tür und lauschte dem Klang ihrer sich entfernenden Schritte.

23. Im Hinterhalt

Bislang hatte Widdowson kein tiefes Mißtrauen gegen seine Gattin gehegt. Die Theorien, zu denen sie sich bekannt hatte und die seiner Meinung nach eindeutig auf ihre Freundschaft mit den streitbaren Frauen in Chelsea zurückzuführen waren, mißfielen ihm zwar zutiefst, doch er zweifelte nicht daran, daß ihr Verhalten untadelig war. Seine Eifersucht auf Barfoot war nicht etwa durch Monicas Benehmen diesem gegenüber erregt worden, sondern sie bezog sich auf den Mann selbst, den er für eine Ausgeburt von Niedertracht hielt. Barfoot gehörte seiner Ansicht nach zum Typ lasterhafter Junggeselle; wie er zu diesem Eindruck gekommen war, wußte er selbst nicht so genau zu sagen. Vielleicht lag es an Everards lässigem Auftreten, dem leicht Aristokratischen seines Gesichtsausdrucks und seiner Redeweise, an den geschliffenen Manieren, insbesondere im Umgang mit Frauen, daß Widdowson mit seinem spießbürgerlichen Gemüt von Anfang an eine Abneigung gegen ihn empfunden hatte. Sollte Monica jemals gefährdet sein, dann, so war er überzeugt, durch einen Mann seines Schlags. Er rätselte noch immer herum, worüber sich Monica in der Royal Academy so vertraulich mit Everard unterhalten hatte. Zwar schenkte er ihrer vehementen Versicherung Glauben, daß er jedes einzelne Wort ohne weiteres hätte mit anhören können, doch allein die Art, wie Barfoot sich unterhielt, bedeutete Unheil. Von dieser Überzeugung war er nicht abzubringen.

Er hatte irgendwo gelesen, daß ein Mann seine unschuldige Frau mit seiner ständigen Eifersucht so verärgern könne, daß sie eines Tages tatsächlich Grund zur Eifersucht bot. Ein nicht sehr welterfahrener Mann läßt sich von solcherlei Weisheiten tief beeindrucken; sie setzen sich in seinem Kopf fest und beeinflussen fortan sein Denken. Widdowson hatte vor seiner Eheschließung nicht geahnt, daß es schwierig sein könnte, eine Frau zu verstehen; hätte man ihn damals nach seiner Meinung befragt, hätte man festgestellt, daß er vom weiblichen Wesen die naivsten männlichen Vorstellungen hatte. Frauen waren beinahe wie Kinder; es war eine ziemlich anstrengende Aufgabe, sie zu beschäftigen und vor Dummheiten zu bewahren. Deshalb war es ein Segen, daß es die Hausarbeit gab, insbesondere, daß es Kinder aufzuziehen galt, mit allem, was damit zusammenhing. Seit er mit Monica zusammenlebte, waren seine Ansichten mehr und mehr erschüttert worden; er mußte sich eingestehen, daß sein früherer Standpunkt jeden Tag aufs neue durch eine unanfechtbare Tatsache widerlegt wurde. Frauen waren eigenständige Persönlichkeiten – diese Erkenntnis war zwar nicht sehr tiefsinnig, doch sie beeindruckte ihn wie etwas, zu dem man durch eigenständige Beobachtungen gelangt ist. Monica war ihm oft ein vollkommenes Rätsel; es gelang ihm nicht herauszufinden, was ihr gefiel und was ihr mißfiel. Sie schlicht als einen Menschen zu betrachten ging über seinen geistigen Horizont hinaus. Seine Verständnisschwierigkeiten führte er auf den Umstand zurück, daß sie anderen Geschlechts war, und er achtete mehr auf die Hinweise, die ihm seine Lektüre lieferte. Er nahm sich vor, sich seine Eifersucht nicht anmerken zu lassen, um Monica davor zu bewahren, aufgrund der mysteriösen Neigungen der weiblichen Natur zu bewußten Missetaten verleitet zu werden.

Heute durchfuhr ihn zum ersten Mal der Gedanke, daß er vielleicht schon längst betrogen worden war. Anlaß dafür bot Monicas seltsames Verhalten beim Mittagstisch. Sie aß kaum etwas; sie schien es eilig zu haben, schaute dauernd auf die Uhr und war mit ihren Gedanken ganz woanders. Als sie merkte, daß er sie beobachtete, wurde sie unruhig und begann zusammenhanglos über irgend etwas zu reden. Das alles mochte schlicht und einfach auf ihr kaum verhohlenes Bedauern zurückzuführen sein, von London fortziehen zu müssen; Widdowson nahm es jedoch um so deutlicher wahr, als seine Sinne vermutlich durch die Aufregung und die Aktivitäten der letzten Woche geschärft waren. Und der Gedanke, daß es sich nur noch um ein paar Tage handelte, bis er seine Frau aus der Gefahrenzone fortbringen würde, machte ihm diese Gefahr um so bewußter. Soviel war sicher, daß ihm ein Augenblick der Hellsichtigkeit seinen Seelenfrieden raubte und ihn mit bösen Ahnungen erfüllte. Frauen – so stand geschrieben – sind Meisterinnen der Verstellung. War es denkbar, daß Monica die Freiheit mißbrauchte, die er ihr in letzter Zeit gewährt hatte? War es nicht ein Zeichen, daß eine Frau etwas zu verbergen hatte, wenn sie einem prüfenden Blick auswich – wo Frauen doch von Natur aus gegen solcherlei Prüfungen gewappnet waren?

Als sie zum Bahnhof aufbrach, war sie abermals sichtlich in Eile und verabschiedete sich nur flüchtig von ihm. Wenn sie wirklich so ungeduldig war, ohne daß etwas Böses dahintersteckte, hätte sie dann nicht seinen Vorschlag, am Vormittag zu ihrer Schwester zu gehen, akzeptieren müssen?

Nachdem sie fort war, stand er fünf Minuten lang im Hausflur und starrte vor sich hin. Wieder begann ihn die Eifersucht zu quälen, verspürte er einen schrecklichen Druck auf seinem Herzen. Er ging in die Bibliothek und schritt dort auf und ab, doch es gelang ihm nicht, die quälenden Gedanken zu vertreiben. Es nützte nichts, sich immer wieder zu sagen, daß Monica unfähig sei, etwas Schändliches zu tun. Davon war er überzeugt; und dennoch ließ sich ein schreckliches Bild vor seinem inneren Auge einfach nicht vertreiben – eine Schreckensvision –, ein vergifteter Gedanke.

Eines könnte er tun, um wieder zur Vernunft zu kommen. Er könnte nach Lavender Hill gehen und seine Frau von dort heimbegleiten. Ja, allein schon weil er nicht wußte, wie er den Nachmittag herumbringen sollte, war dieses Vorhaben begrüßenswert. Er konnte sich auf nichts konzentrieren, und ihm war klar, daß er, einmal ins Grübeln gekommen, keine ruhige Minute mehr finden würde. Ja, er würde sich nach Lavender Hill aufmachen und so lange in dem Viertel spazierengehen, bis Monica genügend Zeit gehabt hätte, sich mit ihrer Schwester zu unterhalten.

Kurz vor drei Uhr begann es heftig zu regnen. Ganz gegen seine Gewohnheit suchte Widdowson ein ruhiges Wirtshaus auf und saß dort bei einem Glas Whisky eine Viertelstunde lang am Tresen. In den vergangenen Wochen hatte er zu den Mahlzeiten beträchtlich mehr Wein getrunken als gewöhnlich; er schien diesen Trost zu brauchen. Während er an seinem Whiskyglas nippte, begann er sich kurioserweise mit der Kellnerin zu unterhalten, einer hübschen und auf ungekünstelte Art bescheiden wirkenden jungen Frau. Widdowson hatte seit zwanzig Jahren nicht mehr mit einer Vertreterin dieser Berufsgruppe gesprochen. Sie redeten über höchst banale Dinge – über das Wetter, über ein Eisenbahnunglück und darüber, wie schön es wäre, in dieser Jahreszeit Urlaub machen zu können. Und als er schließlich aufstand und der Plauderei ein Ende machte, tat er das mit merklichem Widerwillen.

»Ein nettes, angenehmes Mädchen«, sagte er im Hinausgehen zu sich. »Ein Jammer, daß sie hinter einer Theke stehen muß ... wo sie anstößige Dinge zu hören bekommt und sehr oft Widerwärtiges mit ansehen muß. Ein nettes, bescheidenes Mädchen.«

Und er sah im Geiste ihr Gesicht vor sich und schwelgte eine Weile in der Erinnerung an sie, mit einer Selbstzufriedenheit, die seine Gefühle besänftigte.

Mit einem Male gingen seine Empfindungen in konkrete Gedanken über. Wäre er nicht ein viel glücklicherer Mann geworden, wenn er ein Mädchen geheiratet hätte, das ihm geistes- und standesmäßig deutlich unterlegen war? Sofern sie nett, liebenswert und fügsam war, hätte eine solche Ehefrau ihm all das Elend erspart, das er mit Monica durchgemacht hatte. Ihm war von Anfang an klar gewesen, daß Monica kein typisches Ladenmädchen war, und genau darum hatte er sich so eifrig um sie bemüht.

Doch das war ein Fehler gewesen. Er hatte sie geliebt, liebte sie noch immer, mit all der Leidenschaft, deren er fähig war. Indes, wie viele Stunden echter Glückseligkeit hatte ihm diese Liebe beschert? Nur einen Bruchteil der zwölf Monate, seit denen sie seine Frau war. Wie viele Wochen hingegen hatte er gelitten, wie oft war er sogar zutiefst verzweifelt gewesen? Konnte man ein solches Eheleben überhaupt ein Eheleben nennen, im eigentlichen Sinne des Wortes?

»Angenommen, Monica hätte die Wahl, weiterhin mit mir zusammenzuleben oder wieder frei zu sein – könnte ich dann davon ausgehen, daß sie bei mir bliebe? Sie würde es nicht tun. Sie würde keinen Tag, keine Stunde länger bleiben. Davon bin ich fest überzeugt. Und ich verstehe sogar, daß sie unzufrieden ist. Wir passen nicht zueinander. Wir verstehen einander nicht. Unsere Ehe ist rein körperlicher Art, nichts weiter. Was für eine Art Liebe ist meine Liebe? Ihren Geist, ihre intellektuelle Seite liebe ich nicht. Wenn dem so wäre, empfände ich nicht diese furchtbare Eifersucht. Mein Ideal einer Ehefrau, die richtig zu mir passen würde, entspricht viel eher jenem Mädchen hinter der Wirtshaustheke als Monica. Monicas eigenwilliger Kopf ist mir ein ständiges Ärgernis. Ich weiß nicht, was sie wirklich denkt, was ihren Verstand bewegt. Und dennoch halte ich sie mit aller Gewalt fest. Wenn sie versuchte, sich von mir zu trennen, wäre ich imstande, sie zu töten. Ist das nicht ungeheuerlich?«

Widdowson hatte bislang noch nie so gründliche Betrachtungen über seine Ehe angestellt. Gerade in diesem Augenblick, da er sich eingestand, daß Monica und er eigentlich nicht zusammenleben sollten, wurde er seiner Frau in höherem Maße würdig als je zuvor.

Gut, er würde künftig mehr Nachsicht üben. Er würde versuchen, ihre Achtung zu gewinnen, indem er ihr die Freiheit gewährte, die sie verlangte. Das Mißtrauen, das er seit einiger Zeit gegen sie hegte, war schändlich. Wenn sie davon wüßte, wäre sie zutiefst empört! Was wäre, wenn sie sich für andere Männer interessierte, die vielleicht besser zu ihr paßten als er? Aber hatte er nicht soeben an eine andere Frau gedacht und überlegt, ob sie, oder eine in ihrer Art, nicht besser zu ihm gepaßt hätte als Monica? Aber das konnte man wohl kaum Untreue nennen.

Sie waren bis ans Lebensende miteinander verbunden, und wenn sie gescheit waren, übten sie gegenseitige Toleranz, bemühten sie sich, einander richtig zu verstehen – statt die geistige

Freiheit des anderen zu beschneiden. Wie viele Ehen bestanden aus mehr als gegenseitiger Nachsicht? Vielleicht sollte es so etwas wie eine zwangsweise dauerhafte Ehe gar nicht geben. Das war eine gewagte These; es hätte ihm zutiefst mißfallen, wenn Monica sie geäußert hätte. Aber – vielleicht würde es eines Tages gestattet sein, eine Ehe aufzulösen, wenn einer der beiden Partner das wünschte. Vielleicht würde ein Mann, der eine Frau nicht freigeben wollte, wenn sie ihn nicht mehr liebte, verachtet und verdammt werden.

Als welch einfache Sache ihm die Ehe immer erschienen war, und nun hatte sich herausgestellt, daß sie alles andere als einfach war. Ja, sie verleitete ihn zu Überlegungen, die die Weltordnung umstürzten und sämtliche Begriffe von Religion und Moral in größtes Durcheinander brachten. Es war nicht gut, solche Gedanken zu haben. Er war ein mit einer sehr schwierigen Frau verheirateter Mann – das war das eigentliche Problem. Seine Pflicht war es, sie zu führen. Er war verantwortlich dafür, daß sie sich richtig verhielt. Ohne böse Absicht könnte sie in unbekannte Gefahren geraten, gerade jetzt, da sie schweren Herzens von ihren Freunden Abschied nahm. Angesichts dieser Gefahr hielt er es für gerechtfertigt, ganz besonders wachsam zu sein.

Und damit kehrte er von seinem Ausflug in das Reich des Vernunftdenkens in die sichere Sphäre des Alltäglichen zurück. Mittlerweile war es halb fünf geworden – Zeit, sich zu Mrs. Conisbees Haus aufzumachen, denn Monica dürfte sich schon ein paar Stunden lang mit ihrer Schwester unterhalten haben.

Er klopfte an, und die Wirtin persönlich öffnete die Tür. Sie teilte ihm mit, daß Mrs. Widdowson dagewesen und wieder gegangen sei. Aha, dann sei Monica sicherlich unverzüglich wieder nach Hause gegangen. Da Miss Madden mittlerweile zurück sei, wolle er sie gern sprechen.

»Die Dame ist leider unpäßlich, mein Herr«, sagte Mrs. Conisbee, am Saum ihrer Schürze herumnestelnd.

»Unpäßlich? Könnte ich trotzdem kurz zu ihr?«

Virginia beantwortete diese Frage, indem sie auf der Treppe erschien. »Jemand für mich, Mrs. Conisbee?« rief sie von oben herunter. »Oh, *du* bist es, Edmund. Das freut mich aber! Mrs. Conisbee ist gewiß so freundlich, dich in ihrem Wohnzimmer Platz nehmen zu lassen. Welch ein Pech, daß ich unterwegs war, als Monica kam! Ich hatte ... etwas zu erledigen in der Stadt; und ich bin so weit gelaufen, daß ich ... kaum noch fähig bin ...«

Sie ließ sich auf einen Stuhl plumpsen und starrte den Gast mit einem breiten, gutmütigen Lächeln an, während ihr Kopf auf und ab wackelte. Widdowson war einen Moment starr vor Erstaunen. Wenn er seinen Augen trauen konnte, war Miss Maddens Unpäßlichkeit auf etwas so Ungeheuerliches zurückzuführen, daß es kaum zu glauben war. Er wandte sich nach Mrs. Conisbee um, doch die Wirtin hatte sich hastig verzogen und die Tür hinter sich geschlossen.

»Es ist so dumm von mir, Edmund«, plapperte Virginia munter weiter, wobei sie sich ihm gegenüber so zutraulich gab wie noch nie. »Wenn ich unterwegs bin, denke ich nie ans Essen ... vergesse es vollkommen ... und dann merke ich plötzlich, daß ich kurz vor dem Umfallen bin ... wie du siehst. Und das schlimmste dabei ist, daß ich überhaupt keinen Appetit mehr habe, wenn ich zurück bin. Ich kriege keinen Bissen hinunter ... keinen Bissen ... versichere ich dir. Und das bekümmert die gute Mrs. Conisbee ja so. Sie ist sehr gut zu mir ... sie ist ungemein besorgt um meine Gesundheit. Ach, und in der Battersea Park Road habe ich etwas Schreckliches gesehen; ein armes kleines Hündchen wurde von einem großen Wagen überfahren und war auf der Stelle tot. Das hat mich furchtbar erschüttert. Ich finde wirklich, diese Fahrer sollten besser aufpassen, Edmund. Erst neulich sagte ich zu Mrs. Conisbee ... da fällt mir ein, daß ich unbedingt alles über eure Fahrt nach Clevedon erfahren muß. Das liebe, liebe Clevedon! Und ihr habt dort also wirklich ein Haus gemietet, Edmund? Ach, könnten wir doch alle unsere Tage in Clevedon beschließen! Du weißt ja, daß unsere lieben Eltern auf dem alten Friedhof begraben sind. Kennst du Tennysons Zeilen über die alte Kirche in Clevedon? Ach, und wie hat sich Monica entschieden bezüglich ... bezüglich ... na, also, jetzt weiß ich doch tatsächlich nicht mehr, was ich fragen wollte. Wie konnte ich nur so dumm sein, das Mittagessen zu vergessen. Ich bin so erschöpft, und nun läßt mich auch noch mein Gedächtnis im Stich ...«

Es gab nun keinen Zweifel mehr. Diese arme Frau war einem Laster erlegen, dem müßige und einsame Seelen häufig verfallen. In sein Mitleid mischte sich Abscheu. »Ich wollte dir nur mitteilen«, sagte er gemessen, »daß wir ein Haus in Clevedon gefunden haben.«

»Wirklich?« Sie klatschte in die Hände. »Wo genau?«

»In Dial Hill.«

Virginia brach in einen Lobgesang aus, den sich anzuhören ihr Schwager keine Lust hatte. Er erhob sich unvermittelt. »Es ist vielleicht besser, wenn du morgen zu uns kommst.«

»Aber Monica hat mir ausrichten lassen, daß sie in den nächsten Tagen nicht daheim ist und daß ich nicht eher kommen soll, bis sie sich meldet.«

»Nicht daheim – ? Das muß ein Mißverständnis sein.«

»Nein, ausgeschlossen! Fragen wir doch Mrs. Conisbee.« Sie ging zur Tür und rief die Wirtin herbei.

Von ihr erfuhr Widdowson, was genau Monica gesagt hatte. Er sann einen Moment nach. »Dann soll sie dir schreiben. Komm vorläufig noch nicht. Ich muß jetzt gehen.«

Und mit der bloßen Andeutung eines Händeschüttelns eilte er davon.

Seine Verdachtsmomente mehrten sich. Er hätte es niemals für möglich gehalten, daß Miss Madden sich auf so gemeine Weise entehren könnte, und die schockierende Entdeckung beeinflußte seine Meinung über Monica. Die beiden waren Schwestern; sie hatten ähnliche Eigenschaften, verwandte Wesenszüge und Schwächen. Wenn die Ältere so tief sinken konnte, mochte dann nicht auch Monicas Charakter Seiten aufweisen, über die er sich bisher noch keinerlei Gedanken gemacht hatte? Bestand nicht Grund genug, mißtrauisch zu sein? Was sollte die Nachricht an Virginia bedeuten?

Düster und von Sorgen gezeichnet ließ er sich auf schnellstem Wege mit einer Kutsche heimfahren. Es war halb sechs, als er zu Hause anlangte. Seine Frau war nicht da und war zwischenzeitlich auch nicht dagewesen.

Nach dem Besuch bei Bevis fuhr Monica zu diesem Zeitpunkt gerade mit dem Zug in Bayswater ab. In Victoria angekommen, begab sie sich zum Hauptbahnhof hinüber und suchte den Damenwartesaal auf, um ihr Gesicht zu erfrischen. Ihre Augen waren rot und verquollen, und ihr Haar war leicht zerzaust. Anschließend erkundigte sie sich, wann der nächste Zug nach Herne Hill fahre. Es sei soeben einer abgefahren, der nächste gehe in einer knappen Viertelstunde, hieß es.

Verzweifelt überlegte sie hin und her. Sollte sie, konnte sie es überhaupt noch wagen, nach Hause zurückzukehren? Könnte sie es mit ihrem Gewissen vereinbaren, eine so schändliche Rolle zu spielen, selbst wenn es ihr gelang, sich so zu geben, als wäre nichts geschehen?

Es blieb nur eine einzige Alternative. Sie könnte zu Virginia gehen und ihrem Mann schreiben, daß sie ihn verlassen habe. Es wäre nicht nötig, den wahren Grund zu nennen. Sie würde ihm einfach mitteilen, daß sie das Zusammenleben mit ihm nicht länger aushalte und auf eine Trennung bestehe. Der bevorstehende Umzug war ein guter Anlaß. Sie würde erklären, daß ihr die Aussicht auf ein solch einsames Leben unerträglich sei und daß sie es angesichts ihrer Gefühle als unehrenhaft empfinde, weiterhin so zu tun, als käme sie ihren Pflichten als Ehefrau nach. Und wenn Bevis ihr einen Brief schrieb, der ihre Liebe wieder aufleben ließ – wenn er sie ernsthaft aufforderte, zu ihm zu kommen, könnte sie allen Schwierigkeiten aus dem Weg gehen, indem sie einfach verschwand.

War es überhaupt wahrscheinlich oder möglich, daß eine entmutigte Liebe wiederauflebte? Im Augenblick hatte sie das Gefühl, daß es keinen Deut weniger unehrenhaft wäre, heimlich zu fliehen und so mit Bevis zusammenzuleben, wie er es vorgeschlagen hatte, als bei dem Mann zu bleiben, der einen rechtlichen Anspruch auf ihre Gesellschaft hatte. Ihr Geliebter, so wie sie ihn sich in den vergangenen zwei oder drei Monaten vorgestellt hatte, existierte nur in der Phantasie; Bevis hatte sich als ein ganz und gar Fremder entpuppt; sie mußte sich von ihm ein völlig neues Bild machen. Sein Gesicht war das einzige, das noch die gleiche Anziehungskraft auf sie ausübte wie früher; oder nein, auch das hatte eine Veränderung erlitten.

Die Minuten verstrichen, ohne daß sie es merkte. Ihr Zug fuhr ab, und sie saß noch immer im Wartesaal. Als ihr das schließlich bewußt wurde, nahm ihre Unschlüssigkeit noch zu.

Plötzlich überkam sie ein Gefühl der Schwäche, der Übelkeit. Schweißtropfen traten auf ihre Stirn, ihr wurde schwarz vor Augen, und sie mußte den Kopf zurücklehnen. Der Anfall war gleich wieder vorüber, doch kurz darauf erlitt sie einen zweiten; sie stöhnte laut auf und verlor das Bewußtsein.

Zwei oder drei der im Saal wartenden Frauen nahmen sich ihrer an. Die Bemerkungen, die sie austauschten, auch wenn es sich um vorsichtige und diskrete Andeutungen handelte, wären für Monica sehr aufschlußreich gewesen. Als sie kurz darauf wieder zu sich kam, sprang sie sogleich auf, bedankte sich hastig bei den Umstehenden und eilte, ohne auf die Frauen zu hören oder ihre Fragen zu beantworten, hinaus auf den Bahnsteig. In letzter Sekunde erreichte sie den Zug in Richtung Herne Hill.

Monica führte ihren Ohnmachtsanfall auf die große Aufregung zurück, die sie durchgemacht hatte, und wunderte sich deshalb nicht darüber. Sie hatte unsägliche Qualen erlitten und litt noch immer. Sie hatte jetzt nur noch den Wunsch, in ihr ruhiges Heim zurückzukehren, sich ins Bett fallen zu lassen und sich im Schlaf verlieren zu können.

Als sie das Haus betrat, ließ ihr Mann sich nicht sehen. Sein Hut hing am Kleiderständer, und er saß wohl in der Bibliothek; vermutlich lag es an seiner gebesserten Laune, daß er ihr nicht sogleich entgegenkam, um sie zu begrüßen – wie er es sonst zu tun pflegte, wenn sie ohne ihn unterwegs gewesen war.

Sie kleidete sich um und bemühte sich, die Spuren des Leids in ihrem Gesicht so gut wie möglich zu verwischen. Sie fühlte sich so schwach und zittrig, daß sie sich am liebsten sofort hingelegt hätte. Aber sie durfte diesem Drang nicht nachgeben, ehe sie nicht mit ihrem Mann gesprochen hatte. Sich am Geländer abstützend, stieg sie langsam die Treppe hinunter und öffnete die Tür zur Bibliothek. Widdowson war in eine Zeitung vertieft. Ohne sich umzudrehen, sagte er leichthin: »Du bist also zurück?«

»Ja. Ich hoffe, du hast mich nicht früher erwartet.«

»Ist schon in Ordnung.« Er warf ihr einen kurzen Blick über die Schulter zu. »Du scheinst dich ja lange mit Virginia unterhalten zu haben.«

»Ja. Ich bin nicht früher weggekommen.«

Der Artikel, den Widdowson gerade las, schien sehr interessant zu sein. Er ging mit dem Gesicht dichter an die Zeitung heran und schwieg zwei oder drei Sekunden. Dann blickte er sich abermals um, seine Frau diesmal eindringlich musternd, aber mit einem Gesicht, das durchaus nichts Ungewöhnliches erahnen ließ. »Hat sie zugestimmt?«

Monica entgegnete, daß ihre Schwester sich noch nicht entschieden habe; sie sei jedoch zuversichtlich, Virginias Bedenken ausräumen zu können.

»Du siehst sehr müde aus«, bemerkte ihr Gatte.

»Das bin ich auch.«

Daraufhin zog sie sich zurück, unfähig, länger die Fassung zu bewahren, und kaum noch in der Lage, sich auf den Füßen zu halten.

24. Verfolgt

Als Widdowson an jenem Abend ins Schlafzimmer hinaufging, schlief Monica bereits. Das sah er, indem er das Gas der Lampe höherdrehte. Das Licht fiel auf ihr Antlitz, und es zog ihn näher ans Bett, um sie zu betrachten. Die Gesichtszüge waren vollkommen entspannt, ihre Lippen waren leicht geöffnet, ihre Augenlider mit den schwarzen, feingezeichneten Wimpern waren sanft geschlossen, und ihr Haar war in gewohnter Weise für die Nacht zurechtgemacht. Er betrachtete sie ganze fünf Minuten lang, ohne die geringste Regung wahrzunehmen, so tief war ihr Schlaf. Dann wandte er sich ab, grimmig vor sich hinmurmelnd: »Heuchlerin! Lügnerin!«

Hätte er nicht einen gewissen Hintergedanken gehabt, hätte er sich nicht neben sie gelegt. Als er ins Bett stieg, hielt er so weit wie möglich Abstand von ihr, und die ganze durchwachte Nacht hindurch zuckte er jedesmal zurück, wenn sie gegen ihn stieß.

Er stand eine Stunde früher auf als gewöhnlich. Monica war schon lange wach, doch sie bewegte sich so selten, daß er sich dessen nicht sicher sein konnte; ihr Gesicht war von ihm abgewandt. Als er nach seinem Bad zurück ins Zimmer kam, stützte Monica sich auf einen Ellbogen und fragte ihn, warum er schon so früh auf sei.

»Ich will um neun in der City sein«, erwiderte er mit gespielter Heiterkeit. »Es ist da noch eine finanzielle Angelegenheit zu regeln.«

»Gibt es irgendwelche Probleme?«

»Leider ja. Ich muß mich umgehend darum kümmern. Was hast du heute vor?«

»Nichts Bestimmtes.«

»Vergiß nicht, daß heute Samstag ist. Ich habe Newdick versprochen, heute nachmittag bei ihm vorbeizuschauen. Vielleicht bringe ich ihn zum Abendessen mit hierher.«

Gegen zwölf kehrte er von seinen geschäftlichen Besorgungen zurück. Um zwei ging er abermals fort, mit der Ankündigung, nicht vor sieben zurück zu sein, vielleicht auch etwas später.

Monica dachte sich nichts dabei; für sie waren diese Aktivitäten lediglich weitere Zeichen seiner Unruhe. Doch kaum war er nach dem Mittagessen gegangen, begab sie sich in ihr Ankleidezimmer und begann ihrerseits, sich langsam und umständlich ausgehfertig zu machen.

Am Morgen hatte sie vergeblich versucht, Bevis einen Brief zu schreiben. Ihr fiel nichts ein, was sie ihm hätte mitteilen können, denn sie wußte ja selbst nicht, was sie wollte und wie es weitergehen sollte. Wenn sie in Zukunft Briefe mit ihm wechseln wollte, war es allerdings unumgänglich, daß sie an diesem Nachmittag eine Adresse ausfindig machte, an die er seine Briefe schicken könnte, und daß sie ihn diese wissen ließ. Morgen, am Sonntag, wäre das nicht möglich, und am Montag bot sich vielleicht keine Gelegenheit, allein auszugehen. Außerdem war es nicht sicher, daß ihn ein Brief, den sie Montag aufgab, bis zum Abend oder bis Dienstag morgen erreichte.

Als sie endlich fertig angekleidet war, verließ sie das Haus. Am besten wäre es wohl, einen Ladeninhaber in der Nähe von Lavender Hill ausfindig zu machen. Anschließend könnte sie Virginia aufsuchen, das vorgeblich bereits gestern geführte Gespräch nachholen und dort einen kurzen Brief an Bevis verfassen.

Ihre Stimmung schwankte von Minute zu Minute. Hunderte Male war sie zu dem Schluß gekommen, daß Bevis ihr nichts mehr bedeutete, um kurz darauf wieder voller Sehnsucht an ihn zu denken und sich einzureden, daß er klug und weise gehandelt habe. Hunderte Male nahm sie sich vor, ihre gestrige Idee in die Tat umzusetzen – ihren Mann zu verlassen und sich all seinen Versuchen, sie zur Rückkehr zu bewegen, zu widersetzen –, und kurz darauf hatte sie sich beinahe wieder mit dem Gedanken abgefunden, bei ihm zu bleiben und sich erniedrigen zu lassen, wie es so viele Ehefrauen notgedrungen taten. In ihrem Kopf herrschte ein völliges Durcheinander, und in körperlicher Hinsicht fühlte sie sich alles andere als wohl. Ihre Glieder waren bleischwer, und es kostete sie große Anstrengung, auch nur ein kurzes Stück zu laufen.

In Clapham Junction angekommen, machte sie sich müde und lustlos auf die Suche nach einem geeigneten Laden. Es ist bei kleinen Londoner Schreibwarenhändlern gang und gäbe, Briefe entgegenzunehmen, die, aus welchem Grund auch immer, an eine geheime Adresse geschickt werden müssen; Hunderte solcher Briefe werden Woche für Woche innerhalb des städtischen Zustellungsgebiets verschickt und gelagert. Monica mußte nicht lange suchen, bis sie einen gefälligen Ladenbesitzer gefunden hatte; gleich die erste Person, bei der sie anfragte – eine ehrbare Frau hinter einem Ladentisch, auf dem Zeitungen, Tabak und Krimskrams auslagen –, war bereit, ihr diesen Dienst zu erweisen.

Mit geröteten Wangen verließ sie den Laden. Ein weiterer Schritt tiefer in die Schande – aber er bewirkte, daß sie sich wieder stärker mit Bevis verbunden fühlte. Seinetwegen hatte sie diese Schmach auf sich genommen, und das zog sie zu ihm hin, statt das eher zu erwartende Gegenteil zu bewirken. Das mochte daran liegen, daß sie sich von der Welt der achtbaren Frauen mehr denn je ausgestoßen fühlte und sich in ihrer Verlassenheit nach Beistand in Form der Liebe eines Mannes sehnte. Liebte er sie etwa nicht? Es war *ihr* Fehler, wenn sie kühne Handlungen von ihm erwartete, die nicht in seiner Natur lagen. Vielleicht bedeutete sein vorsichtiges, von ihr als Schwäche verurteiltes Vorgehen nichts anderes als weitsichtige Rücksichtnahme sowohl auf ihre als auch auf seine Interessen. Eine Scheidung wäre ein widerwärtiger Skandal. Wenn seine Berufsaussichten dadurch beeinträchtigt würden oder es zum Bruch mit seiner Familie käme, wie konnte sie dann hoffen, daß seine Liebe für sie, die Ursache von all dem, von langer Dauer wäre?

Sie wurde von dem Bedürfnis nach Liebe überwältigt. Sie würde sich jeglichen Bedingungen unterwerfen, um diesen Geliebten, dessen Küsse auf ihren Lippen brannten und dessen Arme sie so fest umschlungen hatten, nicht zu verlieren. Sie war zu jung, zu leidenschaftlich, um sich vom Leben nichts mehr zu erhoffen. Warum hatte sie ihn im Zweifel darüber gelassen, ob er sie jemals wiedersehen würde?

Auf dem Weg zu Virginia machte sie kehrt, betrat aufs neue den Bahnhof und fuhr in Richtung Innenstadt. Als Monica ihre Fahrkarte kaufte, stand in nächster Nähe, von ihr jedoch unbemerkt, ein Mann, dem Anschein nach ein Handwerker, der bereits in Hörweite gewesen war, als sie in Herne Hill ihre Fahrkarte gelöst hatte. Der Mann hatte sich zwar nicht ins gleiche Abteil gesetzt, folgte ihr jedoch, als sie in Bayswater ausstieg. Er fiel ihr nicht auf.

Monica hatte beschlossen, Bevis noch einmal zu sehen, anstatt ihm zu schreiben – falls das möglich wäre. Vielleicht war er gar nicht zu Hause; genausogut konnte er aber auch in der vagen Hoffnung auf ihr Kommen daheimgeblieben sein. Eine Begegnung mit Barfoot brauchte sie wohl kaum zu befürchten, hatte er ihr doch erzählt, daß er heute nach Cumberland zu fahren gedenke. Angesichts einer so langen Reise war er sicherlich bereits am frühen Morgen aufgebrochen. Schlimmstenfalls würde sie eine Enttäuschung erleiden. Nachdem ihre leidenschaftlichen

Gefühle wieder aufgekeimt waren, konnte sie es wie gestern kaum erwarten, Bevis zu sehen. Zärtliche Worte drängten danach, geäußert zu werden. Als sie das Haus erreichte, war sie wie von einem Taumel ergriffen.

Kaum hatte sie den ersten Treppenabsatz erreicht, vernahm sie hinter sich Schritte. Ein Mann im Arbeitsanzug stieg mit gesenktem Kopf die Treppe hinauf, zweifelsohne, um in einer der Wohnungen irgend etwas zu erledigen. Vielleicht war er auf dem Weg zu Bevis. Sie verlangsamte ihren Schritt und ließ den Mann auf dem nächsten Treppenabsatz an sich vorbeigehen. Ja, es war gut möglich, daß er herbestellt worden war, um die Möbel ihres Geliebten zu zerlegen. Sie blieb stehen. Im gleichen Augenblick ging im Stockwerk über ihr eine Tür auf, und die Schritte einer anderen Person – leichtere, schnellere, die einer Frau – wurden hörbar. Es war nicht ausgeschlossen, daß diese Person aus Bevis' Wohnung gekommen war. Widerstreitende Gefühle ließen Monica in Panik geraten. Sie wagte weder hinauf- noch hinabzusteigen, und einfach stehenzubleiben schien ihr genauso unmöglich. Sie trat auf die nächstbeste Tür zu und betätigte den Türklopfer.

Es handelte sich um Barfoots Wohnungstür. Das war ihr bewußt; bereits im ersten Schreck, der sie durchzuckt hatte, als der Handwerker näherkam, war ihr mit einem Blick auf die Tür eingefallen, daß Mr. Barfoot hier wohnte, genau unterhalb von Bevis. Wäre sie nicht aufgrund ihres schlechten Gewissens in höchster Aufregung gewesen, hätte sie das Risiko nicht eingehen dürfen, daß der Bewohner womöglich doch noch zu Hause war; unter den gegebenen Umständen erschien es ihr freilich als das einzig Mögliche. Denn die Frau, die sie unmittelbar über sich hörte, konnte eine von Bevis' Schwestern sein, die aus irgendeinem Grund nach London zurückgekehrt war; und wenn das zutraf, wollte sie lieber vor Barfoots Tür gesehen, als auf dem Weg zu ihrem Geliebten ertappt werden.

Sie blieb nicht lange im Ungewissen. Obwohl sie kaum wagte, die Frau anzublicken, als diese an ihr vorüberging, tat sie es dennoch und gewahrte das Gesicht einer Fremden; allerdings ein junges, schönes Gesicht. Zu ihrer Panik kam jetzt zu allem Überfluß noch eine weitere Unruhe dazu. War diese Frau aus Bevis' Wohnung gekommen oder aus der gegenüberliegenden? – Denn auf jedem Stockwerk befanden sich zwei Wohnungen.

Auf ihr Klopfen hatte indessen niemand reagiert. Mr. Barfoot war fort; sie atmete erleichtert auf. Nun könnte sie es wagen, ins nächste Stockwerk hinaufzusteigen. Doch da vernahm sie von oben ein Klopfen. Das, so glaubte sie, war an Bevis' Tür, und in diesem Falle wäre ihre Vermutung bezüglich des Handwerkers richtig gewesen. Auf Bestätigung wartend, blieb sie stehen, als hoffe sie noch immer darauf, daß Mr. Barfoot öffne. Der Handwerker beugte sich über das Geländer und spähte hinab, ohne daß Monica es bemerkte.

Der Mann über ihr klopfte noch einmal an. Ja, diesmal gab es keinen Zweifel, es war auf dieser Seite des Gangs, also an der Tür ihres Geliebten. Doch die Tür wurde nicht geöffnet; somit wußte sie, ohne selbst hinaufgehen zu müssen, daß Bevis nicht daheim war. Vielleicht würde er später kommen. Sie hatte noch ein paar Stunden Zeit. Und so stieg sie, als hätte sie Mr. Barfoot nicht angetroffen, die Treppe hinunter und trat hinaus auf die Straße.

Sie war von der Aufregung ganz erschöpft, und als ihr dann schwarz vor Augen wurde, befürchtete sie, wie tags zuvor in Ohnmacht zu fallen. Sie fand einen Laden, in dem Erfrischungen verkauft wurden, und saß dort eine halbe Stunde bei einer Tasse Tee und in Illustrierten blätternd, um sich abzulenken. Unterdessen schritt der Handwerker, der bei Bevis angeklopft hatte, ein paarmal auf dem Gehsteig auf und ab und beobachtete den Laden, solange sie sich darin aufhielt.

Nach einer Weile bat Monica um Schreibmaterial und verfaßte eine kurze Nachricht. Falls sie Bevis auch beim zweiten Anlauf nicht antraf, würde sie diesen Zettel in seinen Briefkasten werfen. Sie teilte ihm darauf die Adresse mit, an die er seine Briefe schicken könnte, versicherte ihn ihrer leidenschaftlichen Liebe und beschwor ihn, ihr treu zu sein und sie zu sich zu rufen, sobald die Umstände es erlaubten.

In ihrer Lage war es nur natürlich, daß sie von Ängsten aller Art verfolgt wurde. Obwohl sie eine Weile Erleichterung darüber verspürte, mehreren Gefahren entronnen zu sein, befiel sie nun bezüglich der jungen, hübschen Frau, die die Treppe hinabgestiegen war, eine neue Unruhe. Als auf das Klopfen des Handwerkers niemand reagiert hatte, war ihr das als hinreichender Beweis erschienen, daß Bevis nicht zu Hause sei und daß die Fremde aus der gegenüberliegenden Wohnung gekommen sein mußte. Doch jetzt fiel ihr der Vorfall von gestern ein, der sie und ihren Geliebten in solche Aufregung versetzt hatte. Bevis war nicht zur Tür gegangen, und angenommen – oh, das war doch Unsinn! Aber angenommen, diese Frau war bei ihm gewesen;

angenommen, er hatte es nicht für nötig befunden, einem Besucher zu öffnen, der an seine Tür klopfte, kurz nachdem diese Person gegangen war ...

Hatte sie nicht bereits genügend Qualen zu erleiden, ohne daß erschwerend rasende Eifersucht dazukam? Sie ermahnte sich, diesen absurden Gedanken zu verdrängen. Die Frau war selbstverständlich aus der anderen Wohnung gekommen. Aber wäre es nicht auch möglich, daß sie während Bevis' Abwesenheit in dessen Wohnung gewesen war? Angenommen, sie war eine gute Bekannte, der er einen Wohnungsschlüssel überlassen hatte. Könnte eine solche Beziehung nicht die Erklärung für Bevis' Halbherzigkeit sein?

Sie mußte diesen Gedanken verscheuchen, um nicht den Verstand zu verlieren. Unfähig, länger stillzusitzen, verließ Monica den Laden und streifte etwa zehn Minuten lang durch die angrenzenden Straßen, sich ihrem Ziel allmählich nähernd. Schließlich betrat sie das Gebäude und stieg die Treppe hinauf. Diesmal begegnete ihr niemand, und es trat auch niemand hinter ihr ein. Sie klopfte an ihres Liebhabers Tür, hoffend, betend, daß er öffne. Doch nichts geschah. Tränen traten ihr in die Augen; sie stieß einen Seufzer tiefster Enttäuschung aus und schob den Umschlag, den sie bei sich trug, in den Briefkasten.

Der Handwerker hatte beobachtet, wie sie hineinging, und wartete draußen in ein paar Metern Entfernung. Entweder sie würde bald wieder herauskommen, oder ihm durch ihr Nichterscheinen zeigen, daß sie irgendwo eingelassen worden war. Im letzteren Fall brauchte dieser so neugierige wie untätige Arbeiter nur im Treppenhaus herumschleichen, bis sie wieder auftauchte. Diese Geduldsprobe blieb ihm allerdings erspart. Er stellte fest, daß er der Dame nur noch zurück nach Herne Hill folgen mußte. Da er nur vage Anweisungen erhalten hatte, kam es dem guten Mann gar nicht in den Sinn, daß sie diesmal eine andere Wohnung aufgesucht haben könnte.

Monica war lange vor der Essenszeit zurück. Als es schließlich Zeit zum Abendessen wurde, war ihr Gatte noch immer nicht daheim; zweifelsohne ließ sich seine Verspätung auf den Besuch bei Mr. Newdick zurückführen. Doch er kam und kam nicht. Um neun Uhr saß Monica immer noch allein und hungrig da, den Hunger jedoch in all ihrem Kummer kaum wahrnehmend. Widdowson hatte sich noch nie so verspätet. Es verging eine weitere Viertelstunde, bis sie hörte, wie die Haustür geöffnet wurde.

Er kam in den Salon, wo sie auf ihn wartete.

»Du kommst aber spät! Bist du allein?«

»Ja.«

»Hast du nichts zu Abend gegessen?«

»Nein.«

Er schien in ziemlich düsterer Stimmung zu sein, doch bemerkte Monica nichts Beunruhigendes an ihm. Er kam näher, den Blick gesenkt.

»Gibt es schlechte Nachrichten – aus der City?«

»Ja.«

Er trat noch näher an sie heran, und als er nur noch wenige Schritte von ihr entfernt war, hob er den Kopf und sah sie an.

»Warst du heute nachmittag fort?«

Sie war versucht, die Unwahrheit zu sagen, doch er blickte sie so scharf an, daß sie es nicht wagte. »Ja, ich war bei Miss Barfoot.«

»Lügnerin!«

Im gleichen Augenblick, da er dieses Wort ausstieß, sprang er auf sie zu, packte sie am Kragen und stieß sie hinunter auf die Knie. Sie schrie entsetzt auf; dann, Mund und Augen weit aufgerissen, brachte sie kein Wort mehr heraus. Sie konnte von Glück sagen, daß er sie am Kleid und nicht am Hals gepackt hatte, so brutal war sein Griff, und einen Moment beherrschte der Wunsch, sie zu erwürgen, sein ganzes Denken.

»Lügnerin!« schrie er abermals. »Tag für Tag hast du mich angelogen. Lügnerin! Ehebrecherin!«

»Das bin ich nicht! Das bin ich nicht!« Sie klammerte sich an seine Arme und versuchte sich hochzuziehen. Die blutleeren Lippen, die erstickte Stimme waren auf die Angst vor ihm zurückzuführen, aber das verzerrte Gesicht zeigte ihren Haß und den Willen, sich zu wehren.

»Das bist du nicht? Und das soll ich glauben? Eher würde ich einer Hure auf der Straße glauben. Die ist wenigstens so aufrichtig zu sagen, was sie ist, aber du – Wo warst du gestern, als du *nicht* bei deiner Schwester warst? Wo warst du heute nachmittag?«

Sie hatte sich beinahe hochgerappelt, da stieß er sie abermals nach unten und drückte sie nach hinten, bis ihr Kopf fast den Boden berührte.

»Wo warst du? Sag die Wahrheit, oder du wirst nie wieder etwas sagen!«

»Oh – Hilfe! Hilfe! Er bringt mich um!« Ihr Schrei hallte durch das Zimmer.

»Ruf sie nur herbei – laß sie kommen und dich anschauen und hören, was für eine du bist. Bald wird es sowieso jeder wissen. Wo warst du heute nachmittag? Jeder deiner Schritte wurde beobachtet, von hier bis zu jenem Ort, wo du zu einer niederträchtigen, schändlichen, schmutzigen Kreatur verkommen bist – «

»Das bin ich nicht! Deine Spione haben dich falsch informiert!«

»Falsch informiert? Hast du etwa nicht vor der Tür von diesem Barfoot gestanden und dort angeklopft? Und als keiner öffnete, hast du da nicht eine Weile gewartet und bist dann ein zweites Mal hingegangen?«

»Was ist daran so schlimm? Es bedeutet nicht das, was du glaubst.«

»Wie bitte? Du begibst dich wiederholt in die Privaträume eines ledigen Mannes – eines solchen Mannes –, und daran soll nichts Schlimmes sein?«

»Ich bin noch nie zuvor dort gewesen.«

»Erwartest du, daß ich dir das glaube?« schrie Widdowson außer sich vor Wut. Er hatte sie losgelassen, und sie stand aufrecht vor ihm, mit trotzig blitzenden Augen, obwohl jeder Muskel ihres Körpers zitterte. »Wann hast du begonnen, mich zu belügen? Als du mir erzähltest, du hättest dir Miss Barfoots Vortrag angehört, obwohl du nie dort gewesen bist?«

Er äußerte diese Anschuldigung aufs Geratewohl, doch ihre Miene verriet ihm, daß er ins Schwarze getroffen hatte.

»Wie viele Wochen, wie viele Monate ist das jetzt her, seit du mich und dich entehrst?«

»Ich habe nicht getan, was du mir vorwirfst, aber ich denke nicht daran, mich zu verteidigen. Gott sei Dank ist jetzt alles zu Ende zwischen uns! Wirf mir vor, was du willst. Ich gehe fort von dir, und ich hoffe, wir werden uns niemals wiedersehen.«

»Ja, du gehst – daran besteht kein Zweifel. Aber nicht, ehe du meine Fragen beantwortet hast. Ob mit Lügen oder nicht, ist ziemlich gleichgültig. Du sollst mir nur mit deinen eigenen Worten schildern, was du getan hast!«

Wie nach einer schweren körperlichen Anstrengung standen sie beide keuchend da und starrten einander an. Jeder hatte vom anderen den Eindruck, er sehe unglaublich verändert aus. Monica hätte einen so brutalen Gesichtsausdruck bei ihrem Mann nicht für möglich gehalten; und sie selbst hatte einen so wilden, verwegenen Blick, ihre Gesichtszüge drückten eine solch abgründige Verachtung aus, daß es Widdowson vorkam, als stehe er einer Fremden gegenüber.

»Ich werde keine einzige Frage beantworten«, erwiderte Monica. »Ich will nichts weiter, als dein Haus verlassen und dich niemals wiedersehen.«

Er bereute, was er getan hatte. Da der erste Tag, an dem er ihr nachspionieren ließ, so unzulängliche Indizien erbracht hatte, wollte er sich eigentlich beherrschen, bis eindeutige Beweise für die Schuld seiner Frau vorliegen würden. Doch er war zu sehr von Eifersucht bestimmt, um besonnen handeln zu können, und als Monica ihm diese Lüge ins Gesicht sagte, hatte er schlichtweg die Nerven verloren. Nur allzu geneigt, einer solchen Geschichte Glauben zu schenken, war er nicht imstande, klar zu denken, wie er es getan haben mochte, wenn er gegen Barfoot weniger voreingenommen gewesen wäre. Der ganze Verlauf dieser schändlichen Geschichte schien so klar; er legte ihren Beginn in die Zeit von Monicas erstem Zusammentreffen mit Barfoot in Chelsea. Unschlüssig, ob er seine Frau vor den Augen der Öffentlichkeit und in Schande fallenlassen oder ob er sie aus Mitleid auf ihrem Weg der Zerstörung aufhalten sollte, schlug er einen Mittelweg ein, der mit keiner dieser Absichten vereinbar war. Wenn er Monica schon unbedingt gleich erzählen mußte, was ihm zu Ohren gekommen war, so hätte er das vollkommen gelassen tun sollen, mit einer Würde, die sie beschämt hätte. So aber hatte er alles verdorben. Vielleicht war Monica sich dessen bewußt; er bekam immer mehr den Eindruck, daß sie eine Meisterin der Verschlagenheit und Heimtücke war.

»Sagtest du, du seist nie zuvor in der Wohnung dieses Mannes gewesen?« fragte er mit gedämpfter Stimme.

»Du mußt dir schon die Mühe machen, dich zu erinnern, was ich gesagt habe. Ich werde keine Frage beantworten.«

Abermals verspürte er den Drang, gewaltsam ein Geständnis aus ihr herauszupressen. Er machte einen Schritt nach vorn, das Gesicht teuflisch verzerrt. Im gleichen Augenblick sprang Monica an ihm vorbei und erreichte die Zimmertür, ohne daß er sie zu fassen bekam.

»Bleib, wo du bist!« schrie sie, »wenn deine Hände mich noch einmal berühren, werde ich so lange um Hilfe rufen, bis jemand kommt. Ich lasse mich von dir nicht anfassen!«

»Willst du behaupten, daß du dich nicht an mir versündigt hast?«

»Ich bin nicht das, was du mich genannt hast. Stelle alles so dar, wie du willst. Ich werde nichts erklären. Ich will nichts weiter, als frei sein von dir.«

Sie öffnete die Tür, eilte über den Gang und lief die Treppe hinauf. Widdowson, dem das Gefühl sagte, daß es sinnlos wäre, ihr zu folgen, ließ die Tür offenstehen und wartete. Fünf Minuten später kam Monica in Ausgehkleidung wieder herunter.

»Wohin gehst du?« fragte er, aus dem Zimmer tretend, um sie aufzuhalten.

»Das geht dich nichts an. Ich gehe fort.«

Sie senkten ihre Stimmen, damit die Dienstmädchen im unteren Stockwerk nichts hörten.

»Nein, das wirst du nicht!«

Er trat nach vorn, um die Treppe zu versperren, doch Monica war abermals schneller. Sie rannte hinunter und lief durch den Flur zur Haustür. Erst als sie dort aufgehalten wurde, weil sie zwei Riegel zurückschieben mußte, holte Widdowson sie ein.

»Schrei herum, soviel du willst, aber du wirst dieses Haus nicht verlassen.«

Sein Ton war eher wütend als bestimmt. Was sollte er tun? Auf welche Weise könnte er Monica am Verlassen des Hauses hindern, wenn sie nicht einlenkte – abgesehen davon, sie mit Gewalt nach oben zu tragen und dort in ein Zimmer einzusperren? Ihm war klar, daß er das nicht fertigbringen würde.

»Ich gedenke nicht herumzuschreien«, war ihre Antwort. »So oder so werde ich das Haus verlassen.«

»Wohin willst du gehen?«

»Zu meiner Schwester.«

Widdowson hatte die Hand an der Tür, als sei er entschlossen, sie nicht gehen zu lassen. Doch ihr Wille war stärker als seiner. Um in einer solchen Situation seine Ehre zu wahren, müßte ein Mann seine Frau töten; Widdowson war dazu nicht fähig, und mit jedem Augenblick, den er dort stand, machte er sich lächerlicher und verachtenswerter.

Er ging zurück in den Flur und holte seinen Hut. Monica öffnete währenddessen die Tür. Es regnete in Strömen, aber sie achtete nicht darauf. Sekunden später kam Widdowson hinter ihr hergerannt, seinerseits nicht auf die herabstürzenden Fluten achtend. Sie lief in Richtung Bahnhof, doch als ein zufällig vorüberfahrender Droschkenkutscher ihr ein Zeichen machte, stieg sie ein und bat ihn, sie nach Lavender Hill zu fahren.

Sobald sich die Gelegenheit bot, nahm Widdowson auf dieselbe Weise Zuflucht vor dem Regen und ließ sich in die gleiche Richtung fahren. In der Nähe von Mrs. Conisbees Haus stieg er aus. Er zweifelte nicht daran, daß Monica sich hierher begeben hatte, doch er wollte ganz sicher gehen. Da es noch immer regnete, suchte er Schutz in einer Gaststube, in der er seinen gräßlichen Durst löschte und seinen Hunger mit einem der einfachen Gerichte stillte, die ein Gastwirt mit Schankkonzession anzubieten pflegt. Es war beinahe dreiundzwanzig Uhr, und er hatte seit der Mittagsmahlzeit weder gegessen noch getrunken.

Danach begab er sich zu Mrs. Conisbee und klopfte an die Tür. Die Wirtin öffnete.

»Würden Sie mir bitte mitteilen«, fragte er, »ob Mrs. Widdowson hier ist?« Die unterdrückte Neugier in ihrem Gesicht zeigte ihm sofort, daß sie diese Geschehnisse etwas merkwürdig fand.

»Ja, mein Herr. Mrs. Widdowson ist bei ihrer Schwester.«

»Vielen Dank.«

Ohne ein weiteres Wort machte er kehrt. Aber er ging nur ein kurzes Stück weit, und bis Mitternacht ließ er Mrs. Conisbees Haustür nicht aus den Augen. Der Regen fiel, die Luft war rauh; schutzlos und vor Kälte häufig zitternd, schritt Widdowson wie ein Schutzmann auf dem Gehsteig auf und ab. Er mußte unwillkürlich an die vielen Nächte denken, in denen er in der Walworth Road und in der Rutland Street auf die gleiche Weise Wache gehalten hatte, auch damals mit brennender Eifersucht im Herzen, doch zugleich mit einer Leidenschaft, die nie wieder entfacht werden könnte. Kaum mehr als zwölf Monate lag das zurück! Und dabei hatte er ein halbes Leben lang darauf gewartet und sich danach gesehnt, heiraten zu können.

25. Der Untergang des Ideals

Rhodas Urlaubswoche an der Küste wurde durch unbeständiges Wetter getrübt. Nur an zwei Tagen schien durchgehend die Sonne; in der restlichen Zeit drangen nur ab und zu ein paar Sonnenstrahlen durch einen Himmel voller Sturmwolken. Über Wastdale hing ein schwarzer Baldachin; vom Scawfell kam leises Donnergrollen herüber; und am letzten Abend der Woche – der Tag, als Monica in strömendem Regen aus ihrem Haus floh – brach über den Bergen und dem Meer ein Sturm los. Rhoda, die bis zum Morgengrauen wach lag und hin und wieder aus dem zur Landseite gehenden Fenster den Himmel betrachtete, sah, wie die düster auf Wastwater herabblickenden Felsengipfel von Blitzen solcher Intensität und Dauer umzuckt wurden, daß man eine kilometerweite Sicht hatte und die finsteren Felsen und Steilabfälle nur einen Schritt weit entfernt schienen.

Der Sonntag begann mit Regen, doch zugleich mit der Aussicht auf Wetterbesserung; am Horizont über dem Meer war ein breiter Streifen Blau auszumachen, und bald schon glitzerte der Schaum der zurückgegangenen Flut intensiv und hoffnungsvoll. Rhoda wanderte am Strand entlang in Richtung St. Bees Head. Sie war noch nicht weit gekommen, als ein breiter, meerwärts fließender Bach ihr den Weg versperrte; die einzige Möglichkeit, ihn zu überqueren, bestand darin, den am Meeresufer entlanglaufenden Bahndamm hinaufzusteigen. Doch sie verspürte keine große Lust weiterzugehen. Weit und breit war kein Haus und keine Menschenseele zu sehen. Sie ließ sich nieder und sah den an der kleinen Flußmündung fischenden Möwen zu, deren Schreie die einzigen Laute waren, die sich mit dem Rauschen der gezähmten Wogen vermischten.

Am Horizont war ein flaches, längliches Gebilde auszumachen, das man für eine Wolke hätte halten können, obwohl es wie Land aussah. Es handelte sich um die Isle of Man. Einige Stunden später waren die Umrisse viel deutlicher geworden; Erhebungen und Vertiefungen waren klar zu erkennen. In nördlicher Richtung wurde in weiter Ferne ein anderer hügeliger Landstrich sichtbar – die schottische Küste jenseits der Solway Firth.

Diese fernen Objekte regten Rhodas Phantasie an. Sie hörte Everard Barfoots Stimme, wie er vom Reisen erzählte – vom Orient Express. Eine solche Freiheit hatte er ihr angeboten. Vielleicht war er jetzt ganz in ihrer Nähe, in der Absicht, sein Angebot zu wiederholen. Falls er den bei ihrem letzten Gespräch geäußerten Plan in die Tat umsetzte, würde sie ihn heute oder morgen früh sehen – dann müßte sie sich entscheiden. Wenn sie mit ihm eine Tageswanderung in die Berge unternahm, käme das praktisch einer Entscheidung gleich. Aber wofür? Lehnte sie seinen Vorschlag ab, eine freie Bindung einzugehen, wäre er dann zu einer standesamtlichen Heirat bereit? Ja; dafür hatte sie genügend Macht über ihn. Aber wie würde sich das auf seine

Meinung von ihr auswirken? Würde sie, wenn sie auf der traditionellen Form der Ehe bestand, nicht in seiner Achtung sinken und die Dauerhaftigkeit seiner Liebe in Frage stellen? Barfoot war nicht der Mann, der mit aufrichtiger Befriedigung etwas akzeptierte, das auch nur im entferntesten nach Zwang aussah, und vermutlich liebte er sie gerade darum, weil er glaubte, in ihr eine Frau gefunden zu haben, die das Leben vom gleichen Standpunkt aus zu betrachten vermochte wie er – eine Frau, die, wenn sie denn liebte, die Formalitäten, an die sich schwache Gemüter klammerten, für überflüssig hielt. Wenn sie auf einer standesamtlichen Heirat bestand, würde er zwar nachgeben, aber was wäre später – wenn die Leidenschaft sich gelegt hatte ...?

Eine Woche war nicht zu lang gewesen, um über diese Fragen nachzudenken; erschwerend kamen allerdings noch viel quälendere Zweifel hinzu. Monica ging ihr einfach nicht aus dem Sinn. Daß Mrs. Widdowson ihrem Ehemann gegenüber immer aufrichtig war, dafür gab es eindeutige Beweise; ob das ihre Befürchtung untermauerte, daß Monica und Everard ein Verhältnis miteinander hatten, vermochte sie nicht zu sagen. Es gab, so fand sie, allen Grund, mißtrauisch zu sein, und zwar in einem solchen Maße, daß sie während ihrer ersten Urlaubstage in Cumberland die Hoffnungen, die sie seit langem heimlich hegte, beinahe fahrenlassen hätte. Sie kannte sich gut genug, um sich darüber im klaren zu sein, daß Eifersucht imstande war, ihr Leben zu zerstören – auch wenn sich diese nur auf Vergangenes bezog. Wenn sie Barfoot heiratete (ob mit oder ohne Trauschein – diese Frage hatte mit der anderen nicht im geringsten zu tun), würde sie von ihm absolute Treue erwarten. Sie war zu stolz, um den Gedanken ertragen zu können, lediglich einen Teil seiner Zuneigung zu besitzen; in dem Augenblick, da sie feststellte, daß er ihr untreu geworden war, würde sie ihn verlassen, zwangsläufig – und welch kummervolle Zeit lag dann vor ihr!

War Everard Barfoot zu absoluter Treue fähig? Seine Kusine würde über diese Frage nur lachen – so glaubte Rhoda zumindest. Für eine konventionelle Frau wäre allein die Abneigung gegen eine traditionelle Heirat ein eindeutiger Beweis, daß ihm nicht zu trauen war; aber Rhoda wußte, daß dieses Argument hier nicht zutraf. Wenn die Liebe ihn nicht hielt, würde sich Everard auch durch einen Trauschein nicht halten lassen. Selbst wenn er zehnfach verheiratet wäre, würde er sich zu nichts verpflichtet fühlen außer zur Liebe. Aber wie dachte er über diese

Verpflichtung? Vielleicht fand er nichts dabei, wenn man hin und wieder einer Regung nachgab. Und das (ihrer Vermutung nach die Einstellung eines jeden Mannes) zu tolerieren war Rhoda nicht imstande. Es mußte alles sein oder gar nichts, absolute Treue oder gar keine.

Am Nachmittag verging sie fast vor Ungeduld. Wenn Barfoot heute kam – sie vermutete, daß er sich irgendwo in der Nähe aufhielt und sich um die genannte Zeit nach Seascale aufmachte –, würde er dann in ihrer Pension vorsprechen? Ihre Adresse hatte sie ihm zwar nicht gegeben, doch er hatte sie zweifelsohne von seiner Kusine erhalten. Vielleicht würde er eine zufällige Begegnung vorziehen – was an diesem kleinen Ort mit seiner Handvoll Einwohnern und Feriengästen nicht schwierig war. Fest stand, daß sie seine Ankunft herbeisehnte. Ihr Herz hüpfte vor Freude bei dem Gedanken, ihn an diesem Abend zu sehen. Sie wollte ihn unter veränderten Bedingungen studieren und – vielleicht – noch offener mit ihm reden als bisher, denn dazu würden sie Gelegenheit genug haben.

Kurz vor sechs Uhr hielt am Bahnhof, der von Rhodas Wohnzimmerfenster aus sichtbar war, ein aus Richtung Süden kommender Zug. Auf diesen Moment hatte sie gewartet. Sie brachte es nicht fertig, zum Bahnhof zu gehen, und wagte nicht einmal, in der Nähe des Ausgangs zu warten. Folglich mußte sie im ungewissen bleiben, ob ein Fahrgast ausgestiegen war. Falls Everard mit diesem Zug gekommen war, würde er sich gewiß in das unmittelbar am Bahnhof gelegene Hotel begeben. Er würde dort etwas essen und anschließend herauskommen.

Rhoda ließ eine halbe Stunde verstreichen, machte sich zum Ausgehen fertig und schlenderte zum Strand hinunter. In Seascale gab es weder Straßen noch Läden, nur zwei oder drei kurze Häuserreihen, die auf dem über dem Strand ansteigenden Land verstreut lagen. Um die dazwischen verlaufenden Bahngleise zu überqueren, konnte Rhoda entweder den kleinen Bahnhof passieren, wobei sie zugleich am Hotel vorbeikäme und von dessen Frontfenstern aus zu sehen wäre, oder einen längeren Weg wählen, der unter einer Brücke hindurchführte, und auf diese Weise das Hotel umgehen. Sie entschied sich für den erstgenannten Weg. Am Strand waren ein paar vereinzelte Leute und einige Kinder im Sonntagsstaat zu sehen. Die Flut stieg. Sie suchte die nächstgelegene Stelle mit festem Sand auf und blieb lange dort stehen, während eine sanfte westliche Brise um ihr Gesicht strich.

Wenn Barfoot da war, müßte er allmählich herauskommen, um nach ihr Ausschau zu halten. Aus der Ferne würde er sie wohl kaum erkennen, denn sie trug ein Kleid, das er noch nie an ihr gesehen hatte. Sie könnte es jetzt wagen, zu den weißen Sanddünen hinaufzuschlendern, die mit kleinen Winden und anderen Blumen übersät waren, deren Namen sie weder wußte noch wissen wollte. Kaum hatte sie sich umgedreht, erblickte sie Everard, wie er auf sie zukam, noch weit weg, aber deutlich erkennbar. Er nahm zum Zeichen des Erkennens seinen Hut ab und war kurz darauf bei ihr.

»Haben Sie mich erkannt, ehe ich mich umdrehte?« fragte sie lachend.

»Selbstverständlich. Oben am Bahnhof habe ich Sie erblickt. Wer sonst könnte so dastehen wie Sie – ohne den gewöhnlichen Sterblichen auch nur die geringste Beachtung zu schenken?«

»Bitte reden Sie mir nicht ein, daß meine Bewegungen lächerlich wirken.«

»Sie sind großartig. Die See hat Ihre Wangen schon gefärbt. Schade nur, daß Sie so scheußliches Wetter gehabt zu haben scheinen.«

»Ja, es war ziemlich schlecht; aber heute sieht es nach Besserung aus. Von woher kommen Sie?«

»Nur das kurze Stück mit dem Zug von Carnforth bis hierher. Ich bin gestern morgen in London abgefahren und habe in Morecambe Zwischenstation gemacht, dort wohnen Bekannte von mir. Da die Zugverbindung heute so schlecht war, bin ich von Morecambe nach Carnforth gefahren. Haben Sie mich erwartet?«

»Ich hielt es für denkbar, daß Sie kämen, da Sie ja davon gesprochen hatten.«

»Ich kann Ihnen nicht beschreiben, wie ich die Woche herumgebracht habe. Am liebsten wäre ich schon vor Tagen gekommen, doch ich habe es nicht gewagt. Kommen Sie, gehen wir etwas näher ans Meer. Ich hatte Angst, Sie zu verärgern.«

»Es ist besser, sein Wort zu halten.«

»Das stimmt. Und nach dieser elenden Warterei freue ich mich um so mehr, bei Ihnen zu sein. Haben Sie schon gebadet?«

»Ein paarmal.«

»Ich war heute morgen vor dem Frühstück im Wasser, bei strömendem Regen. Aber *Sie* können doch gar nicht schwimmen.«

»Nein. Das kann ich nicht. Warum waren Sie sich dessen so sicher?«

»Weil es so selten ist, daß ein Mädchen schwimmen lernt. Ein Mann, der nicht schwimmen kann, ist nur ein halber Mann, und ich könnte mir vorstellen, daß es für eine Frau von noch viel größerem Nutzen ist. Wie bei allem anderen werden die Frauen auch hier durch ihre Kleidung behindert; sie abzulegen und den ganzen Körper unbehindert und tüchtig bewegen zu können dürfte der Gesundheit in körperlicher, geistiger und überhaupt in jeder Hinsicht zuträglich sein.«

»Ja, davon bin ich überzeugt«, sagte Rhoda, aufs Meer blickend.

»Ich habe mich ziemlich überheblich ausgedrückt, nicht wahr? Es tut mir gut, wenn ich mich Ihnen in manchen Dingen überlegen fühlen kann. Sie haben mich so oft spüren lassen, was für eine jämmerliche, nutzlose Kreatur ich bin.«

»Ich kann mich nicht entsinnen, diese Worte jemals auch nur andeutungsweise gebraucht zu haben.«

»Wie sieht es bei Ihnen aus?« fragte Everard in kameradschaftlichem Ton. »Haben Sie schon gespeist?«

»Mein Essen ist eine sehr bescheidene Angelegenheit; ich pflege es um ein Uhr einzunehmen. Gegen neun werde ich eine Kleinigkeit zu Abend essen.«

»Dann lassen Sie uns einen kleinen Spaziergang machen. Darf ich rauchen?«

»Warum nicht?«

Everard zündete sich eine Zigarre an, und da die Flut sie zum Ausweichen zwang, stiegen sie schließlich zu den Dünen hinauf, von wo sie einen schönen Blick auf die vom Abendlicht beleuchteten Berge hatten.

»Morgen reisen Sie von hier ab?«

»Ja«, antwortete Rhoda. »Ich werde mit der Bahn bis Coniston fahren und von dort aus in Richtung des Helvellyn wandern, wie Sie es vorgeschlagen haben.«

»Ich habe noch einen anderen Vorschlag. Ein Mitreisender, mit dem ich mich im Zug unterhielt, beschrieb mir einen schönen Wanderweg ganz in der Nähe. Von Ravenglass, ein Stück südlich von hier, verläuft eine kleine Bahnlinie durch Eskdale bis zur Endstation in Boot, ein Dorf am Fuße des Scawfell. Von Boot aus kann man entweder über den Gipfel des Scawfell hinüberwandern oder auf einem tiefer gelegenen Pfad nach Wastdale

Head. Es ist eine großartige, wilde Landschaft, besonders das letzte Stück hinab zum Wastwater, und die Strecke ist nicht übermäßig lang. Wie wäre es, wenn wir diese Wanderung morgen gemeinsam machten? Von Wastdale aus könnten wir am Abend nach Seascale zurückfahren, und am Tag darauf ... wie es Ihnen beliebt.«

»Sind Sie sich bezüglich der Entfernungen auch sicher?«

»Vollkommen sicher. Ich habe eine topographische Karte in meiner Tasche. Warten Sie, ich zeige Sie Ihnen.« Er breitete die Landkarte auf einer Mauer aus, und dann standen sie nebeneinander, um sie zu studieren. »Wir müssen ein wenig Proviant mitnehmen; ich werde mich darum kümmern. Und im Hotel in Wastdale Head können wir eine warme Mahlzeit einnehmen – so gegen drei oder vier, schätze ich. Das wäre doch nett, meinen Sie nicht?«

»Sofern es nicht regnet.«

»Hoffen wir, daß es das nicht tut. Wir können uns nachher am Bahnhof gleich einen Zug heraussuchen. Es gibt bestimmt einen, der kurz nach dem Frühstück fährt.«

Eine halbe Stunde nach einem Sonnenuntergang, der für den nächsten Tag gutes Wetter zu versprechen schien, führte sie ihr Spaziergang, bei dem sie sich ungezwungen unterhielten, zurück nach Seascale.

»Wie wäre es, wenn Sie nach dem Abendessen noch einmal herauskämen?« fragte Barfoot.

»Heute abend nicht mehr.«

»Nur ein Viertelstündchen«, drängte er. »Nur bis zum Meer hinunter und zurück.«

»Ich bin den ganzen Tag lang unterwegs gewesen. Ich möchte mich lieber ausruhen und ein Buch lesen.«

»Nun gut. Dann eben bis morgen früh.«

Nachdem sie eine Zugverbindung nach Ravenglass und für den Anschluß durch Eskdale ausfindig gemacht hatten, vereinbarten sie, sich am Bahnhof zu treffen. Barfoot würde die nötige Verpflegung mitbringen.

Ihre Hoffnung auf gutes Wetter erfüllte sich. Ihre einzige Sorge war, daß es zu heiß werden könnte, doch dieses Bedenken nahmen sie gern in Kauf. Barfoot trug einen kleinen Rucksack mit sich, über den er während der Zugfahrt Geschichten zum besten gab; er hatte ihn in vielen Teilen der Welt dabeigehabt und die exotischsten Nahrungsmittel darin transportiert.

Die Fahrt von Ravenglass durch Eskdale nach Boot geht mittels einer Miniaturbahn vonstatten, mit einer drolligen kleinen Dampflok und ein oder zwei einfach ausgestatteten Waggons. An jedem Bahnhof dieser kurvigen, sanft ansteigenden Strecke – Bahnhöfe, die lediglich aus einer wie ein Geräteschuppen aussehenden Holzhütte bestehen – springt der Schaffner heraus und fungiert als Fahrkartenverkäufer, falls jemand dasteht, der mitfahren möchte. Die Landschaft wird innerhalb weniger Meilen immer grandioser, und an der Endstation versperrt die breite Flanke des Scawfell den Weg und macht eine Weiterfahrt unmöglich.

Everard und seine Begleiterin begannen ihren Aufstieg durch das hübsche, am Fuße des Berges gelegene Dörfchen Boot. Ein Bergbach rauschte am Wegesrand entlang, und diesem Bach mußten sie gemäß der Strecke, die sie auf der Karte markiert hatten, ein paar Meilen bis zu dem kleinen Bergsee folgen, an dem er entsprang. Sie ließen Häuser, Menschen und auch befestigte Wege bald hinter sich und gelangten in ein weites, von Bergeshöhen umgebenes Hochmoor. Den Scawfell zu erklimmen wäre zu viel des Guten gewesen; bei der vor ihnen liegenden Strecke genügte es, wenn sie einen Weg über einen seiner riesigen Ausläufer wählten.

»Wenn Ihnen die Puste ausgeht«, sagte Everard heiter, nachdem sie eine Stunde lang durch eine graue Einöde gestapft waren, »ist hier kein Mensch, der helfen könnte. Ich müßte mich entscheiden, wohin ich Sie trage – zurück nach Boot oder weiter bis Wastdale.«

»Die Puste geht mir bestimmt nicht eher aus als Ihnen«, war die lachende Antwort.

»Ich habe Hähnchen-Sandwiches und Wein dabei, der des Menschen Herz erfreut. Sagen Sie es mir, wenn Sie der Hunger überkommt. Ich denke, unsere Rast machen wir am besten in der Nähe des Burmoor Tarn.«

Dies erwies sich in der Tat als der ideale Rastplatz. Ein wildromantisches Fleckchen, eine Senke inmitten des Heidelandes, der kleine schwarze See in der Mittagssonne glitzernd. Und hier stand eine Schäferhütte, die erste menschliche Behausung, die sie sahen, seit sie Boot hinter sich gelassen hatten. Da sie ein wenig unsicher waren, welchem Pfad sie von hier aus folgen müßten, klopften sie an der Hütte an, und eine Frau, die völlig allein dort zu wohnen schien, wies ihnen den Weg. Beruhigt überqueren sie sodann die Brücke unterhalb des Bergsees und fanden kurz dahinter eine Stelle, die zum Rastmachen geeignet war. Everard holte Sandwiches und seine Feldflasche mit dem Wein heraus, ferner ein Weinglas, das für Rhoda bestimmt war. Sie aßen und tranken vergnügt.

»Das ist genau das, was ich mir seit einem Jahr oder mehr ausgemalt habe«, sagte Barfoot, als sie gesättigt waren und als er auf den Ellbogen gestützt dalag und Rhodas schöne Augen und von der Sonne geröteten Wangen musterte. »Ein Ideal, das Realität geworden ist, ein einziges Mal im Leben. Ein perfekter Augenblick.«

»Mögen Sie den Geruch von brennendem Torf, der von der Hütte da drüben herüberzieht?«

»Ja. Ich mag alles um uns herum, im Himmel und auf der Erde, und am allermeisten mag ich Ihre Gesellschaft, Rhoda.«

Es störte sie nicht, daß er sie zum ersten Mal bei ihrem Vornamen nannte; es war so natürlich, so selbstverständlich; trotzdem machte sie eine Kopfbewegung, als sei sie leicht verärgert.

»Ist Ihnen die meine genauso angenehm?« fuhr er fort und strich dabei mit einem Heidekrautzweig über ihren Handrücken. »Oder tolerieren Sie mich aus purer Gutmütigkeit?«

»Ich habe Ihre Gesellschaft auf der ganzen Strecke von Seascale bis hierher als angenehm empfunden. Verderben Sie mir das Vergnügen daran nicht für den restlichen Weg.«

»Das wäre in der Tat sehr bedauerlich. Der gesamte Tag soll perfekt sein. Kein einziger Mißklang. Aber ich muß die Freiheit haben, sagen zu können, was mir in den Sinn kommt, und wenn Sie nicht antworten möchten, werde ich Ihr Schweigen respektieren.«

»Hätten Sie nicht Lust, eine Zigarre zu rauchen, ehe wir weitergehen?«

»Ja. Wozu ich allerdings noch mehr Lust habe, ist, es nicht zu tun. Der Torfgeruch ist angenehmer für Sie als der von Tabak.«

»Tun Sie mir den Gefallen und zünden Sie sich eine Zigarre an.«

»Wenn Sie es befehlen – « Er folgte ihrer Aufforderung. »Es soll ein rundum perfekter Tag werden. Ein köstliches Essen im Gasthaus, eine Fahrt nach Seascale, ein, zwei Stunden Pause und bei Einbruch der Dunkelheit ein weiteres ruhiges Gespräch am Strand.«

»Alles bis auf letztgenanntes. Ich werde zu müde sein.«

»Nein. Ich muß diese Stunde für ein Gespräch am Strand haben. Es steht Ihnen frei, mir zu antworten oder nicht, aber Sie müssen mir Ihre Anwesenheit gönnen. Wir befinden uns in einer Idealwelt, vergessen Sie das nicht. All die Söhne und Töchter der Menschheit kümmern uns nicht. Sie und ich werden diesen einen Tag zwischen wolkenlosem Himmel und stiller Erde gemeinsam verbringen – ein Tag, an den wir uns ein Leben lang erinnern werden. Bei Einbruch der Dunkelheit werden Sie noch einmal herauskommen und sich unten am Meer mit mir treffen, dort, wo Sie standen, als ich Sie gestern erblickte.«

Rhoda gab keine Antwort. Sie schaute von ihm weg zu dem tiefen, schwarzen See.

»Welch gute Gelegenheit«, fuhr er fort, indem er die Hand hob, um auf die Hütte zu zeigen, »um die dümmsten Dinge zu sagen, die man sich vorstellen kann!«

»Was könnte das wohl sein?«

»Naja, daß es das höchste Glück wäre, wenn wir bis an unser Lebensende gemeinsam dort drüben leben könnten. Sie kennen die Sorte Mann, die das sagen würde.«

»Nicht persönlich, Gott sei Dank!«

»Eine Woche – oder gar einen Monat – bei solchem Wetter. Nein, besser mit einem Sturm zur Abwechslung; dicke Wolken, die vom Gipfel des Scawfell auf uns herabsinken; ein scharfer Wind, der über den Bergsee peitscht; Ströme und Sturzbäche und Fluten von Regen, die auf unser Dach trommeln; und Sie und ich am Torffeuer. Mit einem ordentlichen Vorrat an Büchern, sowohl alten als auch neuen, könnte ich mir das drei Monate, ein halbes Jahr lang vorstellen!«

»Passen Sie auf. Denken Sie an ›die Sorte Mann‹.«

»Keine Bange. Es ist ein großer Unterschied, ob ich von sechs Monaten spreche oder vom ganzen Leben. Wenn das halbe Jahr vorüber wäre, würden wir ins Ausland reisen.«

»Mit dem Orient Express?« Sie mußten beide lachen, wobei Rhoda errötete, denn die Worte, die ihr da herausgerutscht waren, bedeuteten mehr als nur einen Scherz.

»Mit dem Orient Express. Die darauffolgenden sechs Monate würden wir in einem Haus am Bosporus verbringen und einen Vergleich anstellen zwischen unseren Gefühlen dort und jenen, die wir hier am Burnmoor Tarn empfanden. Stellen Sie sich vor, was für ein reiches Lebensjahr das sein würde! Wieviel wir von der Natur und voneinander gelernt hätten!«

»Und wie schrecklich überdrüssig wir einander wären!«

Barfoot sah sie prüfend an. Er vermochte ihre Miene nicht genau zu deuten. »Meinen Sie das ernst?« fragte er.

»Sie wissen, daß es stimmt.«

»Scht! Der Tag soll perfekt sein. Ich glaube nicht, daß wir bei einer angemessenen Abwechslung der Lebensweisen einander jemals überdrüssig würden. Sie sind für mich unendlich interessant, und ich glaube, daß ich das auch für Sie werden könnte.«

Er ließ sich nicht von diesem träumerischen Ton abbringen, der dieser müßigen Stunde angemessen war. Rhoda sagte recht wenig; wenn sie eine Bemerkung einwarf, dann meist, um ihn bewußt vom Thema abzulenken. Als Everard seine Zigarre geraucht hatte, erhoben sie sich und setzten ihren Weg fort. Diese zweite Hälfte ihrer Wanderung erwies sich als die interessanteste, denn jetzt stand ihnen der Ausblick hinunter auf Wastdale bevor. Ein massiger Berggipfel, düster und kahl, kam in Sicht, bei dem es sich, so glaubten sie, um den Great Gable handelte; und nachdem sie voller Spannung eine weitere Meile hinter sich gebracht hatten, öffnete sich das Tal so unvermittelt vor ihnen, daß sie abrupt stehenblieben und einander schweigend ansahen. Aus stattlicher Höhe blickten sie auf Wastwater hinab, den finstersten und tiefsten der Seen, auf die Felder und Wäldchen der Talsohle mit dem sich hindurchschlängelnden Bach und den zerklüfteten, im Bergschatten liegenden Schluchten.

Der Abstieg ging auf einem Pfad vonstatten, der im Winter zum Bett eines Wildbachs wird, steil und steinig, zickzackförmig durch ein dichtes Wäldchen verlaufend. Auf diesem Teilstück und nachdem sie die ebene, zum Dorf führende Straße erreicht hatten, unterhielten sie sich genauso ungezwungen und heiter wie vor ihrer Rast. Desgleichen im Gasthof, wo sie speisten, und während der Rückfahrt – vorbei an dem dunklen See mit seinen Wäldchen und Steilabfällen, weiter durch eine Landschaft mit grünen Hügeln und dann auf der langen, zum Meer abfallenden Straße durch Gosforth. Seit ihrer Abfahrt am frühen Morgen hatte sich kaum eine Wolke vor die Sonne geschoben – ein perfekter Tag.

Kurz vor Seascale stiegen sie aus. Barfoot beglich bei dem Kutscher seine Schuld – der zum Hotel weiterfuhr, um dort die Pferde zu versorgen – und ging mit Rhoda die letzte Viertelmeile zu Fuß. Dies war seine Idee gewesen; Rhoda sagte nichts dazu, wußte seine Diskretion jedoch zu schätzen.

»Es ist jetzt sechs Uhr«, sagte Everard nach kurzem Schweigen. »Denken Sie an Ihre Verabredung. Um acht Uhr unten am Strand.«

»Ich würde es mir viel lieber mit einem Buch in meinem Sessel gemütlich machen.«

»Ach, Sie haben genug Bücher gelesen. Es ist an der Zeit zu leben.«

»Es ist an der Zeit, sich auszuruhen.«

»Sind Sie wirklich so müde? Armes Mädchen! Der Tag ist wohl zu anstrengend für Sie gewesen.«

Rhoda lachte. »Ich könnte durchaus noch einmal zum Wastwater zurück laufen, wenn es nötig wäre.«

»Gewiß; das war mir klar. Sie sind einfach großartig. Also um acht Uhr – «

Es fiel kein weiteres Wort darüber. Als Rhodas Pension in Sicht kam, gingen sie, ohne sich die Hand zu reichen, auseinander.

Everard schlenderte schon etliches vor acht Uhr am Strand auf und ab und beobachtete den herrlichen Sonnenuntergang. Er schmunzelte häufig vor sich hin. Die Stunde, da er Rhoda seiner letzten Prüfung zu unterziehen gedachte, war gekommen, und er war sich ziemlich sicher, wie sie ausgehen würde. Wenn sie die Probe bestand, wenn sie ihre Bereitschaft kundtat, nicht nur ihr erklärtes Lebensideal aufzugeben, sondern sich auch über die öffentliche Meinung hinwegzusetzen, indem sie in eine Ehe ohne Trauschein einwilligte – war sie die Frau, die er sich vorgestellt hatte, und er würde freudig als verheirateter Mann an ihrer Seite durchs Leben gehen, standesamtlich getraut, wohlgemerkt; der Vorschlag, eine freie Bindung einzugehen, sollte nur ein Test sein. Er liebte sie zwar in einem Maße, wie er es niemals für möglich gehalten hätte zu lieben, trotzdem war von der Laune, in der er sie anfangs umworben hatte, noch immer so viel vorhanden, daß es allein die bedingungslose Kapitulation war, die ihn zufriedenzustellen vermochte. Ungeachtet der Tatsache, daß es gerade ihr unabhängiger Geist war, der ihm an ihr so gefiel, wollte er sehen, wie sie sich ihm vollkommen unterwarf, wie er blinde Leidenschaft in ihr entfachte. Eine bloße Einwilligung in die Ehe war ihm zu gewöhnlich. Agnes Brissenden, da war er sich sicher, würde ihn heiraten, sowie er ihr einen Antrag zu machen beliebte – und würde eine der besten Ehefrauen abgeben, die man sich vorstellen konnte. Von Rhoda Nunn hingegen erwartete und forderte er mehr als das. Sie mußte weit über das durchschnittliche

Maß einer intelligenten Frau hinausragen. Sie mußte beweisen, daß sie absolutes Vertrauen zu ihm hatte – das war der eigentliche Beweggrund für sein jetziges Vorgehen. Sämtliche Kritikpunkte und Verdachtsmomente, die ihm offen ins Gesicht zu sagen sie sich nicht gescheut hatte, mußten ausgeräumt sein.

Sein Herz pochte vor Ungeduld, während er auf sie wartete. Kommen würde sie mit Sicherheit; es war nicht Rhodas Art, Mätzchen zu machen; wenn sie sich nicht mit ihm hätte treffen wollen, so hätte sie das wie am Vorabend deutlich gesagt.

Kurz nach acht blickte er landeinwärts und sah ihre Gestalt, wie sie sich gegen den goldenen Himmel abzeichnete. Sie kam langsam von den Dünen herab, mit gemächlichen Schritten. Er ging ihr nur ein kleines Stück entgegen und blieb dann stehen. Er hatte seinen Teil getan; nun war es an ihr, auf weibliche Vorrechte zu verzichten, auf die Stimme der Liebe zu hören. Das westliche Abendrot beleuchtete ihr Gesicht, steigerte die Schönheit, die Everard darin zu sehen gelernt hatte. Sie schlenderte weiter, bückte sich, um einen Strang Seegras aufzuheben; er blieb reglos an seinem Platz stehen, und sie trat heran.

»Haben Sie gesehen, wie der Sonnenuntergang die Berge angestrahlt hat?«

»Ja«, entgegnete er.

»Seit meiner Ankunft hat es keinen solchen Abend gegeben.«

»Und Sie wollten zu Hause bleiben und lesen. Das wäre kein gebührender Abschluß für einen perfekten Tag gewesen.«

»Ich habe einen Brief von Ihrer Kusine erhalten. Sie war gestern bei ihren Freunden, den Goodalls.«

»Die Goodalls – ich kenne sie von früher.«

»Ja.«

Eine besondere Betonung lag auf diesem Wort. Everard verstand die Anspielung, wollte sich das aber nicht anmerken lassen. »Wie kommt Mary ohne Sie zurecht?«

»Ohne Probleme.«

»Hat sie eine geeignete Vertretung für Sie?«

»Ja. Miss Vesper kann alles Nötige übernehmen.«

»Sogar die Mädchen ermutigen, ein unabhängiges Leben zu führen?«

»Vielleicht sogar das.«

Sie gingen im warmen Licht der Abenddämmerung am Meeressaum entlang, bis die Häuser von Seascale nicht mehr zu sehen waren. Dann blieb Everard stehen.

»Fahren wir morgen nach Coniston?« fragte er, lächelnd vor ihr stehend.

»Sie wollen auch dorthin?«

»Glauben Sie wirklich, ich könnte Sie allein lassen?«

Rhoda senkte den Blick. Sie hielt den langen Strang Seegras mit beiden Händen und drückte ihn zusammen.

»*Möchten* Sie, daß ich Sie allein lasse?« fragte er dann.

»Sie meinen, wir sollten gemeinsam durch die Lakes wandern – so wie heute?«

»Nein. Das meine ich nicht.«

Rhoda ging ein paar Schritte weiter, so daß er jetzt hinter ihr stand. Einen Atemzug später hatte er seine Arme um sie geschlungen, und seine Lippen waren auf ihren. Sie wehrte sich nicht. Seine Umarmung wurde stärker, und er küßte sie wieder und wieder. Zu seinem größten Entzücken sah er, wie eine tiefe Röte in ihr Gesicht stieg, sah er, wie sie ihm einen Moment in die Augen blickte und war sich bewußt, daß sie das triumphierende Aufblitzen darin wahrgenommen hatte.

»Erinnerst du dich an den Brief, in dem ich dir schrieb, wie sehr ich mich danach sehnte, deine Lippen zu schmecken? Es ist mir ein Rätsel, wie ich mich so lange beherrschen konnte – «

»Was ist deine Liebe wert?« fragte Rhoda, mit großer Anstrengung sprechend. Sie hatte das Seegras fallenlassen, und eine Hand lag mit ganz leichtem Druck auf seiner Schulter.

»Dein ganzes Leben!« antwortete er mit einem leisen, glücklichen Lachen.

»Das bezweifle ich. Überzeuge mich davon.«

»Überzeugen? Mit weiteren Küssen? Und was ist *deine* Liebe wert?«

»Vielleicht mehr, als du bisher begreifst. Vielleicht mehr, als du jemals begreifen *kannst*.«

»Das glaube ich gern, Rhoda. Ich weiß jedenfalls, daß sie von unschätzbarem Wert ist. Zu dieser Erkenntnis bin ich im Verlauf von mehr als einem Jahr gekommen.«

»Laß mich wieder ein Stück Abstand haben. Da ist etwas, das noch gesagt werden muß, ehe – nein, laß mich ganz los.«

Nach einem weiteren Kuß ließ er sie los.

»Würdest du mir bitte eine Frage ganz ehrlich beantworten?« Ihre Stimme zitterte ein wenig, aber es gelang ihr, ihm fest in die Augen zu sehen.

»Ja. Ich beantworte dir *jede* Frage.«

»Das ist gesprochen wie ein Mann. Dann sag mir – gibt es in diesem Moment irgendeine Frau, der du etwas schuldig bist – in moralischer Hinsicht?«

»Nein, es gibt keine solche Frau.«

»Aber – sprechen wir auch die gleiche Sprache?«

»Gewiß«, antwortete er mit großem Ernst. »Es gibt keine Frau, der gegenüber ich irgendeine Verpflichtung hätte.«

Eine lange Welle rollte heran, brach sich und rollte zurück, während Rhoda schweigend und unschlüssig dastand.

»Ich muß die Frage anders formulieren. Hast du im letzten Monat – in den letzten drei Monaten – irgendeiner Frau – eine Liebeserklärung gemacht – oder sie auch nur glauben gemacht, du liebtest sie?«

»Keiner einzigen Frau«, sagte er bestimmt.

»Das genügt mir.«

»Wenn ich nur wüßte, was in deinem Kopf vorgeht!« rief Everard lachend aus. »Was für ein Leben, glaubst du, führe ich? Ist Marys Gerede daran schuld?«

»Nicht direkt.«

»Aber sie hat das Mißtrauen geschürt. Glaub mir, du hast ein völlig falsches Bild von mir. Ich war niemals der Mann, für den Mary mich gehalten hat. Irgendwann wirst du mehr darüber erfahren – einstweilen muß mein Wort genügen. Ich empfinde keinen Funken Liebe für irgendeine Frau außer dir. Habe ich dich mit diesen spaßhaften Bemerkungen in meinen Briefen erschreckt? Ich habe das absichtlich getan – wie du gemerkt haben dürftest. Die erbärmlichen Eifersuchtsszenen von Frauen, wie man ihnen jeden Tag begegnet, sind mir solch ein Greuel. Sie weisen auf nichts anderes hin als einen Mangel an Intelligenz. Wenn ich das Pech hätte, eine Frau zu lieben, die beleidigt wäre, sobald ich ein schönes Gesicht bewunderte, würde ich das Band zwischen uns zerreißen wie ein Stück Bindfaden. Aber du bist keine von diesen bemitleidenswerten Kreaturen.« Er schaute sie ernst an.

»Würdest du mich für eine bemitleidenswerte Kreatur halten, wenn ich keine Form von Untreue akzeptierte – auch wenn Liebe in irgendeinem noblen Sinne mit im Spiel wäre?«

»Nein. Das ist die erforderliche Voraussetzung zwischen Ehemann und Ehefrau. Wenn ich Treue von dir fordere, und das würde ich mit Sicherheit tun, mußt du das gleiche von mir erwarten können.«

»Du sagst ›Ehemann und Ehefrau‹. Meinst du das in landläufigem Sinne?«

»Nicht, wie wir die Worte verstehen. Du weißt, was ich meine, wenn ich dich bitte, meine Frau zu werden. Wenn wir einander nicht ohne standesamtlichen Segen vertrauen können, hätte keine Form des Zusammenlebens zwischen uns einen Sinn.«

Seine Erregung verbergend, wartete er auf ihre Antwort. Sie konnten ihre Gesichter in dem schwachgelben Licht, das am Horizont des Meeres leuchtete, noch deutlich erkennen. Rhodas Antlitz war anzusehen, wie sehr sie mit sich kämpfte.

»Du zweifelst also noch, ob du mich liebst?« fragte Barfoot leise.

Das war es nicht, woran sie zweifelte. Sie liebte leidenschaftlich, gestattete es sich, von ihren Gefühlen davongetragen zu werden wie nie zuvor. Sie sehnte sich danach, seine Arme noch einmal um sich zu spüren. Trotzdem war sie in der Lage, die schwerwiegenden Folgen zu bedenken, die der Schritt, zu dem sie sich gedrängt sah, haben würde. Sie war in großer Versuchung einzuwilligen, denn es erschien ihr leichter und nobler, ihren Freunden verkünden zu können, daß sie sich über gesellschaftliche Regeln hinwegsetze, als schlicht und einfach, daß sie heiraten werde. Eine solche Ankündigung würde nicht nur Überraschung hervorrufen. Mary Barfoot könnte darüber nicht sanft ironisch lächeln; andere Frauen würden sich untereinander über sie lustig machen; die Mädchen wären schockiert, wie beim Sturz einer, die große Töne gespuckt hatte. Nur indem sie etwas tat, das viel größeres Erstaunen hervorrief, könnte sie vermeiden, daß man sie verspottete. Wenn bekannt würde, daß sie einen Schritt unternommen hatte, den nur wenige Frauen gewagt hätten – indem sie bewußt ein Beispiel für eine neue Freiheit setzte, würde sie in den Augen aller, die sie kannten, weiterhin ihre stolze Unabhängigkeit behaupten können. Ein solches Motiv stellte für Rhodas Charakter eine große Versuchung dar. Seit Monaten ging ihr dieses Argument im Kopf herum, immer wieder kam sie zu dem Schluß, daß es besser war, diesen außergewöhnlichen Schritt zu wagen, als schlicht und einfach alles zu widerrufen, was sie so leidenschaftlich gepredigt hatte. Und nun, da der Augenblick der Entscheidung gekommen war, fühlte sie sich imstande, alles zu wagen – soweit die Gefahr sie selbst betraf; es war ihr jedoch mehr denn je bewußt, daß es nicht nur um ihre eigene Zukunft ging. Wie würde sich solch praktische Ketzerei auf Everards Stellung auswirken?

Sie sprach diesen Gedanken aus. »Bist du bereit, um dieser Idee willen alle gesellschaftlichen Kontakte aufzugeben, bis auf die paar Leute, die dein Tun gutheißen oder tolerieren würden?«

»Ich sehe die Sache folgendermaßen. Wir sind nicht verpflichtet, jedem unsere Prinzipien darzulegen. Wenn wir einander als verheiratet betrachten, dann *sind* wir verheiratet. Ich bin kein Don Quichote, der die Welt zu bekehren hofft. Es betrifft nur dich und mich – unsere Auffassung darüber, was vernünftig und würdig ist.«

»Aber du würdest es nicht zum bloßen Schein machen?«

»Mary würde es selbstverständlich mitgeteilt werden, und jedem anderen, dem du es sagen möchtest.«

Sie glaubte ihm, daß er es vollkommen aufrichtig meinte. Eine andere Frau hätte vielleicht geargwöhnt, daß er nur herausfinden wollte, wie mutig sie war, sei es, um sich ihrer Liebe zu vergewissern, sei es, um seiner Eitelkeit zu schmeicheln. Aber Rhodas Glaube an ein Ideal ermöglichte es ihr, seine Bekenntnisse wörtlich zu nehmen. Sie selbst hatte seit Jahren einen übersteigerten Maßstab von Pflicht und Leistung verfochten; aus dem Wunsch heraus, Everard in einem edleren Licht zu sehen als bisher, war sie bemüht, seine Bedenken gegen die traditionelle Form der Ehe als etwas zu betrachten, das allen Respekt verdiente.

»Ich kann dir nicht sofort antworten«, sagte sie, sich halb abwendend.

»Das mußt du aber. Hier und jetzt.«

Das eine Wort der Einwilligung hätte ihm genügt. Er mußte es unbedingt hören. Er glaubte, daß es seine Liebe mehr als jedes andere Zeichen der Zuneigung untermauern würde. Er mußte sie als großmütig ansehen können, als eine Frau, die bewiesen hatte, daß sie es wert war, für sie zu leben oder zu sterben. Und er mußte die Genugtuung haben, sie seinem Willen unterworfen zu haben.

»Nein«, sagte Rhoda bestimmt. »Ich kann dir heute nicht antworten. Ich kann mich nicht so schnell entscheiden.«

Das war unaufrichtig, und sie schämte sich dieser Ausflucht. Es war keineswegs eine plötzliche Entscheidung, die da von ihr verlangt wurde. Sie hatte diesen Augenblick bereits vor ihrer Abreise von Chelsea vorhergesehen und hatte Vorbereitungen getroffen für den Fall, daß sie niemals in Miss Barfoots Haus zurückkehren würde – in dem Bewußtsein, welcher Art der Antrag war, der ihr gemacht werden würde. Doch der tatsächliche

Entschluß war schwerer, als sie es sich vorgestellt hatte. Vor allem befürchtete sie ein schändliches Nachlassen ihrer Vorsätze, nachdem sie ihr Jawort gegeben hätte; *das* würde sie in Everards Augen herabsetzen und sie in ihren eigenen so beschämen, daß alle Hoffnung auf eine glückliche Ehe zunichte wäre.

»Zweifelst du noch immer an mir, Rhoda?« Er ergriff ihre Hand und zog sie wieder an sich. Aber sie wich seinem Mund aus. »Oder zweifelst du an deiner eigenen Liebe?«

»Nein. Wenn ich verstehe, was Liebe ist, liebe ich dich.«

»Dann gib mir den Kuß, auf den ich warte. Du hast mich bis jetzt noch nicht geküßt.«

»Ich kann nicht ... ehe ich mir meiner nicht sicher bin ... ob ich bereit bin ...«

Ihr Gestammel verriet, wie sehr sie mit sich kämpfte. Everard spürte, wie sie zitterte. »Gib mir deine Hand«, flüsterte er. »Die linke Hand.«

Ehe sie ahnen konnte, was er vorhatte, hatte er einen Ring über ihren Finger gestreift, einen Ehering. Rhoda fuhr zurück und zog das bedrohliche Symbol sofort wieder vom Finger.

»Nein – jetzt wird mir klar, daß ich es nicht kann! Was soll uns das bringen? Das zeigt ja, daß du es nicht wagst, konsequent zu sein. Wir täuschen damit nur die Leute, die uns nicht kennen.«

»Aber ich habe dir doch erklärt: Die Konsequenz existiert in uns selbst, in unseren Köpfen – «

»Nimm ihn zurück. Die gesellschaftlichen Konventionen sind zu stark für uns. Wir würden nur so tun, als setzten wir uns über sie hinweg. Nimm ihn zurück – oder ich lasse ihn in den Sand fallen.«

Tief gekränkt steckte Everard den goldenen Ring wieder ein und starrte den dunklen Horizont an. Es vergingen ein paar Sekunden, dann hörte er, wie leise sein Namen gerufen wurde. Er schaute sich nicht um.

»Everard, Liebster – «

War das Rhodas Stimme, so leise, so schmeichelnd, so zärtlich? Ein freudiger Schauer durchlief ihn. Seine Torheit verlachend, drehte er sich zu ihr hin, jeder Funke seines Verstandes zu einem hellglühenden Feuer der Leidenschaft aufgelodert. »Gibst du mir jetzt den Kuß?«

Statt einer Antwort legte sie ihre Hände auf seine Schultern und schaute ihm in die Augen. Barfoot verstand. Er lächelte verkrampft und sagte leise: »Du möchtest die alte, hohle Form – ?«

»Nicht die kirchliche, die sowohl für dich als auch für mich bedeutungslos ist. Aber – «

»Du bist seit sieben oder acht Tagen hier. Bleib noch bis zum fünfzehnten, dann können wir uns eine Heiratserlaubnis vom Standesbeamten dieses Verwaltungsbezirks holen. Ist das in deinem Sinne?«

Ihr Blick gab die Antwort. »Liebst du mich jetzt weniger als zuvor, Everard?«

»Küß mich.«

Sie tat es, und für kurze Zeit, während ihre Münder aneinanderhingen und ihre Herzen wie eins schlugen, versank ihr denkendes Bewußtsein im Nichts.

»Ist es nicht besser so?« fragte Rhoda, während sie in der Dunkelheit zurückgingen. »Wird unser Leben so nicht viel einfacher und glücklicher sein?«

»Vielleicht.«

»Du weißt, daß dem so ist.« Sie lachte freudig und versuchte, seinem Blick zu begegnen.

»Vielleicht hast du recht.«

»Ich werde niemandem etwas davon sagen, bis ... – Danach laß uns ins Ausland gehen.«

»Wagst du es nicht, Mary gegenüberzutreten?«

»Ich wage es, wenn du es möchtest. Natürlich wird sie mich auslachen. Alle werden sie mich auslachen.«

»Nun, du kannst ja mitlachen.«

»Aber du hast mein Leben ruiniert, weißt du das? Es hätte ein so großartiges Leben werden können. Warum bist du mir in die Quere gekommen? Und außerdem bist du so schrecklich starrköpfig gewesen.«

»Kein Wunder; das ist meine Natur. Aber im Grunde bin ich schwach gewesen.«

»Weil du in einem Punkt nachgegeben hast, der dir eigentlich vollkommen gleichgültig war? Das war die einzige Möglichkeit, mich zu vergewissern, daß du mich liebst.«

Barfoot lachte abschätzig. »Und wenn ich den anderen Beweis gebraucht hätte, um mich zu vergewissern, daß du *mich* liebst?«

26. Die Realität auf dem Prüfstand

Und keiner von beiden war zufrieden. Barfoot, bei einer Zigarre und einem Glas Whisky im Hotel sitzend, verfiel in eine mißmutige Stimmung. Die Frau, die er liebte, würde seine werden, und dieser Gedanke hätte ihn eigentlich erheben müssen; doch sein Naturell ließ das nicht zu. Schließlich hatte er nicht gesiegt. Wie üblich hatte die Frau ihren Willen durchgesetzt. Sie nutzte seine Gefühle geschickt aus und machte ihn zu ihrem gehorsamen Sklaven. Es hätte nichts eingebracht, den Konflikt in die Länge zu ziehen; Rhoda war zweifelsohne zum Teil von einem Eroberungsdrang angetrieben worden, und sie war sich ihrer Macht über ihn bewußt. Also blieb es bei einer bloßen Wiederholung der alten Geschichte – eine Heirat wie jede andere. Und wie würde sie enden?

Sie hatte große Qualitäten; aber war da nicht vieles an ihr, das er bezwingen, das er ändern mußte, wenn sie ihr Leben tatsächlich miteinander verbringen sollten? Der Drang zu dominieren war bei ihr vielleicht stärker ausgeprägt als bei ihm. Eine solche Frau wäre vielleicht gar nicht imstande, ihm in der Ehe die Freiheit einzuräumen, die sie theoretisch für gerechtfertigt hielt. Sie würde ihm womöglich ständig mit Eifersüchteleien auf die Nerven gehen, da sie sich bei jeder harmlosen Begebenheit einbildete, daß ihr Recht verletzt worden sei. So gesehen wäre es klüger gewesen, sich gegen eine standesamtliche Heirat zu sträuben, damit ihre Abhängigkeit von ihm größer wäre. Wenn alles gutgegangen wäre, hätte er seine Einwilligung später immer noch geben können – beispielsweise wenn sie ein Kind erwartete. Doch dann wurde ihm zu seinem Verdruß wieder bewußt, daß Rhoda seinen Willen bezwungen hatte. War das nicht ein schlechtes Omen?

Sicher, nach der Eheschließung würde ihre Beziehung eine andere sein. Er wäre dann nicht mehr seinen Gefühlen ausgeliefert. Trotzdem war es widerwärtig, sich auf einen langen, vielleicht erbitterten Kampf um die Vorherrschaft einstellen zu müssen. Aber eigentlich konnte es kaum dazu kommen. Falls solche Zwistigkeiten aufkämen, wäre das ein Signal, sich zu trennen. Sein Vermögen sicherte ihm seine Freiheit. Er war nicht einer von diesen armen Teufeln, die gezwungen sind, bei einer unausstehlichen Frau zu bleiben, weil sie es sich nicht leisten können, zwei getrennte Haushalte zu finanzieren. Mußte er das

Schlimmste in Erwägung ziehen – die Furcht, seine Unabhängigkeit zu verlieren, bezwungen durch den Willen seiner Ehefrau?

So sehr er sich auch eingebildet hatte, keineswegs von der Liebe verblendet zu sein, hatte er Rhoda doch überschätzt. Sie war nicht die großartige Rebellin, für die er sie gehalten hatte. Wie jede andere Frau mißtraute auch sie ihrer Liebe, wenn sie nicht gesellschaftlich sanktioniert war. Nun ja, diese Idee war aufgegeben, verloren. Die Ehe würde wieder nur ein Kompromiß sein. Er hatte sein Ideal nicht gefunden – obwohl es in diesen Zeiten durchaus existierte.

Und Rhoda, die bis spät in die Nacht in dem kleinen Wohnzimmer der Pension saß, erforschte ihr Inneres nicht weniger quälend. Everard war nicht zufrieden mit ihr. Er hatte – vielleicht mit mehr als nur ein wenig Widerwillen – in einem Punkt nachgegeben, der in seinen Augen weibliche Schwäche darstellte. Wenn er mit ihr zum Standesamt ging, würde er das Gefühl haben, eine erbärmliche Rolle zu spielen. War es nicht ein schlechter Anfang, ihn zu zwingen, gegen sein Gewissen zu handeln?

Sie hatte ihren Triumph errungen. In den Augen der Allgemeinheit war ihre Heirat weit besser als sie es sich je hätte erhoffen können, und sie war auch außer sich vor Freude. Zu einem Zeitpunkt im Leben, da sie sich damit abgefunden hatte, niemals zu erleben, was es heißt, von einem Mann geliebt zu werden, hatte diese Liebe sie mit einer solch leidenschaftlichen Ausdauer verfolgt, daß sogar ein hübsches junges Mädchen darauf stolz sein könnte. Sie war keine Schönheit; sie wurde ihres Geistes wegen geliebt, ihrer selbst wegen. Aber war Everards Vorstellung von ihr nicht enttäuscht worden? Hatte er mit ihr die Frau seiner Wünsche bekommen?

Warum war sie nicht diplomatischer vorgegangen? Hätte sie nicht in seinen Vorschlag einwilligen und dann doch noch seine Zustimmung zu einer standesamtlichen Heirat erhalten können? Wenn sie nachgegeben hätte, wäre das Bild, das er von ihr hatte, nicht angekratzt worden; und dann, wenn seine Leidenschaft am heftigsten gewesen wäre, hätte sie ihn nur – ohne Bettelei, ganz beiläufig – darauf hinweisen brauchen, daß es absolut nichts einbrachte, wenn sie auf Formalitäten verzichteten. Ein solch listiges Vorgehen wäre allein der besonderen Umstände wegen ratsam gewesen. Es war durchaus möglich, daß er selbst es gutgeheißen hätte – nachdem er die Genugtuung gehabt hatte, daß sie ihm vollkommen ergeben war. Es ist Aufgabe der Frau, diplomatisch vorzugehen; sie hatte diesbezüglich kläglich versagt.

Morgen mußte sie sein Verhalten genau beobachten. Wenn sie eine ernsthafte Veränderung wahrnahm, ein deutliches Anzeichen von Enttäuschung –

Wie würde ihr gemeinsames Leben aussehen? Zunächst einmal würden sie gemeinsam verreisen; doch über kurz oder lang dürfte es notwendig werden, ein festes Zuhause zu haben. Welche gesellschaftliche Stellung hätte sie dann, welche Pflichten und Freuden? Haushaltsdingen würde sie sich nie mehr als nur den winzigen Bruchteil eines Tages widmen können. Wodurch wäre ihr edles, anspruchsvolles Lebensziel, das sie aufgeben mußte, zu ersetzen?

Durch die Liebe für den Ehemann – vielleicht für ein Kind? Das genügte ihr nicht. Rhoda machte sich hinsichtlich ihrer Ansprüche nichts vor. Wenn die Regungen ihres Herzens erst einmal gestillt waren, würde sie wieder den Drang verspüren, eine anspruchsvolle Aufgabe zu übernehmen, den Drang nach Mitarbeit – nein, Führung – in irgendeiner »Bewegung«, nach Kontakt zu den revolutionären Strömungen ihrer Zeit. Was aber, wenn Everard sich solchen Neigungen widersetzte? War er wirklich imstande, ihre Persönlichkeit zu respektieren? Oder würde er bei seinem starken Drang zur Herrschaft versuchen, seine Frau herumzukommandieren, ihr seine Ansichten aufzuzwingen? Sie bezweifelte, daß er die Emanzipation der Frau, wie sie diese verstand, wirklich befürwortete. Ihre Überzeugungen hatten sich in keinem Punkt geändert und würden sich auch nicht ändern. Zwar gehörte sie nicht mehr zu den *überzähligen* Frauen; das Schicksal war ihr gnädig gewesen, so schien es zumindest; dennoch fühlte sie sich weiterhin zu einer Mission berufen. Wenn sie schon kein Beispiel für perfekte weibliche Unabhängigkeit mehr geben und folglich nicht mehr die gleiche Sprache sprechen durfte wie bisher, könnte sie zu einem Vorbild für die Forderung der Frau nach Gleichheit in der Ehe werden – vorausgesetzt, es gelang ihr, dieses Beispiel zu leben.

Am nächsten Morgen trafen sie sich wie vereinbart außerhalb von Seascale und verbrachten zwei oder drei Stunden miteinander. Die Gefahr, daß jemand sie sah, war gering; es war allenfalls damit zu rechnen, daß hin und wieder ein Bauer vorbeikam; in einem abgeschlossenen Zimmer hätten sie kaum ungestörter sein können. Um keine Neugier zu erregen, indem er in seinem Hotel Erkundigungen einholte, gedachte Barfoot, am gleichen Nachmittag nach Gosforth, die nächstgelegene Stadt, zu wandern und das für Seascale zuständige Standesamt ausfindig zu machen. Keiner von beiden kam auf die Meinungsverschiedenheit vom Vorabend zu sprechen, wenngleich Rhoda zu ihrer Bekümmerung den Eindruck hatte, daß die Leidenschaft ihres Begleiters abgekühlt war; er gab sich ungewöhnlich schweigsam und nachdenklich und begnügte sich damit, hin und wieder ihre Hand zu halten.

»Wirst du die ganze Woche hierbleiben?« erkundigte sie sich.
»Wenn du es möchtest.«
»Du würdest dich langweilen.«
»Unmöglich, wenn du hier bist. Aber es ist vielleicht besser, wenn ich für ein paar Tage nach London fahre. Es gibt allerlei vorzubereiten. Wir werden vorübergehend in meine Wohnung ziehen – «
»Es wäre mir lieber, nicht nach London zu müssen.«
»Ich dachte, du würdest dort vielleicht gerne die nötigen Besorgungen machen.«
»Laß uns in irgendeine andere Stadt fahren und dort die paar Tage verbringen, bis wir England verlassen.«
»Wie du möchtest. Manchester oder Birmingham.«
»Du klingst ziemlich mißmutig«, sagte Rhoda und blickte ihn mit einem unsicheren Lächeln an. »Gehen wir nach London, wenn dir das lieber ist – «
»Das kommt nicht in Frage. Mir ist alles völlig einerlei – Hauptsache, wir kommen gemeinsam fort. Jedem Mann gehen solche Vorbereitungen auf die Nerven. Ja, unter diesen Umständen muß ich auf jeden Fall nach London fahren. Morgen hin und Samstag wieder zurück?«

Sie wurden von einem plötzlich einsetzenden Regenschauer überrascht. Den ganzen Nachmittag über regnete es immer wieder, während Barfoot in Gosforth seine Erkundigungen einzog. Sie hatten sich für acht Uhr verabredet, und da ihm die Zeit bis dahin lang zu werden drohte, machte er auf dem Rückweg einen weiten Umweg und erreichte gegen halb sieben das Hotel in Seascale. Kaum war er eingetreten, wurde ihm ein Brief ausgehändigt, den ein Bote vor ein paar Stunden gebracht hatte. Zu seiner Überraschung stellte er fest, daß die Handschrift auf dem Umschlag, der mindestens zwei Bögen Schreibpapier zu enthalten schien, Rhodas war. Was sollte das? Irgendeine dumme Anwandlung? Nichts Gutes ahnend, trat er halb beunruhigt, halb verärgert ein Stück beiseite und öffnete den Brief.

Als erstes erschien eine Anlage – ein Bogen in der Handschrift seiner Kusine Mary. Er wandte sich dem anderen Blatt zu und las folgende Zeilen: »Ich schicke dir etwas, das heute nachmittag mit der Post gekommen ist. Bitte bring es mit, wenn wir uns um acht Uhr treffen – falls du das noch möchtest.«

Sein Gesicht verfärbte sich vor Ärger. Was sollte dieser Unfug? »Falls du das noch möchtest« – mit zitternder Hand geschrieben. Wenn das der Beginn seiner Verlobungszeit sein sollte ... Was für einen Unsinn hatte Mary da zu Papier gebracht?

»Meine liebe Rhoda, ich habe soeben etwas sehr Unangenehmes erlebt, und ich fühle mich veranlaßt, dir unverzüglich davon Bericht zu erstatten, da es für dich *möglicherweise* von Belang ist. Als ich heute abend (Montag) aus der Great Portland Street nach Hause kam, berichtete Emma mir, daß Mr. Widdowson hier gewesen sei, daß er mich umgehend zu sprechen wünsche und um sechs Uhr wiederkomme. Er kam, und ich war sehr erschrocken über sein Äußeres; er sah furchtbar schlecht aus. Ohne Einleitung sagte er: ›Meine Frau hat mich verlassen; sie ist zu ihrer Schwester gezogen und weigert sich zurückzukehren.‹ Diese Nachricht an sich war überraschend genug; was mich aber noch mehr verwunderte, war, warum er damit ausgerechnet zu mir kam. Die Erklärung folgte auf dem Fuße, und du magst dir dein eigenes Urteil darüber bilden. Mr. Widdowson sagte, daß seine Frau sich seit einiger Zeit sehr ungehörig verhalte; daß er herausgefunden habe, daß sie ihm mehrmals die Unwahrheit gesagt habe, indem sie erklärte, etwas Bestimmtes vorzuhaben, in Wirklichkeit aber ganz woanders gewesen sei, sowohl tagsüber als auch abends. Da er Grund hatte, das Schlimmste vermuten zu müssen, engagierte er vergangenen Samstag einen Privatdetektiv, der Mrs. Widdowson überallhin folgen sollte. Dieser Mann sah, wie sie das Miethaus in Bayswater betrat, in dem Everard wohnt, und wie sie an *seine* Tür klopfte. Als niemand öffnete, ging sie fort und kehrte nach einer Weile zurück, traf jedoch wiederum niemanden zu Hause an. Nachdem Mr. Widdowson unverzüglich darüber unterrichtet worden war, fragte er seine Frau, wo sie an jenem Nachmittag gewesen sei. Die Antwort war gelogen; sie erklärte, sie sei hier bei mir gewesen. Daraufhin verlor er die Beherrschung und bezichtigte sie der Untreue. Sie weigerte sich, eine Erklärung abzugeben, leugnete jedoch jede Schuld und verließ daraufhin das Haus. Seitdem weigert sie sich strikt, ihn zu empfangen. Die einzige Auskunft, die von ihrer Schwester zu erhalten ist, lautet, daß Monica sehr krank sei und daß sie behaupte, von ihrem Mann zu Unrecht verdächtigt zu werden.

Er sei in seiner unsäglichen Verzweiflung und Hilflosigkeit zu mir gekommen, sagte er, um mich zu fragen, ob ich irgend etwas Verdächtiges zwischen Monica und meinem Vetter bemerkt hätte, wenn sie sich in meinem Haus oder anderswo begegneten. Eine heikle Frage! Ich konnte ihm natürlich nichts anderes antworten, als daß es mir nie in den Sinn gekommen sei, sie zu beobachten – daß sie sich meines Wissens nur ein paarmal gesehen hätten – und daß ich Monica dergleichen nicht im Traum zutraute. ›Aber wie Sie sehen, *muß* sie schuldig sein‹, sagte er immer wieder. Ich verneinte und sagte, daß ihr Besuch durchaus eine harmlose Ursache haben *könnte*, wenn ich mir auch nicht erklären konnte, warum sie diese Unwahrheiten gesagt hat. Dann erkundigte er sich, ob ich wisse, welche Pläne Everard für die nahe Zukunft habe. Ich antwortete, daß er meines Wissens verreist sei, ich aber nicht wisse, wann er abgereist sei oder wann er zurückkomme. Der arme Mann war mit diesen Auskünften höchst unzufrieden; er sah mich an, als wäre ich an einer bösen Verschwörung gegen ihn beteiligt. Ich war heilfroh, als er fortging; zuvor bat er mich noch, seine Worte vertraulich zu behandeln.

Wie du siehst, schreibe ich in großer Eile. Daß ich mich *verpflichtet* fühlte, dir zu schreiben, dürfte verständlich sein – selbst auf die Gefahr hin, damit großes Unheil anzurichten. Ich kann einfach nicht glauben, was Mrs. Widdowson vorgeworfen wird; es gibt sicher eine einfache Erklärung für ihr Verhalten. Falls du schon von Seascale abgereist bist, wird Dir dieser Brief bestimmt nachgesandt werden. – Es grüßt Dich, liebe Rhoda, Deine

Mary Barfoot.«

Everard lachte bitter. Sämtliche Tatsachen und Beweise mußten in Rhodas Augen eindeutig gegen ihn sprechen, und angesichts seiner vollkommenen Unschuld war es äußerst ärgerlich, sich verteidigen zu müssen. Und davon abgesehen, *wie* sollte er sich verteidigen?

Die Geschichte war wirklich sehr merkwürdig. Könnte die Erklärung zutreffen, die sich ihm – oder vielleicht seiner Eitelkeit –

sofort aufdrängte? Er erinnerte sich an die Begegnung mit Mrs. Widdowson am Freitag in der Nähe seiner Wohnung. Er bildete sich im nachhinein auch ein, bereits bei früheren Gelegenheiten bemerkt zu haben, daß er ihr nicht ganz gleichgültig war. Sollte die arme kleine Frau – die zweifelsohne bei ihrem Ehemann unglücklich war – sich tatsächlich in ihn verliebt haben? Doch selbst wenn dem so war, wäre es sehr leichtfertig gewesen, zu seiner Wohnung zu kommen! Das hieße, daß sie dermaßen verzweifelt gewesen sein mußte, daß sie allen Anstand vergessen hatte! Wenn er daheim gewesen wäre, hätte sie vielleicht vorgegeben, mit ihm über Rhoda Nunn sprechen zu wollen. Es war unbesonnen von ihm gewesen, eine solche Person zu seiner Vertrauten zu machen. Aber er hatte sich dazu verleiten lassen, weil sie ihm sympathisch war.

»Mein Gott!« entfuhr es ihm bei diesen Gedanken. »Ein Glück, daß ich *nicht* zu Hause war!«

Aber – er hatte ihr doch erzählt, daß er am Samstag verreisen würde. Wie konnte sie da hoffen, ihn anzutreffen? Die genaue Uhrzeit ihres Besuchs war nicht angegeben; vielleicht hatte sie versucht, ihn vor seiner Abreise zu erwischen. Und hatte sie sich womöglich am Freitag, als er ihr in der Nähe seiner Wohnung begegnete und sie so verwirrt dreinschaute, mit der Absicht getragen, ein Gespräch mit ihm zu führen?

Eine äußerst seltsame Sache – mit äußerst ärgerlichen Folgen! Rhoda raste vor Eifersucht. Nun ja, auch er würde rasen, und nicht etwa nur zum Schein. Seltsamerweise war er beinahe froh darüber, einen Grund zu haben, um mit Rhoda streiten zu können. Den ganzen Tag war er in gereizter Stimmung gewesen – was er auf die Verärgerung über seine Niederlage am Vorabend zurückführte. Seine Leidenschaft für Rhoda war ungebrochen, aber eine Art Brutalität hatte sich daruntergemischt; aus diesem Grund hatte er sich heute morgen mit Zärtlichkeiten zurückgehalten; er traute sich selbst nicht über den Weg.

Er würde keine Possen mit sich treiben lassen. Wenn Rhoda nicht bereit war, sein Wort zu akzeptieren, sollte sie die Folgen tragen. Vielleicht würde er sie ja jetzt vor sich in die Knie zwingen. Sollte sie ihm durch falsche Anschuldigungen unrecht tun! Dann wäre nicht länger *er* derjenige, der um Gunst buhlte. Er würde sie in die Wüste schicken und darauf warten, daß sie reumütig wieder angekrochen kam. Früher oder später mußten sein und ihr Stolz, ihrer beider Eigensinn gegeneinander kämpfen;

besser, es geschah jetzt, ehe der unwiderrufliche Schritt getan war.

Er speiste mit grimmigem Appetit und trank weit mehr Wein als gewöhnlich. Dann rauchte er so lange, wie er glaubte, sich verspäten zu können. Vermutlich hatte sie den Brief ins Hotel geschickt, weil er ihn in der Abenddämmerung kaum noch würde entziffern können – eine weise Vorkehrung. Doch er war froh, somit Gelegenheit gehabt zu haben, die Sache zu überdenken und sich in angemessenen Zorn hineinzusteigern. Wenn je ein Mann gut daran getan hatte, zornig zu sein ...

Da war sie, unten am Saum des Meeres. Sie würde sich nicht nach ihm umdrehen; dessen war er sich sicher. Ob sie seine Schritte hörte, vermochte er nicht zu sagen. Als er fast bei ihr war, rief er: »Nun, Rhoda?«

Sie mußte gemerkt haben, daß er näherkam, denn sie fuhr nicht zusammen. Sie wandte ihm langsam das Gesicht zu. Keine Spur von Tränen auf ihrem Gesicht; nein, Rhoda war über dergleichen erhaben. Tiefer Ernst – das war alles.

»Nun«, fuhr er fort, »was hast du mir zu sagen?«

»Ich? Nichts.«

»Du meinst, es sei meine Aufgabe, zu erklären, was Mary dir berichtet hat. Ich kann es nicht, und damit hat sich's.«

»Was meinst du damit?« fragte sie mit klarer, distanzierter Stimme.

»Genau das, was ich gesagt habe, Rhoda. Und ich sehe mich zu der Frage veranlaßt, was *du* meinst, wenn du in diesem seltsamen Ton mit mir sprichst. Was ist geschehen, seit wir heute morgen auseinandergegangen sind?«

Rhoda vermochte ihre Verwunderung nicht zu verbergen; sie blickte ihn starr an. »Wenn *du* diesen Brief nicht erklären kannst, wer soll es dann können?«

»Ich nehme an, Mrs. Widdowson dürfte in der Lage sein, über ihr Tun Rechenschaft abzulegen. Ich bin dazu wirklich außerstande. Und zu meiner Verwunderung scheinst du etwas vergessen zu haben, das gestern zwischen uns vorgefallen ist.«

»Was denn?« fragte sie kalt, das stolz erhobene Gesicht dem Meer zuwendend.

»Du beschuldigst mich offenbar, daß ich etwas vor dir verheimliche. Ich bitte dich, dir eine gewisse einfache Frage ins Gedächtnis zu rufen, die du mir gestern gestellt hast, und die gleichermaßen einfache Antwort, die ich dir gegeben habe.« Er sah den Anflug eines Lächelns, zu dem sich ihre zusammengepreßten Lippen verzogen.

»Ich erinnere mich«, sagte sie.

»Und trotzdem zeigst du dich mir gegenüber so empört? Wenn jemand Grund zur Empörung hat, dann bin ich es. Du gibst mir zu verstehen, daß ich dich angelogen habe.«

Rhoda verlor für einen Moment die Selbstbeherrschung. »Was soll ich denn sonst denken?« rief sie verzweifelt aus. »Was kann dieser Brief bedeuten? Warum sucht sie deine Wohnung auf?«

»Ich habe nicht die geringste Ahnung, Rhoda.« Er gab sich weiterhin gelassen, weil er merkte, daß es sie wütend machte.

»Ist sie nie zuvor dort gewesen?«

»Meines Wissens nicht.«

Rhoda musterte sein Gesicht eindringlich. Sie schien darin eine Bestätigung ihrer Zweifel zu finden. Nach dem, was sie in London beobachtet hatte, und nach all den Ungereimtheiten, die sie bereits mißtrauisch gemacht hatten, ehe Marys Brief überhaupt eingetroffen war, war sie tatsächlich außerstande, ihm zu glauben.

»Wann hast du Mrs. Widdowson zum letztenmal gesehen?«

»Nein, ich werde mich keinem Kreuzverhör unterziehen«, entgegnete Everard mit einem verächtlichen Lächeln. »Wenn du dich weigerst, mein Wort zu akzeptieren, ist es sinnlos, weitere Fragen zu stellen. Du glaubst mir nicht. Sag es ehrlich und laß uns deutliche Worte reden.«

»Ich habe guten Grund zu der Annahme, daß du Mrs. Widdowsons Verhalten erklären könntest, wenn du es wolltest.«

»Genau. *Da* gibt es nichts mißzuverstehen. Und wenn ich wütend werde, bin ich ein übler Rohling. Komm, du kannst nicht beleidigt sein, wenn ich dich wie meinesgleichen behandle, Rhoda. Laß mich herausfinden, wie aufrichtig du bist. Angenommen, ich hätte dich irgendwo mit einem Mann in ein Gespräch vertieft gesehen, der dich sehr zu interessieren schien, und dann – heute beispielsweise – hätte ich gehört, daß er dich besucht habe, als du allein warst. Ich würde ein grimmiges Gesicht aufsetzen und dich beschuldigen, mich im schlimmsten Sinne zu betrügen – im schlimmsten Sinne. Wie würde deine Antwort lauten?«

»Das sind reine Spekulationen«, rief sie verächtlich aus.

»Aber es wäre denkbar, das mußt du zugeben. Ich möchte, daß du nachvollziehen kannst, was ich fühle. In einem solchen Fall könntest du dich nur voller Verachtung von mir abwenden. Wie sollte ich mich *dir* gegenüber anders verhalten – wissend, daß ich unschuldig bin, doch, wie die Dinge sich verhalten, außerstande, es zu beweisen?«

»Der Augenschein spricht sehr stark gegen dich.«

»Das ist ein Mißverständnis – mir vollkommen unerklärlich. Wenn ich dir Unredlichkeit vorwerfen würde, könntest du mir nur dein Wort entgegensetzen. So ist es auch bei mir. Aber mein Wort wird barsch zurückgewiesen. Du stellst meine Geduld auf eine harte Probe.«

Rhoda schwieg.

»Ich weiß, was du denkst. Mein Charakter war früher nicht gerade der beste. Es besteht ein Vorurteil gegen mich in einer ähnlichen Sache. Nun gut, du sollst noch ein paar weitere offene Worte hören, nur zu deinem Wohle. Mein Bericht ist nicht objektiv; aber das dürfte kein Bericht sein. Ich bin hier und dort gewesen und habe meine Abenteuer erlebt wie andere Männer auch. Von einem davon hast du gehört – die Geschichte mit dieser Amy Drake – der Anlaß für Mrs. Goodalls selbstgerechten Zorn. Du sollst die Wahrheit hören, selbst auf die Gefahr hin, daß sie dein Ohr beleidigt. Das Mädchen hat sich mir bei einer Zugfahrt, bei der wir uns zufällig begegneten, einfach in die Arme geworfen.«

»Ich will das nicht hören«, sagte Rhoda, sich abwendend.

»Aber du *sollst* es hören. Diese Geschichte ist verantwortlich dafür, daß du gegen mich voreingenommen bist und mir die schlimmsten Dinge zutraust. Selbst wenn ich dich gewaltsam festhalten muß, sollst du alles darüber erfahren. Mary scheint nur vage Andeutungen gemacht zu haben – «

»Nein; sie hat mir sämtliche Einzelheiten erzählt. Ich weiß genau, wie es war.«

»Aus der Sicht der anderen. Na gut; das erspart mir lange Ausführungen. Was diese guten Leute nicht erkannten, war, welch einen Charakter dieses Mädchen hatte. Sie hielten sie für hilflos und unschuldig, dabei war sie eine – ich will dir das Wort lieber ersparen. Sie hatte einfach nur vor, mich in ihre Gewalt zu bekommen ... wollte mich zwingen, sie zu heiraten. Dergleichen geschieht viel öfter, als du glaubst; das ist der Grund, warum Männer häufig so hämisch – wie ihr es nennen würdet – grinsen, wenn gewisse Geschichten über das schändliche Verhalten anderer Männer erzählt werden. Du wirst diese Tatsache berücksichtigen müssen, wenn du befriedigende Antworten auf die Fragen finden willst, die dich so sehr beschäftigen, Rhoda. Ich war nicht im geringsten verantwortlich dafür, daß Amy Drake vom Weg der Tugend abkam. Schlimmstenfalls habe ich mich töricht verhalten; und da ich mir darüber im klaren war ... da mir klar war, wie sinnlos es gewesen wäre, mich gegen sie zu verteidigen, ließ ich die Leute reden, was sie wollten; es war mir gleichgültig. Aber du glaubst mir nicht; ich sehe es dir an. Weiblicher Stolz hindert dich daran, mir zu glauben. In einem solchen Fall muß immer der Mann der Bösewicht sein.«

»Ich verstehe nicht, was du meinst, wenn du sagst, du hättest dich nur ›töricht‹ verhalten.«

»Mag sein, aber ich kann es dir nicht so erklären wie damals, als ich die Geschichte einem Mann erzählte, einem Freund. Doch wie streng deine moralischen Vorstellungen auch sein mögen, du wirst zugeben, daß ein Mädchen von übelstem Charakter es nicht verdient, daß man seinetwegen einen solchen Aufschrei der Empörung losläßt wie im Fall von Miss Amy Drake. Wenn ich gewollt hätte, hätte ich Dinge ans Licht bringen können, die der ehrenwerten Mrs. Goodall und meiner Kusine Mary einen großen Schock versetzt hätten. Nun gut, belassen wir es dabei. Ich habe niemals vorgegeben, ein Heiliger zu sein; andererseits habe ich mich aber auch niemals wie ein elender Schurke verhalten. Du beschuldigst mich mutwillig, ein Schurke zu sein, und ich verteidige mich, so gut ich kann. Du behauptest, daß ein Mann, der ein unschuldiges Mädchen verführt und dann fallenläßt, in einem Fall wie dem von Mrs. Widdowson sehr wahrscheinlich schuldig ist, sofern er das Gegenteil nicht beweisen kann. In beiden Fällen kann ich nichts weiter tun, als mein Wort zu geben. Die Frage ist – wirst du mein Wort akzeptieren?«

Ihre Zweisamkeit wurde jetzt doch durch zwei von Seascale in ihre Richtung kommende Männer gestört. Ihre Stimmen veranlaßten Rhoda, sich nach ihnen umzublicken; Barfoot hatte die beiden Fremden bereits bemerkt.

»Laß uns ein Stück weiter hinauf zu den Dünen gehen«, sagte er.

Rhoda folgte ihm, ohne zu antworten, und sie wechselten mehrere Minuten lang kein Wort. Laut lachend und sich unterhaltend gingen die Männer an ihnen vorbei; sie schienen zu einer Sorte Touristen zu gehören, die diesen stillen Ort an der Küste nur selten zu stören pflegen; ihre Zigarren glimmten in der Dämmerung.

»Was hast du mir nach alldem zu sagen, Rhoda?«

»Hättest du die Güte, mir den Brief deiner Kusine auszuhändigen?« sagte sie kühl.

»Hier hast du ihn. Nun wirst du zu deiner Pension zurückgehen und die halbe Nacht dasitzen, den Brief offen vor dir. Du wirst dich unsäglich quälen, und wofür das alles?«

Er war abermals in Gefahr, schwach zu werden. Rhoda, wie sie da so hochmütig und wütend vor ihm stand, wirkte sehr anziehend auf ihn. Er war versucht, sie in die Arme zu nehmen und zu küssen, bis sie weich würde und ihn um Verzeihung bat. Er wollte sehen, wie sie Tränen weinte. Doch die Stimme, mit der sie nun zu ihm sprach, klang alles andere als weinerlich.

»Du mußt mir beweisen, daß du zu unrecht verdächtigt wirst.«

Aha, so gedachte sie also vorzugehen. Sie bildete sich ein, ihre Macht über ihn sei absolut. Sie kam nicht von ihrem hohen Roß herunter, wollte ihn dazu bringen, daß er demütig zu ihr gekrochen kam, wollte es ihm so schwer wie möglich machen, ehe sie sich zufriedengab. »Wie soll ich es beweisen?« fragte er barsch.

»Wenn zwischen dir und Mrs. Widdowson nichts Unrechtes vorgefallen ist, muß es eine sehr einfache Erklärung dafür geben, warum sie zu deiner Wohnung kam und dich so dringend sehen wollte.«

»Und es ist meine Aufgabe, diese Erklärung zu finden?«

»Etwa meine?«

»Es ist entweder deine Aufgabe, Rhoda, oder niemandes Aufgabe. Ich werde diesbezüglich keinen einzigen Schritt unternehmen.«

Der Krieg war erklärt. Beide standen aufrecht da, trotzig und fest entschlossen, den Sieg davonzutragen.

»Du setzt dich damit tief ins Unrecht«, fuhr Everard fort. »Wenn du dich weigerst, mein Wort zu akzeptieren, machst du meine Hoffnung zunichte, daß wir zusammenleben können, so wie wir es uns vorgestellt hatten.«

Wie ein erdrückendes Gewicht fielen diese Worte auf ihr Herz. Doch sie war außerstande nachzugeben. Am Abend zuvor war sie in seiner Achtung gesunken, indem sie auf etwas bestand, das er für schwache weibliche Skrupel hielt; sie hatte sich dazu erniedrigt, ihn inständig um etwas zu bitten, und hatte erreicht, was sie wollte. Jetzt wollte sie ihren Willen auf andere Weise durchsetzen. Auch wenn er die Wahrheit sagte, sollte er zu der Einsicht gelangen, daß Mißtrauen in einem so dubiosen Fall ganz natürlich war und daß er die Pflicht hatte, Unklarheiten auszuräumen.

Wenn er sie getäuscht hatte, wie sie noch immer meinte, obwohl sie bei sich zu glauben bereit war, daß Monica die meiste Schuld tragen mochte und daß zwischen ihnen möglicherweise nichts Verwerfliches vorgefallen sei – sollte er das reumütig gestehen und sie inständig um Verzeihung bitten. Eine andere Haltung hielt sie für undenkbar. Undenkbar, ihn zu heiraten mit diesem Zweifel im Hinterkopf – und ebenso ausgeschlossen war es, sich so weit zu demütigen, daß sie Monica aufsuchte und sie zu dieser Sache befragte. Ob Monica nun schuldig war oder nicht, sie würde sich insgeheim über sie lustig machen, sie mit weiblicher Häme betrachten. Wenn sie ihm glauben *könnte*, wäre das freilich die großartige Erfüllung ihrer Liebe, die ideale Einheit von Herz und Seele. Sie hatte versucht, seinen empörten Worten Glauben zu schenken, während sie ihm zuhörte. Doch es war vergebens. Die Skepsis, die sie nicht abzulegen vermochte, mußte entweder zur endgültigen Trennung führen oder ihr abermals Gelegenheit bieten zu triumphieren.

»Ich weigere mich nicht, dein Wort zu akzeptieren«, sagte sie, indem sie bewußt Ausflüchte machte. »Ich sage nur, daß dein Name von jedem Verdacht reingewaschen werden muß. Mr. Widdowson wird seine Geschichte sicherlich anderen Leuten erzählen. Warum hat seine Frau ihn verlassen?«

»Weder weiß ich es, noch interessiert es mich.«

»Du mußt mir beweisen, daß nicht du der Grund dafür bist.«

»Ich werde diesbezüglich nicht die geringste Anstrengung unternehmen.«

Rhoda bewegte sich langsam von ihm weg. Da er beharrlich schwieg, ging sie weiter in Richtung Seascale. Er folgte ihr in ein paar Metern Abstand, ihre Bewegungen beobachtend. Als sie so weit gegangen waren, daß das Hotel binnen fünf Minuten in Sichtweite kommen mußte, ergriff Everard wieder das Wort. »Rhoda!«

Sie blieb stehen und wartete auf ihn.

»Wie du weißt, hatte ich vor, morgen nach London zu fahren. Ich glaube, es wäre besser, wenn ich abreiste und gar nicht erst zurückkehrte.«

»Das mußt du entscheiden.«

»Eher du.«

»Ich habe alles gesagt, was ich sagen *kann*.«

»Und ich ebenfalls. Aber ich glaube nicht, daß du dir im klaren darüber bist, wie schwer du mich beleidigst.«

»Ich möchte nur wissen, aus welchem Grund Mrs. Widdowson dich aufsuchen wollte.«

»Warum fragst du sie nicht selbst? Ihr seid befreundet. Sie würde dir bestimmt die Wahrheit sagen.«

»Wenn sie freiwillig zu mir kommt, um eine Erklärung abzugeben, werde ich mir das anhören. Aber ich werde sie nicht fragen.«

»Du hältst es offenbar für angebracht, daß *ich* sie bitte, dich aus diesem Grund aufzusuchen.«

»Es gibt andere, die das für dich übernehmen könnten.«

»Aha. Dann stecken wir also in einer Sackgasse. Ich glaube, es wäre das vernünftigste, wenn wir uns die Hand reichten und einander Lebewohl sagten.«

»Ja – wenn du glaubst.«

Die Gelegenheit, ihre Herzen sprechen zu lassen, war vertan. Nachdem sie nun in ihrem Starrsinn verhärtet waren, hatten sie einander wahrhaftig nichts mehr zu sagen. Beide schmerzte die Kälte des anderen, beide waren verärgert über die sture Weigerung des anderen nachzugeben. Everard streckte seine Hand aus.

»Wenn du bereit bist, mir zu sagen, daß du mir großes Unrecht getan hast, werde ich mich nur an gestern erinnern. Bis dahin – lebe wohl, Rhoda.«

Sie reichte ihm flüchtig die Hand, ohne ein Wort zu sagen. Und so gingen sie auseinander.

Tags darauf saß Everard um acht Uhr im Zug Richtung Süden. Er freute sich, daß seine Willensstärke sich so weit behauptet hatte. Er glaubte keineswegs, daß dies ein endgültiger Abschied von Rhoda sei. Ihre Neugier, so war er überzeugt, würde sie dazu treiben, Monica aufzusuchen; auf die eine oder andere Weise würde sie erfahren, daß ihm nichts vorzuwerfen war. Seine Aufgabe war es, auf Distanz zu gehen und auf ihre unausbleibliche Kapitulation zu warten.

Ein heftiger Regen trommelte gegen die Waggonfenster; er kam von den Bergen her, die hinter den dichten, tiefen Wolken nicht selbst sichtbar, sondern nur zu erahnen waren. Arme Rhoda! Sie würde keinen sehr heiteren Tag in Seascale verbringen. Vielleicht würde sie mit einem späteren Zug nachkommen. Sicher war, daß sie schwer litt – und das freute ihn. Je schwerer sie litt, um so schneller würde sie kapitulieren. Oh, aber die Unterwerfung sollte eine vollkommene sein! Er hatte sie in vielerlei Stimmungen erlebt, aber bisher noch nicht mit gebrochenem

Stolz. Sie sollte Tränen vor ihm vergießen, sie sollte zeigen, wie mitgenommen und bezwungen sie von den Qualen durchlittener Eifersucht und Angst war. Dann erst würde er sie aufrichten und auf den Thron setzen, würde er ihr zu Füßen sinken und ihr Herz mit Entzücken erfüllen.

Auf der Fahrt von Seascale nach London lächelte er in freudiger Erwartung dieser Stunde etliche Male vor sich hin.

27. Der Wiederaufstieg

Solange der Regen niederprasselte, und das tat er bis zum Nachmittag, saß Rhoda in dem kleinen Wohnzimmer, keinen Deut weniger unglücklich, als Barfoot vermutete. Sie wußte nicht mit Sicherheit, ob Everard nach London gefahren war; möglicherweise hatte er sich in letzter Minute eines Besseren besonnen. Am frühen Morgen hatte sie einen Brief für Miss Barfoot aufgegeben, den sie in der Nacht geschrieben hatte – einen Brief, in dem sie nicht etwa ihre Gefühle offenbarte, sondern nur nüchtern darum bat, über eventuelle Neuigkeiten hinsichtlich Mr. Widdowsons häuslicher Probleme informiert zu werden. »Du kannst weiterhin an diese Adresse schreiben; wenn ich abreise, werden mir die Briefe nachgeschickt.«

Als der Himmel sich aufklärte, ging sie ins Freie. Am Abend schlenderte sie wieder am Strand entlang. Barfoot war offenbar abgereist; wenn er noch hier wäre, hätte er nach ihr Ausschau gehalten und sich zu ihr gesellt.

Ihre Einsamkeit wurde jetzt unerträglich; dennoch konnte sie sich nicht entscheiden, wohin sie sich begeben sollte. Die Versuchung, nach London zurückzufahren, war sehr groß, doch ihr Stolz ließ es nicht zu. Everard suchte womöglich seine Kusine auf und erzählte ihr, was in Seascale vorgefallen war, dabei jede Schuld von sich weisend, so, wie er es hier getan hatte. Ob Miss Barfoot die Geschichte nun erfuhr oder nicht, Rhoda vermochte es einfach nicht mit ihrer Selbstachtung zu vereinbaren, die drei Urlaubswochen vorzeitig abzubrechen. Lieber würde sie ihre Nerven bis an die Grenze des Erträglichen strapazieren – und wenn *sie* nicht litt, dann hatte nie eine Frau gelitten.

Das Wetter besserte sich auch am folgenden Tag nicht, und das erleichterte es ihr, eine Entscheidung zu treffen. Sie hatte jetzt keine Lust mehr auf Seen und Berge; menschliche Gesellschaft war es, was sie am dringendsten benötigte. Tags darauf fuhr sie mit dem ersten Zug – nicht nach London, sondern nach Somerset, zum Haus ihres Bruders, und dort blieb sie, bis es Zeit war, zur Arbeit zurückzukehren. Von Miss Barfoot erhielt sie in dieser Zeit zwei Briefe, in denen es hieß, daß sie nichts Neues über Monica gehört habe. Von Everard schrieb sie nichts.

Rhoda kehrte an dem vereinbarten Samstagnachmittag nach Chelsea zurück. Miss Barfoot wußte, wann sie ankommen würde, war jedoch bei ihrer Rückkehr nicht daheim und traf erst einige Stunden später ein. Sie begrüßten einander, als sei während der drei Wochen nichts Außergewöhnliches vorgefallen. Falls Mary besorgt war, gelang es ihr jedenfalls, sich das nicht anmerken zu lassen; Rhoda klang, als ob sie heilfroh wäre, wieder daheim zu sein, und führte das schlechte Wetter als Grund für ihre verfrühte Abreise vom Lake Distrikt an. Erst nach dem Essen kam das unvermeidbare Thema zur Sprache.

»Hast du Everard seit deiner Abreise in den Urlaub gesehen?« fragte Miss Barfoot als erstes.

Demnach schien er nicht hiergewesen zu sein, um seine Geschichte zu erzählen und seine Unschuld zu beteuern.

»Ja, ich habe ihn in Seascale getroffen«, entgegnete Rhoda scheinbar ungerührt.

»Bevor oder nachdem jene Nachrichten eintrafen?«

»Sowohl vorher als auch hinterher. Ich zeigte ihm deinen Brief, und alles, was er zu sagen hatte, war, daß er nichts von der Sache wisse.«

»Das ist auch alles, was er mir zu sagen hat. Ich habe ihn nicht gesehen. Ein Brief, den ich an seine Londoner Adresse schickte, wurde nach einer Woche von einem Ort aus beantwortet, den ich noch nie zuvor gehört habe – Arromanches, in der Normandie. Der kürzeste und unverschämteste Brief, den ich je von ihm erhalten habe. Er gab mir praktisch zu verstehen, daß ich mich um meine eigenen Angelegenheiten kümmern solle. Das war alles.«

Rhoda lächelte verhalten, wissend, daß ihre Freundin vor Neugierde beinahe platzte, aber entschlossen, diese unbefriedigt zu lassen. Sie hatte sich nämlich vorgenommen, nichts von dem zu verraten, was sie durchgemacht hatte – mochten ihre eingefallenen Wangen auch schwer mit einem erholsamen Sommerurlaub in Einklang zu bringen sein. Ihr Gemütszustand ähnelte dem eines Asketen, der eine krankhafte Freude daran findet, sich zu quälen. Sie empfand eine große Bitterkeit gegen die Welt und redetete sich nicht nur ein, daß jeder Gedanke an Everard Barfoot ein hassenswerter Gedanke war, sondern daß die Liebe zwischen Mann und Frau für sie ein unreiner Begriff geworden sei und es immer bleiben würde, ein Laster des Fleisches.

»Ich nehme an«, sagte sie gleichgültig, »daß Mr. Widdowson versuchen wird, sich von seiner Frau scheiden zu lassen.«

»Das befürchte ich. Aber vielleicht haben sie sich ja längst wieder versöhnt.«

»Du bezweifelst doch nicht etwa, daß sie schuldig ist?«

Mary versuchte, die harte, strenge, leicht zynische Miene zu deuten. Mutmaßungen anzustellen war nicht schwierig; da sie jedoch über keinerlei Informationen verfügte, war das wohl sinnlos. Es stand jedenfalls zu erwarten, daß Rhoda über Mrs. Widdowson nicht anders denken und nicht weniger streng urteilen würde als über die vom Wege abgekommene Bella Royston.

»Ich habe gewisse Zweifel«, antwortete Miss Barfoot. »Aber ich wäre froh, wenn jemand eine positive Meinung hätte, um es mir zu erleichtern, Milde zu üben.«

»Miss Madden ist nicht hiergewesen. Sie wäre gewiß gekommen, wenn sie überzeugt wäre, daß ihrer Schwester Unrecht getan wird.«

»Es sei denn, ein paar Tage später hätte sich alles in Wohlgefallen aufgelöst – dann würde natürlich niemand mehr ein Wort über die Sache verlieren.« Diese Möglichkeit ging Rhoda bis zum Einschlafen im Kopf herum.

Sie hatte ein komisches Gefühl, als sie das vertraute Schlafzimmer betrat. Schon vor ihrem Urlaub hatte sie sich davon verabschiedet, und in Seascale, in der Nacht, die auf den »perfekten Tag« gefolgt war, hatte sie es als zur Vergangenheit gehörig erklärt, als einen für immer aufgegebenen, bereits in weiter Ferne liegenden Ort. Mit Abscheu blickte sie auf das weiße Bett; sie hatte das Gefühl, künftig nicht mehr in diesem Zimmer wohnen zu können und Miss Barfoot bitten zu müssen, ihr ein anderes Zimmer zur Verfügung zu stellen. Von den in Schachteln verpackten Ziergegenständen stellte sie an diesem Abend nichts wieder an den alten Platz. Der Geruch des Zimmers rief so viele Erinnerungen an Stunden des Kampfes und der Hoffnung wach, daß ihr ganz übel wurde. Mit grenzenloser Wut verfluchte sie den Mann, der den geradlinigen und makellosen Verlauf ihres Lebens derart gestört und beschmutzt hatte.

Arromanches in der Normandie? Am Sonntag suchte Rhoda die Ortschaft auf einer Landkarte; doch sie war nicht verzeichnet, da wohl zu unbedeutend. Sie konnte sich nicht vorstellen, daß er allein dorthin gereist war; vermutlich vergnügte er sich mit Freunden, ohne sich Gedanken zu machen, wie es ihr gehe. Nachdem er so viel Zeit hatte verstreichen lassen, war anzunehmen, daß er sie niemals wieder aufsuchen würde. Er hatte erkannt, daß ihr Wille genauso stark war wie der seine, und da er sie nicht beherrschen konnte, setzte er sie auf die Liste der Frauen, die ihm interessante Erfahrungen eingebracht hatten, an die jedoch keine ernsten Gedanken mehr zu verschwenden waren.

Anfänglichen Widerwillen bezwingend, stürzte sie sich in der folgenden Woche mit Feuereifer in ihre Arbeit und schien nach einer Weile ihren früheren Elan wiedergefunden zu haben. Das war ihre einzige Rettung. Untätigkeit und Ziellosigkeit würden sie bald in einem Maße erniedrigen, wie sie es nie für möglich gehalten hätte. Sie machte sich für jeden Tag einen Arbeitsplan, der ihr vom frühen Morgen bis zum späten Abend keine freie Minute ließ, damit sie nachts so erschöpft war, daß sie schlafen konnte. Schon ein, zwei Stunden vor dem Frühstück vertiefte sie sich in neue Studien. Sie schränkte sogar die Mahlzeiten ein und aß nur so viel, wie nötig war, um nicht zu hungern, wobei sie Wein und alles andere, was ihr besonders gut schmeckte, ablehnte.

Sie hätte zu gern ein vertrauliches Gespräch mit Mildred Vesper geführt. Das wäre leicht zu bewerkstelligen gewesen, doch auch diesbezüglich zwang sie sich zur Selbstbeherrschung und gab dem Drang erst in der zweiten Woche nach, eines Abends nach Beendigung der Arbeit.

»Ich wollte Sie schon seit Tagen fragen«, begann Rhoda, »ob Sie etwas von Mrs. Widdowson gehört haben.«

»Ich habe ihr vor einer Weile geschrieben, und sie hat mir unter einer neuen Adresse geantwortet. Sie schreibt, daß sie ihren Mann verlassen hat und nie wieder zu ihm zurückkehren will.«

Rhoda nickte ernst. »Dann stimmt es, was ich gehört hatte. Aber gesehen haben Sie sie nicht?«

»Sie bat mich, nicht zu kommen. Sie wohnt mit ihrer Schwester zusammen.«

»Hat sie Ihnen einen Grund genannt, warum sie sich von ihrem Mann getrennt hat?«

»Nein«, antwortete Mildred. »Sie sagte nur, daß es kein Geheimnis sei, daß jeder es wisse. Darum habe ich Sie nicht darauf angesprochen – was ich in Anbetracht unseres letzten Gesprächs andernfalls getan hätte.«

»Die Tatsache an sich ist kein Geheimnis«, sagte Rhoda kühl. »Warum weigert sie sich aber, eine Erklärung abzugeben?«

Mildred schüttelte den Kopf zum Zeichen, daß sie keine befriedigende Antwort wisse, und damit war das Gespräch beendet; Rhoda wußte nicht, wie sie hätte fortfahren können, ohne klatschsüchtig zu erscheinen. Ihre Hoffnung, aufschlußreiche Informationen zu erhalten, war dahin; sie bezweifelte allerdings, daß Mildred ihr alles gesagt hatte, was sie wußte.

Ende der Woche trat Miss Barfoot ihren Urlaub an; sie hatte vor, nach Schottland zu reisen und fast den ganzen September dort zu verbringen. Um diese Jahreszeit war es in der Great Portland Street sehr ruhig; es gingen nur wenige Schreibaufträge ein, und die Zahl der Schülerinnen belief sich auf nicht mehr als ein halbes Dutzend. Gleichwohl gefiel es Rhoda, das Institut unter ihrer alleinigen Leitung zu haben; sie hatte das Bedürfnis nach Autorität, und indem sie allem, wofür sie jetzt zuständig war, eine übersteigerte Bedeutung beimaß, versuchte sie, über ihren geheimen Kummer hinwegzukommen. Doch so sehr sie sich auch bemühte, es gelang ihr nicht. In der ersten Nacht nach Marys Abreise vergoß sie bittere Tränen; sie weinte nicht nur, sondern durchlitt solche Höllenqualen, daß sie sich schließlich den Tod als Erlösung herbeisehnte. Sie flüsterte zärtlich den Namen ihres Geliebten; im nächsten Augenblick verfluchte sie ihn mit tödlichem Haß. Im Halbschlaf entwickelte sie wilde, absurde Pläne, wie sie sich rächen könnte, und war im nächsten Moment beinahe entschlossen, alles für ihre Liebe aufzugeben, sich alberner Eifersucht zu bezichtigen und Vergebung zu erflehen. Von allen kummervollen Nächten, die sie je durchgemacht hatte, war diese die allerschlimmste.

Sie rief auch ein Ereignis aus ihrer Jugendzeit, vielmehr Kindheit wieder wach. Sie mußte an jene Gestalt aus grauer Vergangenheit denken, an den rauhen Mann mit den harten Zügen, der ihr eine erste Ahnung davon vermittelt hatte, was Unabhängigkeit bedeutet; obwohl er dreimal so alt war wie sie, hatte er in ihrem unbedarften Herzen einen Aufruhr der Gefühle entfacht, ihr Freund aus Clevedon – Mr. Smithson. Eine Frage, die Mary Barfoot ihr einmal gestellt hatte, ließ sie nach Jahren wieder an ihn denken, wenn auch nur für einen kurzen Augenblick und mit Selbstironie. Was sie jetzt durchmachte, war die absolute

Steigerung des Leids, das sie mit fünfzehn erfahren hatte, als Mr. Smithson für immer aus ihrem Leben verschwand. Alberner Kinderkram! Und trotzdem diese Qualen, dieses ruhelose Hin- und Herwerfen des Nachts, diese Hoffnungslosigkeit! Wie erbärmlich, solche Empfindungen wieder aufleben zu lassen, mit reifem Verstand und nach so vielen Jahren eiserner Disziplin!

Da ihr vor dem Sonntag graute, dem Tag, der für alle Einsamen und Unglücklichen besonders deprimierend ist, frühstückte sie zeitig und verließ dann das Haus – einfach nur, um Bewegung zu haben, um sich körperlich zu betätigen, damit sie müde werde und schlafen könne. Obwohl der Himmel bedeckt war, sah es nicht nach Regen aus; gegen Mittag hellte es ein wenig auf. Ohne auf die Richtung zu achten, lief sie drauflos, bis das enervierende Geläut auch der letzten Kirchenglocke verstummt war; sie war schon weit draußen in den westlichen Vororten, als sie allmählich müde wurde und ihren forschen Schritt verlangsamte. Schließlich machte sie kehrt. Rein zufällig ging sie an Mrs. Cosgroves Haus vorbei, besser gesagt, sie wäre vorbeigegangen, hätte sie nicht Mrs. Cosgrove am Eßzimmerfenster erblickt, wie diese ihr ein Zeichen machte. Einen Augenblick später wurde ihr die Tür geöffnet, und sie trat ein. Sie war froh über diesen Zufall, denn die gesellige Dame wußte vielleicht etwas über Mrs. Widdowson, die häufig bei ihr zu Gast gewesen war.

»Haben Sie Erbarmen, unterhalten Sie sich mit mir!« rief Mrs. Cosgrove aus. »Ich bin mutterseelenallein und kurz davor, mich zu erhängen. Sind Sie irgendwo verabredet?«

»Nein. Ich mache nur einen Spaziergang.«

»Einen Spaziergang? Welch unglaubliche Energie! Mir würde es nicht im Traum einfallen, in London spazierenzugehen. Ich bin gestern abend aus der Provinz zurückgekehrt, in der Erwartung, meine Schwester hier anzutreffen, aber sie wird nicht vor Dienstag kommen. Ich stehe seit einer Stunde am Fenster und vergehe fast vor *Ennui*.«

Sie begaben sich in den Salon. Es dauerte nicht lange, bis Mrs. Cosgrove eine Bemerkung machte, die es Rhoda ermöglichte, auf Mrs. Widdowson zu sprechen zu kommen. Mrs. Cosgrove hatte sie seit über einem Monat weder gesehen noch etwas von ihr gehört; sie war die ganze Zeit nicht in London gewesen. Rhoda kämpfte mit sich, vermochte das Thema, das sie unablässig beschäftigte, aber nicht zu unterdrücken. Sie erzählte alles, was sie wußte – bis auf den Verdacht gegen Everard Barfoot.

»Das überrascht mich ganz und gar nicht«, sagte die Zuhörerin teilnahmsvoll. »Mir war von Anfang an klar, daß sie nicht sonderlich gut miteinander auskommen würden. Ohne Kinder war das unmöglich. Sie hat Ihnen sicherlich die genauen Einzelheiten erzählt?«

»Ich habe sie, seitdem das passiert ist, nicht mehr gesehen.«

»Ehrlich gesagt, ich empfinde immer eine gewisse Genugtuung, wenn ich von Ehepaaren höre, die sich trennen. Einige unserer lieben Freunde wären schockiert, wenn sie das hörten! Es ist aber keineswegs Schadenfreude und ist auch nicht persönlich gemeint. Wie Sie wissen, glaube ich behaupten zu können, daß mein Mann und ich ein überaus zufriedenes Leben geführt haben. Trotzdem halte ich die Ehe generell für gewaltigen Humbug – verzeihen Sie dieses Wort.«

»Da stimme ich Ihnen voll und ganz zu«, sagte Rhoda mit aufgesetzter Fröhlichkeit.

»Ich bin froh über alles, was die Ehe als Institution, zumindest in ihrer gegenwärtigen Form, bedroht. Ich freue mich über jede skandalöse Scheidung – über alles, was deutlich macht, wie viel Elend uns erspart bliebe, wenn wir uns in dieser Hinsicht weiterentwickelten. Es gibt Frauen, deren Verhalten ich persönlich für widerwärtig halte, denen ich aber dennoch dankbar dafür bin, daß sie die gesellschaftlichen Konventionen mißachten. Wir werden eine Phase der Anarchie durchmachen müssen, ehe eine Reform beginnen kann. Ja, in dieser Beziehung bin ich Anarchistin. Ich glaube ernsthaft, daß prominente Männer und Frauen, die es wagten, freie Bindungen einzugehen, ohne den Segen eines Pfarrers oder eines Standesbeamten, ihren Mitmenschen mehr nutzen würden als durch alles andere. Daß ich so denke, verrate ich nicht jedem, aber nur, weil ich ein Feigling bin. Dinge, von denen man aus ganzem Herzen überzeugt ist, sollte man auch kundtun.«

Rhoda blickte nachdenklich und beklommen drein. »Dazu braucht man viel Mut«, sagte sie. »Um diesen Schritt zu wagen, meine ich.«

»Selbstverständlich. Wir brauchen Märtyrer. Allerdings bezweifle ich, daß das Martyrium für intelligente Leute von langer Dauer oder besonders schlimm wäre. Einer Frau mit Verstand, die mutig nach ihrer Überzeugung handelte, würde es nicht an Gleichgesinnten fehlen. Die Ansichten der führenden Leute werden immer liberaler, ohne daß sie das einander eingestehen wollen. Warten Sie, bis jemand ein Beispiel setzt, dann werden Sie schon sehen.«

Rhoda gingen daraufhin so viele widerstreitende Gedanken durch den Kopf, daß sie nur gelegentlich ein Wort einwarf und Mrs. Cosgrove somit Gelegenheit hatte, sich ausführlich über dieses fesselnde Thema auszulassen.

»Wo wohnt Mrs. Widdowson eigentlich?« erkundigte sich die Revolutionärin schließlich.

»Ich weiß es nicht. Aber ich kann Ihnen ihre Adresse besorgen.«

»Bitte tun Sie das. Ich werde sie besuchen. Ich denke, wir sind so gut miteinander befreundet, daß ich das tun kann, ohne aufdringlich zu erscheinen.«

Nachdem Rhoda bei ihrer Bekannten zu Mittag gespeist hatte, machte sie sich zu Mildred Vesper auf. Sie traf diese lesend und in ihrer gewohnten heiter-gelassenen Stimmung an. Sie nannte Rhoda die Adresse, die auf Mrs. Widdowsons letztem kurzen Schreiben stand, und Rhoda gab sie am gleichen Abend brieflich an Mrs. Cosgrove weiter.

Zwei Tage später erhielt sie eine Antwort. Mrs. Cosgrove hatte Mrs. Widdowson in ihrem Zimmer in Clapham besucht. »Sie ist krank, sieht elend aus, und man muß ihr jedes Wort aus der Nase ziehen. Ich konnte nur eine knappe Viertelstunde bleiben, und es war unmöglich, Fragen zu stellen. Sie erwähnte Ihren Namen und schien sehr erpicht darauf, etwas über Sie zu hören; als ich sie fragte, ob sie sich über einen Besuch von Ihnen freuen würde, wurde sie mit einem Schlag ganz kleinlaut und sagte, sie hoffe, Sie kämen nur dann, wenn Sie es wirklich wünschten. Armes Ding! Es ist mir zwar ein Rätsel, was das alles zu bedeuten hat, doch als ich ging, war mein Herz voller Verwünschungen auf die Ehe – dieser Wut kann man getrost stets freien Lauf lassen.«

Etwa eine Woche später erhielt Miss Barfoot einen in Ostende abgestempelten Brief von Everard.

Zum ersten Mal im Leben war Rhoda versucht, einen Vertrauensbruch zu begehen, über den sie zutiefst empört gewesen wäre, hätte ein anderer ihn begangen. Sie hatte zwar gehört, daß es Leute gab, die Briefe mit Hilfe von Wasserdampf heimlich öffneten, war sich jedoch nicht sicher, ob das Spuren hinterließ; trotzdem ließ sie der Gedanke mehrere Stunden lang nicht los. Es war schrecklich, diesen Brief mit Everards Schriftzug in Händen zu halten und ihn wieder fortschicken zu müssen, ohne den

Inhalt, der von großer Wichtigkeit für sie sein mochte, lesen zu können. Sie konnte Miss Barfoot schlecht bitten, ihr mitzuteilen, was Everard geschrieben hatte. Vielleicht würde sie ihr von sich aus berichten, was er geschrieben hatte – vielleicht auch nicht.

Würde der Umschlag nicht zerknittern, sich verfärben oder sonstige Spuren davontragen, wenn sie die Rückseite über Wasserdampf hielt? Einer solch erbärmlichen Tat auch nur verdächtigt zu werden wäre schlimmer für sie als der Tod. Wie konnte sie an dergleichen überhaupt denken? Wie diese elende Leidenschaft, die in ihr wie eine Krankheit wütete, sie geradezu erniedrigte!

Sie steckte den Brief mit zwei anderen Schreiben, die an diesem Tag eingetroffen waren, in einen großen Umschlag und schickte ihn ab. Doch sie verspürte keine Befriedigung darüber, sich beherrscht zu haben; sie empfand einen Haß auf die ganze Welt und auf jede einzelne von all diesen Anstandsregeln.

Als sie nach ein paar Tagen einen Brief von Miss Barfoot erhielt, riß sie ihn auf, und – ja, da war Everards Handschrift. Mary hatte ihr das Schreiben geschickt, damit sie es lesen konnte.

»Liebe Kusine Mary, in meinem letzten Brief an Dich bin ich wohl ein wenig zu barsch geworden. Aber meine Geduld war bis zum äußersten strapaziert. Ich habe einiges durchgemacht; nun komme ich allmählich wieder zur Vernunft und sehe ein, daß Du keine andere Wahl hattest, als diese Fragen zu stellen. Ich weiß nichts über Mrs. Widdowson und habe nicht das geringste Interesse an ihr. Mit ihrem absonderlichen Verhalten hat sie mir entweder schwer geschadet oder einen großen Dienst erwiesen. Ich bin mir nicht ganz sicher, was von beidem, aber ich neige fast dazu, letzteres für zutreffend zu halten. Es dürfte Dir nicht schwerfallen, zu erraten, worum es geht.

Hast Du schon einmal von Arromanches gehört? Es ist ein sehr ruhiger kleiner Ort an der normannischen Küste. Man kommt von Bayeux aus mit der Kutsche in einer Stunde dorthin. Nicht von Engländern überlaufen. Ich bin auf Einladung der Brissendens dorthin gereist, die das Städtchen letztes Jahr entdeckten. Prächtige Leute. Je besser ich sie kennenlerne, um so sympathischer werden sie mir. Die beiden Töchter haben sehr liberale – sogar extrem liberale – Ansichten. Sie würden Dir gefallen, da bin ich mir sicher. Sehr gebildet. Agnes, die jüngere, liest ein halbes Dutzend Fremdsprachen und bringt mich mit ihren Kenntnissen aus den unterschiedlichsten Sachgebieten in Verlegenheit. Und trotzdem wunderbar weiblich.

Sie hatten geplant, nach Ostende weiterzureisen, und ich bin kurzentschlossen mitgefahren, so daß wir uns weiterhin recht häufig sehen.

Ich werde mir übrigens eine neue Bleibe suchen müssen, wenn ich nach London zurückkomme. Der Ingenieur ist länger in Italien geblieben als vorgesehen, aber jetzt möchte er in seine Wohnung zurück und soll sie natürlich auch haben. Es wäre allerdings möglich, daß ich gar nicht wiederkomme, höchstens, um meine Siebensachen zu packen. Ich werde Dich nicht besuchen, es sei denn, Du läßt mich wissen, daß Du meinen Aussagen, die ich nun doppelt gemacht habe, Glauben schenkst. – Dein liederlicher Verwandter,

E. B.«

»Ich denke«, schrieb Mary, »daß wir ihm ruhig glauben dürfen. Eine solche Lüge wäre zu niederträchtig; dazu ist er nicht fähig. Vergiß nicht, daß ich ihn nie der Verlogenheit bezichtigt habe. Ich werde ihm schreiben und ihm mitteilen, daß ich seinen Worten Glauben schenke. Hast Du schon einmal daran gedacht, Mrs. Widdowson aufzusuchen? Falls Du unüberwindliche Bedenken hast, könntest Du auch Miss Madden besuchen. Wir reden miteinander in einer Art Code, liebe Rhoda. Wie dem auch sei, Du dürftest wissen, daß ich nur Dein Bestes möchte, doch entscheiden, was das Beste für Dich ist, mußt Du selbst.«

Everards Brief machte Rhoda rasend vor Wut. Beim Schreiben mußte er sich darüber im klaren gewesen sein, daß er an sie weitergeleitet würde; er hoffte ihre Eifersucht anzustacheln. Mrs. Widdowson hatte ihm also einen Dienst erwiesen. Er konnte sich ungestört Agnes Brissenden widmen, mit ihren sechs Fremdsprachen, ihren äußerst liberalen Ansichten, ihrem weiblichen Charme.

Wenn es ihr nicht gelang, die Liebe für diesen Mann abzutöten, würde sie Gift schlucken – etwas, das zu tun sie sich schon oft vorgenommen hatte, gesetzt den Fall, daß sie von einer unheilbaren Krankheit, wie beispielsweise Krebs, befallen würde ...

Und damit zulassen, daß seiner Eitelkeit geschmeichelt wurde? Ihm damit die lebenslange Genugtuung verschaffen, daß eine Frau mit überdurchschnittlichen geistigen und seelischen Qualitäten aus Liebe zu ihm wie eine Ratte verendet war?

Völlig konfus lief sie im Haus umher, von einem Zimmer ins andere, treppauf, treppab. Verhielt er sich im Grunde nicht so, wie es ihr nur recht sein konnte? Erleichterte er es ihr nicht, ihn hassen zu können? Er schlug sie mit unmännlichen Streichen und glaubte wohl, damit ihren Stolz zu brechen und zu erreichen, daß sie demütig vor ihm in die Knie sank. Niemals! Selbst wenn sich eindeutig herausstellte, daß sie ihm hätte glauben müssen, würde sie sich nicht unterwerfen. Wenn er sie liebte, mußte er ihr einen neuen Antrag machen.

Die Anregung in Marys Brief griff sie hingegen auf. Nachdem sie ein paar Tage darüber nachgedacht hatte, schrieb sie an Virginia Madden und fragte sie, ob es ihr möglich sei, am Samstag nachmittag zu ihr in die Queen's Road zu kommen. Virginia schickte ihr postwendend eine Zusage und stand pünktlich zur vereinbarten Zeit vor der Tür. Obwohl sie jetzt besser gekleidet war als in der Zeit vor Monicas Eheschließung, war ihr etwas abhanden gekommen, das durch die Kleidung nicht wettgemacht wurde: Ihr Gesicht hatte den feinen Ausdruck verloren, der es früher nebensächlich erscheinen ließ, welche Art Kleider sie trug. Augenlider und Nasenspitze waren auffallend gerötet; der Mund war derber und schlaffer geworden, die Unterlippe hing ein wenig herab; ihr Lächeln hatte etwas Scheues, Entschuldigendes – wie bei Leuten, die etwas Schändliches getan haben; sie lächelte selbst dann, wenn sie versuchte, besorgt auszusehen, und ihr Blick war unsicher. Sie setzte sich schüchtern auf die Kante eines Stuhls wie eine Bewerberin um eine Arbeitsstelle oder um Fürsorge; die feuchten Augen, die sie zwangen, immer wieder ihr Taschentuch herauszuziehen, verstärkten diesen Eindruck.

Rhoda wollte bei dieser armen, mutlosen Frau, über deren Veränderung in den letzten Jahren und besonders innerhalb der letzten zwölf Monate sie sich häufig Gedanken gemacht hatte, nicht lange um den heißen Brei herumreden. Sie kam gleich zur Sache. »Warum sind Sie nicht längst zu mir gekommen?«

»Ich ... konnte einfach nicht. Die Umstände ... alles ist so furchtbar peinlich; Sie wissen ... Sie wissen sicher, was vorgefallen ist?«

»Natürlich.«

»Durch wen«, fragte Virginia zaghaft, »haben Sie davon erfahren?«

»Mr. Widdowson war hier und hat Miss Barfoot alles erzählt.«

»Er war hier? Das wußten wir nicht. Dann wissen Sie auch, was er Monica vorwirft?«

»Alles.«

»Ich versichere Ihnen, daß es nicht wahr ist, was er behauptet. Monica ist unschuldig. Das arme Kind hat nichts getan ... ihr Verhalten war taktlos ... nichts weiter als taktlos ...«

»Ich würde das nur zu gerne glauben. Können Sie es begründen? Können Sie Monicas Verhalten erklären – nicht nur in diesem einen Fall, sondern auch bei anderen Gelegenheiten, wo sie etwas vortäuschte? Ihr Mann erzählte Miss Barfoot, daß sie ihm des öfteren die Unwahrheit gesagt habe – daß sie beispielsweise behauptete, hiergewesen zu sein, wenn sie das nachweislich nicht war.«

»Ich weiß keine Erklärung dafür«, sagte Virginia weinerlich. »Monica weigert sich, mir zu verraten, warum sie nicht offen sagte, wohin sie ging.«

»Wie können Sie dann von mir erwarten, daß ich Ihnen die Versicherung abnehme, sie sei unschuldig?«

Die Stichhaltigkeit dieser Frage brachte Virginia völlig aus der Fassung, und sie lief rot an. Ihr Taschentuch fiel zu Boden, und schwer atmend tastete sie danach.

»O Miss Nunn! Wie können Sie glauben, daß Monica – ? Sie wissen, daß sie so etwas nicht tun würde, nicht wahr?«

»Jeder Mensch ist imstande, ein Verbrechen zu begehen«, sagte Rhoda gereizt, denn das, was sie hier zu hören bekam, entlastete Barfoot nicht im geringsten. »Keiner kennt einen anderen gut genug, um sagen zu können, daß eine Beschuldigung falsch sein *muß*.«

Miss Madden begann zu schluchzen. »Ich fürchte, da haben Sie recht. Aber meine Schwester ... meine arme Schwester ...«

»Ich wollte Sie nicht beunruhigen. Bitte nehmen Sie sich zusammen, und lassen Sie uns in Ruhe darüber reden.«

»Ja ... ich werde ... ich möchte wirklich gerne mit Ihnen darüber sprechen. Ach, wenn ich sie doch nur überreden könnte, zu ihrem Mann zurückzukehren! Er ist bereit, sie wieder bei sich aufzunehmen. Ich begegne ihm sehr häufig bei Clapham Common, und ... wir leben auf seine Kosten. Als Monica fast eine Woche mit mir in meinem früheren Zimmer gewohnt hatte, mietete er diese neuen Zimmer für uns an, und Monica willigte ein, sie zu beziehen. Aber sie weigert sich, zu ihm zurückzukehren. Er hat uns angeboten, uns sein Haus zu überlassen, aber ohne Erfolg. Er schreibt ihr, doch sie antwortet ihm nicht. Wußten Sie, daß er ein Haus in Clevedon gemietet hat – ein wunderschönes Haus? Es war vorgesehen, daß sie in wenigen Wochen umziehen, und Alice und ich wären zu ihnen gezogen – dann geschah diese schreckliche Sache. Und Mr. Widdowson besteht nicht einmal darauf, daß sie ihm preisgibt, was sie verheimlicht. Er ist ohne Vorbehalt bereit, sie zu sich zurückkommen zu lassen. Und sie ist so krank – «

Virginia brach ab, als wäre da etwas, das sie nicht zu sagen wagte. Ihre Wangen liefen rot an, und sie blickte betreten im Zimmer umher.

»Ernstlich krank, meinen Sie?« erkundigte sich Rhoda, bemüht, nicht barsch zu klingen.

»Sie steht jeden Tag auf, aber ich habe immer Angst, daß ... Sie hat mehrere Ohnmachtsanfälle gehabt – «

Rhoda blickte die Sprecherin mit unbarmherzig prüfendem Blick an. »Woran mag das gelegen haben? Weil sie fälschlich beschuldigt wurde?«

»Teilweise ja. Aber – « Virginia erhob sich plötzlich, ging auf Rhoda zu und flüsterte ihr etwas ins Ohr. Rhoda wurde bleich; ihre Augen funkelten wütend. »Und *trotzdem* glauben Sie, daß sie unschuldig ist?«

»Sie hat mir geschworen, daß sie unschuldig ist. Sie sagt, daß sie einen Beweis hat, den ich eines Tages sehen werde ... und auch ihr Mann. Sie bildet sich ein, daß sie nicht mehr lange leben wird, und bevor sie stirbt, will sie alles erzählen.«

»Ich nehme an, ihr Mann weiß es ... das, was Sie mir gerade erzählt haben?«

»Nein. Sie hat mir verboten, etwas zu sagen – und was soll ich denn tun, Miss Nunn? Ich mußte ihr hoch und heilig versprechen, daß er nichts davon erfährt. Nicht einmal Alice habe ich es erzählt. Aber sie wird es bald erfahren. Ende September gibt sie ihre Stellung auf und kommt zu uns nach London – zumindest vorübergehend. Wir hoffen so sehr, daß wir Monica doch noch überreden können, das Haus in Clevedon zu beziehen. Mr. Widdowson will es nicht aufgeben und ist jederzeit bereit, die Möbel von Herne Hill dorthin transportieren zu lassen. Könnten Sie uns nicht helfen, liebe Miss Nunn? Monica würde auf Sie hören; ich bin mir ganz sicher.«

»Es tut mir leid, aber ich kann da nichts machen«, antwortete Rhoda kühl.

»Sie würde Sie so gern sehen.«

»Hat sie das gesagt?«

»Nicht ausdrücklich – aber ich bin mir sicher, daß sie Sie sehen möchte. Sie hat sich mehrmals nach Ihnen erkundigt, und als Ihre Nachricht kam, hat sie sich sehr gefreut. Sie würden uns eine große Gefälligkeit erweisen – «

»Sagt sie, daß sie niemals zu ihrem Mann zurückkehren will?«

»Ja – leider. Aber das arme Kind glaubt, nicht mehr lange zu leben. Sie läßt sich das einfach nicht ausreden. ›Ich werde sterben und niemandem mehr zur Last fallen‹, sagt sie ständig zu mir. Und wenn man sich so etwas einredet, ist es sehr gut möglich, daß es tatsächlich geschieht. Sie sitzt ständig zu Hause, dabei ist das doch gar nicht gut für sie; sie sollte jeden Tag an die frische Luft gehen. Sie weigert sich, einen Doktor kommen zu lassen.«

»Hat Mr. Widdowson etwas getan, was ihr Grund gibt, Abneigung gegen ihn zu empfinden?« erkundigte sich Rhoda.

»Er war furchtbar wütend, als er herausfand ... das war wohl verständlich ... er dachte das Schlimmste von ihr, und dabei war er Monica doch immer so zugetan. Sie sagt, er schien kurz davor, sie umzubringen. Er ist ein sehr strenger Mensch – den Eindruck hatte ich von Anfang an. Er konnte es noch nie ertragen, daß Monica allein ausging. Ich fürchte, sie waren sehr, sehr unglücklich miteinander – sie paßten in beinahe keinerlei Hinsicht zusammen. Trotzdem – unter diesen Umständen sollte sie doch zu ihm zurückkehren, nicht wahr?«

»Das kann ich nicht beurteilen. Ich weiß es nicht«, sagte Rhoda mit einem Anflug von Unsicherheit in der Stimme. Wäre sie nicht persönlich betroffen gewesen, hätte sie keinerlei Zweifel gehegt; sie hätte erklärt, daß es in einem solchen Fall allein Sache der Ehefrau sei, wozu sie sich entschied. So aber mußte sie Monica gegenüber tiefes Mißtrauen und Unbehagen empfinden. Die Geschichte mit dem eindeutigen Beweis, den sie noch nicht beibringen wollte, war ihrer Meinung nach nichts weiter als die Ausflucht einer schwachen Frau – ein aus Scham und Verzweiflung erfundenes Märchen. Es würde ihr durchaus eine gewisse Erleichterung verschaffen, wenn Monica überredet werden könnte, nach Clevedon zu ziehen, doch sie brachte es nicht über sich, die leidende Frau zu besuchen. Wie immer die Sache ausgehen mochte, sie würde daran nicht beteiligt gewesen sein. Ihre Würde, ihr Stolz ließen es nicht zu, sich in eine so erbärmliche Geschichte hineinziehen zu lassen.

»Ich kann nicht länger bleiben«, sagte Virginia, nachdem eine Weile peinliches Schweigen geherrscht hatte. »Ich habe Angst, sie auch nur eine Stunde allein zu lassen; die Furcht, daß etwas Schreckliches geschehen könnte, verfolgt mich Tag und Nacht. Ich bin froh, wenn Alice endlich da ist!«

Rhoda hatte für Virginia keine Worte des Trostes übrig. Sie empfand nicht mehr Mitleid für sie, als sie es für jeden Fremden empfunden hätte, der in großen Schwierigkeiten steckte; die ganze einstige Sympathie war verschwunden. Rhoda wäre auch nicht sonderlich erstaunt oder schockiert gewesen, wenn sie Miss Madden auf dem Weg zum Bahnhof gefolgt wäre und gesehen hätte, wie diese kurz nach rechts und links schaute, hastig ein Gasthaus betrat und wieder herauskam, ein Taschentuch vor den Mund pressend. Eine schwache, antriebslose, hoffnungslose Frau; die Vertreterin einer ganzen Klasse, die im Leben nichts weiter zustande brachte, als noch tiefer zu sinken ...

Willenskraft! Zielstrebigkeit! War sie nicht selbst in Gefahr, diese Leitworte zu vergessen, die ihr Leben von der Jugend bis zur Reife bestimmt hatten? Zweifelsohne war dieses arme Geschöpf zu einem großen Teil darum unglücklich, weil sie ihr Leben für gescheitert hielt, da niemand sie geliebt und geheiratet hatte. Genauso dachte die Durchschnittsfrau, und in ihren schwärzesten Stunden war auch Rhoda unter die Mutlosen gefallen, war das Fleisch stärker gewesen. Aber ihre Seele hatte sich letztlich doch nicht unterkriegen lassen. Das Wort Leidenschaft hatte eine neue Bedeutung hinzugewonnen; ihre Auffassung vom Leben war offener, freizügiger geworden; sie beharrte nicht mehr darauf, daß man die natürlichen Instinkte besiegen müsse. Doch ihr Gewissen, ihre Aufrichtigkeit sollten nicht darunter leiden. Wohin das Schicksal sie auch führen mochte, sie würde immer dieselbe stolze und unabhängige Frau sein, nur sich selbst verantwortlich, den edleren Gesetzen ihrer Existenz gehorchend.

Ein paar Tage später hatte sie Gäste zum Abendessen – Mildred Vesper und Winifred Haven. Diese beiden schienen von allen Mädchen, die sie mit ausgebildet hatte, mit Abstand die selbständigsten, die couragiertesten und vielversprechendsten zu sein. In manchen, weniger wichtigen Charaktereigenschaften unterschieden sie sich sehr voneinander, und intellektuell war Miss Haven der anderen weit überlegen. Rhoda hatte das Bedürfnis, den beiden einfach nur zuzuhören, während sie über diverse Themen sprachen; alles ihr durchaus vertraute Dinge, aber sie erhoffte sich davon einige neue weibliche Kraftimpulse, die ihr in ihrem eigenen Kampf um Erlösung hilfreich wären.

Beide waren nur selten krank. Mildred sah man ihre ländliche Herkunft noch immer an; sie war die robustere von beiden, hatte einen schwerfälligeren Gang und weniger geschliffene Umgangsformen. Winifreds Gesundheit würde große Belastungen nicht ganz so gut verkraften, doch dank ihrer Zähigkeit dürfte sie gegen Schicksalsschläge jeder Art gut gewappnet sein. Mildred hatte härter arbeiten müssen, und zwar unter so entbehrungsreichen Bedingungen, wie sie das andere Mädchen nie kennengelernt hatte. Sie würde sich vermutlich niemals besonders auszeichnen, doch genauso schwer vorstellbar war es, daß sie sich über ihr Schicksal beklagte, solange ihre Kraft und ihre Freunde sie nicht im Stich ließen. Auch in zwanzig Jahren würde sie wahrscheinlich noch denselben klaren, festen Blick haben, dasselbe ehrliche Lächeln und denselben trockenen Humor. Bei Winifred war eher damit zu rechnen, daß sie einige Unbill durchstehen müßte. Zum einen kam sie aufgrund ihrer gesellschaftlichen Stellung mit Männern zusammen, die sich in sie verlieben könnten, während Mildred keinerlei Kontakt zu Männern hatte; außerdem waren ihre Interessen breiter gestreut. Sie liebte Literatur, widmete jede freie Minute der Weiterbildung und hatte es sich zum Ziel gesetzt, jene Frauenzeitschrift mitzubegründen, von der bei Miss Barfoot so häufig die Rede war.

In dieser Runde spürte Rhoda, wie ihr alter Ehrgeiz wieder erwachte. Für diese Mädchen war sie ein Vorbild; wenn sie wüßten, was ihr in den vergangenen Wochen widerfahren war, dachte sie schmunzelnd; sollten sie einmal verzagt sein, würden sie instinktiv an Rhoda denken, an die mutigen, aufmunternden Worte, die sie so häufig geäußert hatte. Einen kurzen Augenblick lang hatte sie sie verlassen, hatte sie sich auf einen Pfad begeben, auf dem ihr, wie sie wohl wußte, jederzeit die Gefahr der Erniedrigung drohte. Es wäre ihr peinlich, wenn sie die ganze Wahrheit wüßten; doch zugleich wünschte sie, sie könnten erfahren, daß sie leidenschaftlich umworben worden war. Elende Anwandlungen von Eitelkeit – hinfort damit!

Es bestand die Möglichkeit, daß Everard während Miss Barfoots Abwesenheit ins Haus kam. Mary hatte ihm geschrieben; er wußte demnach, daß sie verreist war. Hätte sich eine bessere Gelegenheit bieten können? Es sei denn, er hatte sie längst aus seiner Erinnerung gestrichen.

Jeden Abend stellte sie sich auf einen möglichen Besuch ein, achtete sie auf ihr Aussehen. Doch eine Woche nach der anderen verstrich, Miss Barfoot kehrte zurück, und Everard hatte nichts von sich hören lassen.

Rhoda beschloß, ein Datum festzusetzen, ein Ultimatum. Wenn er bis Weihnachten weder kam noch schrieb, war alles aus; danach würde sie ihn nicht mehr empfangen, wie sehr er sie auch anflehen mochte. Und nachdem sie sich ganz sicher war, daß nichts sie von dieser Entscheidung abbringen könnte, glaubte sie Miss Barfoots Neugier endlich befriedigen zu können. Mittlerweile fühlte sie sich in der Lage, ihre Erlebnisse in Cumberland mit einer gewissen Genugtuung schildern zu können – das Gefühl, das sie am Anfang ihrer Bekanntschaft mit Everard vorhergesehen hatte, als sie sein zunehmendes Interesse an ihr wahrnahm. Ihr Bericht, dem Mary mit gesenktem Blick lauschte, gab die Geschichte in groben Zügen, aber wahrheitsgemäß wieder; sie erwähnte Everards Wunsch, auf amtliche Formalitäten zu verzichten, ihre eigene Unschlüssigkeit und wie die Sache ausgegangen war.

»Hätte ich, als dein Brief kam, anders handeln können? Es war keineswegs eine strikte Weigerung, ihm Glauben zu schenken; ich verlangte nichts weiter, als daß vor unserer Heirat alle Unklarheiten beseitigt werden sollten. Schon in seinem eigenen Interesse hätte er dem zustimmen müssen. Statt dessen faßte er mein Ersuchen als Beleidigung auf. Seine unvernünftige Wut machte auch mich wütend. Und mittlerweile glaube ich nicht mehr, daß wir einander jemals wiedersehen werden, es sei denn als bloße Bekannte.«

»Meiner Meinung nach«, bemerkte die Zuhörerin, »war sein Verhalten höchst unverschämt.«

»Du meinst seinen ersten Vorschlag? Aber ich lege doch selbst keinen Wert auf Hochzeitszeremonien.«

»Warum hast du dann darauf bestanden?« fragte Mary mit einem Lächeln, das, wäre sie nicht Rhodas Blick begegnet, möglicherweise sarkastisch geworden wäre.

»Hättest du uns empfangen?«

»Natürlich, ob mit oder ohne Trauschein.«

Rhoda schwieg und blickte sehr nachdenklich drein. »Vielleicht hatte ich niemals absolutes Vertrauen zu ihm.«

Mary lächelte und seufzte.

28. Die Bürde sinnlosen Lebens

Mein allerliebster Schatz, wenn Du wüßtest, was ich durchgemacht habe, ehe ich mich hinsetzte, um diesen Brief zu schreiben! Seit unserer letzten Begegnung habe ich keine ruhige Stunde mehr gehabt. Wenn ich daran denke, daß ich Dich verpaßt habe, als Du bei mir vorbeikamst und jene Nachricht hinterlassen hast – denn Du warst es persönlich, nicht wahr? Die Reise und die erste Woche hier waren schrecklich – glaube mir, ich habe nicht länger als ein paar Minuten am Stück geschlafen, und ich bin völlig am Boden zerstört. Mein Liebling« – etc. »Ich komme mir vor wie ein Verbrecher; wenn *Du* nur einen Bruchteil dessen durchgemacht hast, was *ich* durchgemacht habe, verdiene ich jede nur erdenkliche Strafe. Denn es ist alles meine Schuld. Da mir klar war, daß unsere Liebe niemals zu einem glücklichen Ende kommen würde, hätte ich meine Gefühle nicht zeigen dürfen. Ich hätte niemals dieses erste Treffen arrangieren dürfen – es war tatsächlich arrangiert, ich hatte meine Schwestern absichtlich weggeschickt. Ich hätte niemals« – etc. »Der einzige tröstliche Gedanke für mich ist, daß unsere Liebe rein rein geblieben ist. Wir können immer aneinander denken, ohne uns schämen zu müssen. Und warum sollte diese Liebe jemals enden? Wir sind voneinander getrennt und werden einander vielleicht niemals wiedersehen, aber können unsere Herzen sich nicht für immer treu bleiben? Können wir nicht« – etc. »Wenn ich Dich bitten würde, Dein Heim zu verlassen und zu mir zu kommen, würde ich abermals selbstsüchtig handeln. Damit würde ich Dein Leben zerstören, und mir selbst müßte ich ein Leben lang Vorwürfe machen. Mir ist klar geworden, daß es noch mehr Widrigkeiten gibt als anfangs angenommen, die uns daran hindern würden zu tun, was wir einen Augenblick lang für möglich hielten, und ich bin *froh* darüber, denn es hilft mir, der schrecklichen Versuchung zu widerstehen. Wenn Du wüßtest, wie diese Versuchung« – etc. »Die Zeit wird unser beider Wunden heilen, liebste Monica, wenn wir einander auch niemals vergessen können, *niemals* vergessen werden. Aber unsere unbefleckte Liebe« – etc.

Monica las dieses Geschreibsel noch einmal von vorn. Seit dem Tag, an dem sie den an »Mrs. Widdowson« adressierten Brief in dem kleinen Schreibwarenladen in Lavender Hill abgeholt hatte, einen Tag, bevor sie einwilligte, mit ihrer Schwester in eine andere Wohnung zu ziehen, hatte der Brief an seinem Versteck gelegen. Da Virginia an diesem Nachmittag zu Miss Nunn gegangen und sie allein zu Hause war, allein und unglücklich und unfähig, ein Buch zu lesen, holte sie den in Frankreich aufgegebenen Brief hervor und versuchte sich einzureden, daß sein Inhalt sie interessierte. Doch nicht ein einziges Wort vermochte sie zu fesseln, nicht einmal anzuwidern. Die zärtlichen Floskeln rührten sie nicht mehr, als wenn sie an eine Fremde gerichtet gewesen wären. Das Wort Liebe war bedeutungslos geworden. Es war ihr unbegreiflich, wie sie mit dem Schreiber dieser Zeilen jemals in eine solche Beziehung hatte schlittern können. Angst und Wut waren die einzigen Empfindungen, die in ihrer Erinnerung an jene Tage, die ihr Leben so dramatisch verändert hatten, noch vorhanden waren, und diese Empfindungen verband sie nicht mit Bevis, sondern mit ihrem Gatten. Bevis' Bild, in tiefe Vergangenheit entrückt, glich dem einer Gliederpuppe, dem bloßen Schatten eines Mannes. Und sein Brief entsprach dieser Auffasssung; er war künstlich, leblos, wie aus einem seichten Roman abgeschrieben.

Aber sie durfte ihn nicht vernichten. Er würde ihr noch von Nutzen sein. Brief und Umschlag mußten wieder zurück in ihr Versteck, bis zu dem Tag, an dem sie Macht über Menschenleben bekämen.

Sie setzte sich, wie immer an Kopfschmerzen und Mattigkeit leidend, ans Fenster und beobachtete die Passanten – ihre alltägliche Beschäftigung. Das Wohnzimmer, in dem sie saß, befand sich im Erdgeschoß. In einem Zimmer im ersten Stock wurde gerade Klavierunterricht erteilt; ab und zu wurde die Stimme des Lehrers hörbar, laut und ungeduldig und meistens von einem Schlag auf die Tasten begleitet. Am Eingangstor des gegenüberliegenden Hauses redete ein Dienstmädchen wütend auf den Laufburschen eines Lieferanten ein, der ihr daraufhin eine lange Nase machte und davonrannte. Etwas später hielt vor dem Nachbarhaus eine Droschke, und drei geschäftig aussehende Männer stiegen aus. Vor diesem Haus hielten ständig Droschken voller Leute an. Monica fragte sich, was das bedeuten und wer wohl dort wohnen mochte. Sie nahm sich vor, die Hauswirtin zu fragen.

Virginias Rückkehr rüttelte sie auf. Sie ging mit ihrer Schwester nach oben in ihr Schlafzimmer. »Was hast du erfahren?«

»Er war dort. Er hat ihnen alles erzählt.«

»Wie hat Miss Nunn ausgesehen? Wie hat sie geklungen?«

»Oh, sie war sehr, sehr reserviert«, sagte Virginia betrübt. »Es ist mir ganz und gar schleierhaft, warum sie mich zu sich kommen ließ. Sie sagte, es hätte keinen Sinn, wenn sie dich besuchte – und ich glaube auch nicht, daß sie das tun wird. Ich erklärte ihr, daß es nicht wahr ist, daß – «

»Aber wie hat sie ausgesehen?« wiederholte Monica ungeduldig.

»Gar nicht gut, fand ich. Sie war zwar in Urlaub, sah aber nicht besonders erholt aus.«

»Und er war dort und hat ihnen alles erzählt?«

»Ja – gleich nachdem es passierte. Aber seitdem haben sie nichts mehr von ihm gehört. Sie scheinen ihm zu glauben. Ich konnte sagen, was ich wollte, es war sinnlos. Sie schaute so finster drein und – «

»Hast du dich nach Mr. Barfoot erkundigt?«

»Nein, das habe ich nicht gewagt. Es war unmöglich. Aber ich bin überzeugt, sie haben den Kontakt zu ihm ganz abgebrochen. Was immer er auch gesagt haben mag, sie haben ihm offenbar keinen Glauben geschenkt. Miss Barfoot ist derzeit verreist.«

»Und was hast du ihr von mir erzählt?«

»Alles, was du mir erlaubt hattest zu sagen, Liebes.«

»Mehr nicht – bist du sicher?«

Virginia errötete, beteuerte aber, daß nichts weiter über ihre Lippen gekommen sei.

»Es wäre nicht schlimm gewesen, wenn du mehr verraten hättest«, sagte Monica. »Es ist mir gleichgültig.«

Ihre Schwester, die sich schon Gewissensbisse gemacht hatte, ärgerte sich, unnötig die Unwahrheit gesagt zu haben. »Warum hattest du es mir dann so ausdrücklich verboten, Monica?«

»Es war besser so – aber im Grunde ist es mir egal. Mir ist alles egal. Sollen sie doch glauben und reden, was sie wollen – «

»Monica, sollte ich am Ende herausfinden, daß du mich getäuscht hast – «

»O bitte, bitte, hör auf!« rief ihre Schwester gequält aus. »Ich werde mir etwas suchen und allein leben – oder allein sterben. Du quälst mich – ich kann es nicht mehr hören.«

»Du bist nicht sehr dankbar, Monica.«

»Ich kann nicht dankbar sein! Du darfst von mir nichts erwarten. Wenn du nicht aufhörst, auf mich einzureden und mich auszufragen, werde ich fortgehen. Es ist mir egal, was aus mir wird. Je früher ich sterbe, desto besser.«

Solche Szenen hatten sich in letzter Zeit häufig abgespielt. Die Schwestern stellten ihre Nerven gegenseitig auf eine harte Probe. Die Langeweile und die Schmerzen machten Monica streitsüchtig, und Virginia mit ihrem heimlichen Laster verlor immer mehr die Kontrolle über sich. Sie zankten sich, jammerten, redeten von Trennung und hörten erst auf, wenn sie von dem Gezänk ganz erschöpft waren. Doch trotz dieser Streitereien konnten sie einander nicht gram sein. Virginia war von der Unschuld ihrer Schwester überzeugt; wenn sie in Wut geriet, dann nur, um Monica die volle Erklärung ihres Geheimnisses zu entlocken, dem mit bloßen Mutmaßungen nicht auf die Spur zu kommen war. Und Monica, was immer sie auch sagen mochte, war Virginia für dieses Vertrauen sehr dankbar. Kurioserweise hielt sie sich mittlerweile nicht nur für zu Unrecht beschuldigt, was die spezielle Anschuldigung betraf, sondern schlechthin für eine verleumdete Frau. Denn alles, was zwischen ihr und Bevis gewesen war, erschien ihr nun vollkommen bedeutungslos. Das lag zum einen daran, daß sie, als sie und ihr Geliebter Liebeserklärungen tauschten, von einer Tatsache nichts ahnte, die sie andernfalls davon abgehalten hätte, sich mit ihm zu treffen. Ihr Mann würde für sie stets ein grausamer Feind bleiben; doch die Natur hatte ihrer Ehe ein Siegel aufgedrückt, gegen das der Aufruhr ihres Herzens machtlos war. Wenn sie ein Kind zur Welt bringen würde, würde es sein Kind sein. Wenn Widdowson von ihrem Zustand erfuhr, wäre das für ihn der unumstößliche Beweis ihrer Untreue; und allein diese Ungerechtigkeit beschäftigte sie. Deshalb konnte sie nur an die Beschuldigung denken, die ihren Namen mit den Barfoots in Verbindung brachte – alles andere war belanglos. Ihre Empörung über die Weigerung ihres Mannes, seine Verdächtigung zurückzunehmen, hätte auch dann nicht größer sein können, wenn ihr nicht das geringste vorzuwerfen gewesen wäre.

Am darauffolgenden Tag, nach einem frühen Mittagessen, verkündete Monica überraschend, daß sie dringend an die frische Luft müsse. »Komm doch mit. Laß uns in die Stadt gehen.«

»Heute morgen, als das Wetter schön war, hast du dich geweigert hinauszugehen«, beschwerte sich Virginia. »Und jetzt sieht es nach Regen aus.«

»Dann gehe ich eben allein.«

Ihre Schwester sprang sofort auf. »Nein, nein; ich komme natürlich mit. Wohin möchtest du – «

»Hauptsache, raus aus dieser Gruft. Laß uns mit dem Zug fahren und vom Victoria-Bahnhof aus ... irgendwohin gehen. Zur Westminster Abbey, beispielsweise.«

»Du mußt dich sehr in acht nehmen, damit du dich nicht erkältest. Nachdem du so lange nicht im Freien warst – «

Monica winkte ab und kleidete sich mit fieberhafter Ungeduld an. Als sie sich auf den Weg machten, begann es gerade zu regnen, doch Monica ließ sich nicht zum Abwarten bewegen. Die Zugfahrt machte sie ganz aufgeregt, wirkte sich aber positiv auf ihre Stimmung aus. Am Victoria-Bahnhof angekommen, regnete es so heftig, daß sie das Gebäude nicht verlassen konnten.

»Das macht nichts. Hier gibt es genug zu sehen. Laß uns einfach ein bißchen umherbummeln und uns alles anschauen. Wir können uns am Bücherstand etwas kaufen.«

Als sie sich umwandten, um wieder ins Bahnhofsinnere zu gehen, erblickte Monica ein Gesicht, das sie sofort wiedererkannte, obwohl es sich in den achtzehn Monaten, in denen sie es nicht mehr gesehen hatte, merklich verändert hatte. Es war Miss Eade, ihre einstige Kollegin aus dem Tuchladen. Aber das Mädchen war anders gekleidet als damals; sie hatte sich mit billigem Fummel in schreienden Farben herausgeputzt, und man sah auf den ersten Blick, daß die Röte ihrer eingefallenen Wangen nicht echt war. Es war nicht nur die Überraschung über dieses Zusammentreffen, die Monica in Verlegenheit geraten ließ. Da sie merkte, daß Miss Eade zögerte, ob sie sich zu erkennen geben sollte, hielt sie es für klüger, einfach weiterzugehen. Doch das war ihr nicht vergönnt. Als sie aneinander vorbeikamen, neigte das Mädchen den Kopf zu ihr hin und flüsterte: »Ich möchte mit Ihnen reden – nur eine Minute.«

Virginia bemerkte, daß ihre Schwester angesprochen worden war und schaute sie überrascht an.

»Das ist eines der Mädchen aus der Walworth Road«, sagte Monica. »Geh einfach weiter; wir treffen uns am Bücherstand.«

»Aber sie sieht nicht anständig aus – «

»Geh weiter; es dauert nicht länger als eine Minute.«

Monica gab Miss Eade ein Zeichen, und sie folgte ihr an eine ruhigere Stelle. »Arbeiten Sie nicht mehr im Laden?«

»Nein, das will ich wohl meinen. Seit fast einem Jahr. Ich sagte Ihnen ja, ich würde es nicht viel länger aushalten. Sind Sie verheiratet?«

»Ja.«

Monica begriff nicht, warum das Mädchen sie so mißtrauisch beäugte.

»Wirklich?« sagte Miss Eade. »Aber mit niemandem, den ich kenne?«

»Nein, Sie kennen ihn nicht.«

Miss Eade schnalzte widerlich mit der Zunge und blickte geistesabwesend umher. Dann erklärte sie unvermittelt, daß sie auf die Ankunft ihres Bruders warte.

»Er ist Handelsvertreter für ein Geschäft im Westend; verdient fünfhundert im Jahr. Ich mache ihm den Haushalt; er ist natürlich Witwer.«

Das Wort »natürlich« irritierte Monica für einen Moment, bis ihr einfiel, daß es ein bedeutungsloses Füllwort war, wie es von Leuten mit Miss Eades Bildungsstand recht häufig gebraucht wurde. Aber Monica schenkte der Geschichte keinen Glauben; ihre unangenehmen Vermutungen hatten sich indessen zu sehr erhärtet. »Wollten Sie mit mir über etwas Bestimmtes reden?«

»Sie haben nicht zufällig etwas von Mr. Bullivant gehört?«

An welch weit zurückliegende Zeit ihres Lebens erinnerte Monica dieser Name! Sie sah ihr Gegenüber kurz an und gewahrte abermals den mißtrauischen Ausdruck in ihren Augen.

»Seit ich von der Walworth Street weg bin, habe ich ihn weder gesehen noch von ihm gehört. Ist er denn nicht mehr dort?«

»Wo denken Sie hin. Er ging ungefähr zur selben Zeit wie Sie, und niemand wußte, wo er sich versteckte.«

»Versteckte? Warum sollte er sich versteckt haben?«

»Ich meine nur, er war auf einmal spurlos verschwunden. Ich dachte, vielleicht haben Sie ihn zufällig irgendwo gesehen.«

»Nein. Ich muß mich jetzt verabschieden. Die Dame dort drüben wartet auf mich.«

Miss Eade nickte, änderte jedoch ihre Meinung wieder und hielt Monica fest, als diese sich gerade zum Gehen wandte.

»Würde es Ihnen etwas ausmachen, mir Ihren Ehenamen zu verraten?«

»Das geht Sie wirklich nichts an, Miss Eade«, entgegnete Monica steif. »Ich muß gehen – «

»Wenn Sie es mir nicht verraten, laufe ich Ihnen so lange hinterher, bis ich es herausgefunden habe!«

Der Wechsel von annehmbarer Höflichkeit zu grober Unverschämtheit war so abrupt, daß Monica perplex stehenblieb. In dem auf sie gerichteten Blick lag offene Feindseligkeit.

»Was soll das heißen? Warum wollen Sie meinen Nachnamen wissen?«

Das Mädchen neigte ihr Gesicht ganz dicht an das ihre heran und fauchte sie mit dem typischen Tonfall der Gasse an: »Ist es ein Name, den Sie sich nicht zu sagen trauen?«

Monica ging in Richtung des Bücherstands. Als sie neben ihrer Schwester stand, bemerkte sie, daß Miss Eade sie im Auge behielt.

»Laß uns ein Buch kaufen«, sagte sie, »und wieder nach Hause fahren. Es sieht nicht so aus, als würde es aufhören zu regnen.«

Sie erstanden ein billiges Buch und gingen, da sie Rückfahrkarten hatten, geradewegs zum Bahnsteig. Ehe sie die Schranke erreicht hatten, hörte Monica Miss Eades Stimme unmittelbar hinter sich; sie klang wieder höflicher, und der flehende Unterton erinnerte Monica an so manches Gespräch in der Walworth Road.

»Bitte verraten Sie's mir! Entschuldigen Sie, wenn ich unhöflich war. Gehen Sie nicht, ohne daß Sie's mir verraten haben.«

Monica war inzwischen aufgegangen, was diese unverschämte Bitte zu bedeuten hatte, und das aufgedonnerte, verworfene Mädchen, das die hoffnungslose Leidenschaft von damals noch immer nicht überwunden zu haben schien, tat ihr nun ein wenig leid. »Mein Name«, sagte sie schroff, »ist Mrs. Widdowson.«

»Ist das die Wahrheit?«

»Ich habe Ihnen erzählt, was Sie wissen wollten. Ich kann unmöglich – «

»Und Sie wissen wirklich nichts von *ihm*?«

»Nicht das geringste.«

Miss Eade entfernte sich mißmutig, offensichtlich nicht ganz überzeugt. Monica war schon lange fort, da streifte sie noch immer am Bahnsteig und an den Bahnhofsportalen umher. Ihr Bruder schien sich verspätet zu haben. Ein paarmal wechselte sie einige Worte mit Männern, die ebenfalls herumstanden und warteten – wahrscheinlich auf ihre Schwestern; und schließlich hatte einer von ihnen die Güte, sie zu einer Erfrischung einzuladen, ein Angebot, das sie huldvoll annahm. Rhoda Nunn hätte sie einer bestimmten Spezies zugeordnet und über sie nachgedacht: eine gar nicht unbedeutende Vertreterin der *überzähligen* Frauen.

Von nun an ging Monica häufig aus, stets in Begleitung ihrer Schwester. Einige Male sahen sie Widdowson, der mindestens jeden zweiten Tag an ihrem Wohnhaus vorbeilief; er kam nicht zu ihnen herüber, und hätte er das getan, hätte Monica trotzig geschwiegen.

Seit mehr als zwei Wochen hatte er ihr nicht geschrieben. Schließlich kam ein Brief, in dem er lediglich seine früheren Beschwörungen wiederholte.

»Wie ich höre«, schrieb er, »kommt Deine ältere Schwester bald nach London. Warum sollte sie hier in einem möblierten Zimmer wohnen, wenn ein gemütliches Haus zu Eurer Verfügung steht? Ich bitte Dich nochmals inständig, nach Clevedon zu ziehen. Die Möbel stehen bereit, um jederzeit dorthin transportiert zu werden. Ich verspreche hoch und heilig, dich in keiner Weise zu belästigen, nicht einmal durch Briefe. Ich werde es so aussehen lassen, als müßte ich aus geschäftlichen Gründen in London bleiben. Nimm Deiner Schwester zuliebe dieses Angebot an. Wenn ich die Möglichkeit hätte, Dich unter vier Augen zu sprechen, könnte ich Dir einen sehr guten Grund nennen, warum für Deine Schwester ein Ortswechsel von Vorteil wäre; vielleicht weißt Du selbst, worauf ich anspiele. Bitte antworte mir, Monica. Ich werde nie wieder auf das Geschehene Bezug nehmen, weder durch Worte noch durch Blicke. Ich möchte nichts weiter, als dem elenden Leben, das Du führst, ein Ende bereiten. Ich beschwöre Dich, ziehe in das Haus nach Clevedon.«

Es war nicht das erste Mal, daß er von dem Nutzen sprach, den der Wegzug von London für Virginia hätte. Monica konnte sich beim besten Willen nicht vorstellen, was er damit meinte. Sie zeigte ihrer Schwester den Brief und erkundigte sich bei ihr, ob sie den Absatz, in dem es um sie ging, verstehe.

»Ich habe nicht die geringste Ahnung«, entgegnete Virginia, deren Hand zitterte, als sie den Bogen hielt. »Vermutlich findet er, daß ich ungesund aussehe.«

Wie die vorhergehenden wurde auch dieser Brief verbrannt, ohne daß er beantwortet worden wäre. Virginia schien unschlüssig zu sein, was den Umzug nach Clevedon betraf. Zuweilen hatte sie Monica heftig bedrängt, das Angebot anzunehmen; dann wieder, wie jetzt beispielsweise, schwieg sie. Alice hatte sie jedoch in einem Brief flehentlich gebeten, Monica mit aller Kraft zuzureden. Miss Madden wäre es tausendmal lieber – unter welch bescheidenen Bedingungen auch immer –, in Clevedon wohnen zu können, als in ein möbliertes Zimmer in London zu ziehen, während sie nach einer neuen Anstellung suchte. Die Stellung, die sie in Kürze aufgeben würde, hatte sich als aufreibender erwiesen als alle vorherigen. Sie war als Gouvernante eingestellt worden, hatte nach einiger Zeit auch die Rolle des Kindermädchens übernehmen müssen, und im letzten Vierteljahr wurde von ihr verlangt, sie solle obendrein eine chronisch Kranke pflegen. Seit ihrer Einstellung hatte sie nicht einen Urlaubstag gehabt. Sie war mit ihren Kräften am Ende und sah vergrämt aus.

Doch Monica war nicht umzustimmen. Sie weigerte sich, unter ihres Mannes Dach zurückzukehren, wenn er nicht erklärte, daß seine Anschuldigung gegen sie ungerechtfertigt gewesen sei. Dieses Zugeständnis wiederum überstieg Widdowsons Kräfte; er war bereit zu verzeihen, nicht aber, sich lächerlich zu machen, indem er eine Erklärung abgab, die sowieso ohne Bedeutung war. In welchem Ausmaß seine Frau ihn getäuscht hatte, mochte ungewiß sein, aber daß sie ihn getäuscht hatte, war erwiesen. Es kam ihm natürlich nie in den Sinn, daß Monica bei ihrer Forderung auf den Namen Barfoot Wert legte. Hätte er gesagt, »ich bin überzeugt, daß deine Beziehung zu Barfoot harmlos gewesen ist«, hätte er sie seiner Meinung nach von jeglicher Schuld freigesprochen; während Monica unlogischerweise der Ansicht war, daß er ihr in diesem einen Punkt Glauben schenken könnte, ohne all die anderen Beweise für nichtig zu erklären, denen zufolge sie unglaubwürdig schien. Kurzum, sie erwartete von ihm, daß er ein Rätsel löste, das zu verstehen ihm kaum möglich war.

Alice stand mit dem vergrämten Ehemann in brieflichem Kontakt. Sie versprach ihm, alles zu versuchen, um Monicas Vertrauen zu gewinnen. Vielleicht würde sie als die älteste Schwester mehr Erfolg haben als Virginia. Ihr Glaube an Monicas Aussagen war durch eine gewisse Information, die Virginia ihr heimlich unterbreitet hatte, nachhaltig erschüttert worden; sie hielt es für gut möglich, daß ihre unglückliche Schwester sich nicht anders vor der Schande zu retten wußte als durch hartnäckiges Leugnen ihrer Schuld. Die vor ihr liegende Aufgabe hoffte Alice allein mithilfe ihres Glaubens bewältigen zu können, der ihr viel mehr Kraft gab als den beiden anderen.

Es war vereinbart, daß sie am letzten Tag im September nach London kommen würde. Am Abend zuvor ging Monica kurz nach acht zu Bett; sie hatte sich ein paar Tage lang sehr schlecht gefühlt und schließlich eingewilligt, daß ein Doktor gerufen werde. Wenn ihre Schwester sich früh zurückzog, begab sich auch Virginia in ihr eigenes Schlafzimmer, mit der Erklärung, sie halte sich lieber dort auf.

Ihr jetziges Zimmer war viel komfortabler als das bei Mrs. Conisbee; es war geräumig und mit ein paar sehr weichen Sesseln ausgestattet. Nachdem sie die Zimmertür verriegelt hatte, traf Virginia gewisse Vorkehrungen, die nichts mit den üblichen Vorbereitungen zur Nachtruhe zu tun hatten. Aus dem Schrank nahm sie einen kleinen Spirituskocher heraus und setzte Wasser auf. Dann holte sie aus einem Versteck eine Flasche Gin und eine Zuckerdose hervor, stellte beides mit einem Wasserglas und einem Löffel auf einen kleinen Tisch, den sie in Reichweite des Sessels gezogen hatte, auf den sie sich zu setzen gedachte. Auf dem Tisch lag auch ein Roman, den sie sich diesen Nachmittag in der Bibliothek besorgt hatte. Während das Wasser heiß wurde, legte Virginia einen Teil ihrer Kleider ab, um es bequemer zu haben. Nachdem sie dann in einem Glas Gin und Wasser vermischt hatte – nur ein Drittel von dem Verdünnungsmittel – ließ sie sich mit einem ihrer häufigen Seufzer in den Sessel fallen und begann den Abend zu genießen.

Das letzte Mal, das allerletzte Mal, daß sie sich diesem Genuß hingeben würde – redete sie sich ein. Wenn Alice hier wohnte, wäre es nicht mehr möglich zu verbergen, was sie vor Monica erfolgreich geheimgehalten hatte. Ihr Verstand begrüßte diese Einschränkung, die keineswegs zu früh kam, zumal auf ihren Willen schon lange kein Verlaß mehr war. Wenn sie drei oder vier Tage ohne starke alkoholische Getränke auskam, bedeutete das mittlerweile einen großen Erfolg; dennoch war er wertlos, denn selbst wenn sie sich beherrschte, wußte sie, daß es sich dabei nur um einen Aufschub handelte, bis sie ihrer Sucht wieder nachgab. Wenn sie unter unerträglichen Depressionen litt, griff sie schnell auf das einzige Mittel zurück, das sofort wirkte. Sie wußte, daß dieser Trost ein weiterer Schritt in den Sumpf war; doch schon bald, so redete sie sich ein, würde sie den Mut aufbringen, auf den sicheren Boden zurückzuklettern. Wären da nicht diese Sorgen mit Monica, hätte sie die Versuchung schon längst besiegt. Doch sobald Alice hier war, hatte sie gar keine andere Wahl, als Mut zu beweisen.

Die Flasche war fast leer; sie würde sie heute abend austrinken und morgen früh wie gewohnt in ihrer kleinen Handtasche in die Gemischtwarenhandlung zurückbringen. Wie praktisch, daß dergleichen in einem Lebensmittelgeschäft erhältlich war! Anfangs hatte sie sich meist an Bahnhofsbüfetts gehalten. Wirtshäuser suchte sie nur ganz selten auf, und wenn, dann immer mit dem Gefühl tiefster Erniedrigung. Indem sie gemütlich daheim saß, die Flasche neben sich und einen Roman auf dem Schoß, konnte sie die schlimmste Schande umgehen, die diesem Laster anhaftete; sie ging zu Bett und am nächsten Morgen – o weh, der Morgen brachte die Strafe, doch sie mußte zumindest nicht befürchten, entdeckt zu werden.

Wie es bei Frauen der Mittelschicht häufig der Fall ist, hatte sie sich anfangs an Weinbrand gehalten. Es gibt so viele einsichtige Gründe, ein Schlückchen Weinbrand zu trinken. Doch war er auf Dauer zu teuer. Dann hatte sie Whisky probiert, aber der schmeckte ihr nicht. Schließlich griff sie auf Gin zurück, der genießbar und sehr billig war. Es war ihr noch immer peinlich, den Namen auszusprechen, der so üble Assoziationen weckte; in der Regel schrieb sie ihn mit auf ihre Einkaufsliste, die sie über den Ladentisch reichte.

Das erste Glas leerte sie heute abend im Nu; sie hatte einen Riesendurst. Gegen halb neun stand das zweite Glas leise dampfend neben ihrem Ellbogen. Um neun hatte sie sich das dritte Glas gemischt; es mußte lange vorhalten, denn die Flasche war nun leer.

Obgleich der Roman unterhaltsam war, schweiften ihre Gedanken häufig ab; sie frohlockte bei dem Gedanken, daß sie ihrem Laster heute abend zum allerletzten Mal frönte. Von morgen an würde sie eine neue Frau sein. Alice und sie würden sich ihrer armen Schwester widmen und nicht eher ruhen, bis sie wieder ein würdevolles Leben führen konnte. Dies war eine lobenswerte, edle Aufgabe; Erfolg dabei dürfte auch ihren eigenen Seelenfrieden fördern. Schon bald würden sie alle in Clevedon leben – ein Leben in vollkommener Zufriedenheit. Es war nicht mehr notwendig, an die Schule zu denken, aber sie würde sich der moralischen Schulung junger Frauen widmen – nach den Grundsätzen, die Rhoda Nunn gepredigt hatte.

Die Buchstaben verschwammen vor ihren Augen; das Buch rutschte von ihrem Schoß herunter. Warum sie das derartig zum Lachen reizte, verstand sie selber nicht; aber sie lachte so lange, bis ihre Augen von Tränen verschleiert waren. Es war wohl besser, wenn sie jetzt zu Bett ging. Wie spät mochte es sein? Sie blickte auf ihre Uhr und lachte abermals über ihre Unfähigkeit, die Ziffern zu lesen. Dann —

Hatte da nicht jemand an ihre Tür geklopft? Ja; es klopfte noch einmal, und dabei wurde eindeutig ihr Name gerufen. Sie versuchte aufzustehen.

»Miss Madden!« Es war die Stimme der Hauswirtin. »Miss Madden! Sind Sie schon im Bett?«

Virginia gelang es, sich bis zur Tür vorzutasten. »Was ist denn?« Eine andere Stimme ertönte. »Ich bin es, Virginia. Ich bin schon heute abend gekommen statt morgen. Bitte laß mich ein.«

»Alice? Du kannst nicht ... ich komme gleich ... warte unten.«

Sie war noch imstande, die Situation zu erfassen, und imstande, so meinte sie, klar zu sprechen, damit man ihr ihren Zustand nicht anmerkte. Die Sachen auf dem Tisch mußten weggeräumt werden. Als sie sich daran machte, stieß sie das Glas um, und die leere Flasche fiel zu Boden. Doch kurz darauf waren Flasche, Glas und Spirituskocher versteckt. Nur die Zuckerdose übersah sie; sie stand noch immer auf dem Tisch.

Dann öffnete sie die Tür und trat mit unsicheren Schritten in den Hausflur hinaus.

»Alice!« rief sie laut.

Ihre beiden Schwestern kamen augenblicklich aus Monicas Zimmer. Monica hatte sich ein paar Sachen übergezogen.

»Warum bist du schon heute abend gekommen?« rief Virginia mit einer Stimme, die ihr selbst vollkommen normal erschien.

Sie torkelte und mußte sich an der Wand abstützen. Das Licht aus ihrem Zimmer fiel auf ihre Gestalt, und Alice, die zu ihr hingetreten war, um ihr einen Kuß zu geben, sah nicht nur, daß hier irgend etwas nicht stimmte, sondern roch es auch. Virginias Atem und der Geruch, der aus dem Schlafzimmer strömte, ließen kaum Zweifel übrig, warum es so lange gedauert hatte, bis Virginia die Tür geöffnet hatte.

Während Alice bestürzt dastand, fiel es Monica wie Schuppen von den Augen, und so manch Eigentümliches an Virginias täglichen Gewohnheiten wurde ihr jetzt klar. Gleichzeitig begriff sie, was es mit den rätselhaften Andeutungen betreffs ihrer Schwester in Widdowsons Briefen auf sich hatte.

»Komm ins Zimmer«, sagte sie schroff. »Komm, Virgie.«

»Ich verstehe das nicht ... warum ist Alice heute abend gekommen? ... wie spät ist es?«

Monica ergriff den Arm der torkelnden Frau und zog sie ins Zimmer. Die kalte Luft vom Hausflur hatte bewirkt, daß Virginia sich nur mehr mit Mühe aufrecht halten konnte.

»O Virgie!« rief die älteste der Schwestern aus, als die Tür geschlossen war. »Was ist geschehen? Was hat das zu bedeuten?« Bereits beim Wiedersehen mit Monica hatte sie Tränen vergossen, und jetzt verlor sie vollends die Beherrschung; sie schluchzte und jammerte.

»Was hast du da gemacht, Virgie?« fragte Monica streng.

»Gemacht? Mir ist ein wenig schwindelig ... die Überraschung ... ich habe nicht erwartet – «

»Setz dich sofort hin. Du bist ekelerregend! Sieh mal, Alice.« Sie wies auf die Zuckerdose auf dem Tisch; dann blickte sie sich rasch im Zimmer um, ging zum Schrank und riß die Tür auf. »Das dachte ich mir. Schau, Alice. Daß ich aber auch nie Verdacht geschöpft habe! Das muß schon seit langem so gehen – o ja, seit langem. Sie hat das schon bei Mrs. Conisbee getan, schon vor meiner Heirat. Ich erinnere mich an den Alkoholgeruch – «

Virginia machte Anstalten, sich zu erheben. »Was redest du da?« rief sie mit belegter Stimme und zunächst erstaunter, dann wütender Miene aus. »Das mache ich nur, wenn mir schwindelig ist. Glaubst du etwa, ich trinke? Wo ist Alice? War Alice nicht eben noch hier?«

»O Virgie! Was hat das bloß zu bedeuten? Wie *konntest* du nur?«

»Geh sofort ins Bett, Virginia«, sagte Monica. »Wir schämen uns für dich. Geh zurück in mein Zimmer, Alice, ich werde sie zu Bett bringen.«

Was dann auch geschah. Mit einiger Mühe überredete Monica ihre Schwester dazu, sich auszuziehen, und brachte sie in eine liegende Position, wobei Virginia fortwährend protestierte, daß sie sehr wohl allein fertig werde, daß sie keine Hilfe brauche und es ihr völlig unbegreiflich sei, warum man ihr solche Beleidigungen an den Kopf werfe.

»Bleib liegen und versuche zu schlafen«, sagte Monica voller Verachtung, ehe sie ging.

Sie löschte das Licht und kehrte in ihr eigenes Zimmer zurück, in dem Alice weinend saß. Monica hatte bereits erfahren, wie es zu der verfrühten Ankunft gekommen war. Weil ein unerwarteter Gast beherbergt werden mußte, hatte man Miss Madden vorgeschlagen, ihre letzte Nacht in der Kammer eines Dienstmädchens zu verbringen. Froh darüber, von dort wegzukommen, hatte Alice es vorgezogen, das Haus sofort zu verlassen. Es war vereinbart gewesen, daß sie mit Virginia das Zimmer teilte, doch das schien heute nacht nicht angebracht.

»Morgen«, sagte Monica, »müssen wir ein sehr ernstes Wort mit ihr reden. Ich glaube, sie hat Abend für Abend auf diese Weise getrunken. Das erklärt auch ihr morgendliches Aussehen.

Hättest du es jemals für möglich gehalten, daß sie so etwas Schändliches tut?«

Doch Alice zeigte Mitgefühl mit der auf Abwege geratenen Frau. »Du mußt bedenken, was für ein Leben sie geführt hat. Ich fürchte, Einsamkeit ist häufig ein Grund – «

»Sie hätte nicht einsam zu sein brauchen. Sie weigerte sich, nach Herne Hill zu ziehen, und jetzt ist mir natürlich auch klar, warum. Mrs. Conisbee muß davon gewußt haben, und es wäre ihre Pflicht gewesen, mich zu informieren. Mr. Widdowson muß es irgendwie herausgefunden haben, da bin ich sicher.« Sie erklärte, weshalb sie sich so sicher war.

»Du weißt, worauf das alles hinausläuft«, sagte Miss Madden, ihre blassen, pickligen Wangen trocknend. »Du mußt der Bitte deines Mannes nachkommen, mein Schatz. Wir müssen nach Clevedon ziehen. Dort wird die Arme nicht mehr in Versuchung geraten.«

»Du und Virgie, ihr könnt ja gehen.«

»Du auch, Monica. Meine liebe Schwester, es ist deine Pflicht.«

»Hör mir bloß auf mit diesem Wort!« rief Monica wütend aus. »Es ist *nicht* meine Pflicht. Es kann unmöglich die Pflicht einer Frau sein, mit einem Mann zusammenzuleben, den sie haßt – oder auch nur so zu tun, als lebte sie mit ihm zusammen.«

»Aber, Schwesterherz – «

»Fang heute abend bitte nicht davon an, Alice. Mir ist es den ganzen Tag nicht gut gegangen, und jetzt habe ich schreckliche Kopfschmerzen. Geh hinunter und laß dir das Abendessen schmecken, das man für dich bereitgestellt hat.«

»Ich könnte keinen Bissen hinunterbringen«, schluchzte Miss Madden. »O alles ist so schrecklich! Das Leben ist zu hart!«

Monica war wieder ins Bett geklettert und lag mit halb im Kissen versunkenem Gesichte da. »Wenn du kein Abendessen mehr möchtest«, sagte sie nach einer Weile, »dann gehe bitte hinunter und sage es ihnen, damit sie nicht vergeblich auf dich warten.«

Alice gehorchte. Als sie zurückkam, war ihre Schwester eingeschlafen, zumindest sah es so aus, als ob sie schliefe; nicht einmal der Lärm, der entstand, als das Gepäck aufs Zimmer gebracht wurde, veranlaßte sie dazu, sich zu bewegen. Nachdem Miss Madden eine Weile niedergeschlagen dagesessen hatte, öffnete sie einen ihrer Koffer und suchte ihre Bibel heraus, in die sie sich jeden Abend zu vertiefen pflegte. Nachdem sie fast eine halbe

Stunde darin gelesen hatte, legte sie die Hände vor ihr Gesicht und betete schweigend. So fand *sie* Trost vor der Ödnis und der Bitterkeit des Lebens.

29. Geständnis und Rat

Die Schwestern wechselten bis zum nächsten Morgen kein Wort miteinander, doch beide lagen sie noch lange wach. Monica schlummerte als erste ein; sie schlief etwa eine Stunde lang, dann wurde sie von einem fürchterlichen Traum aufgeschreckt, und sie verfiel abermals ins Grübeln. Ein solches Wachliegen nach kurzem, unruhigem Schlaf, wenn Geist und Körper todmüde sind und doch keine Ruhe finden können, wenn die Nacht mit ihrer grauenhaften Stille und ihrem geheimnisvollen Spuk die Seele umfängt – ein solches Wachliegen stellt für die inneren Kräfte eines jeden Menschen eine schreckliche Belastungsprobe dar. Das Blut fließt träge, ist aber plötzlichen Schauern unterworfen, die die Adern zusammenziehen und das Herz einen Moment lang zum Stillstand bringen. Jede Willenskraft ist erloschen; Reue senkt sich wie ein Schleier über die Vergangenheit, und das noch vor einem liegende Leben erscheint in einem düsteren Licht, als ein steiler Pfad zum Grab, ohne einen Schimmer von Hoffnung. Von diesem Kelch trank Monica reichlich.

Angst vor dem Tod quälte sie. Nacht für Nacht verfolgte sie diese Furcht. Tagsüber vermochte sie im Tod etwas Tröstliches zu sehen, eine Erlösung von den Qualen, für die sie keinen anderen Ausweg sah; aber diese Stunde lastender Dunkelheit erfüllte sie mit panischer Angst. Es half nichts, sich auf die Verstandeskräfte zu besinnen, das machte alles nur noch schlimmer. Die alten Glaubensauffassungen, die durch den Hauch geistiger Freiheit, der sie gestreift hatte, zwar abgeschwächt, aber niemals restlos aufgegeben worden waren, beherrschten sie wieder ganz und gar. Sie hielt sich für eine schuldbeladene Frau, vor den enthüllenden Blicken der Wahrheit genauso schuldbeladen, wie sie ihr Ehemann bezeichnet hatte; eine verstockte Sünderin, sich mit doppeldeutigen Aussagen herausredend, die um nichts weniger erbärmlich waren wie eine glatte Lüge. Ihre Seele zitterte in ihrer Blöße.

Welche Art von Erlösung war für sie denkbar? Welchen Pfad zur geistigen Gesundung konnte sie einschlagen? Sie konnte sich nicht einfach befehlen, den Vater ihres Kindes zu lieben. Die Abneigung, die sie gegen ihn empfand, erschien ihr als eine Sünde wider die Natur, doch was konnte sie dafür? Würde es ihr helfen, wenn sie ein Geständnis ablegte und sich vor ihm demütigte? Irgendwann mußte das Geständnis gemacht werden, und sei es nur um des Kindes willen; doch sie versprach sich davon keine Gewissenserleichterung. Ihr Gatte war weniger als jeder andere geeignet, sie zu trösten und ihr Mut zu machen. Es war ihr gleichgültig, ob er ihr verzieh; vor seiner Liebe schauderte sie zurück. Wäre da doch nur jemand, dem sie sich anvertrauen könnte, in der Gewißheit, verstanden zu werden ...

Ihren Schwestern mangelte es an Einfühlungsvermögen, um ihr helfen zu können; Virginia war schwächer als sie selbst, und Alice hatte nichts als traurige Binsenwahrheiten zu bieten, die vielleicht ihr selbst Trost spenden mochten, einem anderen hingegen keine Erleichterung verschafften. Unter den wenigen, die sie einst zu ihren Freunden gezählt hatte, gab es eine einzige starke Frau mit einem scharfen Verstand und möglicherweise fähig, die Worte auszusprechen, die von Herz zu Herz gehen; doch diese Frau hatte sie, wenn auch infolge eines unglückseligen Zufalls, zutiefst beleidigt. Ob Rhoda Nunn Barfoots Liebeswerben Gehör geschenkt hatte oder nicht, sie mußte tief gekränkt sein; das bewies das Gespräch, von dem Virginia ihr berichtet hatte, deutlich. Vielleicht war durch den von Widdowson verbreiteten Skandal gar ein Glück zunichte gemacht worden, das Rhoda sich erträumt hatte. Sie mußte den Schaden, den sie angerichtet hatte, auf irgendeine Weise wiedergutmachen. Und vielleicht könnte sie Rhoda durch ein umfassendes Geständnis dankbar stimmen und ihr einen Rat entlocken – ein tröstliches, ein hilfreiches Wort.

Während der nächtlichen Angstschauer glaubte Monica sich imstande, diesen Schritt zu tun, allein der Gewissenserleichterung wegen, die ihr das verschaffen mochte. Doch am Tage verwarf sie diesen Entschluß; Scham und Stolz verdammten sie aufs neue zum Schweigen.

Außerdem hatte sie an diesem Morgen ganz andere Sorgen. Virginia verkroch sich in ihr Zimmer, weigerte sich, jemanden hereinzulassen und reagierte auf alle flehentlichen Bitten mit knappen, unverständlichen Worten. Die beiden anderen frühstückten in einer Stimmung, die bestens zu dem trüben, regnerischen Himmel paßte, der sich vor ihren Fenstern zeigte. Erst am Mittag gelang es Alice, ihre reumütige Schwester zu einem Gespräch zu überreden. Alice blieb über eine Stunde in ihrem Zimmer, und als sie schließlich herauskam, waren ihre Augen rot und verquollen.

»Wir müssen sie heute in Ruhe lassen«, sagte sie zu Monica. »Sie weigert sich, etwas zu essen. Oh, in welch erbärmlichem Zustand sie ist! Hätte ich das doch nur früher gewußt!«

»Ist das schon lange so gegangen?«

»Sie fing kurz nach ihrem Einzug bei Mrs. Conisbee damit an. Sie hat mir alles erzählt – armes Mädchen, armes Ding! Ob sie es wohl jemals schaffen wird, davon loszukommen? Sie sagt, sie wolle dem Alkohol ganz abschwören, und ich bestärkte sie darin; vielleicht nützt es etwas, meinst du nicht?«

»Vielleicht ... ich weiß nicht ...«

»Aber ich bezweifle, daß ihr das gelingt, wenn sie in London bleibt. Sie glaubt auch, daß nur ein neues Leben in einer neuen Umgebung ihr die Kraft dazu geben wird. Stell dir vor, bei Mrs. Conisbee hungerte sie, damit sie Geld hatte, um sich Schnaps kaufen zu können; sie aß nichts außer trockenem Brot.«

»Das hat die Sache sicher noch verschlimmert. Sie muß sich schrecklich nach Beistand gesehnt haben.«

»Bestimmt. Und dein Mann weiß davon. Er kam einmal, als sie in diesem Zustand war ... als du ausgegangen warst ...«

Monica nickte düster und mit abgewandtem Blick.

»Sie hat ein sehr ungesundes Leben geführt. Sie scheint alle Willenskraft verloren zu haben. Sie interessiert sich für gar nichts mehr; sie liest nichts anderes als Romane, Tag für Tag.«

»Das ist mir auch aufgefallen.«

»Wie können wir ihr helfen, Monica? Willst du dem armen Mädchen zuliebe nicht ein Opfer bringen? Kann ich dich nicht überzeugen, mein Schatz? Dein Zustand verschlimmert alles noch, das sehe ich deutlich. Sie macht sich deinetwegen große Sorgen und versucht dann, die Sorgen zu vergessen – du weißt, wie.«

Monica ließ sich weder an diesem noch am darauffolgenden Tag überreden. Doch schließlich setzte ihre Schwester sich durch. Es war später Abend; Virginia war zu Bett gegangen, und die beiden anderen saßen schweigend und untätig da. Nach mehreren vergeblichen Anläufen, ein Gespräch zu beginnen, beugte

sich Miss Madden vor und sagte mit leiser, ernster Stimme: »Monica – du machst uns allen etwas vor. Du bist schuldig.«
»Wie kommst du darauf?«
»Ich weiß es. Ich habe dich beobachtet. Man sieht es deiner Miene an, wenn du in Gedanken versunken bist.«
Ihre Schwester saß unbeweglich da, die Augenbrauen zusammengezogen und die Lippen trotzig aufeinandergepreßt.
»Du empfindest überhaupt kein Mitgefühl mehr, und das kann nur daher rühren, daß du schuldig bist. Es ist dir gleichgültig, was aus deiner Schwester wird. Daß du dich weigerst, unserem Wunsch nachzukommen, kann nur an gekränktem Stolz liegen oder daran, daß du wegen deiner Schuldgefühle Angst hast. Du fürchtest dich davor, deinen Mann über deinen Zustand zu unterrichten.«
Alice hätte das nicht behauptet, wenn sie nicht daran geglaubt hätte. Die Überzeugung hatte sich in ihrem Kopf festgesetzt. Ihre Stimme zitterte vor schmerzlicher Erregung.
»Der letzte Satz ist wahr«, sagte ihre Schwester, nachdem eine Minute lang Schweigen geherrscht hatte.
»Du gestehst es? O Monica – «
»Ich gestehe nicht das, was du meinst«, fuhr Monica fort, mit einer Gelassenheit, die sie bei diesen Gesprächen bislang nicht aufzubringen vermocht hatte. »Dessen bin ich *nicht* schuldig. Ich habe Angst davor, daß er davon erfährt, weil er mir ohnehin nicht glauben würde. Ich habe einen Beweis, der jeden anderen überzeugen würde; aber es ist zwecklos, ihn beizubringen. Ich glaube nicht, daß er sich überzeugen läßt ... wenn er erfährt ...«
»Wenn du unschuldig wärst, würdest du es trotzdem versuchen.«
»Hör mir zu, Alice. Wenn ich schuldig wäre, würde ich nicht auf seine Kosten hier wohnen. Ich erklärte mich erst dazu bereit, nachdem ich erfahren hatte, in welchem Zustand ich mich befinde. Andernfalls hätte ich mich geweigert, auch nur einen Pfennig mehr von ihm anzunehmen. Ich hätte auf meine eigenen Ersparnisse zurückgegriffen, bis ich wieder imstande gewesen wäre, Geld zu verdienen. Wenn du mir das nicht glaubst, beweist das, daß du mich überhaupt nicht kennst. Was du in meinem Gesicht liest, ist alles Unsinn.«
»Ich wünschte bei Gott, ich könnte dir glauben!« stöhnte Miss Madden mit einer Heftigkeit, die für eine so schwache, antriebslose Person ungewöhnlich schien.

»Du weißt, daß ich meinem Mann Lügen erzählt habe«, rief Monica aus, »und folglich meinst du, man könne mir überhaupt nicht mehr glauben. Ich habe ihn tatsächlich angelogen; ich kann es nicht abstreiten, und ich schäme mich auch dafür. Aber ich bin keine hinterlistige Frau – das kann ich guten Gewissens sagen. Mir ist die Wahrheit näher als die Unwahrheit. Wenn dem nicht so wäre, hätte ich mein Heim niemals verlassen. Eine hinterlistige Frau hätte, wenn sie in meiner Lage – von der du nichts weißt – gewesen wäre, ihrem Ehegatten etwas vorgeschwindelt, damit er ihr verzeiht ... einem solchen Ehegatten wie meinem. Sie hätte abgewogen, was für sie das günstigste wäre. Ich habe meinen Ehegatten verlassen, weil ich es nicht ertragen konnte, mit einem Mann zusammenzuleben, für den ich nichts mehr empfinde. Indem ich mich von ihm abwende, verhalte ich mich aufrichtig. Doch, wie gesagt, habe ich auch Angst davor, daß er etwas ganz Bestimmtes herausfindet. Ich möchte, daß er glaubt ... wenn es an der Zeit ist ...« Sie brach ab.

»Dann solltest du es ihm nicht länger verheimlichen, Monica. Wenn es die Wahrheit ist, kann das Geständnis nicht so schlimm sein.«

»Alice, ich bin bereit, ein Abkommen zu schließen. Wenn mein Mann verspricht, nicht nach Clevedon zu kommen, ehe ich ihn rufen lasse, werde ich mit dir und Virgie dorthin ziehen.«

»Das hat er doch längst versprochen, mein Schatz«, rief Miss Madden beglückt aus.

»Aber nicht mir. Er hat nur gesagt, daß er eine Zeitlang in London wohnen bleiben will; das heißt, er würde kommen, wann immer er will, und sei es nur, um mit dir oder Virgie zu reden. Aber er darf uns auf keinen Fall besuchen, bevor ich ihm nicht die Erlaubnis gebe. Wenn er das verspricht und das Versprechen auch hält, gelobe ich, ihm in weniger als einem Jahr die ganze Wahrheit zu sagen.«

Ehe Alice zu Bett ging, schrieb sie Widdowson einen kurzen Brief, in dem sie ihn um ein baldiges Gespräch bat. Sie würde ihn zu Hause aufsuchen, wann immer es ihm recht wäre. Am Nachmittag des folgenden Tages traf eine Antwort ein, und am gleichen Abend begab sich Miss Madden nach Herne Hill. Als Folge dieses Gesprächs begannen ein paar Tage später die Vorbereitungen für den seit langem geplanten Umzug nach Clevedon. Widdowson nahm sich in der Nähe seines alten Zuhauses ein möbliertes Zimmer; er hatte sich verpflichtet, die Grenze der

Grafschaft Somerset nicht zu überqueren, ehe er die Erlaubnis seiner Frau erhielt.

Nachdem dies geregelt war, schrieb Monica an Miss Nunn; einen kurzen, demütigen Brief. »Ich werde in Bälde von London wegziehen und würde Sie vorher gerne noch einmal sehen. Dürfte ich zu einer Zeit bei Ihnen vorbeikommen, in der ich Sie allein sprechen kann? Da ist etwas, das ich Ihnen mitteilen muß, aber ich kann es Ihnen nicht schreiben.« Einen Tag später traf ein noch kürzerer Antwortbrief ein. Miss Nunn sei heute oder morgen abend um halb neun daheim.

Monicas Ankündigung, nach Einbruch der Dunkelheit allein ausgehen zu müssen, beunruhigte ihre Schwestern. Als sie hörten, daß sie Rhoda Nunn besuchen wolle, waren sie ein wenig erleichtert, doch Alice bat, sie dennoch begleiten zu dürfen.

»Das dürfte nicht nötig sein«, erwiderte Monica. »Höchstwahrscheinlich wartet draußen ein Spion, um mir überallhin zu folgen. Deine Vergewisserung, daß ich wirklich bei Miss Barfoot war, dürfte also überflüssig sein.«

Als die beiden noch immer keine Ruhe gaben, ging ihre Ironie in Wut über. »Habt ihr euch etwa erboten, ihm die Kosten für einen Privatdetektiv zu ersparen? Habt ihr ihm versprochen, mich keine Minute aus den Augen zu lassen?«

»Natürlich habe ich das nicht«, sagte Alice.

»Und ich auch nicht«, protestierte Virginia. »Er hat uns nie um dergleichen gebeten.«

»Dann könnt ihr sicher sein, daß die Spione mich noch immer beobachten. Gebt den Ärmsten etwas zu tun. Ich werde allein gehen, und damit basta!«

Sie fuhr mit dem Zug bis zur York Road Station und ging von dort aus zu Fuß nach Chelsea, denn es war ein schöner Abend. Das Gefühl von Freiheit und das Bewußtsein, einen mutigen Entschluß gefaßt zu haben, hoben ihre Stimmung. Sie hoffte, daß ihr ein Detektiv folgte; sie freute sich diebisch bei dem Gedanken, wie sinnlos das war. Um nicht zu früh anzukommen, schlenderte sie am Chelsea Embankment entlang, und das Wissen, damit die Anstandsregeln zu verletzen, verschaffte ihr ein Gefühl der Genugtuung. Sie befand sich in einem merkwürdigen Zustand zwischen Trotz und Verzagtheit. Sie hatte beschlossen, bei Rhoda ein Geständnis abzulegen; doch würde ihr das etwas nützen? Würde Rhoda für ihre Motive Verständnis zeigen? Es war im Grunde einerlei. Auf die Gefahr hin, noch mehr verachtet zu werden, hätte sie sich zumindest einer Pflicht entledigt, und diese Tatsache allein mochte ihr die Kraft geben, allen weiteren Widrigkeiten ins Auge zu sehen.

Vor Miss Barfoots Haustür angekommen, schlug ihr das Herz bis zum Hals. Als das Dienstmädchen öffnete, brachte sie nicht mehr als Miss Nunns Namen über die Lippen; zum Glück waren dem Mädchen Anweisungen gegeben worden, und sie führte Monica sogleich in die Bibliothek. Hier wartete sie fast fünf Minuten lang. Tat Rhoda Nunn das mit Absicht? Ihrer Miene beim Betreten des Zimmers nach zu urteilen, war das durchaus möglich; etwas Abweisendes, fast schon Hochmütiges lag in ihrer Haltung. Sie reichte Monica nicht die Hand, und die einzige Geste der Höflichkeit bestand darin, der Besucherin einen Platz anzubieten.

»Ich ziehe fort von hier«, sagte Monica, um das Schweigen zu brechen.

»Ja, das haben Sie mir bereits mitgeteilt.«

»Sie können sich offenbar nicht vorstellen, warum ich gekommen bin.«

»In Ihrem Schreiben hieß es nur, daß Sie mich zu sehen wünschten.«

Ihre Blicke trafen sich, und Monica merkte, daß sie im darauffolgenden Augenblick von Kopf bis Fuß gemustert wurde. Sie hatte das Gefühl, sich zuviel vorgenommen zu haben; sie war versucht, sich rasch ein Thema einfallen zu lassen, das schnell abgehandelt wäre, um dann in die Dunkelheit zu entfliehen.

Doch da ergriff Miss Nunn das Wort. »Kann ich Ihnen vielleicht irgendwie behilflich sein?«

»Ja. Möglicherweise. Aber ... es fällt mir sehr schwer, zu sagen, was ich – «

Rhoda wartete, ohne ihr irgendwie entgegenzukommen, nicht einmal in Form eines interessierten Blickes.

»Würden Sie mir bitte erklären, warum Sie sich mir gegenüber so kühl verhalten, Miss Nunn?«

»Das bedarf wohl keiner Erklärung, Mrs. Widdowson.«

»Sie glauben demnach alles, was Mr. Widdowson erzählt hat?«

»Mir hat Mr. Widdowson nichts erzählt. Aber ich hatte ein Gespräch mit Ihrer Schwester, und ich wüßte keinen Grund, warum ich bezweifeln sollte, was sie mir berichtete.«

»Sie konnte Ihnen die Wahrheit nicht sagen, weil sie die nicht kennt.«

»Ich nehme an, sie hat mir zumindest nichts Unwahres erzählt.«

»Was hat Virginia gesagt? Ich finde, ich habe ein Recht, das zu fragen.«

Rhoda schien das zu bezweifeln. Sie blickte auf eines der Bücherregale und überlegte eine Weile. »Ihre Angelegenheiten gehen mich wirklich nichts an, Mrs. Widdowson«, sagte sie dann. »Ich wurde darüber unterrichtet, ohne daß ich das gewollt hätte, und vielleicht sehe ich die Dinge aus einem falschen Blickwinkel. Ist es nicht sinnlos, daß wir uns darüber unterhalten, es sei denn, Sie sind gekommen, um sich gegen eine falsche Beschuldigung zu verteidigen?«

»Genau darum bin ich gekommen.«

»Dann will ich nicht so ungerecht sein, Sie nicht anzuhören.«

»Mein Name ist in Zusammenhang mit Mr. Barfoot genannt worden. Das ist falsch. Dem liegt ein Mißverständnis zugrunde.«

Monica wußte nicht, wie sie sich ausdrücken sollte. Aus Ungeduld, so schnell wie möglich den Sachverhalt darzulegen, der Miss Nunns Verärgerung über sie in Luft auflösen würde, gebrauchte sie die erstbesten Worte, die ihr in den Sinn kamen. »Als ich damals nach Bayswater fuhr, hatte ich nicht die Absicht, Mr. Barfoot zu besuchen. Ich wollte jemand anderen besuchen.«

Die Aufmerksamkeit der Zuhörerin nahm merklich zu. Es war Monicas Gesichtsausdruck und ihrer Stimme anzumerken, daß sie aufrichtig war.

»Jemanden«, fragte Rhoda kühl, »der bei Mr. Barfoot gewohnt hat?«

»Nein. Jemanden im gleichen Haus; in einer anderen Wohnung. Als ich bei Mr. Barfoot anklopfte, wußte ich ... oder war ich mir sicher ... daß niemand öffnen würde. Ich wußte, daß Mr. Barfoot an jenem Tag die Absicht hatte zu verreisen – nach Cumberland.«

Rhoda blickte die Sprecherin fest an. »Sie wußten, daß er nach Cumberland reisen wollte?« fragte sie mit gedehnter Stimme.

»So erzählte er mir. Ich bin ihm rein zufällig am Vortag begegnet.«

»Wo sind Sie ihm begegnet?«

»In der Nähe des Wohnhauses«, antwortete Monica errötend. »Er war gerade herausgekommen ... ich sah ihn herauskommen. Ich hatte dort an jenem Nachmittag eine Verabredung, und ich begleitete ihn ein kurzes Stück, damit er nicht – «

Ihr versagte die Stimme. Sie merkte, daß Rhoda anfing, ihr zu mißtrauen, und glaubte, daß sie zu phantasieren begann. Die beklemmende Stille wurde von Miss Nunn durchbrochen, die angewidert sagte: »Ich habe Sie nicht gebeten, mich ins Vertrauen zu ziehen, vergessen Sie das nicht.«

»Nein – bitte versuchen Sie nachzuvollziehen, was es für mich heißt, diese Dinge zu erzählen – welche Überwindung mich das kostet. Ich habe schwer mit mir gerungen, ehe ich hierherkam, um Ihnen alles zu gestehen. Wenn Sie ein wenig freundlicher wären ... wenn Sie versuchten, mir zu glauben ...«

Die heftige Erregung, mit der sie diese Worte sagte, ließ Rhoda nicht unberührt. Unwillkürlich empfand sie Mitleid mit der verzweifelten Frau. »Warum sind Sie gekommen? Warum erzählen Sie mir diese Dinge?«

»Weil nicht nur ich selbst zu Unrecht beschuldigt wurde. Ich fand, ich müßte Ihnen sagen, daß Mr. Barfoot niemals ... daß niemals etwas zwischen uns war. Was hat er gesagt? Wie hat er auf Mr. Widdowsons Anschuldigung reagiert?«

»Er hat sie lediglich zurückgewiesen.«

»Hatte er nicht den Wunsch, sich auf mich zu berufen?«

»Das ist mir unbekannt. Ich wüßte nicht, daß er einen solchen Wunsch geäußert hätte. Ich finde nicht, daß Sie sich um Mr. Barfoot Gedanken machen müssen. Er sollte eigentlich imstande sein, seinen Ruf selbst zu verteidigen.«

»Hat er das getan?« fragte Monica gespannt. »Haben Sie ihm geglaubt, als er verneinte – «

»Ist es nicht gleichgültig, ob ich ihm glaubte oder nicht?«

»Ihm dürfte das durchaus nicht gleichgültig sein.«

»Ach ja? Und aus welchem Grund?«

»Er erzählte mir, daß er sich sehr wünschte, daß Sie eine gute Meinung von ihm hätten. Das ist es, worüber wir uns zu unterhalten pflegten. Ich weiß nicht, warum er mich ins Vertrauen zog. Als wir einmal zufällig im gleichen Zug fuhren – nachdem wir beide hier zu Besuch gewesen waren –, redete er zum ersten Mal darüber. Er stellte mir viele Fragen über Sie, und zuletzt sagte er ... daß er Sie liebe ... oder etwas in diesem Sinne.«

Rhoda senkte den Blick.

»Danach«, fuhr Monica fort, »sprachen wir noch ein paarmal über Sie. Auch, als wir uns zufällig in der Nähe seiner Wohnung begegneten ... wie ich Ihnen bereits gesagt habe. Er erzählte mir, daß er beabsichtige, nach Cumberland zu fahren, in der Hoffnung, Sie dort zu treffen; und wenn ich ihn recht verstanden habe, hatte er vor, Sie zu bitten – «

Die plötzliche und gründliche Veränderung in Miss Nunns Gesicht ließ Monica innehalten. Der verächtliche Ausdruck war einem zwar strengen, aber auftrumpfenden Lächeln gewichen. Eine leichte Röte stieg in ihr Gesicht; die aufeinandergepreßten Lippen verloren ihre Anspannung; sie änderte ihre Sitzposition, als sei sie bereit, sich noch vertraulicher zu unterhalten.

»Es war niemals mehr zwischen uns«, fuhr Monica freimütig fort. »Mr. Barfoot interessierte mich nur Ihretwegen. Ich hoffte, er würde Erfolg haben. Und ich bin zu Ihnen gekommen, weil ich befürchtete, Sie würden meinem Mann glauben – was Sie offenbar auch tun.«

Rhoda bezweifelte, daß dies eine bewundernswerte Tat war, und ihr war anzusehen, daß sie von der Wahrheit dieser Erklärung keineswegs überzeugt war. Da sie die entscheidende Frage noch nicht stellen mochte, wartete sie mit einer ernsten, aber nicht mehr schroffen Miene ab, was Mrs. Widdowson außerdem zu sagen hätte. Ein flehentlicher Blick zwang sie, das Schweigen zu brechen. »Es tut mir sehr leid, daß Sie es sich zur Aufgabe gemacht haben – «

Monica blickte sie noch immer an und murmelte dann: »Wenn ich nur sicher sein könnte, daß ich Ihnen damit einen Dienst erwiesen habe –«

»Aber«, fuhr Rhoda mit forschendem Blick fort, »Sie möchten nicht, daß ich anderen erzähle, was Sie gesagt haben?«

»Es war nur für Ihre Ohren bestimmt. Ich dachte ... Sie wären dann vielleicht bereit, Mr. Barfoot wissen zu lassen, daß Sie nicht mehr ...«

Die Augen der Zuhörerin blitzten ahnungsvoll auf. »Sie haben ihn folglich getroffen?« fragte sie schroff und geradeheraus.

»Seitdem nicht mehr.«

»Er hat Ihnen auch nicht geschrieben?« – noch immer in gleichem Tonfall.

»Nein, wo denken Sie hin. Mr. Barfoot hat mir nie geschrieben. Ich weiß nicht das geringste über ihn. Es hat mich niemand aufgefordert, zu Ihnen zu kommen ... nicht, daß Sie das glauben. Niemand weiß, was ich Ihnen gerade erzählt habe.«

Rhoda war abermals im Zweifel, inwieweit sie diesen Beteuerungen Glauben schenken konnte. Monica verstand ihren Blick. »Da ich nun so viel gesagt habe, muß ich Ihnen auch den Rest erzählen. Es wäre schrecklich, wenn ich von hier fortgehen müßte, ohne zu wissen, ob Sie mir glauben oder nicht.«

Die Zuhörerin war versucht, aus reiner Barmherzigkeit zu versichern, daß sie keine Zweifel mehr hege. Doch sie brachte die Worte nicht über die Lippen. Sie wußte, sie würden nicht überzeugend klingen. Aus Betroffenheit, Monica nicht trösten zu können, senkte sie den Blick. Sie hätte längst etwas entgegnen müssen.

»Ich will Ihnen alles erzählen«, sagte Monica mit leiser, zitternder Stimme. »Wenn mir auch sonst niemand glaubt, sollen zumindest Sie es tun. Ich habe nicht gemacht, was – «

»Nein – ich will das nicht hören«, fiel ihr Rhoda peinlich berührt ins Wort. »Ich glaube Ihnen auch so.«

Monica begann zu schluchzen. Diese letzte Anstrengung hatte ihre Kräfte überfordert.

»Lassen wir's damit gut sein«, sagte Rhoda, bemüht, freundlich zu klingen. »Sie haben alles getan, was man von Ihnen verlangen konnte. Ich bin Ihnen dankbar, daß Sie meinetwegen gekommen sind.«

Monica faßte sich wieder. »Würden Sie sich bitte anhören, was ich Ihnen sagen möchte, Miss Nunn? Würden Sie es sich als eine Freundin anhören? Ich möchte, daß Sie mich im richtigen Licht sehen. Ich habe es niemandem sonst erzählt; es würde mir Erleichterung verschaffen, wenn Sie mich anhörten. Es wird nicht mehr lange dauern, bis mein Mann alles erfährt ... aber vielleicht werde ich dann nicht mehr leben ...«

Irgend etwas an Miss Nunns Miene verriet ihr, daß sie verstand, was sie meinte. Vielleicht hatte Virginia, als sie hier war, mehr gesagt, als sie zugegeben hatte und als sie hätte sagen dürfen.

»Warum wollen Sie es ausgerechnet *mir* erzählen?« fragte Rhoda mit leisem Unbehagen.

»Weil Sie so stark sind. Weil ich hoffe, daß Sie mir etwas Hilfreiches sagen können. Ich weiß, daß Sie glauben, ich hätte eine Sünde begangen, die so schlimm ist, daß man nicht darüber reden kann. Das ist nicht wahr. Wenn dem so wäre, würde ich niemals einwilligen, in das Haus meines Mannes zu ziehen.«

»Sie wollen zu ihm zurückkehren?«

»Ach, das habe ich Ihnen ja noch gar nicht erzählt.« Monica berichtete von der Übereinkunft, die mit Widdowson getroffen worden war. Als sie sagte, daß sie noch eine Weile abwarten müsse, ehe sie ihrem Mann ein Geständnis machen könne, kam es ihr abermals so vor, als verstehe Miss Nunn, worauf sie anspielte.

»Es gibt einen bestimmten Grund, warum ich bereit bin, seine Unterstützung anzunehmen«, fuhr sie fort. »Wenn ich das, was er vermutet, tatsächlich getan hätte, würde ich mich eher umbringen, als weiterhin so zu tun, als wäre ich seine Frau. Einen Tag bevor er mich überwachen ließ, hatte ich mir vorgenommen, ihn für immer zu verlassen. Ich hatte eigentlich vor, nur noch einmal zu dem Haus zurückzukehren, um ein paar Sachen zu holen. Es war jemand, der im gleichen Gebäude wohnt wie Mr. Barfoot. Sie kennen ihn – «

Sie hob kurz den Blick, und er begegnete dem ihrer Zuhörerin. Rhoda wußte sofort, um wen es sich handelte; auf einmal wurde ihr alles klar.

»Er hat England verlassen«, fuhr Monica hastig, aber mit klarer Stimme fort. »Ich dachte damals daran, gemeinsam mit ihm fortzugehen. Aber ... es ging nicht. Ich liebte ihn ... besser gesagt, ich glaubte, ihn zu lieben; aber ich habe mir nicht mehr zuschulden kommen lassen, als einzuwilligen, meinen Mann zu verlassen. Glauben Sie mir das?«

»Ja, Monica, ich glaube Ihnen.«

»Falls Sie noch Zweifel haben, kann ich Ihnen einen Brief zeigen, den er mir aus Frankreich schickte. Er beweist – «

»Ich glaube Ihnen voll und ganz.«

»Aber lassen Sie mich weitererzählen. Ich muß Ihnen erklären, wie das Mißverständnis – «

Sie berichtete schnell, was sich an jenem schicksalhaften Samstagnachmittag zugetragen hatte. Als sie ans Ende gekommen war, verlor sie aufs neue die Fassung; sie brach in Tränen aus und stammelte flehentlich: »Was soll ich tun, Miss Nunn? Wie soll ich das nur aushalten, bis – ? Ich weiß, es ist nur noch für kurze Zeit. Mein verpfuschtes Leben wird bald zu Ende sein – «

»Monica – da ist etwas, das Sie nicht vergessen dürfen.«

Ihre Stimme klang bestimmt, aber sehr freundlich – ganz und gar nicht so, wie Monica es erwartet hatte, die daraufhin dankbar und erwartungsvoll zu ihr aufblickte.

»Sie sind verzweifelt, weil Ihnen das Leben so bitter erscheint. Aber ist es nicht Ihre Pflicht, die Hoffnung dennoch nicht aufzugeben?«

Monica blickte sie zweifelnd an. »Sie meinen – «, stammelte sie.

»Ich denke, Sie verstehen, was ich meine. Ich spreche nicht von Ihrem Mann. Ob Sie ihm gegenüber zu etwas verpflichtet sind, vermag ich nicht zu beurteilen; das müssen Ihr eigener Verstand und Ihr Herz entscheiden. Aber ist es nicht so, daß Sie auf Ihre Gesundheit mehr achten müssen, als wenn es nur um Sie selbst ginge?«

»Ja ... Sie haben verstanden – «

»Ist es nicht Ihre Pflicht, ständig im Hinterkopf zu behalten, daß Ihr Denken und Ihr Tun ein anderes Lebewesen beeinträchtigen könnten – daß Sie, wenn Sie sich der Verzweiflung hingeben, Verursacherin eines Leides sein könnten, das zu vermeiden in Ihrer Macht steht?«

Rhoda, die selbst tief bewegt war, hatte nie zuvor so ergreifende Worte gesagt, hatte noch nie zuvor einen Rat von so ernster Bedeutung gegeben. Sie spürte ihre Kraft auf eine ganz neue Weise, ohne dabei einen Hauch von Eitelkeit oder ein banales Gefühl der Selbstbestätigung zu empfinden. In dem Moment, da sie es am wenigsten erwartete, bot sich eine Gelegenheit, den moralischen Einfluß auszuüben, über den sie zu verfügen glaubte und den sie zu ihrem erhabenen Lebensziel zu machen gehofft hatte. Um so besser, daß es in diesem Fall galt, Mut zu beweisen, die gewöhnliche Zurückhaltung aufzugeben; solche Bedingungen stachelten ihren Kampfgeist an. Als sie merkte, daß ihre Worte nicht vergebens waren, rückte sie näher zu Monica heran und sprach noch freundlicher zu ihr. »Warum reden Sie sich ein, daß Sie nicht mehr lange zu leben hätten?«

»Es ist mehr ein Wunsch als eine Furcht – meistens. Ich weiß nicht, wie es weitergehen soll. Ich will nicht weiterleben.«

»Das ist morbid. Das ist nicht Ihr Ich, das da spricht, sondern Ihr Kummer. Sie sind jung und kräftig, und binnen eines Jahres werden Sie das meiste von diesem Unglück vergessen haben.«

»Es kommt mir vor wie eine Gewißheit ... als ob es mir vorhergesagt worden wäre ... seit ich weiß ...«

»Ich glaube, es kommt häufig vor, daß junge Ehefrauen solche Ängste empfinden. Das hat körperliche Ursachen, Monica, und in Ihrem Fall ist es besonders schwer, die düsteren Gedanken zu vertreiben. Aber wie schon gesagt, Sie müssen an die Verantwortung denken, die Sie tragen. Sie werden am Leben bleiben, weil das arme kleine Lebewesen Sie braucht.«

Monica wandte das Gesicht ab und stöhnte. »Ich werde mein Kind nicht lieben.«

»Doch, das werden Sie. Und diese Liebe, diese Pflicht ist das Leben, auf das Sie sich freuen müssen. Sie haben viel durchgemacht, aber nach einer so kummervollen Zeit kommt eine Phase der Ruhe und des Gleichmuts. Die Natur wird Ihnen helfen.«

»Ach, könnten Sie mir doch etwas von *Ihrer* Kraft abgeben! Es war mir noch nie möglich, das Leben so zu sehen wie Sie. Ich hätte ihn niemals geheiratet, wenn mich nicht der Gedanke an ein angenehmes Leben verlockt hätte ... und ich hatte solche Angst ... daß ich womöglich immer allein bleiben würde ... Meine Schwestern sind furchtbar unglücklich; der Gedanke, ich müßte mich so durchs Leben kämpfen wie sie, war mir entsetzlich ...«

»Es war ein Fehler, daß Sie nur auf die schwachen Frauen geschaut haben. Sie hatten ganz andere Vorbilder in Ihrer Nähe – Mädchen wie Miss Vesper und Miss Haven, die sich nicht unterkriegen lassen, die hart arbeiten und die stolz sind auf ihren Platz in der Welt. Aber es ist müßig, über Vergangenes zu reden, und genauso töricht ist es, so zu tun, als gäbe es für Sie keine Hoffnung. Wie alt sind Sie, Monica?«

»Zweiundzwanzig.«

»Na, und ich bin zweiunddreißig – und ich halte mich keineswegs für alt. Wenn Sie erst einmal in meinem Alter sind, werden Sie über die Verzweiflung lächeln, die Sie vor zehn Jahren empfanden, das garantiere ich Ihnen. In Ihrem Alter spricht man so schnell von einem ›verpfuschten Leben‹, einer ›hoffnungslosen Zukunft‹ und dergleichen. Mein liebes Mädchen, Sie werden vielleicht noch einmal eine der zufriedensten und nützlichsten Frauen Englands. Ihr Leben ist keineswegs verpfuscht – Unsinn! Sie haben eine stürmische Phase durchgemacht, gewiß; aber Sie werden daraus aller Voraussicht nach um so gestärkter hervorgehen. Reden Sie nicht von *Sünden* oder dergleichen; beschließen Sie einfach, sich durch Schicksalsprüfungen und Schwierigkeiten nicht entmutigen zu lassen. Es gibt nicht den geringsten Zweifel – oder? –, wie Sie die nächsten Monate verleben sollten. Es ist ganz klar, was Ihre Aufgabe ist. Stärken Sie Ihren Körper und Ihren Verstand. Sie *haben* Verstand, und das ist mehr, als man von einer Vielzahl von Frauen sagen kann. Denken Sie edel und gut von sich selbst! Sagen Sie sich: Dieses und jenes muß ich tun, und ich werde es tun!«

Monica beugte sich unvermittelt vor, ergriff Rhodas Hand und hielt sie fest. »Ich wußte, daß Sie mir etwas sagen würden, das mir Mut macht. Sie verstehen es, das richtige Wort zu finden. Aber es ist nicht nur heute notwendig. Ich werde so weit fort sein und so einsam, den ganzen düsteren Winter hindurch. Werden Sie mir schreiben?«

»Gerne. Und Ihnen über alles berichten, was wir hier tun.« Rhodas Stimme war leiser geworden; ihr Blick schweifte ab; doch gleich darauf hatte sie sich wieder gefangen. »Es sah so aus, als hätten wir Sie verloren; doch es wird nicht lange dauern, und Sie werden wieder eine von uns sein. Ich meine, Sie werden zu den Frauen gehören, die für die Sache der Frau kämpfen. Sie werden durch Ihre Lebensweise beweisen, daß wir verantwortungsvolle Menschen sein können – zuverlässig und zielstrebig.«

»Sagen Sie ... halten Sie es für richtig, wenn ich weiterhin mit meinem Mann zusammenlebe, obwohl ich ihn nicht einmal mehr als einen Freund betrachten kann?«

»In diesem Punkt wage ich Ihnen keinen Rat zu geben. Falls Sie ihn in absehbarer Zeit wieder als einen Freund betrachten *können,* wäre das sicherlich besser. Aber hier müssen Sie selbst entscheiden. Ich finde, Sie haben ein sehr vernünftiges Arrangement getroffen, und Sie werden schon bald vieles klarer sehen. Tun Sie etwas für Ihre Gesundheit; das ist jetzt das Wichtigste. Tanken Sie die Luft der Severn Sea; nach der stickigen Londoner Luft wird sie ein Labsal für Sie sein. Nächsten Sommer werde ... hoffe ich, in Cheddar zu sein, und dann werde ich einen Abstecher nach Clevedon machen ... und wir werden miteinander plaudern und fröhlich sein, als hätten wir niemals Sorgen gehabt.«

»O wenn es doch schon so weit wäre! Aber Ihre Worte haben mir gutgetan. Ich werde versuchen – « Sie erhob sich.

»Ich darf nicht vergessen«, sagte Rhoda, ohne sie anzublicken, »daß ich Ihnen zu Dank verpflichtet bin. Sie haben getan, was Sie für richtig hielten, wie schwer es Ihnen auch gefallen sein mag; und Sie haben mich damit sehr erleichtert. Natürlich bleibt das alles unter uns. Wenn ich erkläre, daß ich keinerlei Zweifel mehr hege, werde ich nicht verraten, auf welche Weise sie ausgeräumt wurden.«

»Ich wünschte, ich wäre früher gekommen.«

»Das wünschte ich auch – um Ihretwillen, wenn ich Ihnen wirklich helfen konnte. Aber was das andere betrifft – bleibt es besser so, wie es ist.«

Rhoda stand mit hocherhobenem Kopf da und zeigte das ihr eigene Lächeln der Freiheit. Monica wagte nicht zu fragen, was sie damit meinte. Sie ging auf ihre Freundin zu und streckte ihr schüchtern beide Hände entgegen. »Auf Wiedersehen!«

»Bis zum nächsten Sommer.«

Sie umarmten und küßten einander. Als Monica sich mit brennenden Lippen abgewandt hatte, murmelte sie noch ein paar Dankesworte. Dann begaben sie sich schweigend zur Haustür, und schweigend gingen sie auseinander.

30. Rückzug in Ehren

Barfoot quartierte sich bei seiner Rückkehr nach London auf unbestimmte Zeit im Savoy ein. Im Augenblick benötigte er keine eigene Wohnung; er konnte jeweils nur ein paar Tage vorausplanen; seine Zukunft war genauso ungewiß wie in den ersten Monaten nach seiner Rückkehr aus Asien.

Unterdessen führte er ein recht angenehmes Leben. Die Brissendens waren nicht in der Stadt, aber durch die immer tiefer werdende Freundschaft zu dieser Familie hatte sich sein Bekanntenkreis in einer Richtung erweitert, die seinen veränderten Vermögensverhältnissen entsprach. Er schloß Freundschaften innerhalb der Gesellschaftsschicht, zu der er sich am meisten hingezogen fühlte; wohlhabende und kultivierte Leute ohne Ambitionen, die mit der sogenannten »feinen« Gesellschaft nichts zu tun haben und nur in Ruhe und Frieden dahinleben wollten. Diese dünne Schicht zeichnete sich besonders durch den Charme ihrer Frauen aus. Everard hatte sich nicht ohne Probleme an diese neue Umgebung angepaßt; zwar erkannte er sogleich die wohltuende, anregende Seite, aber er war an einen ausschweifenderen Lebensstil gewöhnt; erst nach seinem Frankreichaufenthalt, bei dem er häufig mit den Brissendens zusammen gewesen war, wurde ihm bewußt, wie sehr ihm die gesellschaftlichen Gepflogenheiten dieser Männer und Frauen zusagten.

In den Häusern, zu denen er nun Zutritt hatte, lernte er drei oder vier Frauen kennen, bei denen es schwer zu entscheiden gewesen wäre, welcher von ihnen in bezug auf Umgangsformen und Intelligenz der Vorrang gebührte. Diese Frauen rebellierten weder in religiöser, ethischer noch in gesellschaftlicher Hinsicht gegen die bestehenden Zustände; das heißt, sie hielten es nicht für notwendig, sich irgendeiner »Bewegung« anzuschließen; sie waren zufrieden damit, ein Recht auf freie Meinungsäußerung zu haben. Sie führten ein beschauliches Leben, hielten sich von vielem zurück, woran sich die »große Welt« vergnügte, aber ohne diese zu bekritteln. Everard bewunderte sie mit wachsender Leidenschaft. Bis auf eine Ausnahme waren sie verheiratet, standesgemäß verheiratet; bei dem noch unverheirateten Mitglied jener bezaubernden Schar handelte es sich um Agnes Brissenden, und Barfoot fand, wenn überhaupt einer von ihnen der Vorzug zu geben war, dann Agnes. Sein Eindruck von ihr hatte sich seit den ersten Tagen ihrer Bekanntschaft sehr verändert; ja, ihm wurde bewußt, daß er sie bis vor kurzem gar nicht gekannt hatte. Seine voreilige Vermutung, daß Agnes zu seiner Verfügung stehe, wann immer er um ihre Hand anzuhalten beliebte, war reine Torheit gewesen; er hatte ihr ungekünsteltes Verhalten, die Unbefangenheit, mit der sie ihre Ansichten äußerte, mißdeutet. Was sie von ihm halten mochte, wußte er nicht, was dazu führte, daß er eine bisher ungekannte aufrichtige Demut empfand. Es war nicht nur Agnes, die sein männliches Selbstbewußtsein erschütterte; ihre Schwestern hatten, was den Liebreiz betraf, nicht weniger Gewalt über ihn; und manchmal, wenn er plaudernd in einem dieser Salons saß, staunte er über sich selbst, nämlich darüber, wie vollendet seine Umgangsformen geworden waren.

Gegen Ende November erfuhr er, daß die Brissendens in ihrem Londoner Stadthaus weilten, und eine Woche später erhielt er von ihnen eine Einladung zum Dinner.

Nachdenklich speiste Everard im Hotel zu Mittag; er hatte das Gefühl, daß nunmehr die Stunde gekommen war, da er in einem Punkt, den er viel zu lange aufgeschoben hatte, eine Entscheidung treffen mußte. Was mochte Rhoda Nunn wohl tun? Er hatte nicht das geringste von ihr gehört. Seine Kusine Mary hatte ihm, als er in Ostende war, einen freundlichen Brief geschrieben und ihm mitgeteilt, daß seine schlichte Beteuerung in einer gewissen unangenehmen Sache ihr vollauf genüge, und daß sie hoffe, er komme sie weiterhin besuchen, wenn er wieder in London sei. Er hatte das Haus in der Queen's Road dennoch gemieden, und Mary wußte womöglich nicht einmal, wo er wohnte. Nachdem er hin und her überlegt hatte, begab er sich schließlich in sein Wohnzimmer und setzte sich widerwillig an den Schreibtisch, um einen Brief zu schreiben. Darin bat er Mary, sich irgendwo – nicht in ihrem Haus – mit ihm zu treffen, vielleicht in ihrem Institut in der Great Portland Street, wenn sonst niemand dort wäre.

Miss Barfoot schickte ihm eine kurze Zusage, in der es hieß, daß sie ihn am Samstag um drei Uhr in der Great Portland Street erwarte.

Bei seiner Ankunft schaute sich Barfoot neugierig um. »Ich habe mir schon oft gewünscht, einmal hierher zu kommen, Mary. Würdest du mich durch die Räumlichkeiten führen?«

»War das der Grund – ?«

»Nein, keineswegs. Aber du weißt doch, wie sehr mich deine Arbeit interessiert.«

Mary kam seinem Wunsch nach und beantwortete bereitwillig die zahlreichen Fragen. Dann ließen sie sich auf harten Stühlen am Kamin nieder, und Everard, der sich vorbeugte, als wolle er seine Hände wärmen, kam endlich zur Sache. »Ich möchte etwas über Miss Nunn hören.«

»Über sie hören? Was bitte möchtest du denn hören?«

»Geht es ihr gut?«

»Ja, es geht ihr ausgezeichnet.«

»Das freut mich sehr. Spricht sie jemals von mir?«

»Laß mich überlegen – ich glaube nicht, daß sie dich in letzter Zeit erwähnt hat.«

Everard schaute auf. »Laß uns keine Komödie spielen, Mary. Ich möchte sehr ernsthaft mit dir reden. Soll ich dir erzählen, was vorgefallen ist, als ich nach Seascale fuhr?«

»Ach, du warst in Seascale?«

»Wußtest du das nicht?« fragte er, außerstande, seiner Kusine die Antwort von der Miene abzulesen, die sehr freundlich, aber undurchschaubar war.

»Bist du hingefahren, als Miss Nunn dort war?«

»Natürlich. Du mußt gewußt haben, daß ich das im Sinn hatte, denn ich hatte dich nach ihrer Adresse in Seascale gefragt.«

»Und was *ist* vorgefallen? Ich würde mich freuen, es zu erfahren – falls du meinst, es mir anvertrauen zu können.«

Nach einer kleinen Pause begann Everard zu berichten. Er hielt es nicht für angebracht, sämtliche Einzelheiten vor ihr auszubreiten, die Mary bereits von ihrer Freundin erfahren hatte. Er erzählte von dem Ausflug zum Wastwater und von dem abendlichen Treffen am Strand. »Es endete damit, daß Miss Nunn einwilligte, mich zu heiraten.«

»Sie willigte ein? – Bitte erzähl weiter.«

»Tja, wir arrangierten alles. Rhoda sollte bis zum fünfzehnten Tag bleiben, damit wir uns dort trauen lassen könnten. Aber dann kam dein Brief, und wir gerieten darüber in Streit. Ich war nicht willens, sie anzuflehen, mir doch Gerechtigkeit widerfahren zu lassen. Ich sagte Rhoda, daß ihr Wunsch, einen Beweis beizubringen, eine Beleidigung sei und daß ich keinen Schritt unternehmen würde, um Mrs. Widdowsons Verhalten aufzuklären. Rhodas Verhalten entbehrte meines Erachtens jeder Logik. Sie weigerte sich zwar nicht, mein Wort zu akzeptieren, war andererseits aber auch nicht bereit, mich zu heiraten, ehe die Sache geklärt wäre. Ich sagte ihr, sie müsse sich selbst um eine Klärung bemühen, und so gingen wir in nicht eben guter Stimmung auseinander.«

Miss Barfoot lächelte nachdenklich. Sie kam zu dem Schluß, daß sie sich auf keinen Fall einmischen durfte. Die zwei mußten ihre Angelegenheiten unter sich ausmachen. Sich einzumischen hieße, eine große Verantwortung auf sich zu laden. Für das, was sie bereits angerichtet hatte, machte sie sich jetzt Vorwürfe.

»Ich will dir jetzt eine klare Frage stellen«, fuhr Everard fort. »Jener Brief, den du mir nach Ostende geschickt hast – gab er sowohl deine als auch Rhodas Meinung wieder?«

»Das kann ich nicht beurteilen. Mir war Rhodas Meinung unbekannt.«

»Tja, damit ist meine Frage vielleicht hinreichend beantwortet. Das deutet jedenfalls darauf, daß sie noch immer nicht bereit war, in dem einen Punkt nachzugeben. Aber seither? Ist sie zu einer Entscheidung gelangt?«

Mary kam nicht umhin, Ausflüchte zu machen. Sie wußte von dem Gespräch zwischen Miss Nunn und Mrs. Widdowson, wußte, wie es ausgegangen war; aber sie würde ihm nichts davon sagen. »Ich kann es nicht beurteilen, was sie von dir denkt, Everard.«

»Ist es möglich, daß sie mich gar für einen Lügner hält?«

»Wenn ich dich recht verstanden habe, hat sie sich doch niemals geweigert, dir zu glauben.«

Er machte eine ungeduldige Bewegung. »Kurzum – du willst mir nichts sagen?«

»Ich habe nichts zu sagen.«

»Dann muß ich mich wohl an Rhoda wenden. Meinst du, sie weigert sich, mich zu empfangen?«

»Das weiß ich nicht. Aber wenn dem so wäre, dürfte klar sein, was das zu bedeuten hat.«

»Kusine Mary« – er sah sie lachend an –, »ich glaube, du wirst sehr froh darüber sein, *wenn* sie sich weigert.«

Sie schien erst etwas Scherzhaftes erwidern zu wollen, hielt sich dann aber zurück und schlug einen ernsten Ton an. »Nein. Das stimmt nicht. Zu welcher Übereinkunft ihr auch gelangen mögt, es soll mir recht sein. Komm also auf jeden Fall, wenn du es möchtest. Ich darf mich da nicht einmischen. Es ist wohl das beste, wenn du ihr schreibst und sie fragst, ob sie dich zu empfangen wünscht.«

Barfoot erhob sich, und Mary war froh, so schnell aus einer unangenehmen Situation erlöst zu sein. Sie selbst brauchte keine indiskreten Fragen zu stellen; sie konnte aus Everards Verhalten darauf schließen, was in seinem Kopf vorging. Aber er hatte noch etwas zu sagen. »Findest du, mein Verhalten war falsch – besser gesagt, grob?«

»Ich werde mich hüten, mir diesbezüglich ein Urteil zu erlauben, Everard.«

»Würdest du, als Frau, sagen, daß Rhodas erste Reaktion vernünftig war?«

»Ich denke«, entgegnete Mary zögernd, aber wohlüberlegt, »daß der Wunsch, die Heirat zu verschieben, bis sie erfahren hätte, welche Folgen Mrs. Widdowsons taktloses Verhalten haben würde, keineswegs unvernünftig war.«

»Naja, vielleicht hast du recht«, räumte Everard nachdenklich ein. »Und welche Folgen hatte es?«

»Ich weiß nur, daß Mrs. Widdowson London verlassen hat und in einem Haus lebt, das ihr Mann in der Provinz gemietet hat.«

»Es erleichtert mich, das zu hören. Übrigens, das ›taktlose Verhalten‹ der kleinen Dame ist mir nach wie vor ein Rätsel.«

»Mir ebenfalls«, entgegnete Mary mit gleichgültiger Miene.

»Nun denn, gehen wir also davon aus, daß ich mich Rhoda gegenüber ziemlich grob verhalten habe. Was aber, wenn sie mich mit der Bemerkung begrüßt, daß die Dinge unverändert seien – daß nichts geklärt worden sei?«

»Ich kann deine Beziehung zu Miss Nunn unmöglich beurteilen.«

»Aber du verteidigst ihr anfängliches Verhalten. Du mußt doch zugeben, daß ich nicht zu Mrs. Widdowson gehen kann, um sie zu bitten, eine Erklärung zu veröffentlichen, daß ich niemals – «

»Ich werde gar nichts zugeben«, fiel ihm Miss Barfoot ziemlich harsch ins Wort. »Ich habe dir empfohlen, Miss Nunn aufzusuchen – falls sie einwilligt. Mehr kann ich dazu nicht sagen.«

»Gut. Ich werde ihr schreiben.«

Das tat Barfoot, mit so wenigen Worten wie möglich, und die Antwort, die er erhielt, war genauso kurz. Zu der ihm genannten Stunde saß er Montag abend folglich wieder einmal im Salon seiner Kusine und wartete auf Miss Nunns Erscheinen. Er war gespannt, wie sie aussehen und gekleidet sein würde. Sie erschien in einem schlichten Kleid aus blauer Seide, das sie gewiß nicht ausgewählt hatte, um besonders vorteilhaft zu wirken; aber er gewahrte sogleich, daß sie dieselbe Frisur trug wie bei ihrer ersten Begegnung – eine Frisur, die sie später zugunsten einer anderen, die ihr seiner Meinung nach besser stand, aufgegeben hatte.

Sie reichten sich die Hand. Äußerlich war Barfoot der nervösere von beiden, und seine Verlegenheit zeigte sich in den unbeholfenen Worten, mit denen er begann. »Eigentlich hatte ich mir ja vorgenommen, so lange nicht zu kommen, bis du mir mitgeteilt hättest, daß ich vor Gericht gestellt und freigesprochen wurde. Aber es ist wohl besser, die Vernunft auf seiner Seite zu haben.«

»Sehr viel besser«, entgegnete Rhoda mit einem vieldeutigen Lächeln.

Sie setzte sich, und er folgte ihrem Beispiel. Ihre Sitzposition rief ihm die zahlreichen Gespräche in Erinnerung, die sie in diesem Zimmer geführt hatten. Barfoot – er trug einen Abendanzug – ließ sich auf dem Polsterstuhl nieder, als wäre er wie gewöhnlich zu Gast. »Du hättest mir wohl nie geschrieben, oder?«

»Niemals«, antwortete sie ruhig.

»Weil du zu stolz bist oder weil das Rätsel noch immer ein Rätsel ist?«

»Es gibt kein Rätsel mehr.«

Everard blickte sie überrascht an. »Tatsächlich? Du hast herausgefunden, was das alles zu bedeuten hatte?«

»Ja, ich weiß, was es zu bedeuten hatte.«

»Hättest du die Güte, meine nicht unverständliche Neugier zu befriedigen?«

»Ich kann nichts weiter dazu sagen, als daß ich weiß, wie das Mißverständnis zustande kam.« Rhoda war nun anzumerken, welche Mühe es sie beim Betreten des Raumes gekostet hatte, so gefaßt zu erscheinen. Ihr Gesicht war rot angelaufen, und sie redete hastig und mit unsicherer Stimme.

»Und es kam dir nicht in den Sinn, daß es deiner Würde keinen Abbruch getan hätte, wenn du die Güte gehabt hättest, mich in irgendeiner Form davon zu unterrichten?«

»Ich habe nicht das Gefühl, daß ich mir deinetwegen Sorgen machen muß.«

Everard lachte. »Herrlich direkt, wie eh und je. Es war dir wirklich vollkommen gleichgültig, wie sehr ich leiden mußte?«

»Du verstehst mich nicht richtig. Ich war mir sicher, daß du nicht im geringsten leiden mußtest.«

»Aha, ich verstehe. Du nahmst an, ich würde ruhig abwarten – in der Gewißheit, daß ich eines Tages freigesprochen würde.«

»Ich hatte guten Grund, das anzunehmen«, entgegnete Rhoda. »Andernfalls hättest du ein Lebenszeichen von dir gegeben.«

Er war sich durchaus darüber im klaren, daß er sie mit seinem hartnäckigen Schweigen schwer gekränkt hatte. Anfangs hatte er das bewußt getan; und später – war es ihm einerlei gewesen. Nun, da er es fertiggebracht hatte, sich mit ihr zu treffen, wiegte er sich in einem Gefühl der Sicherheit. Wie das Gespräch ausgehen würde, wußte er nicht; doch er würde sich zu nichts Übereiltem, Unüberlegtem, rein Emotionalem hinreißen lassen. Ob er an Rhodas Persönlichkeit wohl eine neue Seite entdecken würde, die er noch nicht kannte? Das war die Frage. Wenn ja, so würde er das mit Vergnügen zur Kenntnis nehmen. Wenn nicht, nun, dann bedeutete das nur das Ende, das er seit langem erwartet hatte. »Nicht ich war es, der ein Zeichen hätte geben müssen«, bemerkte er.

»Aber du sagtest doch, daß es besser sei, die Vernunft auf seiner Seite zu haben.«

Ihre Stimme schien bei diesen Worten eine Spur sanfter zu klingen. Zumindest waren sie nicht eindeutig ironisch gemeint.

»Kommen wir also überein, daß es meine Aufgabe war, auf dich zuzukommen. Das habe ich getan. Hier bin ich.«

Rhoda sagte nichts. Sie schien auch nicht zu erwarten, daß er etwas sagte. Ihr Blick war ernst, beinahe traurig, so als hätte sie momentan vergessen, worum es ging, und als denke sie an ganz andere Dinge. Everard nahm, indem er sie betrachtete, eine Würde in ihrem Gesicht wahr, die alles, was er je gefühlt und gesagt hatte, mehr als rechtfertigte. Aber war da nicht noch etwas anderes – eine neue Kraft? »Gehen wir also zurück«, fuhr er fort, »zu unserem Tag beim Wastwater. Dem perfekten Tag – nicht wahr?«

»Ich werde ihn niemals vergessen wollen«, sagte Rhoda versonnen.

»Und wir stehen genau so da, wie in dem Augenblick, als wir uns in jener Nacht trennten – nicht wahr?«

Sie warf ihm einen kurzen Blick zu. »Ich glaube nicht.«

»Was ist demnach anders?« Er wartete einige Sekunden und wiederholte die Frage, ehe Rhoda antwortete.

»Nimmst du keine Veränderung wahr?« fragte sie.

»Es sind Monate vergangen. Wir haben uns verändert, weil wir älter geworden sind. Aber du klingst, als würdest du eine größere Veränderung wahrnehmen.«

»Ja, du hast dich merklich verändert. Ich glaubte, dich zu kennen; vielleicht war dem auch so. Jetzt müßte ich dich wieder neu kennenlernen. Es ist nicht einfach für mich, mit dir Schritt zu halten, weißt du? Du hast ganz andere Möglichkeiten.«

Wie war das zu verstehen? Handelte es sich um bloße Eifersucht oder steckte mehr dahinter? Ihre Stimme hatte etwas leicht Ergreifendes, wie wenn sie ohne jeden Sarkasmus einfach einen Gedanken geäußert hätte.

»Ich bemühe mich, mein Leben nicht zu vergeuden«, antwortete er ernst. »Ich habe neue Bekanntschaften geschlossen.«

»Würdest du mir von ihnen erzählen?«

»Erzähle mir zuerst von dir. Du sagst, du hättest mir niemals geschrieben. Das bedeutet meiner Meinung nach, daß du mich nie geliebt hast. Als du herausfandest, daß ich zu unrecht verdächtigt worden war – und du selbst hattest mich verdächtigt, da kannst du sagen, was du willst –, wenn du mich geliebt hättest, hättest du mich um Verzeihung gebeten.«

»Ich habe genauso Grund, *deine* Liebe anzuzweifeln. Wenn du mich geliebt hättest, hättest du niemals so lange warten können, ohne den Versuch zu unternehmen, das zwischen uns stehende Hindernis fortzuräumen.«

»Du warst diejenige, die das Hindernis zwischen uns aufgebaut hatte«, sagte Everard lächelnd.

»Nein. Ein unglücklicher Zufall war es. Oder ein glücklicher. Wer weiß?«

Er begann zu überlegen: Hätte diese Frau die gleichen gesellschaftlichen Vorteile genossen, denen Agnes Brissenden und ihre Bekannten zweifellos einen Großteil ihres Liebreizes verdankten, wäre sie ihnen dann nicht ebenbürtig oder gar überlegen gewesen? Zum ersten Mal empfand er Mitleid mit Rhoda. Sie war tapfer, und sie hatte es nicht leicht gehabt im Leben. Mußte sie in diesem Augenblick nicht mit sich ringen? Kämpfte nicht ihr Ehrgefühl, ihre Würde gegen die Regungen ihres Herzens? Rhodas Liebe war wertvoller gewesen als die seine, und es würde die einzige Liebe ihres Lebens sein. Ein alberner Gedanke, schon möglich; doch jeder Augenblick, den er sie beobachtete, schien ihn darin zu bestätigen. »Tja, das genau ist die Frage, die wir entscheiden müssen«, sagte er. »Wenn du zu der Ansicht neigst, daß der Zufall ein glücklicher war – «

Sie erwiderte nichts.

»Jeder von uns beiden muß wissen, wie der andere über diese Sache denkt.«

»Ach, das ist so schwierig!« murmelte Rhoda, indem sie eine Hand anhob und wieder sinken ließ.

»Ja; es sei denn, wir helfen einander. Stellen wir uns vor, wir sind wieder in Seascale, unten am Meeresrand. – Wie kalt und ungemütlich es heute abend dort sein dürfte! – Ich wiederhole, was ich dort sagte: Rhoda, willst du mich heiraten?«

Sie sah ihn fest an.

»Das hast du damals nicht gesagt.«

»Kommt es auf den genauen Wortlaut an?«

»Das hast du nicht gesagt.«

Er beobachtete ihr nervöses Mienenspiel, bis sein Blick sie zu nötigen schien, sich zu erheben. Sie ging zum Kamin und rückte einen kleinen Wandschirm vor, der zu dicht am Kamingitter stand.

»Warum bestehst du auf dem genauen Wortlaut?« fragte Everard, stand dabei auf und folgte ihr.

»Du sprichst vom ›perfekten Tag‹. Endete die Vollkommenheit des Tages nicht, ehe ein Wort von Heirat fiel?«

Er schaute sie überrascht an. Sie hatte mit abgewandtem Gesicht gesprochen; es war jetzt nur im Schein des Feuers sichtbar. Ja, was sie sagte, stimmte; aber damit hatte er weder gerechnet, noch hatte er gewünscht, es zu hören. Hatte sich diese neue Seite an ihrer Persönlichkeit soeben gezeigt? »Wer gebrauchte das Wort zuerst, Rhoda?«

»Ja, ich war es.«

Beide schwiegen. Rhoda stand da, ohne sich zu rühren, den Feuerschein auf ihrem Gesicht, und Barfoot beobachtete sie.

»Vielleicht«, sagte er nach einer Weile, »meinte ich es nicht vollkommen ernst, als ich – «

Sie drehte sich abrupt zu ihm um, und ihre Augen blitzten vor Entrüstung. »Nicht vollkommen ernst? Ja, das habe ich mir gedacht. War überhaupt *irgend etwas*, das du sagtest, vollkommen ernst gemeint?«

»Ich liebte dich«, antwortete er barsch, sie dabei seinerseits fest anblickend.

»Aber du wolltest herausfinden, ob – « Sie brachte den Satz nicht zu Ende; ihre Kehle bebte.

»Ich liebte dich, weiter nichts. Und ich glaube, ich liebe dich noch immer.«

Rhoda drehte sich wieder zum Feuer.

»Willst du mich heiraten?« fragte er, einen Schritt näher tretend.

»Ich glaube, du meinst das ›nicht vollkommen ernst‹.«

»Ich habe dich zweimal gefragt. Ich frage ein drittes Mal.«

»Ich werde dich nicht standesamtlich heiraten«, antwortete Rhoda in schroffem Ton.

»Jetzt bist du es, die mit einer ernsten Sache spielt.«

»Du sagtest, wir hätten uns beide verändert. Mir ist jetzt klar, daß unser ›perfekter Tag‹ durch die Schwäche, die ich zum Schluß zeigte, ruiniert wurde. Wenn du im Geist zu jener Sommernacht zurückkehren möchtest, versetze alles wieder in die Zeit von damals, nur laß *mich* diejenige sein, die ich heute bin.«

Everard schüttelte den Kopf. »Unmöglich. Es muß für uns beide entweder damals oder heute sein.«

»Demnach siehst du die legalisierte Form der Ehe in einem neuen Licht?« fragte sie und streifte ihn mit einem kurzen Blick.

»Alles in allem könnte es so sein.«

»Natürlich. Aber ich werde niemals heiraten, also brauchen wir uns nicht weiter darüber zu unterhalten.«

Als wäre das Thema damit für sie beendet, begab sie sich auf die andere Seite des Kamins und blickte von dort ihr Gegenüber mit einem kühlen Lächeln an.

»Mit anderen Worten, du liebst mich nicht mehr?«

»Ja, ich liebe dich nicht mehr.«

»Wenn ich aber bereit gewesen wäre, diesen närrischen Idealismus aufzugreifen – so, wie du es dir gedacht hattest – «

Sie fiel ihm barsch ins Wort. »*Was* war es?«

»O ganz ohne Zweifel eine Art Idealismus. Ich wollte ganz sicher gehen, daß du mich liebst.«

Sie lachte. »So gesehen war das Perfekte an unserem Tag zur Hälfte bloßer Schein. Du hast mich nie aufrichtig geliebt. Und du wirst nie eine Frau lieben – nicht einmal so, wie du mich geliebt hast.«

»Bei meiner Seele, ich glaube es ja, Rhoda. Und sogar jetzt – «

»Und sogar jetzt ist es höchstens so etwas wie Freundschaft, mit der wir uns verabschieden können. Aber nicht, wenn du weitersprichst. Laß es uns nicht verderben; die Sache ist so eindeutig – und klar – « Nahe daran, in Schluchzen auszubrechen, hielt sie inne, fand aber schnell die Fassung wieder und reichte ihm die Hand.

Er legte den ganzen Weg bis zum Hotel zu Fuß zurück, und in der feuchtkalten Abendluft fand er seinen Gleichmut wieder. Zwei Wochen später schickte er Mr. und Mrs. Micklethwaite ein Weihnachtsgeschenk mit beigefügter Nachricht.

»Ich bin im Begriff, meiner Pflicht – wie Du es nanntest – nachzukommen, das heißt, ich werde heiraten. Der Name meiner zukünftigen Frau lautet Miss Agnes Brissenden. Die Trauung wird wahrscheinlich im März stattfinden. Ich werde Euch vorher auf jeden Fall noch besuchen kommen und Euch Genaueres erzählen.«

31. Ein neuer Anfang

Widdowson besichtigte zwei oder drei Pensionen und mietete schließlich zwei einfache Zimmer in einem kleinen Haus in Hampstead. Sein Freund Newdick kam ihn dort hin und wieder besuchen, sonst niemand. Er hatte sich eine Auswahl solider Bücher aus seiner Bibliothek mitgenommen und verbrachte einen Großteil des Tages mit deren Lektüre. Das tat er keineswegs mit Begeisterung; Lesen, und zwar auf eine Weise, die große Konzentration erforderte, war für ihn das einzige Mittel gegen die Melancholie; er wußte nicht, wie er sich sonst hätte beschäftigen können. Die gründliche Lektüre von Adam Smiths klassischem Werk verschaffte ihm für ein paar Monate Beschäftigung; anschließend kämpfte er sich durch sämtliche Bände von Arthur Henry Hallam.

Die Hauswirtin und die Nachbarinnen, die nichts Besseres zu tun hatten, als ihn zu beobachten, wenn er das Haus verließ, um seinen zweistündigen Nachmittagsspaziergang zu machen, hielten ihn für einen alten Gentleman von ungefähr fünfundsechzig Jahren. Er ging mittlerweile gebeugt und hob, wenn er im Freien war, selten die Augen vom Boden; graue Strähnen mischten sich unter sein Haar; sein Gesicht wurde immer fahler und runzliger. Er achtete immer weniger auf sein äußeres Erscheinungsbild, ja sogar auf die Reinlichkeit, und manchmal kam es vor, daß er den ganzen Vormittag im Bett lag – lesend, dösend oder in einem Zustand geistiger Leere.

Es war lange her, seit er seine Verwandte, die lebenslustige Witwe, das letzte Mal gesehen hatte; er hatte jedoch von ihr gehört. Kurz vor ihrer Abreise in den Sommerurlaub schickte Mrs. Luke ihm ein paar Zeilen, in denen sie ihn in der Sprache einer Dame von Welt aufforderte, doch vernünftiger zu sein und seiner Frau hin und wieder »ihren Willen« zu lassen. Dann kam die leidvolle Zeit, und er dachte wochenlang nicht an Mrs. Luke. Doch kurz vor Jahresende wurde ihm ein gewisses Gesellschaftsjournal nachgesandt, das an die alte Adresse in Herne Hill gerichtet gewesen war, und mit einer ihm bekannten Handschrift. Folgender Absatz war darin mit rotem Stift markiert worden:

»Unter den Engländern, die sich dieses Jahr entschlossen, ihren Sommerurlaub in Trouville zu verbringen, befand sich keine brillantere Person als Mrs. Luke Widdowson. Diese Dame ist in den Kreisen, in denen man nichts von *Ennui* weiß, wohlbekannt; die charmante Witwe trifft man gewiß überall dort an, wo feine Leute versammelt sind. Wir sind in der Lage anzuzeigen, daß Mrs. Widdowson vor ihrer Abreise aus Trouville in das Verlöbnis mit Capt. William Horrocks einwilligte – kein anderer als ›Captain Bill‹, jedermanns Liebling, von den Gastgeberinnen als gewandter Tänzer innig geliebt. Nach dem beklagenswerten Tod seines Vaters wurde aus diesem Prachtkerl nun Sir William, und wie wir hören, wird seine Hochzeit erst mit angemessener Verzögerung gefeiert werden. Unsere Glückwünsche!«

Kurz darauf traf eine Zeitschrift mit dem Bericht über die Hochzeit ein. Mrs. Luke war nun Lady Horrocks: Sie hatte endlich den Titel, den ihr Herz begehrte.

Weitere zwei Monate vergingen, und es kam ein Brief – wie die beiden Zeitschriften nachgesandt –, in dem die Frau des Baronets kundtat, daß sie sehnsüchtig auf eine Nachricht von ihren Freunden warte. Sie habe festgestellt, hieß es, daß sie von Herne Hill weggezogen seien; falls ihn dieser Brief erreiche, würde Edmund dann wohl so gut sein, sie in ihrem Haus in der Wimpole Street aufzusuchen?

Seine Einsamkeit, der Wunsch nach Anteilnahme und dem Rat einer Frau veranlaßten Widdowson, diese Gelegenheit wahrzunehmen, wenn er sich auch wenig davon versprach. Er machte sich in die Wimpole Street auf und führte ein langes Gespräch mit Lady Horrocks, die sich, so fand er, irgendwie verändert hatte. Zunächst plapperte sie belangloses Zeug daher, aber auf eine irgendwie lustlose, fadenscheinige Art; nachdem Widdowson ihr in knappen, traurigen Worten das häusliche Drama geschildert hatte und sie hörte, daß er sich von seiner Frau getrennt hatte, wurde sie mit einem Schlag ruhig, nüchtern, mitfühlend – als sei sie richtiggehend froh, über etwas Ernstes reden zu können.

»Also, hör zu, Edmund. Erzähl mir die ganze Geschichte von Anfang an. Du gehörst zu den Männern, die in einem solchen Fall alles falsch machen. Erzähl es mir ausführlich. Ich bin kein schlechter Mensch, und ich habe selber Sorgen – soviel sei gesagt. Frauen machen sich gern zum Narren – nun ja, was soll's. Erzähl mir von dem kleinen Mädchen, und laß uns überlegen, ob wir die Sache nicht irgendwie ins Lot bringen können.«

Er mußte schwer mit sich ringen, doch dann erzählte er ihr alles, wobei er häufig durch Zwischenfragen unterbrochen wurde.

»Erhältst du keine Nachrichten von ihnen?« erkundigte sich die Zuhörerin, nachdem er geendet hatte.

»Ich rechne damit, in Bälde von ihnen zu hören«, antwortete Widdowson, der in seiner gewohnten Position dasaß – mit herabhängendem Kopf und zwischen die Knie geklemmten Händen.

»Was zu hören?«

»Daß ich kommen soll, vermutlich.«

»Kommen? Zwecks Aussöhnung?«

»Sie erwartet ein Kind.«

Lady Horrocks nickte zweimal, nachdenklich und mit einem leisen Lächeln. »Wie hast du das herausgefunden?«

»Ich weiß es schon ziemlich lange. Ihre Schwester Virginia sagte es mir, ehe sie fortzogen. Mir kam auf einmal ein Verdacht, und ich ließ nicht locker, bis sie es mir gestanden hatte.«

»Und wirst du gehen, wenn man dich ruft?«

Widdowson murmelte etwas, das wie ein Ja klang, und fügte hinzu: »Ich werde mir anhören, was sie mir zu sagen hat.«

»Ist ... ist es möglich ...?«

Sie beendete die Frage nicht. Widdowson verstand zwar, worauf sie hinauswollte, würdigte sie aber keiner direkten Antwort. Es war ihm anzusehen, wie sehr er litt, und nach einer Weile sprach er in leidenschaftlichem Ton weiter. »Was immer sie mir erzählen mag – kann ich es glauben? Kann man einer Frau, die einmal gelogen hat, je wieder glauben? Ich werde immer Zweifel haben müssen.«

»Dieses Geflunker«, warf Lady Horrocks ein, »ist eine unerfreuliche Sache. Das ist unbestreitbar. Sie ist da in irgend etwas hineingeschlittert. Aber du tätest gut daran zu glauben, daß sie gerade noch rechtzeitig die Bremse gezogen hat.«

»Ich empfinde für sie keine Liebe mehr«, fuhr er mit verzweifelter Stimme fort. »Die ist in diesen schrecklichen Tagen gestorben. Ich habe mir einzureden versucht, daß ich sie noch liebe. Ich schrieb weiterhin Briefe – aber sie bedeuteten nichts – oder bedeuteten höchstens, daß ich vor Gram fast verrückt wurde. Es wäre mir lieber, wir lebten weiterhin getrennt. Es ist schlimm genug für mich, weiß Gott; aber noch schlimmer wäre es, wenn ich mich ihr gegenüber so verhalten würde, als könnte ich alles vergessen. Ich weiß, daß ihre Erklärung mich nicht überzeugen wird. Was immer sie mir erzählen wird, ich werde sie weiterhin verdächtigen. Ich weiß nicht, ob das Kind von mir ist. Es ist möglich. Vielleicht wird man ihm, wenn es größer wird, eine Ähnlichkeit mit mir ansehen, die mir hilft, das zu glauben. Aber welch ein Leben! Jede winzige Kleinigkeit wird mich beunruhigen; und wenn ich herausfände, daß sie mich aufs neue belügt, würde ich etwas Schreckliches tun. Wenn du wüßtest, wie nahe ich daran war – « Ein Schauder befiel ihn, und er verbarg sein Gesicht.

»Spiel bloß nicht Othello«, sagte Lady Horrocks keineswegs unfreundlich. »Natürlich hättet ihr nicht einfach so weiterleben können wie zuvor; ihr mußtet eine Zeitlang getrennt leben. Aber das ist alles vorbei; nimm es als etwas, das unvermeidbar war. Du hast dich töricht verhalten; das sagte ich dir damals klar und deutlich; ich habe es kommen sehen, daß es Schwierigkeiten geben würde. Du hättest eigentlich niemals heiraten dürfen; für die meisten von uns wäre es besser, wenn wir die Finger davon ließen. Manche heiraten aus einem guten Grund, manche aus einem schlechten, und meistens läuft alles auf dasselbe hinaus. Aber nimm's nicht zu schwer. Reiß dich zusammen, lieber Junge. Das ist alles Quatsch, von wegen, du machst dir nichts mehr aus ihr. In Wirklichkeit verzehrst du dich vor Sehnsucht nach ihr. Und ich will dir sagen, was ich glaube: Sehr wahrscheinlich hat Monica gerade rechtzeitig die Bremse gezogen, weil sie merkte – verstehst du? –, daß sie mehr zu dir gehörte als zu einem anderen. Irgend etwas sagt mir, daß dem so gewesen ist. Versuche es so zu sehen. Wenn das Kind erst einmal geboren ist, wird sie eine

401

ganz andere sein. Sie hat sich die Hörner abgestoßen – warum sollte eine Frau das nicht genauso tun wie ein Mann? Fahre nach Clevedon und vergib ihr. Du bist ein ehrlicher Mann, aber nicht jede Frau ist es – was soll's. Ich könnte dir Geschichten von anderen Leuten erzählen – aber die möchtest du wahrscheinlich gar nicht hören. Nimm die Dinge einfach mit Humor – wir *alle* müssen das tun. Das Leben ist so, wie man es nimmt: vollkommen düster oder in sanftes Licht getaucht.«

Und es folgten noch so einige tröstliche Worte. Widdowson mochte im Moment wirklich ein wenig getröstet sein; jedenfalls ging er mit einem Gefühl der Dankbarkeit für Lady Horrocks fort. Doch nachdem er das Haus verlassen hatte, fiel ihm ein, daß er sich nicht einmal höflichkeitshalber nach Sir William erkundigt hatte. Aber Sir Williams Gattin hatte, aus welchem Grund auch immer, den Namen des Baronets ebenfalls nicht erwähnt.

Bereits wenige Tage später erhielt Widdowson die erwartete Aufforderung. Sie kam in Form eines Telegramms, in dem er ohne weitere Erklärung gebeten wurde, schnellstmöglich zu seiner Frau zu kommen. Als die Nachricht eintraf, machte er gerade seinen Nachmittagsspaziergang; aufgrund dieser Verzögerung war es fraglich, ob er es rechtzeitig bis zum Bahnhof Paddington schaffen würde; denn der letzte Zug, mit dem er an diesem Abend bis Clevedon kommen würde, fuhr um sechs Uhr zwanzig. Doch er schaffte es – zwei oder drei Minuten vor Abfahrt des Zuges kam er an.

Erst als er im Zug saß, war er in der Lage, seine Gedanken auf den Zweck seiner Reise zu lenken. Ein unsäglicher Widerwille stieg sogleich in ihm auf; er wünschte sich ein Zugunglück herbei, irgendeine Verletzung, damit er nicht zu Monica gehen müsse. Schon des öfteren war er in Vorahnung dieses Ereignisses völlig durcheinander und in bedrückter Stimmung gewesen; er verabscheute jeden Gedanken daran. Falls das Kind, das vielleicht bereits geboren war, tatsächlich von ihm sein sollte, würde es sehr lange dauern, bis er es mit einem Anflug väterlicher Gefühle würde betrachten können; wegen der Ungewißheit, zu der er verdammt war, würde er wahrscheinlich ein Leben lang eine Aversion gegen das Kind hegen.

Um Viertel nach neun war er in Bristol, wo er in einen Bummelzug umsteigen mußte, der um zehn Uhr in Yatton sein würde, dem kleinen Bahnknotenpunkt nach Clevedon. Es war eine sternenklare, aber bitterkalte Nacht. Während des kurzen Zwischenhalts schritt er ruhelos auf dem Bahnsteig auf und ab. Seine größte Sorge war jetzt, daß es bei Monica Komplikationen geben könnte. Ob er ihr nun glaubte oder nicht, schlimmer wäre es, wenn sie sterben würde, ehe er ihre Rechtfertigung gehört hätte. Er würde sich dann ein Leben lang Gewissensbisse machen.

In seinem Abteil, in dem sich außer ihm niemand befand, setzte er sich nicht hin, sondern lief den Gang auf und ab, und bevor der Zug anhielt, sprang er hinaus. Es war keine Droschke zur Stelle; er ließ sein Gepäck am Bahnhof zurück und eilte so schnell er konnte auf einem Weg davon, der, wie er sich zu erinnern glaubte, in die richtige Richtung führte. Doch er merkte schon bald, daß er sich verlaufen hatte. Da er niemandem begegnete, den er nach dem Weg hätte fragen können, mußte er an einer Haustür anklopfen. Schweißüberströmt langte er schließlich bei seinem eigenen Hause an. Eine Kirchturmuhr schlug gerade elf.

Alice und Virginia standen beide im Flur, als die Tür geöffnet wurde; sie geleiteten ihn in ein Zimmer.

»Ist es schon vorbei?« fragte er, mit zusammengekniffenen Augen von der einen zur anderen blickend.

»Heute nachmittag um vier«, murmelte Alice undeutlich. »Ein kleines Mädchen.«

»Sie mußte betäubt werden«, sagte Virginia, die wie ein trauriges, lebloses Objekt aussah und zitterte, als hätte sie Schüttelfrost.

»Und ist alles gutgegangen?«

»Wir denken schon – wir hoffen es«, stammelten beide.

Alice fügte hinzu, daß der Doktor heute abend noch einmal vorbeikomme. Sie hätten eine gute Krankenschwester. Der Säugling scheine gesund zu sein, sei aber ein sehr, sehr kleines Würmchen und habe noch kaum einen Laut von sich gegeben.

»Weiß sie, daß ihr mich gerufen habt?«

»Ja. Und wir sollen dir dies hier gleich bei deiner Ankunft geben.«

Miss Madden händigte ihm ein versiegeltes Kuvert aus; darauf traten beide ein paar Schritte zurück, als fürchteten sie die Folgen dessen, was sie getan hatten. Widdowson warf nur einen kurzen Blick auf den unbeschrifteten Umschlag und steckte ihn in die Tasche.

»Ich brauche etwas zu essen«, sagte er, indem er sich die Stirn abwischte. »Wenn der Doktor kommt, möchte ich ihn sprechen.«

Die Visite fand statt, während er sein Abendessen einnahm. Nachdem der Doktor die Patientin untersucht hatte, versicherte er Widdowson, daß sie »recht ordentliche« Fortschritte mache; morgen früh werde er aller Voraussicht nach eine genauere Prognose stellen können. Widdowson wechselte noch ein paar Worte mit den Schwestern, wünschte ihnen dann eine gute Nacht und begab sich in das Zimmer, das für ihn gerichtet worden war. Als er die Tür schloß, hörte er ein dünnes, schwaches Wimmern und lauschte, bis es verklungen war; es kam aus einem Zimmer im unteren Stockwerk.

Nachdem er sich überwunden hatte, den ihm überreichten Umschlag zu öffnen, fand er darin mehrere Briefbögen, einer davon, wie er sogleich bemerkte, mit der Handschrift eines Mannes. Diesen begann er als erstes zu lesen, und der Anfang ließ erkennen, daß es ein an Monica gerichteter Liebesbrief war. Er legte ihn hastig beiseite und nahm die anderen Blätter zur Hand, die seine Frau dem Datum zufolge vor zwei Monaten beschrieben hatte. Darin schilderte Monica ihm mit peinlicher Genauigkeit alles über ihre Beziehung zu Bevis.

»Ich mache dieses Geständnis« – so endete sie – »allein um des armen Kindes willen, das bald zur Welt kommen wird. Es ist dein Kind, und ich möchte nicht, daß es leiden muß für das, was ich getan habe. Wenn dafür ein Beweis erbracht werden kann, dann ist es der beigefügte Brief. Für mich selbst erbitte ich nichts. Ich glaube nicht, daß ich die Geburt überleben werde. Falls ich es doch tue, werde ich in alles einwilligen, was du vorschlägst. Ich bitte dich nur, dich nicht zu verstellen; wenn du mir nicht verzeihen kannst, dann spiel mir keine Komödie vor. Sag mir, was du willst, und das soll genügen.«

Er legte sich in jener Nacht nicht schlafen. Das Kaminfeuer in seinem Zimmer ließ er bis zum Tagesanbruch brennen, als er leise die Treppe zum Hausflur hinabstieg und sich aus dem Hause stahl.

Zwei oder drei Stunden lang ging er in dem scharfen Wind, der aus nordwestlicher Richtung über den schäumenden Bristol Channel fegte, spazieren, ohne auf den Weg zu achten. Er wollte nur weg sein von dem Haus mit seinem entsetzlichen Schweigen und dem Gewimmer, welches man kaum als einen menschlichen Ton bezeichnen konnte. Der Zwang, dorthin zurückkehren und mehrere Tage dort verbringen zu müssen, lastete wie ein Alptraum auf ihm.

Er wußte nicht, ob er Monicas Erklärung Glauben schenken sollte oder nicht. Sie hatte ihn zuvor so schamlos belogen; war sie nicht zu einer sorgfältig ausgearbeiteten Ränke imstande, um ihren Ruf zu retten und ihr Kind zu schützen? Der Brief von Bevis könnte auf Absprache geschrieben worden sein.

Daß Bevis derjenige war, gegen den sich seine Eifersucht hätte richten müssen, konnte er im ersten Augenblick kaum fassen. Mittlerweile fragte er sich, wie er so dämlich gewesen sein konnte, nicht daran zu denken. Die Enthüllung kam einer zweiten, gerade entdeckten Kränkung gleich; er vermochte den seit langem gegen Barfoot gehegten Verdacht nämlich nicht abzulegen, und er hielt es sogar für möglich, daß Monica sich von ihm hatte umgarnen lassen, ehe die Geschichte mit Bevis begann. Er verabscheute jede Erinnerung an sein Leben seit der Eheschließung, und wenn er seiner Frau verzieh, konnte er genausogut dem Verfasser jenes verwünschten Briefes aus Bordeaux verzeihen und über ihn lachen.

Aber es ging nicht anders, er mußte wieder zum Haus. Am liebsten wäre er schnurstracks nach London zurückgefahren, doch das würde womöglich zu einer Verschlechterung von Monicas Zustand führen. Aus reiner Barmherzigkeit nahm er sich vor zu bleiben, bis seine Frau außer Gefahr wäre. Aber er brachte es nicht fertig, zu ihr zu gehen, und so bald wie möglich mußte er diesen unerträglichen Umständen entfliehen.

Als er um halb neun das Haus betrat, kam Alice ihm entgegen. Sie schien genausowenig geschlafen zu haben wie er. Sie begaben sich ins Eßzimmer.

»Sie hat nach dir gefragt«, begann Miss Madden zaghaft.

»Wie geht es ihr?«

»Nicht schlechter, glaube ich. Aber sie ist sehr schwach. Sie hat mich gebeten, dich zu fragen – «

»Was?« Er machte es der armen Frau nicht gerade leicht.

»Ich muß ihr irgend etwas sagen. Wenn ich ihr nichts auszurichten habe, wird sie sich so grämen, daß sich ihr Zustand verschlechtert. Sie möchte wissen, ob du ihren Brief gelesen hast, und ob ... ob du bereit bist, dir das Kind anzusehen.«

Widdowson wandte sich ab und stand unschlüssig da. Er spürte Miss Maddens Hand auf seinem Arm.

»O bitte, sag nicht nein! Laß mich ihr etwas Tröstliches ausrichten.«

»Geht es ihr nur um das Kind?«

Alice bejahte und schaute ihren Schwager flehentlich an.

»Sag ihr, daß ich es sehen möchte«, antwortete er, »und laß es in irgendein Zimmer bringen – dann sag ihr, ich *hätte* es gesehen.«

»Darf ich ihr nicht ausrichten, daß du ihr verzeihst?«

»Ja, sag ihr, daß ich ihr verzeihe. Sie will nicht, daß ich zu ihr komme?«

Alice schüttelte den Kopf.

»Dann sag ihr, daß ich ihr verzeihe.«

So geschah es, und Miss Madden teilte ihm im Verlauf des Morgens mit, daß ihre Schwester sehr erleichtert gewesen sei. Sie schlafe nun.

Der Doktor hielt es allerdings für angeraten, vor Einbruch der Dunkelheit noch zweimal vorbeizuschauen, und spät abends kam er abermals. Es gebe Komplikationen, erklärte er Widdowson, und es sei nicht auszuschließen, daß sie ernster Natur seien. Sollte sich ihr Zustand bis zum Morgen nicht deutlich gebessert haben, wolle er einen zweiten Arzt hinzuziehen. Dies geschah auch. Am Nachmittag kam Virginia weinend zu ihrem Schwager und teilte ihm mit, daß Monica ins Delirium gefallen sei. Keiner der Hausbewohner legte sich in der folgenden Nacht schlafen. Ein weiterer Tag verging mit bangem Warten, und bei Einbruch der Dunkelheit verhehlte der Doktor nicht länger, daß Mrs. Widdowson seiner Meinung nach im Sterben liege. Wenig später verlor sie das Bewußtsein, und am frühen Morgen tat sie ihren letzten Atemzug.

Widdowson war im Zimmer und saß in ihrer letzten Stunde an ihrem Bett. Aber er blickte seine Frau nicht an. Als man ihm sagte, daß sie aufgehört habe zu atmen, erhob er sich und ging in sein Zimmer, leichenblaß, aber ohne Tränen.

Am Tag nach der Beisetzung – Monica wurde auf dem Friedhof neben der alten Kirche begraben – führte Widdowson ein langes Gespräch mit der älteren Schwester. Es ging dabei vor allem um das mutterlose Baby. Widdowsons Wunsch war es, daß Miss Madden das Kind aufzog. Sie und Virginia sollten dort wohnen, wo es ihnen am liebsten war; er werde für ihren Unterhalt sorgen. Alice hatte einen solchen Vorschlag – bezüglich des Kindes – kaum zu erhoffen gewagt. Freudig willigte sie ein.

»Aber da ist noch etwas, was ich dir mitteilen muß«, sagte sie, mit einem verlegenen Ausdruck in ihren feuchten Augen. »Virginia möchte in eine Anstalt gehen.«

Widdowson schaute sie verständnislos an, worauf sie in Tränen ausbrach und erklärte, daß ihre Schwester dem Alkohol so sehr verfallen sei, daß sie beide sich nur von einer solchen Maßnahme eine Heilung versprachen. Sie habe gehört, daß es Leute gebe, die Trinker in Behandlung nähmen. »Du weißt, daß wir keineswegs mittellos sind«, sagte Alice schluchzend. »Wir können die Kosten sehr wohl tragen. Aber würdest du uns helfen, einen geeigneten Platz zu finden?«

Er versprach, sich sogleich um diese Angelegenheit zu kümmern.

»Und wenn sie geheilt ist«, sagte Miss Madden, »soll sie hierher kommen und bei mir wohnen. Und wenn das Baby etwa zwei Jahre alt ist, werden wir tun, was wir seit langem vorhaben. Wir werden eine Schule für kleine Kinder gründen – entweder hier oder in Weston. Damit dürfte meine arme Schwester genug zu tun haben. Ja, uns beiden dürfte eine solche Aufgabe guttun – meinst du nicht auch?«

»Es wäre eine gute Sache, da habe ich nicht den geringsten Zweifel.«

Es wurde beschlossen, das große Haus aufzugeben und alle Möbel, die sie brauchten, in ein kleineres Haus in einem anderen Teil Clevedons transportieren zu lassen. Denn Alice entschied sich trotz der schmerzvollen Erinnerungen dafür, hier zu bleiben. Sie liebte diese Stadt und dachte mit stiller Freude an das Leben, das sie erwartete. Widdowsons Bücher würden wieder nach London gebracht werden; allerdings nicht in die Pension in Hampstead. Aus Angst vor der Einsamkeit schlug er seinem Freund Newdick vor, mit ihm zusammenzuleben, wobei er als vermögender Mann den Hauptteil der Ausgaben übernehmen würde. Und dieser Plan wurde ebenfalls in die Tat umgesetzt.

Drei Monate vergingen, und eines Sommertags, als die bewaldeten Hügel, die von Sträuchern gesäumten Feldwege und die saftigen Wiesen von Clevedon sich in ihrer vollen Pracht zeigten, der Bristol Channel sich still und blau gab und die Waliser Berge durch einen Dunstschleier hindurchschimmerten, kam Rhoda Nunn von den Mendip Hills herüber, um Miss Madden zu besuchen. Es war natürlich kein ungetrübtes Wiedersehen, doch Rhoda war fröhlich und heiter, und was sie erzählte, war so anregend wie immer. Sie nahm das Baby in die Arme und spazierte mit ihm lange im Garten umher, immer wieder murmelnd:

»Armes kleines Kind! Liebes kleines Kind!« Es war fraglich gewesen, ob es durchkommen würde, doch der Sommer schien seine Gesundheit zu kräftigen. Alice, so war deutlich zu sehen, hatte ihre Lebensaufgabe gefunden; sie sah besser aus, als Rhoda sie jemals gesehen hatte. Ihre Gesichtshaut war nicht mehr so grau und picklig; ihr Gang war leicht und beschwingt.

»Und wo ist Ihre Schwester?« erkundigte sich Miss Nunn.

»Im Augenblick ist sie bei Freunden. Sie kommt bald zurück, hoffe ich. Und sobald das Baby laufen kann, werden wir die Schule ernsthaft in Angriff nehmen. Erinnern Sie sich?«

»Die Schule? Sie wollen es wirklich versuchen?«

»Das wird uns beiden sehr guttun. Schauen Sie«, fügte sie lachend hinzu, »hier wächst schon eine Schülerin für uns heran!«

»Machen Sie eine tapfere Frau aus ihr«, sagte Rhoda herzlich.

»Wir werden es versuchen – ja, das werden wir! Und Ihre Arbeit – ist sie noch immer so erfolgreich?«

»Erfolgreicher denn je!« erwiderte Rhoda. »Wir gedeihen wie der grüne Lorbeerbaum. Wir müssen bald ein größeres Gebäude anmieten. Übrigens, Sie müssen unbedingt die Zeitschrift lesen, die wir demnächst herausbringen; die erste Ausgabe erscheint in einem Monat, wenn auch der Titel noch nicht ganz feststeht. Miss Barfoot ist gesund und munter – und ich ebenfalls. Die Welt dreht sich!«

Während Miss Madden ins Haus ging, um einen kleinen Imbiß zuzubereiten, setzte sich Rhoda, das Kind noch immer in den Armen wiegend, auf eine Gartenbank. Sie musterte die winzigen Züge, die vollkommen friedlich und entspannt waren. Die dunklen, strahlenden Augen hatte es von Monica. Und als das Baby einschlummerte, verschleierte sich Rhodas Blick; ein Seufzer ließ ihre Lippen erzittern, und abermals murmelte sie: »Armes kleines Kind!«

Ende

Nachwort

1.

»Ich habe [den Roman] sehr schnell geschrieben, aber das Schreiben war ein schwerer Kampf, so wie immer. Nicht ein Tag ohne Zanken und Lärm unten in der Küche; nicht eine Stunde, in der ich wirklich meinen Seelenfrieden hatte. Ein bitterer Kampf.« Mit diesen Worten hält der englische Schriftsteller George Gissing am 4. Oktober 1892 in seinem Tagebuch den Abschluß seines Romanmanuskripts *The Odd Women* fest. Knapp sieben Wochen hat er daran gearbeitet; am 17. August hatte er, nach etlichen Anfängen und der Vernichtung vieler Notizen, endlich den roten Faden und auch die innere Kraft gefunden, die ihn seit Februar des Jahres beschäftigende Idee eines Romans mit Frauen im Mittelpunkt umzusetzen. Mißliche familiäre Umstände behindern ihn in einem bis dahin unbekannten Ausmaß. Nun sind es durchschnittlich vier eng beschriebene Manuskriptseiten, die er täglich zu Papier bringt. Die Qual, die sich dahinter ahnen und ab 2. September auch in seinem Tagebuch mitverfolgen läßt, ist für Gissing alles andere als neu, im Gegenteil: Sein literarisches Schaffen ist seit etlichen Jahren dadurch gekennzeichnet.

Gissings Verleger A. H. Bullen reagiert schon am 14. Oktober begeistert auf das neue Werk: »Ich habe *The Odd Women* gelesen und denke, daß sie Ihren Ruf erhalten oder gar steigern werden. Tatsächlich bin ich geneigt, Ihnen zuzustimmen, daß es Ihr bestes Buch ist. Ob es populär werden wird, kann ich natürlich nicht sagen.« Bullen macht Änderungsvorschläge für die beiden ersten Kapitel; Gissing setzt sie um, ohne jedoch die Skepsis seinem jüngsten Werk gegenüber ganz aufzugeben. Im Rückblick auf das vergangene Jahr (»Gekennzeichnet durch häusliches Elend und Sorgen«) notiert er am Silvestertag 1892 im Tagebuch: »Ich habe keine hohe Meinung davon.« Befürchtungen hegt er noch wenige Tage vor dem Erscheinen des dreibändigen Romanes am 10. April 1893, doch sind sie unbegründet: Zwei Tage später sind bereits 171 Exemplare an Leihbibliotheken und große Buchhandlungen verkauft, bis Ende Juli 330 – bei einer Erstauflage von 400 aufgebundenen Exemplaren. Amerikanische Ausgaben und solche für die britischen Kolonien folgen unmittelbar, 1894 kommt der Roman in einem Band heraus. Da Gissing jedoch vom Verlag eine Vorauszahlung in Höhe von

£105 erhalten hat, kann er in seiner Aufstellung jährlicher Büchereinnahmen nach 1894 nur kleine zusätzliche Summen für *The Odd Women* notieren. Zu seinen Lebzeiten, d. h. bis Ende 1903, erscheinen mindestens fünf verschiedene Ausgaben, bis 1915 folgen weitere sechs; 1968 kommt eine neue Hardcoverausgabe heraus. 1971 schließlich liegt die erste von bis heute fünf Taschenbuchausgaben vor, die, befördert auch durch die Neue Frauenbewegung, hohe Auflagen erreichen (Norton, New York: 12. Auflage 1997; Virago, London: 8. Auflage 1995). Gerade wegen des dokumentarischen Charakters dieses Romans tragen sie wesentlich zu Gissings jüngerer Bekanntheit bei und etablieren ihn als einen stillen Klassiker. *The Odd Women* werden ins Schwedische (1980), Französische (1982) und Japanische (1988) übersetzt, 1992 in Manchester in einer dramatisierten Version erfolgreich aufgeführt, 1994 in der »Radio 4 Woman's Hour« vorgelesen – da ist es um so erstaunlicher, daß erst 1998 eine kritische englische Ausgabe in Kanada erscheint.

2.

George Robert Gissing wird am 22. November 1857 in Wakefield, Yorkshire, geboren und wächst als ältestes von sechs Kindern in einer Apothekerfamilie auf. Sein bildungsbürgerlicher Hintergrund läßt ihn in der Schule und später am College brillieren: Daß er einmal die gewonnenen Jahrespreise für überragende Leistungen in der Droschke nach Hause transportieren muß, ist keine Legende. Eine akademische Karriere scheint ihm zu winken, doch Gissing selbst beendet diese Aussichten abrupt: 19jährig begeht er mehrere Diebstähle, um mit dem erbeuteten Geld die Frau, mit der er zusammenlebt, vor Prostitution und Alkohol zu bewahren. Er wird vom College relegiert, arbeitet, nach einer kurzen Haftstrafe, als Büroangestellter in Liverpool und fährt dann in die USA. Anfangs ist er dort als Privatlehrer erfolgreich tätig, doch er kündigt. Der Journalismus, dem er sich verstärkt zuwendet, ist allerdings nicht einträglich genug: Von dem Geld, das er verdient, kann er sich zeitweise kaum ernähren. Im Herbst 1877 kehrt er nach England zurück und widmet fortan seine ganze Kraft der Schriftstellerei. Der wiederaufgenommene Privatunterricht dient ihm zwar als finanzielle Unterstützung und geistige Anregung; seine Sehnsucht hingegen ist es, diesem existentiellen Provisorium zu entrinnen und nicht mehr in materieller Unsicherheit zu leben. So schreibt er 1878 an seine Familie: »Ich würde etwas darum geben, könnte ich in irgendeine geregelte Stellung kommen – um dann nachts ins Bett gehen zu können und deutlich zu wissen, woher am nächsten Tag das Essen kommt.« Seinen ersten veröffentlichen Roman *Workers in the Dawn* (1880) muß er mit einem Teil seines Erbes selbst finanzieren; nach drei Monaten sind ganze 49 Exemplare verkauft. 1891 zieht er in *New Grub Street* eine bittere Bilanz seiner ersten Jahre als Schriftsteller; eine Anzeige für den Roman kommt sogar zu dem Schluß, Gissing habe mit diesem Werk allen Möchtegern-Schriftstellern anhand seiner eigenen Erfahrungen ein warnendes Beispiel geben wollen. Tatsächlich sitzen die Kränkungen tief, sind die Blessuren schmerzhaft, die er sich in seinem Kampf um literarische Anerkennung und finanziellen Erfolg nachhaltig zuzieht. In vielen seiner Werke thematisiert er diese Verletzungen mehr oder weniger offen.

Die langen Jahre, die Gissing schreibend und häufig seine Wohnung wechselnd u. a. in London verbringt, sind insgesamt düster – »gloomy«, wie er seinem Tagebuch des öfteren anvertraut. Zwei Ehen mit Alkoholikerinnen scheitern an der unterschiedlichen sozialen Herkunft, aber auch aufgrund Gissings geistiger Ansprüche. Diese kann er erst in den letzten Lebensjahren im Austausch mit jener Frau befriedigen, die an ihn mit dem Anliegen herangetreten war, *New Grub Street* ins Französische zu übersetzen: Mit Gabrielle Fleury lebt Gissing bis zu seinem Tod am 28. Dezember 1903 in Südwestfrankreich, mit ihr findet er die Ruhe, die er in London so bitter vermißt hat und immer nur während seiner Italien- und Griechenlandaufenthalte für einige Zeit genießen kann – eine Ruhe, wie sie seine Reiseerzählung *By the Ionian Sea* (1901) und dann vor allem seine fiktive Autobiographie *The Private Papers of Henry Ryecroft* (1903) ausstrahlen.

In intellektuellen Frauen oder solchen, die mit Konventionen zu brechen versuchen, findet Gissing zumindest in seinen Romanen sein Pendant. Teils tragen sie seine Züge, teils projiziert er seine Hoffnungen auf sie. Oft haben sie, wenn auch unter großen Anstrengungen, den beruflichen Erfolg, der ihm zeit seines Lebens letztlich versagt bleibt. *The Odd Women*, in der Zuspitzung auf gebrochene, neu zu (er)findende Geschlechterrollen und -identitäten Gissings Hauptwerk, sind dabei so etwas wie sein feministisches Bekenntnis, ohne daß er eindeutige Antworten auf die Fragen der Zeit liefert.

3.

»Hiermit gewähre ich *Herrn Von Oppeln-Bronikowski* das alleinige Recht, meinen Roman mit dem Titel ›The Odd Women‹ ins Deutsche zu übersetzen. George Gissing. – 13 Rue de Siam. Passy. Paris. 30. Januar 1900.« Hätte Gissing in der literarisch interessierten Öffentlichkeit Deutschlands mehr Aufmerksamkeit gefunden, wenn sich der genannte profilierte Berliner Übersetzer seinerzeit tatsächlich der Aufgabe angenommen und für eine Veröffentlichung des Frauenromans gesorgt hätte? Wahrscheinlich, denn das Problem der unverheirateten Frauen ist im Wilhelminischen Deutschland nicht unbekannt, nimmt aber nie solch eine ausformulierte literarische Gestalt an wie im vorliegenden Roman.

George Gissing in Deutschland – das ist ein von Mißverständnissen, teilweise von Ignoranz geprägtes Kapitel der Literaturgeschichte. So soll er, das wird bis in die jüngste Zeit behauptet, in Jena oder auch in Tübingen Philosophie studiert haben – und das nur, weil sein enger Potsdamer Freund Eduard Bertz (1853-1931) ihm in seinen Erstling *Workers in the Dawn* ein ganzes Kapitel mit dem Titel »Mind-growth« eingearbeitet hat, in dem sich die Heldin während zweier Jahre eben in Tübingen mit den Philosophen Schopenhauer, Comte und Haeckel sowie mit Darwin befaßt und daran geistig und seelisch wächst. Bertz, unter Bismarcks Sozialistengesetzen in London exiliert, ist es auch, der Gissings bereits vorhandene Kenntnisse deutscher Literatur und Philosophie vertieft und sein Interesse an politischen Fragen verstärkt. Die frühen »Notes on Social Democracy« – dabei geht es um die Exil-SPD –, 1880 in der *Pall Mall Gazette* veröffentlicht, sowie der lange, Schopenhauer verpflichtete Essay »The Hope of Pessimism« (1882, erstmals publiziert 1970) sind ein Zeugnis des Bertzschen Einflusses. Kommt hinzu, daß Gissing so gut Deutsch versteht und spricht, daß er einmal bei einer Protestveranstaltung zugunsten der Freilassung des deutschen Anarchisten Johann Most aus dem englischen Gefängnis als Übersetzer fungiert.

Insgesamt muß Gissing zu den wenigen viktorianischen Autoren von Rang gezählt werden, die ein wirklich profundes Wissen über Deutschland haben, obwohl er selbst nur einmal dort gewesen ist, als er für wenige Tage im April 1898 auf der Rückreise von Italien nach England seinen Freund Bertz in Potsdam besucht.

Wird Gissing in deutschen Lexika jemals erwähnt, so gemeinhin nur als »düster«, »pessimistisch« und als einer, dem vielfaches »Scheitern« eigen ist. Übersehen wird dabei z.B. das erwähnte *By the Ionian Sea*, in dem er – klassisch belesen und wach für die Gegenwart – den Spuren der griechischen Besiedlung Süditaliens nachgeht; ebenso sein unvollendeter, posthum erschienener Roman *Veranilda* (1904), eines der herausragendsten viktorianischen historischen Werke über Rom im sechsten nachchristlichen Jahrhundert zur Zeit der ostgotischen Herrschaft. Überhaupt wird Italien, das Land seiner »geistigen Sehnsucht« (G. G.), wo er während dreier langer Aufenthalte andere, helle, aufgeschlossene Seiten von sich leben kann, als ein Motiv seines Werkes im deutschsprachigen Raum bis heute nicht gewürdigt, allen Italien-Bücher-Wellen zum Trotz. Das preisgekrönte lange Gedicht »Ravenna« (1873), der poetische Traum von »Italia« (ca. 1876), die atmosphärisch dichte Beschreibung »Christmas on the Capitol« (1889) sowie der zu großen Teilen in Neapel spielende Roman *The Emancipated* (1890) sind neben der Reiseerzählung und dem Geschichtsroman noch zu entdecken.

Als »realistisch« – immerhin – wird sein Stil beurteilt, reduziert bleibt hingegen sein Werk auf das Londoner »Großstadtproletariat« in den frühen Romanen; dessen Schilderung gelingt ihm allerdings in *The Nether World* (1889), dem letzten dieser Thematik verpflichteten Werk, auf brillante, dichte, höchst eindrucksvolle Weise. Die zitierten Einschätzungen sind alle nicht falsch und werden doch weder Autor noch Werk gerecht. Fehlende bzw. spät erfolgende Übersetzungen, mangelnde Aufmerksamkeit seitens der literarisch interessierten Öffentlichkeit: Gissings Unbekanntheit in Deutschland ist von daher nur folgerichtig.

Mit dem vorliegenden Titel sind es gerade drei Romane Gissings, von 22 insgesamt, die ins Deutsche übertragen sind: 1891 *Demos* – das gleichnamige englische Original von 1886 hat den Untertitel *A Story of English Socialism*; 1891/92 *Ein Mann des Tages* – das ist das 1891 erschienene zentrale Werk *New Grub Street* als Fortsetzungsroman im *Pester Lloyd*, wiederentdeckt 1986 in H. M. Enzensbergers »Anderer Bibliothek« mit dem Titel *Zeilengeld*; 1997 schließlich *Die überzähligen Frauen*. Der Vollständigkeit halber seien auch die Kurzgeschichten aus Gissings Feder erwähnt, die auf deutsch vorliegen: Es sind lediglich vier – von rund 120 –, veröffentlicht zwischen 1891 und 1996. Schon bald nach seinem Tod wird Gissing hingegen von der deutschen Literaturwissenschaft entdeckt: Bereits 1906 haben ihn die »Philologen in die

Hände bekommen (...), ihn zum Gegenstand einer Abhandlung« gemacht, wie Eduard Bertz einem Briefpartner mitteilt. Etliche Dissertationen und einige Aufsätze folgen, doch bleiben verlegerische Aktivitäten und also größere Publikumswirkung aus.

4.

The Odd Women ist einer der wenigen viktorianischen Romane, der deutlich mit der Frauenbewegung sympathisiert bzw. sie in seinen Heldinnen portraitiert und damit den Stand der Frauenfrage reflektiert. Der 1909 erschienene Roman *Ann Veronica* von Gissings nahem Freund H. G. Wells mag radikaler sein, stellt er doch die erste Frau dar, die sexuell die Initiative ergreift. Doch ist dieses Buch zum Feminismus ambivalent eingestellt und artikuliert zudem sozialdarwinistische Utopievorstellungen von der Frau. Ohne *The Odd Women* wäre das Werk jedenfalls kaum denkbar.

Die Frauenfrage (Woman Question): das ist der neue Anspruch der Frauen auf Gleichstellung mit den Männern, auf Gleichbehandlung in Öffentlichkeit, Partnerschaft und Ehe; sie bedeutet zudem eine scharfe Infragestellung, ja: Verwerfung des überlieferten und überkommenen weiblichen Idealbilds der abhängigen und passiven Ehefrau und Mutter. Rechtlichem Fortschritt seit 1850 zum Trotz wird in den 1880ern die Ehe zum zentralen Punkt der Geschlechterdiskussion. Für fortschrittliche Frauen wie Gissings Romanheldin Rhoda Nunn sind die erweiterten Berufs- und Lebensperspektiven ein Segen; im doppelten Wortsinn unvermögende Frauen wie Alice und Virginia Madden sehen zur Ehe jedoch noch keine gesellschaftliche oder ökonomische Alternative. »Überflüssig«, überzählig auf dem Heiratsmarkt – um 1890 sind davon allein in London annähernd eine Million Frauen betroffen –, sind ihre Aussichten auf ein leidlich menschenwürdiges eigenes Einkommen schlecht: Hauslehrerin oder Begleiterin sind zwei mögliche Karrieren, die ihnen offenstehen. Das alles infolge großer gesellschaftlicher Veränderungen in der zweiten Hälfte des 19. Jahrhunderts: Industrialisierung, Urbanisierung und kleinere Familien machen es immer weniger wahrscheinlich, daß eine verarmte, unverheiratete Frau von verheirateten Verwandten aufgenommen wird und sich ihren schmalen Lebensunterhalt mit Hausarbeit oder Kleinhandwerk verdient. Gissing wird durch Zeitungsberichte von diesem großen sozialen Problem gewußt haben; ganz gewiß ist er damit vertraut durch das Schicksal seiner Schwestern Ellen und Margaret. Beide haben eine gute Schulbildung und werden von George immer wieder mit Lektüreempfehlungen versorgt; sie bleiben jedoch hinter dem Geist ihrer Zeit zurück und verbringen unzufrieden, wenn auch finanziell einigermaßen abgesichert, in Wakefield ein altjüngferliches Leben, borniert, konventionell, mit gelegentlichen Versuchen, Haus- oder Schulunterricht zu erteilen. Dies zum Verdruß ihres älteren Bruders, der an ihrem Schicksal Anteil nimmt und dadurch zu seinen »odd women« Virginia und Alice Madden angeregt worden sein mag. Vor diesem familiär wenig erfreulichen Hintergrund seines erfolgreichen Romans entwickelt sich für Gissing recht bald eine in persönlicher und intellektueller Hinsicht äußerst wichtige Beziehung. Clara Collet (1860-1948), die 1880 als erste Frau im Fach Politische Ökonomie das University College in London abschließt, Ende der 1880er mit hellsichtigen Berichten über Frauenarbeit hervortritt und 1893 Labour Correspondent and Chief Investigator for Women's Industries wird, nimmt nach der Lektüre der *Odd Women* Kontakt mit Gissing auf. Er verarbeitet im Roman die Probleme literarisch, die sie aus ihren soziologischen Untersuchungen kennt. Sie hat bereits zwei Jahre zuvor »A First Impression« über die Werke Gissings veröffentlicht – und wird bald zu einer nahen, klugen Freundin von ihm.

5.
Am 2. Juni 1893 schreibt Gissing seinem Freund Bertz: »Wie immer hast Du mein Buch mit anteilnehmender Liebenswürdigkeit gelesen und sprichst davon, wie es Deine Gewohnheit ist. Und nach allem bezweifle ich, ob wir uns in unseren Ansichten zur Frauenfrage groß unterscheiden. Meine Forderung nach weiblicher ›Gleichheit‹ bedeutet schlicht, daß ich davon überzeugt bin, daß es keinen sozialen Frieden geben wird, bevor nicht die Frauen intellektuell genauso ausgebildet sind wie die Männer. Mehr als die Hälfte des Lebensjammers beruht auf der Unwissenheit & dem kindischen Wesen der Frauen. Die durchschnittliche Frau ähnelt, in allen geistigen Belangen, ziemlich genau dem durchschnittlichen männlichen *Idioten* – ich äußere mich medizinisch. Dieser Zustand ist zurückzuführen auf den Bildungsmangel, in jeder Bedeutung des Wortes. Unter unseren englischen emanzipierten Frauen gibt es einen Großteil bewundernswerter Personen; sie haben keinen einzigen Vorzug ihres Geschlechtes

verloren, & sie haben enorm auf der intellektuellen (& sogar auf der moralischen) Seite gewonnen durch den Prozeß der Aufklärung – will heißen der Gehirnentwicklung. Ich werde rasend wegen der krassen Blödheit der typischen Frau. Dieser Typ muß verschwinden – oder jedenfalls zweitrangig werden. Und ich glaube, daß der einzige Weg dorthin bedeutet, eine Zeit durchzumachen, die viele Leute geschlechtliche Anarchie nennen werden. Gutes wird nicht verschwinden; wir können den Kräften der Natur vertrauen, die zur Erhaltung beitragen. (…)

The Odd Women werden gut besprochen. Die meisten Schreiber bestehen auf ihrem ›fesselnden‹ Reiz. Davon bin ich angenehm überrascht.«

Wulfhard Stahl

Zu dieser Ausgabe

insel taschenbuch 2501: George Gissing, Die überzähligen Frauen. Titel der englischen Originalausgabe: The Odd Women. Erstausgabe: London 1893. Der vorliegende Text folgt der Ausgabe: George Gissing, Die überzähligen Frauen. Ins Deutsche übertragen von Karina Of. ars vivendi verlag Norbert Treuheit Cadolzburg 1997. Umschlagabbildung: Piero Marussig, Donne al caffé, 1924.

Englische und amerikanische Literatur
im insel taschenbuch

Elizabeth von Arnim: Alle meine Hunde. Aus dem Englischen von Karin von Schab. it 1502
- April, May und June. Aus dem Englischen von Angelika Beck. Mit einem Nachwort von Kirsten Jüngling und Brigitte Roßbeck. it 1722
- Elizabeth und ihr Garten. Aus dem Englischen von Adelheid Dormagen. it 1293 und Großdruck. it 2338
- Der Garten der Kindheit. Aus dem Englischen übersetzt von Leonore Schwartz. Großdruck. it 2361
- In ein fernes Land. Roman. Aus dem Englischen von Angelika Beck. it 1927
- Jasminhof. Roman. Aus dem Englischen von Helga Herborth. it 1677
- Liebe. Roman. Aus dem Englischen von Angelika Beck. Deutsche Erstausgabe. it 1591
- Die Reisegesellschaft. Roman. Aus dem Englischen von Angelika Beck. it 1763
- Sallys Glück. Roman. Aus dem Englischen von Schamma Schahadat. it 1764
- Vater. Roman. Aus dem Englischen von Anna Marie von Welck. Neuübersetzung. it 1544
- Vera. Roman. Aus dem Englischen von Angelika Beck. it 1808
- Verzauberter April. Roman. Aus dem Englischen von Adelheid Dormagen. Mit Fotos aus dem gleichnamigen Film. it 1538
- Verzauberter April. Roman. Aus dem Englischen von Adelheid Dormagen. Großdruck. it 2346

Jane Austen: Die Abtei von Northanger. Aus dem Englischen von Margarete Rauchenberger. Mit Illustrationen von Hugh Thomson. it 931
- Anne Elliot. Aus dem Englischen von Margarete Rauchenberger. Mit Illustrationen von Hugh Thomson. it 1062
- Emma. Aus dem Englischen von Charlotte Gräfin von Klinckowstroem. Mit Illustrationen von Hugh Thomson. it 511
- Die großen Romane. Mit den Illustrationen von Hugh Thomson. Sieben Bände in Kassette. it 511, it 787, it 931, it 1062, it 1192, it 1503 und it 1615
- Lady Susan. Ein Roman in Briefen. Aus dem Englischen von Angelika Beck. Mit zwei Romanfragmenten: Die Watsons. Sanditon. Aus dem Englischen von Elizabeth Gilbert. it 1192
- Mansfield Park. Aus dem Englischen von Angelika Beck. Mit Illustrationen von Hugh Thomson. it 1503
- Stolz und Vorurteil. Aus dem Englischen von Margarete Rauchenberger. Mit Illustrationen von Hugh Thomson und mit einem Essay von Norbert Kohl. it 787

Englische und amerikanische Literatur
im insel taschenbuch

Jane Austen: Verstand und Gefühl. Roman. Aus dem Englischen von Angelika Beck. Mit Illustrationen von Hugh Thomson. it 1615

Francis Bacon: Essays. Herausgegeben und mit einem Nachwort versehen von Helmut Winter. it 1514

Harriet Beecher-Stowe: Onkel Toms Hütte. In der Bearbeitung einer alten Übersetzung. Herausgegeben und mit einem Nachwort versehen von Wieland Herzfelde. Mit 27 Holzschnitten von George Cruikshank aus der englischen Ausgabe von 1852. it 272

Ambrose Bierce: Aus dem Wörterbuch des Teufels. Auswahl, Übersetzung und Nachwort von Dieter E. Zimmer. it 440

– Mein Lieblingsmord. Erzählungen. Mit einem Nachwort von Edouard Roditi. Aus dem Amerikanischen von Gisela Günther. it 39

Anne Brontë: Agnes Grey. Aus dem Englischen von Elisabeth von Arx. it 1093

– Die Herrin von Wildfell Hall. Roman. Aus dem Englischen neu übersetzt von Angelika Beck. it 1547

Charlotte Brontë: Jane Eyre. Eine Autobiographie. Aus dem Englischen von Helmut Kossodo. Mit einem Essay und einer Bibliographie herausgegeben von Norbert Kohl. it 813

– Der Professor. Aus dem Englischen von Gottfried Röckelein. it 1354

– Shirley. Aus dem Englischen von Johannes Reiher und Horst Wolf. it 1145

– Über die Liebe. Herausgegeben von Elsemarie Maletzke. Übertragen von Eva Groepler und Hans J. Schütz. it 1249

– Villette. Roman. Aus dem Englischen von Christiane Agricola. it 1447

Emily Brontë: Die Sturmhöhe. Aus dem Englischen von Grete Rambach. it 141 und Großdruck. it 2348

Edward George Bulwer-Lytton: Die letzten Tage von Pompeji. Aus dem Englischen von Friedrich Notter. it 801

Lewis Carroll: Alice hinter den Spiegeln. Mit einundfünfzig Illustrationen von John Tenniel. Übersetzt von Christian Enzensberger. it 97

– Alice im Wunderland. Mit zweiundvierzig Illustrationen von John Tenniel. Übersetzt und mit einem Nachwort von Christian Enzensberger. it 42

– Briefe an kleine Mädchen. Aus dem Englischen übersetzt und herausgegeben von Klaus Reichert. Mit Fotografien des Autors. it 1554

Geoffrey Chaucer: Die Canterbury-Erzählungen. Vollständige Ausgabe. Aus dem Englischen übertragen und herausgegeben von Martin Lehnert. Mit Illustrationen von Edward Burne-Jones. it 1006

Englische und amerikanische Literatur im insel taschenbuch

Gilbert Keith Chesterton: Alle Pater-Brown-Geschichten. 2 Bände in Kassette. it 1263/1149
- Die schönsten Pater-Brown-Geschichten. it 2332

Joseph Conrad: Herz der Finsternis. Erzählung. Aus dem Englischen von Reinhold Batberger. it 1730

James Fenimore Cooper: Der letzte Mohikaner. Vollständige Ausgabe. Mit Illustrationen von O. C. Darley und einer Nachbemerkung von Peter Härtling. it 1773

Daniel Defoe: Glück und Unglück der berühmten Moll Flanders, die, im Zuchthaus Newgate geboren, nach vollendeter Kindheit noch sechzig wertvolle Jahre durchlebte, zwölf Jahre Dirne war, fünfmal heiratete, darunter ihren Bruder, zwölf Jahre lang stahl, acht Jahre deportierte Verbrecherin in Virginien war, schließlich reich wurde, ehrbar lebte und reuig verstarb. Beschrieben nach ihren eigenen Erinnerungen. Deutsch von Martha Erler. Mit Illustrationen von William Hogarth und einem Essay von Norbert Kohl. it 707
- Robinson Crusoe. Mit Illustrationen von Ludwig Richter. In der Übersetzung von Hannelore Novak. it 41

Charles Dickens: Bleak House. Aus dem Englischen von Richard Zoozmann. Mit Illustrationen von Phiz. it 1110
- David Copperfield. Mit Illustrationen von Phiz. it 468
- Eine Geschichte aus zwei Städten. Mit Illustrationen von Phiz. it 1033
- Große Erwartungen. Aus dem Englischen von Margit Meyer. Mit Illustrationen von F. W. Pailthorpe. it 667
- Harte Zeiten. Aus dem Englischen von Paul Heichen. Mit Illustrationen von F. Walker und Maurice Greiffenhagen. it 955
- Nikolaus Nickleby. Mit Illustrationen von Phiz. it 1304
- Oliver Twist. Aus dem Englischen von Reinhard Kilbel. Mit einem Nachwort von Rudolf Marx und 24 Illustrationen von George Cruikshank. it 242
- Die Pickwickier. Mit Illustrationen von Robert Seymour, Robert William Buss und Phiz. it 896
- Weihnachtserzählungen. Mit Illustrationen von Leech, Stanfiels, Stone u. a. it 358

Henry Fielding: Tom Jones. Die Geschichte eines Findelkindes. 2 Bde. Mit Illustrationen von Gravelot und Moreau le jeune. Herausgegeben und mit einem Nachwort von Norbert Kohl. it 504

Penelope Fitzgerald: Frühlingsanfang. Roman. Aus dem Englischen von Christa Krüger. it 1693

Englische und amerikanische Literatur
im insel taschenbuch

James Joyce: Die Katze und der Teufel. Deutsche Übertragung von Fritz Senn. Farbig illustriert von Roger Blachon. Mit einem Vorwort von Stephen J. Joyce. it 1610

D. H. Lawrence: Liebesgeschichten. Aus dem Englischen von Heide Steiner. it 1678

Edward Lears kompletter Nonsens. Limericks, Lieder, Balladen und Geschichten. Ins Deutsche geschmuggelt von Hans Magnus Enzensberger. Mit Illustrationen von Edward Lear. it 1119

Matthew Gregory Lewis: Der Mönch. Aus dem Englischen von Friedrich Polakovics. Mit einem Essay und einer Bibliographie von Norbert Kohl. it 907

Lord Byron. Ein Lesebuch mit Texten, Bildern und Dokumenten. Herausgegeben von Gert Ueding. it 1051

Katherine Mansfield: Das Gartenfest und andere Erzählungen. Aus dem Englischen von Heide Steiner. it 1724

– Über die Liebe. Herausgegeben von Ida Schöffling. it 1703

Herman Melville: Moby Dick. 2 Bde. Aus dem Amerikanischen von Alice und Hans Seiffert. Mit Zeichnungen von Rockwell Kent und einem Nachwort von Rudolf Sühnel. it 233

James Morier: Die Abenteuer des Hadji Baba. Ein orientalischer Abenteuerroman. Herausgegeben von Hermann Rosenau. it 1731

Samuel Pepys: Das geheime Tagebuch. Herausgegeben von Anselm Schlösser und übertragen von Jutta Schlösser. Mit Abbildungen. it 637

Edgar Allan Poe: Sämtliche Erzählungen in vier Bänden. In Kassette. Herausgegeben von Günter Gensch. (Die Bände sind auch einzeln erhältlich)

– Band 1: Der Teufel im Glockenturm und andere Erzählungen. Aus dem Amerikanischen von Barbara Cramer-Nauhaus und Erika Gröger. it 1528

– Band 2: Die Morde in der Rue Morgue und andere Erzählungen. Aus dem Amerikanischen von Barbara Cramer-Nauhaus, Erika Gröger und Heide Steiner. it 1529

– Band 3: Streitgespräch mit einer Mumie und andere Erzählungen. Aus dem Amerikanischen von Heide Steiner. it 1530

– Band 4: Das Tagebuch des Julius Rodman und andere Erzählungen. Aus dem Amerikanischen von Erika Gröger u. a. it 1531 (nicht einzeln)

Edgar Allan Poe: Der Bericht des A. Gordon Pym. Erzählungen. Übertragen von Barbara Cramer-Nauhaus, Erika Gröger und Heide Steiner. it 1449

Englische und amerikanische Literatur im insel taschenbuch

Edgar Allan Poe: Das Geheimnis der Marie Rogêt und andere Erzählungen. Aus dem Amerikanischen von Werner Beyer, Felix Friedrich und anderen. it 783
- Grube und Pendel. Und andere Erzählungen. Mit einem Nachwort von Franz Rottensteiner und Illustrationen von Harry Clarke. Aus dem Amerikanischen von Günther Steinig. ›Grube und Pendel‹ wurde von Elisabeth Seidel übersetzt. it 362
- Grube und Pendel. Schaurige Erzählungen. Aus dem Amerikanischen von Erika Gröger. Großdruck. it 2351
- Der Untergang des Hauses Usher. Meistererzählungen. Aus dem Amerikanischen von Barbara Cramer-Nauhaus, Erika Gröger und Heide Steiner. it 1373

Gwen Raverat: Eine Kindheit in Cambridge. Roman. Aus dem Englischen übertragen von Leonore Schwartz. it 1592

Walter Scott: Ivanhoe. Roman. Deutsch von Leonhard Tafel. Textrevision und Nachwort von Paul Ernst. it 751

Charles Sealsfield: Das Kajütenbuch oder Nationale Charakteristiken. Herausgegeben von Alexander Ritter. it 1163

William Shakespeare: Hamlet. Prinz von Dänemark. Aus dem Englischen von August Wilhelm von Schlegel. Durchgesehen von Levin L. Schücking. Mit Illustrationen von Eugène Delacroix. Herausgegeben und mit einem Essay versehen von Norbert Kohl. it 364
- Romeo und Julia. Aus dem Englischen von Thomas Brasch. it 1383
- Die Tragödie des Macbeth. Aus dem Englischen von Thomas Brasch. it 1440
- Was ihr wollt. Aus dem Englischen von Thomas Brasch. it 1205
- Wie es euch gefällt. Übersetzt und bearbeitet von Thomas Brasch. it 1509

Mary W. Shelley: Frankenstein oder Der moderne Prometheus. Aus dem Englischen von Karl Bruno Leder und Gerd Leetz. Mit Fotos aus *Frankenstein*-Filmen und einem Essay und einer Bibliographie von Norbert Kohl. it 1030

Laurence Sterne: Leben und Meinungen von Tristram Shandy Gentleman. In der Übersetzung von Adolf Friedrich Seubert. Durchgesehen und revidiert von Hans J. Schütz. Mit einem Essay und einer Bibliographie von Norbert Kohl. Illustrationen von George Cruikshank. it 621

Robert Louis Stevenson: Die Schatzinsel. Aus dem Englischen von Karl Lerbs. Mit Illustrationen von Georges Roux. it 65

Englische und amerikanische Literatur im insel taschenbuch

Robert Louis Stevenson / Lloyd Osbourne: Die falsche Kiste. Roman. Aus dem Englischen von Annemarie und Roland U. Pestalozzi. Mit einem Nachwort von Norbert Miller. it 1605

Bram Stoker: Dracula. Aus dem Englischen von Karl Bruno Leder. it 1086

– Im Haus des Grafen Dracula. Erzählungen. Aus dem Englischen von Burkhart Kroeber, Michael Krüger, Norbert Miller, Friedrich Polakovics und Wilfried Sczepan. it 1522

Jonathan Swift: Betrachtungen über einen Besenstiel. Ein Lesebuch zum 250. Todestag. Mit einem Essay von Martin Walser. Zusammengestellt von Norbert Kohl. it 1767

– Gullivers Reisen. Mit Illustrationen von Grandville und einem Vorwort von Hermann Hesse. Aus dem Englischen übersetzt von Franz Kottenkamp. Vervollständigt und bearbeitet von Roland Arnold. it 58

William Makepeace Thackeray: Jahrmarkt der Eitelkeit. Ein Roman ohne Held. 2 Bde. Mit Illustrationen von Thackeray. Herausgegeben und mit einem Nachwort von Norbert Kohl. Dem deutschen Text wurde eine Übertragung aus dem Nachlaß von H. Röhl zugrunde gelegt. it 485

Mark Twain: Mark Twains Abenteuer. Herausgegeben von Norbert Kohl. it 1891-1895

– Tom Sawyers Abenteuer. Aus dem Englischen von Karl Heinz Berger. it 1891

– Huckleberry Finns Abenteuer. Aus dem Englischen von Barbara Cramer-Nauhaus. it 1892

– Ein Yankee am Hofe des Königs Artus. Aus dem Englischen von Maja Ueberle. it 1893

– Die Arglosen im Ausland. Aus dem Englischen von Ana Maria Brock. it 1894

– Bummel durch Europa. Aus dem Englischen von Gustav Adolf Himmel. it 1895

– Reisen ums Mittelmeer. Vergnügliche Geschichten. Ausgewählt von Norbert Kohl. it 1799

H. G. Wells: Mr. Polly steigt aus. Roman. Aus dem Englischen von Günther Blaicher. it 1780

– Wie wird man Millionär? Aus dem Englischen von Johann Wagner. it 1716

Englische und amerikanische Literatur im insel taschenbuch

Oscar Wilde: Gesammelte Werke in zehn Bänden. Herausgegeben von Norbert Kohl. it 582
– Band 1: Das Bildnis des Dorian Gray
– Band 2: Märchen und Erzählungen
– Band 3: Theaterstücke I
– Band 4: Theaterstücke II
– Band 5: Gedichte
– Band 6: Essays I
– Band 7: Essays II
– Band 8: Briefe I
– Band 9: Briefe II
– Band 10: Briefe III
– Aphorismen. Herausgegeben von Frank Thissen. it 1020
– Das Bildnis des Dorian Gray. Deutsch von Hedwig Lachmann und Gustav Landauer. Mit einem Essay, einer Auswahlbibliographie und einer Zeittafel herausgegeben von Norbert Kohl. it 843
– Die Erzählungen und Märchen. Mit Illustrationen von Heinrich Vogeler. Aus dem Englischen übersetzt von Felix Paul Greve und Franz Blei. it 5
– Gedichte. Herausgegeben von Norbert Kohl. it 1455
– Das Gespenst von Canterville. Erzählung. Mit Illustrationen von Oski. Aus dem Englischen von Franz Blei. it 344
– Der glückliche Prinz und andere Märchen. Aus dem Englischen von Franz Blei. Mit Illustrationen von Michael Schroeder und einem Nachwort von Norbert Kohl. it 1256
– Lord Arthur Saviles Verbrechen und andere Geschichten. Mit Illustrationen von Michael Schroeder. Aus dem Englischen von Christine Hoeppner. it 1151
– Salome. Dramen, Schriften, Aphorismen und ›Die Ballade vom Zuchthaus zu Reading‹. Mit Illustrationen von Marcus Behmer. it 107
– Die schönsten Märchen. Großdruck. it 2355

Literatur der Moderne
im insel taschenbuch

Peter Altenberg: Auswahl aus seinen Büchern von Karl Kraus. Mit einem Nachwort von Christian Wagenknecht. it 1851

Lou Andreas-Salomé: Lebensrückblick. Grundriß einiger Lebenserinnerungen. Aus dem Nachlaß herausgegeben von Ernst Pfeiffer. Neu durchgesehene Ausgabe mit einem Nachwort des Herausgebers. it 54

– Rainer Maria Rilke. Mit acht Bildtafeln im Text. Herausgegeben von Ernst Pfeiffer. it 1044

Bertolt Brecht: Hauspostille. Mit Anleitungen, Gesangsnoten und einem Anhang. Radierungen von Christoph Meckel. it 617

Hans Carossa: Werke in Einzelausgaben. Zwölf Bände in Kassette. Die Werke sind auch einzeln lieferbar. it 1461–1472

– Band 1: Gedichte. Der alte Taschenspieler. it 1461
– Band 2: Die Schicksale Doktor Bürgers. Rumänisches Tagebuch. it 1462
– Band 3: Der Arzt Gion. it 1463
– Band 4: Geheimnisse des Lebens. it 1464
– Band 5: Führung und Geleit. it 1465
– Band 6: Aufzeichnungen aus Italien. it 1466
– Band 7: Eine Kindheit. it 1467
– Band 8: Verwandlungen einer Jugend. it 1468
– Band 9: Das Jahr der schönen Täuschungen. it 1469
– Band 10: Der Tag des jungen Arztes. it 1470
– Band 11: Ungleiche Welten. Lebensbericht. it 1471
– Band 12: Ein Tag im Spätsommer 1947. Erzählung. it 1472

– Das Jahr der schönen Täuschungen. it 1091
– Eine Kindheit. it 295 und Großdruck. it 2345
– Die Schicksale Doktor Bürgers. it 830
– Der Tag des jungen Arztes. it 1137

Felix Dahn: Ein Kampf um Rom. Mit einem Nachwort von Hans-Rüdiger Schwab. it 1744

Federico García Lorca: Die dramatischen Dichtungen. Deutsch von Enrique Beck. it 3

Adele Gundert: Marie Gundert. Die Mutter von Hermann Hesse. Ein Lebensbild in Briefen und Tagebüchern. Mit einem Essay von Siegfried Greiner und Illustrationen von Gunter Böhmer. it 261

Hermann Hesse: Bäume. Betrachtungen und Gedichte. Mit Fotografien von Imme Techentin. Zusammenstellung der Texte von Volker Michels. it 455 und it 1815

– Franz von Assisi. Mit Fresken von Giotto und einem Essay von Fritz Wagner. it 1069

Literatur der Moderne
im insel taschenbuch

Hermann Hesse: Gedichte des Malers. Zehn Gedichte mit farbigen Zeichnungen. it 893
- Hermann Lauscher. Mit frühen, teils unveröffentlichten Zeichnungen und einem Nachwort von Gunter Böhmer. it 206
- Kindheit des Zauberers. Ein autobiographisches Märchen. Handgeschrieben, illustriert und mit einer Nachbemerkung versehen von Peter Weiss. it 67
- Knulp. Drei Geschichten aus dem Leben Knulps. Mit dem Fragment ›Knulps Ende‹. Mit sechzehn Steinzeichnungen von Karl Walser. it 394
- Magie der Farben. Aquarelle aus dem Tessin. Mit Betrachtungen und Gedichten zusammengestellt und mit einem Nachwort versehen von Volker Michels. it 482
- Mit Hermann Hesse durch Italien. Ein Reisebegleiter durch Oberitalien. Mit farbigen Fotografien. Herausgegeben von Volker Michels. it 1120
- Piktors Verwandlungen. Ein Liebesmärchen, vom Autor handgeschrieben und illustriert, mit ausgewählten Gedichten und einem Nachwort versehen von Volker Michels. it 122
- Schmetterlinge. Betrachtungen, Erzählungen, Gedichte. Zusammengestellt und mit einem Nachwort versehen von Volker Michels. it 385
- Die Stadt. Ein Märchen, ins Bild gebracht von Walter Schmögner. it 236
- Der Zwerg. Ein Märchen. Mit Illustrationen von Rolf Köhler. it 636
Henrik Ibsen: Ein Puppenheim. Herausgegeben und übersetzt von Angelika Gundlach. Mit zeitgenössischen Abbildungen. it 323
Jens Peter Jacobsen: Niels Lyhne. Mit Illustrationen von Heinrich Vogeler. Nachwort von Fritz Paul. Aus dem Dänischen von Anke Mann. it 44
Marie Luise Kaschnitz: Beschreibung eines Dorfes. Fotografien von Michael Grünwald. it 665
- Eisbären. Erzählungen. it 4
Harry Graf Kessler: Tagebücher 1918-1937. Herausgegeben von Wolfgang Pfeiffer-Belli. it 1779
Eduard von Keyserling: Schwüle Tage. Erzählung. it 1726
Christian Morgenstern: Alle Galgenlieder. it 6

Literatur der Moderne
im insel taschenbuch

Rainer Maria Rilke: Sämtliche Werke. insel taschenbuch-Ausgabe in sechs Bänden. Herausgegeben vom Rilke-Archiv. In Verbindung mit Ruth Sieber-Rilke besorgt durch Ernst Zinn.
  – Band I: Gedichte. Erster Teil. it 1101
  – Band II: Gedichte. Zweiter Teil. it 1102
  – Band III: Jugendgedichte. it 1103
  – Band IV: Frühe Erzählungen und Dramen. it 1104
  – Band V: Kritische Schriften. Worpswede. Auguste Rodin. it 1105
  – Band VI: Malte Laurids Brigge. Kleine Schriften. it 1106
– Am Leben hin. Novellen und Skizzen 1898. Mit Anmerkungen und einer Zeittafel. it 863
– Die Aufzeichnungen des Malte Laurids Brigge. it 630
– Auguste Rodin. Mit 96 Abbildungen. it 766
– Ausgesetzt auf den Bergen des Herzens. Gedichte aus den Jahren 1906 bis 1926. it 98
– Briefe. 3 Bde. in Kassette. Herausgegeben vom Rilke-Archiv in Weimar in Verbindung mit Ruth Sieber-Rilke. Besorgt durch Karl Altheim. it 867
– Briefe über Cézanne. Herausgegeben von Clara Rilke. Besorgt und mit einem Nachwort versehen von Heinrich Wiegand Petzet. Mit siebzehn farbigen Abbildungen. it 672
– Das Buch der Bilder. Des ersten Buches erster Teil. Des ersten Buches zweiter Teil. Des zweiten Buches erster Teil. Des zweiten Buches zweiter Teil. it 26
– Duineser Elegien. Die Sonette an Orpheus. it 80
– Erste Gedichte. Larenopfer. Traumgekrönt. Advent. it 1090
– Ewald Tragy. Mit einem Nachwort von Richard von Mises. it 1142
– Frühe Gedichte. it 878
– Gedichte. Aus den Jahren 1902 bis 1917. Taschenbuchausgabe der 1931 als Privatdruck erschienenen Edition der Handschrift Rainer Maria Rilkes. Illustriert von Max Slevogt. it 701
– Gedichte aus den späten Jahren. Herausgegeben von Franz-Heinrich Hackel. it 1178
– Geschichten vom lieben Gott. Illustrationen von E. R. Weiß. it 43 und Großdruck. it 2313
– In einem fremden Park. Gartengedichte. Zusammengetragen von Marianne Beuchert. Mit zwölf farbigen Bildern von Marion Nickig. it 1820
– Die Letzten. Im Gespräch. Der Liebende. it 935
Rainer Maria Rilke: Die Liebenden. Die Liebe der Magdalena. Portugiesische Briefe. Die 24 Sonette der Louïze Labé. it 355

Literatur der Moderne
im insel taschenbuch

Rainer Maria Rilke: Neue Gedichte. Der Neuen Gedichte anderer Teil. it 49
- Das Stunden-Buch, enthaltend die drei Bücher: Vom mönchischen Leben. Von der Pilgerschaft. Von der Armut und vom Tode. it 2
- Vom Alleinsein. Geschichten, Gedanken, Gedichte. Herausgegeben von Franz-Heinrich Hackel. it 1216
- Worpswede. Fritz Mackensen. Otto Modersohn. Fritz Overbeck. Hans am Ende. Heinrich Vogeler. Mit zahlreichen Abbildungen und Farbtafeln im Text. it 1011
- Zwei Prager Geschichten und ›Ein Prager Künstler‹. Mit Illustrationen von Emil Orlik. Herausgegeben von Josef Mühlberger. it 235

Rainer Maria Rilke / Lou Andreas-Salomé: Briefwechsel. Herausgegeben von Ernst Pfeiffer. it 1217

Rilke in Spanien. Briefe, Gedichte, Tagebücher. Herausgegeben von Eva Söllner. Mit farbigen Abbildungen. it 1507

Rilkes Landschaft. In Bildern von Regina Richter, zu Gedichten von Rainer Maria Rilke. Nachwort von Siegfried Unseld. it 588

Leopold von Sacher-Masoch: Venus im Pelz. Mit einer Studie über den Masochismus von Gilles Deleuze. it 469

Felix Timmermans: Das Glück in der Stille. Die schönsten Erzählungen. Ausgewählt von Franz-Heinrich Hackel. it 1886
- Der Heilige der kleinen Dinge. Erzählungen. Mit Zeichnungen des Autors. it 1364
- Das Jesuskind in Flandern. Aus dem Flämischen von Anton Kippenberg. Mit Zeichnungen des Dichters. it 937
_ Pallieter. Mit Zeichnungen des Dichters. Aus dem Flämischen von Anna Valeton-Hoos. it 1430
- St. Nikolaus in Not. Aus dem Flämischen von Anna Valeton-Hoos. Mit farbigen Bildern von Else Wenz-Viëtor. it 2023

Georg Trakl: Die Dichtungen. it 1156

Oscar Wilde: Gesammelte Werke in zehn Bänden. Herausgegeben von Norbert Kohl. it 582
  - Band 1: Das Bildnis des Dorian Gray
  - Band 2: Märchen und Erzählungen
  - Band 3: Theaterstücke I
  - Band 4: Theaterstücke II
  - Band 5: Gedichte
  - Band 6: Essays I
  - Band 7: Essays II
  - Band 8: Briefe I
  - Band 9: Briefe II
  - Band 10: Briefe III